www.s-ng.de

Über dieses Buch

Vielleicht braucht er heute Zeit für sich, um sich innerlich auf unseren Besuch bei seinen Eltern vorzubereiten. Oder um nochmal zu überdenken, ob er das wirklich will.

„Sascha?"

Er hält an, dreht sich zu mir um.

„Möchtest du heute Abend und heute Nacht allein sein?" Wie kann das Aussprechen einer einzigen Frage so wehtun?

Er schaut mich an, während er langsam den Kopf schüttelt. „Du?"

Ich gehe auf ihn zu und strecke ihm meine Hand entgegen. Er löst eine Hand vom Greifreifen, schiebt seine Finger zwischen meine und zieht sanft, aber kräftig, sodass sein Rolli sich ein paar Zentimeter schräg nach vorn bewegt, bis er mit seinem Oberkörper ganz nah an meinem ist.

Ich lege meine Hand auf seine Schulter, beuge mich vor und berühre mit meiner Stirn die seine. „Ich möchte hierbleiben", flüstere ich. „Hier bei dir."

Fredi und Sascha sind wieder zusammen, und das Glück wäre vollkommen – wenn es nur nicht so schwierig wäre, diesmal alles richtig zu machen. Und wenn der Besuch in Saschas Heimat nicht diese Bilder und Gedanken heraufbeschwören würde, die Fredi niemals sehen und denken wollte ...

Über die Autorin

Sabine Nagel liebt es, während des Schreibens vollkommen abzutauchen in die Gedanken-, Gefühls- und Erlebniswelt ihrer Protagonisten. Für sie sind sie dann real, und während sie schreibt, verschmilzt sie vollkommen mit ihren Hauptfiguren. Dieses Gefühl ist es, das sie zum Schreiben antreibt - und der Wunsch, die entstandenen Geschichten mit ihren Leser*innen zu teilen und ihnen ein emotionales und fesselndes Leseerlebnis zu bereiten.

Im wahren Leben ist Sabine Nagel Lehrerin. Aufgewachsen ist sie als echtes „Nordlicht" in Schleswig-Holstein. Zum Studieren ging sie nach Hannover, wo sie insgesamt 12 Jahre wohnte.

Mittlerweile lebt die Autorin in einer kleinen Marktgemeinde im Erlanger Oberland. Sie ist verheiratet und hat zwei zwölfjährige Kinder.

Mehr Informationen über die Autorin gibt es unter www.s-ng.de.

SABINE NAGEL

Weil *wir* zusammen leuchten

ROMAN

Impressum:

Weil wir zusammen leuchten
1. Auflage
© Sabine Nagel, 2025
Verlag:
BoD · Books on Demand GmbH, In de Tarpen 42,
22848 Norderstedt, bod@bod.de
Covergestaltung: Sabine Nagel unter Verwendung von „Bokeh Photography of Lights" von Paul Cameron (pexels.com) und von „Butterfly Silhouettes" von de.freepik.com.

ISBN: 978-3-7693-5167-5
Bibliographische Informationen der deutschen Nationalbibliothek: Die Deutsche Nationalbibliothek verzeichnet diese Publikation in der deutschen Nationalbibliographie; detaillierte bibliographische Daten sind im Internet unter http://dnb.d-nb.de abrufbar.

Kontakt: info@s-ng.de

Alle Personen in diesem Roman sind frei erfunden. Übereinstimmungen oder Ähnlichkeiten mit realen Personen sind zufällig und nicht beabsichtigt. Sämtliche Orte in diesem Buch gibt es wirklich – mit Ausnahme von Saschas Heimatort Gannermühle und den Dörfern in dessen Umgebung. Mehr dazu im Nachwort.

Druck: Libri Plureos GmbH, Friedensallee 273, 22763 Hamburg

Wenn du hinschaust,
nach ganz tief unten ins Dunkle,
dann erkennst du die Wahrheit.
Egal, wie weh sie tut,
sie ist da,
und sie spielt eine Rolle,
ob du willst oder nicht.
Aber wenn du sie kennst,
dann kannst du damit arbeiten.
Und heilen.

INHALT

Dieses Buch enthält Themen und Szenen, die unter Umständen stark aufwühlen können. Eine Content Note findest du bei Bedarf unter https://s-ng.de/?page_id=2640.

TEIL I

1. JETZT UND HEUTE UND ÜBERHAUPT.

Wir fliegen. Hand in Hand durch den blauen Sommerhimmel. Das Glück pulsiert durch meine Adern und füllt meine Lunge aus, es ist riesig und allumfassend und wächst trotzdem mit jedem Atemzug weiter an, während ich neben Sascha auf der Wiese liege, in seinem Arm und mit dem Kopf auf seiner Brust, unsere Finger miteinander verschränkt. Ich höre seinen Herzschlag und spüre seine Atembewegungen, ich rieche seinen unwiderstehlichen Duft und fühle noch den Kuss von eben, unseren ersten seit unserer Trennung vor fast eineinhalb Jahren. Seine Lippen waren unendlich zärtlich, so wie früher, und seine Zunge schmeckte nach Erdbeer und Vanille und nach ihm.

Er hat nicht gefragt: Versuchen wir es noch einmal miteinander?

Ich fragte es auch nicht.

Wir brauchen keine Worte. Ich sehe die Liebe in seinen Augen und habe sie in unseren Küssen gespürt, und alles an ihm strahlt das gleiche Glück aus, das ich empfinde. Ich fühle mich federleicht, als würden wir beide schweben, irgendwo über den Wolken, dort, wo das Blau des Himmels grenzenlos ist.

Ich möchte diesen Moment nie beenden. Er ist vollkommen.

Irgendwann löst Sascha seine Hand aus meiner. „Ich sollte hier nicht länger liegen bleiben." Er stützt sich hoch und setzt sich auf. Auf einmal ist da eine Spur von Unsicherheit in seinem Blick.

„Ja." Er muss mir nicht erklären, warum er den Rasen schleunigst verlassen sollte. Wir waren ein halbes Jahr lang zusammen, da weiß ich, wie gefährlich längeres Liegen oder Sitzen auf harten Untergründen für einen Querschnittgelähmten sein kann.

Ich setze mich auch auf, während Sascha das Sitzkissen zurück in seinen Rolli legt und sich anschließend mit einem gekonnten Schwung auf die Sitzfläche hievt. Der Transfer vom Boden in den Rollstuhl erfordert Konzentration, Kraft und Präzision, und ich bin immer noch fasziniert davon, dass man das lernen kann, wenn man wie Sascha unterhalb des Bauchnabels weder etwas spürt noch irgendwelche Muskeln willkürlich bewegen kann.

Nachdem Sascha seine Beine auf der Fußraste platziert hat, steht er schräg vor mir, während ich noch auf den Handtüchern sitzen bleibe. Ich denke daran, wie ich ihn zum ersten Mal aus dieser Position gesehen habe. Das war vor ziemlich genau zwei Jahren, als wir uns zum zweiten Mal begegneten, gar nicht weit von hier. Ich weiß noch genau, wie überrascht ich war, ihn wiederzusehen, und was für eine überschäumende Freude ich empfand. Wie damals trägt er die farbenfrohen halbhohen Outdoor-Schuhe und dazu Jeans und ein helles T-Shirt. Ich mag seinen schlanken, athletischen Körperbau und seinen dunklen Teint noch immer so sehr. Er sieht gesund aus und sportlich, daran ändert auch der Rolli nichts.

„Läufst du immer noch regelmäßig um den Maschsee?", fragt er und grinst.

„Ja. Aber ich hatte seit zwei Jahren keinen unfreiwilligen Bodenkontakt mehr dabei." Ich liebe diese Anspielungen, die ich so nur mit Sascha austauschen kann. Bei unserem zweiten Aufeinandertreffen hatte ich nach meiner üblichen Joggingrunde am Ufer gesessen und den Blick auf den See genossen, und als ich aufspringen und nach Hause laufen wollte, stand er hinter mir. Weil ich jedoch vollkommen in Gedanken und die Musik aus meinen Kopfhörern viel zu laut gewesen war, hatte ich ihn nicht bemerkt, stieß gegen seinen Rolli und stürzte – und saß danach fast genauso vor ihm auf dem Boden wie jetzt.

„Doch, heute Nachmittag", widerspricht er.

„Das war auf Inlinern, das zählt nicht."

„Da hast du natürlich völlig recht." Er sagt es ernst, als würden wir über etwas Staatstragendes diskutieren. Nur in seinen dunklen Augen, da blitzt der Schalk.

Sekundenlang sehen wir einander an, als wäre die Zeit stehengeblieben, und ich spüre mein Herz klopfen, aufgeregt und wild. So wie damals. Nein, heftiger sogar.

Auch wenn es oft schwierig war mit ihm, waren unsere gemeinsamen sechs Monate doch die intensivsten, lebendigsten und glücklichsten meines Lebens. Und obwohl ich damals gespürt habe, wie er sich immer mehr abkapselte, traf mich sein Entschluss, sich von mir zu trennen, vollkommen unvorbereitet. Das Loch, in das ich fiel, war tief. Vielleicht beinahe genauso tief wie seines, vor dem er mich eigentlich hatte bewahren wollen. Monate habe ich gebraucht, bis ich wieder auf die Beine kam und Freude und Glück in mein Leben lassen konnte.

Und dann sind wir uns vor ein paar Wochen auf dieser Party begegnet. Unsere Wiederannäherung war vorsichtig und langsam, aber je öfter wir uns trafen, je mehr wir miteinander redeten, desto mehr habe ich gespürt, wie wichtig er mir noch immer ist. Lange war das, was sich zwischen uns entwickelt hat, in dieser undefinierbaren Schwebe. Noch heute Morgen, nach Saschas Rollstuhlbasketballspiel, dem ersten, bei dem ich habe zusehen dürfen, waren wir beide dermaßen verlegen, dass wir keinen vernünftigen Satz zustande brachten. Aber keiner von uns wollte, dass wir schon auseinandergehen, und so sind wir hierher zum Maschseefest gefahren, haben Bratwurst gegessen und danach den See umrundet – ich auf Inlinern und er mit dem Handbike. Wer weiß, ob wir jetzt hier zusammen sitzen würden, wenn ich nicht gestürzt wäre und anschließend so zittrige Beine gehabt hätte, dass ich mich deshalb von Sascha ziehen lassen musste? Wenn wir nicht noch ein Eis im Strandbad gegessen und uns damit gegenseitig geneckt hätten und uns dabei – endlich – ganz, ganz nahe gekommen wären?

Auf einmal fürchte ich mich vor dem Ende dieses Augenblicks, weil ich nicht weiß, was danach kommen wird. Wie wir weitermachen, jetzt und heute und überhaupt. Ob wir das, was uns auf so schmerzhafte Weise auseinandergebracht hat, einfach so hinter uns lassen und neu anfangen können. Und vor allem wie. Der Moment ist wie eingefroren, wir beide sitzen nur da und sehen einander an, und ich spüre mein Herz, das noch immer viel zu stark pocht, unangenehm, nervös. Da hat sich Angst zwischen uns gedrängt, und es erschreckt mich, wie mächtig sie ist.

Sascha räuspert sich. „Gehen wir in den *Piergarten*? Vielleicht ist noch ein Tisch frei. Ich lade dich ein." Seine Stimme ist belegt, aber das Blitzen in seinen Augen ist noch da, und es tut mir gut, es zu sehen. Vor zwei Jahren hat er mich mit ungefähr denselben Worten in den Biergarten am Pier 51 eingeladen.

„Apfelschorle und Cola?", frage ich grinsend.

„Unbedingt." Er hält mir seine Hand hin, um mir aufzuhelfen. Das hat er damals natürlich nicht gemacht. Heute ergreife ich sie und lasse mich von ihm in den Stand ziehen. Obwohl wir eben die ganze Zeit Hand in Hand gelegen haben, elektrisiert mich die Berührung aufs Neue, und wir stehen einander gegenüber, lächeln uns gegenseitig an, unfähig, diesen Moment zu beenden.

Irgendwann löst Sascha seine Hand aus meiner und rollt ein paar Zentimeter zurück. „Wir wollten in den Biergarten," murmelt er.

„Stimmt. Wir sollten echt langsam mal losgehen, sonst ist bestimmt kein Tisch mehr frei."

Sascha schaut auf die Uhr über dem Eingang zum Strandbad. „Achtzehn Uhr fünfundzwanzig. Ich glaube, ab achtzehn Uhr einundfünfzig sind alle Tische besetzt. Das wird knapp."

Ich liebe es, wie ernsthaft er die absurdesten Dinge sagt, als wären sie wahr.

„Allerdings", erwidere ich. „Dann mal los!"

Während wir wenig später durch das gut besuchte Strandbad zum Ausgang gehen, kommt es mir vor, als würden wir aus einem Paralleluniversum auftauchen. Erst jetzt fällt mir auf, dass ich die vielen Menschen auf der Wiese, das fröhliche Treiben der badenden Kinder im See und die Geräuschkulisse bis eben vollkommen ausgeblendet hatte. Wahrscheinlich hätte ich nicht einmal bemerkt, wenn neben uns ein Vulkan ausgebrochen wäre.

Es gibt tatsächlich noch einen freien Tisch direkt an der kleinen Mauer des *Piergartens*, nur wenige Meter vom Maschseeufer entfernt. Wir nehmen Platz, bestellen uns was zu essen und zu trinken, wir reden und lachen, wir sehen einander an und lächeln, und manchmal schweigen wir auch nur zusammen. Und die ganze Zeit spüre ich diese starke Verbindung zwischen uns, die vom ersten Tag an zwischen uns war. Eigentlich war die nie weg, jedenfalls nicht bei mir, obwohl wir so lange keinen Kontakt hatten. Doch da ist auch Unsicherheit zwischen uns, vor allem jetzt, da wir schon länger nichts mehr zum Reden gefunden haben. In den letzten Wochen haben wir festgestellt, dass wir uns beide weiterentwickelt haben. Und dass wir einander immer noch lieben. Aber ist das genug? Werden wir diesmal *wirklich* eine gemeinsame Zukunft haben? Für immer? Ich weiß nicht, ob ich das verkraften könnte, wenn ich ihn nochmal verlieren würde.

Ich glaube, Sascha findet es genauso schwierig wie ich, so voller Glück und Liebe zu sein und gleichzeitig mit dieser Unsicherheit, dieser Angst fertigzuwerden. Es auszuhalten, dass immer beides da ist, wo doch jedes für sich genommen einen schon komplett ausfüllt. Beides zusammen ist eigentlich viel zu groß für einen einzigen Brustkorb, ein einziges Herz. Wir könnten darüber reden, vielleicht passt das Gefühl besser in zwei Herzen, aber ich weiß nicht, wie, und ich habe Sorge, alles zu zerreden, bevor es richtig angefangen hat.

Von der Bühne an der Löwenbastion weht ABBA-Musik zu uns herüber. *Gimme! Gimme! Gimme! A Man After Midnight.* Wie wird unser Abend weitergehen? Wir sitzen jetzt schon seit Ewigkeiten hier am Tisch, haben längst aufgegessen und gezahlt. Spätestens gegen Mitternacht wird das Maschseefest für heute zu Ende sein. Was machen wir dann, Sascha und ich? Auseinandergehen und uns für ein nächstes Treffen verabreden? Oder komme ich noch mit rauf zu ihm in seine Wohnung?

Die Sonne steht flach über dem gegenüberliegenden Ufer und lässt das Wasser glitzern – in drei Farben, dem Orange der Sonne, dem Blau des Himmels und dem undefinierbaren Dunkel der Bäume, ganz ähnlich wie im Oktober vor zwei Jahren. Ich beobachte die changierenden Wasserflächen. *Abstrakte Kunst* haben wir es damals genannt, Sascha und ich, wir dachten beide dasselbe, und dann haben wir uns zum ersten Mal geküsst.

Zwei Enten schwimmen als dunkle Silhouetten durch das Muster und hinterlassen schmale, sich ausbreitende Wellenkeile im Wasser. Kurz danach schnappt ein Fisch von unten nach einem Insekt auf der Wasseroberfläche, und still und gleichmäßig breiten sich die konzentrischen Kreise auf dem Wasser aus.

„Abstrakte Kunst zwei Punkt null", sagt Sascha unvermittelt. Er grinst. Oder lächelt. So wie nur er es kann. Er guckt dabei gleichzeitig schelmisch und ernsthaft, und die Intensität seines Blickes lässt mir einen wohligen und zugleich aufregenden

Schauer über den Rücken laufen.

„Ja. Gehen wir zum Anleger runter?" Ich kann hier nicht länger sitzenbleiben. Alles in mir kribbelt, sehnt sich nach Berührung, nach Nähe. Nach seinem Geruch, nach seinen Lippen, nach *ihm*.

„Gute Idee", sagt Sascha. „Ich mochte Kunst ja schon immer, und dann sind wir ihr näher."

„Ich wollte vor allem ... *dir* näher sein als hier so ... mit dem Tisch dazwischen." Halb ist es mir rausgerutscht, halb habe ich es absichtlich gewagt, das zu sagen. Wie auch immer das geht.

Ich erhebe mich.

Auch Sascha rollt vom Tisch ab. „Wir betrachten sie zusammen. Und wenn da irgendwo ein Tisch sein sollte, halten wir uns fern von ihm, okay?" Er schaut mich an, vollkommen ernst, und ich könnte zerspringen, weil ich mich so sehr zu ihm hingezogen fühle, weil ich ihn so sehr ... liebe.

„Ich glaube, da unten an der Wasserkante ist eh tischfreie Zone."

„Dann nichts wie hin!" Jetzt grinst er doch.

Gut, dass wir vorhin auf dem Weg hierher den Handbike-Vorbau in den Kofferraum von Saschas Auto gelegt haben, als wir am Parkplatz bei der Löwenbastion vorbeikamen. So können wir jetzt einfach aufbrechen. Wir gehen bis zu den drei flachen Stufen, die vom Biergarten zum etwas tiefer gelegenen Anleger Ost führen. Auf den Hinterrädern balancierend lässt sich Sascha Stufe um Stufe die kleine Treppe hinab. Sein blau-schwarzer Rolli ist stabil, leicht und wendig, mit niedriger Rückenlehne und ohne Armlehnen oder Schiebegriffe, und ich finde nach wie vor, dass er im Grunde wie ein Sportgerät wirkt. Genauso geht Sascha damit auch um: Mühelos hält er das Gleichgewicht, und ohne jedes Geräusch setzt er am Ende der Treppe die Vorderräder wieder auf den Holzbohlen auf, die sie hier während des Maschseefests auf den Betonplatten verlegt haben.

Ich folge Sascha bis ans nördliche Ende des Anlegers, wo wir uns dicht nebeneinander an die Kante setzen, er auf dem Rolli-Sitzkissen, ich auf dem Holz, und unsere Beine über dem Wasser baumeln lassen. Noch immer glitzert das Wasser in den drei Farben, aber alle drei sind dunkler geworden. Die Sonne wird gleich hinter den Bäumen verschwinden. Hinter uns sind die Stimmen und das Lachen der Maschseefestbesucher zu hören, und je nach Windrichtung dringt Musik von einer der vielen Musikbühnen zu uns herüber. Je mehr die Sonne hinter den Bäumen versinkt, desto deutlicher spiegelt sich die Beleuchtung der verschiedenen Locations rund um den See auf der Wasseroberfläche. Warmes Gelb, Pink, Grün und Blau ziehen sich in langen, senkrechten Streifen scheinbar in die Tiefe. Schweigend, Schulter an Schulter, Hand in Hand sitzen Sascha und ich da und beobachten, wie das Orange der Sonne immer weiter verschwindet und das dunkle Blau des Himmels seinen Platz mehr und mehr übernimmt.

„So schön", sage ich irgendwann.

„Ja", sagt Sascha. „Und kein Tisch zwischen uns."

Er legt seine Stirn an meine. Unsere Nasen berühren einander. Unsere Lippen. Zärtlich. Sanft. Ein paarmal. Dann tasten sich unsere Zungen vor, während Sascha mir durch die Haare streicht. Ich fahre mit meiner Hand seinen Oberarm entlang, über die Schulter und seinen Nacken und vergrabe meine Finger in seinen dunkelblonden Haaren. Ich liebe es, seine Haare zu fühlen, die kurzen am Haaransatz und die etwas längeren darüber, und ich weiß, wie sehr Sascha es mag, wenn ich ihn dort streichele. Ich weiß alles, was er mag, ich kenne ihn genau und doch ist es besonders, hier mit ihm zu sitzen und ihm so nahe zu sein. Wir küssen uns, nochmal und nochmal und unendlich hingebungs- voll, als könnten wir nicht nah genug beieinander sein, als woll- ten wir nie mehr voneinander lassen.

Langsam löst Sascha seine Lippen von meinen und sieht mich an, und obwohl die Biergarten-Beleuchtung den Anleger nur in schummriges Licht hüllt, sehe ich die gleiche Liebe in seinen Augen, die auch mich ausfüllt.

„Ich liebe dich, Fredi", sagt er leise. „Ich liebe dich so sehr."

„Ich liebe dich auch, Sascha. Das hat nie aufgehört."

„Bei mir auch nicht. Ich werde dich immer lieben."

Ich werde dich immer lieben. Das habe ich zu ihm gesagt, vor knapp zwei Jahren. *Niemand kann in die Zukunft sehen*, hat er erwidert, seine Stimme klang gepresst, und Tränen schimmerten in seinen Augen. Wahrscheinlich hat er damals schon geahnt, dass unsere Beziehung ihn überfordern würde.

Jetzt sagt *er* diesen Satz zu *mir*. Ich bin mir sicher, dass er seine Worte mit Absicht gewählt hat. Weil er meine von damals und all das, was danach kam, genauso klar im Gedächtnis hat wie ich. Und weil ich das weiß, so sicher weiß, schwemmt mich das hier gerade weg, noch mehr und noch stärker als alles zuvor. Ich weiß nicht, wohin mit all dem, ich glaube, ich platze gleich. Am liebsten würde ich mit ihm in seine Wohnung gehen und mit ihm schlafen. Ich will ihn. Jetzt. Und für immer.

Wir sehen uns immer noch an, es ist alles gesagt, und jedes weitere Wort wäre eines zu viel. Unter uns plätschert das Wasser leise gegen den Anleger und von überallher umgeben uns Musikfetzen und die Geräusche der feiernden Menschen.

Nochmal zieht Sascha mich an sich und küsst mich, sanft und voller Zärtlichkeit. Dann löst er sich von mir und sagt: „Ab 22 Uhr ist Open-Air-Disco an der Löwenbastion. Gehen wir tanzen?"

Die Nacht hat sich über den Maschsee gesenkt, die Luft ist noch immer warm. Die Discobeleuchtung pulsiert im Takt der Musik und hüllt uns ein. Inmitten Dutzender anderer tanzender Menschen gehen Sascha und ich in der Musik auf. Der DJ spielt ältere und aktuelle Hits, die jeder aus dem Radio kennt, *Sweet Dreams*, *Played-A-Life*, *Memories*, *Mambo No. 5*, *Numb*, *Billie Jean*, *Happy Nation*, ... Sascha und ich tanzen die ganze Nacht. Mal wild und raumgreifend, mal nah und sanft, mal zusammen, mal jeder für sich allein und doch aufeinander abgestimmt. Wir nehmen die Rhythmen auf, setzen sie um in Bewegungen, fließend und leicht. Sascha beherrscht seinen Rollstuhl wie andere ihre Beine, er dreht Pirouetten, kippt den Rolli an und lässt ihn wieder auf alle vier Räder fallen, er reißt ihn im Takt nach links oder rechts, bewegt Oberkörper, Arme und Kopf, immer auf den Punkt. Wir verschmelzen beide mit der Musik, die uns trägt und deren Bässe durch unsere Körper wummern, wir sind hier, zusammen auf der Tanzfläche, es gibt nur uns und die Musik und das Licht.

Irgendwann brauchen wir eine Pause, holen uns was zu trinken und stellen uns an den Rand der Tanzfläche. Wir haben beide geschwitzt. Saschas Haare sind am Ansatz feucht und dunkel und stehen wild in alle Richtungen, er sieht hinreißend aus, er leuchtet von innen irgendwie.

Ein Typ nähert sich uns, er hat auch getanzt vorhin, zusammen mit ein paar Kumpels, und bleibt bei uns stehen.

„Ihr seid cool", ruft er, mehr zu Sascha als zu mir.

Sascha zuckt mit den Schultern. „Nicht cooler als andere."

„Sieht mega aus, wie du tanzt. Echt."

„Danke."

Sascha nimmt das Kompliment anscheinend einfach an, mit einem Lächeln, dann wendet er sich seinem *Planters Wonder* zu und trinkt ihn in einem Zug aus. Der Typ scheint zu verstehen, dass Sascha wohl keine weiteren Lobeshymnen hören möchte, und verabschiedet sich mit einem kurzen „Ciao".

Auch ich leere meinen *Planters Punch*. Gerade sind die letzten Töne von *Haus am See* verklungen, und die ersten Synthesizer-Klänge von *Burn It Down* schweben durch die Nacht, erst leise, dann immer lauter. Als das Schlagzeug und die Gitarre einsetzen und der Synthesizer aufdreht, voll, melodisch, da nehme ich Saschas Hand und ziehe ihn in Richtung Tanzfläche.

„Stopp! Ich kann nicht ..." Sascha hält mir sein Cocktailglas hin.

„Oh, stimmt, warte kurz."

Ich lasse ihn los, nehme unsere Gläser und stelle sie ein paar Meter weiter auf dem nächstbesten Tisch ab.

„Da ist Pfand drauf!", protestiert Sascha, als ich zurückkomme.

„Egal! Das ist das neue Lied von Linkin Park!" Und Linkin Park ist irgendwie „unsere" Band, schließlich haben wir bei *What I've Done* und *Somewhere I Belong* zum ersten Mal Hand in Hand in Saschas Wohnzimmer gesessen. „Komm tanzen!"

Chester Bennington fängt an zu singen, und Sascha lässt sich von mir auf die Tanzfläche ziehen. Als wären sie alle von zentraler Stelle gelenkt, machen die Tanzenden einen Weg frei, bis wir mitten unter ihnen sind. Vermutlich haben sie uns vorhin alle nebenbei zugesehen, so wie der Typ eben.

Der Refrain von *Burn It Down* beginnt, und wir alle singen lauthals mit, während wir den Rhythmus des voll aufspielenden Schlagzeugs aufnehmen und tanzen. Auch Sascha kennt die Liedzeilen offenbar auswendig, und es fasziniert mich zu sehen, wie er sich dazu bewegt. Es ist wie eine Choreographie, die er sich anscheinend spontan ausdenkt, es sieht leicht aus, athletisch, rhythmisch. Wir schauen dabei einander an, die ganze Zeit, tanzen aufeinander zu, gleichen unsere Bewegungen an, machen unsere beiden Choreographien zu einer, ohne nachzudenken, einfach so, da ist die Musik, da ist das Licht, da sind wir, mittendrin, wie in Trance, berauscht.

Viel zu schnell geht das Lied zu Ende, entschweben die letzten Klänge in den Nachthimmel. Die Menge der Tanzenden wird langsamer, ruhiger, lauscht der verklingenden Melodie nach. Schon rollt das nächste Lied an: Es ist die *Perfekte Welle* von Juli. Ich bringe mich in Position, um mit den einsetzenden Drums den nächsten Tanz zu beginnen, aber Sascha schüttelt langsam den Kopf und bedeutet mir, dass er gehen will. Schade. Ich könnte heute ewig weitertanzen. Aber natürlich folge ich ihm.

Es erweist sich als deutlich schwieriger für uns, uns einen Weg von der Tanzfläche runterzubahnen, als eben in umgekehrter Richtung. Sascha steuert als Erstes auf den Tisch zu, auf dem ich unsere Gläser abgestellt hatte. Sie sind noch da.

Er nimmt sie und hält sie mir entgehen. „Bringst du sie weg?"

„Klar." Ich nehme ihm die Gläser ab.

„Ich geh schon mal vor in Richtung Auto, okay?"

„Warte doch kurz. Ich beeile mich."

„Geht nicht. Sorry." Ich kann genau sehen, dass ihm die Situation mehr als unangenehm ist, aber er hält den Blick, schaut nicht zu Boden. Schlagartig wird mir klar, weshalb er so dringend loswill. Er war zuletzt vor gut fünf Stunden auf dem Klo.

„Okay. Ich werde rennen."

Als wir etwa zwanzig Minuten später auf Saschas Parkplatz vor dem Haus, in dem sich seine Wohnung befindet, angekommen sind, steige ich sofort aus dem Auto, damit Sascha schnell an den Rolli kommt. Hastig klappt er den Beifahrersitz nach vorne und hebt die Räder und den Rollirahmen von hinter dem Beifahrersitz zwischen sich und dem Lenkrad vorbei, baut in Windeseile den Rolli vor der geöffneten Fahrertür zusammen und setzt über.

Es dauert, bis er die Beine richtig auf der Fußraste abgestellt hat, weil ein paar heftige Spasmen seine Füße immer wieder vom Brett rutschen lassen. Selbst hier im Licht der Straßenlaterne kann ich sehen, dass er am liebsten im Boden versinken würde. Aber anders als früher hat er sich im Griff.

„Ich muss echt hoch …", murmelt er.

„Ich weiß. Nicht schlimm."

Wir stehen einander gegenüber, und ich glaube, er weiß genauso wenig wie ich, wie wir das jetzt hinkriegen sollen mit dem Verabschieden und Für-Morgen-Verabreden. Oder ob ich noch mit hochkommen soll. Wahrscheinlich würden wir hier noch ewig stehen und uns ansehen, aber ich weiß, Saschas Blase drückt, und vermutlich ist es nur eine Sache von Minuten, bis er sich einnässen wird, wenn er nicht rechtzeitig zum Klo kommt.

„Dann … äh … bis morgen?" Sein Blick ist unsicher, als hätte er Angst, ich könnte was anderes vorhaben. Oder als könnte es falsch sein, mich nicht noch zu ihm nach oben einzuladen. Dabei weiß ich doch selber nicht, was richtig ist. Mein Verlangen nach ihm ist mächtig, aber vielleicht sollten wir diesmal alles etwas langsamer angehen.

„Ja. Wann und wo?"

Saschas zitternde Beine rutschen erneut von der Fußraste. „Ich … Lass uns schreiben. Nachher. Okay?"

„Okay."

Er greift nach meiner Hand und zieht mich zu sich. Ich beuge mich zu ihm und küsse ihn zärtlich auf die Lippen. Er erwidert den Kuss, und als ich mich von ihm lösen muss, fühlt es sich an, als würde ich gegen ein straff gespanntes Gummiband ankämpfen.

„Tschüs, bis nachher", sage ich leise.

„Bis nachher."

Er dreht sich um und eilt zur Haustür. Ich sehe ihm nach, mit seltsam klopfendem Herzen und viel zu vielen widerstreitenden Gefühlen in meinem Brustkorb, bis er im Haus verschwunden ist. Dann schließe ich mein Rad auf, das ich heute am frühen Morgen hier abgestellt habe, und fahre zu mir nach Hause.

2. DIESMAL MACHEN WIR ES BESSER.

Mitten im Flur unserer Vierer-WG begegnet mir Ulrike mit einer Packung Papierservietten in der Hand. Aus der Küche sind leise Musik und Besteckklappern zu hören.

„Oh, hi", sagt sie überrascht, während sie mich von oben bis unten und wieder zurück mustert. „Wo warst du denn so lange?"

„Auf dem Maschseefest. Mit Sascha. Tanzen und so."

Sie lächelt breit. „Deshalb strahlst du wie eine Sonne. Cool! Das zählt als Entschuldigung."

„Als Entschuldigung?" Ich bin irritiert. „Wofür?"

Theatralisch verdreht sie die Augen. „Vielleicht habe ich morgen Geburtstag? Oder vielmehr heute? Vielleicht gebe ich morgen einen kleinen Brunch und du hattest versprochen, heute Abend bei den Vorbereitungen mitzuhelfen?"

Ich schlage mir mit der flachen Hand an die Stirn. „Ach, Mist, ja! Sorry! Das hatte ich gar nicht mehr auf dem Schirm ..."

„Schon verziehen. *Tanzen und so*, das klingt mega. Seid ihr jetzt wieder zusammen?"

„Ja."

„Und? Erzähl!"

Aber ich will nicht erzählen. „Alles Gute zum Geburtstag", sage ich stattdessen und umarme Ulrike. „Gesundheit, Glück, Erfolg und so. Und morgen einen wunderschönen Tag."

„Danke." Sie löst sich von mir und guckt mich wissend an. Wir wohnen seit letztem Herbst, als ich angefangen habe zu studieren, zusammen in der WG, und irgendwann im Dezember habe ich ihr von Sascha und mir erzählt. Sie weiß Bescheid. Im Prinzip über alles. Auch über die jüngsten Entwicklungen zwischen uns. Aber jetzt, da Sascha und ich wieder zusammen sind, wären mir Details zu privat.

„Gibt's denn noch was zu tun?", erkundige ich mich.

„Komm einfach in die Küche."

Ich folge ihr in unsere geräumige, gemütliche Wohnküche. Jörg und Andreas sind gerade dabei, den großen hölzernen Esstisch für morgen zu decken.

„Kommst du auch mal?", begrüßt mich Andreas, grinst aber dabei.

„Fredi ist entschuldigt", sagt Ulrike sofort. „Nachträglich und zu hundert Prozent."

„Na dann ... Hi. Wir haben's auch gleich, oder?"

„Hi." Ich sehe mich in der Küche um. Girlanden, Luftschlangen und Luftballons hängen an den Gardinenstangen und an der Lampe über unserem Esstisch und leuchten mit den sonnengelb gestrichenen Wänden um die Wette. Den Esstisch haben die drei mit insgesamt zehn Gedecken eingedeckt. Alle Arbeitsflächen sind aufgeräumt und vorbereitet für das Büfett. Kaffeepulver, verschiedene Teesorten und Fruchtsäfte stehen bereit.

„Sieht super aus", lobe ich.

Ulrike schwenkt die Serviettenpackung. „Die müssen wir noch falten."

„Das kann ich machen", biete ich an. „Zehn Stück?"

„Ja", sagt Ulrike. „Oder, warte mal ..." Sie geht zum Schrank und holt ein weiteres Set und einen Teller heraus. „Mach mal elf. Wer weiß, vielleicht bringt ja irgendwer noch irgendwen mit." Mehr als deutlich zwinkert sie mir zu.

„Wir haben aber nur zehn Stühle", wirft Jörg ein. „Und da sind die Schreibtischstühle schon mitgezählt."

Ulrike rückt am vorderen Tischende die bereits ausliegenden Platzdeckchen etwas näher zusammen, damit vor Kopf noch eine zweite Person Platz hat. „Dann muss derjenige halt einen Stuhl mitbringen. Fredi, deckst du Glas, Tasse und Besteck hin?"

„Ist das jetzt 'ne Einladung?"

„Aber so was von. Elif kommt auch mit ihrem Andi. Und Jule bringt Mareike mit. Soll ich noch 'ne Karte basteln?"

„Nee. Danke. Ich freu mich. Und sag's ihm nachher. Wir wollten eh nochmal schreiben wegen morgen."

Weil ich vermutlich der Hauptgrund dafür bin, dass die Vorbereitungen sich bis spät in die Nacht gezogen haben, lasse ich den anderen den Vortritt im Bad. Sobald ich die letzte Serviette zu einer Blume gefaltet und auf dem Tisch platziert habe, gehe ich in mein Zimmer, werfe mich aufs Bett und schalte gespannt mein Handy an.

Sascha hat schon geschrieben. Ich öffne seine Nachricht.

*Morgen um 10 frühstücken bei mir? Bringst du
Brötchen mit?*

Auf einmal bin ich merkwürdig nervös. Meine Finger zittern sogar, während ich die Antwort tippe:

> *Würde normalerweise sofort Ja sagen. Aber Ulrike
> hat morgen Geburtstag und gibt einen kleinen
> Brunch. (Hatte ich voll vergessen!) Sie hat dich
> spontan auch eingeladen. Hast du Lust?*

Minuten verstreichen, ohne dass Sascha antwortet. Hoffentlich schläft er nicht schon. Ich weiß nicht, ob ich einschlafen kann, wenn ich nicht weiß, was er antworten wird. Vielleicht hat er es aber auch schon gelesen und fühlt sich überrumpelt? Immerhin kennt Ulrike ihn von früher aus der Schule, und es wäre ihre erste Begegnung nach seinem Unfall. Ich glaube zwar nicht, dass sie sich so benehmen wird, wie Sascha das von anderen, zufälligen Begegnungen mit Leuten aus seinem „alten" Leben erzählt hat – schließlich weiß sie ja schon seit letztem Dezember, dass er jetzt im Rollstuhl sitzt. Außerdem war es ihre Idee, ihn einzuladen. Wenn sie erwarten würde, dass sie unüberwindbare Berührungsängste hat, hätte sie das wohl kaum getan. Aber vielleicht kostet es Sascha trotzdem Überwindung, ihr zu begegnen.

Es klopft an der Tür. „Bad ist frei!", ruft Ulrike.

Mein Handy ist immer noch stumm. In Windeseile gehe ich duschen und Zähne putzen, nicht ohne zwischendurch ständig mein Telefon zu checken. Erst, als ich mich fast fertig abgetrocknet habe, erscheint eine Nachricht.

Ich hab kein Geschenk.

Er ist also noch wach. Zum Glück. Ich hänge mein Handtuch auf und tippe auf dem Weg zurück in mein Zimmer:

> *Du brauchst keins. Sie ist erwachsen. Und sie weiß
> selbst, dass sie dich erst heute Nacht eingeladen hat.*

Warum braucht er so lange zum Antworten? Und warum macht mich das nervös? Wir hatten einen fantastischen Tag zusammen.

Wir haben sogar getanzt. Er hat gesagt, er wird mich immer lieben. Ich weiß doch, dass er inzwischen viel besser mit seiner Behinderung klarkommt als früher. Das weiß ich schon, seit wir uns wieder regelmäßig treffen. Sonst wären wir jetzt gar nicht wieder zusammen.

Ich liege schon ewig im Bett, und nichts passiert. Schließlich schiebe ich hinterher:

> *Und wenn du ohne Geschenk nicht kommen willst,*
> *Wein geht immer. Sie mag französischen Rotwein.*

Vielleicht will er ja gar nicht kommen. Vielleicht ist das mit dem Geschenk nur eine Ausrede. Aber dann kann er es doch einfach sagen, und wir treffen uns am Nachmittag.

Es dauert Ewigkeiten, bis Sascha endlich antwortet:

OK, ich komme. Wann und wohin?

Eine Welle der Erleichterung durchströmt mich, und gleichzeitig erkläre ich mich für bescheuert und überbesorgt. Ist doch völlig normal, dass er das erstmal mit sich ausmachen muss, ob er gleich am ersten Tag, nachdem wir wieder zusammen sind, zu einem Brunch kommt, den ausgerechnet eine ehemalige Mitschülerin von ihm veranstaltet. Oder vielleicht war es nicht einmal das. Vielleicht war er gerade fertig mit Duschen und konnte deshalb nicht immer gleich schreiben.

Ich nenne ihm unsere Adresse und schreibe, dass es um 11 Uhr losgeht. Und dass ich mich auf morgen freue, natürlich.

Ich werde pünktlich da sein.

> *Gut. Ich komme dann runter und bringe Andreas*
> *und Jörg mit. Bis morgen! Schlaf gut!*

Ein paar Minuten passiert nichts. Ich überlege schon, ob ich das Handy weglegen und die Nachtlampe ausknipsen soll, als doch eine Nachricht eintrifft:

Können wir kurz telefonieren?

> *Klar. :-)*

Kaum, dass ich auf „Senden" gedrückt habe, ruft Sascha an.

„Hi", melde ich mich.

„Hi. Wollte nochmal deine Stimme hören."

„Ich höre auch gerne deine Stimme."

„Bist du schon im Bett?"

„Ja. Und du?"

„Auch."

Wir könnten jetzt auch zusammen im Bett liegen. Und übereinander herfallen. Aber das sage ich lieber nicht.

Für einen Moment ist es still in der Leitung.

Dann sagt Sascha: „Morgen werde ich sehen, wie du wohnst."

„Ja. Darauf freue ich mich sehr."

„Ich mich auch."

Sekundenlang sagen wir nichts, hören einander nur durch das Telefon atmen. Sind uns nahe, auch wenn ein guter Kilometer zwischen uns liegt.

„Wer sind Andreas und Jörg?", fragt Sascha dann.

„Meine Mitbewohner. Die sind nett und unkompliziert."

„Wissen die, dass sie mich morgen schleppen sollen? In welche Etage überhaupt?"

„Nö. Die wissen von nichts. Aber ich werde sie morgen früh rechtzeitig instruieren. Wir wohnen im zweiten Stock."

„Das ist ja wenigstens halbwegs überschaubar."

„Ja."

„Was ist ... mit eurem Bad? Komme ich da zum Klo und zum Waschbecken?"

„Ich glaube schon. Aber sicher bin ich nicht."

„Hm."

Wieder entsteht eine lange Pause. Unweigerlich kommt mir der Spieleabend bei Stephan in den Sinn, der so abrupt hat enden müssen, weil Sascha nicht ins Bad kam. Nicht nur die Tür, sondern das komplette Bad der Altbauwohnung war zu eng. Vielleicht denkt Sascha auch gerade daran. Es ist eine der unguten Erinnerungen aus unserer gemeinsamen Zeit von damals.

„Was hältst du davon, wenn du schon um halb elf kommst und ich dir die Wohnung zeige? Im Rahmen einer formvollendeten Wohnungsführung? Natürlich inklusive Bad. Dann weißt du, worauf du dich einstellen und wie lange du bleiben kannst."

„Klingt nach einem guten Plan."

„Ja."

Wir schweigen erneut miteinander, und ich mag die Vorstellung, dass wir dabei beide im Bett liegen und das Gespräch nicht beenden mögen. Und dass wir vielleicht ganz bald wieder zusammen in einem Bett liegen und miteinander einschlafen. Und morgens nebeneinander wieder aufwachen.

„Gute Nacht, Fredi", sagt Sascha irgendwann.

„Gute Nacht, Sascha. Bis morgen."

„Bis morgen." Er legt auf.

– 30. Juli 2012 –

Ich bin sofort hellwach, als mich morgens um halb zehn der Wecker aus dem Bett klingelt. Dabei habe ich gestern noch ewig wach gelegen, einfach weil ich so erfüllt war von allem. Und auch heute Morgen ist dieses warme und irgendwie aufregende Gefühl gleich wieder da – oder immer noch.

Beim Zähneputzen im Bad fällt mein Blick in den großen Spiegel, der hinter der Tür an der Wand angebracht ist. Ich denke daran, wie ich mich vor knapp zwei Jahren nach Saschas und meinem allerersten Kuss im Spiegel betrachtet habe – damals noch zu Hause bei meinen Eltern. Ganz ähnlich wie jetzt fühlte ich mich auf eine angeregte und aufgeregte Weise zufrieden mit mir selbst. Also, so richtig zufrieden, nicht trotzig-kämpferisch wie früher zu Schulzeiten, wo ich nie irgendwo wirklich dazugehörte und meine innere Unabhängigkeit und meine zur Schau gestellte Selbstsicherheit in Wahrheit bloß Kompensation und Selbstschutz waren. Sondern auf eine ruhige, wahrhaftige Art. Meine kurzen blonden, ganz leicht gewellten Haare, die über und hinter den Ohren irgendwie immer ein bisschen abstehen, bilden einen hellen Kontrast zu meinen braunen Augen und meiner jetzt im Sommer leicht gebräunten Haut. Ich mag meinen schlanken, durchtrainierten Körper – auch meinen ziemlich kleinen Busen – und meinen wenig femininen, sportlichen Kleidungsstil. Nie würde ich Röcke, Tops oder Blusen anziehen. Die Entwicklung, dass Sport- und Wanderklamotten als Alltagskleidung salonfähig wurden, kam mir sehr entgegen. Heute trage ich das hellblaue Unisex-T-Shirt mit den dunkelblauen Streifen auf dem Rücken und an den Ärmeln und dazu eine helle Jeansshorts.

Ich lächele mein Spiegelbild an und denke beim Zähneputzen die ganze Zeit an Sascha und daran, dass er heute zum ersten Mal meine Wohnung sehen wird. Ich kann es kaum erwarten.

In der Küche treffen Ulrike, Jörg und ich die letzten Vorbereitungen für den Brunch: Brötchen und Croissants in Körbe füllen, Lachs, Aufschnitt und Käse auf Platten anrichten, Melonen schneiden und mit Schinken umwickeln, Obstsalat und Tomate-Mozzarella zubereiten, Kaffee kochen. Als ich das erste Mal auf die Uhr schaue, ist es zwanzig nach zehn. Und ich habe Jörg und Andreas noch gar nichts gesagt.

Ich kippe die geschnittenen Apfelsinenstücke in die Salatschüssel und verkünde dann ohne weitere Einleitung: „Sascha kommt übrigens schon etwas früher, gegen halb ungefähr."

„Kein Problem." Ulrike ist gerade mit ihrem Schreibtischstuhl in die Küche gekommen und stellt ihn an den Esstisch. „Wenn es ihm nichts ausmacht, dass wir hier noch rumwuseln …"

„Sascha?" Jörg stellt das Kaffeepulver ab und sieht mich fragend an. Aber in der nächsten Sekunde scheint er zu verstehen, ich kann es richtig an seinem Blick erkennen. „Ach, ich weiß – das elfte Gedeck. Hoffentlich hat er einen Stuhl dabei."

„Hat er. Immer", entgegne ich. „Seinen Rollstuhl."

„Oh. Äh … Das ist ja … in diesem Fall … sehr praktisch."

Andreas grinst. „Jedenfalls für dich, Jörg. Wo du dir doch immer solche Sorgen machst, dass wir nicht genug Stühle haben könnten."

„Ha, ha", macht Jörg.

„Weniger praktisch ist es dagegen, wenn man in den zweiten Stock will und es keinen Fahrstuhl gibt", erwidere ich.

„Ja, das stimmt," meint Andreas, und auch Jörg nickt. Dann wendet sich Andreas wieder den Tomaten zu, und Jörg fängt an, löffelweise den Kaffee in die Filtertüte zu füllen.

„Zu dumm, dass wir keinen Zaunpfahl hier oben haben", sagt Ulrike. „Sonst könntest du damit auch noch winken, Fredi."

„Nicht nötig", erwidert Andreas. „Wenn er klingelt, komm ich mit runter. Ist doch klar." So, wie er es sagt, ist es mir nicht möglich zu erkennen, ob er den Wink gebraucht hat und bloß cool reagiert oder ob es für ihn wirklich im wahrsten Sinne des Wortes nicht der Rede wert ist und er deshalb vorher nichts gesagt hat.

„Perfekt, danke."

Jörg hat inzwischen die Kaffeelöffel abgezählt und füllt – anscheinend hochkonzentriert – Wasser in die Kaffeemaschine. Er sieht aus, als wolle er auf gar keinen Fall angesprochen werden. Egal. Vielleicht ist er unsicher. Andreas, Sascha und ich werden das schon hinbekommen. Wenn es sein muss, kommen Sascha und ich sogar allein eine Treppe hoch. Aber da wären wir lange beschäftigt, bis wir im zweiten Stock angekommen sind.

Sascha klingelt um Punkt halb elf. Ohne dass ich noch etwas sagen müsste, folgt Andreas mir die Treppe nach unten.

Ich bin direkt aufgeregt, während ich die Haustür öffne. Die Intensität der Freude, die ich empfinde, während ich Sascha zwei, drei Meter vor der Tür stehen sehe und wir einander anlächeln, ist mindestens so groß wie damals, als ich ihn unverhofft am Maschsee wiedergetroffen habe. Er trägt Jeans und ein verwaschen-dunkelblaues Shirt mit einer Knopfleiste am Halsausschnitt, dazu halbhohe blau-schwarze Outdoorschuhe, die ich noch nicht kenne. Seine gesamte Kleidung passt perfekt zu seinem Rolli, als hätte er sie extra darauf abgestimmt.

„Hi." Er steht da, die Hände an den Greifreifen, und guckt erst mich an, dann Andreas, dann wieder mich. Er wirkt angespannt, vielleicht sogar nervös.

„Hallo", sagt Andreas. „Ich bin Andreas."

„Hi", grüße auch ich. Ich fühle mich auf einmal seltsam unbeholfen. „Schön, dass du da bist."

„Ja", sagt Sascha.

„Gehen wir hoch?", frage ich.

Sascha nickt und setzt seinen Rolli in Bewegung.

„Was soll ich machen?", will Andreas wissen.

„Wir zeigen es dir, wenn wir bei der Treppe sind." Ich halte die Haustür weit auf, und Andreas und Sascha gehen in den Hausflur. Während Sascha sich rückwärts vor die unterste Treppenstufe stellt, folge ich den beiden.

„Am besten gehst du nach oben und fasst am Querbügel an der Rolli-Rückenlehne an", erklärt Sascha. „Und jeweils bei Drei ziehst du mich eine Stufe hoch. Damit du keinen Hexenschuss kriegst, drehe ich gleichzeitig an den Rädern und Fredi stabilisiert und hebt von unten. Okay?"

„Okay."

Stufe für Stufe arbeiten wir uns zu dritt die Treppen hoch. Nach ungefähr zehn Stufen sind wir eingespielt genug, sodass Sascha nicht mehr zählen muss. Reden tun wir trotzdem nicht. Vielleicht, weil wir uns konzentrieren müssen. Oder weil keiner so recht weiß, worüber wir reden könnten.

Als wir endlich im zweiten Stock angekommen sind und vor unserer Wohnung stehen, sagt Sascha: „Danke."

„Keine Ursache", sagt Andreas. „Willkommen hier oben."

„Danke", sagt Sascha nochmal. Er stützt sich kurz im Rolli hoch, wie er es regelmäßig macht, um seine Sitzmuskulatur zu entlasten oder um seine Sitzposition zu korrigieren.

In diesem Moment öffnet sich unsere Wohnungstür, und Ulrike erscheint im Türrahmen.

„Hallo, Sascha." Plötzlich wirkt sie nicht mehr so souverän wie vorhin in der Küche. Ihr Blick ist unruhig, so, als wüsste sie nicht, wohin sie gucken soll. Als müsste sie sich Mühe geben, Sascha in die Augen zu schauen, anstatt ihn von oben bis unten zu mustern. „Schön, dich zu sehen."

„Ja ... äh ... ebenfalls. Alles Gute zum Geburtstag. Und ... danke für die Einladung." In Saschas Stimme und Blick liegt so viel Nervosität, dass ich selbst es kaum aushalten kann.

„Sehr gerne." Ulrike räuspert sich und lächelt unsicher. Es sieht aus, als wollte sie noch etwas hinzufügen, aber dann sagt sie doch nichts. Kurz stehen wir zu viert auf dem Flur, ohne dass etwas geschieht. Schließlich öffnet Ulrike die Wohnungstür weit und macht eine einladende Handbewegung. „Ja, dann ... kommt rein."

Während Andreas in die Wohnung geht, dreht sich Sascha nach hinten zu seinem Rucksack und holt eine Weinflasche heraus. Es ist sogar ein Geschenkband um den Hals gebunden.

Er hält Ulrike die Flasche hin. „Ich hab dir was mitgebracht."

„Oh, äh ... vielen Dank! Das wäre aber nicht nötig gewesen."

„Das hoffe ich doch." Sascha grinst. Sogar in dieser Situation verlässt ihn sein Humor nicht, und ich kann förmlich sehen und spüren, wie er seine Selbstsicherheit zurückerlangt. „Aber Geburtstag ist Geburtstag. Ich hab mir sagen lassen, du magst französische Rotweine."

„Auf jeden Fall." Ulrike betrachtet das Etikett genauer. „Ein Merlot. Perfekt. Ich bringe ihn mal in die Küche."

Sie verschwindet, es wirkt ein bisschen übereilt, und Sascha und ich sind allein auf dem Flur.

„Puuh", macht Sascha leise. „Das war hart für sie. Aber sie hat sich ganz gut geschlagen."

„Du dich auch."

Er hebt die Schultern. „Ich hab halt Übung. Das ist mein Vorteil."

Seine lapidare Bemerkung bringt mich zum Lächeln. Kurz lächelt auch er, dann sagt er: „Jetzt lass uns reingehen. Spätestens in einer Viertelstunde wird es hier voll, und dann wird es kompliziert mit der Wohnungsführung."

Wir beginnen die Führung – abgesehen von unserem recht geräumigen, in dunklem Grün gestrichenen Flur – in der Küche. Dort duftet es inzwischen außer nach den Brötchen, dem Obst und dem Aufschnitt auch nach frischem Kaffee. Alle Stühle sind da, und das Büfett ist angerichtet. Ulrike und Jörg räumen gerade die letzten benutzten Brettchen und sonstigen Utensilien in die Spülmaschine, und Andreas spült die Messer ab.

Sascha betrachtet das Büfett. „Da habt ihr ja ordentlich was aufgefahren. Sieht alles sehr lecker aus."

„Danke", sagen Ulrike und Andreas fast gleichzeitig.

Nur Jörg schweigt.

„Hi", sagt Sascha. „Ich bin Sascha."

„Hallo", sagt Jörg. „Ich bin Jörg."

Es folgen Sekunden der Stille, in denen Jörg sichtlich nicht weiß, wohin er gucken oder was er sagen soll. Nur die Geräusche des Kühlschranks und der Kaffeemaschine, die schon Luft ansaugt und deshalb vernehmlich blubbert und zischt, sind zu hören.

„Schöne Küche", durchbricht schließlich Sascha das Schweigen. „So warm und groß und freundlich."

„Ja, hier haben wir auch schon manch eine Feier veranstaltet", sagt Ulrike.

„Das kann ich mir gut vorstellen."

Wieder stockt das Gespräch. Schließlich wende ich mich an Sascha. „Ich zeig dir jetzt mal den Rest der Wohnung, okay?"

„Gern."

Die Türen zu den Zimmern von Ulrike, Jörg und Andreas sind geschlossen, deshalb deute ich auf dem Weg durch unseren Flur nur jeweils auf die Türen und erwähne kurz, wessen Zimmer sich dahinter verbirgt.

„Und hier ist das Bad." Unser Badezimmer, das mit hellblauen Kacheln an den Wänden und grauen auf dem Fußboden gefliest ist, ist ein typisches Altbauwohnungs-Bad, aber es ist deutlich weniger schmal als das bei Stefan in der Wohnung. Die Badezimmertür ist fast so breit wie die anderen Türen in der Wohnung, und Sascha kommt problemlos hindurch. Zwischen Waschbecken, Toilette und Badewanne ist gerade noch genug Platz, dass Sascha und ich dort zusammen stehen und hinter uns die Tür schließen können. Ich gehe am Waschbecken vorbei und stelle mich neben die Badewanne. „Und, was meinst du?"

Sascha rollt zum Waschbecken, neben das Klo und wieder zurück. „Groß genug. Bloß zum Fenster komme ich nicht. Da müsstet ihr erst die Kommode wegräumen."

„Gestatten, ich bin Ihr persönlicher Lüftungsassistent." Mit einer Hand auf dem Rücken und der anderen nach oben geöffnet in Richtung Sascha zeigend verbeuge ich mich. „Wenn möglich, buchen Sie mich bitte *vor* einer eventuellen Gestanksentwicklung."

Auch Sascha deutet eine Verbeugung an. „Angenehm. Vielen Dank. Das wird sich einrichten lassen."

„Sehr gut." Ganz können wir es doch nicht lassen zu grinsen. „Willst du jetzt mein Zimmer sehen?"

„Auf jeden Fall!"

Während wir vom Bad zu meinem Zimmer gehen, klingelt die Türglocke. Die ersten Gäste kommen wohl schon. Schnell verschwinden wir in mein Zimmer, damit wir es in Ruhe angucken können, bevor wir uns in den Begrüßungstrubel begeben.

Beinahe ehrfürchtig schaut sich Sascha um, während ich mich

auf mein Bett setze und ihn beobachte. Langsam durchquert er mein Zimmer. Als er vom dunklen Dielenfußboden auf den leuchtend gelben Webteppich wechselt, kippt er kurz den Rolli an, wahrscheinlich, damit der Teppich nicht vor den kleinen Lenkrollen Falten schlägt. In der Mitte hält er an und betrachtet die Zeichnungen und Aquarelle, die über der halbhohen Regalkombination an der Wand hängen – ohne dabei seinen Rolli nach links zu drehen. Es sind auch zwei der Bilder dabei, die in Saschas Wohnung an einem unserer gelegentlichen Zeichennachmittage entstanden sind.

„Wow", sagt er. „Die kommen hier echt gut zur Geltung. Schönes Zimmer, überhaupt."

„Danke."

Er lässt den Blick weiter durch das Zimmer schweifen. „Wo hast du diesen tollen Schreibtisch her?"

„Der stand früher in der Praxis meiner Eltern, als sie noch meinem Opa gehörte. Als die Räume dann irgendwann mal modern eingerichtet wurden, wanderte er in den Keller, und als ich hier eingezogen bin, wollte ich ihn gerne haben. Mein Vater hat ihn extra für mich aufarbeiten lassen. Eigentlich war der hässlich braun gestrichen."

Jetzt sieht man das dem Schreibtisch nicht mehr an. Der Tischler hat die Farbe abgeschliffen und anschließend das Holz geölt, sodass die Maserung des Eichenholzes zur Geltung kommt.

Genau geradeaus fährt Sascha an den Schreibtisch heran und streicht vorsichtig mit der Hand über das Holz, erst über die Tischplatte, dann über die Schubladenfronten. „Cool. Der gefällt mir echt."

„Ja, ich finde ihn auch voll schön."

Ein paar Augenblicke bleibt Sascha noch am Schreibtisch, bevor er zurücksetzt, seinen Rolli ankippt und dreht und dann wieder auf allen vier Rädern auf mich zukommt. Vielleicht einen Meter von mir entfernt bleibt er schräg vor dem Bett stehen. Er sagt nichts, schaut sich einfach weiter im Raum um, und ich bin zufrieden damit, ihn anzusehen und mich darüber zu freuen, dass er hier in meinem Zimmer ist. Draußen im Flur scheinen gerade nach und nach alle Gäste anzukommen. Stimmen nähern sich und entfernen sich später in Richtung Küche, es ist ein großes Hallo, Glückwünsche werden ausgesprochen und Geschenke überreicht.

Schließlich sieht Sascha mich an. „Es ist schön, zu sehen, wie du wohnst. Früher ... Ich glaube, das hat immer gefehlt irgendwie. Nur, dass es uns nicht bewusst war."

„Ja, da könntest du recht haben. Mein Versuch, an dem Zustand etwas zu ändern, ist ja leider vollkommen nach hinten losgegangen." Sogar jetzt bekomme ich noch heiße Ohren, wenn ich daran denke, wie der Streit mit meinen Eltern verlaufen ist. Wie ich selbst mit dafür verantwortlich war, dass er eskaliert ist. Und wie ich dann zu Sascha gezogen bin, obwohl er eigentlich noch gar nicht bereit war für so viel Nähe auf Dauer. Ich bemühe mich, Sascha in die Augen zu sehen, will wissen, wie er reagiert. Aber sein Blick ruht weiter auf mir, im wahrsten Sinne des Wortes, und ich erkenne einfach nur seine Liebe darin.

„Hey", sagt er sanft. „Das ist lange her. Wir sind beide daran gewachsen, oder?"

Ich nicke. Die Zeit nach unserer Trennung war schlimm. Aber ja, er hat recht. Früher habe ich mich immer stark gefühlt, allerdings war ich auch ungestüm und trotzig. Als das mit Sascha vorbei war, fühlte es sich lange an, als sei alles kaputt. Als sei *ich* kaputt. Doch am Ende war ich um einige Erkenntnisse reicher. Ich fing an, wieder zu leben, zu erstarken, und diese neue Stärke fühlt sich anders an. Unsicherer als früher, manchmal. Aber irgendwie auch tiefer, echter. Geerdet, irgendwie. Vielleicht, weil ich jetzt weiß, wie es ist, ganz unten zu sein.

„Diesmal machen wir es besser." Meine Stimme klingt rau.

„Ja." Sascha kommt näher, ohne den Blick von mir zu nehmen, bis seine Schuhspitze sanft mein Schienbein berührt. „Ich möchte dich küssen."

„Das möchte ich schon, seit wir uns unten an der Haustür getroffen haben. Also, ich dich, meine ich." Ich stehe auf und beuge mich zu ihm vor. Er zieht mich zu sich, und ich setze mich auf seine Oberschenkel, während wir uns bereits küssen und liebkosen, leidenschaftlich, erregt, immer wieder. Wir pressen unsere Münder aneinander und unsere Oberkörper auch, und wenn nicht in der Küche bereits die Feier begonnen hätte, würde ich jetzt mit ihm auf mein Bett wechseln und ihm dort noch viel, viel näher kommen wollen.

Der Brunch ist bereits in vollem Gange, als Sascha und ich in die Küche kommen. Ulrike und ihre Gäste sitzen am Tisch, essen, trinken, erzählen und lachen. Natürlich verstummen sie sofort, als sie uns bemerken. Es sind tatsächlich alle da: Jule und Salome aus Ulrikes Ruderclub, Jules Freundin Mareike, Johannes und Elif, die mit Ulrike zusammen studieren, Elifs Freund Andi und natürlich Ulrike, Jörg und Andreas. Ich kenne sie alle, aber keiner von ihnen weiß irgendetwas über Sascha. Es sei denn, Ulrike hat ihn bereits angekündigt.

„Hi", grüße ich in die plötzliche Stille hinein. „Das ist Sascha, mein Freund."

„Hi", sagt auch Sascha.

Die Gäste grüßen mit „Hallo" oder „Hi" zurück.

„Schön, dass ihr da seid", fügt Ulrike hinzu. „Das Büfett haben wir schon eröffnet, wie ihr sehen könnt."

„Kein Problem. Sorry für die Verspätung", entgegne ich. „Ich habe Sascha noch eine Wohnungsführung gegeben."

„Wir hatten schon befürchtet, dass hier irgendwo in der Wohnung eine ganze Armada verborgener Zimmer ist", sagt Andreas. „Oder sogar ein schwarzes Loch."

„Dem schwarzen Loch sind wir gerade noch entkommen, bevor wir den Ereignishorizont erreicht hatten", erwidert Sascha todernst. „Und jetzt haben wir Hunger, oder, Fredi? Der Kampf gegen die Anziehungskraft war echt hart."

„Und wie!", pflichte ich ihm bei.

Alle lachen.

„Dann legt mal los", sagt Ulrike. „Guten Appetit!"

Während wir uns am Büfett bedienen, nehmen die anderen ihre Gespräche wieder auf. Sascha hält unsere Teller, und ich fülle uns auf, er schenkt die Fruchtsäfte in unsere Gläser ein und ich bringe sie zum Tisch, wir sind ein eingespieltes Team, auch wenn wir fast eineinhalb Jahre lang keinen Kontakt hatten.

Dadurch, dass es ohnehin keinen elften Stuhl gibt, ist automatisch der eine Platz am vorderen Tischende für Sascha frei. Was gut ist, denn auch wenn unsere Küche groß ist, bei so vielen Menschen im Raum wäre es für Sascha kaum möglich gewesen, zum anderen Tischende oder an einen der Plätze auf der linken Seite zu gelangen. Für mich ist hinten links noch ein Stuhl frei, zwischen Johannes und Mareike. Sascha und ich müssen daher den ersten Teil des Brunches weit voneinander entfernt verbringen. Aber das hält uns nicht davon ab, zwischendurch Blicke auszutauschen, die den großen Abstand überbrücken – und ihn gleichzeitig erst recht fühlbar machen.

Das Essen ist lecker und die Runde sehr unterhaltsam und lustig. Besonders Andreas, Mareike und Elif sorgen für Lacher, alle drei sind sie Meister darin, andere zu necken und aufzuziehen, aber auf sympathische und freundliche Art, niemals böse. Saschas Humor und seine Schlagfertigkeit passen bestens dazu, er treibt manch einen Scherz der anderen durch seine abwegig-trockenen Bemerkungen noch auf die Spitze, sodass wir uns ein ums andere Mal vor Lachen biegen und uns kaum halten können. Irgendwann ist sogar bei Jörg das Eis gebrochen, und er ist in ein längeres Gespräch mit Sascha vertieft.

Jule und Mareike verabschieden sich gegen halb zwei als Erste, etwas später machen sich auch Johannes, Salome, Andi und Elif auf den Weg. Zu fünft legen wir eine weitere Runde Brunchen ein, räumen anschließend den Tisch auf und bringen die Schreibtischstühle zurück in die Zimmer, bevor wir den Pokerkoffer einweihen, den wir Ulrike als WG geschenkt haben.

Schon bald beginnt ein harter Kampf um die Jetons, wir *checken*, *callen* und *folden*, wir *raisen* und gehen *All-in*, wir bluffen oder haben wirklich das bessere Blatt, wir lachen, feixen und staunen. Nicht selten kommt es zum Showdown. Einmal schlägt mein *Full House* den *Flush* von Andi, und dann kommt Sascha noch mit einem zweiten *Full House* daher, das mehr wert ist als meines, und auch, wenn es mich ärgert, nun doch nicht meinen Triumph feiern zu können, genieße ich die Stimmung in der Runde – und Saschas breites Grinsen, mit dem er die Chips einstreicht und vor sich aufbaut. Er und ich sitzen einander gegenüber, und es ist genauso wie damals, als wir in der WG von Sa-

36

schas Studienfreund Max *Nobody is perfect* gespielt haben: Jedes Mal, wenn unsere Blicke sich treffen, wird mir warm, und wenn wir einander Jetons oder den Dealerbutton zuschieben, berühren wir einander wie zufällig, und ich genieße das Kribbeln, das dabei meine Haut überzieht.

Am Ende gewinnt Jörg, dem heute viele gute Blätter beschieden waren. Es ist nach vier Uhr, als wir den Poker-Koffer einräumen und anschließend alle zusammen die Küche wieder in ihren Normalzustand zurückversetzen. Dank der Tatsache, dass wir eine WG-Spülmaschine haben, geht es sogar recht schnell.

„Ich danke euch", sagt Ulrike, als alles fertig ist und wir noch zusammen in der Küche stehen. „Fürs Mit-Aufräumen und fürs Dabeisein und für die tolle Party."

„Sehr gerne", „Gern geschehen" und „Keine Ursache", antworten wir, und Sascha fügt hinzu: „Hat echt Spaß gemacht heute. Danke nochmal für die Einladung."

„War doch selbstverständlich, dass ich dich einlade, wenn du und Fredi wieder zusammen seid. Obwohl ich zugeben muss, dass ich auch ein bisschen Bammel hatte vor unserer Begegnung."

„Ich auch", sagt Sascha.

Ulrike lächelt.

„Wieso Bammel?", will Jörg wissen.

„Wir sind in Celle auf dieselbe Schule gegangen und waren im gleichen Jahrgang", erklärt Sascha.

„Aber wir waren in unterschiedlichen Cliquen, und ich glaube, wir hatten ganze zwei Kurse zusammen", ergänzt Ulrike. „Deshalb war das hier unser erstes Aufeinandertreffen seit damals. Ohne Fredi hätten wir uns vermutlich erst zum zehnjährigen Abi wiedergesehen."

„Zufälle gibt's ...", meint Andreas.

Jörg guckt noch immer fragend.

„Weißt du, erste Begegnungen mit Leuten, die ich von früher kenne, sind oft nicht einfach", sagt Sascha. „Für beide Seiten."

„Ah, ich verstehe. Also hast du zu deiner Schulzeit noch nicht im Rollstuhl gesessen?"

„Richtig kombiniert", antwortet Sascha, aber mehr sagt er nicht dazu.

Mir fällt auch nichts ein, womit ich die auf einmal irgendwie angespannte Atmosphäre auflockern könnte. Ganz offensichtlich möchte Sascha jetzt nicht über seinen Unfall sprechen, das werden auch die anderen spüren, gleichzeitig brennt Andreas und Jörg aber vermutlich gerade diese Frage auf den Nägeln. Jörg guckt etwas zu direkt auf Saschas Beine, Andreas etwas zu betont woandershin, und Ulrike rückt einen der Stühle ein paar Zentimeter näher an den Tisch.

„Ja, äh ... ich glaube, ich drehe noch 'ne Verdauungsrunde mit dem Rad nach der Völlerei hier", sagt Jörg schließlich. „Kommt irgendwer mit?"

„Gute Idee", meint Andreas. „Ich bin dabei. Wobei ... ähm ... Sascha, wie lange bleibst du noch? Ich frage wegen der Treppe. Oder brauchst du mich auf dem Weg nach unten nicht?"

„Nein. Runter komme ich sogar alleine. Eurer Verdauungsrunde steht also nichts im Wege."

„Ich geh dann mal in mein Zimmer", sagt Ulrike. „Gleich rufen bestimmt alle meine Verwandten an, um mir zu gratulieren."

Die drei verabschieden sich, und dann sind Sascha und ich auf einmal allein in der Küche. Ich lehne noch immer an der Arbeitsplatte, und Sascha steht neben mir zwischen der Balkontür und dem Tisch, wir schauen einander an und versuchen beide mit der Anspannung zurechtzukommen, die sich eben irgendwie von hinten angeschlichen hat.

„Und was machen wir mit dem angebrochenen Nachmittag?", frage ich schließlich. „Oder willst du ... nach Hause?"

„Also, wo ich schon mal hier bin, würde ich gern noch bleiben. Wenn du nichts dagegen hast, dass ich mich mal für 'ne halbe Stunde auf deinem Bett ausstrecke?"

„Hab ich nicht. Ein bisschen Ausstrecken könnte ich jetzt auch gebrauchen."

„Dann strecken wir uns zusammen aus. Einverstanden?" Er grinst, ganz leicht nur, und kommt auf mich zu.

„Klar bin ich einverstanden." Ich kann mir kaum etwas Schöneres vorstellen.

3. AUSSTRECKEN PLUS.

Mein Zimmer wirkt wie immer am Nachmittag deutlich dunkler als am Morgen. Der Kastanienbaum beschattet jetzt den Hof und mein Fenster. Es scheint etwas Wind aufgekommen zu sein, denn durch das gekippte Fenster höre ich die Blätter rascheln.

„Du hast nicht nur einen coolen Schreibtisch, sondern auch ein sehr schönes Bett", bemerkt Sascha, während ich meine Zimmertür hinter uns schließe. „Ein Meter sechzig, oder?"

„Ja." Ich habe mich damals im Bettengeschäft gleich in dieses Modell verliebt. Es ist aus Kiefernholz wie meine Regalkombination und hat ein an den Seiten abgerundetes Kopfteil mit waagerechten metallenen, leicht geschwungenen Deko-Stangen in der Mitte, die es zugleich klassisch und modern wirken lassen. Und weil es mir so gut gefiel, habe ich gleich die breitere Version genommen, auch wenn ich mir im letzten Sommer nicht vorstellen konnte, in naher Zukunft wieder eine Beziehung einzugehen.

Sascha rollt ans Fußende des Bettes. „Welches ist deine Seite?"

„Ich schlafe meistens rechts. Von hier aus gesehen."

„Das ist gut. Links komme ich besser hin."

„Lass dich nicht aufhalten."

„Könntest du ... die Tagesdecke runternehmen? Die verrutscht und verkrumpelt sonst hoffnungslos unter mir."

„Natürlich." Ich nehme sie ab, falte sie zusammen und lege sie zwischen den Nachttisch und die Wand. Auch meine Bettdecke kommt auf den Fußboden vor dem Nachttisch. Wegen der Verkrumpelungsgefahr. Und weil es warm ist. Und möglicherweise auch, weil Sascha und ich uns ja nur ausstrecken wollen.

Sascha ist mittlerweile seitlich ans Bett herangefahren und hat die Bremsen seines Rollis festgestellt und die Schuhe ausgezogen.

„Soll ich ein zweites Kopfkissen holen?", frage ich, während Sascha sich mit der linken Faust auf die Matratze stützt und mit der rechten Hand den Rollstuhlrahmen umfasst, um auf das Bett überzusetzen. „Ich hab noch eins im Schrank."

Er hält inne und grinst mich an. „Wie du willst. Ich teile mir auch gerne deins mit dir."

„Na dann ..." Ich schiebe mein Kopfkissen in die Bettmitte und lasse mich auf mein Bett fallen.

Sascha hievt sich vom Rolli aufs Bett und hebt mit Hilfe der Hände seine Beine auf die Matratze. Es sieht schwerfälliger oder möglicherweise auch nur ungeübter aus als bei ihm zu Hause, vielleicht, weil mein Bett ein paar Zentimeter höher ist als seins und die Matratze keinen verstärkten, festeren Rand hat wie seine. Aber er bewältigt den Transfer ohne Schwierigkeiten, natürlich, und während er zu mir rutscht und seinen Kopf neben meinem in das Kopfkissen sinken lässt, breiten sich in meinem Körper so viel Freude und Glück aus, dass ich es kaum aushalten kann. Einfach, weil Sascha hier ist, hier neben mir in *meinem* Bett.

Wir liegen dicht nebeneinander, die Gesichter einander zugewandt. Eine ganze Zeit lang sehen wir einander an.

„Ich hab bestimmt schon mehr als hundertmal mit dir zusammen im Bett gelegen, aber noch nie in meinem", spreche ich schließlich aus, was ich denke. „Es ist so schön, dass du hier bist."

„Ja", sagt Sascha. „Es ist ein bisschen, wie wenn man ein fehlendes Puzzleteil gefunden hat. Eines, bei dem man erst gar nicht gemerkt hat, dass es nicht da ist, aber ohne es kriegt man das Puzzle einfach nicht richtig hin. Und jetzt ist es endlich da."

„Das hast du schön gesagt." Und je länger ich über seine Worte nachdenke, desto erstaunter bin ich, *wie* gut sie passen.

Sascha rückt mit seinem Oberkörper weiter zu mir heran, bis wir uns fast berühren. Dann fasst er mir behutsam an den Nacken und streicht mit seinen Lippen über meine, sehr liebevoll und zärtlich. Ich fahre ihm mit meinen Fingern durch die Haare, halte seinen Kopf fest und drücke meinen Mund sanft auf seinen. Wir spüren die Lippen des anderen, drücken sie mal leicht, mal etwas fester aneinander, streichen mit unseren Mündern nach rechts und nach links, beginnen ein vorsichtiges Spiel mit unseren Zungen.

Doch es dauert nicht lange, bis sich unsere Sehnsucht nacheinander Bahn bricht und wir nicht mehr voneinander lassen können. Wir ziehen uns gegenseitig die Klamotten aus, wir pressen unsere Körper aneinander, als wollten wir miteinander verschmelzen, wir spüren unsere eigene Erregung und die des anderen und geben uns einander hin.

„Wir wollten uns eigentlich nur ausstrecken", murmele ich irgendwann, ohne mich dabei von Sascha zu lösen. Ich liege halb auf seinem Bauch und habe meinen Kopf rechts von seinem.

„Tun wir doch", sagt Sascha. „Man nennt es *Ausstrecken plus*."

Ich grinse und schnaube dabei in Saschas Ohr. „*Ausstrecken plus* ist wunderschön. Sehr wunderschön."

„Mach das nochmal", raunt er.

„Was?"

„So in mein Ohr sprechen und atmen."

„So?"

„Länger reden, bitte."

„*Ausstrecken plus* ist wunderschön." Ich liege jetzt ganz auf Sascha und genieße es, ihn unter mir zu spüren. Sein Brustkorb hebt und senkt sich und ich spüre sogar seinen Herzschlag direkt unter meinem eigenen. Ich streichele ihn im Nacken und habe meine Lippen direkt an seinem Ohr. „Ausstrecken plus *mit dir* ist wunderschön. *Du* bist wunderschön."

Ich hebe meinen Kopf, um sein Gesicht betrachten zu können.

„Nicht aufhören, *bitte*." Seine Stimme klingt flehend, ergeben, so unbedingt wollend, wie ich es noch nie vorher bei ihm erlebt habe. In den ganzen sechs Monaten, die wir damals zusammen waren, hat er mich nie *so* angesehen, war er nie so *da*, so *bei mir*.

Ich küsse seine Augenlider, seine inneren Augenwinkel, die weiche Haut unterhalb seiner Augen. Ich weiß, wie sehr er das mag, und ich mag es auch. Ich lasse meinen Mund wieder zu seinem Ohr wandern, streiche ihm mit meiner Nase am Hals entlang und atme in seine Ohrmuschel, während ich mit meinen Fingerspitzen seine Kopfhaut kraule und seine Haare zwischen meinen Fingern hindurchgleiten fühle. „Sehr wunderschön", flüstere ich ihm ins Ohr. „So wunderschön, dass es mir die Sprache verschlägt und ich nicht weiß, was ich noch reden könnte …"

„Oh, Fredi …" Er stöhnt leise auf. Noch nie hat er so gestöhnt. Und ich habe nicht gewusst, wie erregend es ist, ihn so stöhnen zu hören. Wir klammern uns aneinander, ich spüre seinen Körper zwischen meinen Beinen, seine Hand, wir küssen uns, immer und immer wieder, und er streichelt mich, am Hinterkopf, über den Rücken, er fährt mit seiner Hand an meiner Seite entlang, über meinen Bauch und dann tiefer ... Auch ich stöhne auf, und dann ... entladen sich siebzehn Monate Sehnsucht, entladen sich unsere Begierde, unser Verlangen, unsere Lust, seine und meine, zur gleichen Zeit, es ist groß und direkt und unmittelbar und gipfelt weit jenseits des Aushaltbaren, dass mir schwindelig wird und ich nach Luft schnappe, als hätte ich minutenlang vergessen zu atmen.

Lange liege ich danach an ihn gekuschelt, mit meinem Kopf auf seiner Brust, die sich noch immer stark hebt und senkt, und lausche seinem Herzschlag, der langsam wieder zu seinem normalen Tempo zurückfindet. Er hat den rechten Arm um mich gelegt und schiebt die Finger seiner linken Hand zwischen die meiner rechten.

„Das war schön", sagt er, als unser Atem wieder normal geht und unsere Herzen sich beruhigt haben. „Richtig, richtig schön."

„Ja." Mich ergreift eine tiefe Ehrfurcht, während ich es ausspreche. Ich weiß noch zu genau, was Sascha am Tag unserer Trennung gesagt hat, damals am Ricklinger Beeke-Deich. *Am Anfang habe ich geglaubt, dass es auch für mich mal so richtig schön wird mit uns. So richtig schön, meine ich. Aber es ist nicht besser geworden, Fredi. Im Gegenteil, je länger wir zusammen sind, umso schwerer kann ich es ertragen, dass es immer noch nicht besser ist.* Wir haben damals viele, viele schöne Male miteinander im Bett gehabt, haben hin und wieder sogar miteinander geschlafen. Aber obwohl Sascha mit Hilfe der Spritze eine Erektion bekommen kann, hat er immer darunter gelitten, dass er im Intimbereich nichts spürt und keinen normalen Orgasmus bekommen kann.

Querschnittgelähmte können andere erogene Zonen entwickeln und mit der Zeit lernen, auf andere Weise einen Orgasmus zu haben, der als genauso befriedigend empfunden werden könne wie ein „richtiger", so stand es in dem Flyer eines Rehazentrums, den ich runtergeladen hatte, damals, als wir frisch zusammen waren. Natürlich hat man das auch Sascha während seiner Reha gesagt. Man solle als Paar auf Entdeckungsreise gehen und alles machen, was schön ist. Man brauche Geduld, denn es brauche Zeit, aber die meisten Querschnittgelähmten würden irgendwann wieder ein beide Partner befriedigendes Sexualleben führen können. Wir sind zusammen auf Entdeckungsreise gegangen, ich hatte Geduld, aber für Sascha war es immer irgendwie defizitär, und ich glaube, am meisten Kraft hat es ihn gekostet, mich das möglichst nicht merken zu lassen.

„Für mich war es auch richtig, richtig schön. Ich wusste gar nicht, dass es *so* schön sein kann." Ich stütze mich etwas auf, um ihn anzusehen.

Er lächelt, und gleichzeitig kann ich sehen, dass ihm Tränen in den Augen stehen. Jetzt, da sich unsere Blicke treffen, lächelt er noch mehr, und eine Träne löst sich aus seinem Augenwinkel und rinnt ihm die Schläfe hinab. Das zu sehen, berührt mich tief und erfüllt mich so sehr mit Glück und einer Art Demut, dass mir selbst die Tränen kommen.

„Ich auch nicht", sagt er.

Eine Zeit lang sehen wir uns an und sind beieinander und spüren diesen besonderen Moment, der keine weiteren Worte braucht.

Sascha bleibt zum Abendbrot. Wir sind zu dritt, er und Ulrike und ich, wir essen die letzten Reste vom Büfett, und Ulrike macht einen Gurkensalat dazu. Während des Essens tauschen Sascha und ich immer wieder Blicke aus, und es fühlt sich großartig und zugleich merkwürdig an, das Wissen um das, was vorhin in meinem Zimmer geschehen ist, miteinander zu teilen und gleichzeitig mit Ulrike unschuldigen Smalltalk zu machen. Nach dem Abräumen zieht sich Ulrike wieder zurück, sie lässt uns zwei dann mal wieder allein, sagt sie und zwinkert dabei vielsagend.

Sascha verschwindet erst einmal im Bad, wie immer nach dem Abendessen, und ich gehe währenddessen auf den Balkon vor unserer Küche, stütze mich auf der Brüstung auf und schaue in den Hof. Insgesamt acht fünfstöckige Mehrfamilienhäuser umgeben die rechteckige grasbewachsene Fläche mit den zwei Kastanienbäumen. Jetzt am Abend ist es dort kühl und schattig, und auch hier auf dem Balkon weht ein kleines Lüftchen. Schräg gegenüber spielen ein paar Kinder Fußball auf dem Rasen und in einem anderen Garten nimmt ein Mann die Wäsche von der Wäscheleine.

„Bin wieder da."

Ich drehe mich um. Sascha steht vor der Schwelle der Balkontür, die Hände links und rechts am Türrahmen, und beugt sich vor, um mich sehen zu können.

„Kommst du mit raus?" Ich weiß, die Türschwelle ist nicht ohne, aber ich bin mir sicher, dass Sascha das hinkriegt.

Er schüttelt den Kopf. „Ein anderes Mal. Ich sollte jetzt nach Hause gehen. Ich hab heute noch kein Stehtraining gemacht und mich nicht durchbewegt, und es ist echt spät geworden."

„Okay." Natürlich ist mir klar, dass Sascha diese Dinge nicht einfach ausfallen lassen kann, aber ich kann nicht verhindern, dass sich Enttäuschung in mir breitmacht. Irgendwie habe ich mir vorgestellt, dass wir den Abend zusammen verbringen, vielleicht sogar, dass er über Nacht bleibt ...

Ich stoße mich vom Geländer ab und gehe zur Balkontür. Sascha sieht mich unverwandt an, macht mir keinen Platz.

„Du bist enttäuscht", stellt er fest.

„Ein bisschen." Er kann sowieso in mir lesen wie in einem offenen Buch, da macht es keinen Sinn, ihm etwas vorzumachen.

Jetzt rollt er doch rückwärts in die Küche, um mich durch die Tür zu lassen. „Tut mir leid."

Früher hätte er dabei den Blick gesenkt. Jetzt tut er es nicht, und ich kann sehen, dass er genauso mit der Enttäuschung kämpft wie ich.

Ich trete in die Küche. „Muss es nicht. Der Tag heute war wunderschön, und das wird er auch bleiben."

Ein kleines Lächeln huscht über sein Gesicht. „Das stimmt."

„Willst du jetzt gleich los?"

„Von Wollen kann nicht die Rede sein. Aber ja, jetzt gleich."

„Soll ich Ulrike Bescheid sagen wegen der Treppe?"

„Nein. Ich krieg das allein hin. Ich zeig's dir, okay?"

„Okay. Ich komm aber noch mit runter."

„Ich bitte darum. Kann sein, dass ich doch deine Hilfe brauche. Vier halbe Treppen am Stück habe ich noch nie ausprobiert."

Im Treppenhaus zieht sich Sascha seine Rolli-Halbfingerhandschuhe an, die er oft trägt, wenn er längere Strecken mit dem Rolli unterwegs ist, und fährt dann rückwärts an die oberste Stufe heran. Anschließend lässt er sich Stufe um Stufe die Treppe hinunter, während er sich mit der linken Hand am Geländer festhält und mit der rechten am Greifreifen den Rollstuhl kontrolliert. Es sieht gekonnt aus und geht erstaunlich schnell. Nach jeder halben Treppe legt Sascha eine kurze Pause ein, um seine Hände und Finger zu lockern.

Wenige Minuten später stehen wir unten vor der Haustür auf dem kleinen Vorplatz zwischen Hauseingang und Bürgersteig. Es ist noch immer warm, und es riecht nach Sommer in der Stadt. Ich habe auf einmal überhaupt keine Lust, gleich wieder in die Wohnung zu gehen, ich möchte die laue Abendluft einatmen und mich bewegen.

„Ja, also dann ...", sagt Sascha. „Ich muss wohl."

„Bist du mit dem Auto da?"

„Nein, zu Fuß. Ist ja nur ein Kilometer ungefähr, und bei der Parkplatzsituation hier ..."

„Darf ich dich noch bis nach Hause begleiten? Mir ist nach Bewegung, und die Luft ist so schön."

Ich könnte mir einbilden, dass er zögert. Aber dann nickt er und sagt: „Klar. Zusammen ist die Luft schließlich noch viel schöner."

Es ist himmlisch, mit Sascha einen Abendspaziergang durch die Stadt zu machen. Während wir unterwegs sind, geht vermutlich gerade die Sonne unter. Wegen der hohen Häuser überall können wir es nicht sehen, aber die Farbe des Himmels und die langsam einsetzende Dämmerung deuten darauf hin. Außer uns sind noch relativ viele andere Menschen unterwegs, Fußgänger, Radfahrer, das eine oder andere Auto. Die Mehrzahl der Leute strebt in Richtung Maschseefest. Sascha und ich reden nicht viel, hängen jeder unseren Gedanken nach, und viel zu schnell sind wir vor Saschas Hauseingang angekommen.

Ich bleibe vor der kleinen Stufe unter dem großen Vordach

der Eingangstür stehen. „Kaum vorstellbar, dass es weniger als vierundzwanzig Stunden her ist, dass wir uns zuletzt hier verabschiedet haben."

„Ja, stimmt", pflichtet Sascha mir bei. „Was heute war, fühlt sich nach viel mehr als nur einem Tag an."

„Auf eine sehr schöne Weise."

„Ja."

Eine Weile stehen wir einander stumm gegenüber.

„Ich hab mich gefreut, dass du mitgekommen bist", sagt Sascha dann.

„Ja." *Ich würde auch noch weiter mitkommen, wenn du das möchtest. Ich vermisse dich jetzt schon. Ich möchte neben dir einschlafen und morgens neben dir aufwachen. Jeden Tag.* Wie gerne würde ich das jetzt sagen. Aber ich will mich auf keinen Fall aufdrängen. Diesmal machen wir es besser. Diesmal mache *ich* es besser.

Sascha sieht mich an, genauso sehnsüchtig, wie ich mich fühle. „Ich ... also ... Sehen wir uns morgen?"

„Unbedingt. Um zehn bei dir zum Frühstück? Ich bringe Brötchen mit?"

„Okay." Noch immer hält er den Blick, und es fühlt sich an, als wäre da eine physische Verbindung zwischen uns. Eine, die so stark ist, dass ich das Gefühl habe, nicht nur mein Herz klopfen zu hören, sondern auch seins. „Ich freue mich."

„Ich mich auch."

Er hält mir seine ausgestreckte Hand hin. Ich gehe einen Schritt auf ihn zu und lasse meine Finger zwischen seine gleiten. Langsam zieht er mich zu sich hin. Wir küssen uns zum Abschied, nur auf die Lippen, sanft und bewusst, und als wir uns voneinander lösen, geht ein heftiges Ziehen durch meinen gesamten Körper.

„Bis morgen." Seine Stimme klingt rau.

„Bis morgen."

Langsam entferne ich mich von ihm, rückwärts. Unsere Finger lassen wir miteinander verschränkt, so lange wie möglich, bis unser Abstand zu groß wird und meine Hand aus seiner gleitet. Er lässt seine Hand sinken und legt sie an den Greifreifen. Stumm sieht er mir nach, bis ich um die Ecke verschwunden bin und meinen Weg vorwärtsgehend fortsetze.

„Gib zu, du hast hier auf mich gewartet", sage ich zu Ulrike, als ich sie in der Küche antreffe. Sie sitzt am Tisch, liest ein Buch und trinkt Limonade. Sie liest sonst nie in der Küche. Schon gar nicht um halb elf. Ich habe nämlich noch etwas Zeit gebraucht, um meine Gefühle zu sortieren, und bin in einem ziemlich großen Umweg nach Hause gegangen.

Sie grinst. „Ja, ich gebe es unumwunden zu. Hatte schon angefangen zu überlegen, ob du wohl bei ihm übernachtest. Bis elf hätte ich hier noch gewartet."

Ich schließe die Küchentür und lehne mich an die Arbeitsplatte zwischen Herd und Spüle. „Ich hätte sehr gerne bei ihm übernachtet. Aber dann hab ich gedacht, du sitzt hier in der Küche und wartest auf mich. Das konnte ich dir ja nicht antun."

„Ha, ha."

„Okay, du hast recht. Das war natürlich nicht der Grund. Ich glaube, ... wir wollen einfach nichts überstürzen. Es diesmal besser machen."

„Hm. Verstehe ich. Einerseits. Andererseits ... Warum quält ihr euch so? Ihr haltet es ja schon kaum aus, am Tisch zwei Meter voneinander entfernt zu sitzen."

Ich spüre, wie mir augenblicklich die Röte ins Gesicht steigt. „Hat man das gemerkt?"

„Das ist jetzt aber keine ernst gemeinte Frage, oder?"

„Doch ...?"

„O Mann, Fredi! Zwischen euch fliegen die Funken hin und her, dass das ganze Zimmer erleuchtet ist. Das kann man nicht übersehen."

„Hm." Ehrlich gesagt, weiß ich nicht, was ich darauf sagen soll. Also sage ich erstmal gar nichts, sondern hole mir ein Glas aus dem Schrank, setze mich zu Ulrike an den Tisch und schenke mir auch Limonade ein.

Wir nippen an unseren Gläsern und schweigen. Ich lasse den Brunch innerlich Revue passieren und frage mich, ob uns wohl auch alle anderen beobachtet haben. Schließlich weiß nur Ulrike von Saschas und meiner Geschichte. Noch dazu kennt sie Sascha von früher – und als wir noch nicht wussten, dass *mein* Sascha *der* Sascha ist, mit dem sie zur Schule gegangen war, hat sie mir sogar verraten, dass sie und ihre Freundinnen früher für ihn geschwärmt haben – von weitem nur, denn er war ja mit Corinna zusammen.

„Wie war es denn eigentlich für dich, ihn jetzt wiederzusehen?", erkundige ich mich schließlich.

Sie zuckt mit den Schultern.

„Jetzt kneif nicht. *Du* hast hier auf mich gewartet, um mit mir über Sascha zu reden."

„Ich hab hier gewartet, um mich mit dir zu freuen. Das tue ich nämlich, von ganzem Herzen, auch wenn ... wenn es für mich nicht einfach ist, ihn jetzt im Rollstuhl zu sehen."

„Oh. Danke." Schon wieder werde ich rot. Diesmal, weil es so nett ist, was sie sagt. Und ich hab ihr Neugier unterstellt. „Du hast dich gut geschlagen, hat Sascha gesagt. Draußen im Hausflur nach der Begrüßung."

„Ich hab mir auch echt Mühe gegeben."

„Wurde es denn später besser? Im Verlauf des Tages?"

Wieder hebt sie die Schultern. „Ja und nein. Er macht es einem leicht mit seiner offenen und witzigen Art. Da vergisst man manchmal zwischendurch, dass er im Rollstuhl sitzt. Aber dann fällt es mir wieder auf oder ein. Ich meine, verstehst du, das ist der Sascha von früher, der megaviel Sport gemacht hat, der auf jeder Party war, der getanzt hat wie ein junger Gott, der immer fröhlich und lustig war, der, in den wir alle irgendwie verliebt waren ... Und jetzt sitzt ausgerechnet er im Rollstuhl und muss von zwei Leuten die Treppe hochgetragen werden, du musst ihm das Glas zum Tisch bringen, und am Büfett ..."

Ein heftiger Schmerz durchfährt mich, während sie das mit der Treppe und dem Glas sagt, und ich will nicht hören, was sie noch aufzählen will. „Hör auf", unterbreche ich sie. „Bitte."

„Sorry. Du hast gefragt."

Ja, das habe ich. Ich weiß auch nicht, warum mir ihre Worte so wehtun. „Er macht jetzt wieder Sport und geht auf Partys", sage ich langsam. „Und gestern haben wir getanzt, du hättest ihn sehen sollen, dieses perfekte Zusammenspiel von Rhythmusgefühl und Körperbeherrschung, das ist so faszinierend, ihm zuzusehen, und es war berauschend, zusammen zu tanzen."

„Das ist schön. Aber es ist nicht dasselbe wie früher."

„Vielleicht." Genau genommen kann ich es nicht beurteilen. Aber es war traumhaft und großartig, und so, wie Ulrike es jetzt sagt, entwertet sie es. Vielleicht ist es das, was mir diese Stiche versetzt, die sich mit jeder weiteren Äußerung von ihr tiefer in mich hineinbohren. „Vielleicht ist es nicht dasselbe, aber deswegen muss es ja nicht weniger schön sein."

„Du kennst ihn nur so. Für dich gehört seine Behinderung zu ihm dazu. Aber ich kann nicht einfach ausblenden, wie er früher war. Ich empfinde Bedauern und Mitleid, wenn ich ihn im Rolli sehe, und Bewunderung, weil er trotzdem gut zurechtkommt und witzig ist und immer noch echt Charme hat."

Immer noch. Als würden Rollstuhl und Charme haben einander ausschließen. „Mitleid und Bewunderung sind die beiden Reaktionen, die Sascha am meisten hasst." Und ich hasse sie auch, wie ich gerade feststelle. Ich bin ein bisschen sauer auf Ulrike. Vielleicht sogar mehr als nur ein bisschen.

„Ja, das denke ich mir. Ich hoffe, er hat es mir nicht angemerkt."

„Ich hab's dir jedenfalls nicht angemerkt. Und ehrlich gesagt, ich glaube, es wäre besser gewesen, du hättest ..." Ich halte inne. Auch wenn ich wütend bin, ich wohne mit Ulrike zusammen und wir sind befreundet, ich will das nicht zerstören. Ich habe das Gespräch in diese Richtung gelenkt und sie sogar genötigt zu antworten. Da sollte ich ihr jetzt keine Vorwürfe machen. „... ich hätte dich besser gar nicht so genau danach gefragt."

„Es wird bestimmt besser, wenn ich ihn öfter sehe", meint Ulrike versöhnlich. „Ich muss mich halt erst dran gewöhnen."

„Bestimmt." Hoffentlich. Ich glaube nämlich nicht, dass mir unser Gespräch so leicht wieder aus dem Kopf gehen wird.

Als ich kurz vor Mitternacht ins Bett gehe, ist mein zwiespältiges Gefühl, das ich auf dem Spaziergang von Saschas Wohnung zurück zu meiner WG versucht habe loszuwerden, wieder da. Einerseits bin ich glücklich, unglaublich glücklich, weil Sascha hier war und weil ich jetzt in dem Bett liege, in dem Sascha und ich heute Nachmittag *Ausstrecken plus* miteinander erlebt haben, und andererseits fehlt er mir so sehr. Mein Kopfkissen riecht noch nach ihm, ich vergrabe mein Gesicht darin und atme tief ein. Wie schön es doch wäre, wenn er jetzt hier wäre, hier in meinem Bett, wenn wir einfach wieder normal zusammen sein könnten, so wie am Anfang, ohne diese Sorge, dass wir etwas falsch machen könnten, ohne diesen Druck, es diesmal besser machen zu müssen.

Oder wenn ich jetzt bei ihm wäre, warum hat er nicht gefragt, ob ich über Nacht bleiben möchte, als wir unten vor seiner Haustür standen? Ich habe doch die Sehnsucht in seinen Augen gesehen. Wahrscheinlich liegt er jetzt in seinem Bett und vermisst mich genauso wie ich ihn. Das ist doch bescheuert. Wir quälen uns, Ulrike hat recht.

Wir müssen ja nicht gleich wieder zusammenziehen. Wir müssen auch nicht jede Nacht zusammen verbringen. Es muss ja auch gar nicht heute sein. Aber wann dann? Wann ist der richtige Zeitpunkt dafür? Warum fühlt es sich an, als wären wir beide hilflos, weil wir ihn nicht kennen? Warum habe ich Angst, dass es morgen genauso wäre? Und übermorgen? Und in einer Woche?

Warum überhaupt mache ich mir diese Gedanken? Vielleicht fragt er mich morgen Abend, ob ich bleiben will, ganz normal. Vielleicht mache ich mir zu viele Sorgen.

Ich sollte mich freuen über das, was heute und gestern war. Wir sind gerade einmal zwei Tage wieder zusammen, und in diesen zwei Tagen ist so viel Schönes passiert, wie ich es mir nie hätte vorstellen können.

Alles Weitere sollte ich einfach auf mich zukommen lassen. So wie früher. Vielleicht machen wir es ja auch von ganz alleine besser. Weil wir uns weiterentwickelt haben. Darauf sollte ich vertrauen. Darauf kann ich doch vertrauen, oder?

4. KUNSTBLUMEN.

Pünktlich um zehn Uhr läute ich unten an Saschas Haustür. Der Türöffner summt umgehend, als hätte Sascha direkt bei der Gegensprechanlage auf mein Klingeln gewartet. Wie früher nehme ich die Treppe und nicht den Aufzug. Und wie früher steht Sascha in der geöffneten Wohnungstür, eine Hand am Türrahmen und die andere am Greifreifen. Seine Augen strahlen dieselbe Freude aus, die auch mich erfüllt, und in seiner Körperhaltung und in seinem Blick sehe ich gleichzeitig Unsicherheit, dieselbe vermutlich, die auch mich plagt. Während ich die letzten Meter bis zu ihm überwinde, fühle ich diese Verbindung zwischen uns so unmittelbar, dass es mir bis in die Fingerspitzen kribbelt.

„Hi", sagt er, kurz bevor ich bei ihm bin. „Schön, dass du da bist." Ich fühle mich sofort zurückgebeamt in den September vor zwei Jahren, als ich Sascha zum ersten Mal in seiner Wohnung besucht habe. Damals hat er exakt die gleichen Worte gesagt.

„Hi. Finde ich auch."

Er grinst. „Genau das hast du vor zwei Jahren auch geantwortet."

„Ich weiß. Und es stimmt heute genauso wie damals."

„Ja." Er nimmt seine Hand vom Türrahmen, legt sie ebenfalls an den Greifreifen und rollt rückwärts in die Wohnung. Ich folge ihm und schließe die Tür hinter mir. Sascha stoppt seinen Rolli noch in dem engen Teil des Flurs, sodass ich mich an ihm vorbeiquetschen müsste, wenn ich weiter in die Wohnung gehen wollte. „Anders als vor zwei Jahren möchte ich dich gerne zur Begrüßung küssen", sagt er leise. „Einverstanden?"

„Was für eine Frage!" Ich beuge mich zu ihm. Unser Kuss fällt deutlich länger aus als ein Begrüßungskuss und weckt sofort das Verlangen nach mehr in mir – und auch Sascha will mehr, das kann ich fühlen und sehen und hören. Ich setze mich auf seinen Schoß, und wir intensivieren unsere Küsse. Aber noch bevor wir uns einander vollkommen hingeben, löst Sascha sich von mir und murmelt: „In der Küche wartet das Frühstück."

Es kostet mich eine Menge Selbstbeherrschung, jetzt aufzustehen, meine Schuhe auszuziehen, die Brötchentüte aus meinem Rucksack zu holen und Sascha in die Küche zu folgen.

Er hat schon den Tisch gedeckt, es riecht nach frischem Kaffee, und die Morgensonne scheint durchs Fenster. Ich lege die Brötchen auf den bereitgestellten Brötchenteller, während Sascha uns Kaffee einschenkt, und dann fangen wir an zu frühstücken. Es schmeckt wunderbar. Sascha und ich sitzen einander gegenüber und sehen einander an und reden und lachen und genießen diese besondere Mischung aus den mitschwingenden Erinnerungen an unzählige gemeinsame Mahlzeiten an diesem Tisch und dem Jetzt, in dem alles so vertraut ist und trotzdem neu und aufregend. Es sind die Blicke, die wir austauschen, die Verbindung, die wir spüren, das Verlangen nacheinander, das wir im Zaum halten, die dieses Frühstück zu etwas Besonderem machen.

Als wir fertig sind, räumen wir zusammen den Tisch ab. Anschließend geht Sascha ins Bad. Ich kenne seine Routinen von früher und weiß, dass er auf sie angewiesen ist, und doch ist es hart, mich jetzt allein in sein Wohnzimmer zu begeben. Ich setze mich auf das Sofa, und sofort muss ich an die schwierigen Wochen vor dem Ende unserer Beziehung denken. So oft habe ich hier gesessen und auf Sascha gewartet, während er sich im Bad verschanzt hatte – dem einzigen Rückzugsort, den er zu haben glaubte in seiner Wohnung, in die ich nach dem großen Streit mit meinen Eltern mit eingezogen war. Erinnerungen überfallen mich, wie Filme laufen sie in mir ab, in rascher Folge reihen sich Szenen jeder einzelnen unserer schmerzhaften Auseinandersetzungen aneinander, die wir hier in diesem Zimmer gehabt haben. Sie haben uns bis zum Äußersten gefordert, oft überfordert. Monatelang haben wir es trotzdem immer wieder hinbekommen, uns zu versöhnen, weil wir einander so sehr wollten. Aber ich habe nicht gesehen, *wie* schlecht es Sascha oft ging, weil er alles tat, um mir genau das nicht zu zeigen. Am Ende hatte er keine Kraft mehr, und auch, wenn ich heute denke, dass es richtig war, dass er die Reißleine gezogen und unsere Beziehung beendet hat, sind die Hilflosigkeit, die Ängste und der Schmerz von damals in diesem Moment so präsent und bedrohlich, dass mein Herz rast und ich im ganzen Körper eine unaushaltbare Unruhe verspüre.

Ich kann nicht länger auf dem Sofa sitzen bleiben, unmöglich.

Ich stehe auf und gehe zur Balkontür. Nie waren wir zu zweit auf Saschas Balkon. Wir sind im Herbst zusammengekommen, und es war vorbei, bevor der Frühling kam. Ich öffne die Tür und trete nach draußen. Es ist schon sehr warm, obwohl der Balkon jetzt am Morgen noch im Schatten liegt. Der Himmel ist wolkenlos blau, zumindest der Ausschnitt, den man von hier aus sieht.

Es tut gut, die Sommerluft einzuatmen und das leise Rauschen der Blätter im Windzug und die Geräusche der Stadt zu hören. Mein Herzschlag und mein Atem beruhigen sich langsam. Es ist Sommer, kein Winter, und zwischen dem, was damals war, und heute sind eineinhalb Jahre vergangen. Eineinhalb Jahre, in denen wir beide uns weiterentwickelt haben. Schon allein deshalb werden wir es diesmal besser machen. Wir werden nicht wieder scheitern. Wenn wir uns da nicht sicher wären, hätten wir uns doch gar nicht wieder aufeinander eingelassen. Oder?

Saschas Balkon ist groß, vielleicht einen Meter fünfzig tief und drei, vier Meter breit. Es gibt einen kleinen Alu-Klapptisch und drei Alu-Klappstühle, von denen zwei in der Ecke des Balkons zusammengeklappt an die Brüstung gelehnt sind und einer hinter dem Tisch steht. Außen an der Balkonbrüstung hängen drei große, hölzerne Balkonblumenkästen mit üppig blühenden bunten Blumen, Kapmargeriten oder Chrysanthemen oder so. Erst, als ich sie aus der Nähe betrachte, stelle ich fest, dass es gar keine echten Blumen sind.

Ich beuge mich über die Brüstung und schaue mir die Umgebung an, die jetzt im Sommer ganz anders wirkt als im Winter. Der Rasen zwischen den Häuserzeilen ist bräunlich verfärbt von der Trockenheit der letzten Wochen, die Büsche und Bäume tragen dagegen dichtes dunkelgrünes Laub, und Kinder spielen in dem kleinen Sandkasten, den jemand unten aufgestellt hat.

Nach einer Weile setze ich mich auf den Klappstuhl, genieße die spätvormittägliche Sommerluft und warte einfach.

„Oh, du bist ja hier draußen", sagt Sascha überrascht, als er schließlich kommt. Die niedrige Schwelle an der Balkontür hat er problemlos überwunden.

„Ja. Wir waren nie hier auf dem Balkon, da war ich neugierig."

Er rollt zu mir an den Tisch. „War ja auch Winter damals."

„Eben."

Kurz schweigen wir.

„Dein Balkon gefällt mir", sage ich dann. „Bist du öfter hier draußen?"

Er hebt die Schultern. „Eigentlich ... fast ... nie. Ich ... bin nicht so der Balkon-Fan."

Er geht lieber richtig in die Natur, sich bewegen, ich weiß. Geht mir ja nicht anders. „Warum hast du Kunstblumen?"

„Die muss man nicht gießen."

„Ich verstehe." Gießkannen mit dem Rolli von der Küche bis zum Balkon zu befördern, ist sicher extrem zeitaufwendig.

„Meine Eltern haben mir die geschenkt, letztes Jahr im August, obwohl ich sie nicht haben wollte. Ich hätte sie damals am liebsten vom Balkon geworfen. Also die Blumenkästen." Er guckt mich an und grinst, wegen der ungewollten Doppeldeutigkeit wahrscheinlich, aber seine Augen wirken dunkel, und ich kann den Schmerz darin sehen, der früher so oft in seinen Augen stand. Dann verschwindet das Grinsen ganz, und er fügt leise hinzu: „Wobei ... im Prinzip hätte ich meine Eltern damals am liebsten auch gleich mit vom Balkon geworfen."

„Warum?"

„Weil es entwürdigend ist, Geschenke aufgezwungen zu bekommen, die man nicht haben will. Zugucken zu müssen, wie sie sie anbauen, mir anhören zu müssen, dass mir ein bisschen Farbe in meinem Leben guttun wird ... Als hätten bunte Balkonblumen das dichte Grau in mir einfach so vertreiben können."

„Warum hast du sie nicht wieder abgebaut, als deine Eltern weg waren?"

„Weil ich sie nicht runterkriege vielleicht? Bisschen sperrig und schwer, die Teile, für jemanden, der nicht seine komplette Bauchmuskulatur nutzen kann."

Ich stelle mir das vor, wie Saschas Eltern die Blumenkästen montieren und ihm gut zureden. Und dann sehe ich ihn alleine vor den Balkonkästen, er versucht sie abzunehmen und kann sie nicht heben. Es sticht mir ins Herz, und plötzlich muss ich an Ulrikes Äußerung denken. Ist das Mitleid, was ich da fühle?

„Soll ich sie für dich runternehmen?"

„Nee, lass mal. Ich hab mich inzwischen dran gewöhnt. Sieht ja wirklich besser aus als ohne."

„Ich finde sie schön. Ich habe sogar erst gedacht, dass es echte Blumen sind."

„Ja. Sie waren bestimmt sehr teuer. Allein schon diese Holzkästen."

„Besuchen deine Eltern dich öfter?"

„Am Anfang waren sie ständig da. Wollten staubsaugen, putzen, mein Bett beziehen ... Als würde ich nicht alleine zurechtkommen! Sie haben einfach nicht kapiert, dass ich diese Intensivbemutterung nicht brauche. Irgendwann wurde ich so unfreundlich, dass sie schließlich ganz wegblieben. Nur damals während der Semesterferien ... Da waren sie einmal da. Um zehn Uhr morgens standen sie unangemeldet vor meiner Wohnungstür und ließen sich nicht abwimmeln."

„Warum?"

„Ist 'ne längere Geschichte."

„Ich würde sie gerne hören. Ich weiß fast nichts über deine Eltern, und ... Diesen Zustand würde ich gerne ändern. Ist auch eines von diesen fehlenden Puzzleteilen, verstehst du?"

Er nickt langsam. Aber er fängt nicht an zu erzählen. Er stützt sich nur für ein, zwei Sekunden hoch, legt die Hände wieder an die Greifreifen und dreht seinen Rolli ein bisschen nach links, sodass er mehr zur Balkonbrüstung schaut als zu mir.

Scheiße. Bestimmt war ich zu fordernd. Aber es ist mir wichtig. Das gehört auch zu dem Es-diesmal-besser-machen. Dass er sich dem Schmerz stellt und mich teilhaben lässt, anstatt sich in Schweigen zu hüllen oder mir vorzumachen, alles sei bestens. Vor vier Wochen, als wir im Großen Garten in Herrenhausen waren, hat er gesagt, dass er ihn jetzt aushält, den Schmerz.

Sascha hat den Blick auf die Blumen gerichtet und schweigt.

„Warum sagst du nichts?", frage ich direkt und ruhig, obwohl da auf einmal Angst in mir aufsteigt. Mit Macht. Vielleicht ist dies hier unsere erste Prüfung, ob das wirklich klappen kann mit dem Bessermachen. Ob wir ernsthaft eine Zukunft haben können. Eine gemeinsame. Je klarer mir das wird, desto größer wird meine Panik, dass wir die Prüfung nicht bestehen könnten. Dass wir feststellen müssen, dass wir unsere Beziehung wieder an die Wand fahren werden.

„Du kannst nicht von mir verlangen, dass ich dir irgendetwas erzähle." Jetzt sieht er mich doch an, von der Seite, ein bisschen über die Schulter, und ich kann die Angst, die ihn erfasst hat, förmlich greifen.

„Stimmt. Tut mir leid. Du musst mir das nicht erzählen. Also nicht konkret diese Geschichte. Und auch keine andere bestimmte Geschichte. Aber grundsätzlich, also ... so allgemein ... Verstehst du, ich will nicht, dass wir wieder die gleichen Fehler machen wie beim letzten Mal. Du musst mir nicht vorspielen, dass es dir gut geht, wenn es dir gerade nicht gut geht. Ich möchte nicht, dass wir irgendwas ausblenden. Ich will, dass wir füreinander da sind, ganz und gar, mit allem, was uns ausmacht. Auch, wenn es wehtut. Ich will den Schmerz mit dir zusammen aushalten. So wie wir auch die glücklichen Momente miteinander teilen." Ich halte inne. Jetzt habe ich lange gesprochen, die Worte sind einfach aus mir herausgeflossen. „Ich rede mich hier um Kopf und Kragen, oder?"

Sascha schüttelt den Kopf. Er sieht mich noch immer an, aber die Angst ist aus seinem Blick gewichen. Langsam dreht er den Rolli wieder nach rechts, sodass er mich geradeaus anschauen kann. „Nein. Gar nicht", sagt er heiser. Er räuspert sich. „Das ... Das hast du sehr schön gesagt. Wirklich."

„Danke." Es fühlt sich verdammt gut an, wie auch meine Angst zu schwinden beginnt. „Ich hab das nicht nur gesagt, ich meine das auch so. Ich liebe dich, Sascha, und ich möchte alles mit dir teilen. Alles. Wenn ich sage, dass ich etwas wissen möchte, wenn ich dich frage, ob du mir was erzählst, dann immer, weil ich mich für dich interessiere, weil ich für dich da sein will, und nie, weil ich es verlange. Es bleibt immer deine Entscheidung, okay?"

„Okay." Er rollt nah an den Tisch ran und streckt mir seine Hand herüber. Ich ergreife sie. Eine ganze Weile sitzen wir so da, während wir beide mit Tränen der Erleichterung ringen und ich dem leichten Kribbeln nachspüre, das die Berührung in mir auslöst.

Schließlich entzieht er mir seine Hand wieder und lehnt sich zurück. „Ich möchte dir auch noch was sagen."

Ich antworte nichts, weil alle mir einfallenden Antworten unpassend oder platt wären. Also schaue ich ihn einfach nur an, um ihm zu signalisieren, dass ich zuhöre. Obwohl er still dasitzt und meinen Blick erwidert, wirkt er unruhig. Er setzt an zu sprechen, hört wieder auf, holt Luft, räuspert sich. Kurz guckt er weg, nach unten auf die Tischplatte, bevor er noch einmal tief einatmet und mich dann wieder ganz gerade ansieht.

„Ich ... Ich werde daran arbeiten, mir in solchen Situationen klarzumachen, dass du es nicht verlangst – auch wenn es sich so anfühlt für mich. Aber könntest du ... Könntest du mir bitte das Vertrauen entgegenbringen, mir zu glauben, dass ich nicht mehr davonrenne? Dass ich gelernt habe, mich dem Schmerz zu stellen, und dass ich bereit bin, dir von früher zu erzählen? Nicht immer, nicht in jeder Situation und auch nicht alles. Es kostet mich Überwindung, immer noch, und es kostet mich Kraft. Ich werde manchmal Zeit brauchen. Ich werde mich manchmal bewusst dagegen entscheiden, und bei anderen Dingen wird es mir leichter fallen. Weißt du, ich will auch, dass wir füreinander da sind, ganz und gar und mit allem, was uns ausmacht. Ich will, dass du das weißt. Aber ich bin darauf angewiesen, dass du mir diesen Vertrauensvorschuss gibst. Sonst drängst du mich doch, auch wenn du sagst, dass du es nicht tust."

Während er spricht, wogt eine überschäumende Welle der Zuneigung durch mich hindurch. Er sieht alles so klar, er weiß, was er will und was nicht, er hat den Mut, das auszusprechen, und er schaut mir die ganze Zeit in die Augen dabei. Das ist so viel mehr als das, was wir früher zusammen hatten, es lässt mich vertrauen, in diesem Moment vertrauen, dass er die Wahrheit sagt und dass sie auch Bestand haben wird.

„Du hast recht, und du kriegst mein Vertrauen." Meine Stimme klingt rau. „Danke."

„Wofür?" Er scheint überrascht.

„Dass du das eben gesagt hast. *Wie* du es gesagt hast. Ich hatte schrecklich Angst, dass wir wieder in das gleiche Fahrwasser geraten wie früher. Vorhin, als ich im Wohnzimmer auf dich gewartet habe ... Da kam alles wieder hoch. Deshalb bin ich hier auf den Balkon gegangen, weil auf einmal alles wieder da war, wie Filme liefen die Szenen von damals in mir ab. Und als du eben nicht gleich geantwortet hast, da hab ich Panik bekommen, dass wir kurz davor sind festzustellen, dass ... dass wir dabei sind, unsere Beziehung wieder an die Wand zu fahren."

„Ich hatte auch Angst", sagt er leise.

„Ich weiß. Ich hab's gesehen."

Er lächelt. Nur ein bisschen, mit noch immer dunkel wirkenden Augen, aber es lässt mich auch lächeln, mir wird warm, und mein Herz schlägt schnell, ich möchte Sascha nahe sein, ihn berühren, ihn spüren.

„Da ist schon wieder ein Tisch zwischen uns", bemerke ich.

„Den haben auch meine Eltern gekauft. Aber bis jetzt fand ich ihn okay."

„Er ist super. Nur halt gerade im Weg."

„Meine Balkonmöbel sind beweglich und dürfen gerne den jeweiligen momentanen Bedürfnissen entsprechend umgestellt werden." Er grinst. Nicht ganz unbeschwert, da ist noch die Ernsthaftigkeit von eben in seinem Blick, aber nichtsdestotrotz ist es ein sehr schönes Grinsen.

Bedürfnis, das trifft es exakt. Ich muss mich zwingen, nicht zu hastig aufzustehen. Der Alutisch ist superleicht. Ich stelle ihn zur Seite und rücke dann mit meinem Stuhl dicht an Sascha heran. Er nimmt sofort meine Hand, und es ist Wahnsinn, was eine so einfache Berührung mit mir macht, immer noch und immer wieder. Ich beuge mich zu ihm rüber, und er beugt sich mir entgegen, ich rieche seinen wunderbaren Geruch, spüre seine andere Hand in meinem Nacken und seine Lippen auf meinen. Unsere Küsse beginnen sanft und zärtlich und werden immer länger und hingebungsvoller, während Sascha mich behutsam auf seinen Schoß dirigiert und ich mich rittlings auf seine Oberschenkel setze.

„Das Möbelrücken hätte ich mir auch sparen können", murmele ich zwischen zwei Küssen.

Er löst sich ein wenig von mir. „Ich hoffe, es hat dich nicht zu sehr verausgabt."

„Bin ja zum Glück kein Schwächling." Grinsend atme ich in

Saschas Ohr hinein.

„Ich weiß. Das hast du mir schon mal verraten, im *Pindopp* vor den Stufen." Auch er raunt seine Worte in mein Ohr, sein Atem kitzelt mich am Hals.

„Weißt du, wie sehr ich dich allein schon dafür liebe, dass du dich daran genauso gut erinnerst wie ich?"

Behutsam löst er sich von mir und betrachtet mich voller Liebe. „Ja, ich glaube, das weiß ich. Und weißt du, dass ich dir jetzt gerne noch viel näher kommen möchte als hier auf dem Balkon? So ganz ausgestreckt und ohne Klamotten?"

„Auf deinem Bett?"

„Zum Beispiel ... Wenn du auch willst?" Er lässt meinen Kopf los und legt seine Hände locker auf meine Schultern.

„Und ob ich das will!" Ich verzehre mich jetzt schon nach ihm.

Langsam rollt Sascha mit mir auf dem Schoß zur Balkontür. Vor der Schwelle bleibt er stehen, damit ich absteigen und er die kleine Schwelle zum Wohnzimmer überwinden kann. Ich stelle Tisch und Stuhl wieder an ihre ursprünglichen Plätze zurück. Dann folge ich Sascha ins Wohnzimmer und schließe die Balkontür hinter mir. Sascha wartet mitten im Zimmer und sieht mich an.

„Du bist so schön." In seiner Stimme schwingt so etwas wie Ehrfurcht mit. Dabei bin ich mit meinen kurzen Haaren und meinem sportlichen Kleidungsstil nicht gerade der Inbegriff weiblicher Schönheit.

„Ich? Schön?"

„Ja."

Er fügt keine Erklärung hinzu. Und doch klingt sein Ja so wahr und so warm, dass es mich von innen auskleidet und dort bleibt und vor sich hin strahlt.

Er rollt auf mich zu und nimmt meine Hand. „Komm."

Die drei Meter bis zur Tür legen wir Hand in Hand zurück. Dann lasse ich ihn los. Dicht hintereinander, ich hinter seinem Rücken, gehen wir durch die Wohnzimmertür, durch den Flur und ins Schlafzimmer.

5. BALKON-VOLLAUSSTATTUNG.

Es ist schon fast zwei Uhr, als wir Hunger bekommen. Wir kochen und essen zusammen, Nudeln mit Käsesahnesauce, und als uns beim anschließenden Lüften die Hitze entgegenschlägt, beschließen wir, den Nachmittag im Freibad zu verbringen. Wir fahren ins Hainhölzer Naturbad und kühlen uns im frischen Wasser ab – das dank des schon lange anhaltenden Sommerwetters sogar halbwegs warm ist –, wir schwimmen ein paar Runden und balgen uns im Wasser, wir trocknen auf den warmen Holzbohlen, die das Becken umgeben, und beobachten das Treiben der anderen Badegäste.

Als wir uns zum vierten oder fünften Mal ins Becken hinablassen, reagieren Saschas Beine schon nach wenigen Minuten mit starken Spasmen auf die Kälte. Vielleicht waren wir insgesamt zu oft und zu lange im Wasser, auch ich beginne zu frieren, und wir beschließen, zur Liegewiese zu gehen und uns dort aufzuwärmen. Sascha hat eine selbstaufblasende Isomatte mitgenommen – mit der war er schon in Norwegen, sagt er –, sodass wir so lange liegen bleiben können, wie wir wollen.

Die Sonne knallt uns auf die Rücken, während wir Seite an Seite, die Köpfe auf die verschränkten Arme gelegt, auf der Wiese liegen. Ich sehe einer Gruppe von Jungen und Mädchen zu, vielleicht zwölf oder dreizehn Jahre alt, die offenbar in einem Turnverein sind und einander Saltos, Flickflacks und Handstand-Überschläge vorführen. Sie beherrschen die Übungen mit Leichtigkeit, und ihre Körperspannung ist beeindruckend. Ein Blick zu Sascha verrät mir, dass auch er die Jugendlichen beobachtet.

„Die sind gut, oder?", sage ich leise zu ihm. „Ich konnte das nie. Mit Ach und Krach habe ich einen Handstand-Überschlag hinbekommen, als wir das in der Schule gelernt haben. Aber Salto und Flickflack ..."

„Ich konnte das alles", sagt Sascha.

„Warst du auch im Turnverein?"

„Nein. Aber wenn du als Jugendlicher Leichtathletik auf einem gewissen Niveau trainierst, gehört auch Turnen dazu, als

Ergänzungssportart. Das dient dem Muskelaufbau und der Verbesserung von Körperspannung und Körperbeherrschung."

„Das muss toll sein, wenn man das kann."

„Ist es. Es ist ein sehr cooles Lebensgefühl, wenn dein Körper dir absolut gehorcht. Du fühlst dich gleichzeitig leicht und stark und frei. Und dann liegst du plötzlich im Krankenhaus und musst lernen, überhaupt wieder aufrecht zu sitzen."

Ich habe keine Ahnung, was ich darauf sagen soll. Es gibt nichts, womit ich ihn ernsthaft trösten könnte. Ich drehe mich auf die Seite und lege meine Hand auf seinen Oberarm. Sascha dreht seinen Kopf zu mir, und wir schauen einander an. Er weint nicht und blinzelt auch keine Tränen weg. Aber er hält den Blick nur kurz, schaut dann wieder nach vorn zu den Jugendlichen, die ihre Übungen inzwischen beendet haben und in Richtung Schwimmbecken gehen.

Lange schweigen wir. Ich versuche mir vorzustellen, wie das war, damals vor drei Jahren, als Sascha frisch querschnittgelähmt war und alles wieder neu lernen musste. Aber so richtig gelingt es mir nicht. Ich weiß zu wenig von ihm aus dieser Zeit. Jetzt ist er wieder so agil, beherrscht seinen Körper im Zusammenspiel mit seinem Rolli so perfekt, dass ich höchstens erahnen kann, wie mühsam und langwierig der Weg dorthin gewesen sein muss.

„Und wie ist dein Lebensgefühl jetzt?", frage ich schließlich. „Auf einer Skala von eins bis zehn, wenn zehn deine Körperbeherrschung von damals und das damit verbundene Lebensgefühl wäre und das direkt nach dem Unfall eins?"

„Hm." Er dreht sich auf den Rücken und guckt in den Himmel. Oder vielleicht guckt er auch in sich hinein. Ich beobachte seinen Brustkorb, der sich im Takt seiner Atembewegungen hebt und senkt, und mir fällt auf, dass Sascha bei jedem Atemzug für einen Moment die Luft anhält, bevor er wieder ausatmet.

Gerade, als ich überlege, ob ich ihm sage, dass er nicht antworten muss, fängt er doch an zu reden. „Ehrlich gesagt fühlt sich keine Zahl richtig an. Sage ich ‚zwei‘, weil ich gerade die Jungs und Mädels turnen gesehen habe, kommt es mir bei näherer Betrachtung zu wenig vor. Denke ich an unsere Nacht auf der Tanzfläche am Maschsee und sage ‚sieben‘, fallen mir sofort tausend

Situationen ein, in denen ich mich so gar nicht nach ‚sieben' fühle, sondern bestenfalls nach ‚vier' oder ‚fünf'."

„So wenig?", entfährt es mir.

Er dreht den Kopf zu mir und schaut mich an. „Was hast du denn gedacht?" Seine Stimme ist eine Spur zu laut und zu scharf. „Meine untere Körperhälfte ist gelähmt und lässt sich nur mit Hilfsmitteln halbwegs kontrollieren. Das ist ja wohl das komplette Gegenteil von leicht und stark und frei."

„Aber ... Ich hab gedacht ... Du hast ein phänomenales Körpergefühl und du beherrschst deinen Rolli wie andere ihre Beine ... Du bist agil und fit und sportlich und ...“

„*Behindert*", schneidet er mir das Wort ab. „Vorher war ich agil und fit und sportlich und nicht behindert, und jetzt bin ich agil und fit und sportlich und behindert. Bemerkst du den Unterschied?" Er spricht, als wäre ich zu blöd, das Offensichtliche zu sehen.

„Bemerkst du die Gemeinsamkeiten?", frage ich patzig zurück.

„Deshalb ja auch ‚vier' bis ‚fünf', manchmal für kurze Zeit auch mehr. Deine Skala hatte als oberen Bezugspunkt mein Körper- und Lebensgefühl von *vor* dem Unfall, schon vergessen?"

Nein und ja. Also, eigentlich hatte ich es nicht vergessen, aber irgendwie auch doch. Ich habe halt höhere Werte erwartet. Doch das ist wohl nur *mein* Blick auf ihn, der Blick von einer, die den oberen Bezugspunkt der Skala gar nicht kennt.

„Vergessen nicht", antworte ich. Ich bin jetzt wieder ruhig. „Aber vielleicht habe ich eine andere – eine falsche – Vorstellung von dem, was bei dir zehn war. Verstehst du, was ich meine?"

Nachdenklich sieht er mich an. Langsam verschwindet das Harte in seinem Gesichtsausdruck. „Ich glaube schon", sagt er ruhig. „Wenn es dir hilft: Mein allgemeines Lebensgefühl, so alles in allem, nicht nur auf das Körpergefühl bezogen, würde ich höher bewerten. Auch wenn es schwankt, mit heftigen Ausschlägen in beide Richtungen."

„Das ist gut." Ich rücke näher an ihn heran. Er streckt den Arm aus, und ich lege meinen Kopf auf seinen Brustkorb, während er sanft seinen Arm um meinen Rücken legt und mich leicht an sich drückt. Wir bleiben noch lange zusammen auf der Liegewiese liegen, im Wesentlichen schweigend, aber definitiv wieder im Einklang miteinander. Ich denke über unser Gespräch nach und er vermutlich auch. Aber vor allem genieße ich seine Nähe, seine Wärme, seinen Geruch. Und das Glück, das durch meine Adern perlt, jedes Mal, wenn mir bewusst wird, dass wir wieder zusammen sind. Weil wir zusammengehören. Für immer.

Im Auto schlägt Sascha vor, dass wir gleich auf dem Rückweg für das Abendbrot einkaufen. Zusammen streifen wir im Supermarkt durch die Gänge und laden Tomaten, Gurken, Paprika, eine Packung Salatherzen, Oliven und Knoblauch in den Einkaufswagen. Wir besorgen Baguette, Jogurt, Quark und weitere Zutaten für Zaziki und andere Dips und dazu noch Datteln und Bacon und Chorizo, die wir nachher braten wollen. Außerdem suche ich noch einen Rotwein aus. Ich genieße dieses Stück Alltag mit Sascha, es erinnert mich an die vielen Male, die wir früher zusammen eingekauft haben, damals, als ich bei ihm gewohnt habe, und ich stelle mir vor, dass wir das jetzt wieder regelmäßig machen. Dass wir überhaupt unseren Alltag miteinander teilen, auch wenn wir sicher nicht so bald zusammenziehen werden.

Während wir anschließend die Einkäufe ins Auto legen, fällt mein Blick zurück auf den Eingangsbereich des Supermarktes. Dort stehen mehrere Auslagentische mit Deko für Balkon und Garten, zum Beispiel Windlichter, Wachsfackeln, kleine Plastik-Windmühlen und Laternen.

„Essen wir nachher auf deinem Balkon?", frage ich Sascha.

Er zuckt mit den Schultern. „Wenn es dir nichts ausmacht, das ganze Zeug raus- und wieder reinzuschleppen?"

„Das wäre es mir wert. Ist bestimmt schön heute Abend auf dem Balkon."

„Ja." Er wirkt unschlüssig.

„Hast du Windlichter? Oder so kleine Laternen?"

„Ich habe eine Balkon-Vollausstattung." Es klingt zynisch, wie er es sagt. „Mit Windlichtern, Wachstuchtischdecke und drei schicken Stuhlkissen. Liegt alles nach einmaliger Zwangsbenutzung feinsäuberlich wegsortiert in meinem Kleiderschrank."

Zwangsbenutzung. Der Tag mit seinen Eltern muss traumatisch gewesen sein. Vage Bilder tauchen in meinem Kopf auf,

Sascha mit seinen Eltern bei Kerzenschein am Balkontisch, und während seine Eltern gute Laune verbreiten, ist es für Sascha die Hölle. Das alles ist nur meine Vorstellung, ich weiß nicht einmal, wie seine Eltern aussehen. In den ganzen sechs Monaten waren sie nie in seiner Wohnung, und wir haben sie auch nie in Saschas Heimat besucht. Ziemlich seltsam eigentlich.

Ich räume die letzten Sachen in den Kofferraum und sehe dann Sascha an. „Wir können auch drinnen essen."

Er schüttelt den Kopf. „Nee. Geht schon. Muss gehen." Er rollt zurück, damit ich die Kofferraumklappe schließen kann.

Ich weiß nicht, was ich darauf erwidern soll. „Ich bringe mal den Wagen weg", sage ich schließlich und schlage die Kofferraumtür zu.

In Saschas Wohnung angekommen, bereiten wir das Abendessen vor. Wir rühren den Zaziki und zwei weitere Dips an, schneiden das Gemüse und backen das Baguette im Backofen auf. Während Sascha anschließend die in Schinken eingerollten Datteln und die in Stücke geschnittene Chorizo brät, frage ich ihn, wo ich die Tischdecke, die Windlichter und die Stuhlkissen finde.

„Du kannst sie gerne holen und zum Balkon bringen", sagt er und beschreibt mir das Fach in seinem Kleiderschrank. „Aber ... bitte leg alles einfach nur auf dem Tisch ab, ja?"

„Dann kann ich aber nicht schon die Sachen aus der Küche rüberbringen", wende ich ein.

„Bitte. Es ist mir wichtig. Ich will das selbst machen."

Es ist wieder einer dieser kleinen Momente, die mir zeigen, dass er sich verändert hat. Weil er es ganz ruhig sagt. Eindringlich, aber souverän.

Konzentriert wendet Sascha die Datteln und die Chorizostücke in der Pfanne. Kurz bleibe ich stehen und beobachte ihn.

„Okay." Am liebsten würde ich mich jetzt direkt hinter ihn stellen und ihm einen Kuss geben, hinten am Haaransatz oder unter seinem Ohrläppchen oder so. Aber ich weiß, dass er das überhaupt nicht mag, während er kocht, und deshalb beherrsche ich mich und gehe die Sachen holen.

Das Schrankfach finde ich schnell. Die drei Stuhlkissen liegen unten. Sie sind überwiegend in warmen Rot- und Gelbtönen gehalten und mit Oliven- und Lavendelzweigzeichnungen gemustert. Die Tischdecke liegt darauf und ist vom selben Design. Obenauf steht ein weißer Schuhkarton. Ich nehme den Stapel ohne die beiden untersten Kissen aus dem Schrank, schließe die Schranktür mit dem Ellenbogen und gehe zum Balkon, wo ich die Sachen wie abgesprochen auf dem Tisch ablege.

Auf dem Rückweg kommt mir Sascha bereits im Wohnzimmer entgegen. „Ich hab die Pfanne auf Eins gestellt", sagt er. „Dann bleiben die Sachen warm, bis wir anfangen. Wenn es okay für dich ist, kannst du jetzt anfangen, alles rüberzubringen."

„Natürlich ist das okay für mich."

Als wir aneinander vorbeigehen, ich zur Küche und Sascha in Richtung Balkon, berührt er mich ganz leicht mit seiner Hand am Oberschenkel. Lächelnd setze ich meinen Weg fort.

In der Küche sehe ich nach den Datteln und der Wurst in der Pfanne, dann hole ich Teller und Besteck und bringe beides zum Balkon. Sascha hat inzwischen das Stuhlkissen und die Tischdecke aufgelegt. Die warmen Farben passen gut zu den Balkonblumen, und überhaupt finde ich das Design sehr ansprechend. Es sieht stilvoll, aber nicht altbacken aus. Der Karton mit den Windlichtern steht verschlossen auf den beiden gestapelten Stühlen in der Ecke. Na ja, es ist ja auch noch lange hell, und wir werden den Platz auf dem Tisch gut mit unseren Essenssachen ausfüllen.

Ich lege die Teller und das Besteck auf dem Tisch ab. „Das sieht alles sehr hübsch aus."

Saschas Geschirr ist weiß mit ganz schwachen grauen konzentrischen Kreisen von der Mitte bis zum Rand. Die Teller bilden einen harmonischen Kontrast zu der farbenfrohen Tischdecke.

„Ja." Er wirkt angespannt, während er die Teller und das Besteck auf dem Tisch verteilt.

Nach und nach hole ich alles aus der Küche, und Sascha richtet die Sachen auf dem Tisch an. Dann nehme ich gegenüber von Sascha Platz. Ich freue mich auf das Essen. Es ist ein herrlicher Sommerabend, an dem man mit Sicherheit lange draußen bleiben kann, ohne zu frösteln.

Sascha öffnet die Weinflasche und schenkt uns ein – mir ein

Glas voll und sich selbst ein halbes. Bestimmt hätte er Lust, mehr Wein zu trinken, aber dann riskiert er eine starke Zunahme der Spastik am nächsten Tag. So wie am Neujahrsmorgen vor eineinhalb Jahren, nachdem er zu Silvester zwei Gläser Feuerzangenbowle getrunken hatte. Keine schöne Erinnerung.

„Auf uns." Er hält mir das Glas zum Anstoßen hin.

Ich lasse mein Glas gegen seines klingen. „Auf uns."

Es ist wie ein kleines Festmahl. Alles schmeckt vorzüglich. Sascha hat ein Händchen fürs Kochen, egal ob kalt oder warm. Aber mir entgeht nicht, dass er bedrückt ist. Normalerweise würden wir mit Leichtigkeit Themen finden, um uns zu unterhalten, wir würden lachen und scherzen. Aber jetzt isst er schweigend, und auch mir will kein zwangloses Thema einfallen, über das wir sprechen könnten. Irgendetwas belastet ihn, wahrscheinlich sind es die Erinnerungen an seine letzte Balkonbenutzung mit seinen Eltern. Vielleicht hilft es ihm ja doch, darüber zu sprechen? So jedenfalls ist es kein Zustand.

„Wollen wir lieber in der Küche weiteressen?", frage ich schließlich.

Er schüttelt den Kopf. „Es ist wunderbar hier draußen. Wird Zeit, dass mein Balkon endlich mal benutzt wird."

„Aber dich bedrückt doch was."

„Ja. Aber ich laufe nicht mehr davon."

„Gut."

„Es ist halt so, dass mich das alles hier an letzten August erinnert. Es ist wie ein Déjà-vu. Es lässt sich nicht abschütteln."

Ich verstehe, was er meint. Heute früh auf dem Sofa ließen sich die Erinnerungen auch nicht einfach vertreiben. „Schon krass, wie sehr man Erinnerungen ausgeliefert sein kann, oder?"

„Ja. Deshalb will ich der Erinnerung von damals eine schöne hinzufügen. Wenn wir das ein paarmal machen, kann ich bestimmt irgendwann hier mit dir sitzen und essen, ohne von diesen Bildern überfallen zu werden."

„Das klingt nach einem guten Plan." Nicht nur für sein Balkonproblem, sondern auch für meine Wohnzimmer-Erfahrung.

„Ja." Sascha steckt sich eine Olive in den Mund. Ich reiße ein Stück vom Baguette ab und esse es mit Zaziki. Selten hat mir

Zaziki so gut geschmeckt wie heute Abend.

„Klappt es denn?", frage ich dann.

„Was?"

„Eine schöne Erinnerung zu schaffen."

Er hebt die Schultern. „Vermutlich. Das Essen ist gut, das Wetter perfekt, du bist da ..."

„Aber ...?"

Sascha hört auf zu essen, legt das Besteck neben seinen Teller und setzt sich aufrecht hin, die Hände an den Greifreifen. „Ich werde trotzdem die Bilder nicht los. Und die Tonspur. Das Gefühl von damals. Es war gut, dass ich den Tisch gedeckt habe und nicht du. Ich hätte das nicht ausgehalten, wenn ich auf den Balkon gekommen wäre und alles wäre schon vorbereitet gewesen. Die Stühle am Tisch, die Tischdecke akkurat aufgelegt, die Windlichter angezündet, das Geschirr und das Essen perfekt angerichtet. An der Brüstung die neuen Balkonblumen. Meine Mutter saß erwartungsvoll am Tisch, während mein Vater mich an den Tisch schob, obwohl er genau wusste, wie sehr ich das hasse."

„Er hat dich geschoben?" Ich kann es kaum glauben. Der Sascha, den ich kenne, hätte nie zugelassen, dass jemand ihn schiebt, wenn er das nicht will.

Er zuckt mit den Schultern. „Ich wäre sonst nicht gekommen."

Jetzt sind wir wieder an der gleichen Stelle wie heute Morgen. Ich möchte wissen, warum seine Eltern überhaupt da waren. Warum sie unangemeldet kamen. Was dann passierte. Warum die Erinnerung an den Tag so traumatisch ist. Aber ich kann es nicht fragen. Er würde sich gedrängt fühlen. Zu Recht. Denn dass mich das interessiert, wird er wissen. Weil ich keine Ahnung habe, was ich sagen soll, nehme ich mir etwas Gemüse, tauche es in einen der Dips und esse.

Sascha beobachtet mich dabei. Regungslos sitzt er da. „Mir ging es echt dreckig zu der Zeit, Fredi", sagt er schließlich. „Aber wenn ich jetzt anfange zu erzählen, wird das nichts mehr mit dem schönen Abend."

„Du musst es mir nicht erzählen. Wirklich nicht. Aber wenn du es willst, bin ich da und höre dir zu."

„Ich weiß. Danke."

Er rollt vom Tisch ab und holt den Karton, den er vorhin auf dem Stuhlstapel platziert hat, nimmt den Deckel ab und hält mir eines der Windlichter hin. Es ist ungefähr so groß wie ein normales Trinkglas, aber es ist nicht durchsichtig, sondern mit einem gelb-orangenen Farbverlauf bemalt oder bedruckt.

„Es wird langsam dunkel", sagt Sascha. „Stell das mal bitte auf den Tisch."

Ich finde noch einen Platz für das Glas und auch für die beiden anderen, die Sascha mir anreicht. Sie passen zu dem ersten Windlicht, eines hat einen rot-orangenen Farbverlauf und das dritte einen rötlich-braunen.

Sascha stellt den Karton zurück und kommt mit einem Stabfeuerzeug zum Tisch, um die erste Kerze anzuzünden.

„War das Feuerzeug auch im Karton?", frage ich erstaunt.

„Ich sagte ja: Balkon-Vollausstattung. Sie haben sogar ein Feuerzeug besorgt und in die Kiste gelegt, damit ich nicht extra in die Wohnung zurückmuss, um es zu holen."

„Ist doch sehr fürsorglich."

„So kann man es auch sehen."

Die Kerzen tauchen den Tisch und uns in warmes Licht, während die Dämmerung rasch voranschreitet. Sascha und ich essen, bis wir uns kugelrund fühlen. Nach dem Abräumen setzen wir uns wieder nach draußen und spielen Canasta bis in die späte Nacht hinein. Mit Sascha zu spielen, ist aufregend, denn er merkt sich genauso gut wie ich, welche Karten im Stapel liegen und bei welchen Zahlen man kurz gezögert hat. Lieber spielt er Joker ab und sperrt damit den Berg, als mir den Stapel zu überlassen. Der Nervenkitzel steigt mit jeder ausgespielten Karte, denn wie auch schon früher kämpfen wir beide ehrgeizig um den Sieg.

Am Ende gewinne diesmal ich. Während wir die Karten zusammensammeln und in die Packung zurücklegen, schaue ich auf meine Armbanduhr. Es ist bald Mitternacht. Was wird jetzt passieren? Werden wir uns gleich voneinander verabschieden? Oder bleibe ich hier? Kann ich das fragen, ohne mich aufzudrängen?

„Wie spät ist es?", fragt Sascha. Er trägt keine Armbanduhr, weil die beim Rollifahren stören würde. Stattdessen nimmt er immer sein Handy als Uhr.

„Zwanzig vor zwölf."

„Wow. Das war ein langer Tag."

„Ja. Und ein sehr schöner."

Er nickt.

„Und jetzt?", wage ich zu fragen.

„Ich hab morgen um zehn Uhr Physio. Das heißt, ich muss um halb acht aufstehen. Und ... heute stehen für mich noch dreißig Minuten Stehtrainer und zwanzig Minuten Durchbewegen auf dem Programm." Er sieht mich an, und sogar hier im schummrigen Kerzenlicht kann ich sehen, dass er gerade mindestens genauso unsicher und nervös ist wie ich.

Ich habe schon oft gedacht, dass das eine der größten Einschränkungen ist, die Saschas Behinderung mit sich bringt. Diese vielen Dinge, die so unglaublich viel Zeit beanspruchen, jeden einzelnen Tag aufs Neue. Und die Disziplin, die er dafür braucht, denn wenn er seine Übungen und das Stehtraining auch nur wenige Tage schleifen lässt, nimmt die Spastik in seinen Beinen sofort zu.

„Wenn du willst, kannst du gleich anfangen", biete ich an. „Ich räume gerne hier alles auf."

„Das ist lieb. Möchtest du ... Also, wenn dir das nichts ausmacht, morgen schon früh aufzustehen ... Willst du heute Nacht ... hierbleiben?" Saschas verlegen gestammelte Frage jagt jede Menge Erleichterung und Glück durch meinen Körper, so viel, dass es mich beinahe wegschwemmt.

„Das möchte ich sehr, sehr gerne, Sascha."

„Ich möchte es auch, Fredi." Er rollt vom Tisch ab und dreht seinen Rolli ein wenig nach links, ohne den Blick von mir zu nehmen. Ich stehe auf und gehe zu ihm hin, und als ich fast bei ihm bin, kommt er auf mich zu und flüstert: „Küss mich, bitte."

Unser Kuss wird lang und hingebungsvoll. Ich sitze dabei auf Saschas Schoß, und wir hätten beide wahrscheinlich vollkommen die Zeit vergessen, wenn uns nicht Saschas Beine bereits nach wenigen Minuten sehr entschieden daran erinnert hätten, dass es schon spät ist und Sascha seinen Besuch im Bad und sein Training nicht weiter aufschieben sollte.

Während Sascha im Bad ist, räume ich den Balkon auf. Gerade, als ich die Balkontür schließe, kommt Sascha ins Wohnzimmer.

„Oh, du bist schon fertig", sagt er.

„Ja. Ich habe auch schon die Balkon-Vollausstattung in deinen Schrank zurückgebracht. Nur die Windlichter habe ich auf den Küchentisch gestellt, die waren noch zu warm."

„Sehr gut. Ich gehe mich jetzt durchbewegen. Du kannst in fünfundzwanzig Minuten ins Schlafzimmer kommen. Dann bin ich im Stehtrainer."

„Okay." Er will also immer noch nicht, dass ich ihm bei seinen Übungen zusehe. Aber ich glaube, das verstehe ich. Wahrscheinlich wäre mir das auch unangenehm. „Ich geh schon mal ins Bad. Hast du noch eine unbenutzte Zahnbürste in der Kommode?"

Er wendet den Rolli und begibt sich in den Flur. Ich folge ihm. Als ich im Flur ankomme, ist er schon an der Kommode und holt ein Handtuch heraus. Anschließend kramt er in der obersten Schublade nach einer Zahnbürste.

„Gelb oder grün?"

„Gelb."

Er hält mir die gelbe Zahnbürste und das Handtuch hin. „Willst du wieder ein T-Shirt von mir anziehen?" Er sieht so süß aus, wie er da neben der Kommode steht und mich wissend angrinst. Vor fast zwei Jahren habe ich das erste Mal bei ihm übernachtet und in einem seiner T-Shirts geschlafen – kurz nachdem wir zum ersten Mal „Ich liebe dich" zueinander gesagt hatten.

„Ja." Ich nehme Handtuch und Zahnbürste entgegen. Und weil ich mich so sehr zu ihm hingezogen fühle, beuge ich mich zu ihm und raune ihm ins Ohr: „Ich liebe dich, Sascha. Der Satz ist noch genauso wahr wie damals."

„Mindestens." Behutsam nimmt er mir die Zahnbürste und das Handtuch wieder ab und legt beides auf die Kommode, während er seine freie Hand um meine Taille legt und mich zu sich hinzieht, bis ich auf seinem Schoß sitze. Dann umfasst er meinen Kopf mit beiden Händen und gibt mir einen sehr sanften Kuss. Ich möchte ihm nahe sein, meine Lippen an seine drücken, aber wie damals hält er unsere Gesichter auf unendlich liebevolle

Weise immer ein bisschen auf Abstand, und wie damals steigt Erregung in mir auf.

„Holen wir das T-Shirt zusammen, ja?", flüstert er, und seine Lippen kitzeln dabei an meinen.

„Dafür musst du aber meinen Kopf loslassen."

„Das mache ich auch. Gleich."

Nochmal streicht er zärtlich mit seinen Lippen über meine, so, dass sie sich kaum berühren. Ich versuche, seinen Kopf näher an meinen zu bekommen, aber er ist zu stark. Ganz, ganz langsam nur gibt er nach. Mein Verlangen nach ihm ist ins Unermessliche gewachsen, ich atme schwer und schnell, und als er seine Hände von mir löst, presse ich mich an ihn, und wir küssen und streicheln uns, wild und ungestüm. Wir schieben uns gegenseitig die T-Shirts hoch und Sascha zieht mir meines aus, ganz kurz nur lösen wir dafür unsere Gesichter voneinander. Ich fange an, ihm seines über den Kopf zu streifen, da grinst er plötzlich, lässt mich los und schält sich aus den Ärmeln, und während er mich weiter küsst, greift er von innen in den Halsausschnitt, schiebt das T-Shirt über meinen Kopf und zieht es mir über.

Kurz nimmt er seine Lippen von meinen, hält aber weiterhin meinen Kopf und drückt seine Stirn und Nase sanft gegen meine. „Jetzt musst du nur noch die Arme durchstecken", sagt er ernst.

„Aber nicht aufhören zu küssen."

Ich tue wie geheißen. Das T-Shirt riecht nach Waschmittel und nach Sonnencreme und nach Sascha, und obwohl ich genau genommen am liebsten wirklich in diesem T-Shirt schlafen würde, protestiere ich, meine Lippen nur Millimeter von seinen entfernt: „Ich dachte, ich kriege ein frisches ..."

Jetzt löst er sich von mir und sieht mich verschmitzt an. „Wozu? Der Schweiß ist innen und du trägst es jetzt auf links, also ist es quasi sauber."

„Du hast recht." Ich zupfe am T-Shirt herum und lasse den Stoff über meine Schulter gleiten. „Der dermatologische Test ergibt: Klinisch rein."

Sascha vergräbt seine Nase im T-Shirt-Stoff unter meinen Achseln und atmet tief ein.

„Na ja." Er setzt sich aufrecht hin. „Vielleicht holen wir doch eins aus dem Schrank. Ist besser fürs ... äh ... Bett. Wegen dem Schweiß und der Sonnencreme auf der Außenseite und so."

Mit mir auf dem Schoß setzt er den Rolli in Bewegung und fährt in Richtung Schlafzimmer. Ich bin noch immer so erregt, dass ich nicht anders kann, als ihn dabei zu liebkosen. Ich fahre ihm mit meinen Händen über den Rücken und streichele seine Kopfhaut, ich küsse ihn unter den Augen, die Schläfe, seitlich am Hals, ich hauche in ihm ins Ohr. Auch sein Atem geht schnell, und noch bevor wir die Schlafzimmertür erreicht haben, nimmt er seine Hände wieder von den Greifreifen, um mich zu streicheln, zu halten, meinen Körper an seinen zu drücken.

„Gehen wir aufs Bett?", fragt er leise. „Ich muss dringend aus dem Rolli, mich ausstrecken."

Meine Lust auf ihn ist so riesig, dass es einer Folter gleichkommt, jetzt von ihm aufzustehen. Aber ich vermute, dass er seine Gründe für diesen Vorschlag hat, und meine Ahnung bestätigt sich wenige Sekunden später. Während Sascha aufs Bett übersetzt, schießen so starke Spasmen in seine Beine ein, dass er mehrere Anläufe für den Transfer braucht.

„Verdammt", sagt er, als er schließlich auf dem Bett sitzt und seine zitternden Beine auf die Matratze hebt. „Wie unerotisch."

Ich knie mich neben ihn auf das Bett und lege meine Hand auf seinen Oberschenkel. Sascha verzieht leicht das Gesicht, sagt aber nichts. Noch immer krampfen seine Beine, wenn auch weniger stark als eben beim Transfer, und ich kann den harten Oberschenkelmuskel durch die Jeans hindurch fühlen.

„Soll ich dir mal was sagen? Ganz ehrlich? Ich finde dich wahnsinnig erotisch, und ich will dich so sehr, da ändert die Spastik auch nichts dran."

„Wahrscheinlich stimmt das sogar", murmelt er, und obwohl er sichtlich den Tränen nahe ist, kann ich ein kleines Lächeln in seinem Gesicht erkennen. Er rutscht im Bett weiter nach oben und legt sich hin, aber seine Beine bleiben verkrampft, anstatt wie sonst locker auf der Matratze zu liegen. Immerhin hat das Zittern inzwischen aufgehört.

Ich rutsche ebenfalls im Bett hoch und lege mich auf die Seite neben Sascha, meinen Kopf auf meinen angewinkelten Arm gestützt. „Die Wahrscheinlichkeit beträgt hundert Prozent."

Er lächelt noch ein kleines bisschen mehr, aber gleichzeitig rinnt eine Träne in einer dünnen Spur seine Wange hinab.

„Es wird gleich besser", sagt er. „Tut mir leid."

Das macht nichts, liegt mir auf der Zunge, aber es wäre nicht ganz die Wahrheit. Was ich eben gesagt habe, stimmt uneingeschränkt, aber natürlich wäre es viel schöner gewesen, wenn wir ohne Unterbrechung auf dem Bett hätten weitermachen können. Oder sogar im Flur.

„Nicht schlimm", sage ich stattdessen. „Höchstens ein kleines bisschen."

„Das liebe ich an dir. Dass du ehrlich bleibst, auch wenn es unangenehm ist."

„Soso. *Das* also liebst du an mir?"

„Ja. Das. Und noch viel mehr."

„Zum Beispiel?"

„Deinen Humor. Wie du tanzt. Den Ehrgeiz, mit dem du Spiele spielst. Dein gutes Gedächtnis. Deine Art zu denken. Und die Tatsache, dass du selbst in einem verknitterten, auf links gedrehten T-Shirt von mir hinreißend aussiehst." Wie er mich jetzt ansieht, ist mindestens genauso hinreißend. Seine Worte rieseln wie feine, leuchtende Glücksflocken in mich hinein und vermischen sich mit dem Ja von heute Morgen. Ich liebe ihn so, so sehr.

„Du siehst auch hinreißend aus", flüstere ich, während ich an ihn heranrutsche, mein Bein um seine Hüfte schlinge und mein Gesicht ganz nah an seines bringe.

Es ist mir egal, dass seine Beinmuskulatur sich noch immer nicht vollständig entspannt hat und die Berührung und die Lageveränderung einen neuerlichen Schub von Spasmen auslösen. Während das Zittern langsam wieder abebbt, rutsche ich auf Saschas Bauch. Er gleitet mit seinen Händen unter mein T-Shirt, und wir fallen übereinander her, da sind nur noch er und ich und unsere Lust aufeinander, wir geben und nehmen und Geben ist Nehmen und Nehmen ist Geben. Wir sind zwei und wir sind eins und wir sind Liebe, ganz und gar.

6. WAS SAGEN.

Das Rhythmus-Intro von *Sky and Sand*, das urplötzlich ertönt, reißt mich aus dem Tiefschlaf. Ich bin entsetzlich müde und doch sofort hellwach, als mir klar wird, dass es Saschas Radiowecker ist, der uns den neuen Tag ankündigt. Die Schlafzimmervorhänge sind dunkelblau, aber der Stoff lässt genug Licht durch, dass ich Sascha gut erkennen kann. Er liegt neben mir und öffnet die Augen, sie sind genauso klein, wie meine sich anfühlen. Kein Wunder. Dank Stehtraining und Durchbewegen war es gestern nach zwei Uhr, bis wir endlich schliefen.

„Guten Morgen", sagt er und lächelt. Allein dieses Lächeln gleich nach dem Aufwachen zu sehen, macht diesen Morgen zu dem wunderbarsten Morgen, den ich mir vorstellen kann.

„Guten Morgen." Ich rücke näher an ihn heran und taste unter unseren Decken nach seiner Hand. Er schiebt seine Finger zwischen meine, und während Paul Kalkbrenner davon singt, wie er und seine Freundin Schlösser im Himmel und aus Sand bauen, wie sie zusammen fliegen, einander Halt geben und einander zum Strahlen bringen, liegen wir einfach nur zusammen im Bett, Hand in Hand, und genießen das gemeinsame Aufwachen.

Gern würde ich noch länger hier mit Sascha liegen, aber als das Lied verklingt und die Sieben-Uhr-Dreißig-Nachrichten beginnen, setzt er sich auf und sagt: „Ich muss aufstehen. Willst du noch liegen bleiben? War ja 'ne kurze Nacht."

„Nur, bis du im Bad fertig bist. Ich decke den Tisch, während du deine Übungen machst. Wenn du willst, hole ich Brötchen."

„Brötchen sind super." Er schlägt seine Decke zurück und begibt sich in seinen Rolli. „Dann bis gleich."

Während ich vom nahen Bäcker Brötchen hole und das Frühstück vorbereite, bewegt Sascha sich durch und steht dreißig Minuten im Stehtrainer. Danach essen wir, es ist jetzt schon unser zweites gemeinsames Frühstück hier, seit wir wieder zusammen sind, aber das erste nach einer zusammen verbrachten Nacht, und deshalb fühlt es sich genauso besonders an wie gestern.

Wir stellen fest, dass heute unser erster Tag ist, an dem wir so etwas wie Alltag haben werden: Sascha muss zur Physiotherapie, und um zwölf hat er einen Termin bei Dr. Schäfer. Das ist sein Psychotherapeut, zu dem er seit ungefähr einem Jahr geht. Außerdem müssen wir beide dringend etwas für die Uni tun: Ich sollte anfangen, meine Hausarbeit zu schreiben, die ich bis zum dritten September abgeben muss, und Sascha muss seine Bachelorarbeit abgabefertig machen. Der Text ist schon geschrieben, sagt er, aber er will ihn noch einmal Korrektur lesen, dann muss er ihn formatieren und alle Abbildungen richtig einbinden und schließlich das Dokument ausdrucken und binden lassen. Der Abgabetermin ist in genau zwei Wochen. Wenn Sascha nachher zur Physio aufbricht, werde ich also nach Hause fahren, und wir werden uns erst einmal unseren Pflichten widmen, bevor wir uns vielleicht am Abend wiedersehen.

Nach dem Frühstück räume ich den Tisch ab, während Sascha im Bad ist, und setze mich danach bei geöffneter Balkontür im Wohnzimmer auf das Sofa. Von draußen dringen frische Sommerluft und Vogelgezwitscher ins Zimmer, und ich versuche, mich bewusst auf die schönen Erlebnisse von gestern zu konzentrieren, damit die Erinnerungen an damals nicht wieder so viel Macht bekommen. Es muss doch möglich sein, hier alleine auf dem Sofa zu sitzen, ohne dass sich Szenen von vor zwei Jahren in meinen Gedanken aneinanderreihen. *Den Erinnerungen von damals neue, bessere hinzufügen.* Sascha hat das gestern auch hinbekommen. Und sein Balkon-Erlebnis war vermutlich viel schlimmer als unsere Konflikte im Wohnzimmer.

Warum aber gelingt es mir nicht? Warum ist da unterschwellig sofort wieder die Angst, dass wir es nicht schaffen könnten? Schlagartig wird mir bewusst, dass das Scheitern unserer Beziehung für mich das Schlimmste und Belastendste war, was ich bisher erlebt habe. Dieser Kampf umeinander und füreinander, den wir immer wieder aufs Neue ausgefochten und schließlich doch verloren haben. Die Auseinandersetzung mit Saschas Schmerz, die uns ein ums andere Mal überfordert hat. Ich habe gemerkt, dass es ihm nicht gut ging. Wie es immer schwieriger wurde, das Glück festzuhalten. Und doch war mir bis zum Schluss nicht klar, dass unsere Beziehung vor ihrem Ende stand.

Sascha wollte mich nicht mit in seinen Abgrund ziehen, aber stattdessen hat er mich in ein anderes dunkles Loch gestoßen. Wahrscheinlich hat er gedacht, ich könnte einfach in mein altes Leben zurückkehren. Aber das konnte ich nicht. Dafür war das mit ihm viel zu intensiv gewesen. Nie zuvor hatte ich so starke Emotionen empfunden, mich so sehr mit jemandem verbunden gefühlt. Sascha zu begegnen, mit ihm zusammen zu sein, das war, als hätte das eine neue Dimension von Lebendigkeit und Tiefe und Glück in mir erschlossen, von deren Existenz ich zuvor nicht einmal etwas geahnt hatte. Damit leben zu lernen, um diese Dimension zu wissen und sie verloren zu haben, hat mich Monate gekostet. Ich will das nicht noch einmal durchmachen müssen. Ich weiß nicht einmal, ob ich das könnte.

„Hey."

Ich zucke richtig zusammen, als Sascha im Wohnzimmer steht. Ich habe gar nicht bemerkt, wie er reingekommen ist. Er steht neben dem Sofa und guckt mich an. „Alles in Ordnung?"

Ich schüttele langsam den Kopf. „Ich hab versucht, den Allein-im-Wohnzimmer-Erinnerungen eine positive hinzufügen, aber es hat nicht geklappt."

„Das tut mir leid." Er sieht bestürzt aus. Schuldbewusst.

„Du hast es gestern auf dem Balkon hingekriegt."

„Na ja. Mit Ach und Krach. Und ich war nicht allein." Er lächelt. „Du warst bei mir."

„Funktioniert nur leider nicht umgekehrt. Das Alleinsein hier ist nun mal genau das Wesen des Problems."

„Aber jetzt bin ich da. Es ist nichts Schlimmes passiert. Und du bist diesmal hiergeblieben. Das würde ich jetzt mal als vorsichtig-positiv bezeichnen."

Jetzt fange ich auch an zu lächeln. Weil er recht hat. Und weil er mich so ernsthaft ansieht. So gerade und so klar, wie er es früher in solchen Situationen nie hinbekommen hat. Da bricht jetzt doch wieder ein kleiner Glücksstrahl durch das Dunkel von eben, Wärme breitet sich in mir aus, und die Angst schwindet. Wie viele solcher Momente werde ich noch brauchen, bis ich *wirklich* genug Vertrauen habe?

Sascha streckt seine Hand aus. Ich ergreife sie und folge dem leichten Zug, mit dem er mich vom Sofa auf seinen Schoß einlädt. Als ich sitze, legt er seine Hände an meine Hüften und sagt: „Wenn ich eins gelernt habe von Dr. Schäfer, dann das: Dass es Zeit braucht, bis Wunden verheilt sind. Man braucht Geduld und darf nicht zu streng mit sich selbst sein. Schmerz, Trauer, Angst ... Das sind natürliche Reaktionen und sie sind okay. Je öfter man sich mit ihnen auseinandersetzt, desto mehr verlieren sie ihre Macht. Ich würde also sagen: Du hast eben genau das Richtige getan."

Ich weiß nicht, was ich sagen soll. In mir sind so viele Gedanken auf einmal. Dass es bestimmt richtig ist, was er sagt. Wie wundervoll es ist, dass er diese Worte jetzt so aussprechen kann, und wie wichtig und gut, dass er sie auch für sich selbst annehmen kann. Was das für ein langer Weg für ihn war und wohl auch noch immer ist. Aber auch, dass es uns beiden viel Leid erspart hätte, wenn er das alles zwei Jahre früher kapiert hätte. Ob es nicht seltsam ist, dass ich ihn so sehr liebe, obwohl er zu einem Großteil daran schuld ist, dass auch ich mich jetzt mit unguten Erinnerungen und Angst auseinandersetzen muss.

Er schaut mich noch immer an und ich ihn, ich spüre ihn und seine Wärme und seinen Rolli, ich rieche seinen Duft, und ich fühle in mich hinein und finde keinen Groll, keine Wut, kein Hadern. Da ist nur Liebe. Ich liebe Sascha mit jeder einzelnen Faser meines Seins, trotz allem, und ich glaube, ich möchte tatsächlich nichts von dem, was wir in unseren ersten gemeinsamen sechs Monaten miteinander hatten, missen.

„Warum sagst du nichts?", fragt Sascha leise.

Ich zucke mit den Schultern. Aber Sascha sieht mich weiterhin an, vielleicht ist da jetzt Unsicherheit in seinem Blick oder Angst, auf jeden Fall braucht er eine Antwort.

„Ich weiß nicht", sage ich schließlich. „Da waren so viele Gedanken gleichzeitig in meinem Kopf, die hätte ich unmöglich alle aussprechen können."

„Gibt es vielleicht eine Zusammenfassung?" In seinen Augen erkenne ich deutlich, wie wichtig ihm diese Frage ist.

„Ja." Während ich das sage, breitet sich ein Lächeln in meinem Gesicht aus, eines von denen, die von ganz tief drinnen kommen. „Sie lautet: Ich liebe dich. Auch, wenn unsere ersten sechs Monate nicht immer leicht waren, und obwohl die erste Zeit nach unserer Trennung das Schlimmste war, was ich bisher in meinem Leben durchmachen musste, möchte ich doch nichts von dem missen, was wir zusammen hatten und haben."

Es ist unglaublich schön, zu sehen, wie er während meiner Worte immer mehr lächelt und wie das Leuchten in seine Augen zurückkehrt.

„Das ist eine schöne Zusammenfassung", sagt er.

„Ja. Und sie ist zu hundert Prozent wahr." Ich beuge mich vor, um ihn zu küssen, aber er drückt mich sanft von sich weg.

„Ich muss leider dringend los. Ich will dir noch so viel sagen und ich möchte auch viel lieber hier bei dir bleiben, aber das müssen wir verschieben. Ich komme sonst zu spät."

„Okay." Ich stehe von seinem Schoß auf. Unsere Blicke kleben aneinander, als gäbe es keine andere Richtung, in die wir gucken könnten.

„Schlimm?", fragt er.

„Ja", antworte ich, weil es wahr ist.

„Sehr schlimm?"

„Nein." Ich beuge mich noch einmal zu ihm und küsse ihn. Unsere Lippen berühren sich nur kurz, aber es ist dennoch ein zärtlicher und sehr bewusster Moment.

Wenige Minuten später stehe ich neben Saschas Auto und warte, bis er eingestiegen ist und den Rolli verladen hat.

Sascha steckt den Schlüssel ins Zündschloss. „Ich melde mich, wenn ich mit meiner Arbeit für heute fertig bin, ja?"

„Gut. Ich freu mich schon."

„Ich mich auch." Er schließt die Tür und startet den Motor. Dann fährt er los.

Als ich in meine WG komme, scheint niemand von den anderen zu Hause zu sein. Mein „Hi, ich bin's!" bleibt unbeantwortet, und auch sonst ist es absolut still. Ich gehe an meinen Schreibtisch, um mit den ersten Vorbereitungen für die Hausarbeit zu beginnen. Wirtschaftsgeographie fand ich am Anfang eher uninteressant, aber je tiefer wir während des Semesters in die Materie eindrangen, desto mehr konnte ich diesem Teilgebiet meines Studiums abgewinnen. Die fünftägige Exkursion in der Pfingstwoche nach Manchester und Liverpool war sogar sehr spannend, denn beide Städte unterlagen im Zeitalter der Industrialisierung und später im Rahmen der Globalisierung einem tiefgreifenden Strukturwandel, mit dem sie bis heute unterschiedlich umgehen. In meiner Hausarbeit muss ich einen Bericht über den Teil unserer Exkursion schreiben, der sich mit den ehemaligen Hafenanlagen rund um das *Albert Dock* in Liverpool beschäftigte, das als herausragendes Beispiel für postindustrielle Stadtentwicklung gilt.

Ich überfliege meine Aufzeichnungen aus der Vorlesung und aus dem Seminar, lege die Notizen von der Exkursion bereit und schaue mir am PC noch einmal alle Fotos an, die ich in Liverpool gemacht habe. Währenddessen entsteht wie von selbst eine erste Idee in meinem Kopf, wie ich die Hausarbeit aufbauen könnte, und ich öffne ein neues Worddokument, um die Gliederung auszuarbeiten. Ich bin dermaßen vertieft in meine Arbeit, dass ich heftig zusammenzucke, als es an meiner Zimmertür klopft.

„Herein", rufe ich.

Die Tür öffnet sich, und Ulrike tritt einen Schritt ins Zimmer.

„Hi. Na, wieder da?" Sie grinst.

„Hi. Ja, wie du siehst. Ich fange gerade mit meiner Hausarbeit an. Wird viel Arbeit, aber ich glaube, es wird mir Spaß machen."

„Das ist gut. Geht einem ja viel leichter von der Hand, wenn einem was Freude macht."

„Stimmt."

„Essen wir zusammen?"

Erst jetzt merke ich, wie hungrig ich bin. Ein Blick auf die Uhr verrät mir, dass es auch schon fast ein Uhr ist.

„Sehr gern. Was soll's denn geben?"

„Bratkartoffeln mit Spiegelei?"

„Okay. Ich komme gleich zum Schälen, sobald ich hier den Gedanken, den ich gerade hatte, aufgeschrieben habe, ja?"

„Keine Hektik. Wenn du zu spät kommst, darfst du dafür hinterher die Küche aufräumen."

Ich brauche doch länger. Als ich in die Küche komme, schiebt Ulrike gerade die letzten Kartoffelscheiben vom Brettchen in den Kochtopf. Egal. Dann muss ich halt nachher die Küche machen.

„Soll ich noch Zwiebeln schneiden?", biete ich trotzdem an.

„Oh, sehr gern. Du weißt ja, wie ich dabei immer heule."

Ich weine genauso, während ich die Zwiebeln würfele. Gerade, als ich mit der zweiten Zwiebel anfangen will, klingelt es an der Haustür. Ulrike geht zur Gegensprechanlage.

„Oh!", höre ich sie erstaunt ausrufen. „Äh ... ja ... ich sag ihr Bescheid."

Kurz danach ist sie schon wieder in der Küche. „Sascha steht unten vor der Haustür."

„Jetzt?" Er wollte doch seine Bachelorarbeit Korrektur lesen.

„Nein, erst morgen", sagt Ulrike todernst. „Keine Ahnung, wie er trotzdem schon jetzt klingeln und mit mir sprechen konnte."

„Ha, ha", mache ich.

Ulrike macht ein paar Schritte in Richtung Flur zurück. „Ich sag ihm, du kommst, wenn du die Zwiebel fertig geschnitten hast. Wer weiß, ob du nachher wirklich die Küche aufräumst."

„Hey, natürlich räume ich ...", rufe ich ihr hinterher, aber sie ist schon wieder an der Gegensprechanlage.

Schnell würfele ich die Zwiebel fertig und wasche mir die Hände. Dann wische ich mir die Tränen aus dem Gesicht und nehme anschließend die vier Halbtreppen im Eiltempo nach unten. Ich bin sogar etwas außer Atem, als ich die Haustür öffne.

„Hallo", sagt Sascha. Er wirkt ernst und irgendwie beklommen, wie er da auf dem gepflasterten Weg zwischen dem Bürgersteig und unserer Haustür steht und mich ansieht. „Störe ich?"

Ich gehe auf ihn zu und gebe ihm einen kurzen Begrüßungskuss. „Du störst nie."

Er lächelt ein kleines bisschen. „Aber ihr kocht gerade."

„Bratkartoffeln. Willst du mitessen?"

Er zögert. „Ich wollte ... dir eigentlich nur ... was sagen. Wegen vorhin."

Es scheint ihm sehr wichtig zu sein, wenn er dafür extra herkommt. Und dann auch noch um diese Uhrzeit. Wir haben doch eigentlich beide zu tun und wollten uns abends treffen oder vielleicht sogar nur telefonieren.

„Hast du schon gegessen?", erkundige ich mich.

Er schüttelt den Kopf. „Wie gesagt, ..." Er wirkt irgendwie hilflos. Als wäre es ihm auf einmal sehr unangenehm, hierhergekommen zu sein.

Ich weiß auch nicht, was ich machen soll. Was auch immer er mir sagen will, er wollte es mir anscheinend nicht am Telefon sagen. Und auch nicht erst heute Abend. Also dauert es vermutlich länger. Oben kochen aber schon die Kartoffeln.

Viel zu lange stehen wir voreinander, ohne dass einer von uns etwas sagt, und in mir kribbelt Nervosität wie tausend Ameisen.

„Was hältst du davon, wenn ich Ulrike sage, sie soll den Herd wieder abstellen, und du kommst mit nach oben und isst mit uns?", schlage ich schließlich vor. „Wir können noch ein paar Kartoffeln nachschälen. Und dann reden wir, sobald es geht?"

Er schaut mich an, unschlüssig, unruhig. So, als würde er am liebsten sofort das Weite suchen. „Okay", sagt er schließlich.

„Gut." Ich lächele ihn an, aber er lächelt nicht zurück. Sofort kriecht wieder Angst in mir hoch. Bevor sie mich komplett ausfüllt, gehe ich zur Türklingel und läute.

Nach ein paar Sekunden meldet sich Ulrike. „Ja?"

„Wäre es okay für dich, wenn du den Herd vorübergehend wieder abstellst und kurz runterkommst? Ich hab Sascha eingeladen, mit uns zu essen."

„Natürlich ist das okay. Bin gleich da."

Sascha sieht noch immer extrem angespannt aus, während Ulrike und er sich begrüßen. Beim Treppen-Transfer übernehme diesmal ich den oberen Part.

Niemand spricht. Gefühlt dauert es ewig, bis wir oben sind.

„Danke", sagt Sascha. Er schaut Ulrike ins Gesicht, und ich meine, spüren zu können, wie schwer ihm das fällt. Sein Unbehagen überträgt sich direkt auf mich und vermischt sich mit der Angst. Mein Herz schlägt hart von innen gegen meinen Brustkorb, und ich fühle meinen Puls bis in die Fingerkuppen. Wenn ich wenigstens wüsste, was er mir sagen will!

„Keine Ursache", sagt Ulrike.

„Ich geh mal Hände waschen." Ohne eine Antwort abzuwarten, rollt Sascha in unsere Wohnung und verschwindet im Bad.

„Danke", sage auch ich zu Ulrike. „Ich hoffe, es ist wirklich okay."

„Ist es. Ich muss nirgendwohin heute Nachmittag, es kommt also nicht darauf an, ob wir in zwanzig Minuten essen oder in vierzig. Aber wir sollten noch ein paar Kartoffeln mehr machen, sonst werden wir nicht satt. Komm!" Sie fasst mich an der Schulter und schiebt mich sanft in Richtung Wohnungstür.

Sascha bleibt ziemlich lange im Bad. Ich hoffe, es liegt nur daran, dass er seine Blase erleichtert. Ulrike und ich schälen und schneiden weitere fünf große Kartoffeln.

„Was wollte Sascha denn?", fragt Ulrike leise.

„Er will mir irgendwas sagen. Vorhin waren wir mitten im Gespräch, als er losmusste zur Physiotherapie."

„Muss ja echt was Wichtiges sein. Ihr wirkt beide total nervös."

„Merkt man das?", frage ich überflüssigerweise.

„Kaum." Die Ironie in ihrer Stimme ist nicht zu überhören.

Sie steht auf, gibt die Kartoffelscheiben zu den anderen in den Kochtopf und stellt die Herdplatte wieder an. Ich spüle die Messer und Brettchen ab. Gerade, als das Wasser wieder zu kochen beginnt, kommt Sascha in die Küche.

„Tut mir leid, dass ich euch hier überfalle." Er bleibt mitten im Raum stehen und wirkt so verloren, dass es mir heftig ins Herz sticht.

„Gibt schlimmere Überfälle", meint Ulrike.

„Kann ich irgendwas helfen?"

„Du kannst nachher mit Fredi die Küche aufräumen", sagt Ulrike. „Ich schaff das hier schon alleine. Zieht ihr euch lieber auf den Balkon oder in Fredis Zimmer zurück und besprecht, was auch immer ihr so dringend besprechen müsst. Ich glaube, sonst kann vor lauter Nervosität nachher niemand auch nur einen Bissen runterkriegen."

„Da könntest du recht haben", sage ich. Dann wende ich mich an Sascha. „Mein Zimmer oder Balkon?"

„Dein Zimmer."

Wir setzen uns in Bewegung. Ulrike sagt noch, dass es in fünfundzwanzig Minuten Essen gibt und sie dann mit dem Essen anfangen wird, auch wenn wir länger brauchen sollten, und schließt demonstrativ die Küchentür hinter uns.

In meinem Zimmer angekommen, setze ich mich auf mein Bett. Sascha schließt die Tür und rollt auf mich zu, bleibt in einem guten Meter Entfernung leicht schräg vor mir stehen.

„Ulrike ist sehr aufmerksam", sagt er dann.

Ich denke, dass das heute bestimmt keine große Kunst war, unsere Nervosität zu bemerken, aber er hat trotzdem recht, deshalb sage ich es nicht.

„Ich kannte sie früher eigentlich kaum", fährt Sascha fort. „Sie gehörte zu den Ruhigen, die auf Partys eher am Rand stehen und sich mit ihren Freundinnen unterhalten. Dass sie so direkt und selbstbewusst ist, wusste ich gar nicht."

„Sie kann sich ja auch weiterentwickelt haben im Studium. Das tun wir doch alle, oder?"

„Ja, stimmt."

„Wolltest du mit mir über Ulrike reden?"

„Nein." Die Antwort kommt prompt, aber dann bleibt er still. Mit jeder Sekunde, die er braucht, um sich zu überwinden, drängt sich die Angst in mir weiter in den Vordergrund. Was will er mir sagen? Was kann es sein, das so dringend ist, dass er hier vorbeikommt? Er benimmt sich nicht so, als wollte er unsere Beziehung beenden, aber damals habe ich es auch nicht kommen sehen.

„Sondern?" Ich muss das fragen, auch auf die Gefahr hin, dass er sich gedrängt fühlt. Ich kann unmöglich länger warten, das halte ich nicht aus.

„Ich habe während der kompletten Physio-Stunde an unser Gespräch von heute Morgen gedacht", beginnt er endlich. Er hat seine Hände an den Greifreifen, die er ein bisschen zu fest umklammert, wie so oft, wenn er angespannt ist, aber er schaut mir gerade in die Augen. „Zwischen der Physio und der Stunde bei Dr. Schäfer nach Hause zu fahren, hätte sich nicht gelohnt. Deshalb hatte ich den Ausdruck meiner Bachelorarbeit dabei und wollte im Auto Korrektur lesen. Aber ich konnte mich überhaupt nicht auf den Text konzentrieren. Ich hab immer nur an das gedacht, was du vorhin in deiner Zusammenfassung gesagt hast. Und an das, was ich dir gerne noch gesagt hätte, wenn wir mehr Zeit gehabt hätten. Auch bei Dr. Schäfer konnte ich an nichts anderes denken. Und über nichts anderes reden."

Er hält inne, so, als würde er nach den richtigen Worten suchen.

„Hat er dir geraten, doch einfach gleich bei mir vorbeizufahren?", will ich wissen.

„Dr. Schäfer rät nie irgendwas. Er hört zu. Manchmal stellt er Fragen. Und du fängst an zu reden und immer tiefer zu graben, so lange, bis du siehst, was da ganz unten ist in dir, da im Dunkeln, wo du eigentlich lieber nicht hinsehen möchtest. Aber dann, wenn du doch hinschaust, dann erkennst du auf einmal die Wahrheit, Fredi. Egal, wie weh sie tut, sie ist da, und sie spielt eine Rolle, ob du willst oder nicht. Und wenn du sie kennst, kannst du damit arbeiten."

Ob es auch bei mir eine solche dunkle Ecke gibt mit einer Wahrheit, die ich nicht kenne, weil ich mich noch nie getraut habe, hinzusehen? Nein, ich glaube nicht. Oder doch, wahrscheinlich *gab* es sie. Monatelang habe ich gelitten nach unserer Trennung, habe mich in meinem Schmerz und meiner Trauer im Kreis gedreht. Doch dann, als ich mit Jana auf Achill Island am Dugort Bay Beach war, da habe ich endlich hingeschaut. Jana war bei mir und für mich da, während es mich schüttelte, als ich die Wahrheit erkannte: Dass auch ich erheblich Schuld daran trug, dass unsere Beziehung scheitern musste.

„Ich glaube, ich verstehe, was du meinst. Was war heute deine Wahrheit?"

Die Intensität, mit der er mich jetzt anschaut, jagt Stromstöße mitten durch mein Herz.

Es vergehen Sekunden, bis er endlich anfängt zu sprechen. „Die Wahrheit von heute ist: Ich hab eine Scheiß-Angst, dass das, was ich dir durch unsere Trennung angetan habe, immer zwischen uns stehen wird. Du hast vorhin gesagt, dass du mich liebst und dass du nichts unserer gemeinsamen Zeit missen möchtest, auch nicht die schwierigen Situationen. Das hast du sehr schön gesagt und es hat mich erst sehr glücklich gemacht. Aber du hast auch gesagt, dass die erste Zeit nach unserer Trennung das Schlimmste war, was du je durchgemacht hast. Dieser Satz hat länger gebraucht, bis er bei mir angekommen ist. Doch dann wurde er immer lauter. Es tut mir so leid, dass du meinetwegen diese schwere Zeit durchleben musstest. Das ist es, was ich dir sagen wollte. Deshalb bin ich gekommen."

„Hey." Ich sage es sehr leise und voller Zuneigung. „Du hast mir das schon mal gesagt. Erinnerst du dich? Vor ungefähr vier Wochen im Großen Garten?"

„Ja. Aber das war doch mehr allgemein. Ich habe gesagt, dass ich erst Abstand brauchte, bevor ich mich auf das Leben einlassen konnte. Und du sagtest, dass ich mir diesen Abstand auf deine Kosten genommen habe."

„Ja. Du hast geantwortet: ‚Ich weiß. Und das tut mir sehr leid.' Du hast mich dabei angesehen, und ich wusste, dass du es so meinst, wie du es gesagt hast. Für mich steht da nichts mehr zwischen uns, Sascha. Ehrlich nicht."

„Obwohl ausgerechnet ich für die schlimmste Erfahrung deines Lebens gesorgt habe?"

„Du hast vor allem für die schönste Erfahrung meines Lebens gesorgt. Du *bist* die schönste Erfahrung in meinem Leben. Jeden einzelnen Tag. Jeden einzelnen Moment."

Ein zaghaftes Lächeln umspielt seine Lippen. Er rollt näher an mich heran, bis sein rechtes Knie mein linkes berührt. Dann stützt er sich mit der Hand auf seinem Knie ab, beugt sich zu mir nach vorn und legt seine andere Hand auf meinen Oberschenkel.

„Oh, Fredi", sagt er leise, „wie machst du das nur, dass du all diese wundervollen Sachen sagst?"

„Ich mache gar nichts, ich sage bloß, wie es ist." Langsam umschließe ich mit meinen Fingern seine Hand, hebe sie an und ziehe sie sanft in meine Richtung. „Kommst du zu mir aufs Bett?"

Er wirft einen Blick auf die Uhr über meiner Zimmertür. Wir haben noch mehr als zehn Minuten.

„Okay", sagt er dann.

Ich lasse ihn los, und kurz darauf liegen wir nebeneinander auf meinem Bett, mit den Köpfen auf meiner Decke, einander zugewandt, meine Knie berühren seine, und unsere Finger haben wir miteinander verschränkt.

„Ich sehe das übrigens nicht so, dass du alleine schuld bist", sage ich nach einer Weile. „Weder trägst du alleine die Verantwortung dafür, dass wir scheitern mussten, noch dafür, dass es mir deswegen lange schlecht ging."

Er sieht mich an, aufmerksam, mit fragendem Blick, aber er wartet still, bis ich weiterrede.

„Ich habe lange gebraucht, um das zu kapieren", fahre ich fort. „Das war *meine* Wahrheit, vor der ich mich monatelang verschlossen habe: Dass ich den Streit mit meinen Eltern nicht hätte eskalieren lassen müssen. Ich hätte ihr Nein dazu, dass du uns kurz nach Weihnachten besuchst, einfach akzeptieren können. Stattdessen habe ich mich mit ihnen überworfen und bin bei dir eingezogen. Ich habe deine Signale, dass dir das zu früh war, nicht sehen wollen. Und auch nicht die, mit denen du mir zu verstehen geben wolltest, dass ich auf meine Eltern zugehen soll. Ich habe dich überfordert, und das hätte ich sehr wohl merken können, auch wenn du alles daran gesetzt hast, dass ich nicht mitbekomme, wie dreckig es dir oft ging. Als du mit mir Schluss gemacht hast ... Ich glaube, ich habe es eigentlich die ganze Zeit gewusst, welche Schuld ich trage, aber ich habe es nicht wahrhaben wollen. Erst in Irland, als ich mit Jana auf Achill Island war, da habe ich endlich hingeschaut ins Dunkel und die Wahrheit gesehen. Ich habe es Jana erzählt und ich habe so sehr geweint wie nie vorher in meinem Leben. Und doch war das der Anfang einer Heilung. Erst, als ich mir das eingestanden hatte, konnte ich dich innerlich loslassen und mich wieder auf das Schöne im Leben einlassen."

Ich habe ihn die ganze Zeit angesehen, während ich gesprochen habe, aber erst jetzt merke ich, dass seine Augen voller Tränen sind und dass er meine Hand viel zu fest hält. Ich rücke noch näher an ihn heran. „Du weinst ja."

Er gibt meine Hand frei und legt seine sanft in meinen Nacken. Er lächelt – und weint noch mehr. Tränen rinnen ihm über das Gesicht und tropfen auf die Bettdecke. „Ich weiß nicht, ob du dir ansatzweise vorstellen kannst, was mir deine Worte bedeuten." Sogar seiner Stimme ist anzumerken, wie sehr er weint.

„Und ... warum sie mir so viel bedeuten." Liebevoll zieht er meinen Kopf näher an seinen, bis seine und meine Stirn einander berühren.

„Möglicherweise kann ich das", flüstere ich, während ich ihn ebenfalls am Hinterkopf streichele und unsere Köpfe noch ein bisschen näher zueinander ziehe, bis sich auch unsere Nasen berühren. „Und möglicherweise ... Möglicherweise muss ich jetzt selber weinen, weil ich das kann und weil ... weil es sich groß anfühlt und wichtig und ... schön."

Ich weine tatsächlich, vor Erleichterung, vor Glück, vielleicht steht da jetzt tatsächlich nichts mehr zwischen uns, vielleicht haben wir genau diese Aussprache gebraucht. Ich küsse ihn. Seine Lippen schmecken salzig, er küsst mich zurück, auf die Lippen, unter meine Augen, seitlich an meinem Hals, und ich liebe es so sehr, wie er dabei seine Finger in meinen kurzen Haaren vergräbt, mich hält. Ich schlinge mein Bein um seine Hüfte, und er zieht meinen Oberkörper ganz nah an sich heran, wir halten uns gegenseitig und spüren einander und diesen Augenblick, der noch immer groß ist und wichtig und unglaublich schön.

Ulrike ruft nicht, dass das Essen fertig ist, doch anscheinend hat sie erst ein paar Bissen gegessen, als Sascha und ich in die Küche kommen. Ich fürchte, man sieht uns an, dass wir geweint haben. Aber ich hätte es noch schlimmer gefunden, zu spät zum Essen zu kommen. Ulrike hat den Tisch für uns alle drei gedeckt und sogar eine Auswahl an Getränken bereitgestellt. In der Mitte des Tisches steht die Pfanne mit den Bratkartoffeln, und auf dem Herd hat sie unsere Spiegeleier auf kleiner Stufe warmgehalten. Ich nehme die Pfanne von der Kochstelle und schalte den Herd aus.

„Das sieht echt lecker aus", sagt Sascha, während er am Tisch Platz nimmt. „Danke fürs Kochen."

„Gern geschehen." Aufmerksam guckt Ulrike von mir zu Sascha und wieder zurück zu mir. „Alles gut bei euch?"

„Ja", sagen Sascha und ich im selben Moment und beide mit leicht langgezogenem J und kurzem A, was uns natürlich sofort dazu bringt, uns grinsend anzusehen. Und ganz offensichtlich hat Sascha genauso wenig Lust wie ich, nähere Ausführungen hinzuzufügen, denn während ich mit der Pfanne zum Tisch gehe, um uns die Spiegeleier aufzufüllen, nimmt Sascha die Apfelschorleflasche, schenkt sich ein Glas ein und fragt: „Du auch?"

Wir essen alle drei mit Appetit, aber schweigend. Mehrfach beobachte ich, wie Ulrike Sascha verstohlen von der Seite mustert, aber meistens vermeidet sie es, in seine Richtung zu schauen. Krampfhaft suche ich nach einem Gesprächsthema. Schließlich fange ich an, von der Exkursion nach Liverpool zu berichten, und nach einiger Zeit gelingt es uns, ein Gespräch zu dritt über diverse interessante und lustige Begebenheiten auf unseren Reisen zu führen, bei dem wir tatsächlich immer lockerer werden und schließlich sogar ausgelassen miteinander lachen.

Nach dem Essen verbannen Sascha und ich Ulrike aus der Küche. Ich wasche die Pfannen ab und Sascha räumt den Rest vom Tisch in die Spülmaschine. Schließlich wische ich den Tisch ab – und dann sind wir fertig und stehen einander gegenüber in der Küche. Ich weiß nicht, was ich sagen soll, was jetzt geschehen soll, und Sascha weiß es anscheinend auch nicht, denn auch er lässt Sekunde um Sekunde verstreichen, ohne etwas zu sagen.

„Ja, dann ...", beginnt er schließlich, doch er setzt den Satz nicht fort.

„Ich muss wohl zurück an meine Hausarbeit", murmele ich.

„Meine Bachelorarbeit ruft auch schon ziemlich laut."

Ich muss plötzlich daran denken, wie schön es war, wenn wir früher einander gegenüber in Saschas Wohnzimmer gesessen haben und jeder in seine Arbeit vertieft war, ich in meine Hausaufgaben und Sascha in seine Übungszettel vom Studium. Ich habe leider keine zwei Schreibtische in meinem Zimmer. Seine Arbeit hätte er ja vermutlich sogar dabei, die muss entweder in seinem Auto oder in seinem Rucksack sein, wenn ich das vorhin alles richtig verstanden habe.

„Soll ich dich nach unten begleiten?" Ein heftiges Ziehen geht durch mich hindurch, während ich das frage. Dabei geht es doch nur darum, dass wir uns für ein paar Stunden jeder an den eigenen Schreibtisch setzen.

Er nickt und wendet sich zum Gehen.

Zusammen verlassen wir die Wohnung. Während sich Sascha

im Treppenhaus die Stufen hinablässt, reden wir nichts.

Ich begleite ihn bis zum Auto. Als wir angekommen sind, bleiben wir auf dem Bürgersteig stehen. Keiner von uns sagt etwas. Stattdessen sehen wir einander an, und ich spüre die Verbindung zwischen uns so stark, dass es sich anfühlt, als würde ich gleich zerspringen.

„Ich muss dann", sagt Sascha schließlich.

„Ja. Ich auch."

Wieder verstreicht jede Menge Zeit, ohne dass einer von uns irgendetwas sagt oder tut.

„Kommst du zum Abendessen zu mir rüber?", fragt Sascha endlich. „So um halb acht?"

„Ja, sehr gerne. Ich freue mich."

Er lächelt. „Ich mich auch."

Ich weiß nicht, warum es so wehtut, Sascha abfahren zu sehen und anschließend allein die Treppe zu meiner Wohnung hochzugehen. Schon heute Abend werden wir uns wiedersehen. Aber mein Herz blutet, als wären vier Stunden ohne Sascha unaushaltbar. Vielleicht liegt es daran, dass wir nach dem Gespräch von vorhin noch gar nicht richtig Zeit zu zweit hatten. Irgendwie fühlt sich alles neu an seitdem. Befreit vielleicht. Weil wir jetzt beide wissen, dass da wirklich nichts mehr zwischen uns steht. Und weil wir zusammen geweint haben. Zum ersten Mal.

Auf einmal wird mir klar, wie besonders das war. Mir fallen einige Situationen von früher ein, in denen ich mir gewünscht hätte, dass wir zusammen weinen. Stattdessen hat Sascha sich im Bad eingeschlossen oder die Situation überspielt. Heute waren es Tränen der Erleichterung und des Glücks, die wir miteinander geteilt haben, aber genauso vorbehaltlos und unmittelbar haben wir einander auch unsere Schuldgefühle und unsere Ängste eingestanden. Ich habe mich ihm so nahe gefühlt, auf eine neue, sehr intensive Art, und eigentlich wären ich gerne noch viel länger mit ihm auf meinem Bett liegen geblieben, wenn wir uns nicht verpflichtet gefühlt hätten, wenigstens halbwegs pünktlich zum Essen zu erscheinen.

In meinem Zimmer angekommen, betrachte ich mein Bett. In

der Bettdecke sind noch die Abdrücke unserer Köpfe zu sehen. Schließlich gebe ich doch dem Drang nach, mich hinzulegen und meine Nase in der Kuhle zu vergraben, die Saschas Kopf hinterlassen hat. Ein bisschen riecht die Decke noch nach ihm.

Ich bleibe ein paar Minuten liegen und atme Saschas Duft ein und spüre dem neuen Gefühl nach.

Dann fühle ich mich bereit für meine Hausarbeit.

Um Punkt halb acht bin ich bei Sascha oben an der Wohnungstür. Noch im Flur setze ich mich auf seinen Schoß, kaum dass wir die Wohnungstür hinter uns geschlossen haben, wir streicheln einander, wir umarmen einander, wir ziehen uns gegenseitig die Oberteile aus und küssen uns überall, manchmal liebevoll und sehr zärtlich, meistens wild und ungestüm.

„Hast du schlimm Hunger?", raunt Sascha mir irgendwann ins Ohr.

„Auf dich", flüstere ich. „Sehr schlimm."

Er grinst. Ich höre es und fühle es, direkt an meinem Hals. „Dann schlage ich vor, dass wir einen Abstecher ins Schlafzimmer machen. Einverstanden?"

Ich löse mich von ihm, um ihn ansehen zu können. Seine Haare stehen in alle Richtungen und seine Augen leuchten, sein verschmitztes Grinsen und sein schlanker, trainierter Oberkörper bringen mich fast um den Verstand. „Natürlich bin ich einverstanden. Und wenn du willst, kannst du einen Umweg über das Bad nehmen, ich würde solange im Schlafzimmer warten und mich nach dir verzehren ... Willst du?"

„Ich will." Noch einmal umfasst er liebevoll meinen Kopf und gibt mir einen zärtlichen Kuss, bevor er die Hände an meine Hüften legt und mich sanft von sich wegdrückt. „Bis gleich."

Das erste Mal seit siebzehn Monaten schlafen wir miteinander. Es ist unendlich erregend, Sascha nicht nur neben oder unter mir, sondern auch in mir zu fühlen und dabei von ihm gehalten, gestreichelt und geküsst zu werden. Seine grenzenlose und unbedingte Liebe zu spüren, die gleiche, die auch ich empfinde. Und da ist noch mehr. Die Erleichterung und die Verbundenheit von heute Mittag, sie schweben immer noch zwischen uns, diese neue, unmittelbare Nähe, sie macht alles noch intensiver, so sehr, dass ich überlaufe vor Lust und Liebe. Ich streichele Sascha am Kopf, ich atme in sein Ohr, ich knabbere an seinen Ohrmuscheln und küsse ihn am Hals. Mit meinen Fingern streiche ich ihm sanft unter den Augen entlang, über die Nase, über die Lippen. Mit meiner anderen Hand fahre ich ihm über die Brust, die Seiten, den Bauch, und es fühlt sich wunderbar an, zu hören, zu sehen und zu fühlen, wie er genießt. Wie er sich mir ganz hingibt. Sich fallen lässt. Wie unsere Lust aufeinander sich weiter und weiter steigert, wie wir zusammen in immer größere Höhen schweben, fliegen, uns katapultieren, miteinander durch den blauen Sommerhimmel und darüber hinaus, bis dorthin, wo kaum noch Sauerstoff ist, und wie ich schließlich erschöpft auf Sascha niedersinke, berauscht und benommen.

Danach liegen wir noch ewig zusammen im Bett, ohne zu reden, wir brauchen jetzt keine Worte. Ich habe unser Glück damals für vollkommen gehalten, aber jetzt weiß ich, dass es jenseits dieses „Vollkommen" noch ein viel größeres und tieferes Glück gibt, als ich es je für möglich gehalten hätte.

Später essen wir zusammen auf dem Balkon, Brot mit Wurst und Käse und dazu frisch geschnittenes Gemüse. Die Nacht ist lau, irgendwo zirpen Grillen, und die Windlichter hüllen uns in ihren warmen, flackernden Schein. Nach dem Essen bleiben wir noch lange draußen und reden, da ist eine neue Unbeschwertheit zwischen uns, sie macht uns entspannt und ruhig und auf eine ganz besondere Art lebendig.

Das Gefühl bleibt, während wir abräumen und alles in die Küche bringen, während wir zusammen duschen und uns gegenseitig Körper und Haare einschäumen und sogar während der gut zwanzig Minuten, die ich im Wohnzimmer darauf warte, bis Sascha sich fertig durchbewegt hat. Ich finde das neue Album von Linkin Park in Saschas CD-Sammlung und höre *Burn it Down* in Dauerschleife. Mit geschlossenen Augen sitze ich an Saschas Regalkombination gelehnt. Wie damals, als wir zum ersten Mal hier Hand in Hand saßen, gebe mich der Musik hin und den Bildern von unserer Disconacht an der Löwenbastion, die vor meinem inneren Auge auftauchen.

Dass Sascha ins Zimmer kommt, merke ich erst, als er behutsam meine Hand nimmt.

„Sieht so aus, als wären wir beide heute erfolgreich im Hinzufügen besserer Erinnerungen." Er umfasst meine Hand fester, zieht sie zu sich hin und hält mich, während ich aufstehe.

„Ja", bestätige ich.

Er hält meine Hand noch immer. „Gehen wir schlafen?"

Ich muss grinsen. Irgendwie ist klar, dass ich über Nacht bleibe, dabei haben wir gar nicht darüber gesprochen. „Wenn ich nochmal dein T-Shirt kriege?"

„Das wartet schon im Bett auf dich."

Sascha liegt bereits unter der Bettdecke, als ich ins Zimmer komme. Ich ziehe meine Klamotten aus, schlüpfe in das bereitgelegte T-Shirt und kuschele mich an ihn. Er umarmt mich fest, und ein paar Minuten lang genieße ich seine Nähe, seine Wärme und seinen Geruch. Dann löst er sich von mir und sieht mich an.

„Ich möchte dir noch was sagen", fängt er an, und an seiner Stimme und seinem Gesichtsausdruck kann ich erkennen, dass es etwas sehr Schönes ist, was er mir sagen möchte.

„Ja?" Ich spüre ein riesengroßes Lächeln in meinem Gesicht. Selbst wenn ich wollte, könnte ich es nicht unterdrücken.

„Du bist die schönste Erfahrung meines Lebens. Der ganzen dreiundzwanzig Jahre und zehneinhalb Monate, die ich alt bin. Und ich freue mich auf jeden einzelnen Tag mit dir, der noch kommen wird."

Liebe durchströmt mich und füllt mich so sehr aus, dass ich platzen könnte. „Das tue ich auch, Sascha. Auf jeden einzelnen Tag."

Wir liegen noch lange wach in dieser Nacht, Arm in Arm, und ich lausche dem Zirpen der Grillen und den Großstadtgeräuschen, die durch das geöffnete Fenster zu uns ins Zimmer dringen, und Saschas Atem. Ich fühle seine Wärme, seinen Herzschlag und die gleichmäßigen Bewegungen seines Brustkorbs und spüre unsere Liebe, die sich heute so frei und so sicher und so leicht anfühlt wie nie.

TEIL II

1. DAS ALLEIN.

– erste Augustwoche 2012 –

Sascha und ich verbringen wundervolle Sommertage miteinander. Unter der Woche arbeiten wir tagsüber jeder bei sich zu Hause, manchmal nur bis zum Mittagessen, an anderen Tagen auch länger. An den freien Nachmittagen gehen wir ein zweites Mal ins Freibad, unternehmen eine kleine Radtour durch die Leinemasch und gehen das erste Mal zusammen in der Innenstadt Sportklamotten shoppen.

Das Wochenende verbringe ich komplett bei Sascha. Wir kaufen ein und kochen zusammen, wir sitzen auf dem Balkon und reden oder spielen Spiele. Am Samstag begleitet Sascha mich mit seinem Handbike auf meiner Joggingrunde um den Maschsee, und am Sonntag fahren wir zum Steinhuder Meer. Wir kommen mittags an, essen Fischbrötchen an der Imbissbude, wir spazieren über die Promenade und auf die Bootsstege, und am Nachmittag mieten wir uns ein Elektroboot, mit dem wir eine Stunde lang über den See schippern. Abends essen wir beim Italiener leckere Pizza und lassen danach den Tag am Seeufer ausklingen.

Zum Sonnenuntergang gehen wir auf den langen Steg vor der Promenade, setzen uns ganz am Ende nebeneinander auf das Holz und lassen die Beine über dem Wasser baumeln. Während die Sonne ihr tiefes Orange über das Wasser gießt, erzählt Sascha mir eine Geschichte, die er in seiner Kindheit als Bilderbuch besaß und die er so sehr liebte, dass er sie fast auswendig kann. Das Buch heißt „Wo die Sonne im Meer versinkt" und handelt von einem Jungen und einem alten Mann, die die Stelle finden wollen, wo die Sonne im Meer untergeht. Sie steigen in ein kleines Boot und fahren von einem Meer ins andere und durch die Flüsse vieler Länder. Sie finden die Stelle nicht, und als sie nach Hause kommen, lachen die Menschen sie aus. Doch die beiden bereuen ihre Reise nicht, im Gegenteil. Sie haben viel erlebt und gelernt und sind Freunde geworden.

Sascha beschreibt auch einige der Bilder, und während er spricht, entsteht die Geschichte lebhaft vor meinem inneren Auge, beinahe, als würde ich einen Film sehen. Und gleichzeitig sehe ich Sascha, der im Licht der untergehenden Sonne dicht neben mir sitzt und mir mit leuchtenden Augen diese Geschichte erzählt, voller Vertrauen, dass sie auch mir gefällt.

Und das tut sie.

Die Sonne versinkt nicht im See, sondern verschwindet hinter den Bäumen des gegenüberliegenden Ufers. Aber weil das Steinhuder Meer viel, viel größer ist als der Maschsee, wird die schmale dunkle Uferlinie von der Sonne überstrahlt. Von dort bis zu uns schimmert ein orangefarbener Streifen auf der Wasseroberfläche, erst gleißend hell, dann immer tiefroter, bis die Sonne schließlich untergegangen ist. Wir legen uns auf den Rücken und beobachten, wie der Himmel über uns sich langsam blau färbt und immer mehr Sterne aufleuchten.

Es fühlt sich an wie ein Urlaubstag, auch wenn wir schließlich aufbrechen, zum Auto zurückgehen und eine knappe Stunde fahren müssen, bis wir wieder bei Sascha zu Hause sind.

Am Mittwoch der darauffolgenden Woche sitzen Andreas, Jörg und Ulrike gerade in der Küche bei einem gemeinsamen Frühstück, als ich von Sascha zurück nach Hause komme.

„Guten Morgen und guten Appetit", grüße ich.

„Guten Morgen", grüßen Jörg und Ulrike zurück, und von Andreas kommt ein „Moin".

Ich nehme eine Apfelschorleflasche aus dem Kühlschrank, gieße mir ein Glas ein und setze mich zu den dreien.

„Du hast wohl schon gefrühstückt?", fragt Jörg.

„Sie frühstückt *immer* bei Sascha", antwortet Ulrike, bevor ich überhaupt Luft geholt habe.

„Was dagegen?" Ich klinge patziger als beabsichtigt.

Ulrike schüttelt den Kopf. „Jeder kann hier tun und lassen, was er will. Und ich kann auch gut verstehen, dass ihr nach siebzehn Monaten Trennung jede freie Minute miteinander verbringen wollt. Trotzdem – "

„Ach, ihr wart schon einmal zusammen?", unterbricht Andreas. „*Das* ist dein Freund von damals, wo du mal angedeutet hast, dass es eine schmerzhafte Trennung gab?"

„Ja, das ist er."

„Warum ging das auseinander? Also, ich meine ... Das zwischen euch ..., also, ... Ich habe euch zwar nur bei dem Brunch gesehen, aber ... ähm ..." Andreas verstummt. Vielleicht fällt ihm selber auf, dass seine Frage zu indiskret sein könnte.

„Ist 'ne lange Geschichte", antworte ich. „Die Kurzfassung lautet: Die Liebe war nie weg, aber es war einfach zu früh nach Saschas Unfall."

„Oh. Das klingt *sehr* schmerzhaft."

„Klingt nicht nur so."

Es folgt ein betretenes Schweigen. Vermutlich haben Andreas und Jörg jede Menge Fragen in Kopf, aber natürlich stellen sie sie nicht. Ich möchte auch gar nicht, dass sie sie stellen.

„Jedenfalls ...", durchbricht Ulrike schließlich die Stille, „vermisse ich unsere Abende zu viert und auch die zu zweit mit dir, Fredi. Auch wenn ich euch euer Glück von Herzen gönne."

„Jetzt bin ich ja da. Und ich habe den ganzen Tag nichts vor." Das stimmt, denn mit meiner Hausarbeit bin ich so gut wie fertig. Sascha hat heute Physiotherapie und will danach im Copyshop einen Probedruck seiner Bachelorarbeit anfertigen lassen. Den will er zu Hause auf Herz und Nieren prüfen, bevor er morgen den Druck und die Bindung in Auftrag geben wird.

„Schön", sagt Ulrike. „Essen wir heute Mittag zu viert?"

„Sehr gern", antworte ich.

Andreas und Jörg schlagen vor, dass sie den Einkauf erledigen. Weil Ulrike vormittags arbeiten muss, nutze ich die Zeit, um meinen Putz-Pflichten als WG-Mitglied nachzukommen. Später kochen Andreas und Jörg eine asiatische Gemüsepfanne mit Reis, die wir uns zu viert schmecken lassen. Es ist sehr schön, mal wieder in der kompletten Runde zu essen, und Jörg schlägt vor, am Samstag einen WG-Abend zu machen. Schließlich komme ab morgen Merle, seine Freundin, zu Besuch, die er schon aus seiner Schulzeit in Osnabrück kennt und die dort eine Ausbildung macht, und am Sonntag wollen die beiden in den Urlaub fahren.

„Gute Idee", sagt Andreas, der ebenfalls nächste Woche in den Urlaub fährt, und auch wir Mädels sind begeistert von dem Vorschlag.

„Sag Sascha auch Bescheid, Fredi, ja?", sagt Jörg. „Ist ja diesmal ein WG-Abend mit Anhang."

„Das mach ich gern." Jetzt freue ich mich *noch* mehr auf den Abend.

Am Nachmittag unternehmen Ulrike und ich eine kleine Radtour. Wir fahren durch die Eilenriede im halbwegs kühlen Schatten der Laubbäume bis zum Annateich und essen ein Eis im Parkrestaurant bei der Bockwindmühle. Ulrike fragt viel nach Sascha, was wir machen und wie er so ist, und saugt begierig jede noch so kleine Information auf, die ich preisgebe. Dabei sind wir doch längst aus dem Alter raus, in dem Mädchen zusammenhocken und einander alles über ihren Schwarm erzählen. Ich würde sogar behaupten, ich war da niemals drin. Dass ich also sehr allgemein bleibe und jeweils nur ein paar Eckdaten erwähne, scheint sie jedoch nicht davon abzuhalten, bei der nächstbesten Gelegenheit wieder auf das Thema Sascha zu kommen.

„Wie war's eigentlich am Steinhuder Meer?", fragt sie, während wir nach dem Eisessen nochmal am Annateich stehen und die Enten beobachten.

„Es war ein wunderschöner Tag. Wie Urlaub", antworte ich. „Wir haben Fischbrötchen gegessen, sind auf der Promenade und auf den Bootsstegen entlangspaziert und haben uns ein Boot gemietet. Und am Abend –"

„Ein Tretboot?" Ungläubig guckt sie mich an.

„Nein. Die haben auch Elektroboote."

„Und wie ..." Sie hält inne, lässt den Rest ihrer Frage unausgesprochen.

Ich ahne, was sie fragen wollte. Aber ich habe keine Lust, auszuführen, wie Sascha ins Boot und wieder an Land gekommen ist. Es ist doch auch gar nicht wichtig. Andere steigen auch ins Boot und später wieder aus. Bei Sascha dauert es nur etwas länger.

„Man kann damit in einer Stunde bis zur Insel Wilhelmstein, einmal rundherum und wieder zurück fahren", erzähle ich stattdessen. „Wusstest du das?"

„Nein. Wart ihr auch drauf?"

Ich schüttele den Kopf. „Dann hätten wir das Boot länger mieten müssen. Es war so schon teuer genug."

„Ich war mal mit Johannes in Steinhude", erzählt Ulrike. „Wir haben ein Tretboot gemietet und waren auf der Badeinsel. Der Strand dort ist fast wie am Meer. Nur der Salzgeruch fehlt."

„Und die Wellen."

„Stimmt. Aber man kann herrlich im Sand liegen und sich von der Sonne braten lassen und zwischendurch ins Wasser gehen und 'ne Runde schwimmen." Sie bekommt einen träumerischen Blick. Wahrscheinlich waren die beiden dort, als sie noch zusammen waren. Ulrike hat mir mal erzählt, dass sie und Johannes ein Paar waren, ein knappes Jahr lang. Die große Liebe war es dann wohl doch nicht. Es ging auseinander, aber die beiden sind bis heute befreundet. Sie guckt mich wieder direkt an und sagt: „Aber Strand und Rollstuhl ist wahrscheinlich nicht sonderlich praktisch, oder?"

„Vermutlich nicht. Wir haben es nicht ausprobiert."

„Aber du sagtest ja, es war trotzdem ein wunderschöner Tag."

„Nicht trotzdem." Verdammt, warum versetzt mir Ulrikes Satz einen Stich? „Das Wort habe ich gar nicht verwendet."

„'Tschuldigung. Ich würde das halt vermissen an einem gelungenen Urlaubstag am Wasser. Am Strand liegen und baden."

Wut steigt in mir auf. Heiß und machtvoll. „Warum sagst du so was?", frage ich Ulrike direkt und eine Spur zu laut. „Willst du mir nachträglich diesen schönen Tag vermiesen?"

„Nein!" Sie scheint ernsthaft überrascht zu sein. „Natürlich nicht!"

„Ich hab nichts vermisst an dem Tag. So *denke* ich überhaupt nicht. *Wir* waren da, *Sascha und ich*, das allein hat den Tag schon wunderschön gemacht, wie sollte ich da etwas vermissen?"

„Tut mir leid. Ich wollte dich nicht verärgern."

„Hast du aber. So richtig." Ich bin immer noch wütend, und vielleicht bin ich auch verletzt.

Energisch steige ich auf mein Rad und fahre los, zurück durch den Wald in Richtung Südstadt. Ich muss echt aufpassen, dass mir nicht Dinge rausrutschen, die ich später bereue. Ulrike und ich sind doch Freundinnen. Und mehr noch, wir wohnen zusammen. Ich will keinen zweiten siebenundzwanzigsten Dezember. Ich will mich nicht mit Ulrike überwerfen und mit irgendwelchen vermeintlich überlegenen Kurzschlusshandlungen den Anfang vom Ende einläuten. So etwas *darf* mir kein zweites Mal passieren.

Ulrike hat mich bald eingeholt. Ich habe mich beherrscht, bin nur zügig gefahren, nicht wirklich schnell.

„Fredi", sagt sie. „Es tut mir leid."

„Das sagtest du schon."

„Was kann ich tun, um es wieder gutzumachen?" Ihre Stimme klingt flehend. Es scheint auch ihr etwas daran zu liegen, sich nicht mit mir zu zerstreiten.

Ich bremse ab und halte an. Sie tut es mir gleich.

Wir stehen mitten auf dem geschotterten Radweg im Wald. Von hinten nähern sich bereits die nächsten Radfahrer. Ich schiebe mein Rad etwas an die Seite. Ulrike folgt mir.

„Vielleicht kannst du mir erklären, warum du ständig Sachen fragst und sagst, die das, was ich mit Sascha erlebe, entwerten", sage ich schließlich.

„Tu ich doch gar nicht."

„Doch. Tanzen im Rolli ist deiner Meinung nach nicht dasselbe wie früher, du findest es erwähnenswert, dass ich Saschas Glas zum Tisch trage, du fandest es schade, dass wir auf unserer Radtour nicht auf die Aussichtstürme an den Koldinger Seen steigen konnten, und jetzt gibst du mir zu verstehen, dass ein Tag am See ohne Strandaufenthalt kein vollwertiger Urlaubstag sein kann. Also, wenn das kein Entwerten ist, dann weiß ich auch nicht."

Betreten schaut Ulrike zu Boden.

„Sorry", sagt sie leise. Mit ihrem Fuß schiebt sie ein Steinchen hin und her. Dreimal, viermal, fünfmal. Ein sechstes Mal. Dann hebt sie wieder ihren Blick und schaut mich an. „Vielleicht liegt es daran, dass ich immer den Sascha von damals vor Augen habe und mich nicht davon freimachen kann, wie schrecklich ich es finde, dass er jetzt behindert ist. Und vielleicht ... Vielleicht fällt es mir schwer, mir das vorzustellen, wie das ist, wenn man jemanden so sehr liebt, wie ihr euch liebt. Das mit Johannes war schön, aber ich glaube nicht, dass irgendetwas, das wir zusammen unternommen haben, einfach nur *deswegen* großartig war, weil *wir* dort zusammen waren."

Ihre Ehrlichkeit entwaffnet mich, und auf einmal tut Ulrike mir direkt ein bisschen leid. Einerseits freut sie sich für mich, dass Sascha und ich wieder zusammen sind, und sie möchte als meine Freundin und Mitbewohnerin Interesse zeigen und jemand sein, mit der ich meine Freude teilen kann, und andererseits tut es ihr vielleicht auch weh, unser Glück mitanzusehen, wenn sie selbst so etwas in ihrer eigenen Beziehung nie hatte. Möglicherweise spielt es sogar eine Rolle, dass sie früher für Sascha geschwärmt hat. Damals, als sie mir von ihm erzählt hat, bevor wir wussten, dass „ihr" Sascha und mein Sascha identisch sind, hat sie gleich zweimal betont, dass er ja leider vergeben war. Ich habe mich nie gefragt, wie das wohl für sie sein mag, dass der, dem sie früher bei jeder Party fasziniert beim Tanzen zugesehen hat, jetzt in ihrer WG mehr oder weniger ein- und ausgeht. Und dann muss sie auch noch damit klarkommen, dass er jetzt im Rollstuhl sitzt. Vielleicht sollte ich sie nicht dafür verurteilen, dass ihr das schwerfällt. Wahrscheinlich ist das unter diesen Umständen normal.

„Entschuldigung angenommen." Plötzlich fällt es mir nicht schwer, das zu sagen.

„Danke." Sie umarmt mich. „Ich geb mir Mühe, dass es nicht wieder vorkommt."

„Danke", sage nun auch ich. Ein paar Sekunden stehen wir einander gegenüber und gucken einander verlegen an. Dann frage ich: „Fahren wir weiter?"

Sie nickt.

Auf dem Rückweg radeln wir weitgehend schweigend nebeneinanderher. Aber es fühlt sich nicht unangenehm an. Als wir gegen sechs Uhr wieder zu Hause ankommen, gehen wir in die Küche und trinken erfrischend kühle Apfelschorle. Danach trennen sich unsere Wege, denn Ulrike ist abends mit Elif, Johannes und ein paar anderen Leuten aus ihrem Studiengang verabredet, und ich lasse mich auf mein Bett fallen und rufe Sascha an.

Sein einfaches „Hi" lässt mich lächeln. Es ist nur eine Silbe, aber es ist seine Stimme, und sie zu hören, macht selbst einen alltäglichen Moment wie eine Begrüßung am Telefon wunderschön.

2. Kurvendiskussion.

–10. August 2012 –

Am Freitagabend treffen wir uns mit Saschas Studienfreunden Max und Philipp im Biergarten *Gretchen* zum Doppelkopfspielen. Es war tagsüber unglaublich heiß, und als wir gegen ein Uhr nachts vom Biergarten aufbrechen, ist es noch immer so warm, dass wir in T-Shirt und kurzer Hose kein bisschen frösteln. Spontan beschließen wir, noch an der Ihme entlangzuspazieren und von der Fährmannsbrücke auf das Wasser und die Stadt zu blicken. Der Halbmond steht im Osten schon relativ hoch am Himmel und beleuchtet die Ihme und ihre Ufer. Weiter hinten sind rechts die drei Türme des Lindener Heizkraftwerks zu sehen. Grillen zirpen, in der Ferne lachen irgendwo Leute. Links von uns fährt eine Straßenbahn in ihr Nachtquartier am Betriebshof Glocksee. Unter uns fließt beinahe geräuschlos die Ihme in Richtung Leine. Selbst hier über dem Wasser geht kaum ein Lüftchen.

Max und Philipp halten höflich Abstand, während Sascha und ich dicht nebeneinander am Geländer stehen und die Arme umeinander legen, und nach einer Weile ruft uns Philipp zu, dass sie schon mal zur Faustwiese vorgehen.

„Wie nett von ihnen", sagt Sascha grinsend. „Die Gelegenheit sollten wir nutzen."

Nur zu gern lasse ich mich von ihm auf seinen Schoß dirigieren. Unser Kuss ist lang und innig, und ich weiß schon jetzt, dass ich auch heute Nacht wieder bei Sascha übernachten werde, weil ich einfach nicht genug von ihm bekommen kann. Und weil *er* nicht genug von *mir* bekommen kann. Dass er genauso empfindet wie ich, kann ich sehen, selbst hier im Licht der Straßenlaterne und des Mondes, und es lässt mein Verlangen nach ihm noch weiter wachsen. Es fällt mir schwer, es im Zaum zu halten. *Mich* im Zaum zu halten. Am liebsten würde ich mich jetzt mit ihm irgendwo am Ihmeufer in die Büsche schlagen und ...

„Wir sollten mal die anderen suchen gehen", sagt Sascha, und ich kann an seiner Stimme hören, wie sehr auch er eigentlich etwas ganz anderes will. „Wir sollten ihre Nachsicht mit uns nicht überstrapazieren."

„Ich fürchte, du hast recht." Noch einmal küsse ich ihn, nur Lippen an Lippen, und es ist der Wahnsinn, was diese einfache, aber sehr zärtliche Berührung mit mir macht und wie schwer es uns beiden fällt, uns voneinander zu lösen.

Schon auf dem Weg zur Faustwiese hören wir die ausgelassenen Stimmen von Max und Philipp irgendwo aus dem Dunkel zu uns herüberschallen. Sie lachen und grölen, als würde sie irgendetwas sehr Schnelles, Aufregendes machen.

„Ich glaube, die sind auf dem Spielplatz", sagt Sascha.

„Klingt nach Karussell oder so", vermute ich.

Wir folgen den Geräuschen, und als wir den Weg verlassen und damit die Straßenlaternen im Rücken haben, erkenne ich die beiden im Mondlicht. Sie fahren tatsächlich in atemberaubendem Tempo auf dem Karussell. Es ist ein einfaches Kinderkarussell, das aus einer großen runden Holzplatte und zwei im rechten Winkel zueinander angebrachten, durch den Mittelpunkt verlaufenden Haltestangen besteht. Max und Philipp lachen und kreischen wie kleine Kinder und bemerken uns erst, als das Karussell wieder deutlich an Geschwindigkeit verloren hat.

„Oh, wow, seid ihr auch mal da?", ruft Philipp. Mit den Füßen bremst er das Karussell herunter und bringt es zum Stillstand.

„Wir stehen hier schon seit Ewigkeiten", erwidert Sascha. „Aber ihr seid ja dermaßen absorbiert ..."

„Fahrt ihr 'ne Runde mit?", fragt Max.

„Nee, lass mal", wehrt Sascha ab.

Philipp steigt vom Karussell ab. „Warum nicht? Ist echt lustig!"

„Ich geh auf die gegenüberliegende Seite und halte deinen Rolli", bietet Max an.

„Das krieg ich schon selbst hin."

„Nur als Back-up. Jetzt komm schon. Einfach mal wieder vierzehn sein. Hast du nicht erzählt, dass ihr nachts die Spielplätze unsicher gemacht habt?"

„Ja. Als Teenager."

„Wir sind halt Spätentwickler", sagt Philipp.

Sascha, Max und ich lachen auf.

„Na gut. Weil ihr es seid." Sascha fährt rückwärts an das Karussell ran. „Kommst du auch, Fredi?"

„Auf jeden Fall. Ich bin in dieser Hinsicht ein absoluter Spätzünder und scheine da ja echt was verpasst zu haben."

„Geht doch." Max grinst.

Der Rollstuhl passt gerade so auf die kleine Plattform. Mit dem Rücken zur Mitte kippt Sascha seinen Rolli an und klammert sich mit den Armen und Händen rechts und links an die Haltestangen. Max hält Wort und bildet das Back-up, indem er von gegenüber mit einer Hand den Querbügel der Rückenlehne festhält. Philipp und ich bringen das Karussell auf Tempo, und es dauert nicht lange, da lachen und johlen wir alle vier durch die Nacht. Als das Karussell wieder langsamer wird, läuten Philipp und ich noch eine zweite Runde ein, diesmal nicht ganz so schnell. Ich sehe, wie Sascha den Blick in den Himmel richtet, und ich drehe mich ebenfalls mit dem Rücken zur Karussellmitte, halte meinen Kopf an seinen und betrachte mit ihm zusammen die über uns kreisenden Sterne, bis das Karussell zum Stillstand kommt.

„Ende", verkündet Sascha.

„Warum?" Ich hätte nichts gegen eine weitere Runde.

„Alte Teenager-Nachts-Auf-Spielplätzen-Weisheit."

Philipp bremst das Karussell runter, und wir steigen ab. Dass wir alle einen Drehwurm haben, sieht man auch im Mondlicht.

„Zum Weg", kommandiert Sascha.

„Okay ...", meint Philipp.

Bis wir den beleuchteten Weg erreicht haben, können wir wieder halbwegs gerade gehen.

„Was ist das für eine bescheuerte Weisheit?", fragt Philipp.

„Es ist verboten, Spielplätze nachts zu benutzen. Und so laut, wie wir waren, waren wir jetzt auch nicht gerade unauffällig", erklärt Sascha. „Bis sich einer in seiner Nachtruhe gestört fühlt und die Polizei ruft und bis die dann da ist, vergeht schon einige Zeit. Aber die hatten wir mittlerweile mehr als ausgereizt."

Philipp schlägt Sascha kumpelhaft auf die Schulter. „Da kennt sich einer aus, was?"

„Sag ich ja."

„War trotzdem lustig."

„Ist ja kein Widerspruch." Sascha grinst breit und erhält von

Philipp einen Fausthieb auf den Oberarm. „Ey", ruft er, stoppt abrupt ab und setzt seinen Weg auf der anderen Seite von mir fort. „Was meinst du, Fredi, nehmen wir Philipp im Auto mit, oder soll er die Bahn nehmen?"

„Wenn er sich brav auf seine Hände setzt, können wir es, glaube ich, riskieren."

Wir albern miteinander herum, bis wir Saschas Auto erreicht haben und eingestiegen sind. Alle außer Max, der hier in Linden ein paar Straßen weiter wohnt. Wir setzen Philipp in der Nordstadt ab und fahren dann zu zweit weiter in Richtung Südstadt.

„Soll ich dich nach Hause bringen, oder schläfst du bei mir?", fragt Sascha, obwohl er vermutlich meine Antwort weiß.

„Bei dir, wenn du magst?" Auch ich bin mir sicher, dass er mag, und frage es trotzdem.

„,Mögen' ist gar kein Ausdruck. Seit wir auf der Brücke standen, halte ich mühsam meine Sehnsucht nach dir unter Kontrolle." Seine Augen blitzen im Licht der Straßenbeleuchtung, während er kurz zu mir herübersieht.

„Geht mir genauso."

Obwohl es schon fast zwei Uhr ist, als wir endlich oben in Saschas Wohnung sind, duschen wir noch zusammen und kommen uns dabei sehr, sehr nahe. Später trocknen wir uns gegenseitig ab und schlafen schließlich Arm in Arm in Saschas Bett ein.

– 11. August 2012 –

Am Samstag schlafen wir lange und frühstücken ausgiebig. Danach fahre ich nach Hause. Nachher ist ja der WG-Abend. Wir wollen Chili con Carne machen, und ich hatte mich bereit erklärt, heute mit Ulrike den Einkauf zu erledigen.

Es ist unser erstes längeres Aufeinandertreffen seit unserer Fahrradtour. Wir fahren mit den Rädern zum Supermarkt, gehen zu zweit durch die Gänge und suchen die Sachen zusammen. An der Kasse müssen wir ewig warten, denn obwohl viel los ist, haben sie nur drei Kassen geöffnet. Schon die ganze Zeit will zwischen mir und Ulrike kein rechtes Gesprächsthema aufkommen, und auch jetzt stehen wir schweigend nebeneinander. Weil ich den Eindruck habe, dass Ulrike sich nicht traut, nach Sascha zu fragen, und ich aber auch nicht möchte, dass sie denkt, dass wir das Thema komplett aussparen müssen, erzähle ich schließlich ungefragt von unserem Doppelkopfabend und der Karussellfahrt.

„Die haben wirklich jede Menge Unsinn getrieben damals", bestätigt Ulrike. „Einer aus der Clique, Jan, hat sich mal eine Platzwunde am Knie zugezogen, weil sie nachts verbotenerweise ins Freibad gegangen sind und er in der Dusche ausgerutscht ist. Und angeblich sind die auch mal sonntags auf die Baukräne geklettert, die zu der Zeit hinter unserer Schule standen."

„Ist ja krass." Ich habe als Kind zusammen mit meinem Bruder Thomas auch einiges gemacht, das nicht direkt erlaubt war, weil wir immer auf der Suche nach Abenteuern waren. Aber auf Baukräne zu klettern oder nachts ins Freibad einzubrechen, das hätten wir uns dann wohl doch nicht getraut. „Wer waren denn ‚die'?"

„Sascha und Markus, Jan, Holger, Matthias … Manchmal waren auch noch Corinna und Lilly dabei, glaube ich. So genau weiß ich das gar nicht. Das war halt die Clique. Wie gesagt, ich hatte nichts weiter mit ihnen zu tun, ich kann nur wiedergeben, was man so erzählt hat. Sie selber haben nie groß darüber gesprochen, also nicht rumgeprahlt oder sich für cool gehalten oder so."

Dafür, dass sie nichts weiter mit Sascha und seinen Freunden zu tun hatte, weiß sie aber ganz schön viel, finde ich. Ich glaube, sie hat damals *ziemlich* für Sascha geschwärmt. Ich versuche mir das vorzustellen, wie er und seine Freunde auf Baustellenkränen rumturnen und nachts über Freibadzäune klettern, aber so richtig gelingt es mir nicht. Vielleicht lerne ich Markus und die anderen ja bald mal kennen. Und Saschas Familie. Das Dorf, in dem er aufgewachsen ist. Die Spielplätze, die sie nachts unsicher gemacht haben. Ich möchte das alles sehen. Am liebsten sofort. Aber es sind erst dreizehn Tage vergangen, seit wir wieder zusammen sind. Da sollte ich wohl nicht zu schnell zu viel erwarten.

„Kommst du direkt aus Celle oder auch aus einem der umliegenden Dörfer wie Sascha?", frage ich Ulrike. Inzwischen sind wir in der Schlange weit genug vorgerückt, dass wir unsere Einkäufe auf das Kassenband legen können.

„Direkt aus Celle." Ulrike legt die Baguettes auf das Band.

„Und warst du mal in dem Dorf, aus dem Sascha kommt?"

„In Gannermühle? Nein, nie. Ich glaube, außer Sascha und Markus kam da niemand her, den ich auch nur entfernt kenne. Das Dorf ist winzig."

Ich lege die letzten Sachen auf das Band. Gannermühle also. Sascha hat den Namen des Dorfes in den ganzen sechs Monaten nie erwähnt. Er hat immer „Celle" gesagt, und ich habe nie nachgefragt. Komisch eigentlich. Nachher werde ich den Ort mal googeln.

Gannermühle ist wirklich klein. Es liegt zehn, zwölf Kilometer südlich von Celle und hat etwa vierzig, fünfzig Häuser. Knapp ein Drittel davon scheinen Bauernhöfe oder ehemalige Bauernhöfe zu sein, so sieht es zumindest auf dem Satellitenbild im Internet aus. Es gibt einen Dorfplatz mit Löschteich, eine Bushaltestelle, eine kleine Kirche, einen Friedhof, eine freiwillige Feuerwehr, einen Spielplatz. Einer der Höfe betreibt einen Hofladen, außerdem gibt es einen Malerfachbetrieb und ein Töpferei-Atelier – und eine historische Bockwindmühle mit einem kleinen Heimatmuseum in der Nähe. Bis zum nächsten Ort, in dem es einen Supermarkt, ein paar Geschäfte und Ärzte sowie eine Grundschule gibt, sind es ungefähr zwei oder drei Kilometer.

Ich bleibe mehr als eine halbe Stunde an meinem Computer und gucke mir das Dorf und seine Umgebung an. Welches der Häuser wohl Saschas Elternhaus ist? Je länger ich mich in Gedanken durch Gannermühle bewege, desto seltsamer kommt es mir vor, dass wir unsere Familien und Heimatorte derart ausgeblendet haben. Es gab nur uns beide und das damalige Jetzt samt der Freunde, die uns wichtig waren, und wir waren damit zufrieden. Aber vielleicht war auch das einer der Gründe, warum wir scheitern mussten. Weil man in Wahrheit nun mal nicht isoliert in einer Blase lebt, ohne Vergangenheit und ohne Familie. Das zu ändern, gehört auf jeden Fall zum Es-diesmal-besser-machen, auch wenn das nicht leicht werden wird. Die Frage ist nur, wann.

Viel Zeit bleibt mir nicht, weiter darüber nachzudenken, denn schon um fünf Uhr kommt Sascha, und wenig später treffen wir uns zu sechst in der Küche zum Kochen. Es wird ein lustiger und entspannter Abend. Das Chili ist lecker, und wir essen es restlos auf. Nach dem Abräumen sitzen wir noch lange zusammen bei Rotwein und Crackern am Küchentisch und erzählen. Als Jörg und Merle sich gegen elf Uhr verabschieden, weil sie morgen früh aufstehen müssen, ziehen auch Sascha und ich uns zurück.

„Jetzt sehe ich dein Zimmer auch mal, wenn es draußen dunkel ist." Sascha schaut sich um, als wäre er das erste Mal hier.

Ich stehe immer noch an der Tür, die ich hinter uns geschlossen habe, und beschließe, die Frage auszusprechen, die ich stellen möchte: „Bleibst du heute Nacht hier?"

Sascha dreht sich zu mir um und sieht mich an. „Nichts möchte ich gerade lieber als das. Aber so einfach ist das nicht."

Das klingt mehr nach Nein als nach Ja. Enttäuschung macht sich in mir breit, dumpf und schwer, als hätte er bereits Nein gesagt. Ich setze mich auf mein Bett. „Warum nicht?"

Er kommt auf mich zu, hält direkt vor mir an. „Weil ich nicht ohne Weiteres eine ganze Nacht in jedem x-beliebigen Bett schlafen kann. Zu Hause und bei meinen Eltern habe ich eine Spezialmatratze. Zur Verhinderung von Druckstellen und nächtlichen Spasmen."

„Hast du seit deinem Unfall nie bei Freunden übernachtet? Oder im Hotel oder so?"

„Doch. Bei Markus in Mainz. Nachdem ich ihn genauestens nach seinem Bett befragt hatte. Und ich habe eine Anti-Dekubitus-Matratzenauflage mitgenommen. Das ging ganz gut."

Ich muss schlucken. *Ich* bin enttäuscht, weil er heute vielleicht nicht hierbleibt – aber *er* muss damit klarkommen, jedes Mal eine extra Matratzenauflage mitnehmen zu müssen, wenn er irgendwo übernachten will. Und warum drängt sich auf einmal Ulrike in meine Gedanken? Ulrike, die sagt, sie empfinde Mitleid und Bewunderung für Sascha? Was ist das, was ich gerade fühle?

„Das hier ist 'ne Kaltschaummatratze, die ist ziemlich weich", erkläre ich schließlich.

„Ja, das habe ich schon gemerkt, als wir uns ausgestreckt haben." Er fährt zum Bettpfosten am Fußende, stützt sich mit einer Hand auf das Holz und hebt mit der anderen die Matratze an.

„Was machst du?", will ich wissen.

Sascha lässt die Ecke der Matratze wieder hinab und dreht

sich zu mir. „Ich hab mir den Lattenrost angeguckt."

„Warum?"

„Ob es ein starrer oder ein elastischer ist."

„Elastisch. Es ist ein richtig guter."

„Ja, hab ich gesehen. Das ist auf jeden Fall schon mal gut."

„Brauchst du trotzdem die Auflage?"

„Ich weiß nicht. Aber sicher ist sicher. Wenn du erstmal eine Druckstelle hast, zieht das wochenlang Probleme nach sich. Damit ist echt nicht zu spaßen."

„Wenn du willst, hole ich die Auflage."

„Du möchtest wirklich gern, dass ich hierbleibe, stimmt's?"

„Ja." Ich stehe auf und gehe zu ihm hin, stelle mich neben ihn und fahre ihm sanft mit meiner Hand durch die Haare. *Sehr*, möchte ich sagen, aber er setzt mit seinem Rolli zurück, kaum, dass ich seine Kopfhaut mit den Fingerspitzen erreicht habe.

„Sorry", murmelt er.

„Schon okay", sage ich, obwohl mir nach Heulen zumute ist, während ich mich wieder auf mein Bett zurücksetze. Ich weiß gar nicht genau, warum es mir so wichtig ist, dass er bei mir übernachtet. Und warum es mir ins Herz sticht, dass er meinen Zärtlichkeiten ausgewichen ist. Das ist doch sein gutes Recht, wenn ihm gerade nicht danach ist. Trotzdem fühlt es sich an wie damals im Winter, als er mich so oft abgewiesen hat, wenn ich ihm näher kommen wollte. Bloß, dass er damals meinen Blick vermieden hat. Und fast genauso oft in irgendeine Aktivität verfiel, etwas wegräumen, was arbeiten, ins Bad gehen, irgendwas. Hauptsache, nicht reden.

Jetzt bleibt er da und sieht mich weiterhin an. „Du müsstest noch ein paar andere Sachen holen."

Ich kann förmlich spüren, wie unangenehm es ihm ist, das zu sagen. „Ich hole alles, was du willst. – Wenn du es willst."

Er lächelt ein bisschen. „Ich glaub, ich will."

„Das ist schön." Auch ich lächele. Nicht nur ein bisschen. Und es tut gut zu sehen, wie auch sein Lächeln breiter wird.

Er räuspert sich. „Die Matratzenauflage befindet sich in meinem Kleiderschrank, ganz links unten. Da ist eine Art Stoffbezug drum in dunkelblau."

„Finde ich bestimmt."

„Ja." Er stützt sich im Rolli hoch. „Und wenn du eh im Schlafzimmer bist ... Mein Schlafanzug ist im Bett und das Handyladekabel in der Steckdose beim Nachttisch. Und mein Radiowecker ... Könntest du die beiden Schieber an der linken Seite ganz runter schieben? Damit er nicht nachts und morgens rumplärrt?"

„Mach ich."

„Und dann ... Ich bräuchte noch Katheter. Die sind im Badschrank in der unteren großen Schublade. Kannst du ... Kannst du mir bitte fünf mitbringen? Und zehn Wattepads und fünf von den großen Papiertüchern? Die liegen in der oberen großen Schublade. Da findest du auch Plastikbeutel, in denen du alles hygienisch verstauen kannst. Meine Reserve im Rucksack ist fast aufgebraucht."

Sein Gesicht und seine Ohren haben eine deutlich rote Färbung angenommen. Natürlich weiß ich, dass er sich katheterisieren muss, und ich hätte die Sachen auch ohne seine Beschreibung gefunden. Ich habe schließlich drei Monate lang bei ihm gewohnt. Aber noch nie hat er mich gebeten, diese Dinge für ihn zu holen. Wenn man mal davon absieht, dass ich des Öfteren den Badeimer-Müllbeutel nach unten zur Mülltonne gebracht habe, habe ich noch nie einen von Saschas Kathetern in der Hand gehabt.

„Klar", antworte ich. „Ich bringe alles mit."

„Danke."

„Keine Ursache." Ich stehe auf.

„Weiß ich – eigentlich", sagt er leise. Dann dreht er sich nach hinten und holt seinen Schlüsselbund aus seinem Rucksack. „Hier. Das Auto steht hier in der Straße, nicht weit von hier. Du kennst dich ja noch aus mit dem Auto, oder?"

„Natürlich."

Während ich die Schlüssel entgegennehme, berühren sich unsere Finger. Ich beuge mich zu Sascha und gebe ihm einen liebevollen Kuss auf den Mund. „Bis gleich."

In Saschas Wohnung finde ich alles ohne Probleme. Ich suche außer den besprochenen Sachen noch Unterwäsche und ein frisches T-Shirt für Sascha raus und packe seine Zahnbürste ein.

Wenig später kehre ich mit einem Stoffbeutel in der Hand und der Matratzenauflage unter dem Arm in meine Wohnung zurück. Als ich in mein Zimmer komme, liegt Sascha auf dem Rücken auf meinem Bett.

„Das ging ja schnell." Er setzt sich auf und rutscht zur Bettkante. „Bin gerade fertig mit dem Durchbewegen."

Ich lehne die blaue Tragetasche mit der Matratzenauflage gegen das Fußende des Bettes und reiche Sascha den Stoffbeutel. „Ich war ja nicht gerade zum ersten Mal in deiner Wohnung."

„Stimmt." Er nimmt den Beutel entgegen. „Oh, du hast sogar an Wäsche für morgen gedacht!"

„Ja, wo ich jetzt eh bei dir war ..."

Sascha verlädt sich in seinen Rolli. Zusammen ziehen wir das Spannbettlaken auf seiner Bettseite ab, legen die Auflage auf die Matratze und fixieren sie mit den Gummizügen. Eigentlich ist sie zu breit, aber wir schlagen die überschüssigen zehn Zentimeter auf der Innenseite um die Matratze und klemmen sie in der Besucherritze ein. Das hat den Vorteil, dass der Übergang zwischen den nun ungleich hohen Bettseiten nicht so abrupt ist, nachdem wir das Spannbettlaken wieder aufgezogen haben.

Anschließend gehen wir nacheinander ins Bad, erst Sascha, dann ich, und während ich mich schließlich im heimeligen Schein der Nachttischlampen zu ihm ins Bett kuschele, könnte ich nicht glücklicher sein.

„So schön, dass du da bist", flüstere ich ihm ins Ohr.

Er küsst mich seitlich am Hals. „Finde ich auch. Danke, dass du die Sachen geholt hast."

„Hab ich gern gemacht."

Ich höre und spüre ihn grinsen. „Das glaube ich dir sofort."

Ich hebe meinen Kopf, damit wir uns ansehen können. „Das ist halt auch eines von diesen Puzzleteilen, verstehst du? Dass wir auch mal hier bei mir schlafen, nicht immer nur bei dir."

„Ja. Das Puzzle ist nicht immer leicht, aber es ist schon jetzt wunderschön." Sein Blick ist voller Liebe.

Ich arbeite mich mit meiner linken Hand unter sein Schlafanzugoberteil vor und streiche ihm über die Seite. Ich mag es so gern, seine straffe, glatte Haut, seine Wärme und die Atembewegungen seines Brustkorbs zu spüren. „Stimmt. Und weißt du, was das Besondere an diesem Puzzle ist?"

Er schüttelt den Kopf. „Was denn?"

„Obwohl noch lange nicht alle Teile da sind, fühlt es sich an, als wäre es schon maximal schön. Aber wenn dann wieder ein Teil dazukommt, merkt man, dass es jenseits des Maximums ein weiteres Maximum gibt. Eine Steigerung des Glücks in Dimensionen, deren Existenz man vorher nicht einmal erahnt hat."

Nachdenklich sieht er mich an. „Du weißt aber schon, dass zwischen zwei Maxima immer ein lokales Minimum liegt?"

„Ich studiere zwar nicht Mathematik, aber Kurvendiskussion hatten wir auch im Mathe-Grundkurs. Also ja, das weiß ich." Und ich weiß auch, dass wir bestimmt noch das eine oder andere Minimum vor uns haben. Es warten einige schwierige Puzzleteile auf uns, dessen bin ich mir sehr bewusst, und ich kann nicht leugnen, dass ich mich vor manchen von ihnen fürchte.

Sascha legt seinen Arm auf meinen und nestelt am Saum meines T-Shirt-Ärmels. „Das ist gut."

„Ich gehe mit dir durch jedes lokale Minimum, das auf uns wartet. Bloß so tief zu fallen wie letztes Jahr im März, das möchte ich nicht noch einmal durchmachen müssen."

„So tief möchte ich auch nie wieder fallen." Sanft zieht er mich näher an sich heran, bis seine Stirn meine berührt. „Ich liebe dich, Fredi. Nochmal gebe ich dich nicht wieder her."

Auch wenn mir klar ist, dass keiner von uns in die Zukunft sehen kann, erfüllen mich seine Worte mit einer wohligen Wärme. Es ist die Festigkeit in seiner Stimme, es sind die Zuversicht und Sicherheit, die er ausstrahlt, es sind seine Berührungen, die so unendlich zärtlich sind, und ganz bestimmt sind es auch all die Situationen, die wir in den letzten Tagen miteinander durchlebt haben, die mich in diesem Moment vertrauen lassen, *wirklich* vertrauen, dass Sascha und ich einander halten werden, wenn wir zu fallen drohen.

„Ich liebe dich auch, Sascha", flüstere ich, während ich mich ganz nah an ihn drücke, mein Bein über seiner Hüfte, und meine Lippen an seine lege. Obwohl es eigentlich viel zu spät ist, lassen wir einander auch heute Nacht noch lange nicht los.

3. ZERPLATZT WIE EINE SEIFENBLASE.

– 16. August 2012 –

„Hier muss es sein." Sascha fährt das Auto in eine Parkbucht und stellt den Motor ab. Ich steige aus und sehe mich um, während Sascha den Rolli zusammenbaut und in ihn übersetzt. Vor uns befinden sich zwei fünfstöckige Wohnblocks mit großen Balkonen. Die Fassaden sind verkleidet und in verschiedenen Brauntönen gehalten. Weiter hinten befindet sich noch ein drittes Mehrfamilienhaus desselben Typs.

„Das rechte oder das linke Haus?", frage ich Sascha.

„Ich glaube, das linke." Inzwischen ist Sascha ausgestiegen. Er schließt die Fahrertür und betätigt die Zentralverriegelung.

Um zum Eingang zu kommen, müssen wir von diesem Parkplatz aus auf einem Plattenweg zwischen den Wohnblocks hindurch und einmal fast ganz um das Haus herumgehen. Als wir angekommen sind, suchen wir nach Hannes' und Sarahs Nachnamen auf den Klingelschildern.

„Gleich im ersten Stock", stelle ich fest, als wir sie gefunden haben. „Schade, von weiter oben könnte man bestimmt die Leine sehen."

Sascha drückt auf den Klingelknopf. „Ja, vielleicht. Aber weiter unten ist besser, falls mal der Fahrstuhl ausfällt. Und außerdem stand ein möglicher Ausblick vermutlich ganz weit unten auf ihrer Prioritätenliste."

Der Summer geht, und die Tür öffnet sich. Wir fahren mit dem Aufzug in den ersten Stock. Hannes und Sarah warten in der geöffneten Wohnungstür auf uns. Als ich die beiden erblicke, breitet sich Freude in mir aus. Ich kenne Hannes zwar nur von Saschas Erzählungen und zwei kurzen Begegnungen, aber Sarah habe ich vor zweieinhalb Wochen schon etwas besser kennengelernt, als wir beim Basketballspiel von Hannes' und Saschas Mannschaft zugeschaut haben. Sie war mir auf Anhieb sympathisch.

Die Begrüßung ist sehr herzlich. Sascha und Hannes schlagen ein, und Sarah und ich umarmen uns sogar kurz.

„Wollt ihr als Erstes eine Führung?", fragt Sarah dann.

Natürlich wollen wir. Die beiden sind erst vor zwei Monaten hier eingezogen. Zusammen mit Hannes' Bruder und Sarahs Schwester haben sie die Wände in den Zimmern teilweise farbig gestrichen und alle Möbel selbst zusammengebaut und aufgestellt. Nirgendwo steht noch eine unausgeräumte Umzugskiste. Sogar Bilder hängen schon an den Wänden, und es gibt bereits Vorhänge an den Fenstern. Der Stolz auf die gemeinsame Wohnung und ihre Einrichtung ist Hannes und Sarah mehr als anzumerken.

„Wow, vier Zimmer!", rufe ich staunend, als die beiden uns das letzte Zimmer zeigen. Es ist Hannes' Arbeitszimmer. Außer einem Schreibtisch und einem Regal befinden sich wie in Saschas Schlafzimmer eine Turnmatte und ein Stehtrainer darin.

„Eigentlich wollten wir eine Dreizimmerwohnung", sagt Hannes. „Aber es ist echt nicht leicht, was Barrierefreies zu finden. Wir haben mehr als ein halbes Jahr lang gesucht. Als wir diese Wohnung bekommen konnten, haben wir zugeschlagen. Zum Glück waren unsere Eltern einverstanden. Denn solange wir noch studieren, zahlen die ja die Wohnung."

„Das ist toll." Ob meine Eltern mir auch monatlich mehr Geld überweisen würden, wenn ich in einer ähnlichen Situation wäre? Ich weiß nicht einmal, wie sie reagieren werden, wenn ich ihnen erzähle, dass ich wieder mit Sascha zusammen bin. In den letzten drei Wochen habe ich sie weder gesehen noch mit ihnen telefoniert. Dass wir uns zwei oder drei Wochen nicht sprechen, ist nichts Ungewöhnliches, aber allzu lange sollte ich wohl besser nicht mehr damit warten, ihnen von Sascha zu erzählen.

Nach der Wohnungsführung setzen wir uns in das sehr gemütlich eingerichtete Wohnzimmer und unterhalten uns, bis Sarah für ein paar Minuten in der Küche verschwindet und uns dann nacheinander zum Pizzabelegen holt. Mit zwei Fußgängern und zwei Rollstuhlfahrern gleichzeitig wäre es doch sehr eng in der Küche. Anschließend helfe ich Sarah beim Tischdecken, und als die Pizza fertig ist, nehmen wir alle am Esstisch im Wohnzimmer Platz und lassen sie uns schmecken.

Wir reden über alles Mögliche: Sport, Ausflugsziele, unser Studium – und natürlich über die Wohnung und die Wohnungssuche. Hannes und Sarah geben die krassesten Begründungen der Vermieter für die Absage eigentlich barrierefreier Wohnungen zum Besten – und die verschiedensten Gründe, weswegen als rollstuhlgeeignet angepriesene Wohnungen dann doch nicht geeignet waren. Sie erzählen, wie sie ihren Suchradius immer weiter vergrößert haben, bis sie schließlich hier in Letter fündig wurden, einem Elftausend-Einwohner-Ort an der Stadtgrenze von Hannover.

Später, als wir die Pizza längst aufgegessen haben und bei Limonade und Apfelschorle am Tisch sitzen, berichten sie ausführlich, wie sie zusammen mit ihren Geschwistern und Eltern den Umzug gestemmt haben, und die offensichtliche familiäre Harmonie, die aus ihren Erzählungen spricht, führt mir ein weiteres Mal vor Augen, dass dieser Punkt bei Sascha und mir noch immer nicht nur ungelöst, sondern auch zwischen uns beiden immer noch unausgesprochen ist. Ich schaue zu Sascha rüber, der neben mir sitzt, und kurz treffen sich unsere Blicke. Seine Augen wirken dunkel. Ob er dasselbe denkt? Wie lange können wir warten, dieses Thema anzugehen? Oder zumindest darüber zu sprechen? Gibt es einen richtigen Zeitpunkt dafür? Kann es irgendwann auch zu spät sein? Oder doch noch zu früh?

„Alles okay bei euch?", fragt Sarah plötzlich. „Ihr sagt gar nichts mehr."

Ich schrecke richtig zusammen. Nein, es ist nicht alles okay. Ich habe Angst davor, dass diese Puzzleteile unsere nächsten lokalen Minima sind. Und zwar sehr tiefe.

Nochmal gucke ich zu Sascha. Er scheint ebenso wenig zu wissen, was er sagen soll, er hat die Hände an den Greifrädern und sieht alles andere als entspannt aus.

„Ich finde es toll, dass euch eure Familien unterstützen", antworte ich schließlich. „Ob das bei uns auch mal so sein wird, ist leider im Moment völlig offen."

„Oh", sagt Sarah.

Hannes dagegen scheint nicht überrascht zu sein. Vielleicht hat Sascha ihm ja mal erzählt, warum unsere Beziehung gescheitert ist. So wie ich es Ulrike erzählt habe, letztes Jahr, als ich dachte, dass das mit Sascha und mir für immer vorbei ist.

„Was nicht ist, kann ja noch werden", meint Hannes. „Und wenn nicht, dann werdet ihr auch euren Weg finden."

Hoffentlich. Seine Zuversicht hätte ich auch gerne.

Sascha sagt nichts, er starrt auf die Tischplatte und sieht so aus, als wäre er am liebsten gar nicht hier. Ich lege meine Hand auf seine, mit der er immer noch den Greifreifen umklammert, und für den Bruchteil einer Sekunde schaut er zu mir rüber. Da sind Panik und Schmerz in seinem Blick, so deutlich, dass es mir Angst macht. Nur mit Mühe gelingt es mir, meinen auf einmal viel zu heftigen Herzschlag zu ignorieren und normal weiterzuatmen.

„Ja, bestimmt", sage ich schließlich, obwohl schon so viel Zeit vergangen ist, dass ich mir nicht sicher bin, ob alle noch wissen, worauf ich eigentlich antworte.

Eine unangenehme Pause entsteht, in der niemand etwas sagt und offensichtlich keiner so recht weiß, wo er hingucken soll. Schließlich steht Sarah auf und stellt die Pizzateller zusammen. Zu viert räumen wir den Tisch ab. Dann schlägt Hannes vor, dass Sarah und er uns den Ort zeigen, und wir stimmen gerne zu.

So lernen wir den Kastanienplatz kennen, kommen an Spielplätzen vorbei, sehen den Supermarkt und die Grundschule und gehen zum Schluss zur Brücke über die Leine und schließlich am Rande der Leineaue wieder zurück zu Hannes' und Sarahs Wohnung. Der Ort gefällt mir, und Hannes und Sarah haben ihre neue Heimat offenbar bereits jetzt liebgewonnen. Zwischen den Zeilen schimmern sogar Zukunftspläne durch. So interpretiere ich zumindest die Tatsache, dass Sarah die nahe Grundschule und die vielen Spielplätze als besonderen Vorteil herausstellt, und dass Hannes meint, dass vier Zimmer eigentlich ganz praktisch seien. Ich freue mich mit den beiden, ehrlich. Es ist schön, zu sehen und zu hören, wie zufrieden Hannes und Sarah sind und wie unbekümmert sie auf die nächsten Jahre zu blicken scheinen. Aber je länger unser Spaziergang dauert, desto mehr macht sich Beklemmung in mir breit, und sie wird mit jeder Minute größer. Sascha und ich sind noch so weit von all dem entfernt, und auch, wenn wir es diesmal langsamer angehen wollen, können wir die Begegnung mit unseren Familien doch nicht ewig hinauszögern. Im Gegenteil: Das Thema drängt auf einmal mit einer solchen Macht an die Oberfläche, dass wir es wohl kaum wieder beiseiteschieben können. Auch die Frage, ob und wann wir zusammenziehen, wird irgendwann auf der Tagesordnung stehen. Seit dem ersten August haben wir keine Nacht mehr getrennt verbracht. Ulrike hat schon angefangen, Witze darüber zu machen.

Es kostet mich Kraft, meine eigenen Gedanken und Gefühle so weit zu kontrollieren, dass ich trotzdem Hannes' und Sarahs Erzählungen folgen und darauf reagieren kann. Denn ich möchte auf keinen Fall, dass sie wieder fragen, ob alles okay ist.

Als wir am Haus von Hannes und Sarah ankommen, ist es schon dunkel geworden. Im Schein der Lampe neben der Haustür stehen wir noch zusammen, und Hannes fragt, ob wir mit hoch kommen wollen. Ich fühle mich auf einmal müde und erschöpft. Vielleicht liegt es auch daran, dass Sascha und ich in den letzten Tagen viel zu oft viel zu spät ins Bett gegangen sind.

Ich gucke Sascha an.

Er schüttelt den Kopf. „Danke. Es war echt schön bei euch. Aber es ist schon spät, und ich bin sehr müde."

„Kein Problem", erwidert Hannes. „War schön, dass ihr da wart." Er rollt auf Sascha zu, und die beiden schlagen zur Verabschiedung ein.

Sarah umarmt mich, es fühlt sich sehr herzlich an.

„Danke für den netten Abend", sage ich. „Ihr habt es echt schön hier."

Sie löst sich wieder von mir. „Danke. Sehen wir uns bald mal wieder?"

„Sehr gern." Ich umarme sie erneut. Ich mag sie wirklich.

Nachdem ich mich auch von Hannes verabschiedet habe und Sarah sich von Sascha, gehen Sascha und ich zurück zum Auto und steigen ein. Schweigend.

Als wir im Auto sitzen und die Innenbeleuchtung noch nicht ausgeblendet hat, bemerkt Sascha: „Du siehst auch müde aus."

„Bin ich auch." Ich fühle mich sogar ziemlich elend.

„Soll ich dich zu dir nach Hause bringen?"

„Nein. Bitte nicht ausgerechnet heute Nacht."

Er lächelt matt. „Geht mir genauso."

„Eigentlich war es voll schön mit den beiden."

„Ja." Nur kurz schaut er mich an. „Wir sollten fahren."

Er startet das Auto und parkt aus.

Stumm steuert er durch die Straßen von Letter und über die Stöckener Straße zur B6. Warum muss ich sofort an den Winter vor eineinhalb Jahren denken? Wie wir von Stephan nach Hause gefahren sind und Sascha sich genauso in Schweigen hüllte? Krampfhaft suche ich Unterschiede zu damals. Heute fährt Sascha ruhig, nicht so rasant und fast schon aggressiv wie in jener Nacht. Aber heute muss er auch nicht dringend aufs Klo. Heute könnte ich zu Hause schlafen, wenn einer von uns das wollte, aber wir wollen die Nacht zusammen verbringen. Beide.

Er wird bloß müde sein wie ich, vielleicht fühlt er sich sogar ähnlich erschöpft. Es ist vernünftig, nicht jetzt ein großes Thema anzufangen. Trotzdem. Je länger wir schweigend nebeneinandersitzen, desto elender fühle ich mich – und gleichzeitig verurteile ich mich dafür, mir schon wieder Sorgen zu machen, Angst zu haben. Ich muss doch vertrauen, ich *kann* doch vertrauen. Warum kann ich die Sicherheit und die Zuversicht, die ich in so vielen Momenten gespürt habe, nicht in Situationen wie diese mit hinübernehmen? Es war doch klar, dass wir das Familienthema nicht auf ewig hinausschieben können. Gut, heute hat es uns überfallen, und jetzt, da es einmal auf dem Tisch liegt, werden wir es nicht einfach wieder wegschieben können. Dafür ist es zu wichtig. Zu essenziell, wenn wir es diesmal *wirklich* besser machen wollen. Aber was soll schon Schlimmes passieren, außer dass meine Eltern weiterhin nicht begeistert davon sind, dass ihre Tochter einen behinderten Freund hat? Dann müssen wir halt da durch, es wird vielleicht unschön, aber es das gefährdet doch nicht Saschas und meine Beziehung. Oder? Warum aber wirkt er so, als hätte er noch viel größere Angst als ich?

Wir brausen über den Westschnellweg. Noch ungefähr fünfzehn Minuten, bis wir bei Sascha sind.

„Musst du gleich noch deine Übungen machen?", frage ich schließlich, einfach, um irgendwas zu sagen.

„Nein, das habe ich schon am Nachmittag erledigt. Zum Glück."

„Fühlst du dich auch auf einmal richtig erschöpft?"

„Ja." Sascha setzt den Blinker. Nur noch dreihundert Meter bis zur Ausfahrt Bremer Damm. „Zu wenig Schlaf, zu viele Gedanken."

Wir fahren vom Schnellweg ab. Die Ampel vor dem Linksabbieger auf den Bremer Damm springt auf Rot und scheint grell in unser Auto. Sascha bremst, und wir halten. Während wir warten, schaut er mich an und sagt: „Ich schätze, deine Gedanken sind meinen nicht unähnlich, oder?"

„Kommt drauf an, welche deine sind."

Er atmet tief ein und hält die Luft an, mehrere Sekunden lang. Mit einem Ruck atmet er wieder aus. „Deine Eltern, meine Eltern, die Wohnungsfrage ..." Er stockt. Ganz gerade sieht er mich an, und ich kann seinen inneren Kampf spüren, im roten Licht der Ampel förmlich *sehen*. Er ringt nach Worten und vielleicht auch mit der Frage, ob er überhaupt weitersprechen soll. Die Angst, alles zu zerreden, treibt auch mich um.

Wieder atmet er erst aus, nachdem er sekundenlang die Luft angehalten hat. Dann sagt er: „Und ... riesenhafte Puzzleteile und komplizierte Kurvendiskussionen. Der Wunsch nach Unbeschwertheit und die Erkenntnis, dass die sich heute Abend erst einmal verabschiedet hat. Ohne Vorwarnung und ohne die Möglichkeit für ein Zurück."

Ich liebe ihn. So sehr. Wie klar sein Verstand ist. Wie ähnlich unsere Gedanken sind. Wie treffend er sie in Worte fasst. Wie mutig er ist, sie auszusprechen, hier und jetzt und mit all der Macht, die in ihnen steckt. Mein Brustkorb, mein Körper, das Auto, sie sind viel zu eng für das, was ich gerade fühle.

„*Nicht unähnlich* ist schwer untertrieben", sage ich heiser.

Die Ampel springt auf Rot-Gelb, dann auf Grün. Sascha dreht den Gashebel nach rechts. Sanft setzt sich das Auto in Bewegung. Wir biegen ab und fahren den Bremer Damm entlang. Es sind nur wenige Autos unterwegs. Das Conti-Hochhaus kommt in Sicht, und wenig später überqueren wir den Königsworther Platz.

„Wir kriegen das hin", sagt Sascha. „Hannes hat recht. Irgendeinen Weg für uns werden wir schon finden." Es klingt mehr so, als wollte er sich selbst Mut zusprechen.

Ich lege ihm meine Hand auf die Schulter. „Ja. Wahrscheinlich müssen wir ihn einfach gehen."

„Zusammen", sagt er.

„Zusammen", bestätige ich. Zärtlich fahre ich ihm mit meinen Fingern durch seine kurzen Haare am Nacken. „Egal, was kommt."

„Egal, was kommt", wiederholt Sascha. Dann bremst er abrupt ab, steuert rechts in eine freie Parkbucht und bringt das Auto zum Stehen. „Wenn du wüss..."

Er bricht ab. Im fahlen Licht der Straßenlaterne vor uns kann ich deutlich die Tränen sehen, die in seinen Augen stehen.

„Hey." Ich ziehe seinen Kopf näher an meinen und beuge mich zu ihm rüber, will meine Stirn an seine Schläfe legen. Aber er schüttelt den Kopf und windet sich aus meiner Umarmung.

„Sorry", murmelt er, während er den Automatikhebel auf „P" schiebt und den Motor abstellt.

„Ist okay."

„Ich mag das eigentlich gar nicht."

„Was?"

„Diese Art Gespräche. Dieses ... Beschwören. Verstehst du, was ich meine?" Hilfesuchend schaut er mich an.

Ich zucke mit den Schultern. „Vielleicht."

„Ich will keine Probleme wälzen und ich will keine Angst haben. Ich will, dass wir uns treiben lassen und leben und uns lieben und vertrauensvoll in die Zukunft blicken. So wie früher."

„Wann, früher?"

„Vor dem Unfall."

„Da kannten wir uns noch nicht."

„Nein. Aber da war ich so. Da war mein Leben so."

Aus irgendeinem Grund tut es mir weh, was er sagt. Und wie er es sagt.

„Wir wälzen keine Probleme und wir beschwören nichts", widerspreche ich entschieden. „Wir führen ein notwendiges Gespräch, und mir hat es geholfen. Und ich ... Mich hat es sehr berührt, wie du das eben in Worte gefasst hast. Das mit den Puzzleteilen und der Unbeschwertheit, die heute Abend einfach so zerplatzt ist wie eine Seifenblase."

Er weint. Lautlos. Mit den Händen umfasst er das Lenkrad, so fest, als müsste er sich mit seiner Hilfe aufrecht halten. Tränen rinnen seine Wangen hinab, lösen sich von seinem Kinn und tropfen auf seine Jeans.

Ich schnalle mich ab und beuge mich zu ihm rüber, lege meinen Arm um seine Schultern und ziehe ihn an mich heran. Ich muss daran denken, wie ich am Dugort Bay Beach in Tränen ausgebrochen bin. Jana hat mich gehalten und mich weinen lassen, und es hat so gutgetan. Ich mache es jetzt genauso, ich umarme Sascha und halte ihn, ich sage nichts und bin einfach bei ihm.

Er lässt es zu. Er lässt es wirklich zu, und als mir das bewusst wird, weine ich auch. Die Angst und die Sorgen von vorhin sind noch da, aber vor allem fühle ich Erleichterung und sogar eine Spur von Glück, weil Sascha sich von mir halten lässt und nicht flieht oder seine Tränen mit lockeren Sprüchen in Schach hält.

Ich weiß nicht, wie lange wir so dasitzen. Meine Tränen versiegen schneller als seine, aber auch er weint irgendwann nicht mehr. Gerade, als ich das Gefühl habe, nicht mehr länger in dieser auf Dauer sehr unbequemen Position verharren zu können, richtet sich Sascha auf. Ich löse mich von ihm und setze mich wieder normal hin.

„Tut mir leid", sagt er.

„Muss es nicht."

„Tut es aber."

„Okay."

Er sieht mich an, und da spielt ein kleines verschmitztes Lächeln um seine Mundwinkel. Eines von der Sorte: „Du hast mich entwaffnet", und es ist auch gleich wieder vorbei. Aber es war da.

Ohne ein weiteres Wort lässt Sascha den Motor wieder an und parkt aus. Während wir durch die nächtliche Stadt fahren, über das Leibnitzufer, am Rathaus vorbei, über den Aegi in die Hildesheimer Straße, sagt keiner von uns etwas.

In der Geibelstraße angekommen, parken wir auf Saschas ausgewiesenem Behindertenparkplatz direkt vor seinem Haus. Auf dem Weg in die Wohnung schweigen wir noch immer. Im Fahrstuhl stehe ich dicht neben Sascha und lege ihm meine Hand auf die Schulter. Er legt seine auf meine und lässt seine Finger zwischen meine gleiten.

„Trinken wir noch 'ne Apfelschorle in der Küche?", fragt er.

„Sehr gerne", antworte ich.

Die Fahrstuhltür öffnet sich, und wir verlassen den Aufzug.

Es tut gut, mit Sascha in der Küche zu sitzen und eine Apfelschorle zu trinken. So wie früher. Es hilft uns, es fühlt sich an wie ein Anker, der uns Halt gibt. Wir reden immer noch nicht viel, aber wir sehen uns an, erst ein bisschen unsicher, dann mit einem vorsichtigen Lächeln, dann wird Saschas Lächeln immer breiter und meines wahrscheinlich auch, ich könnte ihn sofort küssen und streicheln und mit ihm schlafen.

Als Sascha seine Apfelschorle ausgetrunken hat, rollt er vom Tisch ab und dicht neben mich, und obwohl ich schrecklich müde bin, stehe ich auf, um mich auf seinen Schoß zu setzen.

Es ist so süß, wie er guckt, als er erkennt, was ich vorhabe, und zurückrollt, damit ich Platz nehmen kann, und es ist erregend, wie er leise aufstöhnt, als ich sitze und meine Hände über seine Schultern und seinen Hinterkopf gleiten lasse und wir uns küssen. Wir ziehen einander die T-Shirts aus und verteilen gegenseitig Küsse auf unseren nackten Oberkörpern, am Hals, über dem Schlüsselbein, auf der Brust. Mit unseren Händen liebkosen wir die Stellen, von denen wir wissen, dass sie unser Verlangen nacheinander gleichzeitig befriedigen und doch immer weiter steigern. Wir genießen unsere Begierde, die eigene und die des anderen, und es ist dieses Zusammenspiel von Begehren und Begehrtwerden, das unsere Lust in immer größere Höhen treibt, bis ins Unaushaltbare hinein und darüber hinaus.

Später duschen wir zusammen, trocknen uns gegenseitig ab, und danach sehen wir zu, dass wir ins Bett kommen.

Wir liegen einander zugewandt, meine rechte Hand ruht in seiner linken, das Licht haben wir schon ausgeknipst.

„Gute Nacht", flüstert Sascha. „Lass uns schlafen und morgen über alles reden, okay?"

„Einverstanden." Es wird uns guttun, heute zu einer halbwegs normalen Zeit einzuschlafen. „Schlaf gut." Ich rücke zu ihm heran und gebe ihm einen Gutenachtkuss.

Er erwidert den Kuss. „Du auch."

Ich kuschele mich zurück auf mein Kopfkissen und lausche Saschas Atem, der immer ruhiger und gleichmäßiger wird, und als ich merke, dass er eingeschlafen ist, werde auch ich ruhig und das Gedankenkarussell in mir kommt langsam zum Stillstand.

4. Heute, wenn du willst.

– 17. August 2012 –

Saschas Morgenwecker reißt uns um viertel nach acht unsanft aus dem Schlaf, aber Sascha stellt ihn sofort aus. Nachdem er aus dem Bad zurückgekommen ist, kuschelt er sich wieder zu mir ins Bett. Da wir beide am Vormittag keine Termine haben, beschließen wir, noch eine Runde weiterzuschlafen.

Spätestens am Nachmittag sollte ich nach Hause fahren, Ulrike ist den letzten Tag in der WG, bevor sie morgen für ein paar Tage zu ihrer Familie nach Celle fährt. Da sollte ich mich wohl noch einmal blicken lassen und mich von ihr verabschieden.

Der Gedanke an Ulrike und Celle und das Thema Familie macht mich allerdings auf einen Schlag wach. Weil Sascha aber friedlich vor sich hindöst, bleibe ich liegen und betrachte ihn im bläulich-dämmerigen Licht, das die Vorhänge ins Schlafzimmer lassen. Ich gucke ihn so gern an, sogar wenn er schläft. Nachher werden wir reden, über meine Eltern und seine Eltern und über sein Dorf und darüber, wie wir das angehen wollen und wann. Die Angst vor dem, was kommt, ja, sogar vor dem Gespräch an sich, davor, dass wir alles zerreden, sie ist noch da. Aber sie ist nicht mehr so mächtig wie gestern Abend, als wir so schrecklich müde waren und sie unvorbereitet über uns hereingebrochen ist wie eine Sturmflut in eine nicht geschlossene Deichscharte. Ich spüre sogar eine gewisse Vorfreude, mehr über Sascha und seine Familie zu erfahren. Wir sind jetzt seit fast drei Wochen wieder zusammen, wahrscheinlich ist es wirklich an der Zeit, die nächsten Puzzleteile einzufügen. Und wahrscheinlich hat Hannes recht damit, dass wir einen Weg finden werden, auch wenn es schwierig wird mit unseren Eltern.

Ich betrachte Sascha noch immer, als er irgendwann die Augen aufschlägt.

„Guten Morgen." Er lächelt.

„Guten Morgen."

„Bist du schon länger wach?"

„Ja. Ich habe dich angeschaut und darüber nachgedacht, dass

es sich heute gar nicht mehr so bedrohlich anfühlt wie gestern. Du weißt schon, das mit den Puzzleteilen und so."

Sein Lächeln verschwindet. „Für dich vielleicht."

„Ja. Für dich nicht?"

„Warte." Er guckt nach schräg oben, als wollte er in sich hineinfühlen, sieht mich dann wieder an. „Also, ... du wirkst deutlich entspannter als gestern. Ich fühle mich halbwegs ausgeschlafen. Das hilft ein bisschen. Aber sonst ... Nein, für mich nicht."

„Ich habe beschlossen, dass ich heute meine Eltern anrufe und sage, dass ich sie am Wochenende besuchen möchte. Und dann werde ich einfach mit der Tür ins Haus fallen und erzählen, dass wir wieder zusammen sind." Es hört sich leicht an, wie ich es sage, aber mein Herzschlag beschleunigt sich schon jetzt.

„Was denkst du, wie werden sie reagieren?"

„Ich habe keine Ahnung. Von einem ‚Schön' ohne weitere Nachfragen bis zu einem besorgten ‚Warum das denn? Du hattest dich doch endlich erholt von der ganzen Sache, und dir ging es wieder gut!' halte ich alles für möglich. Ich werde ganz ruhig bleiben und sie fragen, ob sie dich kennenlernen wollen, und wenn sie nein sagen, werde ich das akzeptieren und sagen, dass sie nur Bescheid geben müssen, wenn sie es später doch wollen."

„Klingt nach einem Plan", meint Sascha.

„Das Gute ist: Ich wohne nicht mehr bei ihnen. Egal, wie sie reagieren, für uns beide ändert sich erstmal nichts."

„Hm." Sein Blick ist skeptisch.

„Ich würde dir halt gerne alles zeigen. Das Haus, unseren Garten, mein Zimmer, die Plätze, wo Thomas und ich immer gespielt haben ... Alles eben."

„Das würde ich sehr gerne alles sehen." Ernst sieht er mich an. Dann verändert sich sein Blick, er wirkt auf einmal unruhig, schmerzerfüllt, vielleicht wütend. „Bei Corinna bin ich ein- und ausgegangen und sie bei uns genauso. Es gab nichts, was kompliziert war oder wovor wir Angst hatten. Und jetzt ist so etwas Selbstverständliches auf einmal ein Riesending, das geplant werden muss, anstatt dass wir es einfach machen. Scheiße, kannst du dir vorstellen, *wie* ätzend ich das finde?"

Ich taste unter der Bettdecke nach seiner Hand, aber als ich sie finde, zieht er sie weg. Erschrocken nehme ich meine Hand wieder zurück. Nur mit Mühe gelingt es mir, ruhig zu bleiben.

„Wir können es auch einfach machen", sage ich tapfer. „Ohne Planung. Ohne vorher groß drüber zu reden." Während ich es ausspreche, reift eine Idee in mir, unerwartet und in Sekundenschnelle, ganz konkret, und ich glaube, sie ist gar nicht mal schlecht. „Heute, wenn du willst."

„Heute?"

„Ja. Am Nachmittag."

„Wolltest du da nicht Zeit mit Ulrike verbringen?"

„Doch. Aber ich habe nichts mit ihr ausgemacht. Ich würde stattdessen mit ihr zu Mittag essen. Und am Nachmittag zeige ich dir mein Zuhause. Vielleicht begegnen wir am frühen Abend meinen Eltern. Vielleicht auch nicht. Wie gesagt. Ohne große Planung. Ohne vorher alles zu zerreden." Je mehr ich darüber nachdenke, desto besser gefällt mir meine Idee. „Was meinst du?"

Ich kann sehen, wie es in ihm arbeitet. Wahrscheinlich hat er Angst, genau wie ich, und gleichzeitig möchte er diese Normalität unbedingt. Und er wird sich dessen genauso bewusst sein wie ich, dass es in Wahrheit nur eine Illusion von Normalität wäre, denn wir können unsere Angst nicht mal eben so abstellen.

„Okay", sagt er schließlich. „Heute Nachmittag."

„Sehr schön." Ich schlüpfe unter seine Bettdecke und rutsche an ihn heran. Er legt einen Arm um mich und drückt mich an sich. Lange liegen wir so da, und ich genieße seine Nähe und diese Mischung aus Vorfreude und Aufgeregtheit, die mich erfasst hat und die zumindest im Moment viel stärker ist als meine Angst.

Beim Frühstück gelingt es uns, halbwegs unbefangen über meine Kindheit und Jugend und meine Eltern zu sprechen. Irgendwann fragt Sascha unvermittelt: „Wie war das eigentlich genau damals am siebenundzwanzigsten Dezember? Was haben deine Eltern gesagt, das so schlimm war, dass du es nicht mehr bei ihnen ausgehalten hast?"

„Willst du das wirklich wissen?" Eigentlich möchte ich das gar nicht erzählen. Weder meine Eltern noch ich haben uns da mit Ruhm bekleckert.

„Ja." Seine Stimme klingt fest und ruhig.

„Warum? Es ist lange her."

„Weil du gesagt hast, dass wir ihnen nachher vielleicht begegnen. Ich möchte wissen, woran ich bin. Weshalb sie nicht wollten, dass ich euch besuche. Das ist wichtig für mich."

„Okay. Das verstehe ich." Auf einmal verstehe ich es sogar sehr gut. Schlagartig wird mir klar, dass wir – vorausgesetzt, es kommt zu einer Begegnung – alle vier eine gehörige Portion Mut brauchen werden. Nicht nur Sascha und ich, sondern auch meine Eltern. Denn sie müssen davon ausgehen, dass Sascha weiß, was damals vorgefallen ist, schlimmer noch, sie werden denken, dass ich ihm alles aus meiner Sicht erzählt habe und sie alles andere als gut dabei weggekommen sind.

„Ich habe vorgeschlagen, dass sie dich zum Kaffee einladen könnten, damit sie dich kennenlernen. Weil ich dachte, dass sie dich bestimmt mögen werden, wenn sie dich erst einmal kennen. Aber sie meinten, dass das irrelevant sei, ob sie dich mögen. Sie waren überzeugt davon, dass du ein ‚netter junger Mann' bist. Aber wir seien doch erst kurz zusammen. Ich hätte noch die rosarote Brille auf, würde deine Behinderung und alles, was sie mit sich bringt, ausblenden. Wenn die erste Verliebtheit weg sei, würde ich das alles wahrscheinlich ganz anders sehen." *Und du wirst intelligent genug sein, dich nicht dein Leben lang an einen behinderten Mann binden zu wollen.* Ich erinnere mich noch genau an diesen Satz, er hallt noch immer nach. Aber irgendwas hält mich davon ab, ihn ungefiltert an Sascha weiterzugeben. „Sie meinten, dass ich dir bloß falsche Hoffnungen machen würde, wenn ich dich jetzt schon zu ihnen einladen würde. Ich wüsste mit meinen achtzehn Jahren doch noch gar nicht, was Liebe ist. Ich habe daraufhin gesagt, dass sie aus einer einfachen Einladung zum Kaffee eine Staatsaffäre machen, und dann sagte mein Vater eiskalt: ‚Die Staatsaffäre, die machst hier nur du. Du könntest unser Nein einfach akzeptieren, so wie wir –" *uns auch nicht einmischen bei deiner ... sagen wir mal ... Liebelei.'* Ich breche ab. Mein Herz hämmert fast so schnell und so heftig wie damals, und ich habe sogar Schwierigkeiten, gleichmäßig zu atmen. Dieses abwertende Wort, mit voller Absicht eingesetzt, es tut mir noch heute weh und macht mich rasend vor Wut. So sehr, dass ich mich frage, wie ich das eigentlich hinbekommen habe, doch wieder mit meinen Eltern unter einem Dach zu leben und ihnen ohne richtige Aussprache sogar so etwas wie zu verzeihen.

„... so wie wir ...?", hakt Sascha nach. Klar, das ist wichtig für ihn, zu wissen, wie der Satz weiterging. So wichtig, dass er anscheinend gar nicht merkt, wie es mir gerade geht.

Ich räuspere mich. „... so wie wir uns auch nicht bei dir einmischen,' hat er gesagt. Ich denke, er meinte damit, dass meine Mutter und er mich machen ließen, mir nicht reinredeten. Bis zu diesem siebenundzwanzigsten Dezember, an dem ich es erzwingen wollte, haben sie nie über dich gesprochen, nie was gefragt. Und wenn ich mal was von mir aus erzählt habe, haben sie zugehört und bei nächstbester Gelegenheit das Thema gewechselt. Meine Eltern waren sich sicher – oder hofften, ich weiß es nicht – dass das nichts Richtiges ist zwischen uns. Nichts Dauerhaftes. Sie dachten wahrscheinlich, sie müssten nur abwarten, irgendwann würde ich dich eh verlassen. Und egal, was ich gesagt habe, sie blieben dabei. Das hat mich so wütend gemacht und hilflos. Ich habe sie angeschrien, dass ich sehr wohl wüsste, was Liebe ist. Seit ich dich getroffen hätte, wüsste ich nichts sicherer als das. Und dass ich doch nur wollte, dass sie akzeptieren, was mir wichtig ist. Dass sie *dich* akzeptieren. Ich habe sie ignorant genannt, weil sie sich weigerten, auch nur über dich zu sprechen, und engstirnig, weil sie glaubten, dass deine Behinderung irgendwann für mich ein Trennungsgrund sein würde, und wir haben uns immer schlimmere Sachen vorgeworfen. Alles Mögliche haben sie aufgezählt, was ich Unüberlegtes und Widerborstiges in meiner Kindheit und Jugend gemacht habe, und wie sie zur Schule zitiert wurden, weil ich angeblich ständig aufsässig war. Als hätten diese Dinge irgendwas mit dir und mir zu tun! Und dann haben sie das Gespräch abgebrochen und gesagt, ich solle mal joggen gehen oder auf mein Zimmer und darüber nachdenken, was ich ihnen alles an den Kopf geworfen habe, und mich entschuldigen, wenn ich mich beruhigt habe. Ich habe geschrien, dass *sie* sich bei *mir* entschuldigen müssten, aber dass das jetzt auch nichts mehr helfen würde, und dann bin ich in mein Zimmer gegangen und habe gepackt und bin zu dir gefahren. Sie haben nicht versucht, mich aufzuhalten. Sie haben kein bisschen um mich gekämpft." Und das tat am meisten weh. Dass sie mich einfach haben gehen lassen.

Krass, wie präsent diese Gefühle auf einmal wieder sind. Es ist so lange her und doch ... frage ich mich gerade, ob meine Idee mit heute Nachmittag wirklich so gut ist. Ob ich das kann. Meinen Eltern mit Sascha unter die Augen zu treten und sozusagen von vorne anzufangen. So, als sei nichts gewesen. Ich fühle mich auf einmal zittrig und schwach und überhaupt nicht selbstsicher.

„Hey." Sascha rollt neben mich und legt mir seine Hand auf die Schulter. Wie damals am siebenundzwanzigsten Dezember, als ich in seiner Küche saß und mir unendlich kalt war. Ich saß genau hier, mit einem Ostfriesentee, den er für mich gemacht hatte, und er hat mir die Hand auf die Schulter gelegt, exakt so wie jetzt. Obwohl seine Berührung guttut, weiche ich reflexartig zurück, springe sogar von meinem Stuhl auf.

„Sorry", sage ich, als ich Saschas erschrockenes Gesicht sehe. „Das war gerade zu viel Déjà-vu."

Er rollt ein paar Zentimeter zurück. „Schon okay."

Ich stehe immer noch neben meinem Stuhl, wie eingefroren.

„Komm", sagt Sascha. „Wir räumen die Milch und die Butter ab und gehen woanders hin. Vielleicht auf den Balkon?"

„Okay." Meine Stimme ist fast tonlos.

Sascha greift nach der Milch und der Butter und hält sie mir hin. Ich stehe sowieso neben dem Kühlschrank und stelle beides hinein, dann folge ich Sascha auf den Balkon.

Die frische Luft hier im Schatten ist angenehm, auch wenn man ihr jetzt schon anmerkt, dass es heute schwül werden wird.

„Hier gibt's keine Déjà-vus. Jedenfalls keine für dich", sagt Sascha mit einem leichten Grinsen.

„Stimmt." Ich gehe an ihm vorbei und nehme auf dem Stuhl Platz. Eine Zeit lang sitzen wir einfach nur da, und ich lausche den zwitschernden Vögeln und den Geräuschen der Stadt.

„Du hast mal gesagt, ihr hättet euch nie wirklich ausgesprochen. Aber dass es irgendwie doch wieder okay ist zwischen deinen Eltern und dir", sagt Sascha dann. „Wie kam das?"

Mir entweicht ein kurzes, bitteres Auflachen. „Ob es wirklich okay ist, das bezweifle ich gerade, jetzt, wo mir der ganze Streit wieder so klar vor Augen steht, als wäre er erst gestern gewesen."

„Das tut mir leid. Ich wollte keine alten Wunden aufreißen."

„Ich weiß. Du wolltest Klarheit. Für dich. Und das finde ich vollkommen okay."

„Danke."

„Um auf deine Frage zu antworten: Mir ging es wochenlang richtig dreckig, als das mit uns vorbei war. Ich konnte nicht schlafen, nichts essen, nichts lesen, keine Musik hören, nicht weinen, gar nichts. Meine Mutter ist immer wieder auf mich zugegangen, hat mir Angebote gemacht. Dass wir zusammen einkaufen, zusammen kochen, fernsehen, irgendwas halt. Sie war sehr hartnäckig und sehr geduldig. Eines Tages habe ich nachgegeben und bin mit ihr in die Küche gegangen, Gemüsesuppe vorbereiten. Irgendwann hat sie gefragt: Du vermisst ihn sehr, oder? Daraufhin habe ich gesagt: Du müsstest doch froh sein, dass es aus ist zwischen Sascha und mir. Da sagte sie: Nicht, wenn ich sehe, wie schlecht es dir geht. Und dann musste ich schrecklich weinen, endlich konnte ich weinen, und sie hat mich gehalten. Später ist mein Vater gekommen und hat uns gesehen, und er hat mich freundlich angeguckt und mir zugenickt. Und das hat einfach schrecklich fürchterlich gutgetan. Von da an ging es aufwärts, mit mir und auch zwischen meinen Eltern und mir."

Ich fühle die Erleichterung beinahe so intensiv wie damals. Dieser Moment, er war so heilsam und versöhnend, und daran zu denken, hilft mir auch jetzt. Als hätte Sascha gewusst, dass er genau diese Frage stellen muss, um mich aus dem Loch von eben rauszuholen.

„Weißt du was?", fragt er. „Ich kann mir das richtig gut vorstellen, wie gut dir das getan hat. Es tut sogar mir gut."

„Warum?"

„Weil es zeigt, dass deine Eltern doch um dich gekämpft haben. Sie haben dich gewähren lassen, als du zu mir gezogen bist. Sie haben dich deine Erfahrungen machen lassen. Vielleicht haben sie sich zunächst bestätigt gefühlt, als du wieder nach Hause kamst. Aber als sie gesehen haben, wie schlecht es dir ging, haben sie vielleicht doch kapiert, wie wichtig ich dir war. Deine Mutter hat gewartet, bis du bereit warst, und sie war für dich da, als du so weit warst, dich bei ihr fallenzulassen. Vielleicht ... Wahrscheinlich hatten sie wirklich geglaubt, dass dich meine Behinderung irgendwann stören könnte und du mich dann verlässt. Ich meine, du warst achtzehn. Die meisten Leute in dem Alter haben nacheinander mehrere Beziehungen, die nicht unbedingt von langer Dauer sind. Man probiert sich aus, merkt, dass es doch nicht passt, trennt sich wieder, findet irgendwann jemand anderen ... Das ist ja nicht besonders ungewöhnlich."

„Das haben sie definitiv geglaubt", sage ich bitter. „Die wenigsten bleiben ihr ganzes Leben mit ihrer Jugendliebe zusammen' und ,Du wirst sicher noch andere Männer kennenlernen', haben sie gesagt. Ich hab sie gehasst für diese Worte. Als Thomas gefragt hat, ob er seine Lena mal mitbringen darf, haben sie nichts Derartiges gesagt. *Das* hat mich gekränkt. Verstehst du? Ich habe versucht, ihnen begreiflich zu machen, wie sehr ich dich liebe, wie sehr wir uns lieben, und es hat sie null interessiert!"

„Das klingt wirklich schlimm", sagt Sascha. „Aber so, wie du es jetzt erzählt hast, macht es mir zumindest Hoffnung darauf, dass es eine Chance gibt, dass sie diesmal anders reagieren."

„Du meinst, weil sie inzwischen begriffen haben, wie wichtig du mir bist?"

Er nickt. „Hast du ihnen denn mal erzählt, warum es aus war zwischen uns?"

„Nein. Thomas weiß es. Kann natürlich sein, dass er es meinen Eltern mal gesteckt hat."

Nachdenklich sieht Sascha in meine Richtung. Erst schaut er mich an, aber mit der Zeit habe ich das Gefühl, dass er eher durch mich hindurchschaut und in Gedanken versunken ist. Vielleicht stellt er sich das gerade vor, wie es sein wird, wenn wir meinen Eltern heute Abend begegnen. Falls sie das überhaupt wollen.

Ich kann mir, ehrlich gesagt, nicht wirklich ausmalen, wie das wohl ablaufen wird. Aber ich werde mir immer wieder sagen, dass es im Grunde keine Rolle für uns spielt, ob meine Eltern es gut finden, dass wir wieder zusammen sind. Das wird mir hoffentlich helfen, ruhig und freundlich zu bleiben, egal, was passiert.

Ulrike freut sich, dass ich zum Verabschieden extra vorbeikomme. Eine spitze Bemerkung darüber, dass ich gar nicht mehr zu Hause schlafe, kann sie sich anscheinend dennoch nicht verkneifen.

Während der Auflauf im Backofen ist, rufe ich meine Mutter an. Wie ich vermutet habe, sind sie und mein Vater in der Mittagspause zu Hause und essen.

„Friederike!" Meine Mutter klingt richtig erfreut. „Schön, dass du anrufst. Erst heute früh habe ich zu deinem Vater gesagt, dass du lange nichts mehr von dir hast hören lassen. Wie geht es dir?"

Ihr könntet ja auch mal anrufen, denke ich, aber dann überlege ich, dass ich eigentlich ganz froh bin, dass sie nicht alle paar Tage nachhaken, wie es mir wohl geht und was ich so mache.

„Mir geht es super", antworte ich. Und dann nehme ich meinen Mut zusammen und verkünde: „Ich bin seit Ende Juli wieder mit Sascha zusammen."

Auf der anderen Seite der Leitung ist es still. Schrecklich still. Ich zwinge mich, das Schweigen auszuhalten und abzuwarten. Jede Sekunde, die meine Mutter braucht, lässt mein Herz schneller rasen.

„Wie kam es dazu?", fragt sie schließlich.

„Wir haben uns ein paarmal zufällig in der Uni gesehen. Sascha geht es jetzt viel besser. Die Probleme, die er damals hatte, … die zu unserer Trennung geführt haben, die hat er jetzt nicht mehr. Wir haben uns immer öfter getroffen und uns unterhalten, gemeinsam was unternommen, und so sind wir wieder zusammengekommen."

„Ich dachte, du seist über die Trennung hinweg und du hättest dich jetzt endlich erholt davon. Bist du dir sicher, dass das eine gute Idee ist, wieder was mit ihm anzufangen?"

Hab ich's doch geahnt, dass sie das sagt. Genau das.

„Die Liebe war nie weg, Mama. Seine nicht und meine nicht. Es ist auch jetzt nicht immer einfach. Aber wir haben uns beide weiterentwickelt. Und wir sind sehr glücklich miteinander."

Eine Weile höre ich nur das Pochen meines eigenen Herzens und das Rauschen in der Leitung. Vielleicht sollte ich es als gutes Zeichen werten, dass meine Mutter überlegt, bevor sie spricht.

„Das hört sich zumindest ganz vernünftig an", sagt sie schließlich.

„Du meinst, nach mehr als rosaroter Brille?" Scheiße, hoffentlich war das nicht zu viel. Ich sollte mir auch mehr Zeit zum Nachdenken nehmen, bevor ich mit derart riskanten Fragen rausplatze.

Wieder lässt meine Mutter ein paar Sekunden verstreichen. Dann sagt sie: „Vielleicht."

Mehr Anerkennung als dieses „Vielleicht" darf ich vermutlich nicht erwarten. Wahrscheinlich ist das sogar schon sehr viel.

„Wann kommt ihr heute Abend nach Hause?", frage ich nach einer kurzen Pause.

„Wie jeden Freitag. Gegen halb sechs. Warum fragst du?"

„Ich möchte Sascha heute Nachmittag alles zeigen. Unseren Garten, unser Haus, mein Zimmer, Waldhausen ... Ich denke, wir kommen gegen halb vier. Wie lange wir bleiben, möchte ich davon abhängig machen, ob ihr Sascha heute kennenlernen wollt oder jetzt noch nicht. Wenn ihr sagt, heute nicht, gehen wir spätestens um zwanzig nach fünf. Ansonsten bleiben wir länger."

Diesmal schweigt meine Mutter besonders lange. Hoffentlich hört sie nicht mein wummerndes Herz durch die Telefonleitung.

„Wir brauchen etwas Bedenkzeit", sagt sie schließlich. „Das kam ja doch jetzt sehr überraschend für uns."

„Kein Problem. Ihr könnt mir nachher eine Nachricht schicken, wie ihr euch entschieden habt. Einverstanden?" Ich bin direkt stolz auf mich, wie ich das hinkriege mit der Ruhe und der Freundlichkeit.

„Gut. Wir essen mal weiter. Danke, dass du angerufen hast. Wir melden uns."

„Ja, hier gibt es auch gleich Essen. Bis dann!"

„Bis später." Sie legt auf.

Ich lege ebenfalls auf und bleibe noch ein paar Minuten neben dem Telefon sitzen. Ganz sicher bin ich mir nicht, wie ich das Gespräch einordnen soll, aber ich bin eher guter Dinge. Ich kann sie durchaus verstehen. Nach dem, was damals am siebenundzwanzigsten Dezember alles gesagt worden ist, muss es auch für meine Eltern ein großer Schritt sein, über ihren Schatten zu springen. Und das zu tun, gehörte bisher nicht zu ihren Stärken.

5. WAS WAHRES.

Als ich um viertel vor drei zu Sascha fahre, habe ich noch keine Antwort von meinen Eltern. Egal.

Sascha empfängt mich wie immer in der Wohnungstür. Ich beuge mich zu ihm, und wir küssen uns zur Begrüßung. Ich glaube, er bemüht sich, entspannt zu wirken, aber ich kann seine Nervosität trotzdem spüren, sie schwebt zwischen uns und trifft dort auf meine, die ich vermutlich auch nicht komplett verbergen kann. Er rollt zurück in den Flur, und ich schließe die Wohnungstür hinter uns. Ein paar Sekunden lang stehen wir einander gegenüber, und ich fühle die Unruhe anwachsen, meine und seine.

Dann räuspert sich Sascha und fragt: „Wollen wir gleich los?"

„Wenn du schon startklar bist?"

„Bin ich." Er schlägt zweimal locker gegen die Seitenteile seines Rollstuhls, und mir fällt auf, dass er nicht nur bereits Schuhe anhat, sondern auch in seinem Straßenrolli sitzt.

„Perfekt. Fahren wir mit dem Rad?"

„Äh ... ja, okay ... Von mir aus ..." Unsere Blicke kleben ein paar Sekunden zu lange aneinander, und ich kann sehen, wie er seine Nervosität niederringt und um das kleine Stück Normalität kämpft, das wir hier gerade spielen. Eigentlich müsste ich ihn jetzt küssen, nur um dieses Kribbeln loszuwerden, das mich erfasst hat, weil er genauso kämpft wie ich. Aber ich beherrsche mich. Ich löse sogar meinen Blick von ihm, drehe mich um und öffne die Wohnungstür.

Während wir in den Keller fahren, um Saschas Handbike zu holen, stehen wir dicht nebeneinander im Aufzug, und Sascha nimmt meine Hand.

Draußen schlägt uns eine schwüle Hitze entgegen. Der Fahrtwind kühlt uns, während wir durch die Alte Döhrener Straße radeln und später am Stadtfriedhof Engesohde vorbeifahren. Am Döhrener Turm überqueren wir die vierspurige Straße und biegen in einen der geteerten Rad- und Fußwege der Eilenriede ein, deren einer Ausläufer hier beginnt. Der Schatten des Waldes ist angenehm, und der Verkehrslärm wird schnell von den Bäumen verschluckt.

Wir fahren nebeneinander, und ich erzähle Sascha, wie Thomas und ich früher hier in diesem kleinen Teil der Eilenriede gespielt haben. Ich zeige ihm den Spielpark Tiefenriede, in dem wir viel Zeit verbrachten, und die Hoppenstedtwiese, auf der wir manchmal stundenlang den startenden Ballonfahrern zusahen. Thomas und ich sind viel durch die Eilenriede gestreift, haben Eichhörnchen angelockt und gefüttert, uns Pfeil und Bogen gebastelt und auf Bäume geschossen, Verstecke gebaut und vieles mehr. Sascha ist erstaunt. Er sagt, er hat nicht erwartet, dass dieser Teil meiner Kindheit seiner so ähnlich war, denn er hat in dem kleinen Wald am Rande seines Dorfes ähnliche Dinge gemacht, nur nicht mit seinen Schwestern, sondern mit Markus.

„Aber der Wald in Gannermühle ist viel kleiner", sagt er. „Also nicht nur als die Eilenriede, sondern auch als dieser Teil hier. Eichhörnchen gab's aber auch. Und manchmal einen Kuckuck."

„Hat euer Wald denn auch einen Graben?", will ich wissen.

„Nein. Auch keinen Bach oder so."

„Hier gibt es den Landwehrgraben. Willst du ihn sehen?"

„Ich will alles sehen, was du mir zeigen möchtest."

Der Landwehrgraben ist direkt neben der Straße, die Waldhausen von der Eilenriede trennt und in der das Haus meiner Eltern steht. Bis Sascha und ich an der Brücke sind, die von der Straße über den Graben in den Wald führt, brauchen wir nur ein paar Minuten. Von hier aus hat man einen guten Blick auf den mit Wasser gefüllten Graben, ohne dass man sich durchs Unterholz schlagen muss. An diesem Graben – hier und an vielen anderen Stellen – haben Thomas und ich wohl die meiste Zeit verbracht. Wir haben Wasserproben genommen und untersucht, in Gurkengläsern Aquarien angelegt und dort Kaulquappen, Insektenlarven und ähnliche Kleintiere beobachtet, sind auf Baumstämmen über den Graben balanciert und haben selbstgebaute Schiffchen im Wasser fahren lassen. Als wir älter waren, haben wir eines unserer Walkie-Talkies am Wegesrand versteckt, uns in einiger Entfernung hinter einen Baum gehockt und dann in das andere Walkie-Talkie gesprochen, wenn Leute vorbeikamen, zum Beispiel „Vorsicht! Eine Wanderkrähe folgt Ihnen unauffällig!" oder „Achtung, ein Menschenbussard stürzt sich auf Sie!"

Sascha lacht, als ich ihm davon erzähle. „Wanderkrähe und Menschenbussard, ihr wart echt kreativ!"

Ich grinse. „Das Beste war, wenn sich die Leute wirklich suchend umgedreht oder reflexartig geduckt haben."

Ich könnte noch so viel erzählen. Es ist einfach zu schön, wie Sascha mir zuhört und schmunzelt oder lacht, wie er interessierte Fragen stellt und manchmal von ähnlichen Dingen aus seiner Kindheit berichtet. Ich fühle mich einmal mehr so eins mit ihm und genieße es, diese Erinnerungen mit ihm zu teilen und dem Jetzt, in dem wir bisher ja fast ausschließlich lebten, nach und nach immer mehr Vergangenheit hinzuzufügen. Beinahe könnte ich vergessen, was wir gleich vorhaben und dass die Antwort meiner Eltern noch immer aussteht. Doch kaum denke ich daran, steigt die Nervosität wieder an die Oberfläche. Ich hole mein Handy aus der Hosentasche. Es ist schon halb vier.

„Immer noch keine Nachricht?", fragt Sascha.

Ich schüttele den Kopf.

„Fahren wir trotzdem jetzt zu euch?"

„Natürlich. Komm."

Wir brechen auf und verlassen den Wald. Ich zeige Sascha den Kärntner Platz mit der Kirche, und wir fahren durch ein paar Straßen des Stadtteils. Bei der Hitze heute ist niemand unterwegs, alles wirkt wie ausgestorben. Läden oder Geschäfte gibt es hier ohnehin nicht, Waldhausen ist ein reines Wohngebiet mit villenartigen Häusern, die über hundert Jahre alt sind – oder kurz nach dem zweiten Weltkrieg gebaut wurden.

Wenig später stehen Sascha und ich vor der Gartenmauer, die unser Grundstück vom Bürgersteig trennt. Zum ersten Mal sehe ich unser Haus und unser Grundstück sozusagen mit fremden Augen an. Die Gartenmauer mit dem dunkelroten Klinker-Sockel, den weiß gestrichenen Metallgeländern und den dicken Mauerpfosten ist ganz schön in die Jahre gekommen. Rosa blühende Rhododendronbüsche flankieren die Mauer auf der Gartenseite. Dahinter ist eine kleine Rasenfläche. Der weitaus größere Teil unseres Gartens befindet sich jedoch hinter dem Haus. Am

Mauerpfosten zwischen dem Tor und der Gartenpforte hängt das große weiße Praxisschild mit dem Hinweis, dass die Praxis über den hinteren der beiden Hauseingänge zu erreichen ist. Das Haus selbst ist ein großes freistehendes Einfamilienhaus, das meine Großeltern haben planen und bauen lassen. Die Wände sind mit weißem Strukturputz versehen, der mittlerweile deutlich angegraut ist. Im roten Ziegeldach sind mehrere Gauben.

Sascha betrachtet das Haus und das Grundstück eingehend. „Ich hab noch nie hier vor dem Tor gestanden. Ich war immer nur im Auto, und wenn ich es mir genau überlege, war es immer dunkel, wenn ich dich hier abgesetzt habe."

„Stimmt." Auch ich erinnere mich an keine Verabschiedung von Sascha im Auto hier vor dem Haus, bei der es draußen hell gewesen wäre. „Gehen wir rein?"

Er hebt die Schultern. „Okay", sagt er dann.

Ich öffne die Gartenpforte und lasse Sascha den Vortritt, bevor ich mein Fahrrad hindurchschiebe und die Tür wieder schließe. Mit jedem Meter, den wir uns dem Haus nähern, spüre ich mein Herz härter in meinem Brustkorb schlagen.

Vor der Treppe, die zu unserer Haustür führt, stelle ich mein Rad ab. Sascha baut sein Handbike ab, und ich parke es dicht neben meinem Rad und schließe die beiden Räder zusammen.

„Erst Garten oder erst Haus?", frage ich dann.

„Egal." Er wirkt mindestens so beklommen, wie ich mich fühle. „Garten?"

„Okay."

Um zum Garten zu kommen, müssen wir am Praxiseingang vorbei. Der hat vor einigen Jahren zusätzlich zu den sechs Stufen auch eine lange Rampe bekommen, aus Metall, die an der Hauswand entlang und wieder zurück führt.

„Was ihre Patienten angeht, sind deine Eltern anscheinend auf Rollstuhlfahrer eingestellt", bemerkt Sascha.

„Ja. Mein Vater wollte eigentlich keine Rampe, weil er findet, dass sie das schöne Haus verunstaltet. Aber die Patienten wurden immer älter, und schließlich hat meine Mutter ihn überzeugt, dass sie sonst all die alten Leute, die einen Rollator oder einen Rollstuhl brauchen, verlieren."

„Gute Entscheidung. Auch wenn sie wirklich unschön aussieht."

Wir gehen den gepflasterten Weg am Haus entlang und durch den Torbogen in der Verbindungswand zwischen Haus und Garage. Der Weg führt an ein paar Beeten und der großen Rasenfläche vorbei um das Haus herum bis zur großen Terrasse, die auf derselben Höhe ist wie das Erdgeschoss. Vom Garten her führt eine Betontreppe hinauf, deshalb bleiben wir unten. Ich zeige Sascha, wo früher unsere Schaukeln standen und wo wir im Garten Fußball gespielt haben, und ich erzähle ihm, wie wir in jedem Herbst die Unmengen von Nüssen und deren weichen, grünen Schalen unter dem Walnussbaum aufsammeln mussten.

Danach fällt uns beiden nichts mehr ein, worüber wir reden könnten. Es fühlt sich seltsam an, hier mit Sascha zu stehen, nur wenige Meter Luftlinie von meinen Eltern entfernt. Wenn sie wollten, müssten sie nur durch die Lamellenvorhänge spähen, dann könnten sie uns sehen.

Schließlich frage ich: „Gehen wir ins Haus?"

Sascha guckt mich an, und obwohl ich genau sehen kann, dass er alles andere als entspannt ist, sagt er: „Unbedingt."

Die sechs Stufen vor unserem Hauseingang sind eine echte Herausforderung zu zweit, weil sie so steil sind, aber wir kriegen es hin. Als ich die Haustür aufschließe und öffne, fühle ich mich auf einmal feierlich. Wir betreten den Windfang, von dem aus es eine Verbindungstür zu den Praxisräumen gibt, die jetzt natürlich geschlossen ist. Ich ziehe mir meine Schuhe aus und stelle sie unter das Schuhregal auf der rechten Seite, dann gehen wir weiter in den Flur. Der vertraute Zuhause-Geruch empfängt mich.

„Herzlich willkommen." Ich schalte das Licht an. Unser Flur ist ziemlich dunkel, weil er kein eigenes Fenster hat.

„Danke." Sascha sieht sich um, er wirkt direkt ein bisschen ehrfürchtig. Unser Flur ist groß, beinahe wie eine Empfangshalle, und mit dunklen, schweren Perserteppichen ausgelegt. Ein alter, in Gusseisen gefasster hoher Spiegel hängt an der Wand, daneben steht ein Sekretär mit dem Telefon darauf. Links befindet sich die große hölzerne, mit einem dicken, rot-schwarz gemusterten Teppich belegte Treppe, geradeaus ist die Tür zum Wohnzimmer, rechts der Durchgang zum Esszimmer und zur Küche und neben der Tür zum Windfang die Tür zur Gästetoilette.

Wir waschen uns beide die Hände. Anschließend zeige ich Sascha unsere Küche mit dem alten Esstisch darin. Er ist aus Holz, der Unterbau samt Schubladen ist weiß gestrichen, die Tischbeine sind dunkelrot, und die holzfarbene Tischplatte hat eine dunkelrote Umrandung. „Hier saßen meine Mutter und ich beim Gemüseschnippeln, als sie nach dir gefragt hat."

„Ich habe mir eure Küche ganz anders vorgestellt", meint Sascha. „Moderner. Das ist noch die Kücheneinrichtung von deinen Großeltern, oder?"

„Ja. Die Elektrogeräte sind natürlich neu, aber ansonsten haben meine Eltern das Mobiliar so gelassen. Die Qualität von damals gibt es heute nicht mehr, sagen sie immer."

„Hat auf jeden Fall Charme." Er rollt zu den Küchenschränken und streicht mit der Hand über die Fronten. „Damals war das bestimmt so ziemlich das Beste vom Besten, oder?"

Ich ziehe einen Stuhl unter dem Küchentisch hervor und setze mich. „Schon möglich. Ich weiß nur, dass mein Opa nie in den Krieg musste, weil er als Arzt in der Stadt gebraucht wurde. Er hat in der Klinik wohl gut verdient, sodass er sich mit seiner Familie irgendwann Ende der Fünfzigerjahre dieses Haus bauen lassen und hier eine Hausarztpraxis aufmachen konnte. Mein Vater ist in diesem Haus geboren, während seine beiden älteren Schwestern schon auf der Welt waren, als die Familie umzog."

Sascha grinst. „Jetzt hast du mir schon die Frage beantwortet, die ich gerade stellen wollte."

„Ob es sich um meine Großeltern mütterlicherseits oder väterlicherseits handelt?"

Sascha rollt schräg vor mich. „Ja, genau. Mochtest du sie?"

„Meine Oma ja. Wir haben früher viel zusammen gebacken und eingekocht. Meine Eltern waren ja immer in der Praxis, die sie von meinem Opa übernommen hatten. Thomas und ich sind fast mehr bei ihr aufgewachsen als bei meinen Eltern. Sie war auch echt bis kurz vor Schluss ziemlich fit. Sie hatte einen Schlaganfall, als ich dreizehn war, und ist dann nach wenigen Tagen im Krankenhaus gestorben."

„Und deinen Opa mochtest du nicht so?"

„Den fand ich eigentlich immer ein bisschen unheimlich und unnahbar. Aber er starb, als ich gerade sechs war. Ich erinnere mich nur schemenhaft – "

Mein Handy vibriert, und ich zucke zusammen. Meine Finger zittern sogar, als ich es aus der Hosentasche nehme. Meine Mutter hat geschrieben. Ich öffne die Nachricht.

Wir freuen uns, wenn ihr nachher noch da seid.
Liebe Grüße, Mama und Papa

Wahnsinn, was für einen inneren Aufruhr eine einzelne Nachricht verursachen kann. Ich freue mich, und gleichzeitig sitzt mir der Schreck in der Kehle, ich bin erleichtert, und zugleich kribbelt Nervosität wie tausend Ameisen in mir.

„Und?", fragt Sascha, und als ich nicht antworte, kommt er auf mich zu und nimmt sanft meine Hand, mit der ich noch immer das Handy halte. „Darf ich?"

Wortlos überlasse ich ihm mein Handy. Er liest und sagt dann: „Hey. Das ist doch gut. Ich finde sogar die Formulierung schön."

Vermutlich hat meine Mutter ihre Wortwahl drei Stunden lang überlegt, und deshalb schreibt sie erst jetzt. Aber wahrscheinlich sollte ich das als etwas Positives werten. Vielleicht hat sie ja wirklich eingesehen, dass sie und mein Vater damals falschlagen, und will es jetzt auf jeden Fall besser machen.

„Ja", erwidere ich. „Ich freue mich auch. Aber gleichzeitig habe ich auch Angst."

„Ich auch." Er gibt mir mein Handy zurück, und wir beide lassen sich unsere Finger ein paar Sekundenbruchteile länger berühren als nötig. Dann stecke ich das Handy wieder in die Hosentasche.

„Vielleicht haben sie auch Angst", meint Sascha. „Immerhin müssen sie demjenigen gegenübertreten, der genau weiß, dass sie ihn damals nicht zum Kaffee einladen wollten."

„Ja, vermutlich. Eigentlich bescheuert, vier Leute in einem Raum, und alle haben Angst."

Er rollt direkt vor mich, gerade so, dass seine Fußspitzen mich noch nicht berühren, und sieht mich an. „Wir sind nur zu zweit und wissen, dass wir uns lieben, und haben trotzdem manchmal eine Scheiß-Angst. Weil wir wissen, wie weh es tut, denjenigen zu verlieren, den man liebt."

Ob meine Eltern damals Angst hatten, mich zu verlieren? Oder waren sie sich so sicher, dass ich Sascha verlassen und zurückkommen würde, sobald die erste Verliebtheit abgeklungen wäre? Haben sie jetzt Angst, mich zu verlieren, wenn unser Treffen heute im Streit endet? Weil sie inzwischen wissen, dass die Dinge anders lagen und liegen, als sie dachten?

Saschas Blick ruht noch immer auf mir. Wärme durchflutet mich. „Da sagst du was Wahres", sage ich leise.

„Als wäre das was Besonderes, dass ich was Wahres sage." Er guckt auf die ihm typische schelmische Art, die ich so gerne mag.

„Stimmt, wenn ich es mir recht überlege, muss ich zugeben, dass das schon das eine oder andere Mal vorgekommen ist." Ich lächele. Sehr breit, glaube ich. Weil ich auf einmal sehr glücklich bin.

Er erwidert das Lächeln, bevor er wieder ernst wird und sagt: „Du solltest deiner Mutter antworten."

„Noch so was Wahres", entgegne ich.

Er grinst.

„Was soll ich denn schreiben?", frage ich. „*Super, wir freuen uns?*" Freuen wir uns denn?

„Schreib doch einfach: *Super, bis später!*", schlägt Sascha vor.

„Gute Idee." Das ging schnell. Ich tippe die Antwort und drücke auf Senden und bin nicht einmal übermäßig nervös dabei.

„Willst du jetzt eine Hausführung?", frage ich dann.

Sascha rollt ein paar Zentimeter zurück. „Auf jeden Fall."

Wir beginnen im Esszimmer. Sascha bestaunt die Makellosigkeit der Möbel, die wie die in der Küche schon von meinen Großeltern sind. Sie sind aus glattem, dunklem Holz; der Esstisch ist groß und mit acht Stühlen bestückt, außerdem stehen ein Vitrinenschrank und eine Anrichte im Zimmer. Wir durften nie im Esszimmer malen oder spielen, genauso wenig wie im Wohnzimmer, das mit dem Esszimmer verbunden ist und das wir als Nächstes angucken. Hier gibt es eine große Schrankwand mit Büchern, einen gestutzten Flügel und mehrere Sessel, die alle Einzelstücke sind, um einen kleinen runden Tisch. Alles ist von meinen Großeltern, auch die großen Teppiche unter dem Esstisch, unter der Sitzgruppe und unter dem Flügel. Nur der hellgraue Teppich darunter, den haben meine Eltern vor ein paar Jahren neu verlegen lassen, weil der alte hässlich geworden war.

Kurz bevor wir das Wohnzimmer verlassen, fällt mein Blick auf die Abdrücke, die Saschas Rolli unübersehbar in dem grauen Teppich hinterlassen hat, dort, wo er nicht von den anderen Teppichen bedeckt ist. Ich weiß, man muss nur mit dem Fuß darüber wischen oder staubsaugen, dann sind die wieder weg – trotzdem fährt mir der Schreck in die Glieder. Meinen Eltern werden die Spuren sofort auffallen und ich bin mir sehr sicher, dass sie sich daran stören werden.

Die Treppe ins Obergeschoss überwindet Sascha auf dem Hosenboden. Er meint, sie sei in den Kurven zu steil, und der dicke Teppich auf den Stufen würde es zusätzlich erschweren, dass er mit mir allein als Hilfe im Rolli die Treppe hochkommt. Also hievt er sich Stufe für Stufe auf dem Hintern nach oben. Bei fast jeder Stufe muss Sascha mehrere Sekunden abwarten, bis sich die Spastik in seinen Beinen beruhigt hat, und so dauert der Treppentransfer eine halbe Ewigkeit. Es sieht mühsam aus, und Sascha wirkt verbissen und den Tränen nahe. Je mehr Zeit vergeht, desto unwohler fühle ich mich dabei, ihm tatenlos zuzusehen und abzuwarten.

„Kann ich dir irgendwie helfen?", frage ich nach ungefähr einem Drittel der Treppe.

Er schüttelt den Kopf, ohne aufzusehen, und stemmt sich die nächste Stufe hoch. Mir bleibt nichts anderes übrig, als sein Nein zu akzeptieren.

Als Sascha fast oben ist, komme ich mit seinem Rolli nach.

„Danke", sagt er leise, als ich ihn neben ihm abgestellt habe.

„Ich danke *dir*", erwidere ich. „Ich freue mich echt, dass du hier bist."

„Ich mich auch." Für einen Moment schaut er zu mir hoch, und auch wenn seine Augen dunkel wirken und er nicht lächelt, spüre ich, dass es stimmt.

Ich zeige Sascha das Fernsehzimmer, das früher das Schlafzimmer meiner Eltern war, bevor sie nach dem Tod meiner Oma in das Schlafzimmer meiner Großeltern umzogen, die Badezimmer (die wir bei der Gelegenheit gleich benutzen), Thomas' Zimmer, unser ehemaliges gemeinsames Spielzimmer und schließlich mein Zimmer. Auf die Führung durch das Dachgeschoss verzichten wir aus gegebenen Gründen.

Mein Kinderzimmer ist klein, darin sind mein Bett, über dem ein Bücherregal hängt, mein Schreibtisch, ein kleines Regal und mein Kleiderschrank. Platz zum Spielen hatte ich darin kaum, aber das war auch nicht nötig. Meine Großeltern hatten drei Kinder, während wir ja nur zu zweit sind, deshalb nutzten Thomas und ich das große Zimmer zwischen seinem und meinem als Spielzimmer. Es scheint Sascha genauso viel Freude zu bereiten, das alles anzugucken und meinen Geschichten dazu zu lauschen, wie mir, ihm alles zu zeigen und zu erklären. Und das wiederum vergrößert meine eigene Freude noch mehr.

„Meinst du, wir passen zu zweit auf dein Bett?", fragt Sascha, nachdem ich die Führung offiziell beendet habe. „Ich hätte nichts dagegen, mich mal auszustrecken. Ohne *Plus*."

„Das sollten wir hinkriegen", erwidere ich, und wenig später liegen wir beide nebeneinander auf meinem Bett, und ich genieße es, hier neben Sascha zu liegen, ihm nahe zu sein und dabei den Blick durch mein Kinderzimmer schweifen zu lassen.

„Das war eine schöne Führung", sagt Sascha irgendwann. „Euer Haus ist echt was Besonderes. Unten alles alt und im Wohnzimmer und Esszimmer und im Flur auch edel, und hier oben sind die Zimmer ganz normal modern eingerichtet. Hat sich echt gelohnt, hier raufzukommen. Ich hätte mir sonst vorgestellt, eure Kinderzimmer wären auch im Fünfzigerjahre-Stil möbliert."

„Das waren sie zuerst wirklich. Aber Thomas und ich haben jeweils zum 6. Geburtstag geschenkt bekommen, dass meine Eltern mit uns ins Möbelhaus gefahren sind und wir uns zusammen vernünftige Kinderzimmermöbel ausgesucht haben. Und die restlichen Zimmer haben meine Eltern nach dem Tod meiner Oma renoviert und neu eingerichtet. Ich weiß noch, ich war sehr traurig, dass meine Oma tot war, aber hier alles neu zu machen, das war irgendwie auch schön."

„Das kann ich mir gut vorstellen", meint Sascha.

„Also gefällt dir das neue Puzzleteil?"

„Unbedingt!" Er dreht seinen Kopf zu mir, streckt den Arm aus, legt mir seine Hand an den Hinterkopf und zieht meinen Kopf nah an seinen.

Wir küssen uns.

Er riecht so gut.

Seine Lippen sind weich.

Seine Zunge ist unendlich zärtlich.

Ich drehe mich auf die Seite, um ihm näher zu sein, streiche ihm über die Schultern, den Nacken, durch die Haare.

„Ohne *Plus*", murmelt er zwischen zwei Küssen.

„Ist das schon *Plus*?", frage ich leise.

„Bei mir schon."

„Oh. 'Tschuldigung." Ich lasse meine Hand über Saschas Schulter auf seinen Oberarm gleiten. „Besser?"

„Ja."

Stumm liegen wir nebeneinander und sagen uns mit Blicken, wie sehr wir einander lieben. Wie sehr wir einander wollen. Und wie glücklich uns das macht.

„Wann kommen deine Eltern?", fragt Sascha dann.

„Schätzungsweise um halb sechs", antworte ich.

„Und wieviel Uhr ist es jetzt?"

Ich schaue auf meine Armbanduhr. „Zehn nach fünf."

Sascha setzt sich auf. „Ich möchte ihnen ungern auf der Treppe begegnen. Genauer gesagt: Ich möchte ihnen auf keinen Fall dort begegnen."

„Verständlich." Auch ich setze mich auf und rutsche zur Bettkante, während Sascha sich in seinen Rolli begibt.

Auf einmal grinst er.

„Was ist?", frage ich.

„Du solltest nochmal an einem Spiegel vorbeigehen. Deine Haare ..."

„Deine auch." Sie stehen in alle Richtungen. Ich mag das, aber vielleicht sollten wir normal frisiert sein, wenn wir auf meine Eltern treffen.

6. Besondere Härte.

Wir haben Glück. Meine Eltern lassen sich nicht blicken, bis wir beide wieder unten sind und Sascha im Rolli sitzt. Sie kommen nicht, während wir in die Küche gehen, damit wir nicht wie bestellt und nicht abgeholt im Flur rumstehen, und auch nicht, während wir am Küchentisch sitzen und uns jeder an einem Glas Bitter Lemon festhalten, um irgendwie die Zeit zu überbrücken und unsere minütlich wachsende Nervosität im Zaum zu halten.

Ich habe nie bemerkt, wie laut unsere Küchenuhr tickt. Sie hängt über der Durchreiche und ist vermutlich so alt wie die Küche, zeigt die Zeit aber noch immer zuverlässig an. Es ist gleich zwanzig vor sechs. Mein Mund ist trocken, obwohl ich gerade an der Bitter Lemon genippt habe. Vielleicht sollten Sascha und ich ins Wohnzimmer gehen und Fotoalben angucken oder so. Dann müssen wir hier nicht untätig rumsitzen.

Gerade, als ich Luft hole und zum Sprechen ansetze, höre ich meine Eltern ins Haus kommen. Obwohl wir auf genau diesen Moment warten, fühlt es sich an, als würde mein Herz kurz stehenbleiben, und mich erfasst auf einmal eine Angst, die so groß ist, dass mir die Luft wegbleibt. *Es hängt nichts davon ab. Sie sollten Angst haben, nicht ich.* Wie ein Mantra sage ich mir stumm diese Sätze, atme bewusst ruhig.

„Wir sind da-a!", ruft meine Mutter. Selbst auf die Entfernung und durch die angelehnte Küchentür klingt ihre Stimme so, als hätte sie sich vor dem Rufen lieber räuspern sollen.

„Wir sind in der Küche!", antworte ich. Ich stehe von meinem Stuhl auf und stelle mich neben Sascha, an die Arbeitsplatte der Küchenzeile neben der Durchreiche gelehnt. Vermutlich waschen sich meine Eltern erst die Hände im Gästebad, denn es dauert, bis ich ihre Schritte im Flur sich der Küche nähern höre.

Und dann öffnet meine Mutter die Küchentür. Sie wirkt müde, aber sie lächelt, wenn auch sichtlich nervös. Ihre schon mit grauen Strähnen durchsetzten Haare hat sie wie immer streng zu einem Dutt nach hinten gebunden.

Sie tritt in die Küche ein, und mein Vater folgt ihr.

„Guten Abend", sagt er steif. Er steht vor der geöffneten Küchentür und guckt erst mich, dann Sascha an. Auch sein Blick ist unsicher, aber ganz offensichtlich ist auch er um Freundlichkeit bemüht.

„Schön, dass ihr da seid", sagt meine Mutter. „Hallo, Friederike."

Sie kommt einen Schritt auf mich zu. Ich gehe ihr entgegen, und wir begrüßen uns in einer kurzen Umarmung. Dann trete ich wieder einen Schritt zurück, und sie wendet sich Sascha zu.

„Guten Abend, Herr ..." Sie hält ihm die Hand zur Begrüßung hin.

„... Wenner. Aber sagen Sie Sascha, bitte." Sascha scheint der Einzige im Raum zu sein, dessen Stimme nicht belegt ist. Er gibt meiner Mutter die Hand.

Meine Mutter ergreift sie, ohne zu zögern. „Guten Abend, Sascha. Ich freue mich, Sie kennenzulernen." Es klingt nicht geheuchelt, stelle ich erleichtert fest.

Sascha legt die Hand wieder an den Greifreifen. „Ich freue mich auch."

Ich bewundere ihn. Ich weiß, er ist angespannt, aber er lässt es sich kaum anmerken. Aber gut, im Gegensatz zu allen anderen hier trägt er keine Verantwortung für das, was vor eineinhalb Jahren passiert ist.

Auch mein Vater reicht Sascha die Hand. „Willkommen."

„Danke", sagt Sascha.

Ich gehe auf meinen Vater zu, und auch wir umarmen uns kurz. „Hallo, Papa. Schön, dass wir uns hier treffen."

Dann stehen wir zu viert in der Küche, und niemand sagt etwas. Es sind nur Sekunden, die vergehen, aber jede einzelne von ihnen ist zäh wie eingetrockneter Zuckerrübensirup. Endlich sagt meine Mutter: „Unsere Terrasse ist um diese Uhrzeit angenehm schattig. Setzen wir uns nach draußen?"

„Gern", sagen Sascha und ich gleichzeitig.

Sascha hinterlässt eine weitere Spur auf dem grauen Teppich im Wohnzimmer. Der Blick meiner Mutter entgeht mir nicht. Natürlich hat sie die Abdrücke gesehen, und während Sascha die hohe Türschwelle überwindet, wischt sie verstohlen mit ihrem Fuß über den Teppich. An der Stelle wird die Spur wieder unsichtbar, zum Glück.

Die langen Dielen in Holzoptik, die meine Eltern vor einigen

Jahren auf den Betonplatten der Terrasse haben verlegen lassen, entschärfen nicht nur praktischerweise die Türschwelle für Sascha, sondern machen die Terrasse auch viel moderner und gemütlicher. Mein Vater holt vier Stuhlkissen aus der Kissenbox und legt sie auf die Gartenstühle. Aber Sascha hebt einen der Stühle beiseite und fährt im Rolli an den Tisch.

Während auch ich Platz nehme, verschwinden meine Eltern wieder im Haus. Vermutlich holen sie was zu trinken. Normalerweise würde ich jetzt aufspringen und tragen helfen, doch ich möchte Sascha nicht hier alleine lassen.

Es ist auch jetzt noch heiß und schwül, aber mittlerweile haben sich dünne Wolken vor die Sonne geschoben, und es ist etwas Wind aufgekommen. Der Schatten der Bäume und der leichte Luftzug sorgen dafür, dass es sich hier gut aushalten lässt.

Meine Mutter kommt mit einer großen Glaskanne zurück, und mein Vater balanciert ein Tablett mit vier hohen Gläsern und einer Schale mit salzigem Knabber-Gebäck. Die beiden platzieren alles auf dem Tisch und setzen sich.

„Mögen Sie Zitronenlimonade?", wendet sich meine Mutter an Sascha. „Die ist selbstgemacht."

„Die probiere ich gern." Sascha drückt sich kurz im Rolli hoch.

Meine Mutter schenkt uns allen ein, und wenig später nippen wir alle vier an unseren Gläsern. Von irgendwo aus der Nachbarschaft hört man Kinder, die im Planschbecken ihren Spaß haben. Eine Amsel schimpft. Aus weiter Ferne ist Donnergrollen zu hören. Aber vielleicht ist es auch nur ein Flugzeug.

„Sehr erfrischend", sagt Sascha schließlich. Er hebt sein Limonadenglas an. „Und lecker."

„Danke." Meine Mutter freut sich sichtlich.

„Wie machen Sie die Limonade?"

„Ach, die geht ganz schnell. Für eine große Kanne wie diese presse ich drei Zitronen aus. Den Saft vermische ich mit sechs gehäuften Teelöffeln Zucker, und dann kommt nur noch kaltes Leitungswasser hinzu."

„Werde ich mir merken."

Meine Mutter lächelt. Aber die Anspannung steht ihr trotzdem ins Gesicht geschrieben. Wieder stockt das Gespräch, es ist unangenehm, aber mir fällt beim besten Willen nichts ein, worüber wir sprechen könnten.

Wieder ist es Sascha, der die Initiative ergreift. „Schön haben Sie es hier", sagt er. „Mitten in der Stadt und doch so ruhig. Und die Eilenriede gleich auf der anderen Straßenseite ... Fredi hat mir alles gezeigt. Ich hätte nicht gedacht, dass man hier mitten in der Stadt eine dermaßen freie Kindheit haben kann."

Mein Vater lacht kurz auf. „Ja, zumindest, wenn die Kinder sich die Freiheiten einfach nehmen. Friederike und Thomas haben ständig was angestellt."

„Aber nie bösartig", beeilt sich meine Mutter zu sagen.

„Das stimmt", pflichtet mein Vater ihr bei. „Auch wenn es manchmal Patienten gab, die sich beschwerten. Na ja, heute können wir darüber schmunzeln." Er schmunzelt tatsächlich.

Ich bin erstaunt. Vor eineinhalb Jahren hat er mir meine kindlichen Eskapaden noch zum Vorwurf gemacht. Er hat mich als impulsiv und unüberlegt bezeichnet und das als Beweis dafür angeführt, dass das mit Sascha und mir nichts Ernstes sein könne. Und jetzt benimmt er sich so, als sei er geradezu stolz darauf? Woher kommt diese Läuterung? Wut steigt in mir auf. Ich muss mich sehr beherrschen, jetzt keine Diskussion mit ihm anzufangen. Denn wenn ich das tue, endet unser Treffen in spätestens zehn Minuten im Streit. Garantiert.

Unter dem Tisch nimmt Sascha meine Hand. Kurz gucken wir uns an. Ob er weiß, was in mir vorgeht?

„Wo sind Sie denn aufgewachsen?", erkundigt sich meine Mutter.

„In einem kleinen Dorf bei Celle", antwortet Sascha. Er hält weiterhin meine Hand, während er ein paar Eckdaten von Gannermühle aufzählt. Dass der Ort knapp hundertfünfzig Einwohner hat und dass die Familie seines Vaters schon seit Ewigkeiten dort wohnt. Dass es ein kleines Museum gibt und eine freiwillige Feuerwehr mit einem einzigen Einsatzfahrzeug, einen Spielplatz und eine Bushaltestelle. Und als er erwähnt, dass sein bester Freund Markus und er ähnlich wie Thomas und ich gern mal die Gegend unsicher gemacht haben, lässt er seine Finger noch ein bisschen mehr zwischen meine gleiten und drückt meine Hand, kräftig und sanft zugleich.

Er scheint die Ruhe selbst zu sein, und ganz offensichtlich ist es ihm egal, dass meine Eltern mitbekommen, wie wir unter dem Tisch Händchen halten. Ich sehe ihn von der Seite an, und meine Zuneigung zu ihm beansprucht in diesem Moment so viel Platz in mir, dass meine Wut auf meinen Vater schwindet und sich schließlich auflöst. Wie souverän Sascha das Gespräch begonnen hat und es am Laufen hält, wie er es schafft, dass diese verkrampfte Atmosphäre sich langsam lockert, wie er gleichzeitig ein Gespür für Stimmungen hat und merkt, wie es mir geht ... Er kämpft, für einen ungezwungenen Abend, für mich, für uns. Ich weiß, er ist angespannt, er hatte vorhin auch Angst, doch er ringt das alles nieder, und es sieht nicht einmal aus wie ein Kampf.

„Eine Schule gibt es wohl nicht in Ihrem Heimatdorf?", vermutet mein Vater.

„Nein", sagt Sascha. „Die Grundschule ist in Adigsen, das ist drei Kilometer entfernt, und dort gibt es alles, was man braucht. Eine kleine Innenstadt mit ein paar Geschäften, zwei Supermärkte, Apotheken, Ärzte, ein kleines Hallen- und Freibad neben der Schule, einen Sportverein. Die weiterführenden Schulen sind in Celle, das ist knapp zehn Kilometer in die andere Richtung."

„Warst du in dem Sportverein vom Nachbarort oder in Celle?" Ich löse meine Hand aus Saschas, beuge mich vor und nehme mir zwei Salzbrezeln vom Salzgebäckteller.

„Meine Schwestern haben in Adigsen angefangen", antwortet Sascha. „Der Sportverein ist ziemlich groß. Tamara hat da bis zum Abi geturnt, die hatten eine Wettkampfabteilung, die im Jugendbereich ziemlich erfolgreich war, und, glaube ich, auch noch heute ist. Lorna schwimmt und ist relativ früh nach Celle gewechselt. Ich war auch erst beim Kinderturnen in Adigsen, bin aber mit acht nach Dedenhagen gegangen. Das liegt etwa sechs Kilometer von Gannermühle entfernt. Die letzten beiden Jahre vor dem Abi haben Markus und ich zusätzlich in Hannover im Leistungszentrum trainiert."

„Was für einen Sport haben Sie betrieben?", fragt meine Mutter.

„Leichtathletik", sagt Sascha. „Zehnkampf."

„Zehnkampf!", wiederholt meine Mutter. „Ist das nicht mit

Stabhochsprung, Diskuswurf, Speerwurf und so weiter?"

„Ja, richtig. Außerdem Weitsprung, Hochsprung, Kugelsto-
ßen, Hürdenlauf und drei Laufdisziplinen."

„Das ist ja sehr vielseitig", meint meine Mutter. „Und anspruchsvoll."

„Das mochte ich daran."

„Er war richtig gut", ergänze ich. „Er hat sogar an den niedersächsischen Jugendmeisterschaften teilgenommen."

„Woher weißt du das denn?", fragt Sascha überrascht.

„Von Ulrike."

Er lacht kurz auf. „Ulrike weiß, an welchen Wettkämpfen ich
teilgenommen habe? Das lässt ja tief blicken!"

„Wieso?" Scheiße, habe ich Ulrike jetzt verraten?

Sascha verdreht die Augen, sagt aber: „Ach, nichts."

„Wer ist Ulrike?", will meine Mutter wissen.

„Meine Mitbewohnerin. Sie war an Saschas Schule im gleichen Jahrgang."

„Allerdings hatten wir nur zwei Kurse zusammen und kannten uns daher kaum", fügt Sascha hinzu.

„Die Welt ist manchmal sehr klein", sagt meine Mutter.

Zwischen Celle und Hannover liegt jetzt nicht gerade die
Welt, denke ich, aber ich verstehe natürlich, was meine Mutter
meint, und deshalb sage ich es nicht.

„Wären Sie Profisportler geworden ohne Ihren Unfall?", erkundigt sich mein Vater.

Sascha schüttelt den Kopf. „Sport ist mir wichtig, sehr wichtig,
aber für mich ist er nicht alles im Leben. Das habe ich im Leistungszentrum festgestellt. Auch jetzt beim Rollstuhlbasketball
habe ich mich entschieden, in der Zweiten Mannschaft zu bleiben. Wir trainieren hart und spielen ab der nächsten Saison in
der Regionalliga. Aber es ist ein Hobby, und das soll es auch bleiben. Ich wollte immer mehr vom Leben als nur Sport."

Ich sehe meinen Eltern an, dass sie beeindruckt sind. Beide.
Ob von der Tatsache, dass Sascha in der Regionalliga spielen
wird, oder davon, dass er genau weiß, was er will, oder von bei-
dem, weiß ich natürlich nicht. Aber es gefällt mir, das zu sehen.

Auf jeden Fall ist es Sascha gelungen, das Eis zu brechen. Das

Gespräch wird zunehmend ungezwungener. Meine Eltern erkundigen sich danach, in welchem Verein Sascha spielt, und fragen, ob ich schon einmal bei einem Spiel zugeguckt habe.

„Ja, am 29. Juli bei einem Freundschaftsspiel gegen Hamburg", antworte ich. Und dann ignoriere ich mein plötzlich viel zu heftig klopfendes Herz und füge hinzu: „Das war der Tag, an dem wir wieder zusammengekommen sind."

Sascha und ich sehen uns an, und sein breites Lächeln lässt auch mich lächeln. Und beinahe vergessen, wie viel Mut es mich eben gekostet hat, diesen Satz so vor meinen Eltern zu sagen.

Aber nichts passiert. Vielleicht hat meine Mutter auch gelächelt, ich bin mir nicht sicher. Auf jeden Fall gucken weder sie noch mein Vater irgendwie ablehnend, und die kurze Gesprächspause, die entsteht, fühlt sich nicht unangenehm an.

Der Himmel zieht sich immer weiter zu, und das dumpfe Grollen, das von Zeit zu Zeit zu hören ist, klingt inzwischen deutlich mehr nach Donner als nach Flugzeugen. Im Radio sprachen sie heute Morgen davon, dass es in den nächsten Tagen zu Hitzegewittern kommen kann.

Ich esse ein paar Salzbrezeln, und auch meine Eltern und Sascha greifen zum Gebäck. Schließlich erkundigt sich meine Mutter nach meiner Hausarbeit, und ich berichte von der Exkursion und der Stadtentwicklung in Liverpool, den Albert Docks und was daraus geworden ist. Sascha erklärt, worüber er seine Bachelorarbeit geschrieben hat, und mein Vater fragt nach seinen weiteren Plänen.

„Ich habe mich für das Masterstudium der Mathematik mit Anwendungsfach Informatik hier an der Uni Hannover beworben. Ab dem fünfzehnten September werden die Zulassungsbescheide verschickt. Ich gehe fest davon aus, dass ich zugelassen werde. Meine Noten sollten locker passen."

„Das ist gut, wenn Sie nicht den Studienort wechseln müssen", meint meine Mutter. „Bei uns im Medizinstudium war es früher üblich, nach dem Physikum die Uni zu wechseln. Ich habe zuerst in Marburg studiert und mein Mann in Münster. Nach dem Physikum wechselten wir beide nach Göttingen, wo wir uns kennengelernt haben. Aber in Ihrer Situation wäre ein Studienortwechsel vermutlich mit besonderen Härten verbunden, oder?"

Ich denke sofort an die Wohnungssuche von Hannes und Sarah, und außerdem stößt mir die Formulierung „in Ihrer Situation" sauer auf, ohne, dass ich genau sagen könnte, warum eigentlich. Vielleicht ist es auch nur die Art, wie meine Mutter es ausgesprochen hat. So, als müsste sie den Ausdruck mit spitzen Fingern anfassen, aber als wollte sie nicht, dass jemand das bemerkt.

Aber Sascha grinst nur. „Da Fredi und ich uns ja schon kennen, würde ich einen Studienortwechsel in dieser Situation tatsächlich als besondere Härte empfinden."

Seine Schlagfertigkeit scheint meinen Eltern zu imponieren. Beide schmunzeln, entwaffnet. Und durch mich wogt eine so große Welle der Liebe, dass ich nicht anders kann, als Saschas Hand zu nehmen. Es ist mir egal, was meine Eltern darüber denken, ich will ihm nahe sein, wenigstens so. Er schaut mich an, und für einen Moment bleibt die Zeit stehen.

„Ja, also ... Bleibt ihr zum Abendessen?" Wie aus einer anderen Welt dringt die Stimme meiner Mutter in mein Bewusstsein.

Sascha nimmt seinen Blick von mir und schaut in den Himmel. Ich tue es ihm gleich. Dicke Wolken sind aufgezogen, unten dunkelgrau und oben weit in den Himmel hineinragend.

„Danke für die Einladung", sagt Sascha. „Sehr gern ein anderes Mal. Aber wir sind mit dem Rad hier, und Fahrradfahren und Gewitter ist keine gute Kombination. Oder, Fredi?"

„Ja, sieht echt nach Gewitter aus."

„Mit dem Fahrrad?", fragt mein Vater erstaunt.

„Ja, das bot sich an." Ich nehme mir ein Beispiel an Saschas Antwort von vorhin und ignoriere das, was mein Vater vermutlich eigentlich gemeint hat. Dass er noch nie was von Handbikes gehört hat, halte ich ohnehin für unwahrscheinlich. „So weit ist es ja nicht von der Südstadt bis hier. Und auf diese Weise konnte ich Sascha unkompliziert die Gegend zeigen."

Meine Mutter blickt prüfend zum Himmel. „Bis das Gewitter hier ist, dauert es sicher noch. Aber ich kann verstehen, wenn ihr lieber in Ruhe nach Hause fahren wollt."

„Wir müssen nicht hektisch aufbrechen", entgegne ich. „Aber zu lange sollten wir auch nicht mehr warten."

„Es ist noch Limonade da. Möchte noch jemand?", fragt meine Mutter.

„Ein halbes Glas, bitte", sagt Sascha.

„Ich nehme auch ein halbes."

Wir trinken die Limonade und knabbern ein paar Brezeln und Cracker, aber ein flüssiges Gespräch will nicht mehr aufkommen. Zum Glück scheint das Donnergrollen näher zu kommen, und auch der Himmel wird immer dunkler. Ein klar abgrenzbares einzelnes Donnergeräusch nehme ich als Signal zum Aufbruch. „Ich glaube, jetzt sollten wir aber doch fahren."

„Ja." Sascha leert sein Glas und rollt vom Tisch ab. „Vielen Dank für den schönen Nachmittag. Hat mich gefreut, Sie kennenzulernen."

„Das geben wir gerne zurück", sagt meine Mutter. Sie erhebt sich und nimmt Kanne und Gebäckteller. Auch mein Vater und ich stehen auf. Während wir anderen ins Haus gehen, ich mit den vier Gläsern, bleibt mein Vater noch auf der Terrasse, um die Kissen wegzuräumen.

„Wartest du hier?", frage ich Sascha im Flur, bevor ich meiner Mutter in Richtung Küche folge.

„Klar", sagt er.

In der Küche helfe ich meiner Mutter und stelle die Gläser in die Spülmaschine. Am liebsten würde ich sie fragen: Und, was sagst du? Aber ich tue es nicht. Vielleicht habe ich Angst vor ihrer Antwort. Vielleicht will ich sie nicht zu einer Antwort nötigen. Vielleicht will ich auch gar nicht, dass mir ihre Antwort wichtig ist oder dass sie das merkt. Ja, verdammt, ich würde so gerne hören, dass sie Sascha mag. Dass sie versteht, warum ich ihn liebe. Dass sie seine Behinderung nicht als Makel empfindet.

Meine Mutter spült die Kanne aus und stellt sie auf das Abtropfgitter. Kurz stehen wir nebeneinander, ohne uns anzusehen und ohne etwas zu sagen, dann gehen wir zurück in den Flur, wo Sascha und inzwischen auch mein Vater auf uns warten.

Mein Vater schlägt vor, das Haus über die Rampe zu verlassen, und so bekommt Sascha noch eine kleine Praxisführung. Er stellt hier und da eine Frage, und meine Eltern scheinen sich zu freuen, ihm alles zeigen zu können. Als wir schließlich unten vor dem

Haus stehen, warten sie, bis ich die Räder auseinandergeschlossen habe und Sascha sein Handbike angebaut hat. Sie sehen interessiert zu, sagen oder fragen aber nichts.

„Ja, also, tschüs dann." Ich steige auf mein Rad.

„Auf Wiedersehen", sagt mein Vater. Er geht zum Tor und öffnet es für uns. „Kommt gut nach Hause."

„Es war schön, euch hier zu haben", sagt meine Mutter. „Bis bald!" Sie hebt die Hand zu einem Winken.

„Auf Wiedersehen", sagt Sascha.

Dann fahren wir los.

Zügig radeln wir durch die Eilenriede, während die einzeln vernehmbaren Donnergeräusche immer häufiger und lauter werden. Als wir an der Ampel an der Hildesheimer Straße auf Grün warten, sehe ich den ersten richtigen Blitz. Sein Donner lässt nur etwa zehn Sekunden auf sich warten.

„Drei Kilometer", sagt Sascha. „Wir sollten uns echt beeilen."

„Auf jeden Fall."

Kaum springt die Fußgängerampel auf Grün, rasen wir los. Ungefähr auf Höhe des Altenbekener Damms klatschen die ersten Regentropfen auf die Straße, und als wir in die Geibelstraße abbiegen, scheint der Himmel direkt über uns alle Schleusen zu öffnen. Zwischen Blitz und Donner liegen keine fünf Sekunden mehr. Bis wir bei Sascha unter dem rettenden Vordach vom Hauseingang angekommen sind, sind wir beide so nass, als wären wir samt Klamotten und Rädern dem Maschsee entstiegen.

Während ich mein Rad abschließe und neben den Hauseingang stelle, kramt Sascha seinen Hausschlüssel hervor.

„Hier." Er hält ihn mir entgegen. „Schließ du mal auf."

Ich tue wie geheißen, und als ich mich umdrehe, um ihm die Tür aufzuhalten, hat er sein T-Shirt ausgezogen, hält es seitlich neben sich und wringt es aus. Unter seiner Haut zeichnen sich dabei seine Armmuskeln ab. Regentropfen perlen über seinen dunklen Rücken, und seine nassen Haare stehen wild vom Kopf ab. Hinter ihm rauscht der Regen nieder wie eine Wasserwand, die in unregelmäßigen Abständen von Blitzen erhellt wird.

„Du siehst so gut aus." Dieser Satz kommt ohne mein Zutun

direkt aus meiner Seele.

Er lächelt.

Ich lächele auch.

Wir hinterlassen riesige, ineinander übergehende Pfützen im Hausflur. Im Aufzug drückt Sascha auf die Taste mit dem K. Die Türen schließen sich, und der Fahrstuhl setzt sich in Bewegung. Wir lächeln noch immer.

„Es ist schon eine besondere Härte, dass wir jetzt erst in den Keller fahren müssen", bemerke ich.

„Ist dir kalt?", fragt Sascha. Dabei weiß er genau, wie ich das meine. Ich sehe es an der Art, wie er jetzt grinst.

„Total. In deiner Nähe werde ich regelmäßig zum Eisblock."

Er greift nach dem Saum meines T-Shirts und wringt etwas Wasser heraus. „Immerhin, es ist noch flüssig."

Ich liebe diesen verschmitzten Gesichtsausdruck. Ich möchte Sascha berühren, ihm ganz nahe sein. Es bereitet mir körperliche Schmerzen, jetzt mit ihm zusammen den Fahrstuhl zu verlassen und in den Fahrradkeller zu gehen. Während er das Handbike abbaut und beiseitelegt, stehe ich so dicht neben ihm, dass mein Bein das Rollstuhlrad berührt. Am liebsten würde ich ihm über den Rücken streichen, auf dem jetzt nur noch vereinzelt Wassertropfen glänzen.

Als er fertig ist und sich wieder aufgerichtet hat, legt er seinen Arm um mich.

„Dein T-Shirt ist ja wirklich ganz kalt", sagt er ernst. „Willst du es nicht lieber ausziehen?"

„Hier im Keller?"

Er hebt mein Shirt ein bisschen an, steckt seinen Kopf hinein und schaut nach oben. „Dein Sportbustier sieht doch mehr als vorzeigbar aus. Darf ich?"

„Klar."

Zusammen ziehen wir mir mein T-Shirt aus, und Sascha legt es zu seinem auf seinen Schoß. Er hebt die Hand, als wollte er mir über mein Dekolletee streichen, aber dann lässt er sie wieder sinken und sagt: „Lass uns hochgehen. Wir sollten die nassen Klamotten loswerden."

Während unserer Fahrstuhlfahrt nach oben fangen Saschas

Beine an zu zittern. Sascha stützt sich im Rolli hoch, probiert eine andere Sitzposition, hebt nacheinander beide Beine an und stellt die Füße wieder auf die Fußraste, doch nichts hilft.

„Ich sag ja, ich muss raus aus den Klamotten." Nochmal drückt er sich hoch, aber die Spasmen geben keine Ruhe.

Die Fahrstuhltür öffnet sich.

„Mir wird auch echt kalt jetzt", sage ich, während wir den Fahrstuhl verlassen.

In der Wohnung angekommen, gehen wir sofort ins Bad. Draußen tobt das Gewitter. Regen prasselt an die Fensterscheibe, Blitze zerschneiden die Luft und lassen Augenblicke später reißende und polternde Donner folgen, die sogar durch das geschlossene Fenster beängstigend laut sind.

Für einen Moment bleiben wir fasziniert stehen und beobachten das Naturschauspiel. Hier in der Wohnung ist es warm, deshalb friere ich nicht mehr so sehr wie unten im Keller. Aber Saschas Füße rutschen schon wieder von der Fußraste. Weil die nasse Jeans an seinen Beinen klebt, helfe ich ihm beim Ausziehen, indem ich sie ihm runterschiebe, während er sich im Rolli hochstemmt. Die Spasmen vereinfachen die Sache nicht gerade. Wir brauchen mehrere Anläufe, bis ich die durchnässte Hose wenigstens bis zu den Knien gezerrt habe und Sascha sitzen bleiben kann.

„Tut mir leid", murmelt er. Tränen laufen in dünnen Spuren über seine Wangen.

„Willst du alleine weitermachen?"

Er schüttelt den Kopf. „Wir ziehen uns gegenseitig aus und steigen in die Wanne zum Aufwärmen, okay?"

„Okay." Jetzt drücken auch mir die Tränen von innen gegen die Augen. Weil er hierbleibt, bei mir, weil er das aushält, mit mir zusammen.

Er weint noch immer, lautlos, während ich ihm vorsichtig die Schuhe und die Socken ausziehe und die Hose von den Beinen streife. Als ich die klatschnassen Sachen über den Wäscheständer hänge, bückt er sich nach den Schuhen, rollt zum Waschbecken und dreht sie um. Wasser rinnt ins Becken.

„Schuhsuppe", sagt er. „Dachte ich's mir doch. Die Schuhe

sind eigentlich wasserdicht, aber es ist von oben reingelaufen."

„Schuhsuppe?"

„Die Bezeichnung haben Markus und ich erfunden."

„Das Wort gefällt mir."

Er lächelt ein bisschen, während er jetzt auf mich zukommt. Ich setze mich auf den Badewannenrand und halte ihm erst meinen rechten, dann meinen linken Fuß hin, damit er nun mir die Schuhe ausziehen kann. Sascha gießt auch meine Schuhsuppe ins Waschbecken, und anschließend stelle ich alle vier Schuhe draußen auf den Flur neben die Haustür zum Trocknen.

Als ich wieder zurück im Bad bin, setzen wir unser gegenseitiges Ausziehen fort, sehr liebevoll und sinnlich, wir geben unserem Verlangen nacheinander immer mehr nach, wechseln schließlich in die Badewanne und lassen uns vom warmen Wasser umhüllen. Während das Unwetter draußen langsam an Stärke verliert, schäumen wir uns gegenseitig ein, die Haare, den Oberkörper, alles, wir geben uns einander hin, vollkommen, und es macht mich noch immer unfassbar glücklich zu spüren, wie wir zusammen fliegen, uns gemeinsam in immer größere Höhen schrauben und uns dann fallen lassen und einander halten, lange und voller Liebe.

Später ziehen wir uns frische Klamotten an. Ich habe inzwischen ein paar Sachen in Saschas Kleiderschrank deponiert, Unterhosen, Unterhemden, Socken, einige wenige T-Shirts. Bloß Hosen sind nicht dabei, also föhne ich meine Shorts trocken, während Sascha den Straßenrolli zurück in den Hausflur bringt und unsere nassen Schuhe mit Zeitungspapier ausstopft.

Danach essen wir zusammen zu Abend und lassen den Nachmittag Revue passieren. Der Besuch bei meinen Eltern war anstrengend, verlief aber weitaus besser, als ich in meinen kühnsten Träumen zu hoffen gewagt hatte, und auch Sascha sagt, dass er sich zu keinem Zeitpunkt unwillkommen gefühlt hat. Ich schreibe meiner Mutter eine kurze Nachricht mit Grüßen von uns und der Info, dass wir zwar durchnässt, aber unversehrt bei Sascha zu Hause angekommen sind. Ihre Antwort kommt, während wir den Tisch abdecken:

Vielen Dank für deine Nachricht. Das freut uns.
Bis bald, liebe Grüße, Mama und Papa

Nachdem ich die Nachricht gelesen habe, zeige ich sie Sascha.

„*Bis bald*, das klingt gut", meint er.

Wir stellen die letzten Sachen weg und wischen den Tisch ab. Anschließend säubere ich den Fußboden im Flur und im Bad, um die Spuren unseres Sommergewitter-Abenteuers zu beseitigen, während Sascha im Stehtrainer unsere Schuhe trockenföhnt. Anschließend gehe ich ins Schlafzimmer und leiste Sascha Gesellschaft. Ich setze mich aufs Bett, mit dem Rücken gegen das Kopfteil gelehnt. Draußen ist es inzwischen dunkel. Anscheinend ist noch irgendwo in der Ferne Wetterleuchten, aber hier bei uns haben sich das Gewitter und der Regen verzogen. Wir sind beide müde und beschließen, heute früh ins Bett zu gehen.

„Alles in allem war das ein sehr schöner Tag, oder?", frage ich Sascha. „Auch, dass wir am Ende voll in den Regen gekommen sind, war doch irgendwie cool, findest du nicht?"

Sascha hebt die Schultern. „Ja und Nein."

„Warum ja, warum nein?"

„Nein, weil ich mich normalerweise mit dir in den Regen gestellt und dich geküsst hätte, wenn ich nicht diesen Blitzableiter unterm Hintern haben müsste. Nein, weil es sich verdammt beschissen anfühlt, wenn deine Beine machen, was sie wollen, und es gefühlt eine Viertelstunde dauert, bis deine Freundin dir die Hose ausgezogen hat."

„Und ja, weil ...?"

„Ja, weil wir trotzdem das Beste draus gemacht haben. Weil du einfach unwiderstehlich aussiehst in tropfender Jeans und Bustier und nassen Haaren, denen man noch ansieht, dass ich dir gerade das T-Shirt über den Kopf gezogen habe. Und weil du mich so angeguckt hast, als wäre ich genauso unwiderstehlich."

„Ich hab nicht nur so geguckt, du *warst* es." Ich stehe auf und gehe auf ihn zu. „Und du *bist* es. Immer."

Wie er jetzt guckt, ist mehr als unwiderstehlich. Ich trete an ihn heran, und wir küssen uns, zärtlich, lange, intensiv.

„Nicht im Regen, aber immerhin im Stehen", sagt er, als wir

uns voneinander lösen.

„Ich hab jetzt auch echt genug von nassen Klamotten", erwidere ich.

Saschas Handy vibriert, die dreißig Minuten sind um. Während er sich vom Stehtrainer wieder in den Rolli begibt, setze ich mich auf die Bettkante. „Was hättest du eigentlich gemacht, wenn du alleine in den Regen gekommen wärst? Wie hättest du dann deine Jeans ausgezogen?"

Er wartet mit seiner Antwort, bis er wieder richtig im Rolli sitzt. „Ich hätte mich wohl auf den Boden legen müssen und mir in mühevoller Kleinarbeit abwechselnd links und rechts die Hose immer ein bisschen weiter runterschieben müssen, während ich mich von rechts nach links und wieder zurück wälze. Das wäre nicht gerade ein unwiderstehlicher Anblick, oder?"

„Du solltest gut aufpassen, dass ich diesen Anblick nie zu sehen bekomme", sage ich todernst. „Ich würde dich auf der Stelle verlassen."

Er grinst. „Würdest du nicht."

„Stimmt. Wie kommst du nur darauf?"

Er antwortet nicht, lässt nur seinen wissenden Blick sprechen.

Dann rollt er zu der Turnmatte, stellt die Bremsen seines Rollis fest und lässt sich auf die Matte hinab. Er rutscht in die richtige Position, stützt die Hände hinter sich auf und sieht mich auffordernd an.

„Ich versteh' schon." Ich kann mir nicht ganz verkneifen, meine Augen zu verdrehen, während ich vom Bett aufstehe. „Noch so ein Anblick, den ich deiner Meinung nach lieber nicht zu Gesicht bekommen soll."

„Du hast es erfasst. Aber wenn du mir hoch und heilig versprichst, mir nicht zuzugucken, dann darfst du, wenn du im Bad fertig bist, wieder reinkommen und dich ins Bett legen."

„Du traust mir ja eine Menge Selbstbeherrschung zu. Ich fühle mich geehrt."

„Hochheilige Versprechen hören sich aber anders an."

„Du kriegst keins. Ein normales muss reichen. Und das hast du."

Damit verlasse ich das Schlafzimmer und gehe Zähne putzen.

7. Aussichten.

– 19. August 2012 –

Gleich am Sonntagmittag sind wir bei meinen Eltern zum Essen eingeladen, es gibt Rinderbraten mit Broccoli und Kartoffelbrei. Wir essen im Esszimmer, die Atmosphäre ist ein bisschen steif, aber wir alle schlagen uns tapfer. Meine Eltern erkundigen sich danach, womit Sascha und ich unsere gemeinsame Zeit verbringen, und wir erzählen von unseren Radtouren und Freibadbesuchen, von den Abenden mit unseren Freunden und von unserem Tagesausflug zum Steinhuder Meer. Sehr unangenehm finde ich es, dass meine Eltern ihr Erstaunen über die Vielfältigkeit unserer Aktivitäten nicht verbergen können. Zum Glück erzählen sie danach von ihren letzten Städtereisen. Über Pfingsten waren sie in Riga und im Juli in Oslo. Sascha stellt viele Fragen, besonders über Riga, und meint, dass er dort sehr gern einmal hinfahren würde. Schließlich lässt meine Mutter es sich nicht nehmen, die Fotos zu holen und sie Sascha und mir zu zeigen. Insgesamt verbringen wir drei nette Stunden miteinander, aber ich bin doch froh, als wir uns nach einer Tasse Kaffee mit Keksen von meinen Eltern verabschieden und wieder zu zweit sind.

Wir fahren zum Maschsee und umrunden ihn mit unseren Rädern. Endlich sind die Buden vom Maschseefest abgebaut und die Wege gehören wieder den Radfahrern, Fußgängern und Inline-Skatern. Wir holen uns ein Eis am Kiosk am Anleger Nord und setzen uns damit bei angenehmen zweiundzwanzig, dreiundzwanzig Grad auf eine der weißen Bänke am Nordufer. Vor uns glitzert der See in der Sonne, und hinter uns rascheln die Blätter der Bäume im leichten Wind. Die Anspannung der letzten Stunden fällt von mir ab, und nachdem ich mein Eis aufgegessen habe, werde ich auf einmal richtig müde. Sascha merkt es und rutscht auf der Bank nach ganz links, damit ich mich hinlegen und meinen Kopf auf seinen Schoß legen kann. Sanft krault er meine Kopfhaut, während ich mich fallen lasse und genieße.

„Du machst das sehr schön", sage ich irgendwann.

„War echt anstrengend für dich, der Besuch heute, oder?"

„Irgendwie schon. Ich weiß gar nicht so genau, warum. Schließlich scheinen meine Eltern wirklich zu versuchen, das von damals wiedergutzumachen."

„Ich glaube, genau das ist der Grund", meint Sascha. „Sie könnten dich oder uns einfach mal um Entschuldigung bitten, dass sie sich damals geirrt haben, was ihre Einschätzung der Ernsthaftigkeit unserer Beziehung angeht. Offenbar haben sie ja gar nichts gegen mich."

Ich drehe meinen Kopf nach oben, um ihn anzusehen. „Wie könnte man auch."

Er grinst nicht und lächelt auch nicht. „Ich bin behindert, schon vergessen? Und wenn ich mich richtig an das erinnere, was du von damals erzählt hast, dann war genau das der ausschlaggebende Grund, warum ich nicht gerade der Traumpartner bin, den sie sich für ihre Tochter wünschen."

Nein, das habe ich nicht vergessen. Für mich gehört die Behinderung zu ihm dazu, ich kenne ihn nicht anders. Aber natürlich hat er recht mit dem, was er sagt.

Dennoch will ich beides nicht mit Sascha diskutieren. Ersteres, weil ich weiß, dass er seine Behinderung nicht als Teil seiner selbst sieht, und weil dieses Thema früher meist in einem Streit endete. Und Letzteres, weil er das ja schon gesagt hat und es auch nicht besser wird, wenn ich das nochmal wiederhole. Auch ich habe mich weiterentwickelt. Ich platze nicht mehr sofort heraus mit allem, was ich denke, ohne Rücksicht auf Verluste.

„Du musst ja auch nicht *ihr* Traumpartner sein, sondern *meiner*", sage ich stattdessen. „Und dass du das bist, hätten sie durchaus auch schon damals respektieren können."

Jetzt grinst er doch. Und er sieht mich sehr lieb an. Seine Haare sind gewachsen in den drei Wochen, die wir wieder zusammen sind, und jetzt, da er zu mir runterguckt, fallen sie ihm fast schon wieder so in die Stirn wie früher. Ich drehe mich auf den Rücken und fahre ihm mit meiner Hand langsam durch die Haare, lasse die kurzen Strähnen durch meine Finger gleiten und genieße es, wie er seine Hand seitlich an meinen Kopf legt und zärtlich mit meinen Haaren spielt.

„Immerhin scheinen sie es jetzt zu akzeptieren", meint er. „Sie hätten uns ja nicht zum Essen einladen müssen."

Ich nicke und falte zufrieden meine Hände auf meinem Bauch. Ja, das mit meinen Eltern ist wirklich gut gelaufen. Auch, wenn ich mich nicht traue, sie direkt danach zu fragen, habe ich doch den Eindruck, dass sie es nicht nur *hinnehmen*, wie mein Vater es damals gesagt hat, sondern wirklich akzeptieren. Und dass sie sich Mühe geben, damit Sascha sich willkommen fühlt. Dass das so schnell und letztlich unkompliziert geht, hätte ich mir wirklich nicht träumen lassen.

„Ja. Das Puzzleteil, das mir am meisten Angst bereitet hat, hat sich als deutlich weniger schwierig erwiesen als gedacht. Wir kommen ganz gut voran mit unserem Puzzle, oder?"

Sascha hört auf, mit meinen Haaren zu spielen. Auffällig viel Zeit vergeht, bis er antwortet, und ich spüre die plötzliche innere Unruhe, die ihn erfasst hat, mehr als deutlich.

„Bis jetzt schon", sagt er schließlich.

„Aber?" Sein Aber liegt so sehr in der Luft, dass ich nicht anders kann, als danach zu fragen.

Er stützt sich auf der Bank und der Rückenlehne hoch. Ich nehme meinen Kopf von seinem Schoß und setze mich auf.

„Du willst das Puzzle weiterspielen, richtig?", fragt er.

„Natürlich. Du nicht?"

„Doch."

Er beugt sich nach vorn und greift nach seinem Rolli. Ich rücke zur Seite, damit er sich neben sein Sitzkissen setzen und es danach von der Bank in den Rollstuhl legen kann.

Mein Herz klopft laut und schnell, während ich Sascha dabei zusehe, wie er in den Rolli übersetzt, die Beine auf der Fußraste zurechtrückt und anschließend ein paar Zentimeter zurückrollt. *Ich bin darauf angewiesen, dass du mir diesen Vertrauensvorschuss gibst.* Ich glaube, das ist hier gerade eine solche Situation. Sein Impuls ist die Flucht, immer noch. Er sitzt lieber mobil im Rolli, anstatt hier auf der Bank festzukleben. Aber er bleibt da. Er sieht mich an. Und ich zwinge mich, abzuwarten und meine Angst auszuhalten, so wie er seine aushält.

„Das Puzzleteil, das *mir* am meisten Angst macht, liegt noch vor uns." Seine Stimme klingt merkwürdig hohl.

Welches ist es? Es kostet mich sehr viel Selbstdisziplin, diese Frage nicht zu stellen. Er wird wissen, dass sie mir auf der Seele brennt, und er wird sie beantworten, wenn er dazu bereit ist. Außerdem kann ich mir denken, welches es ist. So viele Teile fehlen schließlich nicht mehr.

„Wir werden es gemeinsam durchstehen, so wie das vorgestern bei meinen Eltern", sage ich. „Egal, was es ist."

„Ja." Er sagt ja, aber in seinem Blick liegt Verzweiflung. Er stützt sich hoch, setzt sich wieder, rollt noch ein paar Zentimeter zurück. „Im Moment sind sie eh noch im Urlaub", sagt er so leise, dass ich es beinahe nicht verstanden hätte.

„Deine Eltern?"

Er nickt.

„Wann kommen sie zurück?"

„Nächstes Wochenende, glaube ich."

„Dann haben wir ja noch eine Woche Zeit, bevor irgendwas akut wird."

„Und dann?"

„Augen zu und durch?"

„Und wenn ich eine Scheißangst habe?"

„Dann hältst du sie aus. Halten wir sie aus."

„Du hast ja keine Ahnung."

„Stimmt." Ich kann mir beim besten Willen nicht vorstellen, was es sein könnte, das ihm solche Angst macht. „Aber hast du eine bessere Idee?"

Er schüttelt den Kopf. „Lass uns weiterfahren. Eigentlich ist heute doch ein guter Tag."

„Nicht nur eigentlich." Ich stehe auf.

Sascha montiert sein Handbike wieder an den Rolli, und ich steige auf mein Rad. Wir fahren unsere Maschsee-Runde zu Ende und anschließend zurück in Saschas Wohnung.

– 22. August 2012 –

In den folgenden Tagen bleibt das Wetter durchwachsen. Meistens ist es sonnig und warm, aber nicht mehr heiß, manchmal regnet es. Sascha und ich verbringen viel Zeit zusammen. Hin und wieder, vor allem dann, wenn ich allein bin und darauf warte, dass Sascha aus dem Bad kommt, denke ich an unser Gespräch auf der Bank am Maschsee, und mich erfasst eine gewisse Nervosität, weil ich nicht weiß, was da auf uns zukommen wird. Worin eigentlich das Problem liegt. Aber wir sprechen nicht darüber, wir haben das Thema vertagt auf in ungefähr einer Woche, und ich versuche mich damit zu beruhigen, dass wir uns mehr oder weniger auf „Augen zu und durch" geeinigt haben und dass ich jetzt ohnehin nichts tun kann.

Da Ulrike noch immer in Celle ist, sind wir die ganze Zeit bei Sascha, wenn wir nicht unterwegs sind. Am Dienstag treffen wir uns abends mit Max und Philipp zum Doppelkopfspielen im *Pindopp*, und am Mittwoch begleitet mich Sascha mit seinem Handbike auf meiner Joggingrunde um den Maschsee, die ich nun endlich wieder zu meiner geliebten Spätnachmittagszeit durchführen kann. Als ich am Ende meinen üblichen Sprint vom Südufer bis zum Piergarten einlege, überholt mich Sascha mit Leichtigkeit. Während ich vollkommen außer Atem auf dem Uferweg auf und ab gehe, steht Sascha entspannt neben mir und grinst.

„Du wirst immer trainierter mit deinem Bike." Angestrengt ringe ich nach Luft.

„Ja. Weißt du was? Ich hätte Lust auf eine richtige Herausforderung. Irgendwas mit Steigung. Aber mehr als zehn Prozent schafft das Bike nicht. Kennst du da was Geeignetes?"

Von meinen Radtouren mit Uwe kenne ich die Gegend ziemlich gut. Ich schlage Sascha eine Tour zum Gehrdener Berg vor. Die Auffahrt ist steil, aber sicherlich nicht über zehn Prozent Steigung, und oben bietet sich gleich hinter dem Kamm eine weite Aussicht. Wir beschließen, bei meiner Wohnung vorbeizufahren, damit ich meine Fahrradkarte holen kann. Bei Sascha angekommen, breiten wir die Karte auf dem Wohnzimmertisch aus und überlegen uns eine Route. Um Saschas erste richtige Tour nicht zu lang werden zu lassen, wollen wir an der Endhaltestelle der Straßenbahn in Wettbergen starten und von dort aus über Gehrden auf den Gehrdener Berg und dann auf dessen Rückseite über Redderse wieder zurückfahren.

Unsere Internetrecherche nach geeigneten Einkehrmöglichkeiten ergibt, dass eine der Pizzerien in Gehrden auch draußen

Tische zu haben scheint. Sascha ruft dort an und fragt nach einer rollstuhlgerechten Toilette. Leider haben sie keine, sagen sie, aber in der Nähe gebe es ein öffentliches Behinderten-WC. Sascha lässt uns gleich für morgen einen Tisch reservieren.

Während er telefoniert, denke ich daran, wie meine Eltern mich davor gewarnt haben, dass wir immer alles im Voraus planen müssen. Ja, sie haben recht. Na und? Klar, mit Uwe bin ich einfach drauflos gefahren, ein grobes Ziel vor Augen, und dann haben wir spontan entschieden, wo wir langfahren, wo wir einkehren, wo wir länger bleiben und wo nicht. Aber ich mag es, hier zusammen mit Sascha über die Karte gebeugt zu sitzen und die Route zu planen. Es fühlt sich an wie die Vorfreude auf die Wanderungen, die Jana und ich in Wales, Schottland und Irland unternommen haben. Die haben wir genauso akribisch geplant und uns dabei jeweils im Voraus gedanklich an die Orte versetzt und uns anhand der Karte vorgestellt, wie es dort wohl aussieht, wie steil die Wege sind und von wo man eine tolle Aussicht hat.

Am meisten freue ich mich auf Saschas Reaktion auf dem Rückweg, wenn wir über die kleine Anhöhe bei Lemmie fahren. Von dort aus hat man einen phänomenalen Blick auf Hannover – und, wenn das Wetter mitspielt – auf den Brocken. Ich weiß noch, wie überrascht und begeistert Uwe und ich waren, als wir diesen Aussichtspunkt zufällig entdeckt hatten. Sascha soll auch diesen Überraschungseffekt haben, deshalb verrate ich nichts, sondern sorge nur dafür, dass unser geplanter Rückweg über diesen Hügel führt. Und ich werde ihm nicht verraten, dass ich mein Fernglas mitnehme.

– 23. August 2012 –

Das Wetter ist fantastisch: sonnig, leichter Wind, nicht zu warm, kein Regen in Sicht. Entspannt radeln wir von Wettbergen auf kleinen, kaum befahrenen Straßen zwischen den Feldern nach Ronnenberg, schauen uns dort das Stadtzentrum und die Kirche an und fahren danach weiter auf asphaltierten Feldwegen nach Gehrden. Die Pizzen beim Italiener schmecken lecker, wir sitzen gemütlich draußen und lassen es uns gut gehen.

Der anschließende Anstieg auf den Gehrdener Berg, etwa

vierzig Höhenmeter auf einem halben Kilometer Strecke, ist für mich mittlerweile ein Klacks, für Sascha dagegen eine echte Herausforderung. Sein Handbike hat siebenundzwanzig Gänge wie mein Crossbike, aber Armmuskeln sind nun mal keine Beinmuskeln. Außerdem liegt der Schwerpunkt des Bikes eher auf den hinteren Rädern als auf dem Vorderrad, welches das Antriebsrad ist. Je steiler es bergauf geht, desto mehr scheint sich der Schwerpunkt nach hinten zu verlagern, und umso weniger Grip hat das Vorderrad. Schließlich dreht es sogar durch.

„Halt mal an", keucht Sascha, während auch er anhält, sich krampfhaft vornüber beugend und die Pedalgriffe fest umklammernd. „Kannst du bitte mal meinen Rucksack abmachen?"

„Klar." Ich stelle mein Rad am Straßenrand ab und nehme den Rucksack von der Rolli-Rückenlehne.

„Und jetzt? Soll ich ihn aufsetzen?"

Er schüttelt den Kopf. „Nein. Könntest du vielleicht ein paar Steine sammeln?"

„Willst du ein Steinmännchen bauen?"

Er grinst. „Gute Idee. Aber oben."

Ich weiß zwar nicht, was er vorhat, aber ich gehe zum Straßenrand und halte nach Steinen Ausschau. Ich muss ein bisschen suchen, bis ich ein paar gefunden habe, die nicht nur winzig klein sind. Sascha bittet mich, sie in den Rucksack zu legen und ihm anschließend den Rucksack zu geben.

„Und jetzt stell dich bitte hinter mich. Ich habe zwar die Handbremsen festgestellt, aber sicher ist sicher."

Ich stelle mich direkt hinter seine Rückenlehne. Meine Oberschenkel berühren den Querbügel. Endlich kann Sascha sich zurücklehnen, ohne Angst haben zu müssen, dass er mitsamt dem Handbike hintenüberkippt. Er greift nach der nur noch halbvollen Trinkflasche, die im Trinkflaschenhalter vorne an seinem Handbike steckt, und leert sie in einem Zug. Dann holt er eine volle Mineralwasserflasche aus dem Rucksack und steckt sie in den Flaschenhalter, legt die leere Flasche in den Rucksack und platziert den Rucksack auf seinen Füßen. Mit Hilfe der Trageriemen und Schnallen fixiert er ihn vor seinen Schienbeinen.

„Vielleicht reicht das fürs Erste." Er löst die Feststellbremsen und fährt an. Tatsächlich scheint nun mehr Gewicht auf dem Vorderrad zu liegen.

Wir brauchen trotzdem ewig für die vielleicht zwanzig, fünfundzwanzig Höhenmeter, und das kurze Stück verlangt Sascha alles an Willen, Kraft und Kondition ab. Ich schiebe mein Rad nebenher, zum Fahren ist es zu langsam.

Wir reden nichts, ich lausche nur Saschas angestrengtem Atem, dem Geräusch der Räder auf der Straße, den zwitschernden Vögeln des Waldes und dem leisen Rauschen der Buchenblätter. Zweimal überholt uns ein Auto, ansonsten begegnen wir niemandem an diesem Donnerstagnachmittag.

Irgendwann sind wir oben. Das Tolle am Gehrdener Berg ist, dass der Wald genau am Kamm aufhört. Schon von der Straße aus bietet sich uns eine grandiose Aussicht auf das weite Deistervorland mit seinen kleinen Ortschaften und den vielen goldgelb in der Sonne leuchtenden Feldern. In der Ferne hebt sich der Deister mit dem weithin sichtbaren Fernsehturm vom Horizont ab. Weiter rechts ist der Kaliberg von Bokeloh zu erkennen, den man auch vom Steinhuder Meer aus sehen kann. Wir bleiben auf dem Schotterstreifen neben dem Straßenrand stehen und genießen die Aussicht. Ich stelle mich neben Sascha und lege einen Arm um seine Schulter. „Und, was sagst du?"

Er schaut mich an. „Superschön. Hat sich echt gelohnt, hier hochzufahren." Sein Atem hat sich bereits weitgehend beruhigt. Seine Kondition kann sich wirklich sehen lassen.

Er nimmt seinen Helm ab und wischt sich mit dem T-Shirt-Ärmel den Schweiß von der Stirn und aus den Haaren. Er sieht verdammt gut aus in seinem Fahrradtrikot, mit den feuchten, verwuschelten Haaren, seiner dunklen Haut und diesen leuchtenden Augen. Als auch ich meinen Helm absetze und neben seinen auf den Asphalt lege, schaut er mich auf einmal mit einem gespielt-tadelnden Gesichtsausdruck an. „Deine Haare sind nicht mal im Ansatz feucht."

„Ich hab mein Rad ja auch hochgeschoben."

„Stimmt", sagt er todernst. „Du hast geschummelt. Deshalb darfst du auch kein Steinmännchen bauen."

Er nestelt an seinem Rucksack herum, bis er alle Gurte geöffnet hat, und legt ihn zu den Helmen neben seinen Rollstuhl. Anschließend nimmt er die Steine heraus und schichtet sie kunstvoll am Straßenrand zu einem kleinen Turm auf. Dann hängt er den Rucksack wieder an die Rückenlehne, löst die Bremsen und fährt etwas zurück, um sein Werk zu betrachten.

„In Norwegen gibt es Plätze, da ist alles voll mit Steinmännchen", erzählt er. „Und wer an einem vorbeikommt, der muss einer Legende zufolge einen Stein obendrauf legen, damit ihn die Trolle in Ruhe lassen."

„Gut zu wissen." Ich hebe ein kleines Steinchen vom Schotter auf und lege es auf Saschas Steinmännchen. Es hält.

„Hey! Hatte ich nicht eben gesagt, dass man nur ein Steinmännchen bauen darf, wenn man im Schweiße seines Angesichts hier hochgefahren ist?"

„Ja, aber die Trolle ..."

„Die gibt's doch nur in Norwegen." Sascha zieht sich seine Rolli-Handschuhe aus, greift nach der Mineralwasserflasche und öffnet sie. Dann verschließt er die Flaschenöffnung mit seinem Handballen und schüttelt die Flasche – und während ich noch überlege, was er vorhat, gibt er einen winzigen Spalt der Flaschenöffnung frei und spritzt mir eine Ladung Wasser direkt ins Gesicht.

Ich schreie auf und springe zur Seite. „Hey! Was soll das?"

Seelenruhig trinkt Sascha ein paar Schlucke aus der Flasche, verschließt sie wieder und steckt sie in den Halter zurück. „Ohne Schweiß kein Preis. Oder besser: Kein Preis ohne Schweiß. Oder wie ging doch gleich der Spruch?" Scheinheilig sieht er mich an.

„Haha. Na warte, bei der nächsten Steigung radele ich voraus! Und bis du oben bist, baue ich so viele Steinmännchen, dass du denkst, du wärst in Norwegen." Mit meinen Armen wische ich mir das Wasser aus dem Gesicht und aus den Haaren. Sascha hat gut gezielt, mein T-Shirt hat nur wenig abbekommen.

„Aber nur, wenn du vorher ordentlich geschwitzt hast."

„Optisch bin ich doch jetzt dermaßen durchgeschwitzt, das reicht locker für die nächste halbe Stunde."

„Na dann ... Auf nach Norwegen!"

Wir setzen unsere Helme wieder auf und lassen uns entspannt

den Hang hinabrollen, durch die Ortschaft Redderse, die mit einer kleinen Fachwerk-Kapelle und vielen weiteren hübschen Fachwerkhäusern aufwartet, und dann weiter nach Degersen. Dort steigt der Weg kurz an. Sascha überwindet die Steigung relativ problemlos. Natürlich fahre ich nicht voraus, und Steinmännchen baue ich auch nicht. Ein paar hundert Meter dürfen wir anschließend nochmal bergab fahren, bevor die Steigung zum Brockenblick kommt. Für mich ist auch sie kein Problem, während Sascha sich sehr anstrengen muss, und ich kann kaum an mich halten, nicht zu verraten, was uns gleich erwartet.

Der höchste Punkt der Anhöhe kommt kurz hinter einer kleinen Kreuzung. Ich fahre genau neben Sascha und beobachte ihn, will den Moment nicht verpassen, wenn er es sieht.

Er merkt es. „Warum guckst du mich immer so an?"

„Ich kann mich halt nicht sattsehen an deinem Anblick."

Er grinst. „Guck mal lieber nach vorn auf den Weg. Und auf die Aussicht. Mich siehst du doch jeden ... Wow!" Er fährt noch ein paar Meter und bleibt dann stehen. Es ist so schön, ihm dabei zuzusehen, wie er andächtig das Panorama in sich aufnimmt!

Vor uns liegt Hannover. Obwohl es bestimmt zehn, fünfzehn Kilometer bis dahin sind, kann man alles sehen: Die beiden Fernsehtürme, die Rathauskuppel, die Marktkirche. Das Ihmezentrum und die drei Türme vom Lindener Heizkraftwerk. Die wenigen markanten Hochhäuser der Stadt. Die Sicht heute ist noch besser als Anfang Mai, als ich mit Uwe hier war. Je länger ich schaue, desto mehr Hochhäuser kann ich zuordnen. Vor der Skyline Hannovers liegen Ronnenberg und Weetzen. Rechts erhebt sich der Deister – und dazwischen, aufgrund der Entfernung im Dunst, aber doch klar erkennbar, der Brocken!

„Das ist ja der Wahnsinn", sagt Sascha. „Wie gut man von hier aus alles sehen kann! Die ganze Stadt! Man könnte meinen, es sei Föhn, so klar ist die Sicht heute."

„Ja, toll, oder?"

„Mega."

Ich schmunzele. Das Wort habe ich noch nie aus seinem Mund gehört. Ich steige von meinem Rad ab und nehme mein Fernglas aus meinem Rucksack, den ich auf meinem Gepäckträger festgeklemmt habe, und halte es Sascha wortlos hin.

„Oh, du hast ein Fernglas, dabei? Cool!" Er nimmt es und begutachtet es. „Zwölffache Vergrößerung. Nicht schlecht. Und trotzdem so kompakt und leicht!"

„Hab ich mir mal gekauft vor der Reise mit Jana nach Wales."

„Willst du nicht zuerst gucken?"

Ich schüttele den Kopf. „Wenn du fertig bist."

Sascha lässt sich Zeit, die Skyline der Stadt zu betrachten, benennt die Gebäude und findet immer mehr, deren Silhouette er zuordnen kann. Ich liebe ihn für seine Begeisterungsfähigkeit und die Ehrfurcht, die er offensichtlich empfindet. Uwe war auch überrascht und begeistert – aber nicht *so*. Ganz dicht stelle ich mich neben Sascha. Mit meinem Bein berühre ich das Rad seines Rollis, mit meinem Arm seine Schulter.

Jetzt schwenkt er das Fernglas langsam nach rechts. Abrupt hält er inne. „Sag mal, ist das nicht der Brocken?"

„Ja."

„Ich hätte nicht erwartet, dass man den von hier aus sehen kann! Ich meine, das müssen doch ungefähr hundert Kilometer Luftlinie von hier bis da sein! Wie hoch sind wir hier?"

„Laut Karte 118 Meter über Normalnull."

„Man kann sogar den Funkmast erkennen."

„Wirklich?" Mit bloßem Auge sehe ich ihn nicht.

Er reicht mir das Fernglas. Tatsächlich. In der Vergrößerung ist der Sendemast deutlich auszumachen.

Sascha legt einen Arm um meine Taille. „Wir haben schon einmal zusammen auf den Brocken geschaut", sagt er ernst.

„Ja." Ich senke das Fernglas und schaue Sascha an. Damals standen wir auf dem Parkplatz von Torfhaus, und ich habe das erste Mal Bedauern wegen Saschas Behinderung empfunden. Es tat uns beiden sehr weh zu wissen, dass man von dort aus eine wundervolle Winterwanderung zum Brockengipfel hätte machen können. Ich schlug vor, dass wir im Sommer mal mit der Bahn rauffahren könnten, aber Sascha lehnte es kategorisch ab, sich mit Hilfe eines Hubwagens in den Zug verladen zu lassen. Aus ästhetischen Gründen. Jetzt noch sticht es mir ins Herz, wenn ich an den Beinahe-Streit denke, den wir hatten, weil ich nicht verbergen konnte oder wollte, wie albern ich das fand.

„Ich möchte mal mit dir auf einem Berg stehen", sagt Sascha. „Dafür würde ich mich sogar mit unästhetischen Hubwagen in die Brockenbahn verladen lassen." Die Intensität seines Blickes offenbart, wie sehr auch er in diesem Moment den Schmerz von damals spürt. „Am liebsten diesen Sommer noch."

Liebe und tiefe Ergriffenheit wogen durch mich hindurch. Ich beuge mich vor und flüstere ihm ins Ohr: „Das sind wundervolle Aussichten."

„Sind es." Er lässt meine Taille los. Dann beugt er sich vor, koppelt sein Handbike ab, fährt ein paar Zentimeter zurück, dreht seinen Rolli zu mir und streckt eine Hand aus. Ich ergreife sie und ziehe ihn an seiner Hand zu mir hin. Wir sehen einander die ganze Zeit an, so wie vor eineinhalb Jahren auf dem Parkplatz von Torfhaus, während er auf mich zurollt, bis er mit seinen Knien meine Beine berührt.

„Ich liebe dich, Fredi", sagt er.

Damals haben wir uns geküsst, kurz, aber bewusst, und sind danach zum Nationalparkhaus gegangen, wo wir das Beste aus dem Tag gemacht haben. Jetzt folge ich dem leichten Zug seiner Hand und setze mich auf seinen Schoß.

„Ich liebe dich auch, Sascha. So sehr."

Wir nehmen uns gegenseitig die Fahrradhelme ab und legen sie und das Fernglas neben uns auf den Asphalt. Als wir uns wieder aufgerichtet haben, schauen wir einander an, während wir beide langsam unsere Hände an den Oberarmen des anderen hochgleiten lassen bis zum Nacken. Wir streichen einander mit den Fingerkuppen durch die Haare und küssen uns, und jede seiner Berührungen schickt eine weitere Welle der Liebe durch mich hindurch.

Wir stehen mitten auf einer Anhöhe zwischen gelben und grünen Feldern, ein leichter Wind weht, um uns herum die Weite des Landes und über uns der blaue Himmel, und in diesem Moment gehört uns das ganze Glück dieser Erde.

TEIL III

1. Himmelfahrtskommando.

Aus dem Wohnzimmer hören wir Saschas Telefon klingeln. Wir sind eben erst nach Hause gekommen, stehen noch im Flur, und Sascha hat gerade die Bremsen seines Draußen-Rollstuhls festgestellt, um in den Wohnungsrollstuhl zu transferieren.

„Soll ich rangehen?" Ich wäre in zwei Sekunden beim Telefon.

„Nee, lass mal. Das erledigt der AB." Sascha stützt sich mit einer Hand auf den Rahmen des Wohnungsrollis und mit der anderen auf den des Draußenrollstuhls und setzt über.

„Dies ist der automatische Anrufentgegennehmer von Sascha Wenner", ertönt es aus dem Wohnzimmer, während Sascha wartet, dass sich die Streckspasmen in seinen Beinen beruhigen und er seine Füße auf der Fußraste platzieren kann. Ich gehe ein paar Schritte in Richtung Wohnzimmer, sodass ich das Telefon sehe, gleichzeitig aber noch im Flur bin. „Nach dem Piep zeichne ich gern deine Nachricht auf." Es piept, dann folgen ein, zwei Sekunden Stille. Jemand atmet tief durch. Eine Frau. „Wir sind's, Sascha. Wir machen uns Sorgen. Seit mehr als zwei Wochen haben wir nichts mehr von dir gehört. Ruf uns bitte auf dem Handy an, sobald du das hier abgehört hast." Ein paar Sekunden lang hört man die Frau atmen, so, als würde sie noch etwas sagen wollen, dann legt sie auf.

Sascha steht im Flur, wie erstarrt, die Hände an den Greifreifen, und sein Gesicht und seine Ohren haben eine deutlich rötliche Färbung angenommen.

„Das war deine Mutter, oder?", frage ich.

Er nickt, und es ist offensichtlich, wie schwer es ihm fällt, mich anzusehen.

„Warum machen deine Eltern sich Sorgen?"

„Hast du doch gehört. Ich hab mich länger nicht mehr bei ihnen gemeldet."

„Aber das ist doch nicht notwendigerweise ein Grund, sich Sorgen zu machen."

Jetzt hält er den Blick nicht mehr. Er schaut zu Boden, während er die Bremsen seines Rollis löst. „Ich muss aufs Klo."

Ich weiß, es stimmt. Trotzdem, für eine Antwort wäre noch Zeit gewesen. Stumm sehe ich ihm nach, wie er im Bad verschwindet.

Um mich zu beschäftigen, räume ich unsere Rucksäcke aus. Aber zwei Trinkflaschen in die Spülmaschine zu räumen und Saschas Langarmshirt, das er nicht gebraucht hat, wieder in seinen Kleiderschrank zu legen, nimmt viel zu wenig Zeit in Anspruch. Die Sachen aus meinem Rucksack werde ich morgen bei mir wegräumen. Schließlich schenke ich mir eine Apfelschorle ein und setze mich mit dem Glas an den Küchentisch.

Scheiße. Mussten seine Eltern unbedingt jetzt anrufen? Eben noch war alles so schön. Da oben auf der Anhöhe ... Wir waren beide so glücklich. Auf dem Weg zurück nach Wettbergen und in der Straßenbahn haben wir uns immer wieder verliebt angesehen, und vor ein paar Minuten im Keller und im Fahrstuhl haben wir einander wie zufällig berührt, mal er mich, mal ich ihn, wir haben uns angelächelt, sehnsüchtig und voller Vorfreude auf den Moment, in dem wir unserem Verlangen nacheinander endlich nachgeben können.

Und jetzt das. Aber wenn seine Eltern sich solche Sorgen machen, warum haben sie ihn nicht auf dem Handy angerufen? Wieso überhaupt machen sie sich Sorgen, wenn er sich zwei Wochen nicht meldet? Ist das nicht total übertrieben? Und warum, verdammt, bringt ihn dieser Anruf dermaßen aus dem Konzept?

Du hast ja keine Ahnung. Nein. Nicht die geringste. Aber mir schwant, dass dieses Puzzleteil schwieriger werden wird, als ich es angenommen habe. Viel schwieriger.

Sascha verlässt das Bad. Ich schiele auf die Uhr. Er hat nur unwesentlich länger gebraucht als normal. Und er kommt zu mir in die Küche. Immerhin.

Kurz hinter der Tür bleibt er stehen. Er sieht nicht aus, als hätte er geweint. Aber er wirkt extrem angespannt.

„Ich muss erst zurückrufen", murmelt er. „Sorry."

„Mach das."

Er wendet und begibt sich in den Flur. Wenige Sekunden später höre ich, wie er die Wohnzimmertür hinter sich schließt.

Am liebsten würde ich in den Flur gehen und das Telefongespräch belauschen. Schon bei dem Gedanken fängt mein Herz an, wild zu klopfen. Ich möchte so gerne wissen, was los ist. Wie sie miteinander reden. Was er sagt.

Aber ich tu's nicht. Ich mache sogar die Küchentür zu und stelle das Radio an, um nicht doch in Versuchung zu geraten. Gerade ertönen die ersten Liedzeilen von *Der Weg* von Grönemeyer. Eine Weile gebe ich mich dem Songtext hin. Wie kann das sein, dass Lieder regelmäßig so genau passen? Herbie singt davon, wie er und seine Frau den Regen gebogen und einander Vertrauen geliehen haben. Wie seine Frau jeden Raum mit Sonne geflutet hat. Das Lied ist voll von verzweifelter Liebe. Dass nichts zu spät war, singt Grönemeyer, aber vieles zu früh. Gänsehaut überzieht meinen Rücken, meine Arme, alles. Ich schalte das Radio wieder aus, lange bevor im Lied klar wird, dass Grönemeyers Frau gestorben ist.

In der Küche ist es still, aber der Raum ist trotzdem gefüllt mit der Atmosphäre des Liedes, die sich auf unerträgliche Weise mit meinen eigenen Sorgen vermischt, und obwohl das Radio stumm ist, singt Grönemeyer in meinem Kopf den Song zu Ende. Ich könnte einen anderen Sender anschalten, ein anderes Lied erklingen lassen, aber ich sitze da, unfähig, etwas Sinnvolles zu tun, und versuche mir klarzumachen, dass zufällig im Radio gespielte Lieder nichts, aber auch gar nichts darüber aussagen, was auf Sascha und mich zukommt. Herbie und seine Frau werden gewusst haben, dass ihre gemeinsame Zeit bald enden wird. Sie hatten keine Chance. Sascha und ich dagegen haben unser Schicksal selbst in der Hand. Das ist doch gar nicht vergleichbar.

Was wird jetzt passieren? Wie lange wird Sascha telefonieren? Wird er zurück in die Küche kommen? Oder wird er ewig im Wohnzimmer bleiben, nachdem er aufgelegt hat?

Minute um Minute vergeht. Irgendwann gehe ich doch in den Flur und lausche. Nur um zu hören, ob er noch telefoniert.

Alles ist still.

Außer meinem eigenen Herzschlag, der in meinen Ohren widerhallt, höre ich nichts.

Schließlich klopfe ich an der Wohnzimmertür.

Nichts passiert.

„Sascha?" Nochmal klopfe ich an der Tür.

Keine Reaktion. Sekundenlang ist es still.

„Kannst reinkommen", sagt er schließlich doch.

Ich öffne die Tür. Als ich Sascha vor der geschlossenen Balkontür stehen sehe, der Fensterscheibe zugewandt, jagt ein stechender Schmerz durch meinen Körper. *Nein, bitte nicht. Nicht so wie damals, nach unserem ersten Zoobesuch.*

Wenigstens ist es draußen hell, es gibt keine Spiegelung in der Fensterscheibe.

Damals saß ich auf dem Sofa, überfordert von der Situation, es war unser erster richtiger Konflikt. Jetzt fühle ich mich auch überfordert, aber ich gehe auf Sascha zu, stelle mich hinter ihn, lege meine Hände auf seine Schultern. Er zuckt zusammen. Ich widerstehe dem Impuls, meine Hände sofort wieder wegzuziehen.

„Streich mir nicht durch die Haare", sagt er matt. „Bitte."

„Was ist passiert?"

„Nichts. Noch nicht."

„Hast du deine Eltern erreicht?"

„Ja. Natürlich. Sie werden ihr Handy auf extralaut gestellt haben, nachdem sie auf den AB gesprochen hatten."

„Warum haben sie dich nicht auf dem Handy angerufen?"

Wortlos wendet er seinen Rolli. Ich trete einen Schritt zur Seite und folge ihm in den Flur. Er öffnet die Vortasche von seinem Rucksack, den ich vorhin wieder an den Draußenrolli gehängt habe, und den Reißverschluss des Innenfachs und holt sein Handy heraus. Dann hält er es mir unter die Nase. *Fünf verpasste Anrufe*, zeigt das Display. Alle von derselben Nummer.

„Ich hab das Handy so ziemlich immer stummgeschaltet", erklärt Sascha, während er das Handy auf der Kommode ablegt und in die Küche fährt.

Ich folge ihm in die Küche und setze mich auf den Stuhl, auf dem ich eben schon gesessen habe. „Warum?"

Er nimmt sich ein Glas aus dem Schrank und kommt zum Tisch. Seine Hand zittert, während er sich Apfelschorle einschenkt, einen Schluck trinkt und dann das Glas wieder abstellt. „Weil es viele solche beschissenen Situationen gibt, in denen ich unpässlich bin, und weil ich es hasse, wenn das Handy klingelt

176

oder vibriert und ich nicht rangehen kann."

„Beschissene Situationen, weil du es hasst ... – das sind ganz schön starke Worte, findest du nicht?"

Er zuckt mit den Schultern. „Ich hab starke Gefühle."

Darauf weiß ich nichts zu sagen. Dass er auch jetzt Schwierigkeiten hat, seine Emotionen zu kontrollieren, ist nicht zu übersehen. Krampfhaft fixiert er mit seinem Blick irgendeinen Punkt auf der Tischplatte, während sein Brustkorb sich langsam und sehr heftig bewegt und seine Hände noch immer zittern, obwohl er mit ihnen das Glas auf dem Tisch viel zu fest umklammert.

„Sorry", sage ich kleinlaut. Meine Bemerkung von eben kommt mir auf einmal sträflich unpassend vor.

Er reagiert nicht.

Ich kriege auf einmal auch Probleme, meine Emotionen im Zaum zu halten. Ich fühle mich schuldig. Hilflos. Auf entsetzlich direkte Weise zurückkatapultiert in die Zeit vor eineinhalb Jahren. Damals haben wir einander überfordert, viel zu oft und viel zu sehr. Die Angst, die mich jetzt erfasst, nimmt so viel Raum in mir ein, dass ich Schwierigkeiten mit dem Atmen bekomme. So, als ob in meiner Lunge kein Platz mehr für Sauerstoff wäre.

„Warum machen deine Eltern sich Sorgen, wenn du dich zwei Wochen nicht meldest?" Ich muss das fragen. Ich muss das wissen. Ich kann hier nicht länger sitzen und stumm diese viel zu heftigen Gefühle aushalten.

„Ist halt so." Seine Stimme ist beinahe tonlos.

„Als wir damals zusammen waren, haben sie nicht ständig angerufen." Nie eigentlich. „Oder habt ihr immer heimlich telefoniert, wenn ich gerade nicht da war?"

„Manchmal." Er sieht mich nicht an.

„Wie, manchmal? Wieso heimlich!?"

Er schweigt.

Lange.

Sehr lange.

Ich muss ihm vertrauen, ich darf ihn nicht drängen. Er wird reden, er wird wissen, dass er die Frage nicht unbeantwortet lassen kann. Nicht diese. Die Gedanken rasen mit meinem Herzschlag um die Wette, während ich Sascha ansehe, wie er dasitzt, den Blick gesenkt, mit den Händen immer noch das Glas umklammernd, still, und ich spüre meinen Puls sogar in den Fingerkuppen. Ich halte das kaum aus, dieses Kribbeln überall, meine Angst, was jetzt passiert, was er jetzt sagen wird, ob er überhaupt jemals antworten wird. Ich muss meine gesamte Willenskraft aufbringen, hierzubleiben und abzuwarten.

Nach Ewigkeiten hebt Sascha den Kopf und sieht mir direkt in die Augen. Ich sehe seine Verzweiflung, so unmittelbar, und seinen Schmerz, so klar, als wären wir über unsere Blicke direkt miteinander verbunden. In mir singt Grönemeyer, dass er seine Frau bei sich trägt, bis der Vorhang fällt, und es zerreißt mich, in diesem Moment zerreißt es mich. So wie jetzt hat Sascha mich schon einmal angesehen, an dem Abend, bevor er sich von mir getrennt hat. Genauso. Ich sehe den Vorhang schon fallen, zwischen uns, er wird die Verbindung zwischen uns durchtrennen, er wird Feuer fangen und wir auch, wir beide werden lichterloh brennen und nicht mehr damit aufhören, bis nichts mehr von uns übrig ist als zwei Haufen kalter, grauer Asche.

„Meine Eltern ...", setzt Sascha an. Seine Stimme klingt heiser. „Ich ..." Er rollt vom Tisch ab, kommt näher zu mir, steht jetzt neben meinem Stuhl. Ich beuge mich vor, lege meine Hand auf seine, vielleicht hilft das, wenn nicht nur unsere Blicke uns verbinden. Vielleicht hilft es ihm, wenn er spürt, dass ich da bin. Dass ich da bleibe, egal, was er jetzt sagt.

Er zieht seine Hand nicht weg. Das hilft *mir*.

„Meine Eltern ..." Wieder bricht er ab. Er atmet tief ein, hält die Luft an, ewig, bevor er sie wieder ausatmet. „Sie ... wussten bis eben nicht, dass ... dass es dich gibt. Ich habe ... hatte ihnen ... nie von dir erzählt."

Jäh lasse ich ihn los, setze mich aufrecht hin. Auch er entfernt sich von mir, indem er vierzig, fünfzig Zentimeter rückwärts rollt.

„Wie, nie von mir erzählt?" Ich verschlucke mich beinahe. „Wir waren ein halbes Jahr zusammen, du warst Weihnachten zu Hause und zum Geburtstag deiner Mutter auch, und deine Eltern wussten nichts von mir?" Ich weiß gerade gar nicht, was er mir Schlimmeres hätte erzählen können. Außer natürlich, dass er sich direkt von mir trennt.

„Ja", sagt er nahezu tonlos. Sein Blick flackert, aber er sieht mich noch immer an.

„Warum nicht?" Ich schreie es fast. „Bin ich zu hässlich? Nicht gut genug? Nicht wichtig? Wer bin ich für dich, wenn du es nicht einmal für nötig hältst, deinen Eltern -"

„Du bist genau richtig, Fredi", unterbricht er mich. „Und du bist das Wichtigste in meinem Leben." Wie er mich jetzt ansieht, gerade und klar, das lässt keinen Zweifel zu. Er sagt die Wahrheit, ich sehe es, ich spüre es, ich *weiß* es.

„Aber warum dann?", frage ich, nun schon etwas ruhiger. Es wird einen Grund geben, er wird ihn mir sagen.

„Weil ... Sie hätten dich kennenlernen wollen, Fredi. Sie hätten dich eingeladen, sie hätten dich überhäuft mit ihrer Freude darüber, dass ihr Sohn trotz Behinderung eine Freundin gefunden hat, sie hätten keinen Hehl aus ihren Sorgen gemacht, ob du das wohl aushältst mit mir. Weil ... Zu Hause, da spielt meine Behinderung eine noch viel größere Rolle als hier, sie tut viel mehr weh, mir selbst und ihnen sowieso. Und du hättest das alles mitbekommen, wie das zu Hause bei uns ist seit meinem Unfall. Wie sie mich ersticken mit ihrer Fürsorge und wie ich immer kleiner werde und kleiner, egal, wie sehr ich mich dagegen wehre. Ich hätte das nicht ausgehalten, dass du das alles siehst, Fredi, dass du *mich* siehst. Ich weiß auch nicht, ob ich das jetzt aushalten werde."

Die letzten Sätze sagt er unter Tränen. Ich kann sehen und hören, wie er sich bemüht, nicht zu schluchzen. Sein offensichtlicher Kampf um Selbstbeherrschung berührt mich tief.

„Das verstehe ich", sage ich, und es ist wahr. Obwohl ich seine Eltern nicht kenne und keine Ahnung habe, wie sein Haus aussieht, sehe ich alles wie in einem Film vor mir, und ich fühle Saschas Verzweiflung und die Demütigung, als erlebte ich das alles selbst. Das Entsetzen von vorhin und meine Wut, sie sind verschwunden, vollkommen, und ich stehe auf und gehe auf Sascha zu. „Darf ich?", frage ich leise.

Er löst die Hände von den Greifreifen und nickt.

Ich setze mich auf seinen Schoß und umarme ihn und drücke ihn fest an mich. Es tut so gut, seine Körperwärme zu spüren und seinen Duft einzuatmen, meine Wange berührt seinen Hals, und er legt seine Arme um mich und hält mich.

Wir weinen beide. Ich fühle so viel in mir, seinen Schmerz, seine Verzweiflung, unsere Angst, die noch da sind, aber an Macht verloren haben. Erleichterung. Meine und vielleicht auch seine. Und in alledem auch einen Funken Glück. Weil wir zusammen weinen. Weil ich mir das früher immer gewünscht habe, dass er das zulässt. Weil wir die Situation eben beide ausgehalten haben, ohne zu fliehen. Weil wir reden, auch wenn es Kraft kostet. Weil wir uns lieben, so sehr.

Lange sitzen wir so da. Irgendwann weinen wir nicht mehr. Sascha lockert seine Umarmung, und ich löse mich von ihm.

„Warum hast du ihnen heute von mir erzählt?", frage ich leise.

„Wegen dem Puzzle", sagt er rau. „Du hast gesagt, du willst es weiterspielen."

„Ja."

„Ich will es auch weiterspielen, Fredi."

„Das ist schön."

„Hm." Er sieht mich an, lange, sagt aber nichts mehr. Seine Beine fangen an zu zittern. Ich steige von seinem Schoß ab, setze mich wieder auf den Küchenstuhl. Sascha stützt sich im Rolli hoch, setzt sich wieder, hebt nacheinander beide Beine an und stellt sie wieder auf die Fußraste. Es hilft.

„Ich hab gesagt, ich war Radfahren mit dir", sagt er dann. „Wer ist Fredi?, hat meine Mutter gefragt. Meine Freundin, habe ich geantwortet. Es war ganz einfach, das zu sagen. Aber dann hat meine Mutter meinem Vater zugerufen: Er hat eine Freundin, sie waren zusammen Fahrradfahren!, und danach hat sie mich gefragt, wo ich dich kennengelernt habe und ob du auch im Rollstuhl sitzt, und als ich gesagt habe, in einer Kneipe, und dass du Fußgängerin bist, hat sie mich mit ihrer Freude überschüttet, dass es nicht mehr auszuhalten war. Natürlich hat sie uns eingeladen, wir sollen kommen, so bald wie möglich, sie freuen sich schon."

„Wenn du willst, können wir gleich nächste Woche fahren. Meine Hausarbeit ist so gut wie fertig, Handballtraining beginnt erst am vierten September, und ..."

„Und wenn ich nicht will?"

Er muss wollen. Wir müssen das machen. Uns gegenseitig den Eltern vorstellen, die Heimat des anderen kennenlernen, von früher erfahren ... all das, was wir damals ausgeblendet haben, gehört zum Es-Diesmal-Besser-Machen dazu. Zu unserem Puzzle. Er hat gesagt, er will es auch weiterspielen. Wir müssen da durch. Wir beide. Es gibt kein Zurück.

Aber ich weiß auch, ich kann ihn nicht zwingen. Deshalb sage ich nichts, hebe nur leicht die Schultern und versuche, irgendwie mein Herz zu beruhigen, das mit jeder Sekunde härter gegen meine Rippen hämmert.

Er schaut mich an, und ich kann sehen, wie er mit sich ringt.

„Augen zu und durch, hast du gesagt", sagt er schließlich.

„Ja. Ich glaube nicht, dass irgendwas leichter wird, wenn wir es vor uns herschieben. Eher im Gegenteil. Außerdem bin ich auch gespannt auf deine Heimat. Auf euer Dorf, euer Haus, deine Familie, deine Freunde."

„Und was, wenn ..." Er setzt seinen Satz nicht fort, beißt sich stattdessen auf die Lippe. Dann schließt er die Augen, atmet tief durch und sagt: „Okay. Nächsten Donnerstagmittag fahren wir los. Ich hab vorher noch Physio. Und spätestens Sonntagabend sind wir wieder zurück. Montag hab ich nämlich auch Physio, um zehn."

Erst als er fertig ist mit sprechen, öffnet er die Augen wieder. Ein winziges Grinsen schimmert da durch seine Angst, ein bisschen spitzbübisch, nicht ohne Schwermut und auch nur ganz kurz, aber ich sehe es. *Augen zu und durch.* Sogar in dieser Situation hat er seinen Humor nicht verloren.

„Einverstanden", sage ich leise. Ich stehe auf und küsse ihn zärtlich auf die Lippen. „Ich freue mich."

„Hm." Er schiebt mich von sich und sieht mich nachdenklich an. „Ich glaube kaum, dass *freuen* in diesem Fall ein angemessenes Wort ist."

Ich richte mich auf und trete einen Schritt zurück. „Vielleicht läuft es ja besser, als wir denken. Bei meinen Eltern war es ja auch viel besser als erwartet."

„Vielleicht besser, als *ich* denke. Das wäre zu hoffen. Aber besser, als *du* denkst ... Wohl kaum."

„Du klingst, als wäre der Besuch bei deinen Eltern ein Himmelfahrtskommando."

Sascha hebt die Schultern. „Hoffentlich ist er das nicht." Er sagt es ganz leise, vielleicht sogar mehr zu sich selbst als zu mir, aber ich habe es verstanden. Während ich noch überlege, ob ich etwas darauf sagen soll, und wenn ja, was, sagt er: „Ich geh Stehtraining machen. Ich sitze seit heute früh ununterbrochen im Rolli."

Er dreht seinen Rollstuhl und steuert auf die Küchentür zu. Ich stehe immer noch mitten in der Küche und weiß nicht, was ich tun soll. Bleibe ich heute Nacht hier? Ist das mittlerweile selbstverständlich? In den vergangenen Wochen hat immer einer von uns gefragt, obwohl es eigentlich klar war, dass der andere ja sagen würde. Aber vielleicht will Sascha heute lieber allein sein. Damals, am Tag unserer Trennung, da hat er mir am Beeke-Deich offenbart, wie viel Kraft es ihn gekostet hat, dass er nie mal für sich sein konnte, wenn es ihm schlecht ging. Vielleicht braucht er heute Zeit für sich, um sich innerlich auf unseren Besuch bei seinen Eltern vorzubereiten. Oder um nochmal zu überdenken, ob er das wirklich will.

„Sascha?"

Er hält an, dreht sich zu mir um.

„Möchtest du heute Abend und heute Nacht allein sein?" Wie kann das Aussprechen einer einzigen Frage so wehtun?

Er schaut mich an, während er langsam den Kopf schüttelt. „Du?"

Ich gehe auf ihn zu und strecke ihm meine Hand entgegen. Er löst eine Hand vom Greifreifen, schiebt seine Finger zwischen meine und zieht sanft, aber kräftig, sodass sein Rolli sich ein paar Zentimeter schräg nach vorn bewegt, bis er mit seinem Oberkörper ganz nah an meinem ist.

Ich lege meine Hand auf seine Schulter, beuge mich vor und berühre mit meiner Stirn die seine. „Ich möchte hierbleiben", flüstere ich. „Hier bei dir."

Er küsst mich, nur mit den Lippen, aber die Berührung fühlt sich so intensiv an, als wären alle meine Sinneszellen in diesem Moment dort. Und in meiner Nase, die Saschas Geruch aufnimmt, diese unwiderstehliche Mischung aus Waschmittel- und Sonnencreme- und Sascha-Duft. Ich lasse meine Lippen an seinen, spüre der Berührung nach, suche und finde seine Zunge, und wir beide ignorieren seine Beine, die jetzt vehement das Stehtraining einfordern. Wir geben uns unserem Kuss hin, dem Feuerwerk aus Liebe und Erregung, das er entfacht, und ich weiß gar nicht, was schöner ist, mein eigenes Feuerwerk zu spüren oder seines.

„Ich muss aus dem Rolli", murmelt Sascha irgendwann. „Ich *muss*."

Ich löse mich von ihm. „In den Stehtrainer? Oder geht auch das Bett?"

„Bett müsste auch gehen."

Auf dem Weg ins Schlafzimmer muss Sascha zweimal anhalten, um seine Beine zu richten, und der Transfer ins Bett ist für ihn eine echte Herausforderung, doch gerade scheint ihm das nichts auszumachen. Er lässt sich sogar von mir die Schuhe ausziehen und anschließend seine krampfenden Beine weiter auf die Matratze heben, vielleicht deswegen, weil seine Lust auf mich genauso groß ist wie meine auf ihn und es für uns beide schon hart genug war, nicht einfach in der Küche weitermachen zu können.

Als wir endlich im Bett liegen, finden unsere Körper wie von selbst zueinander, wir wechseln zwischen sanften, liebevollen Küssen und fordernden, ungestümen, wir ziehen uns gegenseitig die Oberteile aus, quälend langsam und sinnlich, und sogar meine Fingerkuppen, die ich über Saschas Körper gleiten lasse, nehmen heute alles besonders intensiv wahr. Seine straffe Haut, das Relief seines Brustkorbs, die weiche Kuhle über seinem Schlüsselbein, seine hart pulsierende Halsschlagader. Seine Ohrmuschel und die kurzen Haare in seinem Nacken. Ich spüre dem wohligen Schauer nach, den seine Hand auslöst, während er mir zärtlich durch die Haare krault, und ich fühle seine andere Hand, die er über meine Brust streichen und sich langsam, ganz langsam, immer weiter nach unten vorarbeiten lässt. Es gibt nur noch ihn und mich und unsere Lust aufeinander, der wir immer mehr nachgeben und die wir gleichzeitig sich immer weiter steigern lassen, und es ist das pure Glück, am Ende zusammen mit ihm den letzten Rest an Kontrolle fallenzulassen und zu fliegen, himmelhoch und jauchzend, klammernd und loslassend, er und ich.

2. WEIL ES WEHTUT.

– 24. bis 29. August 2012 –

Es ist unübersehbar, wie Saschas Anspannung immer größer wird. Je näher der Donnerstag rückt, desto krampfhafter sucht er Beschäftigung, und so gehen wir am Samstag in die Stadt und am Sonntag ins Freibad, unternehmen am Montag eine Radtour zu den Hemminger Teichen und besuchen am Dienstag das Landesmuseum. Abends treffen wir uns am Samstag mit Max und Philipp zum Doppelkopf, und am Dienstag kochen wir zusammen mit Ulrike und ihrer Freundin Salome bei uns in der Wohnung. Sascha lässt sich sogar auf einen Filmabend zu viert ein, obwohl er *Casino Royale* schon kennt.

Am Mittwoch schließlich treffen wir uns nach einer gemeinsamen Nacht in meiner Wohnung mit Sarah und Hannes im Zoo. Selbst den beiden fällt auf, dass Sascha häufig mit seinen Gedanken woanders zu sein scheint. Sascha behauptet, alles wäre normal, wahrscheinlich will er nicht darüber reden. Im Laufe des Nachmittags ergibt es sich, dass wir auch mal getrennt von Gehege zu Gehege schlendern, Hannes und Sascha zusammen und Sarah und ich etwas weiter vorn oder weiter hinten. Ich weiß nicht, was die Jungs bereden, ich jedenfalls erzähle Sarah von dem Besuch bei meinen Eltern und unserem Vorhaben ab morgen. Sie freut sich, dass es bei meinen Eltern gut lief, und drückt uns die Daumen für Gannermühle. Und sie erzählt, dass es für sie sehr anstrengend ist, wenn sie bei Hannes' Eltern sind. Hannes sei dort nämlich anders als sonst. Er wirke irgendwie unselbstständig und begehre nie auf gegen die übertriebene Fürsorge seiner Eltern. Sie sei immer froh, wenn sie zurück in Hannover seien und Hannes sich wieder normal benehme.

Am Abend sehen Sascha und ich bei ihm zu Hause fern. Als wir schließlich ins Bett gehen, ist er so angespannt, dass er keine Zärtlichkeiten will. Er wälzt sich neben mir hin und her und hat wiederholt mit Spasmen zu kämpfen, und es ist ihm extrem unangenehm, dass sie auch mich vom Schlafen abhalten. Schließlich begibt er sich noch einmal für eine halbe Stunde in den Stehtrainer und meint, ich solle mit dem Einschlafen nicht auf ihn warten. Natürlich wache ich auf, als er später wieder ins Bett kommt, aber ich lasse es mir nicht anmerken. Vielleicht fällt es ihm leichter, sich zu entspannen, wenn er denkt, dass ich schon schlafe. Heimlich lausche ich seinen Atemgeräuschen, die mit der Zeit immer ruhiger werden, und irgendwann schlafe auch ich ein.

– 30. August 2012 –

Schon lange bevor der Wecker am Donnerstagmorgen klingelt, wache ich auf. Auch Sascha schläft nicht mehr. Steif liegt er auf dem Rücken, die Augen geschlossen, und nach jedem Einatmen hält er die Luft an, sekundenlang, bevor er wieder ausatmet. Ich rücke an ihn heran, lege meinen Kopf an seinen Arm und meinen linken Arm auf seine Brust. Normalerweise würde er sich mir zuwenden, aber er bleibt starr liegen. Seine Nervosität ist so greifbar, dass sie auf mich überspringt, ich spüre sie bei jedem Atemzug, als säße sie irgendwo zwischen meiner Lunge und meinem Hals, schmerzend und mächtig. Nur ein paar Minuten bleibe ich noch liegen, dann halte ich es nicht mehr aus. Ich schlage vor, dass wir aufstehen, und er ist sofort einverstanden.

Beim Frühstück drängt sich mir die Erinnerung an das Frühstück letztes Jahr im März auf, das sich wie eine Henkersmahlzeit angefühlt hat. Danach ist Sascha zu seinen Eltern gefahren, allein, ich hab ihm gesagt, er soll seiner Mutter meine Geburtstagsglückwünsche ausrichten. Mach ich, hat er gesagt, und es fühlt sich furchtbar an, daran zu denken und zu wissen, dass er mich damals glatt angelogen hat. Denn wenn seine Eltern von meiner Existenz keine Ahnung hatten, wird Sascha gewusst haben, dass er die Glückwünsche *nicht* ausrichten wird. Oder hatte er vor, seinen Eltern von mir zu erzählen, und dann hat er es doch nicht hingekriegt? Einen Tag nach der Rückkehr von seinen Eltern hat er sich von mir getrennt.

Auch jetzt essen wir schweigend, ohne Appetit, und wenn wir uns ansehen, hält Sascha den Blick höchstens kurz. Dabei ist es doch nur für vier Tage, und wenn es uns dort nicht gut geht, können wir wieder abreisen. Ich sage es mir immer wieder, gebetsmühlenartig, aber es hilft nichts. Das ungute Gefühl bleibt.

„Wollen wir doch lieber hierbleiben?", frage ich schließlich.

Aber Sascha schüttelt den Kopf. „Wir müssen es ja doch irgendwann machen."

„Wenn es zu schlimm wird, fahren wir einfach früher, okay?"

„Ja." Sein Blick wirkt rastlos. So, als stünde diese Möglichkeit nicht ernsthaft zur Verfügung. Oder als würde die Möglichkeit einer vorzeitigen Abreise das Problem nicht lösen.

Als wäre es sowieso schon zu spät.

Während Sascha bei der Physiotherapie ist, packe ich zu Hause meinen großen Rucksack für die vier Tage in Gannermühle, und um elf Uhr treffen wir uns in Saschas Wohnung. Sascha schafft es kaum, mir in die Augen zu sehen, als wir uns begrüßen, und während wir das Auto mit meinem Rucksack, Saschas Sporttasche und seinem Wohnungsrolli beladen, reden wir fast nichts.

Dann fahren wir los. Die Sonne scheint, der Himmel ist blau, im Radio singen Empire Of The Sun *We Are The People*, und während wir schweigend die Hildesheimer Straße entlang und anschließend auf den Südschnellweg auffahren, keimen trotz aller Sorgen immer mehr Neugier und Vorfreude in mir auf. Ich schaue zu Sascha rüber und stelle fest, dass er leicht im Takt der Musik mitwippt und stumm den Text mitspricht. Ich lächele ihn an, und für einen Moment nimmt er den Blick von der Straße, um mich anzusehen und zurückzulächeln. Es ist nur ein kleines, unsicheres Lächeln, aber es zu sehen, hilft mir trotzdem.

An der Schleuse Anderten biegen wir auf die A7 ab. Die Autobahn ist frei, und wir brausen mit knapp 150 Stundenkilometern nach Norden. Nach den Nachrichten folgen mit *Helele* und *Pumped Up Kicks* zwei aktuelle Songs, die ähnlich rhythmisch sind, und weder Sascha noch ich können verhindern, dass wir uns der Musik hingeben und uns mit unseren Oberkörpern und Köpfen zur Musik bewegen, erst verhalten, dann immer offener.

Ich stelle das Radio lauter. Der Beat von *Pumped Up Kicks* dröhnt in den Lautsprechern und geht tief in mich rein. Es ist immer wieder erstaunlich, wie sehr Musik einen mitreißen und die eigene Stimmung beeinflussen kann. Dazu das schöne Wetter und die Geschwindigkeit, mit der wir unterwegs sind … Ich fühle mich auf einmal viel besser als vor unserer Abfahrt, und auch Sascha wirkt entspannter, fast schon gelöst, so wie er mit der Musik mitgeht und mit seinen Lippen beim Refrain das „Pumped Up Kicks" stumm mitsingt. Als danach *Alors on danse* gespielt wird, schaut er mich grinsend an, und ich denke plötzlich, wie sehr ich dieses Grinsen mag und wie gut es mir tut, es zu sehen.

Ich kann nicht gut genug Französisch, um das Lied in allen Einzelheiten zu verstehen, aber ich glaube, es geht darum, dass das Leben nicht leicht ist, aber dass man trotzdem tanzen geht, um die Probleme zu vergessen. Im zweiten Teil singt der Interpret „Alors on chante" – „Also singen wir".

„Also gut, singen wir", sagt Sascha.

Ich drehe die Lautstärke noch weiter auf, und wir beide nehmen mit unseren Oberkörpern den Rhythmus auf und singen das „Alors on chante" und das „Alors on danse" mit.

Am Kreuz Hannover-Kirchhorst wechselt Sascha auf die A 37 in Richtung Celle, die nach kurzer Zeit in die B3 übergeht. Der französischsprachige Song verklingt, und die Moderatoren melden sich zu Wort und kündigen den nächsten an: *Schwarz zu Blau*. Gegen Ende der Anmoderation sind schon die anschwellenden Streicherklänge des Liedes und das weit entfernte Hundegebell zu hören, und pünktlich nach dem letzten Wort der Moderatoren setzen der Beat und der Sprechgesang von Peter Fox ein. Ich kenne das Lied gut und mag es, aber Sascha kann es anscheinend komplett auswendig. Er singt – oder vielmehr spricht – den Text lückenlos mit, so, als hätte er das Lied schon tausendmal mitgesungen. Er fährt langsamer, hat sich rechts eingeordnet, wahrscheinlich, damit er sich weniger auf das Fahren konzentrieren muss. Er und Peter Fox rappen über das morgendliche Berlin, und auch, wenn ich manche der Textstellen mitsprechen könnte, tue ich es nicht, einfach, weil es so schön ist, Sascha zuzuhören und ihm zuzusehen. Er hält den Rhythmus, trifft jede Silbe auf den Punkt, er spricht den Text gekonnt und lässig.

Beim Refrain stimme ich mit ein, er ist melodisch und hat Atmosphäre – das hässliche Berlin, staubig und grau, die Nächte, die einen auffressen, aber während der Ich-Erzähler durch die Straßen geht und der Morgen naht, wird langsam Schwarz zu

Blau. Wie hier bei uns, weil wir laut Musik hören, weil wir zusammen singen, weil das etwas mit uns macht. Das Dunkel schwindet, da sind auf einmal Leichtigkeit und Mut und vielleicht auch ein bisschen Glück. Auch wenn die Schwere noch immer in uns lauert, gerade hat sie keine Macht über uns.

Die gelöste Stimmung bleibt, während wir die B3 weiter entlangrauschen. Rechts und links ziehen ausgedehnte Getreide- und Maisfelder an uns vorbei. Bald biegen wir auf eine deutlich kleinere Straße ab. Auch sie wird von Feldern gesäumt. Das Getreide leuchtet goldgelb in der Sonne. Einige Felder sind schon abgeerntet. Manchmal fahren wir durch kleine Waldstücke. Obwohl wir gerade erst die Bundesstraße verlassen haben, kommt es mir vor, als würden wir durch ein Niemandsland fahren, denn außer an zwei einsamen Bauernhöfen kommen wir an keiner Siedlung vorbei.

Dann taucht links der Straße eine größere Ansammlung von Häusern auf. Das wird Gannermühle sein. Ich erkenne die Bushaltestelle an der Kreisstraße, die ich im Internet gesehen habe, und den Abzweig ins Dorf. Freudige Aufregung erfasst mich, während Sascha den Blinker setzt und links abbiegt.

„Da sind wir", sagt er, als wir das Ortsschild passieren. Seine Stimme klingt heiser. „Das ist meine Heimat."

Wir fahren auf den Dorfplatz zu. Rechts der Straße befindet sich ein Bauernhof mit einem sehr repräsentativen Haupthaus an der Straße. Die Fassaden des dreistöckigen Hauses sind rot verklinkert und mit Zierelementen versehen, der Eingangsbereich ist in Fachwerkbauweise gehalten und hat in der Mitte einen kleinen Giebel. Als Nächstes passieren wir die Dorfkirche, die mit ihren Feldsteinmauern, ihren aus Backsteinen gemauerten Stützpfeilern und dem dicken, niedrigen Glockenturm sehr trutzig wirkt. Auf der anderen Straßenseite stehen normale Einfamilienhäuser.

Hinter der Kirche mündet die Zufahrtsstraße in den Kreisverkehr um den Dorfplatz. Saschas Golf wird durchgerüttelt, während wir langsam über das Kopfsteinpflaster fahren. Der runde Dorfplatz ist sogar noch schöner, als ich ihn mir bei meinem virtuellen Besuch vorgestellt habe. Die eine Hälfte wird vom Löschteich eingenommen, die andere Hälfte ist teils mit Rasen bewachsen, teils gepflastert. Zwei Bänke und drei unterschiedlich große Findlinge zieren den Platz. Besonders gefallen mir die stattlichen Eichen, die auf dem Platz wachsen und ihn beschatten.

„Der eine Stein hat ja eine Aufschrift", stelle ich fest. „Was steht da drauf?" Ich konnte es im Vorbeifahren nicht erkennen.

„Gannermühle wurde 2007 Landessieger bei dem Wettbewerb *Unser Dorf hat Zukunft*. Davon ist der Gedenkstein."

„Oh, wow. Ist das so was wie *Unser Dorf soll schöner werden?*"

„Das ist exakt dasselbe. Der Wettbewerb wurde umbenannt. Die meisten Leute kennen trotzdem eher den alten Namen."

„Stimmt." Von dem neuen Namen habe ich noch nie gehört. Dabei muss es ihn ja mindestens seit 2007 geben.

Sascha fährt noch langsamer, sodass ich alles in Ruhe angucken kann. Es geht weiter gegen den Uhrzeigersinn um den Dorfplatz an zwei weiteren Höfen und dem Gebäude der Freiwilligen Feuerwehr vorbei. Die Straße, die zwischen dem zweiten Hof und dem Haus der Freiwilligen Feuerwehr vom Dorfplatz abgeht, wirkt etwas breiter als die anderen beiden, die wir schon passiert haben. Ich werfe im Vorbeifahren einen Blick hinein und kann sehen, dass das Dorf in diese Richtung noch länger weitergeht als bei den kleineren beiden Abzweigungen. Sowohl Höfe als auch normale Einfamilienhäuser sowie einige Bäume, wahrscheinlich ebenfalls Eichen, säumen die Straße.

Nachdem wir an der Feuerwehr vorbeigefahren sind, fährt Sascha rechts ran und stellt den Motor ab.

„Hier ist unser Haus", sagt er, und auch wenn die Nervosität ihn unüberhörbar wieder im Griff hat, klingt es doch ein bisschen feierlich – und vielleicht sogar ein wenig stolz.

„Das hier?" Ich deute auf das große Gebäude neben uns.

„Ja", antwortet Sascha.

Das Haus war definitiv auch mal das Haupthaus eines großen Bauernhofes – oder ist es noch –, denn es ist in der gleichen Bauweise errichtet wie die anderen hier im Ort. Der Sockel ist aus Feldsteinen, ebenso wie die niedrige Mauer, die den schmalen Vorgarten vom Bürgersteig abgrenzt. Der Rest des Hauses ist hauptsächlich aus roten Backsteinen gebaut, mit waagerechten

Zierleisten aus andersfarbigen Ziegelsteinen über die gesamte Fassadenbreite. Der Eingangsbereich ist auch bei diesem Haus von einem Erker mit einem kleinen Giebel überspannt. Vier gemauerte Säulen vor dem Eingang tragen den Balkon, der dem Obergeschoss vorgebaut ist, und im Dachgeschoss gibt es ein Erkerzimmer in Fachwerkbauweise mit zwei Fenstern. Das Haus ist definitiv schon alt, aber es scheint gut in Schuss gehalten worden zu sein.

„Wow, ist das groß. Und schön!"

„Danke." Er lächelt. „Steig mal aus!"

Draußen empfängt mich angenehm kühle Sommerluft. Die Blätter der Eichen über mir flüstern im leichten Wind, und es riecht nach Wasser. Ich gehe ein paar Schritte vorne ums Auto herum und lasse meinen Blick über den Dorfplatz schweifen. Er wirkt so friedlich und freundlich, schon allein, weil es hier schattig ist, aber auch die ganze Anlage mit dem Teich, dem kleinen Platz mit den Bänken, der gepflasterten Straße und den um den Platz angeordneten Backsteinhäusern ist wunderschön.

Neben mir baut Sascha seinen Rolli zusammen und steigt aus dem Auto aus. Auf den Hinterrädern über das Kopfsteinpflaster balancierend kommt er zu mir und lässt dann den Rollstuhl wieder auf alle vier Räder kippen. „Gefällt es dir?"

„Sehr. Kein Wunder, dass ihr bei diesem Wettbewerb gewonnen habt, so schön, wie es hier ist."

„Bei dem Wettbewerb geht es nicht in erster Linie um die Schönheit, sondern vor allem um das Zusammenleben der Menschen im Dorf. Dass die Leute hier gerne wohnen und eine Zukunft für sich sehen, anstatt in die Städte abzuwandern."

„Können das alle hier im Dorf so perfekt rezitieren?"

Sascha kippt seinen Rollstuhl an und rollt auf den großen Rädern in Richtung Bürgersteig. „Viele wahrscheinlich schon. Alle, die sich engagiert haben damals. Und die sich heute noch engagieren." Er setzt mit den kleinen Lenkrollen auf dem Bürgersteig auf und fährt mit Schwung die niedrige Bordsteinkante hoch. Ich folge ihm. Auf dem Bürgersteig angekommen, wendet er sich mir wieder zu. „Mein Vater als Ortsvorsteher und meine Mutter waren und sind federführend und mit Hingabe dabei, Gannermühle als modernes und lebendiges Dorf zu erhalten, deshalb gehöre auch ich zu denen, die das so perfekt rezitieren können."

„Ortsvorsteher", wiederhole ich nicht ohne Bewunderung. „Also sind deine Eltern sozusagen Berühmtheiten hier?"

„Hier kennt eh jeder jeden, da muss man nicht berühmt sein."

Ich mag es, wie lapidar er solche Sätze sagt.

Plötzlich stößt er mich von der Seite an. „Wenn man vom Teufel spricht ..."

Ich folge seinem Blick in Richtung seines Elternhauses. Eine Frau, ungefähr im Alter meiner Mutter, mit kinnlangen dunkelblonden Haaren, eilt freudestrahlend auf uns zu. Sie trägt eine dunkelblaue Capri-Jeans und eine schlichte hellblaue Bluse mit halblangen Ärmeln, dazu flache Sandalen mit dünnen hellbraunen Lederriemen. „Sascha!", ruft sie auf halbem Weg, und dann, als sie uns erreicht hat: „Wie schön, dass ihr da seid!"

Sie begrüßt zuerst Sascha, und ich kann genau sehen, dass sie kurz innehält, bevor sie sich zu Sascha vorbeugt, um ihn zu umarmen. So, als fiele es ihr noch immer schwer, sich auf die veränderte Art des Umarmens einzulassen.

„Hallo, Mama." Sascha legt die Arme um seine Mutter, für zwei, drei Sekunden, dann löst er sich von ihr und rollt etwas zurück. „Das ist Fredi", sagt er dann.

Sie wendet sich mir zu und gibt mir die Hand.

„Herzlich willkommen." Ihr Lächeln wirkt warmherzig und offen. „Ich bin Andrea."

„Danke." Hat sie mir jetzt das Du angeboten? „Ich bin Fredi."

Scheiße, das hat Sascha doch schon gesagt. Egal.

„Kann ich was tragen helfen?", erkundigt sich Saschas Mutter.

Andrea.

Sie hat die gleichen dunklen Augen wie Sascha. Und auch die schmale, gerade Nase hat er wohl von ihr.

„Meine Sporttasche, wenn du willst", sagt Sascha.

Ich gehe zum Auto, öffne den Kofferraum und reiche Andrea Saschas Tasche. Sie hängt sich den Trageriemen über die Schulter und geht vor in Richtung Haus. Ihre Schritte sind leichtfüßig, trotz der schweren Tasche. Überhaupt wirkt sie sportlich. Vielleicht macht sie auch Leichtathletik, oder sie joggt regelmäßig.

Ich setze mir meinen Rucksack auf, schließe den Kofferraum

und hole anschließend den Rollstuhlrahmen und die Räder von Saschas Wohnungsrolli aus dem Auto. Da ich weiß, wie sehr Sascha es hasst, nutzlos rumzustehen, überlasse ich das Zusammenbauen ihm. Er ist es auch, der den Rolli die zehn, fünfzehn Meter zum Hauseingang vor sich herschiebt.

Vier Stufen führen vom Vorgarten zu dem erhöhten Plateau vor der Haustür unter dem Balkon. Erst jetzt sehe ich, dass Saschas Eltern rechts vom Haus eine lange Rampe aus Beton haben bauen lassen. Sie führt von dem Bereich zwischen Gartenpforte und den Stufen bis zum Ende des Hauses und von dort wieder zurück. Sie war erst nicht sichtbar, weil auf beiden Seiten des Hauses hinter der Gartenmauer niedrige Büsche gepflanzt sind.

Sascha überlässt mir den Rolli und fährt die Rampe hoch. Ich schiebe den Rollstuhl hinter Sascha her und folge ihm auf den erhöhten Eingangsvorplatz unter dem Balkon. Die kleine Mauer, die das Plateau rechts und links umgibt, wurde auf der Seite, wo die Rampe endet, vermutlich extra entfernt. Ich wüsste gerne, wie es sich für Sascha angefühlt hat, dass seine Eltern für ihn diese Umbauten haben machen lassen. Und wie es jetzt für ihn ist, wenn er sie benutzt. Ob er sich freut, dass sie den Eingang für ihn barrierefrei gemacht haben, oder ob er es schrecklich findet, darauf angewiesen zu sein. Eine Schönheit ist die Rampe nicht gerade.

Saschas Mutter hält uns die Haustür auf. „Kommt rein!"

„Was sollen wir auch sonst tun", murmelt Sascha.

Es ist laut genug, dass Andrea es hört. Sie zuckt zusammen und presst die Lippen aufeinander.

„Gern", sage ich, während ich hinter Sascha an ihr vorbeigehe und das Haus betrete.

Wow, was für ein Flur! Es ist fast eine Halle. Die Fenster rechts und links der Haustür lassen viel Licht in den Raum. Der Fußboden ist mit einem Muster aus rötlichen und hellbeigen matten Kacheln gefliest. In der Mitte liegt ein großer rötlicher Teppich, ein Perserteppich, glaube ich. Die Garderobe auf der linken Seite ist offenbar aus dem gleichen alten Holz wie die antike Truhe daneben. Die modernen metallenen Haken, die in den verschiedensten Höhen an dem breiten Paneel der Garderobe angebracht sind, bilden einen sehr schicken Kontrast dazu.

Vom Flur gehen drei weiße Türen ab, und rechts im hinteren Teil führt eine weiß gestrichene hölzerne Treppe nach oben. Der Treppenlift ist weiß und im Moment an die Wand geklappt, wirkt aber trotzdem wie ein erschreckend klobiger Fremdkörper in diesem stylischen Flur.

Während Sascha in seinen Wohnungsrolli übersetzt und den Draußenrollstuhl anschließend rechts an der Wand neben den drei unterschiedlich hohen Blumenständern vor dem Fenster parkt, ziehe ich mir die Schuhe aus und stelle sie in das perfekt zu den Garderobenmöbeln passende Schuhregal unter dem linken Fenster. Als ich fertig bin, steht Sascha noch immer in der Ecke neben den Blumen und seine Mutter neben der geöffneten Haustür, beide wie eingefroren.

„Schöner Flur", sage ich, bloß um irgendwie diese Stille zu durchbrechen, die plötzlich alles hier zu erdrücken scheint. „Mir gefällt diese Mischung aus Alt und Neu."

„Danke", sagt Andrea. Endlich bewegt sie sich, schließt die Haustür und geht ein paar Schritte in den Flur hinein. „Ich muss zurück in die Küche. Ihr kommt allein zurecht?"

„Natürlich", sagt Sascha.

„Ich sag euch dann Bescheid, wenn es Essen gibt." Saschas Mutter verschwindet durch die mittlere Tür. Auch wenn sie sie gleich wieder hinter sich schließt, kann ich einen Blick auf das Dahinter erhaschen und erkenne eine modern eingerichtete Küche.

„Was willst du zuerst sehen?", fragt Sascha. Seine Stimme klingt seltsam hohl.

„Das, was du mir zuerst zeigen willst", antworte ich.

Warum guckt er mich jetzt an, als würde ihn die Entscheidung vollkommen überfordern? Ist irgendetwas zwischen den Zeilen passiert, von dem ich nichts mitgekriegt habe? Oder ist es nur seine Angst vor dem, was kommt, die ihn so lähmt?

„Mein Zimmer?", fragt er schließlich. „Da können wir gleich unser Gepäck lassen."

Mit fällt auf, dass ich immer noch meinen Rucksack auf dem Rücken trage. „Okay, gern."

Er fährt in Richtung Treppe. Während er einen Knopf am Treppenlift drückt und der mit dem Absenken der Plattform und des vorderen Haltebügels beginnt, fragt Sascha: „Kannst du meine Tasche mit hochnehmen?"

„Klar." Ich nehme die Tasche und gehe ebenfalls zur Treppe.

Die Plattform des Lifts ist kaum weniger breit als die Treppe, und so bleibe ich hinter Sascha stehen, bis er auf die Plattform gerollt ist und erneut einen Knopf gedrückt hat, der hintere Haltebügel sich senkt und der Lift sich schließlich entlang der an der Wand angebrachten Schienen die Treppe hochbewegt. Wie in Zeitlupe gehe ich hinter Sascha die Treppe hoch. Auf der drittletzten Stufe muss ich warten, bis er die Plattform verlassen und der Lift sich wieder hochgeklappt hat.

„Tut mir leid, dass es so lange dauert." Sascha sieht mich nicht an, während er es sagt.

„Jetzt sind wir ja oben." Ich schließe zu ihm auf, stelle die Tasche ab und schaue mich im Flur um. Er ist hier oben genauso groß wie unten, wirkt aber noch heller und großartiger. Dort, wo unten die Haustür ist, befindet sich eine doppelflügelige Balkontür, rechts und links direkt daneben sind zwei normale Fenster. Seitlich davor steht ein kleiner Tisch mit zwei modernen Lesesesseln, und die Wände des Flurs sind bis unter die Decke mit Bücherregalen bedeckt, sogar über den Türen.

„Habt ihr viele Bücher!", entfährt es mir. „Wer liest die alle?"

Ehrfürchtig gehe ich an dem rechten Regal entlang und lasse meinen Blick über die Buchrücken gleiten. Ich entdecke Romane nahezu jedes Genres, aber auch Unmengen von Bildbänden, Sachbüchern, ein fünfundzwanzigbändiges Lexikon. Manche Bücher sind neu, viele sind sicher bereits mehrere Jahrzehnte alt.

„Meine Eltern, meine Schwestern, ich ..." An der Art, wie Sascha es sagt, kann ich sein Schulterzucken geradezu hören. Gesehen habe ich es nicht, weil ich noch immer fasziniert die Bücher anschaue. „Und Leute aus dem Dorf. Das hier ist so was wie die inoffizielle Bibliothek von Gannermühle."

„Okay ..." Jetzt wende ich mich doch Sascha zu, der neben mir steht und mich anschaut. Einfach, um seinen Gesichtsausdruck zu sehen. Er ist so ungerührt, wie ich es vermutet hatte. „So richtig mit Ausleihsystem und Rückgabedatum?"

Er schüttelt den Kopf. „Nee. Einfach so. Man leiht sich was

aus und bringt es zurück, wenn man es durchgelesen hat."

„Und da kommt nie was weg?"

„Doch. Aber nur sehr selten."

„Cool." Ein besseres Wort habe ich gerade nicht dafür.

Ich gehe an den Sesseln vorbei und zur Balkontür. „Ein Flur mit Balkon, das ist echt was Besonderes."

„Eigentlich nicht", sagt Sascha. „Das haben einige Häuser in der Gegend. Diese Häuser wurden alle um 1900, 1910 gebaut. Damals waren die Landwirte sehr wohlhabend, deshalb hat fast jeder Hof in der Gegend ein großes und stattliches Haupthaus. Der Boden hier ist fruchtbar, und die Ländereien, die zu jedem Hof gehörten, waren riesig."

„Sind deine Eltern Landwirte?" Wie ein Schlag trifft mich die Erkenntnis, wie beschämend es ist, dass ich das fragen muss. Dass ich das nicht weiß, nach so langer Zeit.

„Nein. Meine Großeltern haben nach und nach immer mehr Felder verpachtet und die Maschinen verkauft und sich schließlich ganz aus der aktiven Landwirtschaft zurückgezogen, als klar war, dass keines ihrer Kinder Landwirt werden wollte. Mein Vater ist leitender Angestellter in einer großen Firma in Celle, die unter anderem Biogasanlagen entwickelt, vertreibt und technisch betreut. Und meine Mutter ist Lehrerin."

„Biogasanlagen?" Ich habe zwar mal davon gehört, aber was das genau ist, weiß ich nicht.

„Erklär ich dir später. Ich kann dir mal eine zeigen, es gibt hier einige in der Gegend. Aber lass uns doch erstmal unser Gepäck in mein Zimmer bringen."

„Okay." Ich wäre zwar gerne noch auf den Balkon gegangen und hätte von dort aus auf den Dorfplatz geschaut, aber wir sind ja voraussichtlich noch vier Tage hier.

Sascha steuert auf die von uns aus linke Tür zu, die offen steht, und fährt in den Gang hinein. Ich schnappe mir die Tasche und folge ihm.

Hier ist der Flur schmal und dunkel. Der Dielenfußboden ist kahl, aber am Ende scheint ein aufgerollter Teppich vor der Wand zu liegen. Nach rechts und links gehen je zwei Türen vom Flur ab. Sascha erklärt, dass links die beiden Zimmer seiner

Schwestern sind und sich rechts hinter der ersten Tür das Bad verbirgt. Seine Eltern haben ein eigenes Bad und ihr Schlafzimmer auf der anderen Seite der oberen Flurhalle. Früher, als der Bauernhof noch bewirtschaftet wurde, wohnte die Familie unten, und hier oben hatten die Angestellten ihre Zimmer, erzählt er.

Sascha öffnet die zweite Tür auf der rechten Seite, und wir treten in sein Zimmer ein. Es ist groß und hat zwei breite dreiflügelige Fenster. Auf dem hellen Dielenfußboden schimmert in der Mitte ein großes blasses Rechteck, wo das Holz deutlich weniger nachgedunkelt ist als im übrigen Raum. Die Möbel – ein breites Bett, ein Kleiderschrank, ein paar niedrige Regale, eine Kommode und der Schreibtisch – sind aus eher dunklem Holz. Die Wände sind weiß gestrichen, nur die rechte, vor der das Bett steht, ist tiefblau. Über dem Bett erkenne ich zwei Schrauben in der Wand, an denen bestimmt einmal ein großformatiges Bild gehangen hat. Wahrscheinlich das, was hinter dem Bett falschherum an der Wand lehnt und an der einen Seite ein paar Zentimeter hervorragt. Hinter dem Schreibtisch an der Wand unterhalb der Fenster entdecke ich den zusammengerollten Teppich.

Als ich die Tür zumache und unser Gepäck neben dem Bücherregal auf der linken Seite abstellen will, fällt mir auf, dass auch an dieser Wand einmal Bilder hingen. Jede Menge sogar. Die weißen Nägel und die leichten hellen Schattierungen auf der weißen Wandfarbe lassen darauf schließen, dass es ein Sammelsurium unterschiedlich großer Bilder war. Fotos vielleicht.

Schweigend stehen Sascha und ich im Raum. Ich würde gerne etwas sagen wie „Dein Zimmer gefällt mir", aber das wäre gelogen. Es war bestimmt mal schön, doch die fehlenden Bilder und der helle Nicht-Teppich-Fleck wirken wie klaffende Wunden, durch die in den letzten drei Jahren sämtliches Leben aus dem Zimmer rausgesickert ist. Und genauso sieht Sascha gerade aus: farblos und beklommen, jeglicher Leichtigkeit beraubt. Der Anblick tut mir mindestens genauso weh wie die Überforderung, die ich gerade empfinde, weil ich keine Ahnung habe, was ich jetzt tun oder sagen soll.

„Du sagst ja gar nichts", bemerkt Sascha irgendwann.

„Ich weiß nicht, was", gebe ich zu. Und dann beschließe ich, einfach die Wahrheit zu sagen. „‚Schönes Zimmer' passt nicht ganz. Es ist so … leer."

„Die Teppiche haben meine Eltern weggeräumt." Sein Blick ist nicht richtig geradeaus, aber er bemüht sich, mich anzusehen. „Früher waren sie Hindernisse für mich."

„Und jetzt?"

„Nicht mehr so sehr. Aber meine Eltern … Ich hab dir doch erzählt, sie packen mich in Watte. Und ich … Ich hab's ihnen noch nicht gesagt, dass sie den Teppich wieder ausrollen können."

„Warum nicht?"

Sascha hebt schwach die Schultern, bleibt mir eine Antwort schuldig. Vielleicht mag er sie nicht darum bitten? Allein bekommt er es wohl kaum hin, so wie der Teppich hinter dem Schreibtisch liegt.

„Soll ich den Teppich wieder hinlegen?", frage ich vorsichtig.

Er nickt kaum wahrnehmbar. „Wenn das für dich okay ist?"

„Für mich ist das mehr als okay", versichere ich. „Dein Zimmer würde dadurch sehr … ähm … gewinnen. Aber vor allem muss es für dich okay sein."

„Ist es." Er sagt es sehr leise, und in seinen Augen steht so viel Schmerz, dass ich es kaum aushalten kann. Was genau ist das Problem?, möchte ich ihn am liebsten fragen. Seine Eltern würden sich doch bestimmt freuen, wenn er ihnen mitteilen würde, dass er jetzt gut genug über Teppiche fahren kann.

Aber ich frage es nicht. Stattdessen gehe ich hinter den Schreibtisch und bücke mich nach dem aufgerollten Teppich.

Er ist echt schwer. So schwer, dass ich genau weiß, wie unangenehm es Sascha ist, dass er mir keine Hilfe sein kann. Ich versuche, mir nichts anmerken zu lassen, und ziehe den Teppich erst hinter dem Schreibtisch hervor und dann über den Fußboden, bis er an der einen Seite des hellen Rechtecks liegt.

„So richtig?", frage ich Sascha, und als er „Ja" sagt, rolle ich den Teppich aus. Es ist ein sehr schöner, etwa zwei Zentimeter dicker, dicht geknüpfter Teppich mit breiten Blockstreifen in unterschiedlichen Blautönen, die wunderbar zu dem Blau der einen Wand und den Farben des Fußbodens und der Möbel passen.

„Wow, ist der schön!", rufe ich aus. Und wieviel freundlicher das Zimmer jetzt aussieht!

„Den hab ich mir selbst ausgesucht, als wir nach meiner Konfirmation mein Zimmer neu gestaltet haben", sagt Sascha, und auch wenn er noch immer angespannt wirkt, so huscht doch ein klitzekleines Lächeln über sein Gesicht.

„Willst du ausprobieren, ob wir ihn wirklich liegen lassen können?", frage ich.

„Mmm-h." Er fährt an die Teppichkante heran, kippt den Rolli und fährt auf den Hinterrädern über die gesamte Fläche des Teppichs. Es sieht anstrengend und anspruchsvoll aus, aber er schafft es, ohne zwischendurch abzusetzen. Die Rollstuhlräder sinken ein paar Millimeter ein und hinterlassen Spuren, die aber erstaunlicherweise kaum sichtbar bleiben.

Als Sascha den Teppich überquert hat, dreht er den Rolli um hundertachtzig Grad und schaut mich an. „Sieht so aus, als hätte ich die Wahl zwischen schön, aber beschwerlich, und bequem, aber trostlos."

„Und wie entscheidest du dich?"

Er braucht lange zum Antworten. „Für schön", sagt er schließlich. „Ist ja jeweils immer nur für ein paar Tage."

Er lächelt nicht.

Ich habe keine Ahnung, was ich erwidern soll. Sein Zimmer hat jetzt eine Wunde weniger, aber dafür liegt jetzt mitten im Raum ein Hindernis, das er überwinden muss, jedes Mal, wenn er in seinem Zimmer irgendwohin will. Stumm stehen wir einander gegenüber, der Teppich zwischen uns, und halten die Stille aus.

Sascha ist der Erste, der wegsieht. Er lässt den Blick durch das Zimmer schweifen, in Richtung seines Bettes.

„Und wenn wir schon mal dabei sind, ... glaubst du, du kriegst es hin, das Bild aufzuhängen?", fragt er dann.

„Das hinterm Bett?"

Er nickt.

„Ich kann es gern versuchen."

„Es ist nur ein Poster. Der Rahmen wiegt nicht so viel."

Das Bild ist wirklich erstaunlich leicht. Trotzdem dauert es eine Weile, bis es mir gelingt, das großformatige Poster an den zwei Schrauben in der Wand aufzuhängen. Als ich schließlich vom Bett wieder absteige, steht Sascha auf dem Teppich frontal vor dem Bett und betrachtet das Bild.

„Danke", sagt er leise.

Ich stelle mich neben ihn, so dicht, dass ich mit meinem Bein seinen Rolli und mit meinem Arm seine Schulter berühre.

Das Poster sieht toll aus. Es ist ein Foto eines von innen beleuchteten gelben Iglu-Zelts in einer rauen Berglandschaft unter einem beeindruckend schönen Polarlichthimmel. Es strahlt eine majestätische Ruhe und Weite aus und harmoniert perfekt mit der blauen Wand.

„Gern geschehen. Ist das Foto von deiner Norwegen-Reise?"

„Nein. Markus und ich waren doch im Sommer da. Da wird es nie richtig dunkel, also sieht man auch keine Nordlichter. Es ist bloß ein cooles Poster, das ich mir in Oslo gekauft habe."

„Und warum stand es hinter dem Bett?"

„Weil es wehtut, es anzugucken?" Da ist jetzt eine nicht zu überhörende Portion Aggressivität in seiner Stimme, und ich trete reflexartig einen Schritt zur Seite, bringe etwas Abstand zwischen ihn und mich. Ich fühle mich auf einmal schuldig, obwohl ich nichts weiter gemacht habe, als eine Frage zu stellen.

„Soll ich es doch wieder abnehmen?"

Sascha schweigt. Ewigkeiten vergehen, während er das Poster anschaut und ich versuche, mit dem Schmerz klarzukommen, der so gegenwärtig ist wie schon lange nicht mehr.

„Lass es hängen", sagt er schließlich.

„Gut." Ehrlich gesagt freue ich mich sehr darüber. Aber ich versuche, mir das nicht zu sehr anmerken zu lassen.

Beide wenden wir unseren Blick wieder dem Poster zu. Es ist eine großartige Aufnahme, die das Naturschauspiel, die Landschaft und das Zelt so plastisch in Szene setzt, dass man meint, man sei selbst da.

„Das muss ein erhebendes Gefühl sein, wenn man nachts im Schlafsack neben seinem Zelt liegt und über einem die Polarlichter tanzen", wage ich zu sagen. Ich habe Angst, dass ich Sascha damit erneut wehtue, aber gleichzeitig finde ich, dass es möglich sein muss, sich normal mit ihm zu unterhalten.

„Ja, bestimmt. Markus hat sich auch so ein Poster gekauft, und eigentlich hatten wir vor, irgendwann in den Semesterferien im Herbst nochmal wiederzukommen und genau das zu erleben." Da schwingt Bitterkeit in seiner Stimme mit, und es erschreckt mich, weil er klingt wie früher und ich eigentlich dachte, er hätte das inzwischen überwunden.

„Vielleicht macht ihr das ja bald", sage ich trotzdem, denn es ist kein billiger Trost. Ich meine das vollkommen ernst. „Oder wir."

„Du redest wie meine Mutter. *Du bist nicht blind.*" Mit hoher, quäkiger Stimme äfft er Andrea nach. *„Es erfordert vielleicht mehr Planung, aber natürlich kannst du auch im Rollstuhl die Polarlichter sehen!"*

„Tue ich nicht", widerspreche ich. Weder habe ich diese Worte verwendet noch diesen Tonfall gehabt. Und ich kann mir eigentlich auch gar nicht vorstellen, dass Andrea jemals so spricht.

„Oh, doch. Es ist nicht dasselbe, mit einem Rucksack auf dem Rücken einfach so durch das norwegische Fjell zu wandern, irgendwo ein Zelt aufzuschlagen und nachts die Polarlichter zu bestaunen – oder das ganze mit viel Aufwand im Rollstuhl durchzuziehen und dabei ständig auf Hilfe angewiesen zu sein. Bloß meine Mutter, die scheint das nicht zu kapieren."

„Natürlich ist es nicht dasselbe", bestätige ich. „Aber wenn es dein Traum ist und du es wirklich willst, dann ließe sich eine Lösung finden. Aufwand hin oder her, ich wäre sofort dabei. Und ich stelle es mir wunderschön vor, trotz allem, mit dir zusammen im Fjell unter dem Polarlichthimmel."

Ihn jetzt lächeln zu sehen, tut so unendlich gut. Es ist ein vorsichtiges Lächeln, als fühlte er sich ertappt, der Schmerz ist noch da, aber es ist echt. Er streckt seine Hand nach mir aus, und ich ergreife sie und folge dem leichten Zug in seine Richtung. Sanft legt er seine andere Hand an meine Hüfte, und es fühlt sich sehr liebevoll an, wie er mich auf seinen Schoß dirigiert.

„Ja, wahrscheinlich", sagt er leise. „Nicht so leicht, nicht so frei, aber trotzdem ... schön. Mit dir wäre es das."

„Ja." Ich fühle mich so sehr zu ihm hingezogen, dass ich es kaum aushalten kann. „Darf ich dich küssen?"

Anstelle einer Antwort umfasst er zärtlich meinen Kopf und legt seine Lippen an meine.

3. Schritte mache ich nicht mehr, Mama.

Es fühlt sich unendlich gut an, Sascha zu küssen und von ihm geküsst zu werden, hier neben seinem Bett und dem darüber hängenden Bild, und zu spüren, wie er sich entspannt und wie sich die Missstimmung von eben in Luft auflöst. Als es plötzlich an der Tür klopft, schrecke ich richtig zusammen.

„Kann ich reinkommen?" Es ist Saschas Mutter, und während sie es fragt, drückt sie bereits die Türklinke runter und öffnet die Tür einen Spalt.

Sascha fasst mich an der Taille und drückt mich sanft, aber bestimmt von sich. Ich stehe auf und setze mich auf das Bett.

„Bitte", sagt Sascha in Richtung Tür.

Andrea tritt ins Zimmer. „Das Essen ist gleich –", fängt sie an, aber dann hält sie inne und sieht sich im Zimmer um. „Oh, Sascha!", ruft sie erfreut aus. „Das Bild und der Teppich ... Wie wunderbar!" Sie geht auf ihn zu, stellt sich hinter ihn und streicht ihm durch die Haare. „Ich bin ja so froh ... Das ist ein großer Schritt in die richtige Rich -"

„Schritte mache ich nicht mehr, Mama", schneidet Sascha ihr das Wort ab. „Schon vergessen?"

Seine Worte tun mir weh. Was hat sie ihm getan? Sie freut sich, und er greift sie so hart an. Warum nur?

Auch Andrea zuckt zusammen. Kaum sichtbar, aber es ist mir nicht entgangen. „Ach, Schatz, du weißt doch, wie ich das meine. Ich freue mich einfach so sehr, dass es dir endlich wieder besser geht." Sie streicht ihm noch einmal liebevoll über den Kopf und legt dann ihre Hände auf seine Schultern. Dabei ignoriert sie anscheinend vollkommen – oder merkt es nicht –, dass Sascha verkrampft die Greifreifen umfasst und wahrscheinlich alles an Selbstbeherrschung aufbringt, nicht mit Schwung zurückzusetzen, um seine Mutter loszuwerden. Nach vorne kann er nicht weg, da ist das Bett, und für eine schnelle Vierteldrehung zur Seite ist der Teppich zu stumpf.

„Was gibt es denn zu essen?", frage ich, vermutlich etwas zu hastig und ganz bestimmt zu laut.

„Oh, ja, das Essen!" Andrea lässt Sascha los. „Ich habe Saschas Lieblingsessen gemacht, Königsberger Klopse. Bitte entschuldige, ich habe mich gar nicht danach erkundigt, ob du vielleicht Vegetarierin bist oder so."

„Kein Problem, ich esse fast alles. Und Königsberger Klopse mag ich gern." Meine Mutter kocht die auch manchmal, mit Reis. Und sogar das Tiefkühl-Fertigprodukt, das ich mal ausprobiert habe, schmeckt ganz annehmbar.

„Wunderbar. Dann treffen wir uns gleich unten, ja?"

Sie geht voraus und verlässt das Zimmer.

„Das riecht lecker", befinde ich, während ich unten im Flur stehe und auf Sascha warte.

Sascha sagt nichts. Er wirkt erschöpft. Gefühlt dauert es ewig, bis der Treppenlift endlich unten angekommen ist und die Bügel hochgefahren sind. Nachdem er die Plattform verlassen hat, steuert Sascha wortlos auf die offene Küchentür zu.

Ich folge ihm. Die Küche ist groß, mit weißen Küchenschränken und holzvertäfelten Wandabschnitten. An den Holzflächen sind weiße Regale und schwarze Stangen mit Haken angebracht, an denen Kochlöffel, Pfannenwender und ähnliche Utensilien hängen. Andrea steht am Spülbecken und gießt gerade Kartoffeln ab. Also isst man hier die Königsberger Klopse mit Kartoffeln. Schmeckt bestimmt auch gut.

„Da sind wir", sage ich und fühle mich auf einmal seltsam schüchtern.

„Prima." Andrea füllt die Kartoffeln in eine Schüssel, stellt den Topf auf einen Untersetzer und wendet sich uns zu. Auch sie wirkt angeschlagen. Irgendwie ein bisschen geduckt, als wäre sie vor irgendetwas oder irgendwem auf der Hut. „Setzt euch ruhig schon. Wir essen im Esszimmer."

„Soll ich die Kartoffeln mit rübernehmen?", frage ich.

Sie streckt sich und lächelt mich dankbar an. „Sehr gern."

Ich nehme die Schüssel und bringe sie ins Esszimmer. Ein großer, langer Tisch steht darin, vermutlich aus Eichenholz, mit acht Stühlen, außerdem eine Anrichte. Der Fußboden ist aus dem gleichen hellen Dielenholz wie der im Obergeschoss. Unter dem Tisch befindet sich ein dicker Teppich mit einem Streifenmuster aus unregelmäßigen ineinander verlaufenden Streifen in verschiedenen Orange- und Gelbtönen, was dem Raum eine moderne, warme Atmosphäre verleiht.

Sascha steht schräg vor dem Tisch, rollt jetzt an seinen Platz.

„Wo sitze ich?", frage ich.

„Hier, neben mir? Wenn du magst?" Alles an ihm strahlt Unsicherheit und Unbehagen aus.

Natürlich mag ich. Auch wenn ich mich gerade ziemlich überfordert fühle mit dem, was hier zwischen ihm und seiner Mutter abläuft. Ich setze mich. Andrea kommt mit zwei Schüsseln aus der Küche, stellt sie auf den Tisch und nimmt gegenüber von uns Platz.

„Nochmal ein ganz herzliches Willkommen, Fredi", sagt sie. „Ich freue mich sehr, dass du hier bist. Dass ihr beide hier seid."

„Danke. Ich freue mich auch."

Sascha hüllt sich in Schweigen. Kurz sieht Andrea ihn an, prüfend, aber dann wendet sie sich wieder mir zu und sagt: „Also dann, lasst es euch schmecken."

Wir fangen an zu essen. Die Kartoffeln passen hervorragend zu der leicht säuerlichen Soße und den klebrigen Klößen. Ich probiere sogar die Rote Bete, die in der dritten Schüssel ist, und Andrea beginnt, Smalltalk mit mir zu machen. Als hätte jemand einen Schalter umgelegt, scheint sie wieder entspannt und fröhlich. Sie erkundigt sich danach, woher ich komme und was ich mache, und ich erzähle, wo ich aufgewachsen bin und dass ich jetzt an der Uni Hannover Geographie studiere. Andrea sagt, dass sie auch Geographie studiert hat, auf Lehramt, und Kunst, und dass sie Lehrerin an einem Gymnasium in Celle ist, aber an einem anderen als dem, das Sascha und seine Schwestern besucht haben. Sie erzählt von einem fächerübergreifenden Afrika-Projekt, das sie vor den Sommerferien mit ihren Neuntklässlern durchgeführt hat. Aus ihren Worten und ihrer Mimik sprechen Begeisterung und Hingabe, und ich denke, Lehrerinnen, wie sie eine zu sein scheint, sollte es viel öfter geben.

Es ist erstaunlich, wie gelöst sie jetzt wirkt. Sie bezieht auch

Sascha in das Gespräch mit ein, immer wieder. Seine einsilbigen, teilweise sogar unfreundlichen Antworten scheinen sie weder zu stören noch zu irritieren. Die Art und Weise, wie sie ihn behandelt, erinnert mich ein bisschen daran, wie meine Tante mit meiner kleinen Cousine umgegangen ist, als die auf der letzten Familienfeier so richtig bockig war. Aber die ist fünf, und Sascha ist dreiundzwanzig.

Ich bin froh, als wir endlich mit dem Essen fertig sind. Beim Abräumen bleibt Sascha am Tisch sitzen, schiebt nur die Schüsseln ein wenig mehr in Richtung Küche, und als ich ins Esszimmer zurückkomme, um die Teller zu holen, weicht er meinem Blick aus. Zu Hause bei sich in der Wohnung deckt er ganz normal alles mit ab, aber da sind die Wege zwischen dem Tisch und der Spülmaschine oder den Schränken kurz und vor allem frei. Hier müsste er sich erst umständlich zwischen Stühlen und Anrichte hindurchmanövrieren, und die niedrige Türschwelle zwischen Küche und Esszimmer kann er vermutlich nicht mit Tellern auf dem Schoß oder in einer Hand überwinden.

„Was macht ihr heute Nachmittag?", will Andrea wissen, während sie die Untersetzer aus dem Esszimmer holt.

Sascha sieht mich fragend an.

„Ich würde gerne alles kennenlernen", antworte ich. „Den Rest vom Haus, das Dorf, den Hofladen …"

„Dann also Haus-, Hof- und Dorfführung", sagt Sascha.

Ich würde ihn gerne mal lächeln sehen. Oder grinsen. Aber er tut es nicht, und seine Stimme klingt hohl.

„Oh, schön, ich wünsche euch viel Spaß", sagt Andrea. „Ihr seid entlassen, ich schaff die Küche schon allein."

Ich bringe trotzdem noch die Gläser in die Küche und stelle sie in die Spülmaschine. „Danke für das leckere Essen."

„Freut mich, wenn es dir geschmeckt hat!"

„Hat es. Sehr gut sogar."

„Dann bis heute Abend!", ruft Andrea, als ich wieder zurück ins Esszimmer gehe. „Abendessen gibt es gegen sieben."

Sascha ist schon halb im Wohnzimmer. „Bis heute Abend", sagt er, gerade so laut, dass seine Mutter es noch hören kann.

Sie sieht von der Spülmaschine auf und hebt die Hand zu einem Winken. „Tschü-üs!"

„Bis nachher!" Ich gehe zu Sascha ins Wohnzimmer und schließe die Schiebetüren hinter uns. Es kostet mich einiges an Selbstbeherrschung, dem Impuls zu widerstehen, ihn zu fragen, was zwischen ihm und seiner Mutter los ist. Warum er sie mit der Bemerkung über die Schritte provoziert hat. Ihm muss doch klar gewesen sein, dass er damit die ganze Stimmung vergiftet.

Ich versuche, das ungute Gefühl in mir loszuwerden, und schaue mich bewusst im Raum um. Das Wohnzimmer geht über die gesamte Breite des Hauses. Vor den Fenstern zur Straßenseite befindet sich eine große Sofa-Sitzlandschaft aus hellem Leder auf einem ebenso hellen großen Teppich. Rechts daneben ist ein Kachelofen an der Wand, neben dem ein mit Holzscheiten gefüllter Korb steht. Auf einer niedrigen Kommode vor der fensterlosen Wand gegenüber dem Esszimmer steht ein großer Flachbildfernseher. Die Schränke daneben sind wie die Esszimmermöbel und der Couchtisch aus schwerem Holz, vermutlich Eiche. Sie sind wahrscheinlich ähnlich alt wie das Haus selbst, wurden aber wohl vor nicht allzu langer Zeit frisch aufgearbeitet, so wie mein Schreibtisch bei mir in meiner Wohnung. Zum Hof hin sind die beiden Fenster bodentief, und man kann sie wie Türen öffnen.

Sascha steht mitten im Raum auf der freien Fläche zwischen den großen Fenstern und den Sofas und sieht mich an. Er wirkt unsicher und verloren, und seine Stimme klingt genauso, als er mich fragt: „Und?"

„Es ist schön hier. Und es riecht gut."

„Nach Königsberger Klopsen." Ich bin mir nicht sicher, ob es eine von Saschas absurd-trockenen Bemerkungen ist oder mehr ein absichtlicher Stimmungskiller. Nirgendwo in seinem Gesicht entdecke ich auch nur einen Anflug eines Grinsens oder Lächelns.

„Ich meinte eher den Holzgeruch."

Er reagiert nicht. Überhaupt nicht.

Ich gehe ein paar Schritte über die Holzdielen in den weiten freien Bereich zwischen der Sitzlandschaft und den großen Fenstern. Obwohl alles in mir wehtut, üben der Holzduft und das harmonische Ambiente des Raumes eine beruhigende Wirkung auf mich aus.

Weil ich neugierig bin auf den Hof, wende ich mich dem ersten Fenster zu und schaue hinaus. Der Hof ist nicht rechteckig, sondern von der Fläche her eher wie ein Fünfeck. Das links an das Wohnhaus anschließende lange Nebengebäude verläuft schräg nach links weg. Am Ende geht es ungefähr rechtwinklig in ein weiteres ziemlich langes Nebengebäude über. Ein drittes Haus, das wie eine Scheune aussieht, begrenzt den Hof auf der vierten Seite, und die fünfte Seite, rechts neben dem Wohnhaus, bildet die Zufahrt zum Hof. Direkt vor dem Wohnzimmer und der Küche befindet sich eine großzügige Terrasse aus dunklen Terrassendielen in Holzoptik, ähnlich wie bei meinen Eltern, nur dass diese Terrasse nicht von einer Begrenzungsmauer umgeben ist.

Sascha steht noch immer mitten im Wohnzimmer. „Willst du rausgehen?"

„Ja, gern." Ich lege meine Hand an den Türgriff, und als von Sascha kein Protest kommt, öffne ich die Tür und trete hinaus.

Ich dachte, Sascha folgt mir, aber er bleibt stehen.

„Und du?", frage ich.

„Du kennst doch meine Routinen."

Ach so. Natürlich. „Dann gehe ich auch vorher aufs Klo."

„Wie du willst."

„Kann ich die Tür offen lassen?"

Er nickt.

Ich gehe wieder ins Haus zurück, und zusammen verlassen wir das Wohnzimmer durch die Tür neben dem Kamin. Wir durchqueren einen kurzen schmalen Korridor, in dem es nur deshalb nicht stockfinster ist, weil die Türen zum Wohnzimmer und zum Esszimmer im oberen Bereich verglaste Flächen haben.

Sascha öffnet die Tür auf der linken Seite. „Hier ist unser Gästeklo. Du kannst unser Bad oben nehmen. Du weißt ja, es ist neben meinem Zimmer."

Das Bad oben ist groß und voll ausgestattet mit einer Badewanne und einer barrierefreien Dusche. Die Klobrille ist nicht gepolstert wie bei Sascha zu Hause, aber die Bügel, die es ihm erleichtern, auf das Klo überzusetzen, gibt es auch hier. Der Spiegel geht von kurz über dem Waschbecken bis fast unter die Decke. Alles wirkt modern und sehr neu. Vermutlich haben Saschas

Eltern das Bad komplett umgestalten lassen, während Sascha in der Reha war. Diese ganzen Umbauten müssen doch sehr teuer gewesen sein. Ob so was die Krankenkasse zahlt? Vielleicht ergibt sich mal die Gelegenheit, das zu fragen.

Obwohl ich mir Zeit lasse, bin ich vor Sascha wieder draußen auf der Terrasse. Aber ich habe noch nicht einmal angefangen, mich in Ruhe umzusehen, da höre ich schon seine Stimme direkt hinter mir. „Kannst du mal bitte den Hebel da oben umlegen?"

Ich drehe mich um. Sascha zeigt auf den Schließmechanismus des anderen Flügels der Tür. Den unteren hat er schon geöffnet, an den oberen kommt er nicht ran.

„Natürlich." Ich ziehe den Hebel vor, und Sascha öffnet auch den zweiten Türflügel.

„Das sieht toll aus, wie sich jetzt das Wohnzimmer so großzügig zum Hof öffnet", sage ich.

„Als ich Kind war, waren hier erst noch die gleichen Fenster wie auf der anderen Seite", sagt Sascha, während er die Türschwelle überwindet und zu mir auf die Terrasse kommt. Er wirkt noch immer irgendwie mitgenommen, aber seine Stimme klingt schon wesentlich normaler als vorhin. „Diese bodentiefen Fenster haben meine Eltern machen lassen, als ich zehn war."

„Kam man früher also nicht vom Wohnzimmer auf den Hof?"

„Nein, nur aus der Küche. Früher war der Hof ja kein erweitertes Wohnzimmer, sondern da wurde gearbeitet."

„Ich verstehe." Jetzt befindet sich in der Mitte des Hofes eine viereckige Rasenfläche. Der übrige Bereich ist gepflastert. Hier auf der Terrasse stehen ein großer ovaler Holz-Alu-Tisch mit sechs passenden Gartenstühlen drumherum, bunt verzierte Blumenkübel und ein Ampelschirm, der gerade geschlossen ist. Vor den aus Backstein gemauerten und zum Teil mit dunklem Holz verkleideten Wänden der Nebengebäude sind ein paar schmale Blumenbeete. Hier und da stehen Kunstobjekte: bunte Vasen und Tontöpfe, Blumen, Vögel und Fische aus Mosaik auf rostfarbenen Metallstangen, kunstvoll verzierte Lampen, die bestimmt sehr stimmungsvoll leuchten, wenn es dunkel ist. Zwei hochgewachsene Eichen gibt es auch, eine steht rechts zwischen dem Gebäudeteil, der schräg gegenüber dem Wohnhaus ist, und dem scheunenartigen Gebäude rechts, und die andere beschattet die Zufahrt zwischen Wohnhaus und der mutmaßlichen Scheune.

Interessiert schlendere ich über die Terrasse und über die kleine und steile Rampe, die den Höhenunterschied zum Hof überbrückt, in Richtung des linken Nebengebäudes. „Was ist in all diesen Räumen? Waren das früher Ställe?"

Sascha rollt neben mir her. „Es gab einen Pferdestall und einen Schweinestall. Die Pferde hatten sie früher als Arbeitstiere, und die Schweine hielten sie, weil man ihnen die Reste zu fressen geben und sie irgendwann schlachten kann. Aber hauptsächlich hatte dieser Hof Felder. Deshalb waren vor allem Geräte und Fahrzeuge in den Räumen. Und das da drüben rechts, das war die Scheune. Jetzt nutzen wir die Räume als Garage, Werkstatt, Fahrradschuppen, Abstellraum ... Und da vorne in dem mittleren Gebäude hat meine Mutter sich ein kleines Atelier eingerichtet."

„Ein Atelier?"

„Ja. Als wir Kinder groß waren, hat sie weiterhin nur mit halber Stundenzahl gearbeitet, tut es immer noch. Die andere Hälfte der Zeit nutzt sie für ihre Kunst. Und für das Museum."

„Ihre Kunst und das Museum? Jetzt bin ich neugierig."

„Du bist schon die ganze Zeit neugierig." Er grinst. Endlich.

„Darf ich doch sein, oder?" Ich merke, wie auch ich anfange zu lächeln – und wie gut das tut.

„Auf jeden Fall. Es ist sogar ... sehr schön."

Ich beuge mich zu ihm und küsse ihn. Die Zärtlichkeit, mit der er seine Lippen an meine legt und seine Zunge meine berühren lässt, nur kurz, während er mir mit den Fingern durch meine Haare streicht, weckt sofort das Bedürfnis nach mehr in mir, aber er löst sich wieder von mir, rollt ein paar Zentimeter zurück und sagt rau: „Du wolltest eine Führung."

„Ach ja, stimmt." Ich grinse, und gleichzeitig kribbelt es mir bis in die Fingerspitzen, während wir uns ansehen und ich das Gefühl habe, dass er mich eigentlich genauso gern weitergeküsst hätte wie ich ihn.

Kurz bevor wir uns in Bewegung setzen, um den ersten Raum auf der linken Seite anzusehen, sehe ich Saschas Mutter an der Terrassentür vom Wohnzimmer stehen. So, wie sie guckt, hat sie unseren Kuss bestimmt gesehen. Und wie sie jetzt ihre Hand zum Gruß hebt, bevor sie außer Sicht verschwindet, als fühlte sie sich ertappt, lässt mich fast sicher sein, dass sie schon eine ganze Weile da gestanden und uns beobachtet hat.

Den Ställen sieht man nicht mehr an, dass sie mal welche waren. Es sind große Räume mit verputzten Wänden, in denen ziemlich viel rumsteht. Der Pferdestall scheint eine Art Abstellraum für Gartenstühle, Gartenliegen, Bierbänke, Sonnenschirme, Rasenmäher und weitere Gartengeräte zu sein. Im ehemaligen Schweinestall stehen Kinderfahrräder in verschiedenen Größen, drei Roller, zwei Rutscherautos, ein Dreirad und ein kleiner Tret-Trecker aus Kunststoff mit Anhänger.

„Heben deine Eltern die für ihre Enkel auf?", frage ich. Schließlich sind Sascha und seine Schwestern dem Kindesalter schon seit vielen Jahren entwachsen.

„Ja, vielleicht auch das. Aber weißt du, wenn du viel Platz hast, denkst du wahrscheinlich auch eher: Das heben wir lieber auf, das kann man ja noch benutzen. Außerdem, wenn wir hier feiern und kleine Kinder da sind, freuen die sich immer, wenn sie mit den Dreirädern, Rollern und so um die Rasenfläche flitzen können. Und die Erwachsenen freuen sich, dass ihre Kinder beschäftigt sind und sie sich ungestört unterhalten können."

Wir verlassen den Schweinestall und gehen auf den Hof zurück. „Feiert ihr regelmäßig?", will ich wissen.

Sascha hebt die Schultern. „Geburtstage und so, natürlich. Mein Vater lädt zu seinem Geburtstag immer das ganze Dorf zu einem Hoffest ein."

„Ist das nicht ziemlich teuer, jedes Jahr über hundert Leute einzuladen?"

„Wer kommt, bringt was fürs Büfett mit. Und es gibt eine Spendenbox. Meistens ist mehr drin, als mein Vater an Ausgaben hat. Dann geht das überschüssige Geld an den Dorfverein."

„Das klingt gut. Sind bestimmt tolle Feiern."

„Für uns Kinder waren die Hoffeste früher immer einer der Höhepunkte im Jahr."

„Und heute?"

„Ich war die letzten Jahre nicht da."

„Warum nicht?"

„Du weißt doch, ich hatte alle Kontakte abgebrochen."

„Aber mittlerweile warst du mit Markus auf einer Party und auf dem Brocken."

„Ja." Er lächelt, ganz leicht nur. Dann greift er an die Räder und steuert auf das mittlere Nebengebäude zu. „Und jetzt zeige ich dir das Atelier."

Andreas Atelier ist der Wahnsinn. Die Tür, durch die wir es betreten, ist nur der Hintereingang. Nach vorne hin gibt es eine richtige Ladentür zur Straße, und die Fenster sind liebevoll wie Schaufenster dekoriert. Die Wände sind nicht verputzt. Das Fachwerk mit den gemauerten Füllungen und die Holzbalken, die die Decke tragen, verleihen dem großen Raum einen besonderen Charme. Es gibt viele Regale, die mit Kisten gefüllt sind, in denen sich Scherben aus Glas und Keramik befinden, in allen Formen und Farben. Es fühlt sich toll an, in die stumpfen Scherben zu fassen und sie sich durch die Finger rieseln zu lassen. Auf Tischen und in den Fenstern und zum Teil auch mitten im Raum stehen angefangene und fertige Kunstwerke, Töpfe, Vasen, Lampen, Teller, Schalen, Figuren ... Vor dem linken Fenster steht eine Töpferscheibe, und rechts ist ein großer Tisch, an dem Andrea wahrscheinlich ihre Mosaikarbeiten anfertigt.

„Verkauft deine Mutter die Sachen auch?" Ich habe Preisschilder an einigen Arbeiten entdeckt. Und eine Stehtafel, auf der mit Kreide „Jetzt geöffnet" geschrieben steht.

„Ja. Der Laden ist aber nur geöffnet, wenn das Schild draußen steht. Ein paar ihrer Werke stehen immer auch im Blumenladen in Adigsen, und da werden regelmäßig welche gekauft. Und manchmal geht sie auch auf Gartenmärkte oder Kunstmärkte hier in der Gegend und hat da einen kleinen Stand."

„Toll. Also verdient sie richtig Geld damit?"

„Ein bisschen."

Als wir das Atelier wieder über die Hintertür verlassen, kommt uns Andrea gerade entgegen. Ich drücke auch ihr gegenüber meine Bewunderung aus. Mir gefallen ihre Sachen wirklich, und ich finde es toll, dass sie mit ihrem Hobby sogar Geld verdient. Sie freut sich und sagt, dass wir gerne mal mit ihr ins Atelier gehen und selbst eine Vase oder ein Windlicht gestalten können. Morgen zum Beispiel. Noch seien ja Ferien, da habe sie Zeit.

„Ja, mal sehen", sagt Sascha, und es klingt wenig begeistert.

Andrea verabschiedet sich und schließt die Tür hinter sich.

„Fehlt noch die Scheune", sagt Sascha, bevor ich fragen kann, warum wir denn nicht morgen mit seiner Mutter etwas im Atelier gestalten könnten. Zielstrebig bewegt er sich auf das große Tor zu, bittet dann aber mich, es zu öffnen. Im Inneren der Scheune stehen zwei Autos, ein großer Skoda und ein kleiner Opel Corsa, beide nicht mehr neu. Außerdem entdecke ich vier normale Tourenräder und zwei Rennräder.

„Wem gehören die alle?", frage ich und deute auf die Räder.

„Jeder von uns hat hier ein normales Rad stehen", antwortet Sascha. „Mein Vater fährt im Sommer mit dem Fahrrad zur Arbeit, deshalb ist seins nicht hier. Und weil meine Eltern mit Triathlon angefangen haben, als sie zu alt für Leichtathletik wurden, haben sie beide Rennräder."

„Oh, wow, Triathlon." Kein Wunder, dass seine Mutter so sportlich auf mich wirkte. „Nehmen sie an Wettkämpfen teil?"

„Früher haben sie das regelmäßig gemacht. Seit sie sich für *Unser Dorf hat Zukunft* engagiert haben, machen sie nur noch beim Celler Triathlon mit. Aber am Wochenende unternehmen sie schon öfter mal Touren auf dem Rennrad, vor allem im Sommer. Im Winter gehen sie eher joggen oder ins Hallenbad."

„Meine Eltern gehen bloß zur Rückengymnastik."

„Jeder, wie er mag", meint Sascha.

„Ist das dein Rad?" Ich zeige auf das einzige Herrenrad unter den Tourenrädern. Es ist blau und sieht aus wie ein Crossbike, ähnlich wie mein eigenes Rad.

Er nickt. „Ich mochte es nicht verkaufen."

„Bist du viel damit gefahren?"

„Jeden Tag zur Schule. Zum Training. Zu Partys. Und zu Corinna natürlich."

Warum versetzt mir ihre Erwähnung einen Stich? *Und es gab nichts, was kompliziert war oder wovor wir Angst hatten.* Damals war sein Leben noch unbeschwert. *Er* war unbeschwert. Ich habe ihn nie so kennengelernt. Es will mir nicht einmal gelingen, ihn mir auf diesem Rad vorzustellen.

„Wohnte sie weit weg?" Meine Stimme klingt seltsam. Substanzlos irgendwie. Natürlich weiß ich von Corinna, ich wusste schon von ihr, bevor ich das erste Mal bei Sascha übernachtet habe. Aber sie war unwichtig. Fern. Und jetzt stehe ich hier neben dem Rad, mit dem Sascha immer zu ihr gefahren ist.

„In Dedenhagen. Das sind zwanzig Minuten mit dem Rad, wenn kein Gegenwind ist."

„Was macht sie jetzt?"

„Sie studiert. In Göttingen."

Ich weiß nicht, was ich sagen soll. Ich mache ein unbestimmtes Geräusch als Antwort, irgendwas zwischen „Hm" und „Aha". Am liebsten würde ich fragen, wie sie aussieht. Ob er noch oft an sie denkt. Ob sie vielleicht mal genau hier gestanden hat, wo ich jetzt stehe.

„Und weißt du, wie es ihr geht?", frage ich stattdessen. Immerhin hat er sie von sich gestoßen. So wie mich später. Wenn sie ihn so sehr geliebt hat wie ich ...

„Gut, glaube ich. Sie hat einen Freund in Göttingen. Ich hab sie getroffen, sie war auch auf der Tanz-in-den-Mai-Party, von der ich dir erzählt habe. Wir haben uns unterhalten und sogar so was wie zusammen getanzt. Aber eigentlich habe ich währenddessen die ganze Zeit an dich gedacht."

Er sieht mich gerade an, und die Wärme, die aus seinem Blick und aus seinen Worten spricht, fließt direkt in mich hinein. Tanz in den Mai. Das war sogar, bevor Sascha und ich angefangen haben, uns einander wieder anzunähern. Ich merke, wie sich ein Lächeln in meinem Gesicht breitmacht und wie es unweigerlich noch größer wird, als Sascha auf mich zurollt, ohne den Blick von mir zu nehmen, und sanft anhält, Millimeter, bevor er mich berühren würde. „Wenn du willst, zeige ich dir jetzt das Dorf."

„Ich will." Natürlich will ich.

„Dann komm."

4. Du bist bestimmt Sascha, oder?

Wir verlassen den Hof durch das große Hoftor und gehen am Haus der Feuerwehr vorbei zum Dorfplatz. Niemand ist zu sehen, alles wirkt wie ausgestorben. Aber es ist ja auch Mittagszeit und zudem ein normaler Arbeitstag für die allermeisten Menschen.

Sascha zeigt mir den Gedenkstein von *Unser Dorf hat Zukunft*, und eine Weile stehen wir im Schatten unter den hohen Eichen und versuchen, im Löschteich die Frösche zu entdecken, die vereinzelt vor sich hin quaken. Aber wir können keine finden. Sascha erzählt, dass die Frösche im Mai und Juni regelmäßig die ganze Nacht durchquaken und dass er das immer als ein schönes Einschlafgeräusch empfunden hat.

Anschließend setzen wir unseren Weg fort. Wir kommen an zwei der drei anderen Höfe vorbei, deren Haupthäuser ähnlich wie das von Saschas Familie aussehen. Auch hier befindet sich bei zwei Häusern ein Balkon über dem Eingang, nur der dritte Hof am Dorfplatz hat keinen. Einer der Höfe ist noch in Betrieb, erzählt Sascha, insgesamt gibt es noch fünf Familien in Gannermühle, die hauptberuflich Landwirtschaft betreiben.

Die Kirche ist geschlossen, weshalb wir sie nur von außen besichtigen. Schon lange gibt es in Gannermühle keine eigene Pfarrstelle, sagt Sascha, aber einmal im Monat ist hier sonntags Gottesdienst – und an Heiligabend.

Nachdem wir den Dorfplatz umrundet haben, zeigt Sascha mir den Rest des Dorfes. Wir kommen an mehreren normalen Einfamilienhäusern vorbei. Zu manchen erklärt mir Sascha, wer darin wohnt: die Familien von anderen ehemaligen Kindern des Dorfes, etwas jünger als Sascha oder auch etwas älter. Sie haben früher oft alle zusammen gespielt, in Gärten, auf dem Spielplatz, im Wäldchen, später miteinander Streiche ausgeheckt oder die Gegend unsicher gemacht, und als Jugendliche gefeiert, natürlich.

Gegenüber von Andreas Atelier ist das Museum. Es war eindeutig auch mal ein Bauernhof in der hier typischen Bauweise mit dem stattlichen Haupthaus und den langen, niedrigeren Nebengebäuden.

„Es hat dienstags und am Wochenende geöffnet", sagt Sascha. „Und nach Vereinbarung, zum Beispiel wenn Schulklassen kommen. Wenn du willst, können wir übermorgen hingehen."

„Ja, gern. Was kann man denn da angucken?"

„Alles über die Geschichte der Landwirtschaft und des Handwerks hier in der Gegend", erklärt er. „Und über die heimische Vogelwelt. Es ist ein echtes Heimatmuseum, vom Dorfverein betrieben. Meine Eltern, besonders meine Mutter, waren damals unter den Initiatoren für dieses Museum."

„Wann war *damals*?"

„Als ich ganz klein war und meine Mutter noch nicht wieder gearbeitet hat. Die Planungen und Vorbereitungen haben sich lange hingezogen. Eröffnet wurde das Museum erst 2003. Für den *Unser Dorf hat Zukunft*-Wettbewerb war es übrigens ein wichtiges Aushängeschild, gerade weil es vom Dorfverein gegründet wurde und unterhalten wird."

Schräg gegenüber kommen wir an einer historischen Backstube vorbei, die auch zum Museum gehört. Von dort aus sieht man die Mühle, die dem Ort wohl seinen Namen gab. Es ist eine alte Bockwindmühle. Für das Museum wurde sie wieder funktionsfähig gemacht, erzählt Sascha, und Schulklassen können hier unter Anleitung selbst Getreide mahlen und in der Backstube Brot backen.

Zwischen dem Museum und der Mühle befindet sich der Spielplatz. Die Spielgeräte sind altmodisch, es gibt eine Rutsche, zwei Schaukeln, mehrere Klettergeräte, drei Recks, einen Barren, drei unterschiedlich lange Wippen, alles aus bunt lackiertem Metall, außerdem eine Sandkiste. Sowohl der Rasen als auch die Spielgeräte wirken sehr gepflegt. Mehrere hohe Eichen stehen auf dem Gelände, sodass fast die gesamte Rasenfläche mit den Spielgeräten im Schatten liegt. Nur die Wiese mit den zwei Toren weiter hinten liegt teilweise in der prallen Sonne.

Sascha öffnet die Pforte, stößt sie weit auf und fährt auf den Spielplatz. Ich folge ihm und schließe die Tür hinter uns. Ich nehme an, dass Sascha mir alles aus der Nähe zeigen will. Säße er nicht im Rollstuhl, hätte ich Lust, mit ihm zu schaukeln. Oder zu wippen. Mich mit ihm zu messen, wer beim Schweinebaumeln

214

am Reck weiter abspringen kann. Wir würden bestimmt viel Spaß haben und wie Kinder auf dem Spielplatz herumtoben. Es ist einer dieser seltenen Momente, in denen ich Saschas Behinderung echt als Einschränkung empfinde, und ich kann nicht leugnen, dass es schmerzt.

Stumm gehe ich neben Sascha her, der auf den Hinterrädern balancierend über das Gras rollt.

„Hier habe ich einen wesentlichen Teil meiner Kindheit und Jugend verbracht", sagt er.

„Hm", mache ich, weil ich gerade mehr mit mir selbst zu tun habe. Ich hätte richtig Lust zu schaukeln oder mich auf die längste der Wippen zu legen und das Gleichgewicht zu halten oder zu probieren, ob ich noch einen Aufschwung kann.

Sascha steuert auf den Barren zu, fährt seitlich daneben, bückt sich und rollt dann unter die beiden Metallholme.

„Was machst du?", will ich wissen.

Sascha stellt die Bremsen seines Rollis fest. „Stehtraining am Barren. Ich hab das geübt in der Physio. Oft kann ich ein paar Minuten mit Hilfe der Spastik stehen."

Er stützt sich auf den Seitenteilen des Rollis hoch und rutscht auf der Sitzfläche weiter nach vorn. Dann stellt er seine Füße auf den Rasen, beugt sich etwas vor und stemmt sich links auf das Seitenteil seines Rollis und rechts auf den Holm, um seine Beine in die Senkrechte zu bringen. Er benötigt mehrere Versuche, bis er den richtigen Winkel gefunden hat, und einige Pausen, um für den nächsten Versuch Kraft zu sammeln, aber schließlich steht er wirklich auf seinen Beinen, während er sich mit beiden Händen rechts und links an den Holmen festhält. Seine Beine zittern, aber sie halten ihn.

„Wow", sage ich, „das war bestimmt nicht leicht zu lernen."

Er lächelt. „Nein."

Ich gehe zum Ende des Barrens, stütze mich hoch und setze mich Sascha gegenüber auf die beiden Holme. „Wie lange kannst du so stehen?"

„Das hängt davon ab, wie lange die Spastik hält. Mein Rekord liegt bei sechs Minuten einundzwanzig."

„Das hört sich lange an."

„Na ja. Um auf zweimal dreißig Minuten am Tag zu kommen, müsste ich das selbst unter optimalen Bedingungen mindestens zehnmal machen. Ich glaube nicht, dass ich das fünfmal hintereinander hinkriegen würde. Und außerdem wäre es zu langweilig. Im Stehtrainer kann ich wenigstens lesen oder was arbeiten."

„Denkst du, es bringt trotzdem was?"

„Ich hoffe es. Vier Tage ohne Stehtrainer sind nicht ohne für mich."

Ich weiß. Nur dank seiner eisernen Disziplin und der regelmäßigen sportlichen Betätigung kommt er in der Regel ohne Medikamente gegen die Spastik aus. „Warum kauft ihr keinen zweiten Stehtrainer für hier?"

„Weißt du, was die kosten? Ich kann froh sein, dass die Krankenkasse wenigstens den einen Stehtrainer bezahlt hat. Zwei sind in deren Budgetplanung nicht vorgesehen."

Saschas Arme fangen an, vor Anstrengung zu zittern. Vermutlich hält die Spastik seine Beine nicht mehr, und er muss sein gesamtes Gewicht nun mit den Armen halten.

Hinter ihm sehe ich eine junge Mutter mit einem zwei oder drei Jahre alten Mädchen den Spielplatz betreten und zielstrebig zum Sandkasten gehen. Die junge Frau schüttet Sandspielzeug aus der großen Tasche, die sie dabeihat, und das Kind fängt an zu spielen, während die Mutter sich auf den Sandkastenrand setzt und augenscheinlich versucht, uns möglichst unauffällig zu beobachten. Ich kenne das mittlerweile. Die Leute gucken dermaßen betont woandershin, dass es schon unnatürlich ist. Und zwischendurch lassen sie ihren Blick schweifen und bleiben dabei jedes Mal ein, zwei Sekunden zu lange bei uns hängen.

Auch Sascha hat bemerkt, dass sich hinter ihm was tut. Als er seinen Kopf zur Seite dreht, scheint ihn die Kraft in den Armen zu verlassen, und er lässt sich in seinen Rollstuhl zurücksinken. Während er sich richtig hinsetzt und die Füße auf der Fußraste platziert, steige auch ich vom Barren ab.

„Wer ist das?", frage ich ihn leise.

Sascha bückt sich, dreht seinen Rolli und fährt unter dem Barrenholm hindurch, während er in etwa genauso unauffällig zum Sandkasten schaut wie die Mutter vorhin zu uns.

„Keine Ahnung", sagt er dann.

„Ich dachte, hier kennt jeder jeden?"

„Diese Aussage wird in wenigen Sekunden wieder wahr sein." Verschmitzt grinsend schaut er mich an. „Komm."

Zusammen gehen wir die zehn, fünfzehn Meter zum Sandkasten. Die Frau dürfte etwa in Saschas Alter sein. Sie hat dunkelbraune, lockige Haare, die sie hinten zusammengebunden hat, und trägt ein hellblaues Kleid mit kleinen orangefarbenen und weißen Blumenzeichnungen darauf. Sie schaut uns direkt an, während wir uns ihr nähern, und als wir nur noch wenige Meter weg sind, sagt sie: „Du bist bestimmt Sascha, oder?"

„Bin ich so berühmt, dass sogar mir Unbekannte wissen, wer ich bin?" Sascha hält knapp zwei Meter neben ihr an und lässt seinen Rolli auf alle vier Räder kippen. Ich bleibe neben ihm stehen.

„Noah hat mir von dir erzählt", antwortet sie.

„Dann bist du ... Caro?", fragt Sascha. Es klingt locker und selbstbewusst, aber an der Farbe seiner Ohren kann ich erkennen, dass er es in Wahrheit nicht ist. Und an seinen Händen, mit denen er die Greifreifen umklammert, als müsste er sich daran festhalten.

„Ja, genau. Wir haben im Juni 2009 geheiratet."

„Ich weiß. Sorry, dass ich mich nie für die Einladung bedankt habe."

„Kein Problem. Wir wussten ja, warum du nicht kommen konntest."

Eine unangenehme Pause entsteht. Dann sagt Sascha: „Das ist übrigens Fredi, meine Freundin."

Caro steht auf und geht auf mich zu. „Hi." Sie gibt mir die Hand, und nach einem kurzen Zögern reicht sie sie auch Sascha.

„Hi", grüße ich zurück, und auch Sascha murmelt ein „Hallo".

„Mama, du sollst Kuchen kaufen." Das kleine Mädchen ist aus dem Sandkasten geklettert, umarmt Caros Bein und schaut zu ihr hoch.

„Gleich, mein Schatz. Sagst du Hallo zu Fredi und Sascha?"

Die Kleine versteckt sich schüchtern hinter Caros Beinen, die sie noch immer umarmt, lugt dann aber doch dahinter hervor und lässt ein erstaunlich klares und lautes „Hallo" hören.

„Hallo", antworte ich. „Wer bist du denn?"

„Amelie." Sie kommt ein bisschen mehr aus ihrer Deckung.

Ich gehe in die Hocke, um auf ihrer Höhe zu sein. „Und wie alt bist du?"

Sie lässt ihre Mutter los und hält mir ihre Hände hin. Mit der einen Hand streckt sie stolz Zeige- und Mittelfinger v-förmig in die Luft, während sie mit der anderen Hand die übrigen drei Finger umfasst. „Und bald werde ich so." Sie lässt auch noch den Daumen hochklappen.

„Im Oktober, ja", bestätigt Caro.

„Dann bist du ja schon richtig groß", stellt Sascha fest.

„Wollt ihr auch Kuchen kaufen?", fragt Amelie.

„Aber klar", antwortet Sascha.

Amelie geht zum Sandkasten zurück und hantiert mit ihren Sandförmchen. Caro setzt sich wieder auf den hölzernen Rand des Sandkastens. Ich fühle mich auf einmal unsicher, was ich tun soll. Mich neben sie setzen? Bei Sascha bleiben?

Sascha nimmt mir die Entscheidung ab. Er rollt schräg an den Sandkastenrand, gut zwei Meter von Caro entfernt, und lädt mich mit einer Handbewegung dazu ein, mich seitlich auf seinen Schoß zu setzen. Nur zu gerne komme ich seiner Einladung nach, und am liebsten würde ich auf der Stelle über ihn herfallen, weil er diese Situation so vorausschauend und lässig aufgelöst hat. Und weil es einfach schön ist, auf seinem Schoß zu sitzen und seine Nähe zu spüren. Ich lege ihm meinen Arm um die Schultern und berühre für ein, zwei Sekunden seine Schläfe mit meiner Stirn, während er seine Hand an meine Taille legt.

Caro bekommt den ersten Sandkuchen. Sie bezahlt mit Luftgeld, „probiert" ein Stück und lobt den Geschmack. Kurz darauf kommt Amelie mit einem weiteren Kuchen zu uns.

„Für euch."

„Danke! Den teilen wir uns." Ich nehme den Kuchen entgegen und halte ihn Sascha hin.

„Erst bezahlen!", protestiert Amelie.

„Natürlich", sagt Sascha ernst. „Hast du Geld, Fredi?"

„Ja." Ich tue so, als würde ich ein paar Münzen aus meiner Hosentasche hervorholen und diese in Amelies geöffnete Hand legen. „Bitte schön."

„Danke schön. Guten Appetit!"

Gespannt beobachtet uns die Kleine, wie wir unseren Kuchen „essen".

„Sehr lecker. Ist das Marmorkuchen?", fragt Sascha.

„Nein", entgegnet Amelie entrüstet. „Das ist Kirschkuchen, das schmeckt man doch!"

„Aber wirklich!", tadele ich Sascha übertrieben. „Schmeckst du denn nicht die fruchtigen Kirschen?"

Sascha führt noch einmal das Sandförmchen zum Mund und tut so, als würde er ein weiteres Stück abbeißen. Er macht das mit dieser Mischung aus Ernsthaftigkeit und schelmischem Grinsen, die nur er so hinbekommt. „O ja, jetzt habe ich ein Stück mit vielen Kirschen erwischt. Dein Kuchen ist ein Gedicht, Amelie."

Amelie lächelt stolz, als hätte sie wirklich einen Kuchen gebacken. Sascha und ich „beißen" ein paarmal abwechselnd vom Kuchen ab und machen Schmatzgeräusche. Amelie beobachtet uns mit großen Augen - und Caro auch. Schließlich lässt Sascha das Förmchen hinter meinem Rücken verschwinden und wirft es unauffällig in den Sandkasten zurück.

„Danke, Amelie, das war wunderbar", lobe ich.

Sie streckt die Hände aus. Ich glaube, sie will das Förmchen zurückhaben.

Sascha hält ihr beide Hände hin, und ich tue es ihm gleich.

„Wo ist der Kuchen?", fragt Amelie verblüfft.

„Aufgegessen natürlich", sagt Sascha.

„Aber das war doch gar kein echter Kuchen", flüstert Amelie, als müsste sie uns ein wichtiges Geheimnis verraten.

Sascha beugt sich zu Amelie, soweit es ihm mit mir auf seinem Schoß überhaupt möglich ist, und flüstert zurück: „Ich weiß. Das Förmchen liegt im Sandkasten. Schau mal nach!"

Ich weiß nicht, wer mich mehr dahinschmelzen lässt: Amelie, die aufgeregt in den Sandkasten läuft, das Förmchen sucht und findet und erleichtert lächelt, als wäre ihre kleine Welt wieder gerade gerückt, oder Sascha, der das ebenso verzückt beobachtet wie ich. Wahrscheinlich Sascha. Ich kann nicht widerstehen, ihn zärtlich im Nacken zu kraulen, nur ein ganz kleines bisschen, und meine Stirn an seine Schläfe zu legen.

„Ich liebe dich", wispere ich ihm ins Ohr.

Er streichelt mich am Rücken unter meinem T-Shirt, auch nur ein ganz kleines bisschen. „Ich dich auch", sagt er fast unhörbar.

Eine Weile schauen wir noch Amelie zu, wie sie neue Kuchen backt und ihrer Mama bringt, damit die sie auf dem Sandkastenrand umdreht und dann vorsichtig das Förmchen abhebt. Manche Kuchen bleiben formschön auf dem Holz stehen, andere fallen in sich zusammen. Caro versucht ihrer Tochter klarzumachen, dass sie den feuchten Sand von weiter unten verwenden muss, damit die Kuchen halten, aber Amelie bekommt das nicht immer richtig hin.

Weil ich weiß, dass ich nicht ewig auf Saschas Schoß sitzen bleiben kann, erhebe ich mich schließlich und setze mich jetzt doch auf den Sandkastenrand zwischen Sascha und der Sandkuchenreihe neben Caro.

„Wie geht es Noah?", erkundigt sich Sascha.

„Gut", sagt Caro. Sie berichtet, dass er als Baumpfleger bei der Stadt Celle arbeitet und damit sehr zufrieden ist. Sascha ergänzt, dass Noah schon immer Baumkletterer werden wollte. Caro selbst arbeitet halbtags als Industriekauffrau in einer Papierfirma in Lachendorf. Kennengelernt haben sich die beiden vor vier Jahren im *Inkognito* in Celle. Beseelt erzählt Caro, dass es sofort die große Liebe war, und als dann ziemlich schnell Amelie unterwegs war, haben sie geheiratet. Sie wohnen eigentlich in Lachendorf, aber sie sind oft in Gannermühle bei Noahs Eltern auf dem Hof, besonders in den Ferien, wenn die Krippe geschlossen hat, weil das so praktisch ist mit der Betreuung von Amelie.

„Und ihr?", will Caro wissen. „Seid ihr schon lange zusammen?"

„Insgesamt sieben Monate", sagt Sascha unverfänglich. „Wir wohnen beide in Hannover und sind jetzt bis Sonntag hier."

„Cool. Das muss ich Noah unbedingt heute Abend erzählen. Er freut sich bestimmt, dich zu sehen. Und dich kennenzulernen, Fredi. Wir könnten ja vielleicht zusammen weggehen, was haltet ihr von Samstagabend? Da ist die *End-of-Summer-Night* im Adigser Freibad. Wir wollen hingehen, vielleicht habt ihr Lust, mitzukommen? Es gibt was zu essen, eine Cocktailbar und Live-Musik, und natürlich kann man baden bis nach Mitternacht."

„Das klingt toll", antworte ich. „Von mir aus gern."

Mir entgeht nicht, dass Sascha zögert. Und dass sein „Okay", das er dann murmelt, ein eher widerwilliges ist.

„Hat Noah deine Handynummer?", fragt Caro. „Dass wir uns absprechen können, wann wir uns wo treffen?"

„Nein." Sascha fährt ein paar Zentimeter zurück und dreht seinen Rolli, macht dann aber doch keine Anstalten, den Spielplatz zu verlassen. Er bietet aber auch nicht an, mit Caro die Handynummern zu tauschen.

Ich stehe auf. „Willst du meine haben?", frage ich Caro, um das Schweigen nicht zu unangenehm werden zu lassen.

„Mama, ich will schaukeln. Schubst du mich an?", bettelt Amelie.

„Gleich, mein Schatz. Ich will nur schnell mit Fredi Handynummern austauschen. Dann komme ich."

„Seid ihr jetzt Freunde?"

Liebevoll streicht Caro ihrer Tochter über die Haare. „Papa und Sascha waren schon als Kinder Freunde. Sie haben zusammen genau hier im Sandkasten gespielt, als sie klein waren. Papa hat erzählt, dass sie aus Sand ganz tolle Landschaften mit Bergen und Straßen und Höhlen gebaut haben und mit Spielzeugautos darauf gefahren sind. Stimmt's, Sascha?"

„Ja. Das stimmt. Dein Papa, Markus und ich."

„Markus?" Amelie schaut Sascha mit leuchtenden Augen an. „Von gegenüber?"

„Ja, genau."

„Markus hat mit mir die gaaaanz kleinen Kälbchen gefüttert. Und ich durfte sie streicheln!"

„Das war bestimmt toll!", sagt Sascha.

Amelie nickt.

Caro legt Amelie ihre Hand auf die Schulter. „So, und jetzt gehst du schon mal vor zur Schaukel, ja?" Sie holt ihr Handy aus ihrer Handtasche, und Amelie läuft zur Schaukel. Caro und ich tauschen Nummern aus, und anschließend verabschieden wir uns.

Kurz bevor ich die Pforte vom Spielplatz öffne, schauen Sascha und ich noch einmal zurück. Amelie juchzt vor Freude, während Caro sie anschubst. Caro hebt die Hand, und auch wir winken kurz. Dann verlassen wir den Spielplatz.

5. Spiessrutenlauf.

An einer Reihe normaler Einfamilienhäuser und einem weiteren Hof vorbei – dem von Noahs Eltern, wie mir Sascha sagt - gelangen wir zu dem Bauernhof, zu dem der Hofladen gehört. Vorne zur Straße hin steht das Wohnhaus, das in der gleichen Bauart errichtet wurde wie Saschas Haus. Links gibt es eine überdachte Durchfahrt, die wir durchqueren, um auf den Innenhof zu kommen. Hier stehen alle Gebäude rechtwinklig zueinander und umschließen den Innenhof ohne Lücken. In der Mitte des Hofes wächst ein stattlicher Kastanienbaum. Der Laden befindet sich gegenüber vom Wohnhaus auf der anderen Seite des Innenhofs.

Neugierig betrete ich den Laden durch die geöffnete Eingangstür. In zu einer Art Regal gestapelten Obstkisten aus Holz stehen Marmeladengläser, Honiggläser eines Imkers aus dem Nachbarort, Saftflaschen aus einer Mosterei, Gläser mit unterschiedlichen Senfsorten, Wurst im Glas und andere regionale Produkte. In dem rustikalen Schrank an der Wand gegenüber werden unter anderem frische Bio-Eier angeboten, und daneben steht ein wuchtiger kühlschrankähnlicher Automat, auf dem „Milchtankstelle" steht. In der Mitte des Raumes befinden sich auf schrägen Ablageflächen angeordnete Kisten mit Äpfeln, Birnen, Pflaumen, Kartoffeln und weiteren Obst- und Gemüsesorten.

„Was ist denn eine Milchtankstelle?", frage ich Sascha.

Er steht noch halb in der Eingangstür, als wollte er gleich wieder gehen. Jetzt kommt er doch näher und erklärt: „Das ist wie ein großer Kühltank mit Zapfstelle. Nach dem Melken wird ein Teil der Milch direkt in die Milchtankstelle gefüllt, und dann kannst du dir hier ganz frische Milch abfüllen."

„Aber man muss sie erst abkochen, steht hier." Ich zeige auf das Hinweisschild, das auf dem Automaten klebt.

„Ja, aber das ist schnell gemacht. Meine Eltern haben diese Milch immer zu Hause."

„Die Stimme kenn ich doch!" Ich schrecke richtig zusammen, als plötzlich ein großer blonder Mann, Mitte, Ende fünfzig vermutlich, im Laden steht. „Sascha! Was für eine Freude, dich zu sehen!"

Strahlend kommt er auf uns zu – und bleibt plötzlich abrupt stehen. Ich weiß nicht, vielleicht war sein erster Impuls, Sascha zu umarmen, und jetzt hat er keine Ahnung, wie. Oder ob überhaupt. Er lässt seine schon halb ausgebreiteten Arme sinken und steht dann da, zwei Meter vor uns, unbeweglich und stumm.

„Hallo, Helmut", sagt Sascha, es klingt mindestens genauso steif, wie Helmut vor ihm steht. „Ich ... freue mich auch, ... hier zu sein."

„Mensch, Junge, ich hab dich jetzt bald drei Jahre nicht gesehen. Gut siehst du aus." Nun bewegt er sich doch, tritt an Sascha heran und klopft ihm von schräg vorne seitlich auf die Schulter.

Sascha rollt ein paar Zentimeter zurück, während Helmut sich wieder aufrichtet. „Danke. Das ist Fredi, meine Freundin."

„Sehr erfreut." Helmut reicht mir die Hand. Sein Händedruck ist kräftig. „Ich bin Helmut, der Besitzer dieses Hofes und der Vater von Markus. Kennst du Markus schon?"

Ich schüttele den Kopf. „Ich bin zum ersten Mal hier, und wir sind erst heute angekommen. Aber Sascha hat mir schon viel von Markus erzählt."

„Das ist schön", sagt Helmut. Dann wendet er sich an Sascha. „Wie ich hörte, habt ihr seit einiger Zeit wieder Kontakt? Ich habe mich so gefreut, als Markus mir davon erzählt hat."

„Ja, seit Anfang des Jahres", sagt Sascha, und es ist nicht zu übersehen, wie unangenehm ihm die Situation ist. Es ist nicht nur die leichte Röte, die seine Wangen und seine Ohren überzieht, es ist seine gesamte Körperhaltung, die unentspannt wirkt, beinahe schon verkrampft.

„Ich bin sehr froh, dass es dir wieder besser geht." Helmut klopft Sascha noch einmal auf die Schulter. Dann tritt er einen Schritt zurück und deutet mit geöffneter linker Hand auf den Laden. „Zur Feier des Tages schenk ich euch was. Sucht euch was aus, vielleicht 'nen Apfel oder eine Birne? Oder lieber ein paar Pflaumen? Die Pflaumen sind ganz frisch aus eigener Ernte."

„Danke." Ich gehe zu den Obstkisten. „Die Pflaumen sehen gut aus."

„Nimm dir, nimm dir!"

Ich nehme mir eine Pflaume aus der Kiste. Sascha kommt ebenfalls, zieht die Rollihandschuhe aus, legt sie sich auf den Schoß und probiert auch von den Pflaumen. Helmut springt sogleich mit einem kleinen Teller herbei und reicht ihn uns, damit wir die Steine loswerden können.

„Die sind wirklich lecker", lobe ich, und Sascha nickt.

Während wir zwei, drei weitere Pflaumen essen, erkundigt sich Helmut, wie lange wir bleiben, und als er hört, dass wir erst am Sonntag wieder fahren, verkündet er, dass er gleich Markus anrufen wird. Vielleicht wolle er ja übers Wochenende kommen, wenn er hört, dass wir da sind.

Dann betritt eine Frau den Laden, sie ist schon etwas älter. Sie ruft ein „Moin, Helmut" und bewegt sich zielstrebig auf den Schrank mit den Eiern zu – bis sie Sascha erblickt.

„Sascha!", ruft sie. „Wie schön, dich zu sehen!"

Ganz ähnlich wie vorhin Helmut geht sie freudig auf Sascha zu und bleibt dann doch kurz vor ihm stehen. Zögerlich reicht sie ihm die Hand.

„Hallo, Elfriede." Sascha gibt ihr die Hand, und sie umfasst sie mit beiden Händen, viel zu lange für meinen Geschmack, auch wenn es bestimmt sehr herzlich gemeint ist. „Das letzte Mal, dass ich dich hier im Dorf gesehen habe, muss vor Jahren gewesen sein! Wie lange ist dein Unfall jetzt her?", fragt sie.

Sascha entzieht ihr seine Hand und rollt etwas zurück. „Dreieinhalb Jahre."

„So lange schon ... Lass hören, wie geht es dir?"

„Besser. Gut eigentlich."

„Hast du das gehört, Helmut? Es geht ihm gut! Das sind ja wunderbare Nachrichten, mein Junge. Und du hast sogar jemanden mitgebracht!" Sie wendet sich mir zu, reicht auch mir ihre Hand und umfasst meine Hand mit zwei Händen. „Ich bin Elfriede. Mein Mann und ich wohnen im Haus Nummer acht, gegenüber von der Kirche, gleich am Dorfplatz."

„Ich bin Fredi, Saschas Freundin."

„Seine Freundin! Ach, wie wunderbar! Wir haben Sascha aufwachsen sehen, er war immer so ein Sonnenschein! Und dann dieser schreckliche Unfall ..."

Elfriede hält noch immer meine Hand, ich muss richtig Kraft aufwenden, um sie wegzuziehen. Aber ich mag nicht länger von dieser Frau angefasst werden. Sowieso nicht, aber nach dieser Äußerung erst recht nicht.

„Er *ist* ein Sonnenschein", sage ich mit Nachdruck. „Immer wieder." Ich muss an Grönemeyers Lied denken. Dass seine Frau jeden Raum mit Sonne geflutet hat. Passender könnte man es nicht ausdrücken. Wenn es ihm gut geht, tut Sascha genau das.

„Das ist schön zu hören! Nach dem, was Andrea erzählt hat ..."

„Wir sind hier fertig, oder, Fredi?", unterbricht Sascha. Seine Handschuhe hat er schon wieder angezogen.

„Ja", bestätige ich. Ich hätte vielleicht noch gern eine Marmelade oder eine von den Wurstsorten im Glas gekauft. Aber jetzt möchte auch ich den Laden nur noch verlassen. Ich kann ja morgen wiederkommen oder so.

„Tschüs, Helmut." Sascha dreht seinen Rolli und steuert auf die Ladentür zu. „Wir müssen dann mal weiter."

„Auf Wiedersehen", ruft Helmut. „Bis bald!"

Ich folge Sascha zum Ausgang. „Auf Wiedersehen."

„Habt noch eine schöne Zeit hier!", ruft Elfriede uns hinterher. „Alles Gute für euch!"

„Danke", erwidere ich, „für Sie auch."

Und dann sehe ich zu, dass ich nach draußen komme.

„Puh", mache ich, als ich zu Sascha aufgeschlossen habe. „Ich wusste gar nicht, wie sehr Nettigkeiten wehtun können."

„Und ich wusste nicht, dass meine Mutter mein Befinden hier im Dorf ausbreitet. Was denkt die sich eigentlich?" Mit energischen Schüben treibt er den Rolli an.

Ich muss fast rennen, um Schritt zu halten. „Du weißt doch gar nicht, was sie gesagt hat. Vielleicht hat diese Elfriede sie mal gefragt, wie es dir geht, und sie hat einfach nur gesagt: Nicht so gut."

„Das glaubst du doch selber nicht."

„Ich glaube gar nichts. Ich sage nur, dass du es nicht wissen kannst."

Abrupt hält er an. Mitten in der Durchfahrt. „Wieso nimmst du meine Mutter in Schutz?"

Ich bleibe auch stehen. „Tu ich nicht."

„Tust du doch.“

„Nein.“

Mit zusammengekniffenen Augen schaut er mich an. Ich kann richtig sehen, wie es in ihm brodelt. Aber er sagt nichts mehr. Sekunden vergehen, in denen wir einander gegenüber in der Durchfahrt stehen und ich mich frage, woher seine plötzliche Feindseligkeit kommt. Dann stößt er ein verächtliches „Ach“ aus, wendet sich von mir ab und setzt seinen Weg fort.

Auf dem Bürgersteig biegt Sascha nach rechts ab. Die Straße hier ist ziemlich breit und führt aus dem Ort raus. Rechts und links säumen Einfamilienhäuser mit Gärten die Straße. Nur das dritte Haus auf der linken Seite war wohl mal ein Bauernhof. Jetzt steht „Malerfachbetrieb Lindemann“ über der Durchfahrt.

Sascha legt ein ziemliches Tempo vor, ich muss mich beeilen, um mit ihm mitzuhalten. Ich weiß nicht, was ich tun oder sagen soll. Ob ich überhaupt was sagen soll. Oder ob ich besser einfach abwarte. Vielleicht beruhigt er sich ja von selbst. Er muss sich beruhigen. Und entschuldigen. Ich habe ihm nichts getan.

Zügig nähern wir uns dem Ende des Dorfes. Hinter den letzten Häusern scheint das Wäldchen zu liegen, von dem Sascha mir erzählt hat. Beim vorletzten Haus auf der rechten Seite steht ein Mann auf dem Bürgersteig und schneidet gerade die Hagebutten von den Rosen ab, die gleich hinter dem Gartenzaun wachsen. Er ist vielleicht vierzig, fünfundvierzig Jahre alt und trägt eine zerschlissene Jeans und ein ausgeblichenes T-Shirt. Als wir nur noch ein paar Meter von ihm entfernt sind, sieht er auf. Es dauert keine drei Sekunden, bis er überrascht ausruft: „Sascha! Du bist es wirklich! Wie schön, dich zu sehen!“

„Hallo, Martin. Ja, ich bin's.“ Sascha klingt halbwegs normal. Gott sei Dank. „Und das ist Fredi, meine Freundin.“

Wir bleiben gut eineinhalb Meter vor Martin stehen.

„Hallo.“ Martin zieht sich den rechten Gartenhandschuh aus und gibt erst mir die Hand und dann Sascha. „Wie geht es dir, Sascha? Ich habe gehört, du studierst in Hannover?“

„Ja, in Hannover. Es geht mir ganz gut.“

„Das freut mich sehr. Wir haben das hier alle sehr bewundert, wie schnell du wieder auf die Beine gekommen bist nach dem

Unfall. Äh, also ... im übertragenen Sinne natürlich. Ich meine, wie schnell du wieder Fuß gefasst hast. Oder ... hm ... also ..." Er errötet und starrt auf Saschas Rollstuhl.

„Schon okay. Ich weiß, was du meinst."

„Äh ... Wollt ihr reinkommen? Vielleicht auf einen kleinen Drink auf der Terrasse? Die haben wir neu machen lassen, du kennst sie noch gar nicht. Ute freut sich sicher auch, dich zu sehen. Und die Kinder bestimmt ebenso."

„Nein, danke. Wir wollten eigentlich gerade ins Wäldchen", sagt Sascha.

„Dann lasst euch nicht aufhalten. Grüßt die Rehe von mir, wenn ihr welche seht!" Sein Lachen wirkt gekünstelt.

„Machen wir. Tschüs, Martin!"

„Ciao, ciao!"

„Tschüs", sage auch ich. Dann wenden wir uns zum Gehen.

Bis wir im Wäldchen angekommen und auf den Schotterweg abgebogen sind, der sich in das Wäldchen hineinschlängelt, haben Sascha und ich noch immer kein Wort gewechselt. Stumm gehen wir nebeneinander durch den Wald. Hier wachsen hauptsächlich Buchen, vereinzelt stehen Eichen dazwischen. Das Blätterdach ist relativ licht, die Bäume stehen nicht so nah beieinander wie in der Eilenriede. Dennoch ist es hier angenehm kühl.

Wenn mich mein Orientierungssinn nicht täuscht, sind wir bereits wieder auf dem Rückweg als Sascha endlich das Wort ergreift. „Da hinten haben wir oft gespielt." Er deutet nach links. „Siehst du die Buche da, die am Stamm ihre Äste behalten hat? Und daneben am Waldrand die Esche mit dem dicken kurzen Stamm? Das waren unsere Kletterbäume."

„Ja, ich sehe sie." Ich habe die beiden Bäume sofort ausgemacht. Eigentlich habe ich ja Redebedarf über was ganz anderes. Aber die Bäume interessieren mich. Vielleicht reden wir später. Vielleicht muss man auch nicht immer alles bereden. „Kommen wir da näher dran?"

„Du schon. Ich ... wahrscheinlich auch."

„Brauchst du Hilfe?"

„Eher nicht. Wenn doch, sag ich Bescheid."

Der Boden in diesem Wäldchen ist dicht mit dem trockenen,

braunen Laub vom letzten Herbst bedeckt. Nur vereinzelt wachsen kleine Baumtriebe zwischen den großen Bäumen. An manchen Stellen überwuchern niedrige grüne Pflanzen den Boden. Aber zu den Bäumen, die Sascha meint, führt ein schwach erkennbarer Trampelpfad.

Ich lasse Sascha den Vortritt. Auf den Hinterrädern balanciert er über den Waldboden. Ich gehe dicht hinter ihm.

„Der Weg sieht aus, als würde er noch immer begangen", bemerke ich.

„Ja, hab ich auch gedacht. Vielleicht spielen die Kinder heute auch hier."

Der Trampelpfad leitet uns zuerst an der Esche vorbei. Ihr dicker Stamm ist etwas schräg, vielleicht ist er zum Licht am Waldrand gewachsen, und er teilt sich schon ungefähr auf meiner Kopfhöhe in mehrere Teilstämme auf. Die Krone ist breit und lädt geradezu dazu ein, dass man in ihr herumklettert.

„Die Esche ist toll", sage ich. „Ein perfekter Kletterbaum."

„Das ist sie wirklich. Willst du mal hoch?"

„Wenn das für dich okay ist?"

„Solange du nicht vorhast, da oben zu bleiben ... Auf Dauer würde ich dich hier unten vermissen." Ein zaghaftes Grinsen spielt um seine Mundwinkel.

„Obwohl ich vorhin angeblich deine Mutter in Schutz genommen habe?", rutscht es mir heraus. Scheiße, warum kann ich sein offensichtliches Friedensangebot nicht einfach annehmen?

„Hast du angeblich doch gar nicht." Jetzt guckt er mich ernst an. Aber da ist nichts Feindseliges oder Aggressives mehr, weder in seiner Stimme noch in seinem Blick.

„Hab ich ja auch nicht. Und keine Sorge, ich bleibe nicht oben. Ich würde dich nämlich auch vermissen."

Er lächelt. Es fühlt sich unfassbar gut an, wie sich die latente Missstimmung zwischen uns auflöst. Sascha nimmt meine Hand und schiebt seine Finger zwischen meine. Diese Berührung elektrisiert mich, immer noch und immer wieder, sogar, wenn es wie jetzt zum Großteil das Leder und die Textiloberseite der Halbfinger-Rollihandschuhe sind, die ich spüre. Es sind nur drei, vier Sekunden, die wir so dastehen, aber sie bedeuten so viel. Dann lockert Sascha seinen Griff, und ich entferne mich langsam von ihm, lasse meine Hand dabei aus seiner gleiten.

„Viel Spaß!" Sascha legt die Hände an die Greifreifen, und ich gehe zum Stamm rüber. Während ich zügig in die Krone klettere, rollt Sascha zurück und schaut zu mir nach oben.

„Es ist wirklich toll hier!", rufe ich runter. „Hier sind viele Astgabeln, auf denen man es sich bequem machen kann." Wie gerne würde ich jetzt mit ihm hier oben sitzen, anstatt alleine in der Baumkrone herumzukraxeln! Gleichzeitig stelle ich fest, dass ich mir das gar nicht richtig bildlich vorstellen kann.

„Guck mal nach da drüben!", ruft Sascha. Er zeigt zum Waldrand.

Ich klettere noch ein bisschen höher und schaue in die von Sascha vorgeschlagene Richtung. Vor mir liegt Gannermühle. Ich sehe die Straße, in der Martin wohnt, und, am Ende der langen Reihe von Einfamilienhäusern, den Hof von Helmut. Weiter hinten, da, wo die vielen Bäume stehen, muss der Dorfplatz sein. Schräg dahinter kann ich die Kirchturmspitze erkennen.

„Wow, cooler Blick!", rufe ich zu Sascha runter. „Bist du hier zum Fan von Aussichtspunkten geworden?"

Unten höre ich Sascha kurz auflachen. „Kann gut sein!"

Ein, zwei Minuten lang sehe ich mir das Dorf und es umgebenden die Felder von hier oben an, dann klettere ich zurück. Vom letzten Ast springe ich ab und lande mit den Füßen direkt vor Sascha auf dem weichen Waldboden.

Zusammen gehen wir zu der Buche weiter. Als wir sie erreicht haben, schaue ich am Stamm hoch. In relativ großen Abständen hat er kleine Äste zu den Seiten ausgebildet, aber die eigentliche Krone befindet sich in schwindelerregender Höhe.

„Und da seid ihr auch rauf?"

„Ja."

„Wow, ich glaube, das hätte ich mich nicht getraut."

„Diesem Baum habe ich meine Unfallversicherung zu verdanken."

„Wie das?"

„Wir waren so elf, zwölf, Markus und ich. Noah war dreizehn oder vierzehn. Die Esche da hatten wir schon ein paar Jahre vorher in Besitz genommen, aber die haben wir dann an Tobi und Svenja abgetreten."

Ich erinnere mich, an den Häusern von Svenja und Tobi sind wir vorhin vorbeigekommen. Die beiden sind jünger als Sascha, zwei und drei Jahre. „Und dann habt ihr euch einfach den nächsten Baum gesucht?"

„Vor allem waren wir groß genug. Wir sind bis in die Krone geklettert. Aber irgendwer hat uns bei Helmut verpetzt, und der hat es natürlich Noahs und meinen Eltern gesteckt. Sie wollten uns verbieten, da hochzuklettern, aber sie wussten wahrscheinlich, dass wir es trotzdem tun würden. Da haben die sechs sich überlegt, dass sie jeweils für uns eine Unfallversicherung abschließen, und wir mussten uns mit unserem Taschengeld an dem Aufschlag für die Versicherung von Unfällen bei der Ausübung gefährlicher Freizeitaktivitäten beteiligen."

„Wirklich? Ist ja schräg."

„Auf was für Ideen Eltern halt kommen, wenn sie zusammen über mögliche Erziehungsmaßnahmen sinnieren. Wahrscheinlich haben sie gedacht, dann verzichten wir lieber aufs Bäumeklettern."

„War aber nicht so."

„Richtig. Es ist aber nie jemand vom Baum gefallen. Und wie du weißt, arbeitet Noah inzwischen sogar als Baumkletterer."

„Also war er ein hoffnungsloser Fall für seine Eltern, ja?"

„Ist er wahrscheinlich immer noch. Die machen sich bestimmt jeden Tag Sorgen, dass er vom Baum fällt oder sich ins Bein sägt. Früher jedenfalls waren die immer furchtbar ängstlich."

„Und deine Eltern?"

„Die haben sich schon auch Sorgen gemacht. Aber nicht *so*. Nicht damals. Na ja, die Unfallversicherung hat sich später ja bezahlt gemacht. Für den Treppenlift und den Badumbau und all die anderen Dinge hätten meine Eltern sonst einen Kredit aufnehmen oder eines ihrer verpachteten Felder verkaufen müssen."

„Ich hab mich vorhin schon gefragt, ob das vielleicht die Krankenkasse bezahlt hat, die ganzen Umbauten."

Er schüttelt den Kopf. „Die zahlen nur Hilfsmittel und Therapiegeräte. Und das auch nur, wenn sie zu dem Ergebnis kommen, dass sie wirklich notwendig sind."

„Aber ein Treppenlift ist doch ein Hilfsmittel, und notwendig ist er ja wohl auch!"

„Nein, das ist eine bauliche Maßnahme. Hilfsmittel sind Brillen, Rollstühle, Krücken und so."

„Ah, okay, das wusste ich nicht."

„Das weiß man auch nur, wenn man sich zwangsläufig damit beschäftigen muss."

„Da hast du wohl recht."

„Gehen wir zurück?"

„Ja, gern."

Auf dem Trampelpfad schlagen wir uns zum Schotterweg durch, dann setzen wir unsere Runde durch den Wald fort.

„Warum hast du vorher nie von Noah erzählt?", will ich wissen. „Anscheinend habt ihr doch fast genauso viel zusammen gemacht wie du und Markus."

„Wir haben viel zusammen gemacht, ja. Aber er ist zwei Jahre älter, und nach der Grundschule waren wir noch nicht einmal mehr zusammen auf derselben Schule. Noah hat mit Ach und Krach die Realschule geschafft. Er ist Legastheniker und hyperaktiv, die Schule war der Horror für ihn. *Ich* war ja schon viel in Bewegung, aber er ... Er ist eigentlich überhaupt nicht dumm, aber er konnte sich nie lange konzentrieren. Außer es war was, was ihn wirklich interessiert. Oder was Gefährliches. Er war siebzehn, als er seinen Abschluss in der Tasche hatte, und dann hat er eine Ausbildung als Förster und später die Kletterausbildung und die Weiterbildung zum Baumpfleger gemacht. Da war ich mit fünfzehn als Gymnasiast noch ein Kind. Natürlich haben wir uns weiterhin manchmal getroffen und uns auch gut verstanden, aber mit Markus war ich auf derselben Schule, in derselben Klasse, im selben Verein ..."

„Vielleicht klappt es ja morgen Abend mit dem Treffen. Ich würde Noah echt gerne kennenlernen. Und Caro fand ich nett."

Sascha sagt nichts.

„Willst du nicht?", frage ich schließlich.

„Doch ... Sind halt immer anstrengend, die Treffen mit Leuten von früher. Hast du ja vorhin vielleicht auch gemerkt. Ich würde mich jetzt am liebsten nach Hause beamen. Am frühen Abend kommen die Leute von der Arbeit zurück, stehen am Gartenzaun und unterhalten sich, bringen ihren Müll raus, gehen zum Hofladen ... Das wird gleich der reinste Spießrutenlauf."

„Aber alle freuen sich, dich zu sehen. Ist das nicht auch schön?"

„Sie freuen sich, weil ich drei Jahre kaum hier war. Und wenn, dann bin ich nicht aus dem Haus gegangen. Sogar am Abend vor dem ersten Mai, als ich mit Markus auf der Party von Jan war, hab ich mich nicht weiter hier blicken lassen. Markus hat mich bei meinen Eltern abgeholt, und wir sind direkt ins Auto gestiegen und zu Jan nach Wiedenhorst gefahren. Du kannst dir nicht vorstellen, *wie* viel Mut und Kraft mich das kostet, hier jetzt einfach so rumzuspazieren. Jedes *Schön, dich zu sehen!* ist wie eine Ohrfeige. Weil jedes Mal automatisch darin mitschwingt, dass ich drei Jahre von der Bildfläche verschwunden war. Und anscheinend weiß hier ja auch jeder, warum."

Martins Kinder spielen auf der Straße vor dem Haus Beach Ball. „Ich wette, dass sie das sonst im Garten machen", raunt Sascha mir zu. Es sind ein Mädchen und ein Junge, ungefähr neun und elf Jahre alt, und natürlich unterbrechen sie ihr Spiel und begrüßen uns – allerdings eher schüchtern und distanziert. Dafür gucken sie umso unverhohlener auf Saschas Rollstuhl. Ute jätet jetzt das Unkraut auf dem Bürgersteig und begrüßt Sascha und mich ebenso freudig wie vorhin ihr Mann. Immerhin verliert sie kein Wort über die Zeitspanne, die sie Sascha nicht gesehen hat. Aber gut, sie wusste ja auch schon von ihrem Mann, dass Sascha da ist, da war sie natürlich nicht überrascht, ihn zu sehen.

Ein paar Häuser weiter, auf der anderen Straßenseite, stehen zwei ältere Frauen am Gartenzaun und unterhalten sich, und auch wenn sie ganz aus dem Häuschen sind, Sascha zu sehen und mich als seine Freundin kennenzulernen, so ärgern mich ihre nett gemeinten Äußerungen, wie toll sie es finden, dass Sascha wieder studiert und Sport macht (was sie von Andrea wissen) und jetzt sogar seine Freundin mitbringt. Als wäre das etwas extrem Besonderes, zu studieren, Sport zu machen und eine Freundin zu haben, wenn man im Rollstuhl sitzt. Ich muss mich sehr beherr-schen, freundlich zu bleiben.

Als wir bei Markus' Hof vorbeikommen, ist zum Glück nie-mand zum Laden unterwegs oder verlässt den Hof, aber schräg gegenüber kommt gerade Noahs Mutter aus der Haustür, kurz bevor wir daran vorbeigehen.

„Sascha!", ruft sie uns entgegen. „Ich habe schon von Caro ge-hört, dass du hier bist." Eilig kommt sie auf uns zu. „Und von Amelie natürlich. Sie war ganz begeistert von euch!"

Noahs Mutter begrüßt uns herzlich, bleibt aber auf Abstand, und dann verwickelt sie uns in ein längeres Gespräch. Sie fragt, was wir so machen, und erzählt Sascha, was es Neues im Dorf gibt. Mehrfach drückt sie ihre Freude darüber aus, Sascha endlich wieder hier zu sehen, und darüber, dass es ihm anscheinend bes-ser geht. Sie habe sich schon solche Sorgen gemacht, weil er nie im Dorf unterwegs war, und Andrea habe da so Andeutungen gemacht ... „Volker und ich, aber auch Noah und Aaron, wir wa-ren schockiert, als wir das mit deinem Unfall gehört haben! Solch ein Einschnitt im Leben, gerade für jemanden wie dich, das ist so schrecklich. Als wir dann gehört haben, dass du studierst, dachte ich: Gott sei Dank, er fängt sich. Du hast wenigstens das Glück, dass du mit deinem Kopf arbeiten kannst. Wenn das Noah pas-siert wäre ... Für ihn wäre es das Schlimmste, an den Rollstuhl gefesselt zu sein. Ich weiß nicht, ob er jemals damit zurecht-kommen würde!"

Tief dringen Margots Spieße in mich hinein. Aus dem Hinter-halt abgefeuert, sicher nicht böswillig, aber dafür umso schmerz-hafter. *An den Rollstuhl gefesselt*, wie ich diesen Ausdruck ver-abscheue! Und ihr Mitleid, gepaart mit diesem *Gut, dass es nicht meinen Sohn getroffen hat!*, brennt wie Schwefelsäure in meinem Hals, in meinen Lungen, überall. Wie kann man nur so taktlos sein? Mitten in einem Smalltalk? Und es nicht einmal merken?

Ich will etwas sagen, dagegenreden, aber ich weiß, wenn ich das tue, wird es patzig klingen und ganz bestimmt nicht höflich. Wahrscheinlich würde ich mehr kaputt machen, als dass es hilft. Ich balle die Hände in meinen Hosentaschen zu Fäusten und beiße mir auf die Lippen.

„Zum Glück muss er das ja nicht", höre ich Sascha zu Margot sagen. Ausgerechnet jetzt fangen seine Beine an zu zittern.

„Oh, kannst du deine Beine bewegen?", fragt Margot aufgeregt. „Gibt es da etwa Hoffnung auf Heilung?"

„Schön wär's", murmelt Sascha. „Das sind bloß Spasmen." Er stützt sich im Rolli hoch. „Wir gehen dann mal weiter, Margot." Seine Stimme klingt gepresst. „Ich muss ... mich fangen."

Ohne ein weiteres Wort setzt er den Rollstuhl in Bewegung. Margot muss zur Seite springen, so abrupt fährt er los.

„Auf Wiedersehen, ihr beiden!", ruft Margot uns hinterher, hörbar verunsichert, aber offensichtlich um Fröhlichkeit bemüht.

„Tschüs", murmele ich, laut genug, dass sie es noch hören wird.

Sascha sagt nichts. Hastig rollt er den Bürgersteig entlang.

Als wir das Gebäude der Freiwilligen Feuerwehr erreicht haben, habe ich zu ihm aufgeschlossen. „*Ich muss mich fangen*, das hast du sehr schön gesagt." Diese kleine Spitze fand ich stark. Dass er dazu überhaupt in der Lage war!

Sascha reagiert nicht.

„Das war sehr schlagfertig", füge ich hinzu. „Und souverän."

Er schnaubt verächtlich und stoppt seinen Rolli so abrupt, dass die Räder bestimmt Bremsspuren auf dem Pflaster des Bürgersteigs hinterlassen. „Der Abgang war alles andere als souverän."

Ich bleibe auch stehen und sehe ihn an. „Du musstest dich halt fangen."

„Ich bin noch dabei." Er lächelt, ganz schwach. Er hält sogar den Blick, lange, und während wir einander anschauen, fließt so viel Liebe durch mich hindurch, dass ich regelrecht spüren kann, wie sie das Brennen und die Schmerzen lindert. Ich mache einen Schritt auf Sascha zu und halte ihm meine Hand hin.

Er behält seine Hände an den Greifreifen. „Nicht hier."

Ich lasse meine Hand sinken.

„Sorry", schiebt er nach.

„Ist okay." Jetzt brennt es doch wieder in mir, aber es sind nicht mehr Margots Spieße. Es ist eher das Verlangen, ihm nahe zu sein. Ihn zu halten. Oder wenigstens zu berühren. Auch wenn ich ihn verstehe. Margot muss nur nochmal vor ihr Haus treten, dann sieht sie uns. Und wenn wir um die Ecke biegen, sind wir in Sichtweite von Saschas Mutter, falls die gerade aus dem Fenster guckt.

„Ich kann jetzt nicht nach Hause", sagt Sascha. „Ich brauche noch Zeit."

„Wo willst du hin?"

Er hebt die Schultern. „Zum Spielplatz? Der sollte um diese Zeit verwaist sein."

Ich werfe einen Blick auf meine Armbanduhr. Kurz nach halb sieben. Vermutlich essen alle Kinder im Spielplatz-Alter jetzt zu Abend. „Willst du allein hin?"

Er schüttelt den Kopf.

Dann wendet er seinen Rolli, und wir gehen am Feuerwehr-Gebäude entlang zurück bis zu einem schmalen gepflasterten Weg, der an dem langen Nebengebäude von Noahs Hof entlang führt. Nach einer Weile kommt links die Scheune von Saschas Eltern in Sicht, und zwischen dem Gebäude, in dem sich Andreas Atelier befindet, und der alten Backstube gelangen wir auf die nächste Straße, an der das Museum und der Spielplatz liegen.

Wir haben Glück, niemand ist zu sehen. Nachdem wir die Pforte im Zaun um das Spielplatzgelände hinter uns geschlossen haben, steuern wir auf die Mitte der Rasenfläche zu. Irgendwann hält Sascha an, lässt den Rolli auf alle vier Räder sinken und greift sanft nach meiner Hand.

„Hier?", frage ich.

„Hier." Er zieht mich zu sich.

Ich setze mich auf seinen Schoß und fahre ihm mit meiner Hand zärtlich durch die Haare, während ich mich langsam seinem Mund nähere, um ihn zu küssen.

Aber er dreht seinen Kopf zur Seite. „Kannst du ... mich einfach nur halten, bitte?"

„Klar." Meine Stimme klingt rau, und alles in mir brennt lichterloh. Meine Liebe zu ihm, mein Verlangen nach ihm, sein Vertrauen. Sein Schmerz, den er mit mir teilt. Ich lege meinen anderen Arm um Saschas Rücken und drücke ihn an mich, und er umarmt mich genauso fest. Mein Kinn liegt auf seiner linken Schulter, meine Wange berührt seinen Hals, und ich kann spüren, wie er sich ebenso mit seinem Kopf an meinen schmiegt. Ich weiß nicht, ob er weint. Wenn, dann tut er es lautlos.

Mein Hals ist eng, und ich muss ein paarmal schlucken, aber in all dem Brennen und dem Schmerz ist es irgendwie auch … schön. Weil ich ihn halten darf. Weil ich merke, wie er sich halten *lässt*. Wie er sich entspannt, ganz langsam, in *meinen* Armen.

Erst, als Saschas Beine zu zittern anfangen, lösen wir uns voneinander, und ich stehe von seinem Schoß auf.

Sascha stützt sich im Rolli hoch und setzt sich wieder, zweimal, dreimal, ein viertes Mal, hebt nacheinander beide Beine an und stellt sie zurück auf die Fußraste. Die Spasmen lassen nach.

„Ich mach noch ein bisschen Stehtraining", sagt er. Seine Augen glänzen ein wenig, aber es sind keine Spuren von Tränen auf seinem Gesicht. Ich mag es so sehr, wie er mich jetzt ansieht. Wie er auf diese Weise Danke sagt, ohne es auszusprechen. Wie sich sein Danke mit meinem Danke an ihn vereint, das ich genauso still in meinen Blick lege.

„Und das Abendessen?", frage ich.

„Muss halt warten." Unsere Verbindung steht noch immer, sie ist so stark, dass es sich anfühlt, als würde mein Herzschlag stolpern.

„Willst du deiner Mutter nicht wenigstens Bescheid sagen?"

Er zuckt mit den Schultern, nimmt dann aber doch das Handy aus seinem Rucksack und schreibt Andrea eine kurze Nachricht.

Anschließend rollt er zum Barren. „Ich krieg das allein hin. Du kannst schaukeln oder dich auf die Bank setzen oder was auch immer du gern machen willst."

Sascha steht insgesamt über zwanzig Minuten in vier unterschiedlich langen Intervallen am Barren, während er mir dabei zusieht, wie ich versuche, in der Mitte der Wippe stehend möglichst lange das Gleichgewicht zu halten. Wir machen einen kleinen Wettbewerb daraus. Sascha gewinnt zweimal deutlich, das dritte Mal schaffe ich es tatsächlich, die Wippe länger in der Luft zu halten, als er im Stand bleibt.

Als wir schließlich den Spielplatz verlassen, haben wir uns gefangen. Beide.

6. VERMINTES LAND.

Saschas Vater heißt Micha. Eigentlich Michael, aber er hat sich mir gleich als Micha vorgestellt, und auch Andrea nennt ihn so. Mit seinen lebendigen dunkelbraunen Augen und dem dunklen Teint sieht er Sascha verblüffend ähnlich – und ich mag ihn. Er ist etwas über eins achtzig, schätze ich, seine kurzen, dunklen Haare sind an den Schläfen schon grau, und wie Andrea wirkt er, als würde er viel Sport treiben, schon immer und immer noch.

Er begrüßt mich herzlich und heißt mich willkommen, sagt, er freue sich sehr, mich schon nach so kurzer Zeit kennenzulernen. Ich nehme an, er meint den Abstand zu dem Telefongespräch, bei dem Sascha ihm und seiner Mutter von mir erzählt hat, sage aber nur unverfänglich, dass ich mich auch sehr freue, hier zu sein und Saschas Eltern kennenzulernen.

Weder er noch Andrea beschweren sich darüber, dass wir zu spät sind. Wir essen zusammen Abend auf der jetzt wunderbar schattigen Terrasse an dem großen ovalen Tisch, Sascha neben mir, und unterhalten uns nach dem Abräumen noch lange bei Rotwein, Apfelsaft und Erdnüssen. Das Licht der von Andrea gestalteten Tisch-Windlichter und das der ebenfalls von ihr designten Lampen setzt warm leuchtende Akzente auf dem Hof und an den Hauswänden. Die Luft ist angenehm, und im Hof ist es so gut wie windstill.

Ich berichte vom Handball, vom Studium und von meinen Reisen mit Jana, Sascha erzählt vom Basketball und dem Aufstieg in die Regionalliga, den sie in dieser Saison mit der Zweiten Mannschaft erreicht haben, und natürlich von seinem Studium und seinen erfolgreichen Prüfungen. Andrea berichtet von ihrer Arbeit im Museum, wo sie dienstagmorgens häufig Projekte mit Schulklassen anleitet, und von ihrem Urlaub, den sie und Micha gerade in der Hohen Tatra verbracht haben. Micha erkundigt sich, wie mir Gannermühle gefällt, und so kommen wir auf seine Arbeit als Ortsvorsteher und den Dorfwettbewerb zu sprechen. Ich finde es sehr interessant zu hören, wie er und die anderen Mitglieder des Dorfvereins das Dorf über Jahre und Jahrzehnte immer weiterentwickeln und es auf diese Weise als lebendigen und lebenswerten Ort erhalten.

Es wäre ein ziemlich entspannter Abend, an dem sämtliche unausgesprochenen und offenen Konflikte, die den Mittag und Nachmittag so aufreibend haben werden lassen, beinahe in Vergessenheit geraten wären – wenn nicht doch in manchen Momenten diese merkwürdige Stimmung aufkommen würde.

Zum Beispiel, als Sascha vom Basketball erzählt und Andrea und Micha überschwänglich zum Ausdruck bringen, wie froh sie sind, dass Sascha wieder zum Sport gefunden hat. Micha erkundigt sich, ob ich schon einmal ein Spiel von ihm gesehen habe, und nachdem ich das bejaht und davon erzählt habe, wie sehr es mir gefallen hat, fragt er Sascha, ob er und Andrea nicht auch einmal zusehen könnten. „Es sind öffentliche Spiele, da kann jeder kommen, der will", sagt Sascha, aber es klingt in seiner Sachlichkeit dermaßen abweisend, dass es sich für seine Eltern wie ein Schlag ins Gesicht anfühlen muss. So sehen sie auch aus, Andrea verzieht das Gesicht und beißt sich auf die Lippen, und Micha schluckt deutlich sichtbar, bevor er tief durchatmet und antwortet: „Ich verstehe. Sag uns einfach Bescheid, wenn du so weit bist. Wir würden uns wirklich freuen, wenn du uns mal einlädst."

Oder beim Tischabräumen, als Andrea extra die Wurst- und Käsepapiere an den Tisch bringt, damit Sascha alles einwickeln kann, während wir anderen Teller, Besteck und Speisen in die Küche tragen. Es ist bestimmt lieb gemeint, sie wird wissen, wie sehr Sascha es hasst, nutzlos rumzusitzen, aber sie legt es ihm hin, wie man einem kleinen Kind, das unbedingt mithelfen will, irgendeine pseudo-wichtige Aufgabe überträgt. Und genauso scheint Sascha es auch zu empfinden. So jedenfalls interpretiere ich den giftigen Blick, den er seiner Mutter zuwirft. Und die Show, die er beim Einwickeln abzieht. Theatralisch faltet er jedes Papier auseinander, fächelt sich wie bei einem chemischen Experiment den Duft des Papiers in die Nase und riecht ebenso aufwendig an den Wurst- und Käsesorten, bevor er die jeweiligen Wurst- und Käsestücke akribisch einwickelt, als ginge es um eine Origami-Weltmeisterschaft. Ich sehe es Andrea und Micha an, wie sehr sie sich über Sascha ärgern, aber keiner von ihnen sagt ein Wort. Im Gegenteil, Andrea bedankt sich sogar bei ihm und streicht ihm über die Haare, bevor sie die Wurst- und Käsetüten entgegennimmt und in die Küche bringt.

Die unangenehmste Situation aber entsteht, als Andrea sich schließlich explizit danach erkundigt, wann und wie Sascha und ich uns kennengelernt haben.

„Das war im Juli, zufällig in einer Kneipe", sagt Sascha, und mir bleiben fast die Erdnüsse im Hals stecken, als mir klar wird, dass er es absichtlich so klingen lässt, als wäre das vor ein paar Wochen gewesen.

„Diesen Juli?", fragt Andrea ungläubig. „Ihr wirkt so vertraut, als wärt ihr viel länger zusammen."

Sogar im Licht der Kerzen ist nicht zu übersehen, wie Sascha die Röte ins Gesicht steigt.

„Sind wir auch", murmelt er. „Aber mit einer sehr langen Unterbrechung."

„Oh", macht Andrea. „Du hast uns nie von Fredi erzählt."

„Ja", sagt Sascha knapp, und es tut mir weh zu sehen, wie er weder mich noch seine Eltern dabei anschauen kann.

„Aber warum nicht?", fragt Micha. Er wirkt hilflos, wie er zwischen Sascha und seiner Frau hin- und hersieht. Kurz schaut er auch zu mir, und ich sitze auf meinem Stuhl wie auf glühenden Kohlen, weil ich Angst vor dem habe, was jetzt passiert. Ich weiß, warum Sascha unsere Beziehung für sich behalten hat, und selbst wenn er es mir nicht gebeichtet hätte, würde ich es spätestens in diesem Moment ahnen. Aber ich kann jetzt nichts sagen. Ich möchte nicht diejenige sein, die am Ende dafür verantwortlich ist, dass unser Besuch hier wirklich zu dem Himmelfahrtskommando wird, vor dem Sascha sich so fürchtet.

Auch Sascha sagt nichts, er sitzt nur da, den Blick gesenkt.

„Wir hätten uns doch gefreut für dich", sagt Andrea. „Es hätte uns beruhigt, das zu wissen, gerade nach dem, was letztes Jahr im August war. Wir vergehen vor Sorge, jedes Mal wieder, wenn du mal länger nichts von dir hören lässt, und das weißt du auch."

„Das war davor", sagt Sascha kaum hörbar.

„Was war wovor?", hakt Andrea nach.

„Dass Fredi und ich zusammen waren. Das war vor ... dem August im letzten Jahr."

Andrea und Micha sehen einander an, so, als würde ihnen plötzlich etwas klar. Und dann schauen sie mich an. Mir wird heiß. August im letzten Jahr. Das muss das Erlebnis mit den Balkonblumen gewesen sein. Was auch immer da passiert ist, es scheint noch viel schwerer zu wiegen, als ich bisher angenommen hatte.

Micha guckt mich noch immer an, als erwartete er, dass ich was sage. Aber ich werde nichts sagen. Egal was, es wäre ein Fehler. Es fühlt sich schon falsch an, überhaupt hier zu sein, Zeugin dieses Gesprächs zu sein, ungewollt und hilflos. Vielleicht sollte ich besser gehen. Aber vielleicht wäre auch das falsch. Wer weiß, was sie denken, wie Saschas und meine Trennung mit dem Ereignis im August zusammenhängen. Vielleicht glauben sie, ich hätte mich von ihm getrennt und ihn damit in eine Depression gestürzt.

Andrea steht auf und geht zu Sascha. Stellt sich hinter ihn und legt ihm die Hände auf die Schultern. „Wenn wir das gewusst hätten ... Wir hätten dich öfter besucht." Jetzt streicht sie ihm durch die Haare, liebevoll und mit besorgtem Gesichtsausdruck.

„Lass mich los, Mama. *Bitte.*"

Erschrocken tritt Andrea einen Schritt zurück und nimmt ihre Hände von Sascha. Langsam geht sie zu ihrem Stuhl und setzt sich. Ihr Blick wandert von Sascha zu ihrem Mann, dann zu mir.

Niemand spricht. Selten habe ich eine so überbordende innere Unruhe verspürt wie jetzt gerade. Am liebsten würde ich aufspringen und weglaufen, irgendwohin. Mit Sascha. Ja, *mit* ihm. Obwohl ich das Theater mit den Käse- und Wurstpapieren echt daneben fand. Und seine Reaktion beim Thema Basketball und Zuschauen auch.

Sascha hebt den Blick und schaut zu mir. Ein paar Sekunden sehen wir einander in die Augen, und ich hoffe, er sieht und spürt meine Liebe, so wie ich sie gerade empfinde.

„Es geht mir besser", sagt er, an seine Eltern gewandt. „In Hannover geht es mir gut. Sonst wären Fredi und ich nicht wieder zusammen. Wir haben uns das gut überlegt, und ... zwischen uns ist alles geklärt."

„Das stimmt", bestätige ich.

Und dann lege ich meine Hand zu ihm rüber auf die Tischplatte. Ich werde sie da liegenlassen, auch wenn er sie nicht nimmt, und den Schmerz aushalten, falls er sie wirklich nicht nehmen sollte. Dennoch pocht mein Herz mit jeder Sekunde, in der nichts passiert, heftiger.

Ein schwaches Lächeln huscht über Saschas Gesicht, und in seinen Augen sehe ich neben all der Unsicherheit und dem Hadern auch seine Liebe. Seine Hand ist warm, als er sie langsam auf meine legt. Zärtlich lässt er seinen Daumen unter meine Hand gleiten, und der sanfte Druck, mit dem er meine Hand umfasst, fühlt sich wunderschön an. Eine Weile sitzen wir so da, und ich genieße das Kribbeln, das meine gesamte Haut überzieht, und versuche auszublenden, dass Andrea und Micha uns zusehen.

Irgendwann lässt Sascha mich los und rollt vom Tisch ab. „Es ist schon spät", sagt er. „Ich muss noch duschen."

Ich erhebe mich. „Ich würde auch gerne noch duschen."

„Bis morgen, ihr zwei", sagt Andrea, als wäre nichts gewesen. „Es war ein schöner Abend."

Denkt sie das wirklich? Oder ist das nur eine Floskel?

„Bis morgen", sage ich. „Soll ich was mit in die Küche nehmen?"

„Das machen wir schon." Micha winkt ab. „Gute Nacht!"

„Gute Nacht!" Ich gehe hinter Sascha her, der schon fast bei der Terrassentür angekommen ist.

„Gute Nacht", sagt er, gerade laut genug, bevor er seinen Rolli ankippt, um die Türschwelle zu überwinden.

Bis wir beide geduscht haben und Sascha seine Übungen gemacht hat, ist es kurz nach elf. Es ist warm im Zimmer, deshalb öffne ich das Fenster, das mit einem Fliegengitter ausgestattet ist, und lege mich danach zu Sascha ins Bett. Grillen zirpen, hin und wieder quakt ein Frosch. In der Ferne hört man das leise Rauschen der B3. Ansonsten ist es draußen absolut still.

Ich liege wirklich hier in Saschas Bett in seinem Elternhaus, und wir haben den ersten Tag halbwegs gut überstanden. Es war anstrengend, und das, was zwischen Sascha und seinen Eltern läuft, fühlt sich alles andere als gesund an, aber irgendwie war der Tag auch schön. Ich kuschele mich an Sascha, und er legt seinen Arm um mich.

„Wie fandest du den Tag?", frage ich.

„Schrecklich", antwortet Sascha. „Ich bin mehr als k. o."

„Ich fand es auch sehr anstrengend. Aber auch schön."

„Schön?!" Er lässt mich los und rückt von mir weg.

„Ja. Weil ich schon so viel kennengelernt und gesehen habe. Und weil wir beide das zusammen durchgestanden haben."

„Manchmal denke ich, du hast eine masochistische Ader."

Reflexartig setze ich mich auf und knipse die Nachtlampe an. Wut erfasst mich, rasend schnell wie ein Feuerball. „Ganz sicher nicht. Aber du hast anscheinend eine sadistische Veranlagung", brause ich auf. „Macht dir das Spaß, die Leute zu quälen, die dich lieben?"

Auch Sascha setzt sich auf und rutscht mit seinem Hintern bis ans Kopfende des Bettes. „Ich? Quälen? Ich bin das *Opfer*, Fredi. Das alles hier ist vermintes Land. Überall schreit mein altes Leben: *Schau her! So war ich! Und so wird es nie wieder sein!* Und überall sind Leute, die noch eins obendrauf setzen, aus Mitleid, aus Unsicherheit, aus Überforderung. Anstatt dass sie eine Hilfe sind, sind sie selber Tretminen, sie explodieren direkt neben mir und lassen mich verwundet zurück."

Ja, so ist es. Ich habe es selbst heute erlebt. Aber das gibt ihm noch lange nicht das Recht, mich als masochistisch zu bezeichnen. Als hätte ich Freude daran, mit ihm zu leiden! Als wäre ich deswegen mit ihm zusammen!

„Okay. Ja. Aber du bist auch Täter, Sascha. Du stößt die Leute vor den Kopf, du giftest sie an, du verletzt sie. Anstatt die Minen zu entschärfen, verstreust du fleißig selbst welche. Sogar hier im Bett. Gegen mich. Kann sein, dass deine Eltern das mit sich machen lassen. Aber ich nicht, Sascha. Ich nicht."

So feindselig hat mich Sascha noch nie angesehen, seit wir wieder zusammen sind. Sofort tauchen Bilder von früher vor meinem inneren Auge auf. Sascha im Flur seiner Wohnung an dem Tag, als es geschneit hatte und ich ihm nicht helfen durfte, die Pfütze unter dem Draußenrolli wegzuwischen. Sascha, der das mit dem Sechser im Lotto ruft, den ich mit ihm gewonnen hätte. Sascha, der mich aus seinem Schlafzimmer wirft und mich anschreit, auf mein Mitleid könne er verzichten. Mit den Bildern kommen auch die Gefühle wieder hoch. Die Hilflosigkeit. Die Angst. Die plötzliche Erkenntnis, dass unsere Beziehung vor dem Aus steht.

Ich versuche, mich zu beruhigen. Es sind eineinhalb Jahre vergangen, und wir haben uns beide weiterentwickelt. Aber ich kann die Panik nicht niederringen, die in mir hochsteigt, während Sascha sich in seinen Rolli hievt und zum Fußende des Bettes fährt. Immerhin dreht er sich nicht weg, sondern halb zu mir hin, er guckt mich an, aus schmalen Augen, und dann fängt er an zu reden, was ich denn hätte, warum ich mich so aufregen würde. Es fällt mir schwer, ihm zu folgen, hierzubleiben, hier im Jetzt, und die Bilder und die Emotionen von damals abzuschütteln. Bewusst sehe ich mich um. Wir sind in seinem Jugendzimmer, ich sitze aufrecht in seinem Bett, wir sind in Gannermühle, in Saschas Elternhaus, und wir wären nicht hier, wenn wir nicht sicher wären, dass wir das hinkriegen. Wir müssen es hinkriegen, jetzt und hier, das wird mir mit einem Mal so unglaublich klar. Wenn unser Besuch hier nicht zur Hölle werden soll für uns, dann müssen wir die Kurve kriegen. Jetzt, mitten in der Nacht, er und ich.

„... du hast doch keine Ahnung, wie das ist, wenn das alles auf dich einprasselt, wenn schon die nächste Mine hochgeht, obwohl du noch genug zu tun hast mit den Wunden, die die vorige verursacht hat –"

„Hör auf, Sascha! Bitte, hör auf!"

Er verstummt und sieht mich an, sein Blick irrt unruhig zwischen mir und irgendetwas anderem hin und her, als fände er keinen Halt, nicht bei mir und auch nicht anderswo.

„Ich hab das mit den Minen verstanden", sage ich so ruhig, wie es mir möglich ist. „Aber es gibt einen Unterschied zwischen echten Landminen und diesen hier."

Jetzt schaut er mich doch richtig an. Aber die Feindseligkeit und das Misstrauen sind nicht verschwunden. „Und der wäre?"

Mein Herz klopft viel zu schnell, und es fühlt sich an, als könnte ich nicht genügend Sauerstoff einatmen. Ich muss alles an Willenskraft aufbringen, trotzdem halbwegs normal weiter zu atmen und zu sprechen. Das hier ist zu wichtig, als dass ich jetzt vor meinen eigenen Emotionen kapitulieren dürfte. „Die echten Minen kann man suchen und wegräumen, Sascha. Man muss es sogar, weil es keine andere Möglichkeit gibt, sich vor ihnen zu schützen. Deine kann man nicht wegräumen. Sie bleiben. Vielleicht für immer. Aber wie du auf sie reagierst, das hast du selbst in der Hand. Du entscheidest, ob du noch mehr verbrannte Erde hinterlässt oder ob du die Mine entschärfst für uns alle."

„*Ich* soll sie entschärfen? Wen meinst du überhaupt mit *für uns alle*?"

„Für deine Eltern, deine Schwestern, mich, ... für alle, die dir wichtig sind. Und für dich selbst natürlich."

„*Ich* hinterlasse also verbrannte Erde, wenn *du* einen Tag als schön bezeichnest, der zu den schrecklichsten gehört, die ich seit langem erlebt habe?" Er sitzt aufrecht, empört vorgebeugt, seine Finger umklammern die Greifreifen, und er starrt mich mit zusammengekniffenen Augen an, als wäre ich sein größter Feind.

„Ja. Riechst du sie nicht, die verbrannte Erde? Siehst du sie nicht, hier um uns rum? Du hast mich als masochistisch bezeichnet! Als würde ich mich daran aufgeilen, wenn ich mit dir zusammen den Schmerz aushalte. Ist dir nicht klar, dass du damit alles entwertest, was zwischen uns ist?"

„Und du hast gesagt, ich sei ein Sadist. Als ob das so viel besser wäre."

„Ja, okay, das war eine Retourkutsche. Das war sicher keine Glanzleistung von mir. Aber dass du deine Eltern quälst und dass du eben auch mich verletzt hast, das stimmt. Deine Mutter duckt sich sogar weg unter deinen Bemerkungen. Das mit den Schritten, dass du keine mehr machst, das war echt voll daneben. Du stößt deinen Vater vor den Kopf, wenn er fragt, ob er mal beim Basketball zuschauen kann. Und wenn deine Mutter in ihrer Hilflosigkeit dir die Käsepapiere bringt, weil sie weiß, dass du es hasst, untätig rumzusitzen, wenn alle anderen den Tisch abräumen, verarschst du sie mit dieser übertriebenen Show."

Er schweigt. Und er sieht weg, seitlich neben sich auf den Teppich. Er löst diese Hände von den Greifreifen und stützt sich auf den Seitenteilen seines Rollis hoch, korrigiert seine Sitzposition. Dann rollt er auf den Hinterrädern in Richtung der gegenüberliegenden Wand, lässt den Rolli wieder auf alle vier Räder kippen und starrt die fotolose Fläche an.

Vielleicht braucht er Zeit. Vielleicht sollte ich sie ihm lassen.

Ich stehe auf und setze mich neben ihn auf den Fußboden, eineinhalb oder zwei Meter von ihm entfernt, mit dem Rücken an die Kommode gelehnt, die an der Wand gegenüber von den Fenstern steht.

Minute um Minute verstreicht. In meiner Brust wummert mein Herz, und meine Lunge schmerzt, ich glaube, ich atme zu tief ein. Aber das Schlimmste ist dieses fürchterliche Kribbeln, das durch meinen ganzen Körper geht, innen und außen. Ich hab so Angst, was jetzt passiert. Ob ich zu viel riskiere. Wir sind gerade mal zwölf Stunden hier und schon in einem existenziellen Konflikt. Was, wenn das hier doch ein Himmelfahrtskommando ist? Wenn wir schon losgefahren sind und es kein Zurück mehr gibt?

Ich schaue Sascha an, wie er da vor der leeren Wand steht. Er scheint genauso Probleme mit dem Atmen zu haben wie ich. Die Bewegungen seines Brustkorbs, die ich durch sein Schlafanzugoberteil hindurch mehr als deutlich sehen kann, sind unnatürlich langsam und stark. Ich liebe ihn, immer noch und so sehr. Vielleicht hätte ich nicht so aufbrausen sollen. Nicht gleich eine Grundsatzdiskussion daraus machen dürfen. Aber ich war so wütend. Ich kann eine solch ungerechtfertigte Bemerkung nicht auf mir sitzen lassen. Und ich kann nicht stumm dabei zugucken, wie er alles um sich herum verbrennt.

„Meine Mutter duckt sich weg?" Sascha fragt es leise und verhältnismäßig ruhig. Halb sieht er mich an, aus dem Augenwinkel, als wollte er bereit sein, sofort wieder wegzuschauen.

„Ja. Ich hab's genau gesehen. Heute Mittag in deinem Zimmer, als du das mit den Schritten gesagt hast. Und davor, als wir ins Haus gegangen sind, da ist sie zusammengezuckt, als du *Was sollen wir auch sonst tun?* gemurmelt hast. Da hatte sie dir noch nicht einmal was getan. Wir waren gerade erst angekommen."

„Hatte sie wohl. Du hast es nur nicht bemerkt."

„Dann klär mich auf."

Er dreht seinen Rolli, das Manöver sieht mühsam aus auf dem dicken Teppich, und wendet sich mir zu. „Es ist diese aufgesetzte

Fröhlichkeit, als wäre alles in Ordnung, und im selben Moment schafft sie es nicht, mich zur Begrüßung zu umarmen, ohne vorher innezuhalten und mich mitleidig anzugucken."

Ihr Zögern vor der Begrüßung, doch, das habe ich gesehen. „Hast du dir schon mal überlegt, dass es für sie auch nicht leicht ist? Dass sie genauso mit dem Schicksal hadert wie du? Du bist ihr Sohn, Sascha."

„Du verteidigst sie doch."

„Nein, immer noch nicht. Ich versuche nur, dir zu erklären, dass du selbst derjenige bist, der hier im Haus alles vermint. Und alle treten ständig auf eine Mine drauf und wissen gar nicht mehr, wie sie sich verhalten sollen, weil es egal ist, was sie tun, es geht ja doch gleich die nächste hoch. Deine Eltern tun alles für dich und wollen, dass es dir gut geht. Aber alles, was sie sehen, ist, dass du um dich schlägst. Das macht keiner, dem es gut geht."

„Du bist nicht mal einen Tag hier und maßt dir an, beurteilen zu können, wer woran Schuld hat?"

„Ich maße mir gar nichts an. Ich hätte wahrscheinlich nicht mal was gesagt, wenn du mich nicht als Masochist bezeichnet hättest. Das nehme ich dir echt übel, Sascha."

Er senkt den Blick. Sekundenlang passiert nichts. Aber dann hebt er seinen Kopf und schaut mich wieder an. Ich kann förmlich spüren, wie schwer ihm das fällt.

„Aber wie kannst du diesen Tag als schön empfunden haben?", fragt er leise und endlich ohne jede Aggressivität in der Stimme.

„Ich fand ihn anstrengend. Das, was heute Mittag zwischen dir und deiner Mutter abging, fand ich befremdlich. Der Spießrutenlauf durchs Dorf am Abend war furchtbar. Deine Show mit den Wurstpapieren fand ich ... ehrlich gesagt ... abstoßend. Das Gespräch zum Schluss war so schlimm, dass ich am liebsten weggerannt wäre. Aber dann ... Dann ist mir aufgefallen, dass ich am liebsten *mit dir* geflohen wäre. Obwohl ich dein Verhalten zum Teil echt ätzend fand. Außerdem hast du gesagt, dass es dir in Hannover besser geht. Dass wir sonst nicht wieder zusammen wären. Dass zwischen uns alles geklärt ist. Das fand ich schön, wie du das gesagt hast. Und wie du deine Hand auf meine gelegt hast. Ich fand auch gut, wie du bei Noahs Mutter reagiert hast.

Das hatte ich dir ja schon vorhin gesagt. Im Wald war es schön, wie wir uns wieder vertragen haben. Auf dem Spielplatz mit Amelie und Caro war es auch schön. Und die Hausführung und die Dorfführung. Das alles zu sehen, von *dir* gezeigt zu bekommen. Unser Puzzle weiter zu vervollständigen. Dass wir diesen schwierigen Tag zusammen halbwegs gut hingekriegt haben. Und dann haben wir zusammen in deinem Bett gelegen, ich neben dir hier in deinem Elternhaus, draußen zirpten die Grillen, und man hörte die Frösche quaken. Das war auch schön, Sascha."

Er hat mir die ganze Zeit zugehört. Am Anfang hab ich gesehen, wie schwer es ihm fiel, nicht zu protestieren. Dann wurde er ruhiger, manchmal war da vielleicht sogar ein kleines Lächeln auf seinen Lippen. Aber jetzt sieht er mich ernst an.

„Es tut mir leid." Sein Kinn zittert. „Ich hätte gleich nachfragen sollen, anstatt einen unpassenden und verletzenden Spruch loszulassen."

„Ja." Nur dieses einfache Ja bringe ich heraus. Seine Entschuldigung berührt mich, mitten im Herzen, obwohl ich noch immer sauer auf ihn bin. Sie berührt mich so sehr, dass ein schrecklich-schönes brennendes Kribbeln von meinem Brustkorb in den Hals und sogar bis in meine Fingerkuppen ausstrahlt.

Er kommt auf mich zu, bleibt schräg vor mir stehen. „Jetzt, wo du es mir erklärt hast, muss ich zugeben, dass der Tag auch gute Momente hatte. Ich fand es auch schön, dir alles zu zeigen. Amelie war wirklich niedlich. Wie du mich auf dem Spielplatz gehalten hast, hat sich gut angefühlt. Aber der Abend auf der Terrasse ... Der hat mir echt den Rest gegeben. Ich war einfach nur fertig, und vielleicht ... Vielleicht hab ich mich auch geschämt. So sehr, dass ich das vorhin im Bett gar nicht empfinden konnte, wie schön es ist, dass du hier bist."

„Und jetzt?"

Behutsam rollt er noch weiter auf mich zu, bis sein linkes kleines Rollstuhlrad meinen rechten Fuß berührt. Dann beugt er sich vor und hilft mir auf, und während wir uns beide aufrichten, zieht er mich sanft in seine Richtung, und ich mache zwei kleine Schritte, bis unsere Oberkörper nur noch eine halbe Armlänge voneinander entfernt sind.

„Jetzt kann ich es fühlen, Fredi." Er hält noch immer meine Hand.

„Das ist gut." Da fließt jetzt so viel Erleichterung durch mich hindurch, dass es mir Tränen in die Augen treibt.

„Ja." Auch er kämpft mit Tränen.

Langsam löst er seine Hand aus meiner, legt beide Hände an die Greifreifen und rollt ein winziges Stück zurück.

Wir stehen einander gegenüber und ringen unsere Tränen nieder. Schließlich sagt Sascha: „Kommst du wieder mit ins Bett? Es sind keine Minen mehr drin."

Irgendwas lässt mich zögern. Ich fühle mich unendlich zu ihm hingezogen, ich möchte ihn riechen, spüren, schmecken. Aber tief in mir drin bin ich noch immer wütend und verletzt. Ich kann es ihm doch nicht so leicht machen, oder?

Viel zu lange stehe ich da, ohne etwas zu sagen oder sonst wie zu reagieren.

Er merkt es. Ich sehe es ihm an.

„Fredi, ich ..." Er verstummt.

Ich sage auch nichts. Ich weiß nicht, was jetzt richtig wäre.

Ich weiß nur, dass mein Herz wieder viel zu viel Blut durch meinen Körper pumpt. Und dass ich mich auf einmal hilflos fühle und schwach und klein.

„Fredi", setzt Sascha nochmal an. „Ich würde alles dafür geben, einen Reset-Knopf drücken zu können. Es gibt aber keinen im echten Leben. Ich kann nur dich um Verzeihung bitten und -"

„Schon gut", unterbreche ich ihn matt. „Versprich mir einfach, dass du mit den Minen besser aufpasst. Ich ... ich bin ... nicht unverwundbar. Und gerade fühle ich mich ... echt ..."

„... verwundet?"

„Ja."

„Hilft es, wenn ich dich halte?"

Wie kann es sein, dass ich ihn so anziehend finde, wie er da vor mir steht und darum kämpft, es wiedergutzumachen? Wie ist das möglich, dass so viel Liebe in mir brennt, wenn ich doch immer noch sauer auf ihn bin? Ich will es ihm nicht so leicht machen, aber hinhalten will ich ihn auch nicht. Er soll nicht zu Kreuze kriechen müssen, auf keinen Fall soll er das. Ich mag Leute nicht, die das tun.

Sascha steht immer noch da und wartet. Er bettelt nicht. Er ist stark. Viel stärker, als er glaubt. Er wird mich halten können. Ganz fest wird er mich halten.

Langsam nicke ich, ohne dass ich das bewusst beschlossen hätte. Sascha kommt auf mich zu, er nimmt meine Hand und dirigiert mich sachte auf seinen Schoß. Es fühlt sich gut an, wie er seine Arme um mich legt. Ich lege meinen Kopf auf seine Schulter, vergrabe meine Nase in seiner Halsbeuge und umarme ihn.

Er hält mich. Fest.

Ich merke richtig, wie aller Widerstand sich auflöst. Wie meine Wut schwindet und die Verwundung heilt. Ich lasse mich fallen. Ich weine. Sascha ist einfach da, und ich fühle die Liebe und den Halt und die Geborgenheit in seinen Armen. Er sagt nichts. Er wird nicht ungeduldig. Er fängt mich auf.

Erst, als ich Anstalten mache, mich von ihm zu lösen, gibt er mich wieder frei.

Eine Weile sitze ich auf seinem Schoß, und wir schauen einander an. Er hat auch geweint, das kann ich deutlich sehen. Aber auch er wirkt entspannt. Gelöst.

„Danke", sagt er.

„Wofür?"

„Dass du mich nicht in Watte packst. Dass du mir das mit den Minen gesagt hast. Ich werde mich bemühen, keine mehr zu legen. Ich versprech's."

„Das ist gut."

„Was ich nicht versprechen kann, ist, dass es mir immer gelingt."

„Ich weiß. Das ist okay."

Er lächelt. Ein wenig nur. Dann legt er seine Hände vorsichtig um meinen Kopf und küsst mich zärtlich. Ganz langsam nur nimmt er seine Lippen wieder von meinen, so, als spürte auch er noch dieser Berührung nach. Kurz bevor er seinen Mund vollständig von meinem entfernt hat, umfasse auch ich seinen Kopf und drücke meine Lippen noch einmal auf seine, hingebungsvoll und sanft.

Danach stehe ich langsam von seinem Schoß auf. „Gehen wir

schlafen?"

Er nickt.

Wir gehen beide ins Bett, und ich lösche die Lampe auf dem Nachttisch.

Sascha kuschelt sich an mich. Draußen zirpen immer noch die Grillen. Die Frösche sind gerade still. Ein leichter kühler Luftstrom von draußen weht ins Zimmer und bringt den Geruch des Wassers mit sich.

„Wie fandest du den Tag?", fragt Sascha leise.

Seine Frage lässt mich lächeln. Er hat doch einen kleinen Reset-Knopf gefunden.

„Geht so", antworte ich. „Ich glaube, wir haben ihn letztendlich ganz gut überstanden. Oder?"

„Ja, das denke ich auch."

„Dann schlaf gut. Ich schätze, morgen brauchen wir auch eine Menge Kraft."

„Davon gehe ich aus. Gute Nacht."

Noch einmal küsst er mich, und es fühlt sich an, als fiele es ihm genauso schwer wie mir, es bei diesem bloßen Kuss zu belassen.

„Gute Nacht", sage ich.

Wir rutschen etwas auseinander, legen uns zum Schlafen. Wie von selbst treffen sich unsere Hände in der Mitte, und wir verschränken unsere Finger miteinander.

Draußen quakt ein Frosch. Die Blätter der Bäume auf dem Dorfplatz rascheln leise im Wind, und die Grillenmännchen werben noch immer fleißig um die Weibchen. Es klingt nach Sommer und nach Land. Sascha hat recht, es ist eine wunderbare Geräuschkulisse zum Einschlafen.

7. SO VIEL MEHR.

– 31. August 2012 –

Nach einem späten Frühstück und einem ausgedehnten Stehtraining auf dem Spielplatz fahren Sascha und ich nach Celle, um bei seiner ehemaligen Schule vorbeizufahren und die Stadt überhaupt anzugucken. Ich bin sehr angetan von den Sportanlagen, die zu der Schule gehören, und Sascha erzählt, dass das Gymnasium Sport als einen Schwerpunkt hat und dass seine Schwestern und er deshalb dorthin gegangen seien, obwohl andere Gymnasien von Gannermühle aus leichter zu erreichen gewesen wären.

Mittags schlendern wir durch die Altstadt. Ich bin erstaunt, wie viele Menschen sich durch die engen, ausnahmslos von historischen Fachwerkhäusern gesäumten Straßen schieben. Es gibt unzählige kleine Läden und viele Kneipen und Restaurants, und die Stadt versprüht noch viel mehr Flair, als ich gedacht hätte. Trotz der Hitze heute genieße ich es, mit Sascha durch die Straßen zu streifen und hier und da eine kleine Geschichte zu hören, die er mit einem bestimmten Ort verbindet. Am frühen Nachmittag stillen wir unseren Hunger an einer Dönerbude und gehen anschließend durch den Französischen Garten, bevor wir uns auf den Weg zurück zum Auto machen.

Auf der Rückfahrt machen wir einen Abstecher nach Dedenhagen zum Sportgelände. Eigentlich hatten wir erwartet, einen leeren Sportplatz vorzufinden, aber als wir uns der Anlage nähern, sehen wir, dass dort eine Veranstaltung stattfindet.

Sascha hält mit laufendem Motor am Straßenrand in Sichtweite des Sportplatzes. „Sieht nach dem Leichtathletik-Sommerfest aus. Das ist meistens am letzten Augustwochenende, wenn ich mich recht erinnere. Bloß, dass da sonst keine Ferien mehr sind."

„Nächste Woche geht ja die Schule wieder los. Vielleicht haben sie es deshalb bei dem Termin gelassen."

„Ja, vielleicht."

„Und was passiert dort?"

„Es gibt ein vereinsinternes Turnier mit einem Kommentator, gutes Essen und Getränke und Musik. Früher war da immer eine schöne Stimmung. Es ist quasi ein Trainings-Turnier, ohne Druck, aber mit Spannung und vor allem mit viel Publikum."

„Ich war noch nie auf einem Leichtathletik-Turnier. Meinst du, wir könnten da mal vorbeischauen?"

„Es könnte Spießrutenlauf-Formen annehmen. Es wird eine Reihe von Leuten geben, die mich erkennen werden."

„Dann vielleicht besser nicht." Schade. Ich wäre gerne hingegangen. Aber nach den Erlebnissen gestern im Dorf kann ich Sascha verstehen.

Sascha stellt den Schalthebel wieder auf D und fährt los. Langsam umrunden wir den Sportplatz, der sehr modern und groß wirkt. Interessiert schaue ich aus dem Fenster. Die Anlage verfügt sogar über eine überdachte Zuschauertribüne auf der einen Seite. Leider versperren meistens Bäume die Sicht, aber ich kann eine Hüpfburg erkennen, daneben steigt Grillrauch auf. Auf der Sprintbahn scheint gerade ein Rennen stattzufinden, und es sind Pavillons und Bierbänke aufgebaut, wo zahlreiche Menschen sitzen und sich unterhalten. Durch unsere geöffneten Autofenster höre ich die Musik, die im Hintergrund läuft.

Hinter der Sporthalle biegt Sascha rechts ab, und wir fahren an der gesamten Längsseite des Stadions entlang. Kurz bevor wir das andere Ende erreicht haben, wendet Sascha plötzlich und parkt in einer Parklücke am Straßenrand ein.

„Hast du es dir anders überlegt?", frage ich erstaunt.

„Ja. Du guckst so sehnsüchtig."

„Du musst aber echt nicht meinetwegen –"

„Es ist nicht nur deinetwegen. Ich möchte es selbst."

„Warum?"

Er hebt die Schultern. „Puzzle und so. Es war früher ein wichtiger Teil meines Lebens. Und vielleicht vermisse ich auch die Atmosphäre. Beim Basketball ist es schon auch cool. Aber ganz anders. Ich weiß nicht, was gleich passieren wird. Ob der Schmerz mich killt, oder ob es auch schön sein wird. Aber hier können wir viel leichter wieder gehen als in Gannermühle."

Das stimmt wohl. Wir können ohne Weiteres fliehen und nie wiederkommen. „Ich steig mal aus, ja?"

„Ich bitte darum."

Während Sascha seinen Rolli zusammenbaut und übersetzt, warte ich vor dem Auto. Die Hitze ist hier draußen wesentlich leichter zu ertragen als vorhin in der Stadt, da ein leichter Wind für eine gewisse Kühlung sorgt. Über den blauen Sommerhimmel ziehen Schönwetterwolken, am westlichen Horizont sind jedoch größere Wolkenfelder zu sehen.

Ich schaue mich um. Hier neben der Straße sind weitere Fußballplätze unterschiedlicher Größe, außerdem drei Beachvolleyballfelder. Vom Sportplatz her dringen die Worte des Stadionsprechers zu uns, der das gerade laufende Rennen kommentiert.

„Wie viele Einwohner hat Dedenhagen eigentlich?", will ich wissen.

Sascha aktiviert die Zentralverriegelung und schließt zu mir auf. „Gut sechstausend, glaube ich. Aber es gehört mit zwei anderen Gemeinden zu einer Samtgemeinde, und die hat insgesamt über fünfzehntausend Einwohner."

Wir sind inzwischen an der Stirnseite der Anlage angekommen, und der Blick auf den gesamten großen Sportplatz wird frei.

„Das ist ja echt eine Riesen-Anlage hier." Ich bin beeindruckt.

„Ja. Der Verein ist auch wirklich groß - und in der Leichtathletik sehr erfolgreich. Selbst in Celle gibt es kein vergleichbares Leichtathletik-Stadion."

Wir betreten den Sportplatz und überqueren zügig die Sprintbahnen. Es scheint ein Staffellauf im Gange zu sein. Viele Zuschauer stehen an der Absperrung und warten auf die Läufer. Wir stellen uns neben sie, und nach wenigen Sekunden rasen die Jugendlichen an uns vorbei, lautstark von den Zuschauern angefeuert. Ich glaube, ich habe noch nie jemanden dermaßen schnell rennen sehen. Dass man seine Beine überhaupt so schnell bewegen kann! Ich beuge mich zu Sascha und rufe: „Wow, sind die schnell!"

„Normal halt in dem Alter, wenn man schon lange dabei ist."

Ich spare mir die Frage, ob er früher auch so schnell war. Die Antwort wird wohl „ja" lauten.

Über die Lautsprecher des Stadions ist der Kommentator zu hören, der ansagt, dass in Kürze die letzte Staffelstab-Übergabe stattfindet. Von hier aus können wir das nicht verfolgen. Sascha beschreibt mir, wo der Zieleinlauf sein wird, und meint, dass er mit dem Rolli nicht schnell genug über den Rasen kommt.

„Geh schon vor", fordert er mich auf. „Ich kenn das ja schon. Ich komme nach, wenn das Rennen vorbei ist."

Die Schlussläufer der Staffel sind junge Erwachsene und noch schneller als die Jugendlichen von eben. Die Läuferinnen und Läufer hängen sich anscheinend richtig rein, obwohl das hier nur eine Spaßveranstaltung ist und sie in ziemlich großen Abständen zueinander ins Ziel einlaufen. Der Moderator, ein zweifelsohne trotz seines Alters von etwa sechzig Jahren immer noch sehr sportlich wirkender Mann mit Brille, steht gar nicht weit von mir in der Nähe des Zielbereichs. Er nennt die Namen der Gewinnerstaffel, kündigt eine dreißigminütige Pause an und bittet die Kinder der U8 bis U12, sich danach an den Wurf- und Sprungstationen einzufinden. Während sich die Menge der Zuschauer und Athleten am Spielfeldrand langsam auflöst und sich die meisten zu den Bierbänken und Pavillons begeben, sehe ich Sascha auf der Sprintbahn auf mich zukommen.

Zusammen gehen wir auf der Tartanbahn bis zu dem Bereich zwischen Sportheim und Sportplatz, wo die Hüpfburg, die Bierbänke und Pavillons, der Grillstand und das Salatbüfett aufgebaut sind. Als wir am Getränkestand bestellen, wird Sascha zum ersten Mal an diesem Nachmittag erkannt – und zwar von dem Typen, der ihm die Apfelschorleflasche aushändigt.

„Sascha?", fragt er vorsichtig. Er ist etwa in Saschas Alter. Seine blonden Haare sind über den Ohren und im Nacken sehr kurz geschnitten, während er das deutlich längere Deckhaar oben auf dem Kopf zu einem fransigen Dutt gebunden hat.

„Hi, Ben", sagt Sascha. „Ja, ich bin's."

Ben entschuldigt sich bei dem anderen Typen, der jetzt erst einmal allein weiterverkaufen muss, kommt hinter dem Tresen hervor zu Sascha und reicht ihm die Hand zu einem Sportlergruß. „Wow, schön, dich zu sehen nach so langer Zeit! Wir waren alle echt geschockt, als wir von deinem Unfall gehört haben. Ist unsere Karte damals angekommen? Wie geht's dir?"

„Klar ist die angekommen. Mir geht's ganz gut inzwischen. Und dir?"

„Mir geht's prima, danke!" Jetzt scheint er erkannt zu haben, dass Sascha und ich zusammengehören, denn er hält mir die Hand zum Abklatschen hin und sagt: „Hi, ich bin Ben. Sascha und ich haben viele Jahre zusammen trainiert."

„Fredi." Ich klatsche ab. „Hi."

„Ja, cool, dass ihr hier seid. Eure Getränke gehen aufs Haus. Ich muss dann mal wieder ..." Er deutet auf die immer länger werdende Schlange am Getränkestand. „Bleibt ihr noch länger? Um halb sieben startet der Hochsprungwettbewerb unter der legendären Moderation von Armin. Da bin ich mit am Start."

„Äh, ja, vielleicht ..." Sascha wirkt unschlüssig.

„Das ist der Höhepunkt des Abends." Ben wirft mir einen vielsagenden Blick zu. „Den solltest du dir nicht entgehen lassen."

„Ja, mal sehen." Ich werde mich da ganz nach Sascha richten.

Der andere Typ hinter dem Tresen räuspert sich überdeutlich.

„Ja, ich komm ja schon!" Ben hält Sascha nochmal die Hand zum Einschlagen hin. „Also dann, bis vielleicht nachher!"

Sascha scheint in dem Verein bekannt zu sein wie ein bunter Hund. Nach unserem Gespräch mit Ben wird er nahezu ohne Pause von allen möglichen Leuten freudig begrüßt, von Athleten und Athletinnen in seinem Alter und etwas jünger, von Trainern und Übungsleitern, ja, sogar von einigen Eltern, die zum Zuschauen gekommen sind. Viele sind ähnlich unbefangen wie Ben, bei anderen ist das Aufeinandertreffen eher steif und unbeholfen. Einige erkundigen sich nach der Karte, die sie ihm anscheinend ins Krankenhaus geschickt haben, die meisten fragen, wie lange der Unfall eigentlich her ist, fast alle wollen wissen, wie es Sascha jetzt geht, oder machen ihm Komplimente, dass er gut aussieht. Einige drücken ihre Bestürzung aus, die sie empfunden haben, als sie von Saschas Unfall hörten, aber nie ist es so unangenehm wie gestern Abend im Dorf. Während ich noch überlege, woran das liegen könnte, kommt der Moderator auf uns zu.

„Sascha, was für eine Überraschung!", ruft er. Jetzt in der Pause ist er ohne Mikrofon unterwegs.

„Armin!" Sascha hält dem Moderator die Hand hin, und auch die beiden schlagen ein. „Wir sind zufällig hier vorbeigekommen.

Scheint ja alles noch wie früher zu sein!"

„Tradition ist Tradition! Ich fühle mich geehrt, dass ihr hier seid!" Er reicht auch mir die Hand. „Armin", stellt er sich vor. „Ich bin hier der Spartenleiter."

„Fredi. Ich bin Saschas Freundin."

„Herzlich willkommen! Aber sagt mal, ich habe euch jetzt die letzten Minuten beobachtet, ihr kommt ja zu nix! Da wird euch doch die Apfelschorle in der Flasche warm. Ganz zu schweigen davon, dass ihr es niemals bis zum Büfett schaffen werdet! Was dagegen, Sascha, wenn wir dich offiziell begrüßen? Kannst auch ein paar Worte sagen, wenn du magst."

Sascha wird rot. Es dauert ein paar Augenblicke, bis er antwortet. „Nein, nichts dagegen", sagt er schließlich.

„Wunderbar. Dann gib mir mal schnell ein paar Infos. Was machst du, wohnst du noch hier in der Gegend, treibst du Sport?"

„Äh ... Ich ... studiere Mathematik mit Studienrichtung Informatik in Hannover, und ... da wohne ich auch. Und, ja, ich mache Sport. Rollstuhlbasketball."

„Ach, spielen die Hannoveraner nicht sogar in der Bundesliga?"

„Die Erste Mannschaft, ja. Ich spiele aber in der Zweiten. Mit der bin ich gerade in die Regionalliga aufgestiegen."

„Du bleibst dir also treu, ja? Kein Profisport, immer noch nicht."

„Korrekt."

„Verstehe ich, verstehe ich. Trotzdem war es schade. Ein Zehnkämpfer vom SV Dedenhagen bei den Deutschen Meisterschaften ... Das wär schon was gewesen, Sascha!"

„Na, davon war ich aber ein gutes Stück entfernt, Armin."

„Du hättest das gepackt, wenn du gewollt hättest. Wenn einer, dann du." Er klopft Sascha kumpelhaft auf die Schulter. „In sieben Minuten drüben neben der Hüpfburg, ja?"

Armin joggt davon in Richtung Vereinsheim.

Ich nehme Sascha seine Apfelschorle ab, und wir machen uns auf den Weg zur Hüpfburg. Erstaunlicherweise spricht uns jetzt niemand an. Wahrscheinlich wissen alle Umstehenden jetzt, dass es gleich eine offizielle Begrüßung gibt.

Wir stehen noch nicht lange in der Nähe der Hüpfburg, als Armin mit einem kleinen Zettel aus dem Sportheim zurückkommt. Er hat das Mikro in der Hand und stellt sich neben Sascha. Ich entferne mich ein bisschen von den beiden. Irgendwer stellt die Musik aus, und dann ergreift Armin das Wort:

„Liebe Athletinnen und Athleten, liebe Familien und Freunde, einige von euch haben ihn schon entdeckt: Ich darf euch heute einen ganz besonderen Gast vorstellen! Mit acht Jahren kam er zu uns, und bis zu seinem Abi vor vier Jahren war er Mitglied der Leichtathletiksparte. Er hat an den Niedersächsischen Jugendmeisterschaften teilgenommen und hält bis heute den hiesigen U20-Stadionrekord im Hochsprung mit einem Meter zweiundneunzig und den U16-Stadionrekord im 600g-Speerwurf mit zweiundfünfzig Komma acht acht Metern. Nach dem Abi verließ er uns in Richtung Allgäu, wo er seinen Zivildienst absolvierte. Als wir von seinem schweren Unfall in den Bergen hörten, waren wir alle sehr erschüttert und bestürzt. Umso mehr freue ich mich, dass er heute mit seiner Freundin Frieda vorbeigekommen ist und wir sehen können, dass es ihm wieder gut geht. Inzwischen wohnt er in Hannover, wo er Mathematik studiert und Rollstuhlbasketball spielt – ab nächster Saison sogar in der Regionalliga, wie er mir verraten hat. Herzlich willkommen, Sascha Wenner!"

Er nimmt Saschas Hand und reckt sie in die Höhe, während um uns herum ein Applaus ausbricht, der sich wie ein warmer, freundlicher Regen anfühlt. Ich glaube, es gibt niemanden, der nicht klatscht, wenn man mal von den Kindern absieht, die auf der Anlage toben und Armins Rede nicht weiter beachtet haben. Aber das Schönste ist, Saschas Gesicht zu sehen. Er sieht zufrieden aus, so, als würde er in diesem Moment ganz in sich ruhen.

Erst, als Armin seine Hand wieder senkt und Sascha loslässt, ebbt der Applaus ab. „Möchtest du auch noch etwas sagen, Sascha?", fragt Armin und hält dann Sascha das Mikro hin.

Sascha stützt sich im Rolli hoch, setzt sich sehr aufrecht hin und nimmt anschließend das Mikrofon entgegen.

„Ja. Drei Dinge. Erstens: Es ist sehr schön, wieder hier zu sein!" Erneut brandet Applaus auf. Sascha macht eine Pause und schaut in die Menge der Zuhörer, und er wirkt dabei so souverän, als machte er das nicht zum ersten Mal.

„Zweitens: Meine Freundin heißt Fredi, nicht Frieda. Ich

glaube, da legt sie Wert drauf." Er grinst, und Armin schlägt theatralisch die Hände vors Gesicht. Einige der Zuschauer lachen. Sascha rangiert kurz vor und zurück, um sich neben mich zu stellen, und legt seinen linken Arm um meine Hüfte. „Dank Fredi bin ich übrigens heute hier. Ich zeige ihr nämlich gerade meine Heimat, und dazu gehört natürlich auch dieses Stadion. Und ihr!" Wieder klatschen die Leute, und einige der Sportler und Sportlerinnen jubeln ihm sogar zu. Und mir läuft das Herz über. Weil die Stimmung hier mir Gänsehaut macht. Weil es sich so gut anfühlt, wie Sascha seinen Arm um mich gelegt hat und mich sanft drückt. Weil er das alles hier vollkommen lässig und selbstsicher macht, obwohl Armin ihn damit überrumpelt hat. Er steht hier auf der Bühne, als hätte er nie etwas anderes gemacht.

Sascha nimmt seinen Arm von mir, legt beide Hände an die Greifreifen und rollt ein paar Zentimeter vor. Dann spricht er wieder ins Mikro: „Und drittens: Ich hab 'ne schwere Zeit durchgemacht, deshalb habe ich ein bisschen länger dafür gebraucht: Danke für eure liebe Karte!"

Jetzt klatschen vor allem die Trainer und die jungen erwachsenen Leichtathleten. Als Sascha das Mikro an Armin zurückgibt, stimmen noch einmal alle Zuschauer in den Applaus mit ein.

Armin wartet, bis es wieder ruhiger wird. Dann sagt er: „Nun will ich euch beide aber mal ans Büfett lassen. Ihr seid heute unsere Ehrengäste, Sascha und Fredi, also fühlt euch herzlich eingeladen!"

Die Steaks und Würstchen vom Grill und die selbstgemachten Salate vom Büfett sind köstlich. Während wir an einem der Tische sitzen und essen und trinken, gesellen sich zwar hin und wieder Leute zu uns, die Sascha Hallo sagen wollen und ein bisschen bleiben, aber niemand vergeht vor Mitleid oder stellt aufdringliche Fragen. Die meisten aber kommen gar nicht zu uns, gucken nur von Weitem. Natürlich sind die üblichen Blicke dabei, die heimlichen und auch ein paar unverblümt neugierige, aber es gelingt mit ganz gut, sie auszublenden.

Als wir fertig sind mit dem Essen, schauen wir beim Turnier für die Kleineren zu. Sie springen in der Sprunggrube über aufgestellte Bananenkisten in Fahrradreifen, machen Tennisball-

Weitwurf und nehmen an einem Wettlauf über niedrige Hürden teil. Die Punkte, die sie erreichen, werden ihnen von den älteren Athleten auf Klebestreifen geschrieben, die sie sich auf die T-Shirts geklebt haben. Mir gefällt das Spielerische, das hier mit ernsthaftem Sport verknüpft ist, und es ist wunderschön, mit Sascha von Station zu Station zu schlendern, dort mit ihm zu verweilen und mich mit ihm über unsere Beobachtungen auszutauschen und an seinen Erinnerungen teilhaben zu können.

Am Ende gibt es eine Siegerehrung. Die drei Besten aus jeder Altersklasse dürfen sich auf das Siegertreppchen stellen und bekommen unter dem Beifall der Zuschauer ihre Medaillen umgehängt. Alle anderen Kinder bekommen ebenfalls unter Applaus eine Medaille und einen Handschlag von einem der Trainer.

Während der anschließenden Pause wird die Musik wieder aufgedreht, und die älteren Sportlerinnen und Sportler wärmen sich für den Hochsprungwettbewerb auf. Der findet an der Hochsprunganlage gleich neben den Bierbänken statt. Einige der Zuschauer stellen ein paar der Bänke um und nehmen darauf Platz. Als Sascha und ich dazukommen, rücken sie in der ersten Reihe zusammen, damit ich mich außen neben Sascha setzen kann. Während die Jugendlichen und jungen Erwachsenen nur wenige Meter vor uns ihre Aufwärmsprünge machen und mit kleinen Klebestreifen auf dem Tartanboden ihren Anlauf-Startpunkt markieren, stellt Armin die Athleten vor. Die jüngsten sind dreizehn und die ältesten, einer davon ist Ben, sind dreiundzwanzig. Unter den Teilnehmern sind drei Bezirksmeister in ihren jeweiligen Altersklassen, und eines der älteren Mädchen wurde Dritte bei den U18-Landesmeisterschaften. Armin erklärt, dass jeweils ein älterer und ein jüngerer Athlet ein Team bilden, deren Bestleistungen addiert werden, um die Gewinner zu ermitteln.

„Das ist ja eine schöne Idee", raune ich Sascha zu. „War das früher auch schon so?"

„Ja. Als ich dreizehn war, hatte ich den amtierenden Bezirksmeister der U23 als Partner, und es war einfach cool, wie er mir Tipps gab und mich anfeuerte. Und wir haben den Wettbewerb gewonnen. Ich weiß noch, wie toll sich das angefühlt hat, mit ihm zusammen auf dem Treppchen zu stehen."

„Cool. Und später sahen dann die Kleinen zu dir auf?"

„Ja."

„Ist jemand von denen heute dabei?"

„Natürlich. Jakob und Luisa. Mit Jakob war ich sogar zweimal im Team. Jetzt sind sie die Großen."

Ich halte nach den beiden Ausschau. Jeder Hochspringer hat ein weißes Papierschild auf dem Trikot, auf dem sein Vorname steht. Als ich Jakob und Luisa entdeckt habe, stelle ich fest, dass beide zu denen gehören, die Sascha nur aus der Ferne beäugt haben. Auch jetzt vermeiden beide es, in unsere Richtung zu schauen.

Es dauert nicht lange, bis der Wettbewerb beginnt. Die älteren Athleten fangen an, oder nur einige von ihnen, denn nicht alle haben dieselbe Einstiegshöhe gewählt. Dann folgen die jüngeren, die mit einer deutlich niedrigeren Höhe starten, bevor die Latte für die Großen wieder höhergelegt wird. Nach jedem geglückten Sprung wird ein Ausschnitt aus einem Song gespielt, ich kenne ihn, er ist schon älter, und ich weiß, dass ich ihn mag, aber ich komme nicht drauf, welcher es ist. Es ist ein Instrumentalteil mit einem von einem Schlagzeug begleiteten Melodieinstrument, irgendein Blasinstrument, vielleicht Oboe oder so. Irgendwann frage ich Sascha nach dem Song, und er antwortet, dass es das Melodica-Solo aus *Everything Counts* von Depeche Mode ist. Um Minute drei der Album-Version, sagt er. „Das haben Markus und ich aufgebracht, wir hatten so eine Depeche Mode-Phase und haben die Stelle extra für diesen Zweck als Track auf eine CD gebrannt."

„Und das benutzen sie jetzt immer noch?"

„Scheint so."

„Das ist eine richtig schöne Stelle. So atmosphärisch."

„Ja, finde ich auch."

Armin moderiert den Wettbewerb tatsächlich sehr gekonnt. Fasziniert beobachte ich, wie konzentriert die Springer sich auf ihre Sprünge vorbereiten, wie routiniert ihr Anlauf ist und wie athletisch es aussieht, wenn sie sich in die Höhe schrauben und rückwärts über die Latte fliegen. Handball ist auch eine tolle Sportart, finde ich, aber die Geschmeidigkeit der Bewegungsabläufe, diese perfekte Mischung aus Koordination, Kraft und Schnelligkeit, die die Leichtathleten auszeichnet, ist nochmal etwas ganz anderes.

In den kurzen Pausen, während derer die Helferinnen die Halterungen der Latte jeweils fünf Zentimeter höher anbringen, wird Musik eingespielt, es sind ältere und aktuelle Songs aus den Charts. Wenn es wieder losgeht, moderiert Armin die nächste Höhe an, und wenn ein Springer oder eine Springerin die Latte zweimal gerissen hat, klatschen alle Zuschauer und Athleten rhythmisch beim Anlauf zum dritten Sprung mit.

Es ist eine unglaublich schöne Stimmung, die nicht einmal davon getrübt wird, dass in der Ferne ein Gewitter aufzieht und der Himmel sich auch hier verdunkelt. Es kommen sogar ein paar Tropfen runter, ein richtiger Regen fällt jedoch nicht. Es riecht nur nach Sommerregen, und die leichte Feuchtigkeit meines T-Shirts empfinde ich als angenehme Abkühlung.

Sascha und ich reden nicht viel, er scheint ganz versunken zu sein. Ich schaue ihn von der Seite an. Sein Blick ist ruhig und ernst, aber er wirkt nicht so, als würde der Schmerz ihn killen. Seine Hände liegen entspannt auf seinem Schoß. Meine Liebe zu ihm vermischt sich mit dieser besonderen Atmosphäre des Wettbewerbs und der Musik zu einem sehr großen, mich komplett ausfüllenden Gefühl.

Inzwischen sind die Kleinen ausgeschieden, und nur Ben und der neunzehnjährige Tim sind im Wettbewerb verblieben. Die Latte wird auf 1,90 m gelegt, und Armin sagt, dass Ben diese Höhe bei den letzten Bezirksmeisterschaften übersprungen hat, während Tims persönliche Bestleistung aktuell bei 1,87 liegt. Ich finde es mehr als beeindruckend, dass sie höher springen können, als sie groß sind, und es sieht unglaublich ästhetisch aus, wie sie vom Boden abheben und über die Latte fliegen. Beide reißen die Latte, Tim mit der Wade und Ben mit der Ferse, beide brauchen nach dem erneut misslungenen Versuch noch einen dritten.

Alle Zuschauer klatschen im Gleichtakt, während Ben anläuft, und als er den Sprung erfolgreich hinter sich gebracht hat und jubelnd zum Melodica-Solo von Depeche Mode und dem Beifall der Zuschauer von der Matte springt, wird mir plötzlich klar, dass Sascha hier vor vier Jahren vermutlich genauso gejubelt hat. Dass er wahrscheinlich genauso konzentriert am Start gestanden hat wie Tim jetzt, dass er bestimmt ebenso einen persönlichen durchchoreografierten Anlauf hatte und sich auch so ästhetisch und athletisch in die Luft geschraubt hat wie Tim in diesem Moment. Und dass er diese Höhe vermutlich auch geschafft hat. Die Latte bleibt liegen und Tim springt auf und reckt die Faust, ruft ein „Ja" und tänzelt von der Matte. Die anderen Hochspringer umringen ihn, klopfen ihm auf die Schulter, freuen sich mit ihm. Das Melodica-Solo wird in Endloswiederholung gespielt, ich sehe Tim, und vor meinem inneren Auge ist er Sascha. Zum ersten Mal seit dem Foto in der Abizeitung, das mir Ulrike im Dezember gezeigt hat, sehe ich ihn in meiner Vorstellung ohne Rolli. Schmerz erfasst mich mit ungeahnter Wucht, ich schaue zur Seite, zu Sascha, der da immer noch mit einem leichten Lächeln sitzt und sich still mit Tim freut. Ich würde so gern seine Hand nehmen, aber ich traue mich nicht, will meinen Schmerz nicht auf ihn überspringen lassen, nicht jetzt, nicht hier.

Die Helferinnen sprechen mit Tim und Ben, einigen sich anscheinend auf die nächste Höhe, und während die beiden in den Startbereich gehen und sich auf die bevorstehenden Sprünge konzentrieren, kündigt Armin an, dass die Latte nun auf 1,92 m gelegt wird, eine Höhe, die beide noch nie übersprungen haben. Tim reißt die Latte dreimal, aber Ben hat sie beim zweiten Versuch nur leicht mit der Ferse berührt, beinahe wäre sie liegengeblieben. Jetzt steht Ben hochkonzentriert am Startpunkt für seinen Anlauf. Er sieht ganz anders aus als Sascha, aber es ist Saschas U20-Stadionrekord-Höhe, die er überspringen will, und während Ben anläuft, ist es irgendwie auch Sascha, den ich da sehe.

Das Klatschen der Zuschauer nimmt mich mit, und die spannungsgeladene Atmosphäre hier im Stadion überträgt sich auf mich, gesellt sich zu der Wehmut darüber, dass es nicht Sascha ist, der da losläuft, dass ich das nie sehen konnte und nie sehen werde. Ich bewundere das Spiel von Bens Beinmuskeln während seines Anlaufs, seine Schnelligkeit, seine Sprungkraft, die perfekt koordinierte Eleganz beim Überfliegen der Latte, er touchiert sie nicht, sie bleibt liegen. Er landet auf der Matte, und die Zuschauer johlen und klatschen, Ben springt auf, reißt die Arme in die Höhe und rennt von der Matte. Ich schaue zu Sascha, er freut sich für Ben, ist vollkommen absorbiert von der Wettkampfatmosphäre hier, vielleicht hat er für den Moment sogar vergessen, dass er zum Zuschauen verdammt ist. Liebe rauscht durch mich hindurch, zusammen mit einer neuen Welle von Schmerz, all diese Gefühle beanspruchen viel zu viel Platz in mir, ich glaube, ich zerspringe gleich.

Das Melodica-Solo läuft voll aufgedreht in Dauerschleife, und Bens Vereinskollegen stürmen auf ihn zu. Aber Ben rennt weiter, er kommt auf uns zu, er hält Sascha die Hand hin, und Sascha schlägt ein und lässt sich von Ben auf die Anlauf-Fläche ziehen, wo er in die große Traube der Ben umringenden Hochspringer mit hineingenommen wird. Die Musik wird leiser gedreht, und Armin gratuliert Ben zu seiner neuen persönlichen Bestleistung und fragt, welche Höhe als Nächstes aufgelegt werden soll.

Ben lässt sich das Mikro geben und sagt, hörbar und sichtlich bewegt: „Ich weiß, Sascha war eine Altersklasse jünger, aber ich freue mich trotzdem mega, dass ich seinen Rekord eingestellt habe. Es ist mir eine Ehre, Sascha, dass du dabei bist! Ich möchte diese Gelegenheit nutzen, endlich mal einen Hochsprungwettkampf nicht mit dem Reißen der Latte zu beenden, und höre für heute hier auf."

Sascha lächelt, aber wenn ich das auf die Entfernung richtig sehe, stehen ihm gleichzeitig Tränen in den Augen.

„Meinetwegen musst du nicht aufhören", sagt er. „Ernsthaft. Wenn du die eins dreiundneunzig probieren willst, lass dich durch meine Anwesenheit nicht davon abhalten."

„Ich höre auf. Es bleibt dabei." Entschlossen reicht Ben das Mikro an Armin zurück.

„Dann herzlichen Glückwunsch zu einem Meter zweiundneunzig, Ben!", ruft Armin ins Mikro. „Wir werden jetzt mal fleißig rechnen, und in wenigen Minuten gibt's die Siegerehrung!"

Die Zuschauer klatschen, und aus den Boxen kommt *Everything Counts* in voller Länge. Ben und die anderen Athleten stellen sich im Halbkreis auf und fassen sich an den Händen. „Sascha, du auch!", ruft Ben und streckt seine freie Hand nach Sascha aus, aber Sascha schüttelt den Kopf und kommt zu mir zurück. Während die Hochspringer unter dem tosenden Beifall der zuschauenden Familien und Freunde ihre Hände in die Höhe recken und sich verbeugen, dreimal, nimmt Sascha mit gesenktem Kopf wieder den Platz neben mir ein. Sein Kinn zittert. Ich lege meine Hand auf seine und drücke sie leicht. Sascha rührt sich nicht, zieht seine Hand aber auch nicht weg.

Still halte ich seine Hand, während die Menschen in unserer Nähe hoffentlich auf die Athleten schauen und auf Armin, der die Siegerehrung vornimmt. Ben und seine Juniorpartnerin Gesa belegen den zweiten Platz, und Tim steht mit Lukas ganz oben auf dem Siegertreppchen. Armin gratuliert ihnen und überreicht ihnen die Medaillen, während *We Are The Champions* gespielt wird und alle den Refrain mitsingen. Nur Sascha nicht und ich auch nicht, meine Kehle ist geschwollen, als hätten sich dort alle Tränen gesammelt, die ich gerade so schaffe zurückzuhalten.

„Wollen wir gehen?" Meine Stimme ist brüchig.

Sascha sieht mich an und schüttelt langsam den Kopf. „Lass uns noch bleiben. Okay?"

„Okay."

Sanft verschränkt er seine Finger mit meinen, und während Freddy Mercury davon singt, dass er auf seinem Weg zum Erfolg nicht auf Rosen gebettet war, sehen Sascha und ich einander an. Es kommt mir vor, als seien wir über unsere Blicke unmittelbar miteinander verbunden. Als würden all seine Gefühle auf mich überspringen und sich mit meinen Emotionen vermischen. Sein Schmerz, seine Wehmut, sein Kampfgeist. Sein Glück, das zweifelsohne auch da ist, sogar jetzt und hier. Vielleicht gerade jetzt und hier, vielleicht ist es sogar größer als all das andere, vielleicht hat es mehr Macht. Denn wir sind hier, er und ich, wir sind geblieben und haben den Schmerz ausgehalten.

Irgendwann nähert sich der Song seinem Ende. Die Hochspringer haben das Siegerpodest verlassen und die Menschen strömen wieder zum Büfett. Uns scheint niemand weiter beachtet zu haben. Oder die Leute haben rechtzeitig aufgehört, uns anzugucken. Eine ganze Zeit sitzen Sascha und ich noch nebeneinander und betrachten schweigend das bunte Treiben. Das nächste Lied erklingt, *One Day*, und ich löse meine Hand aus Saschas und schaue auf meine Armbanduhr.

„Und? Wie spät ist es?", fragt Sascha.

„Halb neun", antworte ich. „Gibt's hier irgendwo ein Klo?"

„Natürlich. Ich zeig's dir. Sie haben sogar ein Behinderten-WC. Das habe ich mir damals natürlich nicht vorgestellt, dass ich darauf mal angewiesen sein würde."

Auch die Toiletten der Sportanlage sind modern, sauber und großzügig. Nachdem Sascha und ich uns erleichtert haben, versorgen wir uns noch einmal mit Essen und Trinken. Während wir am Tisch sitzen, gesellen sich hin und wieder Leute zu uns, Ben und Tim, einige der Trainer, ein paar der älteren Hochspringer. Alle freuen sich, dass Sascha hier ist, er scheint unglaublich beliebt im Verein gewesen zu sein. Manche bleiben nur kurz, und ich sehe ihnen an, wie unsicher sie sind, weil Sascha im Rollstuhl sitzt. Es nervt, wie gerade sie ihre Bewunderung darüber kundtun, dass er zum Zuschauen kommt, „ich weiß nicht, ob ich das aushalten könnte" sagen sie. „Irgendwann würdest du es lernen", antwortet Sascha, oder er sagt: „Mit der Zeit gewöhnt man sich an so ziemlich alles." Ich mag es, wie er damit umgeht, seine Antworten klingen lässig, aber ernst, und in seinem Blick und seinem Tonfall schwingt mit, dass er durch ein tiefes Tal gehen musste.

Langsam verlassen immer mehr Leute das Gelände, und die Aktiven räumen die für die Wettbewerbe benötigten Geräte und Absperrungen auf. Schließlich verabschieden auch wir uns von Armin und Ben und einigen anderen, die uns über den Weg laufen, und gehen zurück zum Auto.

Als wir in Gannermühle ankommen, will Sascha erst noch zum Spielplatz. Es ist schon ziemlich dunkel, und die Straßenlaterne neben dem Spielplatz beleuchtet den Barren nur spärlich. Sascha macht vier Runden Stehtraining, und ich sitze vor ihm auf dem Barren. Wir reden über Saschas Zeit als Leichtathlet, er berichtet von Siegen und Niederlagen - und von Markus, der mit ihm fast alle Wettbewerbe bestritten hat und auch im Leistungszentrum trainieren durfte. Der immer schneller rennen konnte als Sascha, in allen anderen Disziplinen aber unterlegen war, weshalb er die Qualifikation für die Landesmeisterschaften am Ende verfehlte.

Wir reden auch über den Nachmittag, und Sascha gibt zu, dass er zwischenzeitlich beinahe vom Schmerz gekillt worden wäre.

„Du auch, oder?", fragt er, und ich erzähle ihm davon, dass es nicht allein der Schmerz war, der mich überwältigt hat, sondern dass es die Wucht all der Gefühle zusammen war, Wehmut, Trauer, Ergriffenheit, Freude, Glück, Liebe.

„Das hast du schön beschrieben", sagt Sascha. „Auch bei mir war da nicht nur Schmerz. Da war noch so viel mehr. Und du warst da. Es hat sich gut angefühlt, dir das alles zu zeigen und es mit dir zu teilen. Dich an meiner Seite zu wissen."

Ich springe vom Barren und komme direkt vor Sascha zum Stehen. Dann stelle ich mich auf die Zehenspitzen, umfasse sanft seinen Kopf und küsse ihn. Sein ganzer Körper bebt vom Zittern der Beine, aber er erwidert den Kuss, und für ein paar Sekunden genießen wir ihn beide, bevor Saschas Beine nachgeben und er sich wieder in den Rolli hinablässt.

„Genug für heute", sagt Sascha. Er bückt sich und rollt unter dem Barrenholm durch. „Lass uns nach Hause gehen."

Bei Sascha zu Hause angekommen, gehen wir in die Küche und trinken etwas.

„Wir sind im Wohnzimmer", ruft Andrea. „Kommt ihr noch zu uns?"

Sascha verdreht die Augen, antwortet aber: „Okay."

Er schenkt sich ein zweites Glas Apfelschorle ein. Ich halte ihm mein Glas hin, und er schenkt auch mir nach. Er atmet tief ein, bevor er sich auf den Weg ins Wohnzimmer macht. Ich nehme unsere beiden Gläser und folge ihm.

Das Wohnzimmer sieht jetzt, wo es draußen dunkel ist, noch gemütlicher aus als am Tag. Andrea und Micha sitzen auf dem großen Sofa. Ich setze mich schräg gegenüber auf das kleinere Sofa, so, dass Sascha sich neben mich setzen kann. Aber er kommt nicht zu mir, sondern bleibt neben dem kleinen Sofa stehen.

Die Begrüßung fällt merkwürdig steif aus, und übergangslos beklagt sich Andrea: „Warum hast du nicht wenigstens eine Nachricht geschrieben, wann ihr plant zurückzukommen, Sascha?"

Sascha zuckt mit den Schultern, und es tut mir weh zu sehen, wie sich die ganze Selbstsicherheit, die er bis eben ausgestrahlt hat, in Luft auflöst. „Wir hatten keinen Plan." Er schaut Andrea an, es fällt ihm sichtlich schwer.

„Wir sind gegen halb fünf aus Celle weggefahren, und Sascha wollte mir auf dem Rückweg das Stadion in Dedenhagen zeigen", schalte ich mich ein. „Aber dann war da das Leichtathletik-Sommerfest und wir sind spontan geblieben."

„Ihr wart auf dem Leichtathletik-Sommerfest?" Andrea quiekt geradezu. „Das ist ja ... ganz wundervoll!"

„Es war wirklich sehr schön dort", bestätige ich.

„Das fanden wir auch immer", erwidert Micha. „Wir waren dort früher jedes Jahr, als Sascha noch ... Teilnehmer war."

„Micha!", flüstert Andrea mahnend, als hätte Saschas Vater einen kapitalen Fehler begangen.

„Schon gut, Mama", sagt Sascha. „Ich weiß selbst, dass ich früher Teilnehmer war und jetzt nur noch zuschauen kann. Und ich war heute da, mit Fredi, und ich habe das ausgehalten. Da werde ich es wohl gerade noch hinkriegen, jetzt darüber zu reden."

Er gibt sich echt Mühe, glaube ich. Er sitzt aufrecht da, bereit zu fliehen, das ist wahrscheinlich ein Reflex bei ihm, den er gar nicht bemerkt. Aber seine Stimme klingt halbwegs ruhig.

„Oh, Sascha, du glaubst gar nicht, wie froh uns das macht!" Andrea steht auf, läuft um den Couchtisch herum und auf Sascha zu. Sie stellt sich neben ihn und streicht ihm durch die Haare.

Sascha macht einen Satz zurück. „Ich bin keine fünf mehr, Mama."

Erschrocken hebt Andrea ihre Hände. „Entschuldige bitte."

„Ist okay." Er sieht sie an. Seine Augen wirken dunkel und glanzlos. „Lass es einfach ... in Zukunft, bitte, ... ja?"

„Ja, natürlich ... Ich ..." Sie tritt zur Seite, schaut auf den Couchtisch. „Das Studentenfutter ist alle. Soll ich Nachschub holen?"

Die Parallele lässt mich erschauern. Letztes Jahr im Winter ist Sascha auch immer auf diese Weise der Situation entflohen. Was wegbringen, was holen, das Zimmer verlassen. Bloß nicht reden.

„Ich habe keinen Hunger", antworte ich. Es ist die Wahrheit, und es liegt nicht nur daran, dass es beim Sommerfest genug zu essen gab.

„Ich möchte auch nichts", sagt Sascha.

Micha schüttelt auch den Kopf.

„Ja, dann ..." Ein paar Sekunden steht Andrea neben dem Couchtisch, bevor sie wieder zum Sofa zurückgeht und sich setzt. „Hattet ihr also einen schönen Tag?"

Eine flüssige und entspannte Unterhaltung will uns nicht gelingen. Aber wir kommen minenfrei durch die nächsten zehn, fünfzehn Minuten. Endlich sagt Sascha, dass es schon spät ist, und wir gehen nach oben. In Saschas Zimmer werfe ich mich als Erstes aufs Bett und strecke erschöpft alle Viere von mir.

Sascha öffnet das Fenster und kommt danach auch zum Bett. Am Nachttisch hält er an, holt sein Handy aus dem Rucksack und schließt es ans Ladekabel an. Plötzlich hält er inne, legt das Ladekabel zurück und tippt auf seinem Handy herum.

„Was ist?", frage ich.

„Nachrichten von Markus. Schon von heute Nachmittag. Er ist hier. Sein Vater hat ihm Bescheid gesagt."

„Cool. Treffen wir ihn morgen?"

„Ja. Blöd nur, dass ich nicht früher aufs Handy geguckt habe. Er wäre bestimmt auch gern zum Sommerfest gekommen."

„Hm. Ich fand es eigentlich ganz schön so, nur du und ich."

Er grinst. „Wo du recht hast, hast du recht." Er sieht mich die ganze Zeit an, während er nach dem Kabel tastet, sein Handy daran anschließt und das Telefon schließlich auf den Nachttisch legt. „Ich antworte ihm nachher, wenn du im Bad bist", sagt er, während er seinen Rolli vor der Bettkante positioniert und die Bremsen feststellt. Auch beim Transfer aufs Bett nimmt er seinen Blick nicht von mir, bis er neben mir liegt.

„Nur du und ich", sagt er leise. „Das war ein schöner Tag. Sehr fordernd, aber schön. Danke."

„Ja. Das fand ich auch. Und ich sage auch danke."

Ganz langsam führe ich meine Lippen an sein Gesicht. Ich küsse seine Stirn, seine Augen, seine Wange, seine Nasenflügel, zärtlich und sanft. Als ich bei seinem Mund ankomme, stöhnt er leise auf. Fast schon stürmisch verschließt er meinen Mund mit seinen Lippen, schlingt seine Arme um mich, ich umklammere ihn mit meinen Beinen und streichele seine Haare. Alles fühlt sich wahnsinnig intensiv an, seine Lippen auf meinen, das Spiel unserer Zungen, seine Haare zwischen meinen Fingern. Seine Nähe, sein Geruch, *er*. Ich streiche über seinen Rücken, arbeite mich zum Saum seines T-Shirts vor, ziehe daran. Ich will ihn so sehr, ich möchte seine nackte Haut auf meiner spüren, mit ihm verschmelzen. Aber da drückt er mich von sich, behutsam, aber bestimmt. „Ich muss erst ... ins Bad ... Ich könnte sonst ...“

„O Mann, Sascha, echt jetzt?“

„Tut mir leid.“

Ich glaube, mir wäre gerade sogar das egal. Aber ihm nicht, das weiß ich. Und das verstehe ich auch. „Dann geh halt. Ich warte hier auf dich.“

Er setzt sich auf, rutscht zur anderen Bettseite und verlädt sich in seinen Rolli. Als er schon fast an der Zimmertür ist, macht er eine Viertelumdrehung und schaut mich an. In seinem Blick liegt Verlangen. Er will mich genauso wie ich ihn. „Willst du mit mir schlafen?“

„Ich will.“ Ich will es sogar sehr.

Er lächelt. „Bin gleich wieder da.“

Mit Sascha zu schlafen, befriedigt meine Lust auf ihn auf eine unübertroffen intensive, nahe Weise – und treibt sie gleichzeitig in noch größere, ekstatische Höhen. Nichts ist erregender, als dabei zu hören, wie auch Sascha zu stöhnen beginnt, zu sehen, wie er meine Küsse genießt und sich meinen Liebkosungen hingibt. Zu fühlen, wie er mich an sich presst und sich wohlig windet, als ich ihm ins Ohr hauche. Sein Begehren ist meins und meines ist seins. Während draußen die Grillen noch um die Wette werben, haben wir einander längst gefunden. Zusammen fliegen wir durch die Nacht, in uns und zwischen uns das Glück und die Liebe und noch so viel mehr.

8. MARKUS.

– 1. September 2012 –

Beim Frühstück am nächsten Morgen plaudert Andrea übertrieben gut gelaunt über ihre Vorbereitungen für den Schulstart und erzählt, dass sie heute im Museum beim Backtag eingeteilt ist. Jeden ersten Samstag im Monat werde nämlich, sofern genug Wind sei, in der Mühle Mehl gemahlen und in der Backstube Brot gebacken. Ob wir nicht auch heute ins Museum gehen wollten?

„Das hatten wir tatsächlich vor", antworte ich. „Ich bin schon sehr neugierig."

„Ach, wie schön! Schade, dass es so kurzfristig ist. Sonst hätte ich euch Plätze in der Backgruppe freigehalten. Jetzt ist alles ausgebucht, eine Reisegruppe einer Kirchengemeinde aus Hildesheim hat alleine zwölf der sechzehn Plätze gebucht. Aber vielleicht kriege ich euch ja noch irgendwie dazwischen."

„Mich. Im Rolli. Bestimmt." Es klingt sehr zynisch, wie Sascha das sagt.

Andrea schluckt. „Das würde schon irgendwie gehen."

„Lass mal gut sein, Mama. Wir sind eh zu dritt, Markus kommt auch. Vielleicht kommen wir kurz vorbei. Wenn du willst, Fredi." Er hat die Mine bemerkt, die er gezündet hat, und bemüht sich ganz offensichtlich um Schadensbegrenzung. Immerhin.

„Ja, ich würde gern mal vorbeischauen. Kann man denn irgendwo ein Brot probieren, das dort gebacken wurde?"

„Die Teilnehmer nehmen ihr fertiges Brot mit nach Hause. Aber danach wird noch eine Charge Brote gebacken, die man später im Hofladen kaufen kann, schließlich ist der Ofen einmal aufgeheizt. Ihr müsst aber keins besorgen, ich backe mit den Teilnehmern zusammen auch ein Brot, das essen wir heute Abend."

„O ja, danke." Vielleicht kaufe ich trotzdem eins. Für morgen Abend in Hannover. Ich wende mich Micha zu. „Wie kam der Dorfverein eigentlich auf die Idee, hier ein Museum mit Mühle und Backstube aufzubauen?"

Micha scheint sich über mein Interesse sehr zu freuen. Ausführlich berichtet er von der ersten Idee, den leerstehenden Hof, in dem viel altes Gerät herumstand, in ein Heimatmuseum zu verwandeln, über die Anfänge, im Dorfverein und bei den Behörden Mitstreiter zu suchen, bis hin zur Eröffnung des Museums samt Mühle und Backstube. Er erzählt von Aufrufen, landwirtschaftliches Gerät, alte Karten und weitere Exponate zu melden und zu spenden, von der „Jagd" nach immer weiteren Objekten, von erfolgreichen Bemühungen um finanzielle Unterstützung seitens der Gemeinde Adigsen, des Landkreises und von Privatpersonen und davon, wie die Bewerbung bei *Unser Dorf hat Zukunft* den Planungen für das Museum und gleichzeitig dem Miteinander in der Dorfgemeinschaft weiteren Auftrieb gegeben hat. Ich mag die Begeisterung, mit der er erzählt, und als angenehmen Nebeneffekt schaffen wir es auf diese Weise, den Rest der Frühstückszeit ohne weitere anstrengende Interaktionen zwischen Sascha und seinen Eltern hinter uns zu bringen.

Um Punkt halb zehn klingelt es an der Haustür. Sascha und ich eilen aus Saschas Zimmer, sind jedoch noch oben im Flur, als wir hören können, wie Micha den Besuch freudig begrüßt: „Oh, hallo, Markus! Das ist aber schön, dich hier zu sehen!"

„Hallo, Micha. Ich freue mich auch sehr." Die Stimme klingt sympathisch. „Ich bin mit Sascha verabredet. Und mit Fredi."

„Ich weiß. Die beiden müssten oben sein. Komm nur rein! Findest du den Weg? Ist ja ein paar Jahre her, dass du hier warst."

„Hmmm. Ich schätze mal, diese Treppe hier führt nach oben?"

„Immer noch der alte Schelm", meint Micha.

„Natürlich", entgegnet Markus. „Ich geh dann mal hoch, ja?"

Sascha und ich stehen wie ein Empfangskomitee neben der Treppe, als Markus die Stufen hochsteigt. Zuerst kommen seine blonden kurzen Haare in Sicht. Danach fällt mein Blick auf sein weißes T-Shirt und die dunkelblaue Cargo-Bermudashorts – und auf seinen schlanken, trainierten Körper. Man sieht ihm an, dass er Leichtathlet ist, durch und durch.

Er freut sich sehr, Sascha zu sehen, das ist mehr als deutlich zu erkennen. Sein Lächeln ist breit und gleichzeitig eine Spur verschmitzt, während er die letzten Stufen nimmt und auf uns zukommt. Schon nach diesen wenigen Sekunden kann ich mir gut vorstellen, dass er und Sascha sich gut verstehen.

„Hi, alter Kumpel", grüßt er. „Mann, ist das schön, dich endlich wieder hier zu besuchen." Er beugt sich zu Sascha runter, legt ihm den Arm zu einer Männerumarmung um die Schulter und klopft ihm auf den Rücken. Sascha erwidert die Umarmung.

„Hi, Markus. Schön, dass du da bist."

Markus richtet sich auf und wendet sich mir zu. Er ist zwei, drei Zentimeter größer als Sascha, glaube ich. „Hallo. Du bist also Fredi. Ich freue mich riesig, dich kennenzulernen."

„Hi. Hat Sascha also schon von mir erzählt?"

„Das eine oder andere eventuell, so ganz am Rande." Er grinst.

„Ich hab auch schon ein paar vereinzelte Kleinigkeiten über dich gehört und freue mich sehr, dich kennenzulernen."

„Sehr schön", sagt Markus. „Habt ihr was dagegen, wenn wir noch kurz hierbleiben? Ich würde gern nach so langer Zeit mal wieder durch die heiligen Hallen hier wandeln."

Weder Sascha noch ich haben Einwände. Wir folgen Markus zuerst durch die obere Flurhalle auf den Balkon, von dem aus wir auf den Dorfplatz hinunterschauen, danach durch den Flur in den „Kindertrakt", wie Markus es nennt, und schließlich in Saschas Zimmer. Dort sieht sich Markus still um. Sein Blick ruht lange auf dem Poster und wandert dann weiter über die Fensterseite bis zur gegenüberliegenden Wand.

„Sieht alles aus wie früher", stellt er fest. „Bloß die Wand hier ... Sagtest du nicht auf der Rückfahrt vom Brocken, du willst dir die alten Fotos wieder ansehen?"

„Doch, das sagte ich", erwidert Sascha.

„Aber ...?"

„Nichts aber. Ich arbeite dran."

„Und was ist mit neueren Fotos? Guckst du die an?"

„Hin und wieder ... Wenn es sich ergibt ... Schon, ja."

„Das ist gut. Es ergibt sich nämlich in nicht allzu ferner Zukunft. Bin sofort zurück."

Markus verlässt das Zimmer, und ich schaue Sascha fragend an.

„Ich ahne, was kommt", sagt er. „Du musst wissen, Markus macht immer geniale Fotobücher."

„Cool", antworte ich. Wo die wohl sind? Ob Sascha sie mir

wohl irgendwann mal zeigt? Ich würde sie so gerne sehen. Mit ihm zusammen auf dem Sofa sitzen, Seite um Seite umblättern und seinen Erzählungen lauschen. Aber ich spare es mir, das laut zu sagen. Gleich wird Markus wieder hier sein, und ich weiß ja, dass Fotos für Sascha ein schwieriges Thema sind.

Als Markus zurückkommt, hat er ein Geschenk in der Hand, von der Form her könnte es wirklich ein dünnes Fotobuch sein. Er stellt sich vor Sascha, hält es ihm feierlich hin und sagt: „Hier. Du hast ja bald Geburtstag. Aber nicht vorher öffnen!"

„Meine Ahnung scheint sich zu bestätigen", bemerkt Sascha, während er das Päckchen entgegennimmt.

„Ich weiß, ich bin berechenbar und durchschaubar", sagt Markus todernst. „Vielleicht hätte ich es als Schummelpaket verpacken sollen, damit du nicht gleich die Form erkennst."

„Das hätte auch nichts genützt nach deiner Vorrede eben." Sascha grinst.

„Wie auch immer. Ich dachte, ich geb's dir schon jetzt. Dann hast du an deinem Ehrentag wenigstens was zum Auspacken."

„Danke." Sascha legt das Päckchen auf seinem Schoß ab.

„Wieso *wenigstens*?", hake ich nach.

Markus sieht Sascha an, will wohl ihm die Antwort überlassen.

Sascha hebt die Schultern. „Ich hab meinen Geburtstag seit dem Unfall nicht mehr gefeiert." Er sagt es sehr leise.

„Gar nicht?" Ich bin erschrocken. „Nicht mit deinen Eltern, nicht mit Freunden?"

„Mir war halt nicht nach Feiern."

„Und dieses Jahr?" Immerhin war er inzwischen schon öfter tanzen. Und feiern.

„... ist er eh, wenn du auf Exkursion bist. Vielleicht fang ich an meinem Fünfundzwanzigsten dann wieder an, groß zu feiern."

„Das ist ja wenigstens ein Lichtblick." Markus schlägt Sascha freundschaftlich auf die Schulter. „Da war die letzten Jahre im September echt immer ein fieses Loch im Partykalender."

„Gibt schlimmere Löcher." Sascha sieht weder mich noch Markus an, während er langsam zurückrollt, einen halben Meter ungefähr. Dann hebt er den Blick und sagt: „Wir sollten jetzt aber wirklich mal los ins Museum."

Das Museum ist toll. Man spürt richtig, mit wie viel Hingabe und Liebe zum Detail die Ausstellungen vom Dorfverein zusammengestellt und zur Präsentation vorbereitet wurden. Die Ausführungen zu den repräsentativen Wohnhäusern und der typischen, meist rechteckigen Anordnung der Nebengebäude um den Hof finde ich ziemlich spannend. Die Sammlung an historischen Ackerbaugeräten interessieren mich weniger, die Vogelausstellung mit den ausgestopften Greifvögeln dagegen gefällt mir sehr.

Sascha und Markus kennen die Exponate zur Genüge und vertreiben sich daher die Zeit damit, miteinander rumzualbern. Es sind geistreiche Wortspiele, absurde Parallelitäten und dezent übertriebene Darstellungen, die sie mit Anspielungen auf gemeinsam Erlebtes verweben. Ihre Bemerkungen lassen auch mich oft schmunzeln und manchmal sogar auflachen, und es fasziniert mich, wie vertraut die beiden miteinander sind. Und wie sie beide darauf achten, mich mit einzubeziehen. Manchmal erklären sie kurz, worauf sie anspielen, manchmal entstehen die Albereien auch direkt aus Unterhaltungen, die wir über das führen, was wir im Museum anschauen, und manchmal nehmen sie mich aufs Korn – aber nie fies und immer so, dass ich kontern kann und sich daraus der nächste Lacher (oder Schmunzler) ergibt.

Wir statten auch der Backstube einen kurzen Besuch ab. Oder vielmehr nur ich, denn Sascha und Markus bleiben draußen. Die Backstube ist gerammelt voll. Ich werfe nur einen Blick von direkt hinter der Ladentür in den Raum, bestaune den alten Steinofen und nehme die Atmosphäre in mich auf. Andrea scheint große Freude daran zu haben, die Besucher beim Brotbacken anzuleiten und nebenbei jede Menge Infos zur Geschichte des Müller- und Bäckerhandwerks einzustreuen.

Die Bockwindmühle ist ebenfalls in Betrieb. Gemächlich drehen sich die vier großen Holzflügel, die heute mit weinrotem Tuch bespannt sind, im Wind. Unten bleiben wir vor der steilen, schmalen Holztreppe, die in die Innenräume führt, stehen. Staunend betrachte ich die Mühle. „Krass, dass man das ganze Gebäude auf diesem Bock drehen kann! Das muss doch Tonnen wiegen."

„Ja", sagt Markus. „Siehst du hier diese Pfähle und den Flaschenzug zwischen dem Pfahl da vorne und dem langen Holzausleger? Damit kann man die Mühle immer passend in den Wind drehen."

„Oh, ja. Das wusste ich gar nicht. In Hannover gibt es auch eine Bockwindmühle, aber die ist nicht mehr in Betrieb."

„Tja, hier mahlt die Mühle noch. Oder besser, wieder", sagt Sascha. „Willst du rein? Du kannst sehen, wie das Korn nach oben transportiert wird, wie es zu Mehl gemahlen wird und wo der Müller schlafen konnte. Sogar das Klo gibt es noch."

Wir beschließen, dass Markus mich in die Mühle begleitet, während Sascha schon zum Spielplatz vorgeht.

Als Markus und ich in der Mühle auf den Museumsmitarbeiter treffen, begrüßt dieser Markus sehr erfreut und meint: „Das ist ja wunderbar, dass du deiner Freundin die Mühle zeigst."

„Fredi ist Saschas Freundin", stellt Markus richtig.

„Ach so. Auch schön. Herzlich willkommen im schönen Gannermühle! Na, dann kommt mal mit auf den Steinboden!"

Der freundliche ältere Herr, den Markus Wilhelm nennt, würde uns am liebsten alles genauestens erklären und zeigen, aber allzu lange möchte ich auch nicht in der Mühle bleiben. Es ist irgendwie seltsam, hier allein mit Markus zu sein, den ich erst seit heute persönlich kenne, und mehr oder weniger stumm neben ihm zu stehen und Wilhelms Ausführungen zu lauschen. Nach einiger Zeit erwähne ich, dass Sascha auf uns wartet, und sofort schaltet Wilhelm auf Schnelldurchgang um. Innerhalb von vielleicht zehn Minuten erfahren wir, wie man mit Hilfe der Winde außen an der Mühle die Kornsäcke auf den Steinboden befördert, können zusehen, wie das Korn in den Trichter über dem Mahlwerk geschüttet wird, und bekommen erklärt, dass das Mehl insgesamt achtmal gemahlen werden muss, bis es fein genug ist. Der Müller musste jeden Zentner Mehl also achtmal wieder vom Mehlboden nach oben befördern, bevor es schließlich zum Brotbacken verwendet werden konnte. Deshalb wird heute in der Mühle nur Weizenschrot erzeugt, der dem gekauften Mehl, aus dem sie in der Backstube die Brote backen, zugegeben wird.

Natürlich hat Wilhelm auch eine Schüssel mit fertigem Weizenschrot parat, und Markus und ich dürfen etwas davon durch unsere Finger rieseln lassen. Dann verabschieden wir uns von

Wilhelm und verlassen die Mühle.

Der Weg zum Spielplatz führt uns über die Wiese, auf der die Mühle steht, und den Bolzplatz. Als wir nah genug sind, dass wir Sascha sehen können, fragt Markus: „Was macht Sascha denn da?"

„Stehtraining am Barren", antworte ich. „Er hat bei seinen Eltern keinen Stehtrainer, deswegen macht er das hier."

„Krass. Wie ist er vom Rollstuhl in den Stütz gekommen?"

„Monatelanges Üben, hat er gesagt. Wenn die Beine erst einmal senkrecht sind, kann er eine Weile mit Hilfe der Spastik stehen."

„Hart und ehrgeizig trainieren, das konnte er früher schon wie kaum ein anderer. Ist das also immer noch so, ja?"

„Ja. Und er ist auch sehr diszipliniert. Stehtraining und Krankengymnastik nehmen jeden Tag gut eineinhalb Stunden in Anspruch. Er lässt es nie schleifen."

„Echt, so viel? Da geht ja richtig Lebenszeit drauf! Das wusste ich gar nicht." Markus wirkt betroffen.

„Die Zeit im Stehtrainer kann er zum Lesen nutzen. Oder zum Arbeiten für die Uni. Das ist wie ein Stehpult. Er hat schon haufenweise Mathe-Übungszettel im Stehtrainer gelöst."

„Ich weiß noch viel zu wenig über Saschas neues Leben", sagt Markus nachdenklich. „Da hast du mir einiges voraus."

„Und ich zu wenig über sein altes. Das hast *du mir* voraus."

Markus bleibt stehen. „Schon irgendwie verrückt, oder? Wenn wir zu dritt unterwegs sind wie heute, sind wir mit ein und demselben Sascha zusammen. Aber ich kenne fast nur sein altes Leben und du nur sein neues."

Ich habe auch angehalten. „Stimmt. Aber inzwischen arbeitet er dran, dass sich das ändert. Du warst mit ihm auf dem Brocken. Und ich bin hier in Gannermühle. Und jetzt treffen wir beide sogar aufeinander und lernen uns kennen."

Verblüfft schaut Markus mich an. „Du bist wirklich so, wie Sascha gesagt hat."

„Wie?"

„So ..." Er unterbricht sich. „Sorry, aber das kann ich nicht sagen. Da müsstest du Sascha schon selbst fragen. Aber es war etwas sehr, sehr Schönes."

„Hm." Vielleicht frage ich ihn mal. Vielleicht aber auch nicht.

9. Ein Leben wie deines.

Gegen halb sieben essen wir mit Saschas Eltern auf der Terrasse zu Abend. Es gibt das ausgesprochen leckere Gannermühler Brot, und als wir fast fertig sind mit dem Essen, verkündet Micha, dass er extra seine Skatrunde verlegt hat, damit wir uns noch einen schönen Abend zu viert auf der Terrasse machen können.

„Wir sind ab acht im Adigser Freibad", sagt Sascha. „Da treffen wir uns mit Noah und Caro auf der *End-of-Summer-Night*. Markus kommt auch."

Ich kann genau sehen, wie enttäuscht Micha ist. Vielleicht sogar verärgert. Aber seine Stimme klingt beherrscht, als er sagt: „Es wäre nett gewesen, wenn du uns das früher gesagt hättest."

„Das mit deiner Skatrunde tut mir leid", sagt Sascha. „Wir hatten das zwar schon locker am Donnerstag ausgemacht, aber richtig fix ist es erst seit heute Mittag."

„Man könnte meinen, du reduzierst die Zeit, die ihr mit uns verbringt, auf das absolut notwendige Minimum." Auch Andrea klingt freundlich, obwohl ihre Worte ein echter Vorwurf sind. Der nicht ganz unberechtigt ist, finde ich, wenn auch nicht für diesen Abend.

„Die Idee kam von Caro", erklärt Sascha. „Hätte ich sagen sollen: Sorry, Leute, wir können nicht, denn meine Eltern wollen bestimmt heute Abend mit uns auf der Terrasse sitzen?"

„Na ja", meint Micha. „Bis vor Kurzem hast du dich hier eingeigelt, wenn du überhaupt mal zu Besuch warst. In Hannover war angeblich alles bestens, hast du uns immer erzählt, aber letztes Jahr im August sah das für uns ganz anders aus. Vielleicht kannst du verstehen, dass wir uns erst einmal dran gewöhnen müssen, dass du hier wieder unter Leute gehst. Auch wenn wir uns natürlich darüber freuen. Sehr freuen sogar."

Letztes Jahr im August. Schon wieder. Was war da los, möchte ich am liebsten fragen, klärt mich endlich mal jemand auf? Aber natürlich bleibe ich stumm, die Hände auf meinem Stuhl unter meinen Oberschenkeln, ich fühle mich mehr als unwohl. Zumal Andrea mich jetzt ansieht, und Micha auch, als erwarteten sie von mir, dass ich mich dazu äußere. Oder als hätte ich irgendwas mit der Sache im August zu tun.

„Lasst Fredi da raus!" Auch Sascha hat die Blicke anscheinend bemerkt. „Sie kann nichts dafür, nichts für heute Abend und schon gar nichts für letzten August."

„Wir wünschen uns mehr Teilhabe an deinem Leben, Sascha", sagt Andrea. „Wir wollen wissen, wie es dir geht. Was du machst. Nicht nur einen Mir-geht-es-gut-Pflichtanruf pro Woche, in dem du uns ganz offensichtlich nichts von dem erzählst, was wirklich wichtig ist." Schon wieder wirft sie mir einen bedeutungsvollen Blick zu. Dann schaut sie wieder ihren Sohn an. „Sonst reimt sich unsere Fantasie aus den wenigen Infos Dinge zusammen, die vielleicht gar nicht zutreffen, da kann man gar nichts gegen tun."

Sascha sieht auf die Tischplatte, die Lippen zusammengepresst, und schweigt. Die langsamen, aber heftigen Bewegungen seines Brustkorbs lassen erahnen, wie sehr es in ihm brodelt.

Minuten vergehen. Oder sind es nur Sekunden? Ich kann mir schon vorstellen, was sich Andrea und Micha zusammengereimt haben, und es kostet mich sehr viel Selbstbeherrschung, das nicht richtigzustellen. Früher hätte ich das gemacht, ohne Rücksicht auf Verluste. Aber ich habe dazugelernt. Weil es inzwischen jemanden gibt, der mir wichtig ist. Sascha ist mir mindestens so wichtig wie ich mir selbst.

Andrea und Micha sehen Sascha an, warten still, ob er antworten wird. Aber nichts passiert. Schließlich fängt Andrea an, die Teller zusammenzuräumen. Sascha sieht auf, als wollte er etwas sagen, und Andrea hält inne, stellt die Teller ab. Aber dann senkt er den Blick wieder, und der Moment ist vorbei. Andrea wartet noch eine Weile, doch Sascha bleibt stumm. Schließlich nimmt sie den Tellerstapel wieder in die Hand und steht auf.

„Ich wünsche euch einen wunderschönen Abend", sagt sie so fröhlich, als hätte sie irgendwo einen Schalter, den sie umlegen kann. „Ich gucke mal nach Badeanzügen. Ich habe noch ein paar alte von Lorna da, die könnten dir passen, Fredi."

Micha und ich haben gerade erst fertig abgeräumt, während Sascha fluchtartig nach dem Abendessen seine Blase entleeren gegangen ist, da steht Andrea schon mit zwei Badeanzügen und einer Badehose in der Küche. Unbekümmert, als wäre am Abendbrottisch eben nichts gewesen, erzählt sie, dass Lorna ja Leistungsschwimmerin sei und daher mehrere Badeanzüge habe, und auch von Sascha habe sie eine Badehose gefunden. Ich weiß gar nicht, ob wir wirklich schwimmen wollen, aber ich nehme sie dankend entgegen und bringe sie in Saschas Zimmer. Ein guter Vorwand, um hier endlich wegzukommen. Mir ist das echt unangenehm, diese aufgesetzte Fröhlichkeit. Schiebt Andrea die Konflikte einfach beiseite und vergisst sie? Oder glaubt sie, dass es Sascha hilft, wenn sie derart weichgespült mit ihm umgeht?

Sascha wirkt noch immer bedrückt, als er ins Zimmer kommt.

Ich sitze auf dem Bett und halte ihm die Badesachen hin. „Hier, die hat mir deine Mutter gegeben."

Sascha kommt näher, hält einen guten Meter vor mir an. „Wir können sie ja einpacken. Und zwei Handtücher dazu. Aber ich weiß nicht, ob mir nach Schwimmen sein wird."

Ich lege die Sachen neben mich auf das Bett. „Ich auch nicht. Ist es nachts nicht eh viel zu kalt zum Baden?"

„Nein. Das Bad ist beheizt."

Und die Tage sind heiß und die Nächte warm. Es könnte schön sein, mit Sascha bei Nacht und lauter Musik zu schwimmen. Aber gerade bin ich überhaupt nicht in Stimmung. Die Unterhaltung von vorhin am Esstisch lässt mir keine Ruhe. Ich bin noch nicht einmal in Stimmung, überhaupt zu der Party zu gehen. Obwohl ich echt neugierig auf Noah bin.

„Wir sollten bald los", sagt Sascha. Doch es klingt nicht so, als wollte er wirklich aufbrechen.

„Ja", sage ich, aber ich erhebe mich nicht.

Sascha rollt zum Bett und nimmt die Badesachen, legt sie sich auf den Schoß. Er ist nur wenige Zentimeter von mir entfernt. Ich möchte mit ihm reden über eben gerade. Ich will, dass er seinen Eltern sagt, wann wir zusammen waren und dass *er* sich von mir getrennt hat. Aber wenn ich davon jetzt anfange, wird das nichts mehr mit der *End-of-Summer-Night*.

Ich rutsche ein bisschen zu ihm und beuge mich vor, lege meine Hand auf seine. Er sieht mir direkt in die Augen, und als ich seinen Schmerz darin sehe, so deutlich und so intensiv wie früher, geht ein heftiger Stich durch meinen Oberkörper.

Aber dann richtet er sich auf, legt die Hände an die Greifreifen und rollt ein paar Zentimeter zurück. „Ich hole die Handtücher, okay?" Die Art, wie er mich jetzt anschaut, erinnert mich an unseren Besuch im Stadionbad. *Lass uns nicht den Abend verderben, bevor er angefangen hat.* Wie damals habe ich das Gefühl, in diesem Moment direkt in seinem Blick lesen zu können.

„Okay." Ich weiß nicht, ob ich einfach umschalten kann. Aber wahrscheinlich ist das gerade die bessere Option. Wie im Januar vor eineinhalb Jahren sehe ich ihm fest in die Augen. *Wir reden später,* lege ich in meinen Blick, *wir müssen.*

Sascha räuspert sich. „Also dann ..."

„Also dann." Ich stehe auf, und wir verlassen das Zimmer.

Während Noah, Caro und Markus mit dem Rad nach Adigsen fahren, nehmen wir das Auto. Saschas Handbike ist ja in Hannover, und zu Fuß ist es zu weit. „Nächstes Mal nehmen wir es mit, dann zeige ich dir die Umgebung", sagt Sascha, und es tut gut zu hören, wie selbstverständlich er von einem nächsten Mal spricht.

Auf dem Weg kommen wir an einer Biogasanlage vorbei, und Sascha hält an, um mir die Funktionsweise zu erklären. Er erzählt, dass das Freibad an die Anlage angeschlossen ist und auf diese Weise beheizt wird. Oberflächlich ist Sascha wieder der Alte, so, als könnte auch er einfach einen Schalter umlegen wie seine Mutter, aber der Schmerz und die Unsicherheit liegen noch in seinem Blick, darüber können auch die kleinen Witzeleien nicht hinwegtäuschen, die er in seine Beschreibungen einflicht.

Markus, Noah und Caro treffen wir vor dem Eingang am Freibad. Die Musik und das Stimmengewirr der vielen Besucher versprühen zusammen mit dem warmen Licht des bevorstehenden Sonnenuntergangs schon hier eine besondere Atmosphäre.

Noah wirkt befangen, während er Sascha begrüßt. Einerseits scheint er sich sehr zu freuen, Sascha zu sehen, andererseits kann er offenbar noch schlechter als seine Mutter damit umgehen, ihn im Rollstuhl zu sehen. Steif steht er vor Sascha, weiß wohl nicht, wie er den Höhenunterschied überbrücken soll, und reicht ihm schließlich die Hand.

„Hi, Sascha", sagt er. „Schön, dass es geklappt hat."

Sascha umgreift seinen Daumen zu einem Sportlerhandschlag. „Hi, Noah. Schön, dich zu sehen."

Auffällig schnell löst Noah seine Hand aus Saschas. „Ja, ich freue mich auch."

Wir anderen begrüßen uns ebenfalls, danach kaufen wir unsere Tickets und gehen ins Freibad. Lichterketten mit bunt gefärbten Glühlampen schmücken die Anlage. Auf dem Rasen neben dem Schwimmerbecken ist eine große Bühne aufgebaut, auf der gerade eine lokale Pop-Band spielt. Die Musiker und Musikerinnen sind jung, aber sie scheinen bereits eine eigene Fangemeinde zu haben. Dutzende Jugendliche stehen vor der Bühne und singen die Songtexte mit. Wir suchen uns weiter hinten einen freien Biertisch, ich sitze neben Markus und gegenüber von Noah und Caro, und Sascha nimmt zwischen mir und Noah am Kopfende des Tisches Platz. Wir holen uns Cocktails an der Bar am Nichtschwimmerbecken, erst Noah und Caro, dann Markus, Sascha und ich, und während wir aus unseren Gläsern schlürfen und der Musik lauschen und das Nachtblau des Himmels immer kräftiger wird, arbeiten wir die üblichen Kennenlernfragen ab.

Noah ist normal groß und muskulös bei schlanker Statur wie Sascha. Er trägt ein rot-weiß-blaukariertes Hemd mit hochstehendem Kragen und dazu eine knielange Cargohose. Seine braunen Haare sind hinten und an den Seiten sehr kurz geschnitten, werden nach oben hin länger und stehen auf dem Kopf durcheinandergewuschelt hoch. Sein Blick ist wach, aber unruhig, so, als würde er überall gleichzeitig hinschauen wollen. Nur während er mir auf direkte Nachfrage von seinem Beruf erzählt, was er dort macht und wie sein Ausbildungsweg war, da wirkt er fokussiert und gelöst. Und sehr charismatisch. Ich mag die Art, wie er spricht, wie er sich dabei bewegt, und ich kann mir sehr gut vorstellen, dass Caro sich in ihn verliebt hat.

Irgendwann fällt ihm wohl auf, dass wir schon sehr lange über ihn sprechen, und in dem Moment, wo er sich an Sascha wendet und sich nach seinem Studium erkundigt, scheint die Unsicherheit wieder Besitz von ihm zu ergreifen. Sascha berichtet, dass er seinen Bachelor in der Tasche hat und im Oktober sein Masterstudium beginnen wird.

„Und was wirst du danach machen, wenn du fertig bist?", will Noah wissen.

Sascha hebt die Schultern. „Erstmal promovieren wahrscheinlich. Und dann mal sehen, was sich ergibt. Mathematiker werden immer gesucht."

„Da hast du echt Glück", meint Noah. „Schreibtischberufe aller Art wären für mich der Horror. Wenn mir so was passiert wäre wie dir ... Ich hätte mir wahrscheinlich die Kugel gegeben."

Caro sieht Noah entsetzt von der Seite an. „Und Amelie und ich?"

„Passiert *wäre*, hab ich gesagt, nicht passieren *würde*", entgegnet Noah. Er legt einen Arm um Caro und küsst ihren Hals, und sie lächelt. Für sie ist wohl alles wieder gut.

Aber nicht für Sascha.

Er starrt auf die Tischplatte und sieht aus, als hätte ihm jemand sämtliche Ausstrahlung geraubt. Er sitzt da, offenbar unfähig, irgendwie zu reagieren, und auch ich fühle mich überfordert, weiß nicht, was ich tun oder sagen soll.

„Noah, wir gehen mal neue Drinks holen, ja?" Markus steht auf und geht zu Noah rüber, klopft ihm auf die Schulter.

Noah löst sich von Caro. „Ja, okay ..." Prüfend sieht er Markus an, scheint nicht zu verstehen, was los ist, aber er kapiert anscheinend, dass er Markus' Aufforderung jetzt besser nachkommt. Er erhebt sich und fragt: „Sollen wir euch was mitbringen?"

„Für mich einen *Hugo*", sagt Caro.

„Ich hab noch", antworte ich, obwohl mein *Caipirinha* nur noch Eis ohne jeglichen Geschmack ist. Aber mir zu überlegen, welchen Cocktail ich will, krieg ich gerade nicht hin.

„Und du, Sascha?" Noah runzelt die Stirn, sieht Sascha forschend an.

„Nichts, danke." Sascha sieht nicht einmal auf.

„Hab ich was Falsches gesagt?", fragt Noah, offensichtlich erschrocken.

Sascha bleibt stumm.

„Hey, sorry, das ... Das wollte ich nicht. Ich freu mich bloß für dich, dass du wahrscheinlich trotzdem 'nen guten Job findest. Du weißt doch, wie schwierig das für mich war, und ... Scheiße, Mann, du kennst mich doch."

Sascha hebt den Kopf und sieht Noah aus schmalen Augen an.

„Für mich wäre das halt der Super-GAU", fährt Noah hastig fort. Er reitet sich immer weiter rein und merkt es nicht einmal. „Ich bewundere dich. Deine Mutter hat erzählt, du bist kurz nach der Reha schon nach Hannover gezogen, wohnst alleine in einer Wohnung und hast gleich angefangen zu studieren, und jetzt hast du sogar wieder eine –"

„Hat *dir* schon mal jemand gesagt, er an deiner Stelle würde sich umbringen?", unterbricht Sascha ihn aggressiv. „So ein Leben wie deines, wo schon das Lesen einer Speisekarte eine echte Anstrengung bedeutet, könnte er nicht leben? Dass er dich bewundert, wie du das schaffst, deine Impulsivität und Sprunghaftigkeit zu kontrollieren mit Listen, Routinen und anderen Tricks, er könnte das nie? Wie würde es dir gehen, wenn das jemand zu dir sagen würde, Noah?"

Noah ballt seine Hände zu Fäusten und atmet tief ein, scheint die Luft anzuhalten. Vielleicht ist das auch so ein Trick, eine Routine, die er jetzt abruft. Ich glaube, er zählt innerlich bis zehn oder so. Dann atmet er aus, macht auf dem Absatz kehrt und geht. Markus folgt ihm, aber nach wenigen Metern dreht Noah wieder um, er fährt sich durch die Haare, geht auf und ab, guckt zu uns rüber, sichtlich getroffen und sehr wütend.

Viel Zeit vergeht, während er sich ganz offensichtlich bemüht, nicht auszuflippen. Sascha wirkt genauso aufgewühlt, sitzt fluchtbereit da, aufrecht, die Hände an den Greifreifen, heftig atmend wie nach einem 200-Meter-Sprint.

Schließlich bleibt Noah neben Sascha stehen, stützt sich direkt neben ihm auf dem Tisch auf und sagt: „Das war fies, Sascha."

„Was du gesagt hast, war nichts anderes."

Noah richtet sich wieder auf. „Doch. Ich hab das ernst gemeint, dass ich dich bewundere. Es sollte ein Kompliment sein. *Du* hast das gesagt, um mich zu verletzen."

„Dein Kompliment *hat* mich verletzt. Und du hast es nicht mal gemerkt. Für mich war die Querschnittlähmung auch der Super-GAU. Und in Momenten wie diesem ist sie das immer noch. Glaub mir, Noah, ich war ganz unten. Aber ich hänge am Leben. Ich hab mich zurückgekämpft. Siege errungen und noch viel mehr Niederlagen ausgehalten. Und wenn dann einer kommt und sagt, er würde sich an meiner Stelle umbringen ... Mann, Noah, tut mir leid, dass ich dich verletzt habe. Aber ich wollte, dass du kapierst, wie weh das tut."

„Ist dir gelungen. War eine sehr eindrucksvolle Erfahrung."

Sascha sieht Noah an und wartet. Noah hat sich inzwischen weitgehend beruhigt, er steht breitbeinig da, die Hände in den Hosentaschen, und wippt mit den Fersen auf und ab.

„Tut mir leid, dass ich dir wehgetan habe", sagt er schließlich. „Echt, Mann, das war keine Absicht."

„Angenommen." Sascha hält Noah seine Hand hin.

Noah zögert. Dann geht er auf Sascha zu und gibt ihm die Hand. „Auch angenommen."

„Danke."

Noah entzieht Sascha seine Hand und tritt einen Schritt zurück. „Sorry, Sascha, es ist halt ... krass ungewohnt, dich so ..."

„Ich nehm 'nen *Ipanema*", schneidet Sascha ihm das Wort ab.

„Ja, okay." Noahs Blick irrt unruhig zwischen Sascha, mir und mindestens zehn weiteren Punkten hin und her.

„Ich nehme nochmal einen *Caipi*", sage ich.

„Gut, dann ... gehen wir mal los, Markus, ja?"

Noah schließt zu Markus auf, der immer noch in zwei, drei Metern Entfernung vom Tisch steht.

„Wartet, ich komme mit", ruft Caro und springt auf. „Dann muss nicht einer drei Gläser tragen."

Sascha und ich bleiben allein am Tisch zurück.

„Ui", mache ich, als sie außer Hörweite sind. „War Noah früher auch so aufbrausend?"

Sascha nickt geistesabwesend. Es dauert, bis er sich wieder mir zuwendet. Ich kann sehen, wie er sich Mühe geben muss, den Konflikt mit Noah hinter sich zu lassen. Erst nach einigen Sekunden guckt er mich wirklich an. „Viel schlimmer sogar", sagt er dann. „Aber nur selten, wenn wir gespielt haben. Er konnte ganz tief im Spiel versinken, und man konnte echt megagut mit ihm spielen. Uns gingen nie die Ideen aus. Und solange wir in unserer

Spielwelt waren, hatte er auch keine Wutanfälle."

„Er hat schon auch Charisma und Charme", stelle ich fest.

„Auf jeden Fall. Und er hat ziemlich gut gelernt, seine Schwierigkeiten zu kompensieren."

„Ja, das habe ich auch bemerkt." Aber es muss schon herausfordernd sein, mit jemandem wie Noah zusammenzuleben. Ob es ihm immer gelingt, sich wieder runterzuregeln? Wie mag das aussehen, wenn er es mal nicht hinkriegt?

Stumm sitzen Sascha und ich nebeneinander. Ich könnte tausend Fragen stellen, aber mir ist eingefallen, dass das Noah gegenüber nicht fair wäre. Umgekehrt fände ich es auch indiskret, wenn zum Beispiel Caro mich über Saschas Probleme ausfragen würde. Also lausche ich wortlos der Musik, die mich nicht sonderlich anspricht, und lasse meinen Blick über das Freibadgelände schweifen. Mittlerweile hat die Dämmerung eingesetzt. Die Lichterketten und Lampions verbreiten ein stimmungsvolles Licht. Noch immer kommen neue Gäste auf die Anlage.

Bald sind Noah, Caro und Markus mit den Cocktails zurück. Es dauert, bis unser Gesprächsfluss sich von der Auseinandersetzung zwischen Noah und Sascha erholt hat, aber schließlich sind wir doch in einer anregenden Unterhaltung zu fünft versunken. Wir reden über alles Mögliche: worauf wir stolz sind, über Freundschaft und Liebe, über Stärken und Schwächen ...

Noah berichtet davon, wie er sich durch die Schule gequält hat und wie sehr die Buchstaben tanzen, wenn er liest, auch jetzt noch. Nur dank unzähliger Therapiestunden habe er überhaupt Lesen und Schreiben gelernt. Sein Problem seien nicht nur die Buchstaben, die für ihn alle ähnlich aussehen und nie stillzustehen scheinen, sondern auch diese unaushaltbare innere Unruhe, die ihn überfalle, sobald er sich durch zwei oder drei Sätze gekämpft habe. Ich bin beeindruckt von der Offenheit, mit der er darüber spricht – und von seinem Wissen in so vielen unterschiedlichen Bereichen, das er im Laufe unserer Gespräche immer wieder unter Beweis stellt.

Später reden darüber, ob wir an Gott glauben, und ich erfahre, dass Caro gläubige Christin ist. Sie versucht jedoch nicht, Noah zu missionieren, sagt sie, was Noah sofort bestätigt. Ich staune, wie sehr Caro in sich ruht. Sie hat ein angenehm ausgleichendes Wesen, und sie und Noah sind ein tolles Paar. Markus erzählt, dass er schon irgendwie an Gott glaubt, und berichtet davon, wie hart es für ihn war, Saschas Kontaktabbruch zu akzeptieren und es auszuhalten, zu warten. Jeden Abend habe er gebetet, Gott möge ihm ein Zeichen geben, wann der richtige Zeitpunkt dafür sei, sich wieder bei Sascha zu melden. Und anscheinend habe es ja auch geholfen.

„Der Zeitpunkt war perfekt", bestätigt Sascha, aber wie Noah glaube er nicht an Gott. Es wäre schön, wenn da einer wäre, der ihn hielte, auch wenn er ganz allein sei. Aber als er vom Berg gestürzt sei, wo sei Gott da gewesen? Wieso sollte er den Unfall zugelassen haben?

„Vielleicht hat er dich gehalten", meint Caro. „Vielleicht hat er dafür gesorgt, dass du überlebst."

„Und dafür hatte er keine bessere Idee, als mir einen Baum in den Weg zu stellen, der mir die Wirbelsäule bricht? Komm, Caro, das ist absurd."

Caro lächelt ihn milde an, und es wirkt kein bisschen überheblich. „Ich weiß es nicht", sagt sie. „Manchmal versteht man den Sinn von einem Schicksalsschlag auch erst Jahre später. Vielleicht ist das bei dir auch so."

Sascha schüttelt den Kopf. „Niemals", sagt er entschieden. „Am Ende glaubst du noch, dass ich darin etwas Gutes sehen soll. Nee, echt nicht. Ich kann mittlerweile halbwegs gut damit leben, behindert zu sein. Aber dass ich darin etwas Positives oder einen tieferen Sinn sehen soll, das ist wirklich zu viel verlangt."

10. GEFALLENER ENGEL.

Wir sind so sehr in unser Gespräch vertieft, dass ich aufschrecke, als hinter Noah und Caro drei junge Leute auftauchen und einer von ihnen laut ausruft: „Oh, hi! Was für eine Überraschung!"

Zwei Typen und ein Mädel, alle wohl ungefähr in Saschas oder Noahs Alter, kommen auf uns zu.

„Hi!", ruft Markus. Er steht auf, umrundet den Tisch und geht den dreien entgegen. „Schön, euch zu sehen!"

„Ganz unsererseits!", antwortet der Typ mit den dunkleren, kurz geschnittenen Haaren.

Während Markus erst mit den Jungs und dann auch mit dem Mädchen eine kurze Umarmung austauscht, rollt Sascha ein paar Zentimeter vom Tisch ab und dreht seinen Rolli leicht schräg. Noah und Caro bleiben am Tisch sitzen, haben sich aber zu Markus und den drei Neuankömmlingen umgedreht. Nachdem die beiden Jungs Markus begrüßt haben, gehen sie auf Sascha zu.

„Schön, dich zu sehen", sagt der kleine, drahtige Typ mit den hellen Haaren und dem Männerdutt. Es klingt sehr herzlich. „Lass dich umarmen, Alter!"

Er beugt sich zu ihm für eine kurze Männerumarmung. Sascha legt einen Arm um seinen Rücken und klopft ihm zweimal leicht auf die Schulter. Anschließend reicht der andere Typ Sascha die Hand zu einem Handschlag. „Cool, dass du hier bist."

Sascha hebt die Schultern und sagt dann: „Hallo."

Während Markus die drei einlädt, sich zu uns zu setzen, und Noah und Caro jetzt doch zur Begrüßung aufstehen, kommt die junge Frau auf Sascha zu. Sie trägt Turnschuhe, Jeans und eine Bluse. Ihr Lächeln wirkt erfreut und gleichzeitig unsicher, während sie sich Sascha nähert. Sie bleibt vor ihm stehen, zu weit entfernt, um ihm die Hand zu geben oder ihn zur Begrüßung zu umarmen, und doch zu nah, um es nicht zu tun. Die Zeit steht still, nur für ein paar Sekundenbruchteile vermutlich, bevor die junge Frau ein paar Zentimeter zurückweicht und sich räuspert.

„Hi, Sascha", sagt sie.

„Hallo, Corinna."

Corinna. Irgendwie habe ich es schon geahnt, als sie so komisch vor Sascha stehen geblieben ist, aber jetzt die Gewissheit zu haben, dass sie hier bei uns am Tisch steht und ich sie nun kennenlernen werde, fühlt sich an wie ein Schlag in die Magengrube.

Sie ist hübsch. Nicht betont weiblich, aber doch eindeutig feminin wirkt sie, sie trägt wie ich keinen Schmuck und ist höchstens dezent geschminkt. Ihre Haare sind knapp schulterlang und leicht gewellt, und sie trägt sie zu einem Pferdeschwanz gebunden. Ihre ganze Erscheinung ist leichtfüßig und durchtrainiert, so, als wäre auch in ihrem Leben Sport ein wichtiger Faktor.

Inzwischen haben die anderen begonnen, am Tisch Platz zu nehmen. Die Bierbank reicht für uns alle, die Plätze werden neu gemischt, und plötzlich sitze ich nicht mehr gegenüber von Noah, sondern gegenüber von *ihr*. Die beiden neu dazugekommenen Jungs sitzen am anderen Tischende, begrüßen nun über den Tisch hinweg auch mich und stellen sich als Jan und Holger vor. Die Namen kenne ich aus Ulrikes Erzählungen. Jetzt befinde ich mich also mitten in Saschas alter Clique. Zwischen denen, die nachts über Freibadzäune und sonntags auf Baukräne geklettert sind, die Partys und das Leben gefeiert haben. Ohne Vorwarnung werde ich direkt hineinkatapultiert in Saschas altes Leben.

„Und wer bist du?", fragt Corinna mich. „Gehörst du zu Markus?"

Scheiße, mir hat es tatsächlich die Sprache verschlagen, normalerweise hätte ich längst gesagt, wer ich bin.

„Fredi", bringe ich heraus.

„Oh." Anscheinend sagt der Name ihr was. Abrupt rückt sie ein Stück weg von Sascha, sieht ihn an. „Ich wusste gar nicht, dass ihr Kontakt habt."

„Hatten wir im Mai auch nicht", sagt Sascha. „Aber inzwischen sind wir wieder zusammen. Und Fredi ist dieses Wochenende zum ersten Mal bei uns zu Hause zu Besuch." Er sagt es ruhig und klar, und während er spricht, rollt er wieder an den Tisch ran, jedoch ohne die Bremsen des Rollis festzustellen. Die Hände lässt er an den Greifreifen. Seine Stimme mag ruhig und souverän klingen, aber vor mir kann er seine Nervosität nicht verbergen.

„Herzlichen Glückwunsch", sagt Corinna steif. „Freut mich …

für euch."

Eine Pause entsteht. Die Band auf der Bühne lässt das Lied aus-klingen. Die Fans applaudieren, dann ergreift die Leadsängerin das Wort, kündigt das letzte Lied ihrer Band für diesen Abend an.

„Danke", sagt Sascha schließlich.

„Und schön, dass du hier bist, Sascha", fügt Corinna hinzu. „Du meinst es ernst mit dem Zurückkommen, ja?"

„Natürlich." Er scheint zu wissen, was sie damit meint.

„Wart ihr schon tanzen?"

Sascha und ich schütteln beide unsere Köpfe.

„Nicht so unser Fall, diese Band", erkläre ich.

„Deshalb sind wir erst jetzt gekommen", sagt Corinna. „Wir kannten die noch vom letzten Jahr. Gleich kommt eine andere Band, die ist besser. Und ab dreiundzwanzig Uhr legt DJ Todd Dede auf, den darf man nicht verpassen."

„Der ist genial!", schaltet sich Noah ein. „Der war letztes Jahr schon hier. Er spielt die Lieder nicht nur ab, er interpretiert die. Ganz eigenständig und so, dass es richtig reinhaut."

„Das hört sich mega an", sagt Sascha. „Und was spielt er so?"

„Sag bloß, du kennst den nicht!" Noah guckt Sascha ungläubig an. „Dede steht für Dedenhagen, und DJ Todd ist der neue Star hier in der Region. Gerade dir als Discogänger muss der doch ein Begriff sein!"

„Seit wann ist er der Star?", fragt Sascha mit deutlich generv-tem Unterton.

„Seit zwei, drei Jahren ungefähr", antwortet Noah.

„Und wo war ich die letzten zwei, drei Jahre?" Sascha spricht, als hielte er Noah für blöd.

„Okay, okay! Krieg dich wieder ein! Ich hab deine Abwesenheit nicht im Kalender mitverfolgt, klar?" Nervös wippt Noah mit beiden Beinen, so sehr, dass die Bierbank in Schwingungen gerät. Corinna rückt von Noah ab, will anscheinend aber auch nicht zu dicht an Sascha sitzen, fühlt sich offensichtlich gerade äußerst unwohl.

Caro legt ihre Hand auf Noahs linken Oberschenkel. Das wirkt. Noah kommt zur Ruhe. „Er spielt alles querbeet", erklärt Caro. „Was man halt aus dem Radio kennt, neue Songs und älte-re ... Letztes Jahr war es eine perfekte Mischung."

„Das klingt toll", sage ich. „Ich bin gespannt."

„Das ist mehr als angemessen", sagt Noah. „Der wird noch ganz groß rauskommen, ich sag's dir." Dann schaut er zu Sascha rüber. „Kommst du nachher überhaupt mit, wenn wir ..." Er unterbricht sich. Dass ihm augenblicklich die Röte ins Gesicht steigt, ist sogar im schummrigen Partylicht nicht zu übersehen.

„Wenn er so gut ist, wie du sagst, auf jeden Fall", antwortet Sascha.

„Sascha tanzt immer noch mega", sagt Corinna, und es ärgert mich. Okay, ich weiß, sie hat auf der Tanz-in-den-Mai-Party mit Sascha getanzt und kann sich daher ein Urteil erlauben. Aber ich finde ihre Äußerung trotzdem unpassend. Als wäre sie hier diejenige, die Noah die neuesten Infos über Sascha übermitteln müsste!

„Wieder", widerspricht Sascha. „Das auf Jans Party war mein erstes Mal nach über drei Jahren."

„Mega ist mega, egal ob immer noch oder wieder", entgegnet Corinna, und ich weiß nicht, was mich mehr stört: die Souveränität und Ungerührtheit, die sie zur Schau stellt, oder die Tatsache, dass sie es war, mit der Sascha zum ersten Mal wieder getanzt hat, und nicht ich. Auch wenn er vor ein paar Tagen zu mir gesagt hat, dass er dabei die ganze Zeit an mich gedacht hat.

Während die Band ihr letztes Lied spielt und sich von der kleinen Gruppe ihrer treuen Fans feiern lässt, erzählen Holger und Jan davon, in welchen Clubs sie DJ Todd Dede schon erlebt haben und wie hammermäßig seine Interpretationen sind.

„Wohnt ihr also noch hier?", erkundige ich mich, und Holger antwortet, dass er als Fachinformatiker in Celle arbeitet und auch dort wohnt. Jan berichtet, dass er zwar in Bielefeld studiert, aber an den Wochenenden und in den Semesterferien oft in Dedenhagen ist, schon allein wegen seiner Freundin.

Warum die nicht hier ist, will Noah wissen, und Jan erklärt, dass sie heute auf einer Junggesellinnenabschiedsfeier Celle unsicher macht. Daraufhin erzählt Noah von seinem Junggesellenabschied, der anscheinend mehr als legendär war, und schon sind die fünf auf der anderen Tischseite in ein angeregtes Gespräch vertieft – über Junggesellenabschiede, Hochzeitspläne, Trennungen und das Singledasein.

Weder Sascha noch Corinna oder ich beteiligen uns an dem Gespräch, aber das scheint niemandem aufzufallen. Mir wird sogar ziemlich unwohl, je länger ich mehr oder weniger unfreiwillig zuhöre. Das mit Sascha und mir ist noch immer fragil, gerade heute. Wir müssen nachher noch reden, und ich habe keine Ahnung, ob und wie wir das hinkriegen werden. Und was das, was Sascha mir über diese Augustsache erzählen wird, mit uns macht. Vorhin konnte ich das noch ganz gut ausblenden – aber jetzt wachsen meine Nervosität und meine Angst mit jeder Minute, die wir hier schweigend daneben sitzen, weiter an.

Sascha ist ebenso still wie ich, vielleicht aus demselben Grund. Ich versuche, seinen Blick einzufangen, aber er schaut mich nicht an. Er sitzt weiterhin fluchtbereit da, stützt sich häufiger hoch als sonst. Mal guckt er zu den anderen, mal lässt er den Blick schweifen, dann sieht er Corinna an.

„Was ist eigentlich mit deinem Freund?", fragt er sie unvermittelt. „Hast du ihn gar nicht mitgebracht?"

Corinna schüttelt den Kopf. „Ich habe mich von ihm getrennt."

Diese Nachricht scheint Sascha noch nervöser zu machen. „Warum?"

„Es war nicht so wie mit ..." Sie unterbricht sich, sieht mich an, beißt sich auf die Lippe, schaut wieder zu Sascha. „Es war keine Liebe. Nicht genug."

Ich sehe, wie Sascha trocken schluckt. „Das tut mir leid für dich." Seine Stimme klingt wie eingerostet, und ich kann sehen, wie viel Mühe es ihn kostet, Corinna weiterhin anzusehen.

Auch ich habe das Gefühl, überhaupt keinen Speichel mehr im Mund zu haben. Es war nicht so wie mit ... *dir*. Das wollte sie doch sagen, ganz sicher wollte sie das. Nur meinetwegen hat sie noch die Kurve gekriegt. Zu spät. Ich habe bemerkt, in welche Richtung sie beinahe abgebogen wäre. Ich greife nach meinem *Caipirinha*-Glas und trinke alles, was flüssig ist, auf einen Schlag aus.

„Wie lange seid ihr schon getrennt?", fragt Sascha.

Obwohl Corinna lässig mit den Schultern zuckt, erkenne ich, dass sie nicht so entspannt ist, wie sie tut. Vielleicht ist es ihr leicht unruhiger Blick, der sie verrät. Oder das kaum wahrnehmbare Zittern in ihrer Stimme, als sie antwortet: „Seit Anfang Juni oder so. Er hat es mit Fassung getragen, meinte, er habe das eh schon gespürt in den Wochen davor, dass ich ... dass es von meiner Seite her nicht so ... na ja. Wir hatten ein paar schöne Monate zusammen, nichtsdestotrotz."

Tanz in den Mai ... Anfang Juni ... in den Wochen davor ... Kann das noch Zufall sein? Mir wird heiß, ich schaue zu Sascha rüber, aber der guckt auf die Tischplatte. Seine Beine fangen an zu zittern, er stützt sich hoch, um die Spasmen zu beruhigen. Corinna sieht auch in Saschas Richtung, und für einen Moment wirkt sie hilflos.

„Sagt mal, Leute", sagt plötzlich Markus laut neben mir, „da ist so viel Luft in unseren Gläsern. Ich geh mal 'ne Runde Drinks holen. Wer kommt mit?"

„Ich weiß gar nicht, was es gibt", meint Jan. „Ich komme mit."

„Ich auch", sagt Holger. „Wem darf ich was mitbringen?"

„Mir einen *Zombie*", sagt Corinna.

„Für mich einen *Planter's Punch*", antworte ich.

„Ich geh selbst, brauche dringend Bewegung." Noah steht auf, und Caro schließt sich ihm an.

„Und du, Sascha?", fragt Markus. „Was möchtest du trinken?"

Sascha ist ein paar Zentimeter weiter vom Tisch abgerollt und gerade damit beschäftigt, seine Füße wieder auf der Fußraste zu platzieren. Anscheinend waren sie runtergerutscht. Er scheint Markus' Frage gar nicht gehört zu haben.

„Sascha? Soll ich dir was mitbringen?", wiederholt Markus seine Frage etwas lauter.

Erschrocken sieht Sascha auf. „Äh ... ja. Einen *Planter's Wonder*, wenn sie das haben. Oder was Ähnliches. Du weißt ja, was ich mag und was ... geht."

„Jepp. Bis später!"

Die fünf gehen los, und ich fühle mich total verloren mit Sascha und Corinna alleine am Tisch. Wir schweigen, alle drei, hören der Metal-Band zu, die inzwischen die Bühne rockt, sie ist besser als die Band von vorhin, ohne Zweifel, aber meinen Geschmack trifft ihre Musik nicht. Ihren Fans gefällt es dagegen sehr, und sie scheinen nicht wenige zu haben.

„Ich muss mal für kleine Jungs", unterbricht Sascha irgendwann die bleierne Stille zwischen uns. Er rollt vom Tisch ab. „Sorry."

Er wird wahrscheinlich wirklich seine Blase entleeren gehen müssen. Er hat mehr getrunken als normalerweise um diese Uhrzeit. Und die Spasmen kommen sicher auch nicht von ungefähr.

„Wir kommen schon klar", sagt Corinna. „Oder, Fredi?"

„Natürlich. Wir halten hier die Stellung."

„Ja, äh ... also ..." Sascha wirft einen entschuldigenden Blick in unsere Richtung, dann macht er sich auf den Weg.

Ich sehe ihm nach, und aus dem Augenwinkel erkenne ich, dass Corinna es auch tut. Erst, als Sascha hinter der Hecke verschwunden ist, wendet sie ihren Blick mir zu – und ich ihr.

Sie lächelt mich freundlich an. „Du bist also Fredi. Sascha hat mir auf Jans Party von dir erzählt. Du studierst Geographie, richtig?"

„Ja. In Hannover. Und du?"

„Erdkunde und Sport auf Lehramt. In Göttingen."

Unweigerlich muss ich grinsen. „Erdkunde. Das verbindende Element, wie es scheint."

„Ja, auch wenn Sascha jetzt Mathematik studiert. Er wollte eigentlich unbedingt Geograph werden und ..." Sie verstummt.

„Ich weiß." Ich habe nie wirklich verstanden, weshalb er davon abgerückt ist. Rollstuhl hin oder her, es hätte mit Sicherheit Lösungen gegeben. Aber das werde ich bestimmt nicht mit Corinna diskutieren.

„Er hat damals alle Träume begraben", sagt Corinna. „Alle und alles von sich gestoßen und den Ruinen seines alten Lebens den Rücken gekehrt."

Auch ihr. Fühlt sie sich so? Zurückgelassen? Als Ruine? Sascha hat mir mal gesagt, sie sei wahrscheinlich froh über die Trennung gewesen, weil sie sich nicht getraut hätte, ihrerseits Schluss zu machen. Aber vielleicht stimmt das ja gar nicht. Vielleicht hat er das nur für sich so hingedreht, um besser damit leben zu können, dass er sie von sich gestoßen hat.

„Es ist schön zu sehen, dass er jetzt hier ist", fährt Corinna fort, vermutlich, nachdem sie festgestellt hat, dass ich nichts sagen werde. „Dass er zurückkommt hier in seine Heimat und sogar zu dieser Party."

Und dass er mich mit hierher nimmt, setze ich ihren Gedanken fort. Dass er endlich anfängt, sein altes und sein neues Leben zusammenzubringen. Auch wenn das bedeutet, dass ich mich nun mit *ihr* auseinandersetzen muss.

„Ja", bestätige ich.

„Es geht ihm besser, oder?", fragt Corinna.

„Definitiv." Ich schaffe es, ihr in die Augen zu sehen und dabei so etwas wie Sympathie für sie zu empfinden. Es scheint ihr wichtig zu sein, dass es Sascha gut geht.

„Das ist schön." Sie sieht mich ebenfalls an.

„Du magst ihn immer noch", stelle ich fest, und es fühlt sich genau richtig an, das auszusprechen.

„Natürlich", sagt sie. „Er war meine große Liebe und wird es irgendwie auch immer bleiben. Ohne den Unfall wären wir noch zusammen, da bin ich mir sehr sicher."

Und ohne den Unfall wäre ich ihm nie begegnet. Er hätte nicht in Hannover Mathematik studiert, sondern Geographie in Mainz oder vielleicht auch in Göttingen. Nicht, dass ich mir das nicht schon mal überlegt hätte. Aber ich habe es noch nie explizit gedacht und schon gar nicht als Alternativ-Lebensentwurf in Gegenwart von Corinna. Die auch noch sagt, dass Sascha irgendwie immer ihre große Liebe bleiben wird.

„Irgendwie?", hake ich nach. *Muss* ich nachhaken.

Sie hebt die Schultern. „Es ist zu viel passiert. Er hat ... Er war ..." Sie spricht nicht weiter, so, als ob sie beschlossen hätte, dass das, was ihr auf der Zunge lag, besser ungesagt bleibt. „Außerdem wird er für mich immer der gefallene Engel sein."

„Der gefallene Engel? Verstoßen aus dem Paradies?"

„Äh ... so meinte ich das gar nicht." Sie überlegt eine Weile. „Obwohl das auch passen würde. So hat er sich bestimmt gefühlt. Aber ich meinte das eher so, dass er für mich immer etwas Engelhaftes hatte. Er war unbekümmert. Unkompliziert. Lustig. Charmant. Unverwundbar. Er hat geleuchtet, verstehst du?"

Sofort kommt mir Grönemeyers Lied in den Sinn. Sascha hat jeden Raum mit Sonne geflutet. Er tut es immer noch. Wenn es ihm gut geht. Vielleicht nicht so ungetrübt strahlend wie damals. Vielleicht nicht so oft. Dennoch, ich glaube, ich verstehe Corinna besser, als mir lieb ist.

Langsam nicke ich. „Er leuchtet immer noch. Oder wieder. Auch wenn er ... verwundet ist." Vielleicht ist es gerade das, was ich an ihm liebe. Diese Ambivalenz, die in ihm steckt. Seinen Scharfsinn, seinen Humor, sein Leuchten. Bei aller Verletzlichkeit und Verletztheit, die jetzt genauso zu ihm gehören.

„Ja", sagt Corinna. „Du kannst das Leuchten sehen. Aber ich stehe immer noch mitten in den Ruinen und sehe vor allem das, was nicht mehr ist. Deshalb ist es gut, dass er dir begegnet ist. Ich wünsche euch alles Glück der Erde. Ehrlich." Sie sieht mich offen an und schaut auch nicht weg, als sich eine einzelne Träne aus ihrem Auge löst und ihre Wange hinabrinnt. „'Tschuldigung." Sie wischt sich mit dem Handrücken unter ihren Augen entlang.

„Schon okay. Und danke."

Sie ringt sich ein Grinsen ab. „In Göttingen gibt es über zwanzigtausend Studenten, also mindestens zehntausend junge Männer. Und dazu jede Menge Typen, die nicht studieren. Bestimmt finde ich irgendwann mal einen anderen ... Engel."

Weil ich nicht weiß, was ich darauf sagen soll, ohne dass es wie ein billiger Trost klingen würde, bleibe ich still. Ich stelle mir Corinna in den Ruinen vor, hilflos und allein, sie sieht Sascha nach. Er schaut sie nicht einmal an, während er sich entfernt, sein Gesicht ist grau, die Kleidung farblos, der Blick erloschen. Das Bild brennt sich geradezu in mein Gehirn ein. Sie hat es vorhin nicht ausgeführt, vermutlich, um nichts Schlechtes über Sascha zu sagen, aber ich kann es mir trotzdem vorstellen, wie er damals überall Minen verteilt und verbrannte Erde zurückgelassen hat. Es wird noch um ein Vielfaches schlimmer gewesen sein als jetzt zu Hause bei seinen Eltern, und es war sicher furchtbar für alle. Doch wenn Corinna ihn so geliebt hat wie ich, dann wird es für sie wahrscheinlich am schlimmsten gewesen sein, ihn zu verlieren. Sie hat ihn sogar gleich zweimal verloren, zuerst den fröhlichen, unbekümmerten Sascha und dann auch noch das, was von ihm übriggeblieben war.

Viel Zeit vergeht, in der nichts passiert, außer dass die Band ihren nächsten Song spielt und ihre Fans begeistert dazu tanzen.

„Du kannst gut schweigen", sagt Corinna plötzlich. „Das tut

Sascha bestimmt gut."

Du kannst es aushalten, einfach nur zuzuhören, ohne ständig deinen Senf dazuzugeben. Das hat Sascha gesagt, nach unserem ersten Zoobesuch. Wir lagen zusammen auf Saschas Sofa und sprachen über seinen zerplatzten Traum vom durch-die-Welt-reisenden Geographen. *Du versuchst nicht, mich mit Dingen zu trösten, die kein Trost sein können.*

Ich hebe die Schultern. Ja, vielleicht hat sie recht. Vielleicht zeichnet mich das aus. Und vielleicht hat auch ihr es gerade gutgetan. Sie ist auch verwundet. Sie steht inmitten der Ruinen, hat sie gesagt. Jedenfalls dann, wenn sie Sascha gegenübersteht. Wer weiß, vielleicht auch immer dann, wenn sie an ihn denkt. Und das wird sie bestimmt oft tun.

Die Jungs und Caro kommen zurück. Endlich. Während sie die Cocktails auf unserer Bierbank platzieren und sich setzen, jetzt wieder anders, sodass Jan nun neben Corinna sitzt und Holger neben mir, nimmt auch Sascha wieder vor Kopf Platz.

„Sieht nach *Planter's Wonder* aus", ruft er zu Markus rüber. „Danke!"

„Sehr gerne", sagt Markus und prostet ihm zu.

Auch Corinna und ich bedanken uns.

Alle heben ihre Gläser.

„Auf diese Nacht", sagt Holger.

„Auf Sascha, der endlich auch wieder dabei ist", sagt Jan.

„Auf uns alle", erwidert Sascha.

Nochmal prosten wir einander zu, dann trinken wir. Bereits nach kurzer Zeit sind wir zu acht in ein Gespräch vertieft, über Musikstile, Clubs und Partys, über Göttingen und Hannover und Mainz, über Celle und das Celler Land, über die Schule und das Studium und die Arbeit ... Die Zeit könnte wie im Fluge vergehen, wenn ich nicht ständig an Corinnas Bild von den Ruinen und dem gefallenen Engel denken müsste – und daran, dass Sascha und ich nachher reden müssen.

Nach ein paar weiteren Songs verabschiedet sich die Band, Gott sei Dank, und auf der Bühne beginnen erneute Umbauarbeiten. Ein gewaltiges Mischpult wird aufgebaut und die Lichtanlage aufgerüstet, und wenige Minuten später erscheint DJ Todd Dede auf der Bühne, schwarz gekleidet und mit schwarzem Baseball-Cap, das er tief in die Stirn gezogen hat. Er begrüßt die Partygäste und erntet einen tosenden Applaus, untermalt vom Johlen und Kreischen derer, die schon jetzt von ihren Plätzen aufstehen und sich in Richtung Bühne begeben. Noch bevor der Beifall verebbt ist, entlässt DJ Todd Dede die ersten Klänge in die Nacht.

Noah hat nicht zu viel versprochen. Schon das erste Lied, *A Victory Of Love* von Alphaville, arrangiert Todd Dede höchst kreativ und sehr atmosphärisch. Den Instrumentalteil am Anfang spielt er deutlich länger aus, als das im Original der Fall ist, die Bässe gehen tief rein und die Melodien lässt er in vielen unterschiedlichen Variationen sehr eindringlich darüberschweben, sodass wir alle acht schweigend dasitzen, an unseren Cocktails nippen und staunend zuhören. Irgendwann lässt der DJ einzelne Textzeilen dazu in die Nacht entschweben, dunkel, tief und großartig.

„Wow", entfährt es mir irgendwann. „Das ist ja wirklich beeindruckend."

„Und so intensiv", ergänzt Sascha.

Das ist es. Die Interpretation dieses DJs erfasst mich mit Haut und Haaren. Vielleicht trägt auch mein *Planter's Punch* dazu bei, er haut ziemlich rein, hab ich das Gefühl.

„Gehen wir tanzen?", fragt Markus.

„Gute Idee", meint Noah. „Ich bin dabei." Er erhebt sich.

„Ich auch", sagt Caro, und sie, Holger, Jan und Corinna stehen ebenfalls auf.

„Wir auch, oder?" Sascha sieht mich an.

„Nichts lieber als das." Auch ich erhebe mich. Zu dieser Musik zu tanzen, das muss ein Erlebnis sein.

Zu acht bewegen wir uns auf die Bühne zu. Von überallher strömen Leute zur Tanzfläche, die schon jetzt viel, viel voller ist als bei den beiden Bands davor. Als wir fast angekommen sind und die Musik uns voll erfasst, bleiben wir fasziniert stehen und sehen dem DJ bei seiner Arbeit zu. Er scheint sein Werk live hier vor Ort zu arrangieren. In rascher Folge drückt er Knöpfe, verschiebt Regler und scratcht an den Plattenspielern. Es ist überhaupt bemerkenswert, *wie* riesig sein Mischpult ist. Und wie virtuos er damit arbeitet. Er lässt den Song immer voller wirken, mischt mehr und mehr Elemente dazu. Die Lichtshow untermalt das Musikerlebnis auf faszinierende Weise. Als Todd Dede schließlich ganze Strophen ausspielt und beim Refrain ankommt, zieht es uns auf die Tanzfläche, alle acht, und wir fangen an zu tanzen und zu singen, wir werden Teil dieser unglaublichen Performance aus Klang und Melodien, aus Bässen und Beats, aus Licht und Bewegung.

Musikalisch ist das hier ein noch viel mitreißenderes, intensiveres Erlebnis als Saschas und meine Open-Air-Disco-Nacht am Maschsee. Doch da ist etwas in mir, das verhindert, dass ich komplett im Tanz und in der Musik aufgehe wie in jener Maschsee-Nacht. Denn diesmal tanzen Sascha und ich nicht allein. Diesmal sind Saschas Freunde von früher mit dabei, die unzählige Male mit ihm eine Tanzfläche geteilt haben müssen, als er noch Fußgänger war. Und Corinna, die zu ihm Abstand hält und deren bloße Anwesenheit mich befangen macht, weil ich das mit dem gefallenen Engel einfach nicht aus meinem Kopf bekomme.

Ich versuche, sie auszublenden, zu den anderen zu sehen. Noah tanzt wild und raumgreifend und schaut immer wieder unsicher und anscheinend auch fasziniert zu Sascha rüber. Auch Caro wirft hin und wieder einen staunenden Blick auf Sascha. Markus, Jan und Holger dagegen haben, wie ich weiß, ja schon einmal mit Sascha getanzt, seit er im Rolli sitzt, auf dieser Tanz-in-den-Mai-Party. Ganz selbstverständlich tanzen sie mit mir und Sascha in einer Runde. Markus' gekonnte, rhythmische Bewegungen und seine exzellente Körperbeherrschung lassen mich ahnen, wie es wohl ausgesehen hat, wenn Sascha früher getanzt hat – ohne Rolli. Vor meinem geistigen Auge verschmelzen Markus' Bewegungen mit meiner Vorstellung von Sascha vor vier oder fünf Jahren. Und ich muss vor mir selbst zugeben, dass das etwas mit mir macht. Etwas, das ich am liebsten gleich wieder beiseiteschieben möchte.

Weil es wehtut. Weil es die Faszination schmälert, die ich beim Maschseefest empfunden habe. Sascha tanzt heute genauso genial, immer im Takt, immer passend zur Musik, die uns umhüllt und durchdringt und die Wirklichkeit und Vorstellung miteinander vermischt, als seien sie eins. Ich sehe Sascha im Rolli und daneben sehe ich Markus tanzen, der eine andere Version von Sascha ist, die, die Corinna kennt und vermisst und die ich nie erleben durfte. Ich will nicht so denken, ich will das nicht fühlen, ich will Saschas Rhythmusgefühl und Körperbeherrschung bewundern wie beim letzten Mal, ich will Liebe empfinden und Glück und nicht Schmerz und Trauer. Ich sehe Sascha an, er schaut mich an und lächelt, während er auf mich zukommt und meine Hand nimmt, er tanzt mit mir zusammen zum hundertfach wiederholten „Hello, hello" von Marian Gold, wir stimmen unsere Choreographien aufeinander ab – und trotzdem sehe ich in Sascha den gefallenen Engel, aus dem Paradies verstoßen, verwundet, egal wie sehr ich versuche, das Bild abzuschütteln, ich werde es nicht wieder los.

Ich habe mir Sascha nie ohne Rolli vorstellen können, aber hier zwischen seinen Freunden auf der Tanzfläche, während Melodien, Rhythmen und Lichteffekte die Wirklichkeit auflösen und alle Tanzenden in eine Art Trancezustand versetzen, da überfällt mich die Vorstellung wie eine Vision, die ich nicht aus dem Kopf kriege, so sehr ich es auch versuche. Und genauso wenig kann ich den Schmerz wieder wegschieben, der von mir Besitz ergriffen hat und mein Herz ausfüllt und meine Lunge, alles.

Die Melodie von *A Victory Of Love* klingt aus, der Beat verebbt, und während alle Tanzenden ihre Bewegungen verlangsamen, rollt schon der nächste Rhythmus an. Es ist unverkennbar *Played-A-Life*, scheiße, ausgerechnet eines der Lieder von unserer Maschsee-Nacht. Die anderen und Sascha legen schon wieder los, aber ich, ich kann nicht. Ich muss weg hier, unbedingt. Wir sind nicht mehr am Rand der Tanzfläche, aber ich muss mich nur an ein paar Leuten vorbeiquetschen, dann habe ich es geschafft.

Ich taumele, ich weiß nicht, wohin, gehe in Richtung Schwimmerbecken und starre wie betäubt auf die Wasserfläche.

Spiegelungen der Lichter von der Partybeleuchtung tanzen auf der leicht bewegten Wasseroberfläche. Ein paar Schwimmer ziehen ihre Bahnen, ruhig und gleichmäßig.

„Hey."

Ich fahre herum. Sascha steht neben mir, schaut mich an, er

sieht besorgt aus. „Was ist los?"

„Nichts." Es ist eine Lüge, aber soll ich ihm die Wahrheit sagen? Hier auf der Party?

„Doch." Ich liebe es, wenn er so ernsthaft guckt. Ruhig. So, als wäre er bereit, egal, was ich zu sagen habe.

Ich schweige trotzdem.

„Drüben sind Bänke frei", sagt Sascha. „Komm."

Als ich immer noch reglos dastehe, nimmt er meine Hand und zieht daran. Ich gebe nach, und zusammen gehen wir um das Schwimmerbecken herum zu einer der Bänke. Ich setze mich darauf, und Sascha hievt sich neben mich auf die Sitzfläche der Bank.

Lange sitzen wir einfach nur nebeneinander, und ich versuche mit dem Chaos in mir zurechtzukommen. *Played-A-Life* ist immer noch in vollem Gange, auch dieser Remix ist gelungen, und auch wenn wir wegen der Hecke die Tanzenden von hier kaum sehen können, so erfüllen die Musik und die Stimmung die Luft über dem gesamten Freibadgelände doch komplett.

„Warum bist du geflohen?", fragt Sascha schließlich.

„Ich hab ... Als ich gesehen hab, wie Markus tanzt, genauso rhythmisch und auf den Punkt wie du, ..." Ich breche ab, will meine negativen Gefühle nicht auf Sascha übertragen.

„Du darfst Schmerz und Trauer empfinden", sagt Sascha da. Er nimmt meine Hand, seine ist warm, und er hält meine ruhig und sanft und fest. „Das ist okay."

Woher weiß er, wie mein Satz weitergegangen wäre? Wie kann er so ruhig reagieren, wo er doch selbst oft genug vom Schmerz übermannt wird? Tränen sammeln sich in meinen Augen, und ich merke, wie mein Kinn zu zittern beginnt.

Sascha legt einen Arm um mich und hält mich. „Es ist okay. Wirklich. Und du darfst ihn mit mir teilen."

Jetzt muss ich kurz auflachen. Es ist mehr ein Schnauben. Ich darf meinen Schmerz mit ihm teilen. Wie oft habe ich das Umgekehrte gesagt und mich gefragt, warum Sascha genau das immer wieder so schwerfällt? Jetzt sitze ich selbst hier und komme nicht klar. Und er ist da. Bei mir und für mich.

Ich lege meinen Kopf an seinen Hals und spüre seine Körperwärme und atme seinen wunderbaren Geruch ein.

„Ich wollte das gar nicht denken und fühlen", murmele ich.

„Kenn ich."

Das glaube ich ihm sofort. Als wir damals zusammen waren, hat er sich sämtliche negativen Gefühle verboten – und war ihnen umso hilfloser ausgeliefert.

„Ich hab dich plötzlich vor meinem inneren Auge tanzen sehen, ohne Rolli, und ich hab gedacht, dass ich das gern mal in echt sehen würde. Es hat mir wehgetan, das zu denken, und noch mehr hat es mich traurig gemacht, dass ich das überhaupt gedacht und gefühlt habe."

„Es ist okay", wiederholt Sascha ruhig. „Schmerz und Trauer sind natürliche Folgen von Verlust. Lass sie zu. Das hilft, wirklich."

Ich weiß, er spricht aus Erfahrung. Aber es sind nicht nur Schmerz und Trauer, die mich überfallen haben. Mindestens genauso schwer wiegen die Bilder, die Corinnas Äußerungen in mir haben entstehen lassen. Aber davon kann ich ihm nicht erzählen. Die kann ich nicht zulassen, nicht einmal vor mir selbst.

Ich würde gerne weinen und mich von ihm halten lassen. Aber ich kann nicht. Die Tränen bleiben in mir eingeschlossen, als wäre es falsch, sie jetzt rauszulassen und mich dabei ausgerechnet von ihm halten zu lassen.

Er löst sich von mir, sieht mich an. „Gehen wir schwimmen?"

Ich nicke langsam. Es wird bestimmt wunderschön sein mit Sascha im Wasser, mitten in der Nacht. Das wird mich auf andere Gedanken bringen.

Wir ziehen uns in der Behindertenumkleide um und gehen zurück zum Schwimmerbecken. Während Sascha sich vom Rollstuhl auf den Beckenrand hinablässt, teste ich mit meinen Zehenspitzen die Temperatur des Wassers.

„Wow, das ist ja wirklich warm", rufe ich erstaunt aus.

„Ich sagte doch, die heizen hier mit Biogas", erwidert Sascha.

Er lässt sich ins Wasser gleiten und schwimmt direkt los. Vielleicht muss er sich trotz der angenehmen Wassertemperatur erst einmal warmschwimmen, um das Einschießen der Spasmen möglichst lange hinauszuzögern.

Ich steige auf den Startblock. Sascha ist schon in der Mitte der

Bahn, auf dem Weg zum gegenüberliegenden Beckenrand. Mit einem Kopfsprung springe ich ins Becken. Laut rauscht das Wasser an meinen Ohren entlang, während ich durch das Becken gleite und wieder an die Oberfläche komme. Es fühlt sich an, als würde es all meine unguten Gedanken und Gefühle von vorhin mitnehmen, als käme eine neue Lebendigkeit in mich zurück.

Als ich aufgetaucht bin und mir das Wasser aus dem Gesicht gestreift habe, sehe ich, dass Sascha schon gewendet hat und nun auf mich zuschwimmt.

Sein Lächeln ist so wunderbar. Und ich spüre, wie ich selber lächele, breit, und wie das Glück und die Zuversicht in mich zurückkehren, einfach, weil er so lächelt und weil wir aufeinanderzuschwimmen. Und vielleicht leistet auch der Song, den der DJ gerade begonnen hat, seinen Beitrag dazu. Paul Kalkbrenners *Sky and Sand* erkenne ich sofort, und augenblicklich sehe ich Sascha und mich zusammen im Bett liegen, bei ihm in der Wohnung, morgens nach unserer ersten gemeinsamen Nacht in diesem Sommer. Seitdem ist das Lied für mich der Inbegriff von Liebe und Geborgenheit, jedes Mal, wenn es im Radio kommt.

Heute Nacht schwebt eine ganz spezielle Interpretation des Liedes über das Wasser. Die Synthesizer-Klänge entfaltet der DJ viel gewaltiger und atmosphärischer als im Original, und während Sascha und ich die letzten Meter zueinander in Angriff nehmen, lässt er den Sprechgesang einsetzen. Eigenwillig arrangiert, losgelöst vom eigentlichen Text des Liedes, lässt er einzelne Textzeilen durch die Nacht ziehen. Sie passen so gut zu Sascha und mir, zu dem, was wir miteinander und aneinander haben, als wären sie für uns geschrieben worden.

Wir lassen einander leuchten, Sascha und ich, wir halten einander und fliegen, mit ihm bin ich lebendig wie mit niemandem sonst. Ich hab das schon damals gedacht im *Café Safran*, als ich ihm das erste Mal begegnet bin. Es ist eine ganz neue, andere Dimension von Leben und Lebendigkeit, von Tiefe und Verbundenheit, die mit Sascha in mein Leben gekommen ist.

„*Sky and Sand*", sagt Sascha, kurz bevor wir einander erreicht haben, mit einem wissenden Grinsen.

„Ja." Ich strecke meine Hand nach ihm aus. Aber er muss die

ganze Zeit mit den Armen rudern, um sich über Wasser zu halten.

„Schwimmen wir zum Beckenrand?", fragt er.

„Gerne." Ich will ihn umarmen. Spüren. Küssen.

Bei dir bin ich lebendig, singt Kalkbrenner, während wir zum Rand schwimmen. Du hältst mich in deiner Hand, singt er, als wir ankommen und uns mit einem Arm am Beckenrand festhalten und einander mit dem anderen umklammern. Wir küssen uns, erst zärtlich, dann immer begieriger, ich presse meinen Körper an Saschas und würde am liebsten mit ihm verschmelzen, hier im Schwimmerbecken in dieser Nacht. Wir fliegen zum Mond und leuchten voller Wärme und Liebe, unsere Schlösser aus Sand und Wolken sind die schönsten und überwältigendsten und ganz sicher haben sie auch Bestand, wenn wir irgendwann am Ende dieser Nacht auf dem Boden der Tatsachen aufschlagen.

Während die Rhythmen lauter und die Melodien immer energetischer über das Becken treiben, lösen Sascha und ich uns voneinander.

„Willst du zurück zu den anderen?", frage ich leise.

Er schüttelt den Kopf.

„Ich auch nicht", flüstere ich.

Und dann küssen wir uns nochmal. Und nochmal. Und nochmal. Bis uns die Luft wegbleibt und wir atemlos aufhören und einander ansehen. Lange. Lächelnd. Liebend.

Ohne uns abzusprechen, legen wir uns mit dem Rücken auf die Wasseroberfläche, Hand in Hand, und gleiten in Zeitlupe unter dem Sternenhimmel über das Wasser. Der Augenblick ist unendlich und wir kosten ihn aus, ohne Worte, nur mit den Fingern verschränkt und doch einander so nah. Über uns leuchten die Sterne, nur die hellsten von ihnen sind zu sehen, die Milchstraße bleibt verborgen.

Solange wir fliegen, hat diese Welt kein Ende, singt Kalkbrenner. Du lässt mich leuchten.

Der Beat und die Melodien umhüllen uns, während wir uns treiben lassen, meine Finger zwischen Saschas und unter uns das Wasser. Die Nacht wölbt sich wie eine riesige Kuppel über uns und umgibt uns mit all ihren Sternen und ihrer Musik, so, als gäbe es nur noch sie und uns und nichts davor und nichts danach.

11. VERFLUCHT-SCHEIßE-DANKBAR.

Aber natürlich gibt es ein Danach, und auch das Davor ist sofort wieder da, als wir unser leichtes Frösteln nicht mehr ignorieren können, weil Saschas Beine uns unmissverständlich dazu auffordern, das Wasser zu verlassen. Zu Eurythmics' *Sweet Dreams* schwimmen wir zum Beckenrand, steigen aus dem Becken und gehen uns umziehen.

Als wir aus der Umkleide kommen und wieder zu den anderen gehen, schickt der DJ gerade die ersten Klänge seiner Interpretation von Linkin Parks *Burn It Down* in die Nacht. Eine Weile stehen Sascha und ich stumm neben der Tanzfläche, lassen Musik, Lichtshow und die Menge der Tanzenden auf uns wirken. Aber ich habe keine Lust zu tanzen. Ich fühle mich müde und irgendwie auch erschöpft, und Sascha wohl auch, ich sehe es ihm an, ohne dass er es ausspricht.

„Fahren wir nach Hause, oder?", ruft Sascha mir zu, und ich nicke.

Die anderen sind erstaunt, dass wir schon gehen wollen, schließlich ist es gerade mal kurz nach Mitternacht. Holger und Noah starten Überredungsversuche, aber Sascha und ich bleiben dabei, dass wir gehen müssen. Die Verabschiedung ist kurz, aber herzlich, und während Saschas Freunde zurück zur Tanzfläche eilen, verlassen Sascha und ich das Partygelände.

Muss es gerade *Burn It Down* sein, mit dem der DJ uns entlässt? Das Lied, das unser letztes auf dem Maschseefest war? Und warum wird mir erst jetzt klar, was genau Linkin Park da singen? Auf dem Maschseefest habe ich ausgelassen die Liedzeilen mitgesungen, ohne wirklich auf den Text zu achten – jetzt brennen sie sich in mein Bewusstsein ein: *Ich wollte das hier in Ordnung bringen, aber stattdessen kann ich nicht verhindern, dass ich es niederreiße ... Wir bauen es auf, nur um es wieder zu zerstören ... Wir brennen es nieder bis auf den Boden ...*

Wie arglos und naiv wir doch auf dem Maschseefest waren, ausgerechnet zu diesem Liedtext nochmal auf die Tanzfläche zu gehen! Jetzt, gerade mal fünf Wochen später, wirkt es auf mich wie eine schreckliche Vorausdeutung auf das, was uns bevorsteht. *Sweet Dreams*, denke ich bitter, waren die letzten Wochen vielleicht nur süße Träume, bevor uns jetzt die Realität einholt und wir alles niederbrennen?

„Irgendwie beängstigend, wie oft Musik, die zufällig im Radio kommt oder auf einer Party gespielt wird, genau zu passen scheint, oder?", frage ich Sascha, als wir am Auto angekommen sind. Todd Dedes *Burn It Down*-Interpretation ist auch hier draußen gut zu hören.

Sascha sieht mich an. Der Mond steht hoch am Himmel und ist fast voll, sodass ich Saschas Gesichtsausdruck ohne Schwierigkeiten erkennen kann. Ich bin mir sicher, auch ihm ist klar, worüber Linkin Park hier singen. „Das wirkt nur so. Das ist nichts weiter als Statistik und eine Frage der Wahrnehmung."

Ich denke an *Alors on danse*, an Grönemeyers *Der Weg*, an *Sky and Sand*. Und jetzt *Burn It Down*. Klar, mein Verstand sagt mir, dass es Zufall sein muss, aber so oft?

Sascha kann anscheinend auch in meinem Gesicht lesen. Er bleibt vor der Fahrertür stehen, sieht mich noch immer an. „Wirklich", bekräftigt er. „Ein großer Prozentsatz aller Songs handelt von Liebe und vom Verlassenwerden. Ist doch klar, dass da hin und wieder auch mal zufällig ein Lied genau passt. Überleg mal, wie viele Songs *nicht* passen. Die fallen dir nur nicht weiter auf."

Er wird recht haben. Gegen meine Sorgen hilft das trotzdem nicht. Ich hebe die Schultern und trete einen Schritt zur Seite, damit Sascha mehr Platz zum Einsteigen hat.

Schweigend öffnet Sascha die Fahrertür und setzt ins Auto über, und nachdem er seinen Rolli hinter dem Beifahrersitz verstaut hat, steige auch ich ein. Stumm sitzen wir nebeneinander, während Sascha den Motor anlässt und ausparkt.

Erst, als wir auf der schmalen Straße zwischen Adigsen und Gannermühle sind, sagt Sascha: „Ist trotzdem fies, dass ausgerechnet *Burn It Down* kam, als wir gingen."

Es berührt mich, dass er das auch so empfindet.

„Ja", bringe ich nur heraus.

Rechts und links ziehen die Felder an uns vorbei, die fahl im Mondlicht leuchten. Schließlich erreichen wir den Abzweig nach

Gannermühle. Sascha setzt den Blinker und biegt ab.

„Ich hab Angst", sagt er, als wir das Ortsschild passieren.

„Ich auch", gestehe ich.

„Wovor?", fragt er.

Wir sind am Dorfplatz angekommen. Die Straßenlaternen stehen weit auseinander, und ihr Licht wird teilweise von den Blättern der Eichen verschluckt.

„Dass wir die Balance nicht finden", antworte ich. „Du willst Vertrauen von mir. Ich will dich nicht drängen, über Dinge zu reden, über die du nicht reden willst. Und gleichzeitig will ich genau das: Dass du redest. Und zwar über August letztes Jahr. Was immer da passiert ist, es scheint alles zu überschatten. Oder zu vergiften. Ich will verstehen, was da läuft zwischen dir und deinen Eltern."

Sascha hält vor seinem Elternhaus und stellt den Motor ab. Nach ein paar Sekunden blendet auch das Licht der Scheinwerfer aus, und es ist so dunkel, dass ich Sascha nur sehr schemenhaft erkennen kann. Bewegungslos sitzt er da, schaut nach vorn.

Weitere Sekunden vergehen, ohne dass etwas passiert.

„Ich habe Angst, dass du nicht redest", nehme ich den Faden schließlich wieder auf. „Dass du es nicht hinkriegst. Oder nicht willst. Ich weiß, es ist dein Recht, zu entscheiden, was du erzählst und was nicht. Aber auch ich brauche Vertrauen. *Dein* Vertrauen. Verstehst du?"

Er nickt langsam. Mit seinen Händen umklammert er das Lenkrad noch immer, das kann ich trotz der Dunkelheit erkennen.

„Und wovor hast du Angst?", frage ich.

„Davor, dass es etwas mit dir macht, wenn ich dir davon erzähle. Dass du mich anders siehst. Dass du irgendwann ... gehst."

Ich hab nicht vor, irgendwann zu gehen. Und doch habe ich genau davor Angst. Dass er vielleicht recht haben könnte. Ich muss schon das mit dem gefallenen Engel verkraften. Wer weiß, was noch kommt. Wer weiß, was das mit mir macht. Mit uns. Liebe allein hat schon einmal nicht gereicht. Aber dass wir weitermachen, ohne dass er mir erzählt, was im August war, geht auch nicht. Nicht mehr. Es würde immer zwischen uns stehen.

Es ist so dunkel hier. Ich kann Saschas Gesicht nicht erkennen. Ich möchte ihm in die Augen sehen. Unsere Verbindung spüren. Ich brauche das.

Sanft lege ich meine Hand auf seine. „Können wir woanders hingehen? Ich möchte dich sehen können."

„Wohin?"

„In dein Zimmer?"

„Okay."

Er löst die Hände vom Lenkrad. Kurz lasse ich meine Hand noch an seiner, dann öffne ich die Beifahrertür und steige aus.

Hier zwischen den Häusern und unter den Eichen hat sich noch mehr Sommerhitze gehalten als auf dem Freibadgelände. Während Sascha seinen Rolli zusammenbaut, überquere ich die Straße. Still glitzert die Wasseroberfläche des Dorfteichs im Licht der Straßenlaterne von gegenüber. Es riecht nach Wasser und nach Landluft. Die friedliche Atmosphäre steht in einem dermaßen krassen Gegensatz zu dem, was sich in mir abspielt, dass mir ein leises Schnauben entfährt.

„Kommst du?", ruft Sascha mir vom Bürgersteig auf der anderen Straßenseite gedämpft zu.

„Sofort."

Ich atme ein paarmal die Ruhe und die Schönheit des nächtlichen Dorfplatzes ein. Für einen Augenblick stelle ich mir vor, dass Sascha zu mir kommt, sich hinter mich stellt, so wie Noah sich beim Tanzen von hinten an Caro geschmiegt hat, und dass wir zusammen die feuchtwarme, friedliche Luft in uns aufnehmen. Und nur Bruchteile von Sekunden später jagt der Schrecken der Erkenntnis durch mich hindurch. Noch bevor wir geredet haben, ist Saschas Befürchtung bereits eingetreten. Nur ein Abend mit seinen alten Freunden. Ein Gespräch mit seiner Exfreundin. Und schon hat das was mit mir gemacht.

Während ich zu Sascha zurückgehe, pocht mein Herz so laut, dass es mir vorkommt, als müsste das Klopfen von den Wänden der umstehenden Häuser widerhallen. Und auch, während wir zusammen zum Haus gehen, wird es nicht leiser.

Sascha schließt die Haustür auf. Ich ziehe meine Schuhe aus, und er setzt in seinen Drinnen-Rollstuhl über. Im Haus ist es absolut still. Andrea und Micha schlafen sicher längst.

Wortlos fährt Sascha zum Treppenlift.

„Soll ich schon mal die Badesachen irgendwo aufhängen?", frage ich.

„Gute Idee. Wenn du hier im Flur die linke Tür nimmst und dann die erste rechts, kommst du zur Waschküche." Seine Stimme klingt genauso beklommen wie meine.

Ich statte zuerst dem Gästebad einen Besuch ab, dann hänge ich die Wäsche auf, bevor ich die Stufen der knarzenden Treppe nach oben steige, die Bibliothek durchquere und den Flur betrete, von dem die Zimmer und das Bad von Sascha und seinen Schwestern abgehen.

Sascha scheint ebenfalls ins Bad gegangen zu sein. Unter der Tür ist ein schwacher Lichtstreifen zu sehen. Ich gehe in Saschas Zimmer und strecke mich auf dem Bett aus. Hier oben ist es warm, aber ich widerstehe dem Drang, das Fenster zu öffnen. Was immer Sascha sagen wird, er will bestimmt nicht, dass man es draußen hören kann. Auch wenn es unwahrscheinlich ist, dass sich jemand um diese Zeit am Dorfplatz aufhält.

Es dauert nicht lange, bis Sascha kommt. Ich setzte mich auf und rutsche ans Fußende des Bettes. Sascha schließt die Zimmertür genauso sorgfältig und nachdrücklich wie ich zuvor die Flurtür. Er bleibt mitten im Raum stehen, vielleicht zwei Meter von mir entfernt, mir halb zugewandt und halb aber auch nicht.

Es tut gut, ihn jetzt sehen zu können. Zu spüren, wie mich Wärme und Liebe durchfließen, trotz allem, während unsere Blicke sich treffen. Nichts passiert, außer, dass wir beide die Situation aushalten.

Schließlich räuspert sich Sascha. „Jetzt also."

„Ja", antworte ich.

Seine Beine beginnen zu zittern, erst das rechte, dann das linke, dann rutscht das rechte halb von der Fußraste. Sascha stützt sich auf den Seitenteilen des Rollis hoch und setzt sich wieder, richtet seine Beine auf der Fußraste neu aus. Es hilft. Die Spasmen kommen zur Ruhe.

„Ich müsste eigentlich dringend raus aus dem Rolli", murmelt er.

„Komm doch hierher zu mir aufs Bett", schlage ich vor.

Er schüttelt den Kopf. Kurz senkt er den Blick, aber dann fällt es ihm anscheinend auf, und er schaut mich wieder an.

Ich erwidere seinen Blick und versuche klarzukommen. Mit dem Warten, mit meinem viel zu heftigen Herzschlag und mit diesem entsetzlichen Ziehen, das durch meine gesamte Lunge geht und jeden Atemzug schmerzen lässt.

„Es wird lang", sagt Sascha, fast unhörbar.

„Das macht nichts."

„Ich hab das noch nie jemandem erzählt."

„Nicht mal Dr. Schäfer?"

Ganz langsam bewegt er den Kopf hin und her.

Warum nicht?, liegt mir auf der Zunge. Aber ich spreche es nicht aus. Ich frage mich, ob das sinnvoll ist, in der Therapie etwas auszusparen, das doch offensichtlich etwas sehr Wichtiges ist. Aber auch diese Frage spreche ich nicht aus.

„Du musst nicht", sage ich stattdessen. Auch wenn alles in mir schreit, dass wir nicht weiterkommen, wenn er schweigt, meine ich das ernst. Er muss nicht, wenn er nicht bereit ist. Vielleicht braucht er noch Zeit. Vielleicht ist das auch Dr. Schäfers Ansatz. Abzuwarten, bis es von selbst kommt. „Echt nicht."

Er antwortet nicht, dreht nur seinen Rolli ein kleines Stückchen mehr in meine Richtung. Jetzt sitzen wir einander beinahe genau gegenüber, in knapp zwei Metern Entfernung voneinander. Ich im Schneidersitz auf der Bettkante am Fußende, er im Rolli mitten im Zimmer. Lange schaut er mich an, und ich schaue ihn an, und es fühlt sich an, als würden seine Zerrissenheit und seine Angst direkt auf mich überspringen. Und vielleicht auch der Mut, den er aufbringt, weil er sich dieser Situation stellt. Ich würde gern zu ihm gehen, ihn berühren, ihm nahe sein, aber er scheint Abstand zu brauchen, und irgendwie verstehe ich das auch.

„Das mit dem August letztes Jahr, ... das, wovon meine Eltern immer reden, das ... bezieht sich auf den Tag mit den Balkonblumen", fängt er schließlich an. Die Atembewegungen seines Oberkörpers sind langsam und viel zu heftig, so, als würde auch sein Herz wummern und seine Lunge wehtun. Ewigkeiten vergehen, in denen er einfach nur atmet und ich auch.

„Hab ich mir schon gedacht", erwidere ich, weil er nichts sagt und weil es ihm vielleicht hilft, wenn ich die Stille wenigstens mit meiner Stimme fülle.

Er atmet tief ein und hält die Luft an. Lange.

„Ich ..." Stoßartig atmet er das Wort aus. „Ich hab ... Ich bin nach unserer Trennung ... nachdem ich dich ... weggeschickt habe ..." Wieder hält er die Luft an. Nochmal stützt er sich hoch und setzt sich. Für ein paar Sekunden schaut er nach unten, sieht mich dann wieder an. „Ich bin danach ... nicht einmal bei meinen Eltern gewesen. Nicht im März, nicht im April, nicht im Mai ... und auch den ganzen Sommer nicht. Genau genommen ... hab ich mich am Ende gar nicht mehr bei ihnen gemeldet."

„Warum nicht?"

„Weil es mir dreckig ging, Fredi. Sehr dreckig. Weißt du, erst hat es sich gut angefühlt, mit dir Schluss gemacht zu haben. Ich ... fühlte mich befreit, weil du nicht mehr da warst und sehen konntest, wie schlecht es mir in Wahrheit ging. Aber schon bald ... habe ich gemerkt, wie sehr ich dich vermisse. Wie leer das Leben ohne dich ist. In der Uni und beim Basketball war ich weiter der Unbekümmerte, den alle bewundern. Bloß kannst du dir von der Bewunderung der anderen nichts kaufen, wenn du anschließend alleine zu Hause sitzt und alles über dich hereinbricht. Dass du behindert bist und bleibst, für immer, egal wie selbstbewusst und cool und witzig du dich gibst. Dass du deine Freundin in den Wind geschossen hast, weil du es nicht auf die Reihe kriegst, eine gesunde Beziehung mit ihr zu führen. Dass du sogar durch die Prüfung fällst, weil du es nicht einmal mehr hinkriegst mit dem Lernen, obwohl dir das nie schwerfiel, nie. Als dann auch noch die Semesterferien anfingen ... Da war einfach nur ein Loch, Fredi. Ein tiefes, dunkles Loch."

Saschas Schmerz von damals steht deutlich in seinen Augen, in seiner gesamten Körperhaltung, in seiner Stimme. Er sitzt sehr aufrecht da, er schaut in meine Richtung, aber ich glaube, er guckt mich nicht wirklich an, sondern eher durch mich hindurch.

„Hast du geweint?", frage ich.

Er schüttelt den Kopf. „Nein. Ich konnte noch nicht mal weinen. Ich hab mich schuldig gefühlt und mutlos und kraftlos und ... taub."

„Und irgendwann standen deine Eltern einfach vor der Tür?"

„Ja. An einem Samstag Ende August, morgens um zehn. Sie haben so lange Sturm geklingelt, bis ich mich aus dem Bett gequält und ihnen die Tür geöffnet hatte. Den Blick, mit dem mich meine Mutter ansah, werde ich nie vergessen. Du musst wissen … Ich hatte mich schon eine ganze Weile lang nicht mehr zum Stehtraining und zum Durchbewegen aufgerafft, und mein Kreislauf und die Spastik … Das war nicht zu übersehen. Und dann, nachdem sie mich fertig angestarrt hatte und sie ihren Blick schweifen ließ … Meine Wohnung sah aus … Ich habe behauptet, dass ich gerade erst von einer schweren Erkältung genesen wäre. Fünf Tage Fieber. Ich weiß nicht, ob meine Eltern das geglaubt haben. Sie haben nichts dazu gesagt. Meine Mutter hat mich ins Bad geschickt zum Duschen, ich habe ewig gebraucht, weil ich echt Schwierigkeiten hatte, in die Badewanne zu kommen und wieder raus … Als ich schließlich fertig war, da war meine Küche aufgeräumt und geputzt, mein Schlafzimmer gelüftet und mein Bett frisch bezogen, sie hatten den Müll rausgebracht, und die Waschmaschine lief. Mein Vater saugte gerade das Wohnzimmer durch und meine Mutter mistete den Kühlschrank aus. Als ich in die Küche kam, ließ sie alles stehen und liegen, kam auf mich zu, wuschelte mir durch die Haare und meinte, nun sähe ich ja schon viel besser aus. Aber zum Friseur sollte ich mal gehen, das wäre ja gar keine Frisur mehr. Verstehst du, wie übergriffig das ist? Welche Mutter wuschelt ihrem erwachsenen Sohn bitte durch die Haare? Vor meinem Unfall hat sie das zum letzten Mal gemacht, als ich zehn war oder so. Danach hat sie meine Vorräte durchgeschaut und Nudeln mit der Soße gemacht, die meine Schwestern und ich als Kinder am liebsten mochten. Sie hat mich noch nicht einmal gefragt, ob ich überhaupt was essen will. Oder ob ich vielleicht für die beiden kochen will, als Dankeschön für die Hilfe. Ich meine, hätte doch sein können. Nach dem Essen wollten sie mit mir spazieren gehen. Frische Luft tut dir gut, du brauchst doch immer viel Bewegung, Sascha, komm, das wird dich auf andere Gedanken bringen. Ich hab mir das vorgestellt, wie sie mich am Maschseeufer entlangschieben, die ehemals stolzen Eltern mit ihrem behinderten Sohn, für den sie sich aufopfern. Ich hab behauptet, ich sei noch zu schwach zum Spazierengehen, müsste mich dringend hinlegen. Sie meinten, ich solle mit zu ihnen fahren, damit sie mich aufpäppeln, das wäre doch nicht gut, ich hier allein in der Wohnung während der Ferien. Ich hab gewusst, ich geh erst recht kaputt, wenn ich mitkomme. Diese ewige Fürsorge, dieser prüfende Blick, die aufgesetzte Fröhlichkeit, das macht alles nur noch schlimmer. Ich hab sie angeschrien, ich käme allein zurecht, ich wär nur krank gewesen, sie müssten sich keine Sorgen machen. Da sind sie alleine rausgegangen, und als sie am späten Nachmittag wiederkamen, hatten sie einen kompletten Einkaufskorb mit Einkäufen aus dem Supermarkt und die Balkon-Vollausstattung dabei."

„Sie haben gespürt, dass es dir nicht gutging, sind gekommen und haben dir geholfen. Behindert oder nicht, hätten das nicht alle Eltern für ihr Kind getan?" Wahrscheinlich hätten auch meine Eltern Ähnliches gemacht. Wie meine Mutter mir letztes Jahr im Frühling immer wieder Angebote gemacht hat, um mich aus meinem Loch zu holen, geduldig und wenig aufdringlich, aber beständig, das war doch im Prinzip nicht viel anders.

„Du weißt nicht, *wie* meine Wohnung aussah."

„Schlimmer als nach fünf Tagen Fieber?"

Er nickt langsam.

„Aber deine Eltern haben nicht nachgehakt, ob du wirklich krank warst?"

Kaum merklich bewegt er den Kopf hin und her.

„Als sie zurückkamen, riefen sie: Wir sind wieder da-a!, wie früher, als ich noch ein Grundschulkind war, wenn ich mal eine Zeit lang alleine zu Hause geblieben war. Ich lag noch im Bett, ich hatte mich wirklich wieder hingelegt, weil ich keine Kraft mehr hatte. Ich hab mich beeilt, dass ich in den Rolli komme, und als ich aus meinem Schlafzimmer kam, war meine Mutter schon in der Küche und räumte die Einkäufe ein. Brot, Milch, Butter, Eier, Nudeln, Gemüse, ... Als hätten die Geschäfte für eine Woche geschlossen. Sie meinte, ich solle mal auf den Balkon gehen. Da war mein Vater, er baute die Balkonblumenkästen an. Sieht das nicht schön aus, mein lieber Schatz? Meine Mutter war mitgekommen, stand hinter mir, eine Hand auf meiner Schulter und die andere in meinen Haaren. Ein bisschen Farbe hier auf dem Balkon wird dir guttun. Da habe ich sie angeschrien: Wie konntet ihr nur auf die Idee kommen, dass ich Plastikblumen mag?! Mein Vater meinte, das sei halt pflegeleicht, und von weitem sähe man das doch gar nicht. Doch, im Winter, hab ich gesagt. Oder hast du schon mal echte Balkonblumen gesehen, die im Dezember immer noch munter vor sich hin blühen? Wir kommen gerne vorbei und nehmen sie im Oktober wieder ab, sagte mein Vater. Lasst mal gut sein, hab ich gegiftet. Ich hab Freunde, die können das machen. Wie du willst, sagte meine Mutter, nicht ohne zu seufzen. Später haben sie auf dem Balkon alles eingedeckt und ich musste mit ihnen bei Kerzenschein zu Abend essen. Tausend Fragen haben sie mir gestellt, wie das Studium läuft, wie oft ich mich mit meinen Freunden treffe, ob ich genug rauskomme, ob ich regelmäßig zur Krankengymnastik gehe und Stehtraining mache. Es ist mein Leben und ich bin euch keine Rechenschaft schuldig, hab ich gesagt. Du bist unser Sohn, und wir machen uns Sorgen, hat meine Mutter gesagt. Nicht nötig, ich war nur krank, hab ich sie angelogen. Nichts von der Wahrheit habe ich ihnen erzählt, gar nichts. Nichts davon, dass ich seit Tagen meine Wohnung nicht verlassen hatte. Nichts davon, dass ich mich bei meinen Freunden auch nicht mehr gemeldet hatte. Nichts davon, dass ich durch eine Prüfung gefallen war und alle anderen verschoben hatte. Und natürlich auch nichts von dir und davon, dass ich es nicht hingekriegt habe, mit dir zusammenzubleiben. Ich wollte nicht, dass sie merken, in was für einem Loch ich saß. Ich wollte das ja noch nicht einmal selber wahrhaben."

Ich glaube, er ist in seinen Erinnerungen an damals gefangen. Und auch ich sehe das alles bildlich vor mir und fühle die Schmach und die Hilflosigkeit und diesen entsetzlichen Schmerz so direkt, dass es wehtut, im Hals und in der Lunge und sogar bis in die Fingerkuppen. Und gleichzeitig denke ich an Andrea und Micha, sie müssen sich auch furchtbar hilflos gefühlt haben, sie müssen doch gemerkt haben, dass Sascha nicht bloß krank war, es muss doch schrecklich sein, wenn der eigene Sohn vor die Hunde geht und man nichts tun kann, außer ihm die Wohnung aufzuräumen und Balkonblumen und Lebensmittel zu kaufen.

„Aber irgendwie bist du aus dem Loch wieder rausgekommen." Ich sage das nicht nur zu ihm, sondern auch zu mir. Ich muss das aussprechen, um selbst wieder atmen zu können. Sascha ist nicht mehr in diesem Loch. Er hat sein Leben wieder in die Hand genommen. Er hat eine Therapie angefangen. Er hat angefangen zu heilen, es geht ihm besser.

„Ja." Auch ihm scheint es zu helfen, sich dessen wieder bewusst zu werden. Zum ersten Mal, seitdem er angefangen hat zu erzählen, habe ich für einen kurzen Moment das Gefühl, dass er mich wieder wirklich ansieht. „Als meine Eltern gegen zehn Uhr abends nach Hause fuhren, hab ich erstmal wie betäubt auf die geschlossene Wohnungstür gestarrt. Der ganze Tag lief nochmal wie ein Film in mir ab. Irgendwann bin ich aus meiner Erstarrung erwacht, hab mich umgedreht, hab meinen Blick durch die offenen Türen durch meine Wohnung schweifen lassen. Alles war aufgeräumt und sauber, so wie ... *davor*. Nur ich, *ich* war nicht wie davor. Meine Beine waren von der Fußraste gerutscht und das Sitzen im Rolli strengte mich an, ich hatte schon seit Tagen nicht mehr so lange am Stück im Rolli gesessen. Ich bin ins Schlafzimmer gegangen, wollte mich in mein Bett legen, aber als mir der Geruch der frisch gewaschenen Bettwäsche in die Nase stieg, da hab ich auf einmal das Heulen gekriegt. Da waren einfach zu viele Gefühle in mir, eine unbestimmte Wut auf meine Eltern und gleichzeitig so viel Scham, und ... und dieses Wissen, versagt zu haben, und ... irgendwie auch Erleichterung, weil mein Bett so gut roch und weil meine Wohnung aufgeräumt war und mein Kühlschrank gefüllt und ... vielleicht ... Vielleicht war da auch Dankbarkeit, aber die ... Aber das ... ist mir vielleicht ... erst jetzt klar geworden. Ja, verdammt, vielleicht bin ich auch verflucht-scheiße-dankbar und vielleicht sogar so-sehr-dankbar-dass-ich-das-nie-zurückgeben-kann –"

Mit den Händen umklammert er die Greifreifen, so fest, dass die Knöchel weiß leuchten, und ich kann richtig sehen, wie sein Blick vom Durch-mich-Hindurchgucken ins Hier und Jetzt zurückkehrt und wie er nun mich anschaut. Tränen glitzern in seinen Augen, und er wirkt unendlich verloren, wie er da steht, mitten im Zimmer, noch halb gefangen im Damals, und ich stehe auf und gehe auf ihn zu. Es fühlt sich an, als wäre mein Körper viel zu begrenzt, um all das fühlen zu können, was in mir tobt.

„Darf ich dich halten?", frage ich leise.

Er reagiert nicht. Stattdessen schießen plötzlich Spasmen in seine Beine ein. Erst zittert das rechte Bein, dann auch das linke, dann rutscht das linke von der Fußraste.

Ich lege meine Hand auf seine Schulter, aber er rollt ein paar Zentimeter zurück und schüttelt den Kopf.

„Wechseln wir aufs Bett?", frage ich.

Sascha entlastet seine Sitzmuskulatur und stellt anschließend seine Füße zurück auf die Fußstütze. Dann sieht er mich an und sagt: „Ich bin noch nicht fertig."

Seine Angst, irgendwem ausgeliefert zu sein, nicht schnell genug wegkommen zu können, muss riesig sein.

„Okay." Ich setze mich wieder ans Fußende des Bettes.

Sascha steht immer noch mitten im Zimmer, und ich halte das kaum aus, ihn dort stehen zu sehen, so verloren, und ihn nicht halten, nicht einmal berühren zu dürfen.

Gefühlt verrinnen Minuten, ohne dass etwas passiert, außer dass Sascha seine Tränen niederringt, allein. Und ich meine niederringe, auch allein.

Irgendwann räuspert er sich. „Also, jedenfalls ... Es hat mir echt geholfen, dass meine Wohnung aufgeräumt war und so." Er sieht mich an, er hat die Tränen besiegt. „Das war, als wenn eine Last, die mich zusätzlich mit nach unten gedrückt hatte, plötzlich nicht mehr da gewesen wäre. Ich hab noch in derselben Nacht mit dem Stehtraining angefangen und mich wieder täglich zwei- bis dreimal durchbewegt, ich habe vernünftig gegessen und bin regelmäßig rausgegangen, ich hab gespürt, wie das Leben in mich zurückkam. Ich wusste auf einmal, dass ich das Leben will und dass ich es genießen will, so wie früher, und dass das auch mit Rolli gehen muss. Und ich habe beschlossen, eine Therapie zu machen. Auf einmal habe ich das eingesehen, dass ich das brauche, dass ich es ohne nicht schaffe."

„Was wäre passiert, wenn deine Eltern nicht gekommen wären?"

Sascha hebt die Schultern. „Ehrlich gesagt, ich weiß es nicht."

Er sieht mich an, und zwischen uns schweben auf einmal alle Was-wäre-gewesen-wenn-Möglichkeiten, ungesagt, aber nicht ungedacht. Und einmal gedacht, werde ich sie nicht wieder los – und auch nicht die Angst und den Schrecken des Begreifens, der mir jäh in die Glieder fährt und dort bleibt, mächtig und bedrohlich.

„Aber ich hab das überwunden", sagt Sascha. Sein Blick ist flehend, als hätte er Angst, ich könnte ihm nicht glauben.

„Ich weiß." Ich weiß es wirklich. Und trotzdem geht dieses Gefühl des Erschrockenseins nicht weg.

„Wissen deine Eltern das?"

„Sie kennen nicht mal das wahre Ausmaß meines Zustands vor ihrem Besuch."

„Glaubst du das wirklich?"

Er schaut zu Boden. „Ich hoffe es?" Obwohl es ein Aussagesatz ist, klingt es mehr wie eine Frage.

„Sie waren da und haben dich gesehen. Sie sind nicht blöd. Sie rufen dich seitdem regelmäßig an. Sie machen sich Sorgen. Sie sind hilflos im Umgang mit dir. Also, wenn du mich fragst, ich bin mir sicher, sie kennen es. Wissen sie, dass du jetzt eine Therapie machst?"

Sein Kopfschütteln ist kaum erkennbar.

„Warum nicht?"

„Ich weiß nicht." Er guckt mich nicht an.

Ich bin mir sicher, es gibt Gründe, und er kennt sie. Aber er will sie anscheinend nicht mit mir teilen.

Sascha hat mal gesagt, Dr. Schäfer gibt keine Ratschläge. Er stellt nur Fragen, die ans Eingemachte gehen.

„Ich glaube, es würde helfen, wenn du es deinen Eltern sagst", sage ich trotzdem.

„Was?"

„Alles. Von dem Loch, in dem du warst. Und warum. Und dass sie dich gerettet haben."

„Sie haben mich nicht gerettet!" Er sagt es prompt und sehr entschieden – und er sieht mich an dabei. So hitzig, wie er mich früher manchmal angesehen hat, wenn wir mitten in einem Konflikt steckten. Immer dann, wenn er sich von mir in die Ecke gedrängt gefühlt hat.

Ich finde schon, dass sie ihn gerettet haben. Er hat selbst gesagt, er weiß nicht, was passiert wäre, wenn sie nicht gekommen wären. Und wie sehr die saubere Wohnung geholfen hat. Dass er dankbar ist. Verflucht-scheiße-dankbar hat er es genannt. Ich muss mich sehr beherrschen, keine Diskussion mit ihm anzufangen. Vielleicht hätte ich mir schon den Ratschlag sparen müssen. Dr. Schäfer wird sich auskennen, und er wird wissen, warum er keine gibt.

„Und von der Therapie", ergänze ich stattdessen.

Er sieht aus, als wollte er mir ein „Niemals" entgegenwerfen. Aber dann bricht er doch ab, bevor er das „N" richtig ausgesprochen hat, und schweigt.

Viel Zeit vergeht, und ich habe keine Ahnung, was ich machen soll. Was ich denken soll. Ich bin noch immer erschrocken. Vielleicht sollte ich auf Sascha zugehen, vielleicht würde es helfen, wenn wir uns umarmen und halten würden. Wenn ich seinen Geruch einatmen und seine Nähe spüren würde. Aber gerade erscheint er mir so fern wie noch nie, seit wir wieder zusammen sind. Gerade ist er wirklich der gefallene Engel, dessen Leuchten erloschen ist. Es tut verdammt weh, ihn so zu sehen.

Er *muss* es ihnen sagen. Ich glaube wirklich, dass das der einzige Weg ist, damit sich diese belastete Stimmung zwischen ihm und seinen Eltern auflösen kann. Ganz abgesehen davon, dass ich da ja auch noch irgendwie mit drinhänge in den Vorstellungen und Schlussfolgerungen, die seine Eltern sich aufgrund der dünnen Informationslage zusammenreimen.

Ich glaube, es ist das, was Sascha mir über Dr. Schäfer gesagt hat, das mich davon abhält, darauf zu bestehen. Vielleicht muss es von ihm selbst kommen. Vielleicht muss ich darauf vertrauen, dass dieser Zeitpunkt kommen wird. Immerhin hat er sein „Niemals" oder das „Nein", das ihm höchstwahrscheinlich auf der Zunge lag, runtergeschluckt. Vielleicht ist das ein Anfang.

„Warum sagst du nichts mehr?", fragt Sascha irgendwann.

„Ich weiß nicht, was." Alles in mir brennt, aber ich bin nicht in der Lage, mich auf ihn zuzubewegen. Wir festgeklebt sitze ich immer noch auf dem Bett. Zu machtvoll sind die Bilder, die Saschas Erzählungen in mir ausgelöst haben.

Auch er sitzt bloß da. Genauso bewegungslos und hilflos wie ich. Er ist der gefallene Engel von Corinna, der Sascha von früher, der es nicht hingekriegt hat, eine gesunde Beziehung mit mir zu führen. Er ist der Sascha, der wochenlang im Loch saß und beinahe darin verschwunden wäre, vielleicht für immer, wenn seine Eltern nicht gekommen wären. Der, der sich verdammt-scheiße-dankbar fühlt und sich dafür so sehr schämt, dass er die Beziehung zu seinen Eltern vergiftet. Und es nicht hinkriegt, das wieder in Ordnung zu bringen.

„Das tut mir leid", sagt er schließlich. Er kommt sogar auf mich zu, schaut mir dabei gerade in die Augen. „Vielleicht war es doch falsch, es zu erzählen."

Langsam schüttele ich den Kopf. „Im Moment fühlt es sich vielleicht so an. Aber ich denke, es war wichtig. Und vielleicht wächst etwas Gutes daraus." Hoffentlich. Ich würde es so gerne selbst glauben.

Er steht jetzt direkt vor mir. „Gehen wir schlafen?"

Ich gucke auf meine Armbanduhr. Es ist nach zwei. „Unbedingt. Gehst du zuerst ins Bad?"

„Okay. Öffnest du schon mal das Fenster? Ich könnte die Geräusche der Grillen und der Frösche nachher gut vertragen." Eine Ahnung seines verschmitzten Grinsens spielt um seine Mundwinkel. Aber vielleicht bilde ich mir das auch nur ein.

Es hilft ein wenig, wie er uns mit dieser Bemerkung in die Gegenwart zurückholt. Wir sind hier in seinem Jugendzimmer. Weil er mich mit in sein Dorf genommen hat. In sein Elternhaus. Weil wir unserer Gegenwart Stück für Stück unsere je eigene Vergangenheit hinzufügen und dem anderen zeigen wollen.

„Mache ich." Ich halte ihm meine Hand hin. Er ergreift sie und zieht sanft daran, wie um mir vom Bett aufzuhelfen.

Als ich neben ihm stehe, lässt er mich los.

„Bis gleich." Noch einmal schaut er mich an, dann macht er sich auf den Weg ins Bad.

Sascha und ich liegen im Dunkeln im Bett, einander zugewandt, aber nicht Arm in Arm. Meine rechte Hand liegt in der Bettmitte dicht an Saschas linker Hand. Wir schieben unsere Finger ineinander, und ich bin froh über dieses warme, immer ein bisschen kribbelnde, aufregende und zugleich beruhigende Gefühl, das diese Berührung in mir hervorruft – sogar in dieser Nacht, in der ich das Zirpen der Grillen und das gelegentliche Quaken der Frösche dringend brauche, um in der Gegenwart zu bleiben und die verstörenden Bilder der Vergangenheit zurückzudrängen.

– *2. September 2012* –

Wir schlafen lange am Sonntagmorgen. Trotzdem fühle ich mich wie gerädert, als wir gegen zehn Uhr aufstehen. Sascha sieht nicht besser aus. Vielleicht haben auch ihn Albträume heimgesucht. Meine fanden im Halbschlaf statt und handelten von verrußten Ruinen, farblosen Engeln, tiefschwarzen Löchern ohne jeden Boden, vermüllten Wohnungen, überfürsorglichen Besuchern und so viel Scham, dass es mich erdrückt, immer noch, obwohl ich jetzt wach bin. Es fühlt sich an, als könnte ich gar nicht richtig atmen – und selbst jetzt, wo ich im Bad bin und mein Gesicht in kaltes Wasser halte, suchen mich die Bilder von heute Nacht heim. Sie gehen nicht weg, sie lassen sich nicht abschütteln, genauso wenig, wie ich den Schrecken der Erkenntnis loswerde, dass wir vielleicht hier gar nicht wären, wenn Saschas Eltern an dem besagten Tag im August nicht gekommen wären. Dass *er* hier nicht wäre. Dass er vielleicht *gar nicht* mehr wäre.

Andrea und Micha haben längst gefrühstückt, setzen sich aber trotzdem zu uns an den Tisch, während wir essen. Ich habe das Gefühl, dass sich Sascha und seine Eltern gegenseitig argwöhnisch beäugen, bestimmt merken Andrea und Micha, dass es Sascha heute nicht gut geht. Aber natürlich sprechen sie es mit keinem Wort an, im Gegenteil, Andrea drängt uns ein Smalltalk-Thema nach dem anderen auf und ignoriert geflissentlich, dass keines der Themen heute für ein längeres Gespräch taugt.

Bis zum Mittagessen ist nicht mehr viel Zeit. Wir gehen zum Spielplatz, wo Sascha am Barren sein Stehtraining absolviert, danach packen wir in Saschas Zimmer unsere Klamotten zusammen. Mittags gibt es von Andrea selbstgemachte Kartoffelpuffer mit Apfelmus, das Essen schmeckt gut, aber genießen kann ich es nicht. Noch immer ringe ich mit den Bildern und Gefühlen, die seit gestern in mir wohnen und mir das Atmen schwer machen. Sascha scheint es genauso zu gehen, aber er tut nichts, um die angespannte Atmosphäre zu verbessern.

Nach dem Mittagessen beladen wir das Auto. Die Verabschiedung von Saschas Eltern ist unbeholfen. Nichtsdestotrotz stehen beide noch lange winkend vorm Haus, bis wir vom Dorfplatz abgebogen und außer Sicht sind.

Schweigend fahren wir die kleine Zufahrtsstraße entlang und biegen dann auf die etwas größere Straße ab. Die Sonne scheint, und es ist nicht mehr ganz so heiß wie gestern. Felder und Waldstücke ziehen an uns vorbei, und wir passieren die zwei einzelnen Höfe. Reden wir jetzt die ganze Fahrt nicht? Ich versuche, die vergangenen Tage Revue passieren zu lassen. An das Schöne zu denken, es wieder hervorzuholen aus dem Schatten, in den es gedrängt worden ist. Das Treffen mit Caro und Amelie auf dem Spielplatz. Die Dorfführung. Die Hausführung. Andreas Atelier. Der hübsche Dorfplatz. Markus und Noah. Der Ausflug nach Celle und das Leichtathletik-Sommerfest. Sascha und ich im Schwimmbecken unter dem Sternenhimmel.

Es hilft nicht. Die gedrückte Stimmung bleibt. Das Erschrockensein bleibt. Mein Brustkorb schmerzt bei jedem Atemzug. Ich schaue Sascha von der Seite an. Es ist genau das passiert, wovor er Angst hatte. Seine Erzählung hat etwas mit mir gemacht. Ich sehe ihn anders. Und ich habe eine Scheiß-Angst, dass das nicht wieder weggeht. Dann wäre unser Besuch in Gannermühle wirklich ein Himmelfahrtskommando gewesen.

Aber wäre es eine Alternative gewesen, nicht hinzufahren?

Oder das Gespräch von gestern Nacht nicht zu führen?

Ich weiß es nicht.

TEIL IV

1. OHNE FLÜGEL.

– 4. bis 6. September 2012 –

Sarah hat gesagt, sie ist froh, wenn sie von Hannes' Eltern zurück sind und Hannes sich wieder normal benimmt. Sascha und ich sind auch wieder zurück in Hannover, seit einigen Tagen schon, aber richtig normal ist es nicht wieder geworden.

Wir leben unseren Semesterferien-Alltag. Tagsüber bin ich zu Hause, bereite mich auf die anstehende große Geländeexkursion vor, für die ich mich zusammen mit Anna, meiner engsten Mitstudentin, eingetragen habe. Knapp drei Wochen lang werden wir im und am Karwendelgebirge das Zusammenspiel von Landschaftsschutz und touristischer Nutzung in so ziemlich allen Facetten der Physischen Geographie und Landschaftsökologie erfahren und untersuchen. Neun Tage davon werden wir von Hütte zu Hütte durch das Karwendel wandern. Zweimal treffen Anna und ich uns nachmittags, um unsere Teilthemen, die eng miteinander verzahnt sind, aufeinander abzustimmen.

Am Montagabend fahre ich zu Sascha, wir essen zusammen und ich übernachte bei ihm. Wir reden miteinander, wir sehen einander an, wir lachen sogar manchmal zusammen, aber da ist immer eine Unsicherheit zwischen uns, so, als ob wir einander und uns selbst heimlich beobachteten, ein bisschen argwöhnisch, irgendwie ängstlich und immer unterschwellig beklommen. Da ist ein permanenter Schmerz, er hält meinen Brustkorb besetzt, seit der Nacht nach der *End-of-Summer-Night*, und das Schlimme ist, dass er anschwillt, wenn ich Sascha ansehe, ich muss dann ganz tief einatmen, weil er so viel Platz beansprucht, selbst wenn wir scherzen, und sogar, wenn wir miteinander im Bett liegen und einander nahe sind. Was so wehtut, ist diese Mischung aus dem Was-wäre-wenn-Erschrecken und diesen verdammten Bildern von Ruinen und Engeln, von lichtlosen Räumen ohne Boden und hilflosen Rettungsversuchen - und meiner Liebe zu Sascha, die immer noch da ist. Ich würde ihn am liebsten umklammern und an mich drücken, aber auch körperliche Nähe hilft nicht. Die Unsicherheit, die Beklommenheit, der Schmerz, sie bleiben zwischen uns, als wären sie in der Lage, uns immer ein bisschen auf Abstand voneinander zu halten. Als könnten wir nicht mehr richtig zueinander finden.

Am Dienstagabend startet unser Training wieder. Mein Handballtraining beginnt um halb sieben und Saschas Basketballtraining um halb acht, danach treffen wir uns bei Sascha, und es tut gut, wie wir anschließend zusammen in der Küche sitzen und uns gegenseitig vom Training erzählen. Schon allein deshalb, weil Saschas Augen leuchten, wenn er vom Sport erzählt, und weil es mir hilft, daran zu denken, wie es war, als ich Sascha bei seinem letzten Spiel zugesehen habe, vor jetzt mittlerweile sechseinhalb Wochen. Ich war begeistert von der Dynamik des Sports, und es war wunderbar, zu sehen, wie Sascha ein Teil der Mannschaft war und in dem Sport aufging.

Die Nacht von Mittwoch auf Donnerstag übernachtet Sascha bei mir, nachdem wir einen spannenden Poker-Abend in unserer Küche mit Jörg, Andreas und Ulrike hatten, und am Donnerstagabend kommen Hannes und Sarah zu Besuch in Saschas Wohnung. Wir kochen zusammen und sitzen danach noch am Tisch und erzählen. Natürlich erkundigen sich die beiden nach unserem Besuch bei Saschas Eltern, aber hier in der Viererrunde geben sowohl Sascha als auch ich nur nichtssagende Antworten. Mir entgeht nicht, dass Hannes und Sarah einander ansehen. Bestimmt spüren sie, dass es mehr zu erzählen gäbe, und mit Sicherheit nehmen sie auch die Befangenheit zwischen Sascha und mir wahr, die sofort wieder die Oberhand gewinnt.

Später gehen wir zum Maschsee. Es ist schon dunkel und ein bisschen kühl, wir schlendern am Ufer entlang in Richtung Norden. Es ergibt sich, dass Sascha und Hannes ein paar Meter vor uns gehen und Sarah und ich uns zurückfallen lassen – aber mit Sarah wirklich *reden* kann ich nicht. Nicht über das, was Corinna gesagt hat und nicht über das, was Sascha mir später in der Nacht erzählt hat. Dafür würde schon allein die Zeit nicht reichen, ganz abgesehen davon, dass ich Sarah sowieso niemals derart persönliche Sachen über Sascha erzählen wollte. So gehen wir im Großen und Ganzen schweigend am Ufer entlang, bis wir schließlich zu Hannes und Sascha stoßen, die am Geländer direkt am Nordufer stehen und auf den See hinausschauen.

Ich stelle mich dicht neben Sascha, und Sarah stellt sich neben Hannes. Vor uns glitzert der Maschsee in seiner vollen Länge im Mondlicht.

Hannes nestelt an einem der Vorhängeschlösser herum, die hunderte verliebte Paare an der Oberkante des Geländers festgeschlossen haben. Die meisten Schlösser sind bunt und mit den Namen der Liebenden sowie einem Datum versehen.

„Das werden auch immer mehr davon", sagt er. „Komischer Gedanke. Als müsste man die Liebe künstlich absperren. Wusstet ihr, dass die Leute die Schlüssel danach sogar in den Maschsee werfen?"

„Nein." Unwillkürlich beuge ich mich über den Zaun und schaue ins Wasser. Aber natürlich kann man keine Schlüssel auf dem Grund des Maschsees erkennen, vermutlich noch nicht einmal bei Tag. „Also habt ihr beide hier kein Schloss angebracht?"

„Nein", antwortet Sarah. „Wir finden das albern. In der Liebe sollte man doch frei sein."

„Zusammen frei", ergänzt Hannes und legt einen Arm um Sarah. „Da braucht man kein Schloss, da kriegt man Flügel."

Sarah legt auch einen Arm um ihren Freund, beugt sich zu ihm und küsst ihn. „Das hast du schön gesagt. Genauso ist es." Sie löst die linke Feststellbremse von Hannes' Rolli und nimmt seine Hand. Hannes löst auch die rechte Bremse und lässt sich von Sarah ziehen, während er seinen Rollstuhl mit der rechten Hand antreibt. Nach ein paar Metern lässt Sarah ihn los, dreht eine Pirouette mit ausgestreckten Armen, während Hannes sich ebenfalls schwungvoll um seine eigene Achse dreht, dann auf seine Freundin zufährt und direkt vor ihr zum Stehen kommt. Sarah setzt sich auf die Bank neben ihnen, lehnt sich zurück und überschlägt die Beine, während Hannes neben sie rollt, ein bisschen schräg zu uns gewandt, als wollten die beiden dort auf uns warten.

Sascha und ich stehen jetzt hintereinander seitlich am Geländer, weil wir den beiden zugesehen haben, ich hinter seinem Rücken. Jetzt dreht er seinen Rolli zu mir und sieht mich an. Im Licht des Mondes und der Laternen kann ich deutlich erkennen, wie er trocken schluckt. Aber er sagt nichts.

Warum muss Mondlicht eigentlich so fahl sein? Warum muss Sascha auf einmal so blass wirken, als wäre er –

Tief atme ich ein, konzentriere mich auf die Wirklichkeit. Hannes' Bemerkung hat nichts mit Engeln zu tun. Sondern mit der beflügelnden Wirkung von Liebe. Und vor mir steht Sascha, den ich liebe. Ich halte ihm meine Hand hin, er ergreift sie und zieht mich sanft zu sich hin. Ich folge seinem Zug und setze mich auf seine Oberschenkel.

Zärtlich hält er meinen Hinterkopf und legt seine Stirn an meine. Ich spüre seine Wärme und atme seinen Duft ein. Langsam lassen wir unsere Nasen einander berühren, dann unsere Lippen.

Es ist ein sehr bewusster, liebevoller Kuss. Sascha öffnet die Lippen, ich tue es ihm gleich, wir lassen unsere Zungen miteinander spielen, vorsichtig und nur kurz, vielleicht, weil Hannes und Sarah uns beobachten, vielleicht, weil uns im Moment die Flügel fehlen. In unserem Kuss liegt Liebe, ohne Zweifel, aber da sind auch Unsicherheit und Angst, und sie sind mächtig.

Wie lange halten wir es aus ohne Flügel? Wann werden uns neue wachsen? Werden sie es überhaupt irgendwann?

– 7. bis 9. September 2012 –

Am Freitag kommt Jana zu Besuch. Wegen der Alpen-Exkursion haben wir in diesem Jahr keinen gemeinsamen Wanderurlaub gebucht. Stattdessen treffen wir uns für ein verlängertes Wochenende bei mir. Jana war damals dabei, als Sascha und ich uns das erste Mal begegnet sind, und sie war diejenige, die mir beistand, als mir ein Jahr später in Irland auf Achill Island klar wurde, dass auch ich Schuld trug am Scheitern unserer Beziehung.

Ich hole sie mittags vom Bahnhof ab, danach fahren wir zu mir nach Hause in meine WG. Dort bekommt sie eine Wohnungsführung und lernt beim Mittagessen Ulrike, Andreas und Jörg kennen. Sie erzählt von ihrem neuen Freund und ihrem gemeinsamen Wanderurlaub im Lake District. Begeistert zeigt sie uns Fotos auf ihrer Digitalkamera. Das Display ist klein, aber man kann trotzdem erahnen, wie toll die Wanderungen waren, und ihr Freund sieht sehr sympathisch aus.

Nachmittags leihen wir uns Inlineskates am Inliner-Biergarten aus und fahren damit um den Maschsee.

„Du und Sascha seid doch wieder zusammengekommen, als du auch hier Inliner ausgeliehen hast, oder?", fragt sie. „Wo war die Stelle mit dem Riss im Asphalt?" Ich habe ihr davon erzählt, als wir Anfang August telefoniert haben, um ihren Besuch bei mir genauer zu planen.

„Ich zeig's dir, wenn wir da sind", antworte ich.

Das tue ich auch, und anders als bei Ulrike kann ich mich bei ihr wirklich über ihr Interesse freuen. Ich zeige ihr außerdem die Löwenbastion, da sie genau wissen will, wo die Tanzfläche aufgebaut war – und auf welcher Bank wir unseren ersten Kuss hatten. Aber an diese Momente zu denken, tut nicht gut, sondern weh.

Lange sieht sie mich an, als wir vor der Bank stehen. „Du siehst bedrückt aus. Ist alles okay bei Sascha und dir?"

Sie merkt es. Genau wie Ulrike gestern Morgen nach dem Frühstück. Was ist los zwischen euch?, hat sie gefragt. Ihr wirkt so glanzlos heute. Aber ihr gegenüber konnte ich nur vage Andeutungen machen. Schließlich kennt sie Sascha von früher und begegnet ihm hier ständig.

„Es war alles okay", antworte ich. „Bis wir in Gannermühle waren."

„Oh. Wart ihr da nicht gerade erst?"

„Ja. Letzte Woche, von Donnerstag bis Sonntag."

„Wenn du willst, setzen wir uns auf die Bank", sagt Jana. „Und du kannst erzählen, wenn du möchtest."

„Aber nicht auf diese." Nicht auf die von unserem ersten Kuss.

„Oh, ja, natürlich."

Es wird keine Bank, auf die wir uns setzen, sondern der hölzerne Steg etwas weiter südlich am Ufer. Da ist gerade niemand, obwohl es Freitagnachmittag ist. Wir ziehen uns die Inliner aus und sitzen mit Socken im Schneidersitz auf den Holzbohlen in der warmen Sonne. Enten ziehen vor uns durch das Wasser, und weiter entfernt können wir die Badegäste vom Strandbad beobachten.

Und dann erzähle ich. Nicht alles. Ich lasse den gefallenen Engel weg. Ich könnte es nicht ertragen, wenn Jana Sascha so sieht, und fasse es daher allgemeiner. Und Saschas Zustand im August letztes Jahr schildere ich auch nicht in epischer Breite.

Ich erwähne nur, dass er eine Krise hatte und es ihm echt schlecht ging, und berichte, wie Saschas Eltern unangemeldet vorbeikamen und seine Wohnung geputzt und aufgeräumt haben. Dass er das als Demütigung empfand, ihm das aber gleichzeitig sehr geholfen hat, wieder auf die Beine zu kommen. Es ist schwierig, ihr trotzdem begreiflich zu machen, warum das noch immer das Verhältnis zwischen Sascha und seinen Eltern vergiftet und warum ich es so schwer ertragen kann, dass er das nicht auflöst, wo er das doch meines Erachtens dringend tun müsste und auch könnte. Ich glaube, sie spürt, dass da eigentlich noch mehr ist, aber sie hakt nicht nach.

„Es ist halt so, dass ich Sascha jetzt anders sehe als vorher. Ich hab gedacht, er nimmt sein Schicksal jetzt wirklich in die Hand. Dass er an sich arbeitet. Sich den Problemen stellt. Das tut er auch in vielen Bereichen. Aber zu Hause nicht. Seine Eltern leiden und sind vollkommen hilflos im Umgang mit ihm. Er leidet genauso und wirft mit versteckten und offenen Aggressionen um sich. Er nimmt sogar in Kauf, dass seine Eltern vielleicht denken, dass *ich* schuld an seiner Krise war. Vielleicht hätten wir nicht nach Gannermühle fahren sollen. Vielleicht war das zu früh. Vielleicht habe ich ihn schon wieder zu etwas gedrängt und damit alles kaputtgemacht?" Krampfhaft versuche ich mich daran zu erinnern, wie das war, als wir beschlossen haben, dass wir das machen. Augen zu und durch, das war *meine* Formulierung.

„Er ist erwachsen", sagt Jana entschieden. „Da sollte er seine eigenen Entscheidungen treffen können, *selbst wenn* er sich gedrängt fühlen sollte."

Ja, er ist erwachsen. Er hat sich weiterentwickelt, so oft hat er das bewiesen. Aber psychisch gesund scheint er noch immer nicht zu sein. Nicht ganz. Nicht in Gannermühle. Da ist er ein gefallener Engel. Und seit ich das weiß, ist er es auch hier.

„Er hat befürchtet, dass unser Besuch ein Himmelfahrtskommando ist. Und dass ich ihn nach unserem Gespräch anders sehe. Und genauso ist es jetzt."

Er hat auch gesagt, dass er fürchtet, dass ich irgendwann gehe. Das ist nicht eingetreten. Aber vielleicht ist jetzt noch nicht irgendwann. Doch das auszusprechen, kriege ich nicht hin. Ich habe zu sehr Angst, dass es dann erst recht wahr werden könnte.

„Liebst du ihn noch?"

„Ja. Immer noch so sehr. Aber gerade tut es eher weh, als dass es mich glücklich macht."

„Das klingt schlimm."

„Das *ist* schlimm."

Lange sitzen wir nebeneinander, ohne etwas zu sagen. Die Sonne steht inzwischen bereits deutlich niedriger. Fast glitzert die Wasseroberfläche schon in den Farben von damals, als Sascha und ich nur wenige hundert Meter von hier entfernt unseren ersten Kuss hatten.

Ich *will* dich, habe ich damals nicht nur gedacht, sondern mit jeder Faser meines Seins empfunden. Ich will *dich*.

„Ich will ihn immer noch", denke ich laut weiter. „Aber ich will auch, dass er das mit seinen Eltern bereinigt. Ich glaube, dann wäre dieses ungute Gefühl weg. Dann stünde das nicht mehr zwischen uns." Und vor allem wäre er wahrscheinlich kein gefallener Engel mehr.

„Was spricht dagegen, dass du es ihm sagst?"

„Ich habe ihm schon gesagt, dass ich glaube, dass das helfen würde."

„Und?"

„Er hat es abgelehnt."

„Und wenn du es verlangst?"

Entschieden schüttele ich den Kopf. „Nein."

Jana schaut mich fragend an, sagt aber nichts. Und ich sage auch nichts. Ich will noch nicht einmal *denken*, was die letzte Konsequenz wäre, wenn ich es verlangen würde und er aber nicht bereit dafür wäre.

Das Maschseebad leert sich allmählich. Die Sonne nähert sich immer mehr den Baumwipfeln am gegenüberliegenden Ufer. Zwei junge Typen kommen auf den Steg und setzen sich in einigen Metern Entfernung von uns an die Kante, ziehen ihre Schuhe aus und lassen ihre Füße ins Wasser baumeln.

„Sehen wir Sascha heute Abend?", fragt Jana irgendwann.

„Wir treffen uns um acht im *Safari*", antworte ich. „Max kommt auch. Wenn du magst, können wir Spiele mitnehmen."

„Das ist eine coole Idee!" Jana freut sich sichtlich. „Wo wir doch damals dachten, es sei ein singuläres Ereignis ..."

Es wird ein wunderbarer Abend. Wir essen die legendären *Safari*-Baguettes, und Jana bestaunt die Deko, die dem Namen der Kneipe alle Ehre macht – vor allem das Terrarium mit der echten Schlange darin. Spiele wie damals im *Kuriosum* gibt es dort nicht, aber Sascha, Max und ich haben jeweils ein paar mitgebracht, und so haben wir viel Spaß mit *Thurn und Taxis* und *Carcassonne*.

Zum Schluss batteln wir uns in einer Runde *Tabu*, aber diesmal spielt Jana mit Sascha, und ich spiele mit Max, damit Sascha und ich nicht schon allein wegen der vielen möglichen Insider gewinnen. Sogar mehr noch als Mittwochabend beim Pokerspielen scheint Sascha wieder ganz der Alte zu sein: schlagfertig und charismatisch, mit leuchtenden Augen und diesem schelmischen Grinsen im Gesicht. Er kann das einfach, in größerer Runde seinen Charme spielen zu lassen und mit seinen absurd-witzig-ernsthaften Bemerkungen für ausgelassene Stimmung zu sorgen. Jedes Mal, wenn er oder ich dran sind und der jeweils andere von uns mit dem Quietscher in der Hand übertrieben ernsthaft auf mögliche Fehler lauert, sind wir einander sehr nahe, und ich genieße unsere wie zufälligen Berührungen, die ironischen Blicke, die wir austauschen, und Saschas Duft, der auch hier in der essensgeruchgeschwängerten Kneipenluft unverkennbar ist, wenn ich dicht genug neben ihm bin.

Aber ähnlich wie damals endet der Abend nicht so ungetrübt, wie er angefangen hat. Ich habe bemerkt, wie Sascha sich extra mit den Getränken zurückgehalten hat, doch irgendwann kommt der Moment, in dem er nach Hause muss. Und weil Jana zu Besuch ist und bei mir schläft, bedeutet das, dass Sascha und ich zum ersten Mal seit mehr als einem Monat eine Nacht getrennt verbringen werden.

Kurz stehen wir noch zu viert vor dem *Safari* zusammen, tauschen uns darüber aus, wie schön der Abend war, und verabschieden uns voneinander. Max geht als Erster, er will die nächste Bahn erwischen. Wir anderen drei sind zu Fuß. Zu Saschas Wohnung sind es nur fünf, zu meiner zehn Minuten – aber in entgegengesetzter Richtung.

„Tja, dann ... sehen wir uns morgen?“ Sascha wirkt auf einmal wie ausgewechselt, als er zu mir hochsieht. Unsicher. Beklommen.

Hochsieht. Habe ich das früher auch so gedacht?

„Ich ...“, setzt Sascha erneut an, vielleicht, weil ich nicht sofort geantwortet habe. „Wollen wir zusammen frühstücken?“

„Von mir aus gern“, antworte ich. „Wenn du nichts dagegen hast, Jana?“

„Natürlich nicht.“

„Bei dir?“, frage ich Sascha. „Und wir bringen Brötchen mit?“

„Sehr gerne. Um zehn?“

Jana und ich nicken. Dann hebt Jana beide Hände auf Brusthöhe und wedelt leicht mit ihnen hin und her. „Bis morgen!“

„Bis morgen.“ Sascha deutet ein Winken in Janas Richtung an.

Eine gefühlte Ewigkeit stehen wir zu dritt zusammen, ohne dass etwas passiert. Schließlich sagt Jana: „Fredi, ich warte da vorne auf dich, ja?“

„Gut. Danke.“

Während Jana sich entfernt, schauen Sascha und ich uns an.

„Das war ein sehr schöner Abend“, sage ich.

„Ja.“ Er rollt schräg neben mich, bis unsere Oberkörper nah beieinander sind. „Ich werd dich vermissen heute Nacht.“

„Ich dich auch.“ Und wie!

Wir küssen uns, nicht sehr lange und ohne Zunge, aber ich liebe es, wie sanft er seine Lippen an meine drückt. Ein kleines Feuerwerk zündet in mir und wohl auch in ihm. Zum ersten Mal seit unserer Rückkehr aus Gannermühle möchte ich über ihn herfallen. Ausgerechnet heute.

Er löst sich von mir, und in seinem Blick erkenne ich das gleiche Verlangen.

„Wie soll das nur werden, wenn du auf Exkursion bist?“, murmelt er.

„Vielleicht ist es gut, dass wir dieses Wochenende schon mal üben können.“

„Hm.“ Er legt die Hände an die Greifräder und rollt ein paar Zentimeter zurück. „Bis morgen.“

„Zehn Uhr.“ Auch ich gehe einen Schritt zurück.

„Ja."

„Gute Nacht!"

„Gute Nacht."

Es kommt mir vor, als müsste ich gegen eine starke Magnet-kraft ankämpfen, während ich mich von Sascha weg und auf Jana zu bewege. Aber irgendwie fühlt es sich auch schön an. Fast so wie vor Gannermühle.

Jana bleibt bis Montag. Jeden Morgen frühstücken wir bei Sascha. Es ist schön, nach den getrennten Nächten die Tage gemeinsam mit ihm zu beginnen. Am Samstag gehen Jana und ich danach in die Stadt, ein bisschen bummeln und Sightseeing machen, und abends treffen wir uns mit Sascha zum Essen im *Café Übü* in Linden und gehen anschließend nach einem Abstecher zur öffentlichen Toilette am Pfarrlandplatz, wo es ein Behinderten-WC gibt, ins *Apollo*-Kino. Im Gegensatz zu den Multiplexkinos ist das kleine historische *Apollo*-Filmtheater abgesehen von der Stufe am Eingang sehr rollstuhltauglich, und wir bekommen sogar noch drei Plätze direkt hinter dem breiten Gang, der die hinteren Sitzreihen von dem vorderen Sitzbereich trennt. So können wir in der Mitte der Sitzreihe Platz nehmen anstatt wie sonst oft am Rand. Während des Films nehme ich Saschas Hand, und ich genieße es, wie wir immer wieder zwischendurch die Finger ineinanderschieben, die Hand des anderen streicheln oder sie liebevoll drücken. Säße Jana nicht neben uns, würde ich ihn noch mehr liebkosen und wahrscheinlich auch küssen. Es tut gut, dieses Verlangen nach ihm wieder zu spüren. *Wieder*. Kaum gedacht, drängen sie sich schon wieder in den Vordergrund, die Bilder und Gefühle, die ich lieber nie gesehen und gehabt hätte.

Am Sonntag leiht Ulrike Jana ihr Fahrrad, und Jana und ich unternehmen eine Tour zum Deister. Wir fahren bis zum Annaturm und genießen die Aussicht aus über vierhundert Metern Höhe über dem Meeresspiegel. Die Sicht ist relativ klar, wir können im Nordosten Hannover, im Nordwesten das Steinhuder Meer, den Kaliberg von Bokeloh und den Gehrdener Berg sowie im Süden das Weserbergland ziemlich gut erkennen. Den Brocken kann man eigentlich auch sehen, aber dafür ist heute wohl doch zu viel Feuchtigkeit in der Luft.

Jana staunt, als ich ihr erzähle, dass Sascha hier am Deister für die Brockenbesteigung trainiert hat. „Wow. Ist er allein mit dem Rolli hier hoch?"

„Er hatte seinen Freund Philipp dabei, hat er erzählt. Aber nur als Begleitung, nicht zum Anschieben."

„Krass. Das nenne ich Durchhaltevermögen! Und dann noch ohne Aussicht auf den Ausblick hier!"

Das stimmt wohl. Von unten sieht man nur Bäume, denn der Deister ist bewaldet. Die enge Wendeltreppe des Annaturms mit ihren 116 Stufen wird Sascha wohl selbst mit Philipps Hilfe nicht hochgekommen sein. Ich denke daran, wie ergriffen er auf unserer Radtour auf der Anhöhe bei Lemmie war. Und daran, wie er gesagt hat, dass er mit mir auf einem Berg stehen will, dieses Jahr noch. Ich stelle mir das vor, er und ich auf dem Brocken, und ich kann jetzt schon ahnen, wie glücklich wir da oben sein werden.

Ich erzähle Jana davon.

Als ich fertig bin, sieht sie mich sehr ernsthaft an und sagt: „Ich finde, Sascha ist wirklich stark. Bei allem, was du erzählt hast – und wie ich ihn jetzt weiter kennengelernt habe –, finde ich, dass er schon so viele Entwicklungsschritte gemacht hat, so viel Mut und Kraft und Willen zeigt, dass ich glaube, dass er das mit seinen Eltern auch hinkriegen wird. Wahrscheinlich braucht er einfach noch Zeit. Vielleicht solltest du darauf vertrauen, dass er das schon kapiert hat, dass er da aktiv werden muss. Und dass er es machen wird, wenn er sich bereit dafür fühlt."

„Hm", mache ich. Wenn das so leicht wäre. Was ist, wenn das noch Monate oder gar Jahre dauert? Kann ich es aushalten – können wir beide es aushalten –, wenn das noch lange zwischen uns steht? Und was, wenn es uns vorher zerreißt und er – wir beide – erneut in ein tiefes Loch fallen? Für Jana wirkt das alles sonnenklar und einfach. Aber sie steckt ja auch nicht mittendrin. Sie kennt nicht die ganze Wahrheit.

Eine Weile schauen wir noch in die Landschaft, ohne uns darüber auszutauschen, was wir sehen. Später essen wir in der Waldgaststätte neben dem Turm zu Mittag. Das deftige Essen ist lecker, die Sonne scheint warm, aber nicht zu heiß in den kleinen Biergarten vor der Gaststätte, und Jana erzählt mir noch mehr von ihrem Freund. Tobias studiert Psychologie wie sie, ist aber erst seit dem Masterstudium an die Uni Münster gekommen, weshalb sie sich erst im letzten Herbst kennengelernt haben. Wie Jana wandert er gern und fährt viel Rad, auch er mag die nordischen Länder. Sie sehen einander fast jeden Tag, wohnen aber noch nicht zusammen. In den letzten Weihnachtsferien war erst Tobi bei Janas Familie in Hamburg, und danach sind sie weiter zu Tobis Eltern nach Arnsberg im Sauerland gefahren. Sie schwärmt von ihren gemeinsamen Ausflügen ins verschneite Winterberg und davon, wie spannend sie es fand, Tobis Heimat und seine Familie kennenzulernen. Jana wirkt sehr verliebt, während sie von ihm erzählt. Ich freue mich für sie, und wir vereinbaren, dass ich sie in den Wintersemesterferien besuchen komme und sie uns dann einander bekannt machen wird.

Trotzdem komme ich mir gemein vor, weil ich mich konzentrieren muss, ihren Erzählungen aufmerksam zuzuhören und interessierte Fragen zu stellen, denn eigentlich sind meine Gedanken bei Sascha. Ob Sascha und ich wohl auch Weihnachten zusammen verbringen werden, erst bei meinen Eltern und danach bei seinen oder umgekehrt? Wie wird der Winter werden? Wird Sascha den Schnee genießen können, wenn welcher fällt? Schaffen wir es überhaupt zusammen bis zum Winter und darüber hinaus?

Nach dem Essen fahren Jana und ich mit einem kurzen Stopp über den Aussichtspunkt Deister-Nordblick steil hinab nach Wennigsen. Der weitere Weg über Weetzen nach Hemmingen und zu den Hemminger und Ricklinger Teichen, die ich Jana auch noch zeigen möchte, ist flach. Entspannt und im Großen und Ganzen schweigend radeln wir nebeneinander auf Nebenstraßen und Schotterwegen dahin, während ich versuche, irgendwie meinen Frieden damit zu machen, dass Sascha wohl noch Zeit braucht.

An einem der besonders hübschen Teiche bei Hemmingen legen wir eine Rast am Ende einer langen verwinkelten Halbinsel ein. Wir sitzen im Gras am Wasser, und ich erzähle Jana davon, wie Sascha und ich am Montag vor unserer Abfahrt nach Gannermühle ebenfalls hier eine Pause auf unserer Radtour gemacht haben. Wir hatten Handtücher und sogar Saschas selbstaufblasende Isomatte dabei und sind lange dort geblieben, es war einerseits traumhaft schön und andererseits habe ich während des gesamten Tages Saschas Nervosität spüren können, selbst an diesem einsamen und romantischen Ort.

„Er hatte richtig Angst vor dem Besuch. Wir mussten die Tage davor pausenlos etwas unternehmen, sonst wären wir wohl beide verrückt geworden," schließe ich.

„Aber er hat sich trotzdem dafür entschieden, es zu machen", stellt Jana fest.

„Ja."

„Das ist doch sehr mutig."

„Vielleicht war es falsch."

„Ich glaube nicht. Wenn ihr – anders als beim letzten Mal – eine Zukunft haben wollt, müsst ihr da durch. Sieh es doch mal so, Fredi: Er hatte Angst davor, dir das zu zeigen, was du in seiner Heimat sehen und erfahren würdest. Er wusste, dass es schwierig wird. Er hat dich dort mit hingenommen, wo er am verwundbarsten ist. Du hast Einblicke in sein altes Leben bekommen, hautnah, und bist sogar seiner Exfreundin begegnet. Und dann hat er dir anscheinend auch noch von seinen dunkelsten Stunden erzählt. Ist doch klar, dass das was mit dir macht. Dass du ihn ein Stück weit anders siehst und vielleicht sogar einen Teil dessen durchlebst, was er nach dem Unfall durchgemacht hat. Er wusste das vorher. Trotzdem hat er es gewagt. Hast du dir mal überlegt, was das für ein Vertrauensbeweis ist?"

„Doch, schon ..." Vielleicht nicht in dieser Deutlichkeit und Klarheit. Und ganz bestimmt nicht mit dieser Wucht, die Janas Worte haben. Sie hat recht. Mit allem, was sie sagt. Früher hat Sascha das alles ausgesperrt und vor mir versteckt. Jetzt durfte ich alles sehen. Seine größten Baustellen. Seine verletzlichsten Stellen. Sogar seine schmachvollsten Niederlagen.

Er hat mir Vertrauen geliehen, und ich sollte das genauso tun. Er ist immer noch derselbe wie vor unserem Besuch in Gannermühle. Er ist genauso mutig und stark wie vorher. Und bevor ich ihn bei seinen Eltern erlebt habe, hatte er die gleiche Vergangenheit und die gleichen problematischen Verhaltensweisen, damit umzugehen. Der einzige Unterschied ist, dass ich sie jetzt kenne. Und dass *ich* damit klarkommen muss.

Wenn ich das will. Und ich will.

Wenn ich das kann. Kann ich es?

Ich nehme einen Schluck aus meiner Trinkflasche und schaue auf den See. Der blaue Himmel spiegelt sich im Wasser. Winzige Wellen plätschern an den kleinen Kiesstreifen vor uns. Manchmal schnappen Fische von unten aus dem Wasser nach Insekten, die knapp über der Wasseroberfläche schwirren. Sascha und ich würden uns jetzt auf den Bauch legen, das Kinn auf die Hände stützen und gespannt die Wasseroberfläche beobachten, immer in der Hoffnung, einen Blick auf einen springenden Fisch zu erhaschen. Wir wären begeistert und fasziniert, das zu sehen, und es wäre beglückend, das miteinander zu teilen.

Ich habe Sehnsucht nach ihm. Ich möchte mich an ihn schmiegen, mit ihm verschmelzen. Ich will ihn. Mit allem, was zu ihm gehört.

Lange sitzen Jana und ich zusammen im Gras und schweigen.

„Danke", sage ich irgendwann. „Vielleicht hat das wirklich geholfen, was du gesagt hast."

„Ich wünsche es dir", sagt Jana. „Euch."

„Magst du ihn?"

„Ich mag ihn sehr, und ihr seid ein tolles Paar." Sie lächelt.

Ich lächele auch.

Viel zu lange stehen wir schon in Saschas Wohnungstür, Sascha im Wohnungsflur, Jana und ich im Hausflur. Es ist spät geworden, wir haben nach dem Abendessen noch lange zusammengesessen und erzählt.

„Soll ich vielleicht schon mal vorgehen?", fragt Jana schließlich.

„Wie du willst", antworte ich, vermutlich wenig hilfreich.

„Ich warte unten bei den Fahrrädern." Sie hebt ihre Hand zu einem kurzen Winken und entfernt sich in Richtung Treppenhaus. „Bis dann."

Als sie die erste Halbtreppe hinabgestiegen und außer Sicht verschwunden ist, sagt Sascha: „Sie hat ein gutes Gespür für die

Bedürfnisse anderer."

„Und was ist unser Bedürfnis?", frage ich, obwohl ich es natürlich genau weiß.

„Zeit nur für uns." Sascha rollt rückwärts in die Wohnung zurück, bis er im breiteren Teil des Flurs angekommen ist.

Ich schließe die Wohnungstür hinter uns und folge ihm, setze mich auf seinen Schoß. Wir küssen uns, ziemlich lange und ziemlich ungestüm. Den ganzen Abend schon habe ich mich zu ihm hingezogen gefühlt. Ich habe sogar unter dem Tisch meine Beine zu ihm ausgestreckt, um mit meinen Füßen wenigstens seinen Rolli zu berühren. Jetzt verhake ich meine Füße miteinander und umklammere mit meinen Beinen seinen Oberkörper, presse mich an ihn und kann ihm gar nicht nahe genug sein. Und es ist so schön zu spüren, dass es Sascha genauso geht.

Als er sich von mir löst und mich sanft, aber bestimmt ein paar Zentimeter von sich schiebt, bleiben wir noch über unsere Blicke miteinander verbunden. Es ist ein so großes Gefühl, als wäre da eine echte, physische Verbindung. Eine, die alles beinhaltet, was uns im Moment ausmacht. Da ist immer noch die Unsicherheit, und auch die Beklommenheit und die Angst sind nicht weg. Deshalb fliegen wir nicht. Deshalb fühlt sich das alles hier gerade zwar ungeheuer intensiv an, aber auch schmerzhaft. Vielleicht sogar verzweifelt, und das liegt nicht nur daran, dass Jana unten wartet und wir jetzt auseinandergehen müssen.

„Wie lange bleibt Jana morgen?", fragt Sascha.

„Ihr Zug geht um elf. Ich bringe sie zum Bahnhof."

„Kommst du danach zu mir?"

„Nichts lieber als das."

„Ich hab Physio bis halb zwölf. Wenn du vor mir hier bist, warte in der Wohnung auf mich, okay?"

„Okay. Ich freue mich sehr auf morgen."

„Ich auch."

„Schlaf gut."

„Schlaf du auch gut."

Noch einmal küssen wir uns, dann stehe ich auf. Sascha wartet in seiner Wohnungstür, bis wir uns nicht mehr sehen können.

2. DREI TAGE.

– 10. und 11. September 2012 –

Drei gemeinsame Tage für uns allein bleiben Sascha und mir zwischen Janas Abreise und meiner Exkursion in die Alpen. Nur drei.

Als ich am Montag vom Bahnhof nach Hause komme, ist Sascha noch unterwegs. Die Haustür und seine Wohnungstür aufzuschließen und dann allein in seiner Wohnung zu sein, erinnert mich an früher, als wir hier zusammen gewohnt haben, ein Vierteljahr lang. Das ist einerseits eine schöne Erinnerung, und andererseits weiß ich auch, dass mein Einzug bei ihm der Anfang vom Ende unserer Beziehung war.

Ich habe mir gerade in der Küche eine Apfelschorle eingeschenkt und ein paar Schlucke getrunken, als ich Sascha heimkommen höre. Mein Herz klopft voller Vorfreude und wohl auch vor Nervosität, während ich das Glas zurück auf den Tisch stelle und ihm entgegengehe. Kurz bevor ich im Flur bin, ploppt die Erinnerung an den einen Mittag Ende Januar auf, als ich ebenfalls in der Küche war und Sascha nach Hause kam. Es war der Tag, an dem es zu schneien begonnen hatte – und an dem Sascha anfing, deshalb übelgelaunt und streitbar zu sein. Ich sehe es noch genau vor mir, wie er auf dem Fußboden saß, draußen im Hausflur der verdreckte Straßenrolli, und jede Hilfe unfreundlich ablehnte.

Jetzt sitzt er ganz normal im Rolli, als ich den Flur betrete, er hat die Wohnungstür hinter sich geschlossen und kommt mit einem leicht unsicheren und doch strahlenden Lächeln im Gesicht auf mich zu. Auch ich fange an zu lächeln, ich freue mich so, ihn zu sehen. Er trägt das dunkelblaue Shirt mit der kurzen Knopfleiste vorne am Halsausschnitt, das ich so mag, dazu Jeans und die farbenfrohen Outdoorschuhe, die er schon besaß, als ich ihn kennengelernt habe. Seine Haare fallen ihm ein bisschen seitlich in die Stirn, er sieht hinreißend aus.

„Du bist ja schon da." Seine Stimme klingt rau.

„Und du jetzt auch", entgegne ich.

„Ja", sagt er. „Und sonst niemand."

Er rollt weiter auf mich zu und kommt direkt vor mir zum

Stehen. Zwischen seinen Fußspitzen und meinen Schienbeinen sind höchstens ein paar Millimeter. „Kommst du auf meinen Schoß?", fragt er leise.

Ich setze mich rittlings auf seine Oberschenkel. Wir küssen uns, hemmungslos, wir ziehen einander obenrum aus, sinnlichlangsam, und liebkosen jeden freigewordenen Quadratzentimeter Haut, mit unseren Händen, mit unseren Nasen, mit unseren Lippen. Wir halten einander, vergraben unsere Nasen in der Halsbeuge des anderen, und ich atme Saschas unwiderstehlichen Duft ein.

„Ich will dich so sehr", flüstere ich Sascha ins Ohr, und es ist so unglaublich erregend, wie er aufstöhnt und „Ich will dich auch, Fredi" raunt. Irgendwie schaffen wir es bis zum Bett, wir wechseln hinüber und ziehen uns gegenseitig die restlichen Klamotten aus, wir klammern uns aneinander, als hätten wir Angst, irgendetwas oder irgendjemand könnte uns auseinanderreißen. Ich küsse und streichele Sascha am Hals und am Ohr und im Nacken und spüre seinen Körper zwischen meinen Beinen. Ich genieße es, wie er zärtlich durch meine Haare fährt und mich krault – und wie er seine andere Hand über meinen Rücken wandern lässt, dann über meine Seiten, dann tiefer, dorthin, wo ich sie schon sehnlich erwarte und wo es mich aufjuchzen lässt, als sie ankommt. Ich gebe alle Kontrolle ab und denke nichts mehr. Ich bin einfach nur bei Sascha, und er ist bei mir, wir sind hier, zusammen.

Später gehen wir in Saschas Küche, Sascha findet noch Fischstäbchen im Tiefkühlfach, und eine angefangene Tube Remouladensauce ist auch im Kühlschrank. Wir machen Kartoffelbrei dazu und eine Dose Erbsen mit Möhren. Fischstäbchen sind alles andere als mein Lieblingsessen, aber sie schmecken wunderbar, denn sie sind heute mit Liebe und Nähe gewürzt, mit ein bisschen Glück und mehreren Funken Hoffnung.

Nein, Sascha und ich fliegen nicht. Vielleicht sind wir es vorhin im Bett, als wir alles um uns herum vergessen haben. Aber inzwischen haben wir diesen verzauberten Moment hinter uns gelassen und spüren nur noch seiner Wärme und Wohligkeit nach, die noch in uns glimmen. Ohne, dass wir darüber sprechen, ist uns wohl beiden klar, dass Nicht-Ohneeinander-Können und Miteinander-eine-Zukunft-haben nicht dasselbe ist.

Ich würde gerne mit ihm reden über das, was sich mit jeder Minute, die verstreicht, wieder zwischen uns drängt. Über Corinna und ihre bildgewaltigen Worte und über das, was sie mit mir gemacht haben. Und natürlich über unser nächtliches Gespräch, zu dem ich ihn vielleicht doch gedrängt habe und dessen Inhalt ich nicht einfach wieder vergessen kann. Über die Unsicherheit, die seitdem zwischen uns schwebt und die ganz bestimmt nicht von allein verschwindet.

Aber ich weiß nicht, wie.

Und ich weiß nicht, ob Reden nicht nur noch mehr kaputtmachen würde. So wie damals im März vor eineinhalb Jahren.

Am Nachmittag gehen wir zusammen in die Stadt. Ich muss ein paar letzte Dinge für die Exkursion besorgen, leicht zu transportierende, sättigende Verpflegung für eventuelle Hunger-Attacken, einen breitkrempigen Sonnenhut und Körperpflegeprodukte in Probiergrößen zum Beispiel, und außerdem will ich im Buchladen die Wanderkarte vom Karwendel abholen, die ich bestellt habe. Sascha berät mich, er kennt sich aus, und es ist schön, mit ihm zusammen durch die Geschäfte zu streifen, auch wenn der Grund für unseren Stadtbummel untrennbar damit verbunden ist, dass ich in drei Tagen für achtzehn Tage weg sein werde. Ich freue mich sehr auf die Exkursion, und gleichzeitig möchte ich nicht, dass sie stattfindet, jedenfalls nicht jetzt, nicht schon in drei Tagen. Sascha und ich brauchen doch noch Zeit, wir müssen doch wieder fliegen lernen.

Wir verbringen den Abend zusammen und die Nacht und auch den nächsten Morgen. Am Dienstagvormittag möchte ich in meine Wohnung, denn ich will meinen großen Wanderrucksack packen. Für den Fall, dass doch noch etwas fehlt oder dass etwas nicht reinpasst, finde ich es besser, einen Tag in Reserve zu haben. Sascha fragt, ob er mitkommen darf. Natürlich darf er. Es ist, als würden wir aneinanderkleben, als hätten wir Angst, einander loszulassen. Als könnten wir vielleicht nicht mehr zueinanderfinden, wenn wir es doch täten.

Zusammen fahren wir zu mir. Niemand aus der WG ist da, der helfen könnte, daher müssen Sascha und ich die Treppe zu zweit bewältigen. Also beißen wir uns beide da durch, und ich weiß nicht, für wen von uns beiden es schlimmer ist, für mich, weil es mit jeder Stufe anstrengender wird und ich schon nach der Hälfte eigentlich nicht mehr kann, oder für Sascha, weil er es hasst, anderen solche Umstände zu bereiten.

„Wir haben es geschafft", sage ich, als wir endlich oben sind, mit einer Mischung aus Stolz und Erleichterung in mir, die ich gern mit ihm teilen würde.

Aber er kriegt es nicht hin, mich anzusehen. Und weil alles an ihm ausstrahlt, dass er jetzt ganz bestimmt nicht irgendwelche Zärtlichkeiten will, schließe ich die Wohnungstür auf.

Nach dem Händewaschen setzen wir uns in die Küche und trinken Apfelschorle, schweigend und ohne Blickkontakt. Aber dann schafft Sascha es doch, mir in die Augen schauen, erst nur kurz, dann länger, dann noch länger, da schleicht sich ein Lächeln in sein Gesicht und auch in meins, und es fühlt sich unfassbar gut an, wie es immer größer wird, seins und meins.

„Zeigst du mir auf der Wanderkarte eure geplante Karwendelroute?", fragt Sascha dann.

„Sehr gerne", antworte ich, und ich schwebe beinahe zu meinem Rucksack, als ich die Karte hole.

Wenig später sitzen wir am Küchentisch über die Wanderkarte und den Exkursionsplan gebeugt. Sascha war noch nie im Karwendelgebirge, aber er findet es genauso spannend wie ich, sich anhand der Karte alles genau vorzustellen, und er erzählt von den Hüttentouren, die er mit Markus in den Alpen unternommen hat. Wir sitzen dicht nebeneinander, berühren einander oft wie zufällig, und ich bin mir sicher, er genießt die Nähe genauso wie ich. Einander zu spüren und zu riechen, das hilft irgendwie, diese Ambivalenzen auszuhalten, die das alles hier so intensiv machen. Es tut gut, zu erleben, wie Sascha meine Vorfreude teilt und wie es ihm ein Bedürfnis ist, mich an seinen Erinnerungen an seine Touren von früher teilhaben zu lassen. Aber ich sehe und fühle genauso seinen Schmerz darüber, dass er nie mehr eine solche

Exkursion wird machen können. Es berührt mich tief, wie er das hinkriegt, trotzdem hierzubleiben und sich mit mir zu freuen. Seine Augen wirken dunkel, und doch erkenne ich darin ein kleines Leuchten, und ich wünschte, ich könnte es einfach nur genießen, dieses Leuchten zu sehen, und *nicht* daran denken, dass es mindestens einmal für eine ganze Zeit erloschen gewesen ist.

Nach dem Mittagessen will ich meinen Rucksack packen. Für eine halbe Ewigkeit stehen wir in meinem Zimmer, ohne etwas zu sagen oder zu tun, außer einander anzuschauen und zu atmen und irgendwie mit der Beklommenheit klarzukommen, die sich schon wieder eingenistet hat und mit jedem Atemzug zu wachsen scheint.

Schließlich fange ich an, hole meinen großen Wanderrucksack aus der untersten Kommodenschublade und lehne ihn ans Bett, nehme Klamotten aus dem Schrank und stapele sie auf dem Bett. Ich schlage Sascha vor, sich auf der anderen Betthälfte auszustrecken, aber er lehnt ab. Stattdessen steht er die ganze Zeit mit seinem Rolli zwischen Schreibtisch und Kommode, dort, wo er am wenigsten im Weg ist, und schaut mir stumm beim Packen zu. Es dauert lange, bis ich alles herausgesucht und auf dem Bett platziert, portionsweise in durchsichtige Plastiktüten gesteckt und schließlich in praktischer und gewichtsverteilungsoptimierter Weise im Rucksack verstaut habe. Hin und wieder reden Sascha und ich, zum Beispiel darüber, dass er und Markus auch immer alles in Tüten gepackt haben, was sich gerade in Schottland, wo es ja doch öfter mal regnet, sehr bezahlt gemacht hat. Die meiste Zeit aber schweigen wir, vielleicht, weil das Reden auch nicht wirklich hilft. Mit jeder Tüte, die ich erfolgreich in meinem Rucksack vergrabe, erscheint mir die Tatsache, dass uns weniger als achtundvierzig gemeinsame Stunden vor meiner Abreise bleiben, unaushaltbarer.

Als schließlich alles gepackt ist und der Check auf der Badezimmerwaage ebenfalls erfolgreich war, ist der Nachmittag fast um. Ich stelle den Rucksack zwischen meinen Nachtschrank und den Kleiderschrank. Und dann stehen Sascha und ich einander gegenüber, zwischen uns das Bett.

Eine ganze Weile lang sieht Sascha mich an.

„Ich werd dich so krass vermissen", sagt er schließlich leise.

„Ich dich auch." Ich knie mich aufs Bett. „Magst du jetzt aufs Bett kommen? Zu mir? Mit mir?"

Er nickt.

Dann rollt er zum Bett, bleibt schräg vor der Bettkante stehen und stellt die Bremsen seines Rollis fest. Anschließend rutscht er im Rolli nach vorn und hebt mit Hilfe der Hände sein linkes Bein von der Fußraste, um es auf den Boden zu stellen. Die plötzliche Bewegung nach dem langen Stillsitzen löst Streckspasmen aus, die so stark sind, dass er sich am Rollstuhlrahmen festhalten muss, um nicht aus dem Rolli zu kippen. Gefühlte Ewigkeiten muss er warten, bis sie sich beruhigt haben.

„Sorry", murmelt er, als er auch den zweiten Versuch, auf die Matratze überzusetzen, abbrechen muss.

„Nicht schlimm." Es stimmt. Es ist nicht schlimm. Aber unweigerlich kommt mir der Gedanke, wie viele Anläufe er wohl für solche Transfers gebraucht hat, als er letztes Jahr im August tage- oder wochenlang das Stehtraining vernachlässigt hat.

„Ich hätte mich schon vorher ausstrecken sollen." Er ahnt vermutlich nichts von den Bildern, die mich gerade heimsuchen. Eine dunkle, vermüllte Wohnung, draußen bestes Sommerwetter, drinnen alles bleiern und dumpf. Sascha mit krampfenden Beinen vor seinem Bett, erloschen, nur noch ein Schatten seiner selbst.

Ich hab das überwunden, hat er gesagt. Ich muss es mir bewusst ins Gedächtnis rufen. Es ist mehr als ein Jahr vergangen. Sascha ist hier in meinem Zimmer, schaut mich immer noch an, ein wenig peinlich berührt, aber tapfer, und wartet auf Antwort.

„Aber du wolltest nicht", sage ich.

Er schüttelt den Kopf. „Ich mag es nicht, immobil irgendwo rumzuliegen, während andere im Zimmer rumspringen."

„Ich weiß." Vor allem mag er das nicht, wenn er sich unwohl fühlt. Dann braucht er die Sicherheit, sich jederzeit aus der Situation entfernen zu können.

Beim dritten Versuch bleiben Saschas Beine weitgehend entspannt, und der Transfer klappt. Wenige Sekunden später liegen wir nebeneinander auf meinem Bett, auf der Seite und einander zugewandt, zwischen uns dreißig, vierzig Zentimeter und viel zu viel Ungesagtes.

Es ist Sascha, der den Abstand überbrückt. Er legt seine Hand auf meine, lässt mich seine Wärme spüren.

„Komm zu mir", flüstert er. „Kuschel dich an mich."

Ganz nah rücke ich an ihn heran, mit dem Rücken an seinen Bauch und seine Brust, er legt einen Arm um mich und vergräbt seine Nase irgendwo zwischen meinem Haaransatz und der Stelle unter meinem Ohrläppchen.

Auf einmal sind da Tränen in mir, sie machen meinen Hals eng und verursachen ein schreckliches Ziehen in meiner Brust und ein Kribbeln in meinen Fingerspitzen. Je länger ich versuche, sie aufzuhalten, desto schlimmer wird es, und schließlich gebe ich meinen Widerstand auf und lasse sie laufen. Still.

Sascha sagt nichts.

Ich weiß nicht, ob er merkt, dass ich weine.

Er hält mich. Warm und fest.

Wir essen früh zu Abend, weil ich zum Handball muss, und Sascha fährt nach Hause, um sein Stehtraining zu absolvieren, bevor auch er zu seinem Basketballtraining aufbricht. Beim Handball bin ich schrecklich unkonzentriert, ich muss ständig an die Exkursion denken und an Sascha und an alles, was zwischen uns ist. Es kommt mir wie eine sträfliche Zeitverschwendung vor, hier zu sein und mich über Fehlwürfe und Ballverluste zu ärgern, anstatt meine Zeit mit ihm zu verbringen. Schließlich behaupte ich, mir ginge es heute nicht gut, was ja nicht gelogen ist, und verabschiede mich vorzeitig. Ich dusche und schwinge mich anschließend auf mein Rad. Wie von selbst fährt es mich die knappe halbe Stunde bis zu der Sporthalle, in der Sascha trainiert, und so kann ich fast noch eine volle Stunde beim Training zuschauen.

Allein das Lächeln, das über Saschas Gesicht geht, als er mich auf der Bank am Spielfeldrand entdeckt, ist es wert, mein eigenes Training abgebrochen zu haben und hierhergefahren zu sein. Er kommt auf mich zu, es ist wunderbar, ihn in seinem Sportrolli und in Sportklamotten zu sehen, seine dunkle Haut glänzt leicht und seine Haare sind am Ansatz feucht.

„Hi", sagt er leise, als er bei mir ist. „Was machst du denn hier?"

„Ich hatte Sehnsucht, und da bin ich einfach gekommen", erkläre ich, und ich habe dabei vermutlich ein ähnlich riesiges Strahlen im Gesicht wie er.

„Wir trainieren noch 'ne Stunde."

„Ich weiß. Ich bin ganz zufrieden hier, wenn ich zugucken darf."

„Darfst du. Sehr gerne sogar", sagt Sascha. „Bis nachher!"

„Bis nachher!"

Er wendet den Rolli und fährt zurück zu seinen Mannschaftskameraden, wo er sich wieder in die Übung eingliedert. Die Spieler trainieren verschiedene Spielzüge, anschließend gibt es ein paar Wurfübungen, bevor das Training mit einem ungefähr zwanzigminütigen Spiel abgeschlossen wird.

Ich sitze auf der Bank und lasse das alles auf mich wirken: die konzentrierte Trainingsatmosphäre, die Schnelligkeit des Sports, die Dynamik des Spiels. Sascha inmitten seiner Mannschaft, sein Ehrgeiz, sein Spielwitz, seine sportliche Eleganz.

Hier leuchtet er, hell und strahlend.

„Ich hab mich echt gefreut, dass du zum Zuschauen gekommen bist", sagt Sascha. Wir sitzen in seinem Auto, mit umgeklappter Rückbank und meinem Fahrrad, dem wir das Vorderrad abmontiert haben, und Saschas auseinandergebautem Rolli auf der Ladefläche.

„Ja, ich fand es auch sehr schön. Ich mag den Sport. Und ich mag es, *dich* dabei zu sehen. Sehr."

Er lächelt und schaut zu mir herüber. „Ich mag ihn auch."

Bei Sascha zu Hause angekommen, duscht Sascha erst einmal, danach setzen wir uns in die Küche und trinken Apfelschorle. Es hat mir gutgetan, Sascha beim Sport zu sehen, die Bilder von dunklen Löchern und gefallenen Engeln für eine Weile zu vergessen.

Für eine Weile.

Genau das ist das Problem.

Sie kommen wieder, jetzt in diesem Moment hier in der Küche, bloß weil ich an ihre vorübergehende Abwesenheit gedacht habe. Und Sascha merkt es sofort. Anscheinend kann er es mir ansehen oder es spüren. Sein Blick ändert sich. Das Leuchten schwindet, und Unsicherheit liegt in der Luft.

Aber er sagt nichts.

Ich auch nicht.

Stumm trinkt er sein Glas aus. Dann löst er die Bremsen von seinem Rolli, setzt zurück und rollt zu mir, stoppt dicht neben mir und legt mir seine Hand auf meinen linken Oberarm.

„Gehen wir schlafen?", fragt er leise.

Er riecht nach Duschgel und frischer Wäsche und nach ihm. Wir sehen einander die ganze Zeit in die Augen, während ich langsam aufstehe. Er lässt dabei seine Hand sanft an meinem Arm hinuntergleiten, bis unsere Hände sich berühren, und wir verschränken unsere Finger miteinander.

„Gleich, okay?", frage ich.

In seinen Augen erkenne ich sein Einverständnis. Mit einem leichten Zug seiner Hand lädt er mich auf seinen Schoß ein.

Ich vergrabe meine Fingerspitzen in seinem Haar am Hinterkopf. Zärtlich drückt er seine Lippen an meine, öffnet sie wundervoll-quälend langsam, bevor wir unsere Zungen einander berühren und sie ihr erregendes Spiel beginnen lassen.

Ohne auch nur ein Wort miteinander zu wechseln, genießen wir die Lust, die wir aufeinander haben, sie verbindet uns und lässt uns sogar ein bisschen fliegen, hier mitten in der Küche, während unsere Liebe und der Schmerz, unsere Begierde und die Angst sich zu einem berauschenden Cocktail vermischen, dessen Intensität mich glücklich macht und mir wehtut, beides gleichzeitig und beides gleich stark.

Zu stark.

Denn als wir landen, verflüchtigt sich das Glücksgefühl, und was bleibt, sind Schmerz und Angst.

„Übermorgen um diese Zeit bist du schon am Walchensee." Saschas Stimme klingt so, wie ich mich fühle.

„Ja." Ich erhebe mich von seinem Schoß. Lange stehen wir voreinander, ohne etwas zu sagen oder zu tun.

„Ich geh Zähne putzen", sagt Sascha irgendwann.

„Ja." Es ist schon spät, und wir schlafen sowieso viel zu wenig.

Ich folge Sascha in den Flur. Als er die Badezimmertür hinter sich schließt, starre ich noch ewig untätig auf die geschlossene Tür.

Hoffentlich kann ich heute gut schlafen.

346

3. Jedes Mal wieder Gegenwart.

– *12. September 2012* –

Der dritte Tag ist gekommen. Unser letzter vor der Abfahrt morgen. Er tut schon beim Aufwachen weh. Beim Frühstück noch mehr. Es ist nicht nur die Angst vor dem Vermissen. Die allein könnte ich aushalten. Ich habe Angst, was das mit mir machen wird, Sascha so lange nicht zu sehen. Und mit ihm. Was, wenn er sich doch gedrängt gefühlt hat? Wenn er bereut, mir vom letzten August erzählt zu haben? Wenn er in ein neues Loch fällt? Eines, in das diesmal ich ihn gestoßen habe. Nicht, weil ich auf Exkursion fahre. Sondern weil ich Dinge an die Oberfläche geholt habe, die er eigentlich sorgsam verborgen gehalten hatte. Aus gutem Grund. Er war noch nicht bereit. Er *ist* noch nicht bereit, seinen Eltern und sich selbst gegenüber zuzugeben, wie schlecht es ihm ging. Dass sie ihn vielleicht sogar gerettet haben.

Und vielleicht war auch ich noch nicht bereit, seine Erzählung ohne Schäden zu verkraften, so kurz nach der Begegnung mit Corinna und ihren Worten. Ich will nicht durchs Karwendel wandern und dabei einen gebrochenen, gefallenen Sascha vor mir sehen, der mutlos und kraftlos in seiner Wohnung vor sich hin vegetiert. Ich habe Angst, dass sich diese Bilder weiter in mir einbrennen, dass ich es nicht schaffe, sie loszuwerden, wenn ich so weit weg von ihm bin und nicht sehe und spüre, dass das alles Vergangenheit ist.

Sascha geht es genauso schlecht wie mir, ich sehe es in seinem Blick und in seiner Körperhaltung. Wir beide essen ohne Appetit, bekommen kein vernünftiges Gespräch zustande. Wir sehen einander immer wieder an, aber unser Lächeln ist gequält und unbeholfen und fühlt sich überhaupt nicht nach Lächeln an. Die Verbindung zwischen uns ist intensiv, da fließt Liebe hin und zurück, jede Menge, aber da drängen sich auch Angst und Hilflosigkeit dazwischen und die Verzweiflung darüber, dass wir das nicht abstellen können, dass wir nicht einfach zuversichtlich sein können und normal, wie früher, halbwegs unbeschwert und immer wieder voller Glück.

Während Sascha im Bad ist, räume ich ab und bleibe dann in der Küche, ins Wohnzimmer traue ich mich gerade nicht, ich sitze am Tisch und halte mich an einem Glas Wasser fest. Endlich kommt Sascha, wir schauen einander an, aber keiner von uns hat irgendwelche Worte. Ich spüre es nur ziehen, heftig, irgendwo in meinem Brustkorb, ich muss aufstehen, aber auch das hilft nicht.

Es sind nur zweieinhalb Wochen.

Sascha ist derselbe wie früher. Wie vor der *End-of-Summer-Night*. Das alles spielt sich nur in meinem Kopf ab. Ich muss das loswerden.

End of Summer.

Was für ein entsetzlicher Name.

War das das Ende unseres Sommers? Des Sommers zwischen Sascha und mir? Ein wundervoller Sommer, fünf Wochen lang, bevor wir einander wieder überfordert haben?

„Lass uns spazieren gehen." Saschas Stimme holt mich in diese Küche zurück. Ich sehe ihn an, stelle meine Augen wieder auf scharf. Ich müsste was antworten, mich auf ihn zubewegen. Spazierengehen ist doch eine gute Idee. Irgendwie müssen wir uns beschäftigen, sonst werden wir noch verrückt.

Aber ich kann nicht. Meine Gedanken halten mich gefangen wie eine unsichtbare Macht.

Sascha kommt auf mich zu, nimmt meine Hand. „Komm."

Ich liebe ihn. Auch diese Ernsthaftigkeit und Eindringlichkeit, mit der er mich jetzt ansieht. Die Ruhe und die Stärke, die er in diesem Moment ausstrahlt.

„Bitte." Sascha hält noch immer meine Hand, zieht ganz leicht daran.

„Okay." Den ersten Schritt zu gehen, fühlt sich an, als müsste ich mich erst aus einer ewig während Erstarrung lösen.

Sascha lässt meine Hand los. Hintereinander gehen wir in den Flur.

Der Himmel ist bedeckt, und es ist eher kühl, vielleicht achtzehn, neunzehn Grad. Wir haben uns Sommerjacken über die T-Shirts gezogen. Zum Glück, denn am Maschseeufer empfängt uns ein merklich kühler Wind. Noch immer will sich kein längeres Gespräch zwischen uns entwickeln. Noch immer spüre ich diesen Schmerz in mir. Der bedeckte Himmel weckt ungute Erinnerungen an unseren Spaziergang im März vor eineinhalb Jahren. Reden wir jetzt?, habe ich Sascha damals gefragt, bevor wir losgegangen sind. Wir haben geredet. Es war unser letztes Gespräch für mehr als ein ganzes Jahr.

„Links oder rechts?", fragt Sascha. Wir stehen an der Ufermauer, schauen aufs Wasser.

„Rechts." Unbedingt. Damals sind wir nach links gegangen.

Damals habe ich ihn zum Reden genötigt.

Diesmal traue ich mich nicht. Worüber sollten wir auch reden? Sascha, ich habe ein Problem seit Gannermühle? Ich komme nicht damit klar, dass Corinna dich einen gefallenen Engel genannt hat? Weil du es nicht hinkriegst, deinen Eltern zu sagen, dass sie dich gerettet haben? Das kann ich wohl kaum machen.

Schweigend wenden wir uns nach rechts, und als wir am Nordufer angekommen sind, schlägt Sascha vor, dass wir in den Maschpark gehen, weil es dort wegen der vielen Bäume bestimmt windgeschützter ist.

Maschpark statt Ricklinger Beeke-Deich, das ist gut. Wir überqueren die Straße und gehen in den direkt anschließenden Park. Hier stehen viele Bäume, manche einzeln, viele in Gruppen, auf frisch gemähtem Rasen und am Ufer. In der Mitte des Parks liegt der Maschteich, dessen Wasseroberfläche viel ruhiger ist als die des Maschsees heute.

Von der Maschparkbrücke aus schauen wir in Richtung Rathaus, das am anderen Ende des Parks liegt und dessen linke Hälfte sich schillernd im Maschteich spiegelt. Die rechte Seite wird von einer üppigen Trauerweide verdeckt, die vom Ufer aus weit über das Wasser ragt.

Das schmiedeeiserne Geländer der massiven Fußgängerbrücke ist über und über mit Liebesschlössern bestückt. Als ich Kind war, hing hier noch kein einziges solches Schloss.

„Krass", sagt Sascha, „auch hier hängt alles mit diesen Liebesschlössern voll. Irgendwann bricht das Geländer darunter zusammen."

„Aber wirklich." Das Geländer mit den feingliedrigen Blumen-Ornamenten wird geradezu erdrückt von den vielen bunten Schlössern.

„Wahrscheinlich verlandet der Teich bald von den Massen an hineingeworfenen Schlüsseln." Kurz blitzt das typische schelmische Grinsen in Saschas Gesicht auf.

Aber mir fällt keine schlagfertige Antwort ein. Auch das ist kaputt. Sonst hat sich unser Humor wunderbar ergänzt, oft gab ein Wort das andere, da war eine Leichtigkeit zwischen uns, die ich mit niemandem sonst habe.

Mein Grinsen, das ich ersatzweise aufsetze, wirkt wahrscheinlich auch eher verzweifelt als echt. Unbeholfen stehen wir nebeneinander, sekundenlang. Schließlich nehmen wir unseren Weg durch den Maschpark wieder auf. Links von uns liegt der Teich, der durch einen mal mehr, mal weniger breiten Grasstreifen vom Weg getrennt ist. Enten und Schwäne bevölkern sowohl den Teich als auch die Rasenflächen. Menschen sind hier heute Morgen dagegen nur sehr wenige unterwegs.

„Hannes hat das mit den Flügeln schön gesagt letzte Woche, oder?", sagt Sascha nach einer Weile.

Ich weiß sofort, was er meint. „Absolut", pflichte ich ihm bei. Und wie Hannes und Sarah danach zusammen losgelaufen sind, Hand in Hand, und dann die Pirouetten gedreht haben, das hat seine Worte perfekt untermalt. An diesem Abend hat Saschas und mein Gefühl der Flügellosigkeit seinen Namen bekommen.

„Flügel hätte ich auch gerne wieder", sagt Sascha leise. „Irgendwie habe ich die verloren."

„Ich auch", antworte ich genauso leise. Tränen steigen in mir auf, nur mit Mühe gelingt es mir, sie zurückzuhalten. Meine Stimme klingt dünn, als ich frage: „Meinst du, sie wachsen uns wieder?"

Er stoppt den Rolli und sieht mich an. Ernst. „Wann genau hast du sie verloren?"

Ich bin auch stehen geblieben. Aber ich kann nicht antworten. Ich kann doch Sascha nicht erzählen, wie Corinna ihn sieht. Es ist schlimm genug, dass *ich* damit klarkommen muss. Hilflos hebe ich die Schultern.

Sascha wartet, sieht mich unverwandt an.

Ewig stehen wir einander schräg gegenüber, mitten auf dem Weg, und ich kann keinen klaren Gedanken fassen. Mein Herz klopft zu laut, mein Brustkorb ist zu voll mit all diesen Gefühlen, und mein Kopf ist leer.

„Gehen wir zu den Bänken", sagt Sascha. „Komm."

Wie mechanisch folge ich ihm.

Zwei Holzbänke stehen mit Blickrichtung auf das Wasser am zum Teich gewandten Rand des Weges. Die Latten der Sitzflächen und der Lehnen sind verwittert und teilweise verzogen, und vor ihnen behindert eine unpraktische Bordsteinkante den uneingeschränkten Zugang von vorn. Aber Sascha steuert entschlossen auf die verwaisten Bänke zu, bleibt neben der rechten stehen und hievt sich von schräg von der Seite auf die Bank. Das ist anscheinend ein deutlich schwierigeres Unterfangen als von vorn, aber er kriegt es hin. Wie immer legt er anschließend sein Sitzkissen neben sich und verlädt sich dann darauf.

„Setz dich", fordert er mich auf.

Ich tue wie geheißen, und auch wenn mein Kopf wie leergefegt ist, fällt mir doch auf, wie erstaunlich es ist, dass Sascha sich in dieser Situation freiwillig jeder schnellen Fluchtmöglichkeit beraubt.

Wir sitzen nebeneinander auf der Bank, zwanzig, dreißig Zentimeter zwischen uns. Ich starre auf die Enten und fühle mich entsetzlich flügellos.

„Fredi", sagt Sascha. „Ich wünsche mir nichts mehr, als dass uns wieder Flügel wachsen."

„Ich auch", bringe ich heraus.

„Aber sie tun es nicht." Fünf Worte, klar und ernst von ihm ausgesprochen, und ich spüre, wie etwas in mir reißt. Mitten in meinem Brustkorb, mitten durch mein Herz.

Langsam schüttele ich den Kopf. „Nein."

Ist das jetzt das Ende?

Aber hätte Sascha sich dann hier mit mir auf die Bank gesetzt? *Nochmal gebe ich dich nicht wieder her.* Das waren keine leeren Worte. Genauso wie meine keine waren. *Ich gehe mit dir durch jedes lokale Minimum.* Auch durch dieses. Solange wir zusammen sind, bleibt es ein lokales. Wir müssen einander nur halten.

Oder?

„Weil wir nicht mehr reden, Fredi", sagt Sascha. „Wir haben immer geredet, seit wir wieder zusammen sind. Über alles. Es war nicht immer leicht, aber wir haben es hingekriegt. Und es hat jedes Mal geholfen. Aber seit der Nacht nach der Party ... Was genau ist da passiert? War es meine Erzählung von dem Tag, als meine Eltern die Balkonblumen gekauft haben? Ist es ..." Er unterbricht sich, sieht weg. Als er mich ein paar Sekunden später wieder anschaut, sehe ich Angst in seinen dunklen Augen. „Ist es wahr geworden, dass ... dass du ... mich ... anders siehst seitdem?"

Er ist mutig und stark. Es tut unendlich gut, das zu spüren. Da strahlen jetzt so viel Liebe und Zuneigung in meine Ängste und Sorgen hinein, dass ich gar nicht weiß, wohin mit all diesen Gefühlen. Ganz tief atme ich ein, um daran vorbei noch irgendwie genug Sauerstoff in meine Lunge zu bekommen. Mir wird direkt schwindelig davon, und das Kribbeln, das mich überzieht, ist unaushaltbar schrecklich und gleichzeitig genauso unaushaltbar schön.

„Ich weiß nicht", antworte ich. „Ich glaube, es war nicht deine Erzählung alleine."

„Was noch?" Er stützt sich hoch, wendet sich mir etwas mehr zu, sitzt jetzt leicht schräg auf der Bank. „Was hat dich deine Flügel gekostet?"

Er spricht das einfach so aus. Er muss doch auch Angst haben. Er *hat* Angst. Ich weiß es. Ist das der Mut der Verzweiflung? Todesmut? Oder bloß die Flucht nach vorn?

„Bist du sicher, dass du das hören willst?"

„Es steht zwischen uns. Ich will mein Leben mit dir verbringen, Fredi. Aber *mit* Flügeln. Also ja. Ich will es hören." Er sagt es ruhig und bestimmt.

Es fällt mir schwer, mich zu überwinden. Wo soll ich anfangen? Wer sagt mir, dass er stark genug ist, sich nicht von meinen Worten runterziehen zu lassen? Dass er nicht erneut in ein Loch fällt?

„Ich habe Angst, dass ich dich damit in ein neues Loch stoße", sage ich schließlich.

„Wirke ich so auf dich? So … gefährdet?"

Ich zucke mit den Schultern. Ja und nein …

„Fredi. Ich war ganz unten, ja. Ich hab dir davon erzählt. Aber ich bin da rausgekommen. Ich habe eine Therapie gemacht. Ich mache sie immer noch. Ich habe wieder Kontakt zu meinen alten Freunden. Ich gehe tanzen. Ich spiele Rollstuhlbasketball. Ich bin mit dem Rolli den Brocken hochgefahren. Ich hätte nie, wirklich nie mit dir wieder eine Beziehung angefangen, wenn ich mir nicht sicher wäre, dass ich dafür heil genug bin."

„Aber du hattest so Angst davor, mit mir nach Gannermühle zu fahren. Und davor, mir vom August letztes Jahr zu erzählen."

„Ja. Ich hatte vor genau dem Angst, was jetzt passiert ist. Ich hab das kommen sehen."

„Bereust du, mich mit nach Gannermühle genommen zu haben? Dass du mir von dieser Augustsache erzählt hast?"

Jetzt hebt er die Schultern.

„Hab ich dich gedrängt?"

„Hast du." Ganz gerade sieht er mich an, und er spricht ruhig und fest. „Aber es war meine Entscheidung. Beide Male."

Tränen sammeln sich in meinen Augen, ich weiß gar nicht so genau, warum. Und in meinem Hals, obwohl das anatomisch unmöglich ist. Ich blinzele die in meinen Augen weg und schlucke, um die Enge in meinem Hals loszuwerden.

Einige der Enten, die vorhin auf dem Maschteich schwammen, sind inzwischen vor uns an Land gegangen und haben sich in Gruppen auf dem Rasen niedergelassen. Irgendwo in der Trauerweide neben uns schimpft eine Amsel.

„Ich bin stabil, Fredi", fährt Sascha fort. „Ja, ich habe Ängste, ich habe starke Emotionen, ich hadere noch immer mit meinem Schicksal. Ich gerate manchmal aus dem Gleichgewicht, falle auch mal. Aber nicht tief. Nicht ins Bodenlose. Nicht mehr. Kannst du also bitte jetzt endlich sagen, was los ist?"

Es bleibt mir wohl nichts anderes übrig, als ihm zu glauben. Auch wenn nur ein Teil von mir das wirklich tut. Weil da ein anderer Teil in mir ist, der ihn erloschen in der dunklen Wohnung sieht, gefallen. Und zu Hause bei seinen Eltern, gerettet, aber so verwundet, dass er es nicht hinkriegt, eine gesunde Beziehung mit ihnen zu führen.

„Es ist nicht leicht zu erklären", fange ich schließlich an. „Ich verstehe es selber nicht so ganz. Es hat mit all dem zu tun, was in Gannermühle war. Dein altes Leben, das dich überall ansprang und damit auch mich. Die problematische Beziehung zwischen dir und deinen Eltern. Ein Gespräch mit Corinna, das mir nicht mehr aus dem Kopf geht –"

„Mit Corinna?" Sascha sitzt auf einmal sehr aufrecht, schaut mich mit geweiteten Augen an.

„Ja, als du auf dem Klo warst und die anderen Cocktails holen gegangen sind, erinnerst du dich? Da waren wir eine Zeit lang allein."

„Natürlich erinnere ich mich. Ich hab noch gedacht, ob das wohl eine gute Idee ist, euch miteinander alleine zu lassen. Aber ich konnte den Klogang nicht länger aufschieben, und ich dachte mir, ihr kriegt das schon hin."

„Haben wir auch. Eigentlich. Sie war nett und sie hat gesagt, sie wünscht uns alles Glück der Erde. Auch wenn sie traurig war in dem Moment, habe ich ihr das abgenommen."

„Hat sie was von mir erzählt? Von früher?"

„Nichts Konkretes. Sie war ... fair. Und trotzdem hat sie etwas gesagt, was mir seitdem nicht mehr aus dem Kopf geht, und ich wünschte, ich hätte sie nie getroffen."

Er fragt nicht mit Worten, was es war. Aber in seinen Augen steht die Frage so dringlich, dass es nicht zu übersehen ist.

Vielleicht hat er recht. Vielleicht ist unser Problem, dass wir nicht darüber geredet haben. Vielleicht steht es nicht mehr zwischen uns, wenn er dazu Stellung nehmen kann.

„Sie hat gesagt, dass du immer ihre große Liebe bleiben wirst. Aber dass du für sie auch immer ... der gefallene Engel sein wirst. Dass sie in verbrannten Ruinen steht und vor allem das sieht, was nicht mehr ist. Sie hat echt nur das gesagt, nichts weiter, aber das hat so lebendige Bilder in mir geweckt, dass ich sie nicht mehr loswerde."

Das Atmen fällt mir schwer, während ich Sascha beobachte. Was wird er sagen? Was wird das mit *ihm* machen?

Er reagiert überhaupt nicht.

Er sitzt einfach nur da. Nur sein Brustkorb bewegt sich heftig, verrät seinen inneren Aufruhr.

„Corinna hat ... musste ... viel durchmachen mit mir", sagt er schließlich leise. „Alle mussten das."

„Wie lange habt ihr es noch miteinander versucht?"

„Ungefähr drei Monate. Sie waren der Horror, für uns beide. Wir haben es wirklich versucht. Aber wir waren sehr jung und ... das, was zwischen uns gewesen war, das war einfach zu sehr geprägt von Partys, Tanzen, Sport, Abenteuer ... Lebendigkeit, Lässigkeit, verrückte Sachen machen, all so was halt. Wir haben das nicht geschafft, uns als Paar neu zu erfinden. Ich hatte genug damit zu tun, mich selbst neu zu erfinden. Ich habe trainiert wie ein Besessener, wollte meine Unabhängigkeit wiedererlangen, wollte es allen zeigen, dass ich das kann, einen solchen Schicksalsschlag zu überwinden und weiterzumachen. Aber Corinna ... Sie war so hilflos in ihrer Trauer und ihrem Schmerz und in ihren Versuchen, das mit jeder Menge Aktionismus vor mir zu verbergen. Ständig kam sie mit neuen Ideen, tat so, als würde es ihr überhaupt nichts ausmachen, dass ihr Freund jetzt behindert ist und ihre Vorstellungen von ihrer Zukunft mit mir mit einem Schlag über den Haufen geworfen waren. Aber es machte ihr etwas aus, ich habe es in ihren Blicken gesehen und in ihrer Stimme gehört, in jeder einzelnen Sekunde. Ihr permanentes *Aber wir können doch* ... und *Komm, lass uns doch dies und jenes probieren* ... Das hat mich überfordert, Fredi. Corinna war das personifizierte alte Leben. Ich war schrecklich zu ihr, ich war fies, ich hab Minen verlegt, überall, ich habe Corinna weggeschickt, immer wieder, und irgendwann ist sie weggeblieben."

Ich weiß nicht, was ich darauf sagen soll. Ich wusste das. Aber ein „Ich hab alle weggeschickt" klingt so viel weniger schlimm als Corinnas Worte von Ruinen und gefallenen Engeln. Zumal ich in Gannermühle gesehen habe, wie Andrea und Micha unter den Minen leiden, die Sascha verstreut hat und sogar heute noch immer wieder aufs Neue verlegt.

„Corinna hat recht, wenn sie sagt, dass ich Ruinen hinterlassen habe", sagt Sascha nach einer Weile. „In meinem Versuch, mich und mein Leben neu zu erfinden, habe ich alles ausgesperrt, was mich an früher erinnerte. Ich habe alle und alles hinter mir zurückgelassen, und sie mussten alleine zurechtkommen in den Ruinen. Ich bin in einen Tunnel geraten, in dem konnte man nicht zurückschauen und auch nicht zur Seite, so eng war der. Er hat mich beschützt vor dem unaushaltbaren Schmerz – aber er hat auch verhindert, dass ich mich mit ihm auseinandersetzen konnte. Und wenn du nicht gekommen wärst, Fredi, und Farbe und Licht in meinen Tunnel gebracht hättest, so viel, dass er breiter wurde und größer, so breit, dass ich doch anfangen musste zurückzuschauen, dann säße ich vielleicht noch immer darin." Er sieht mich an, ernst und schuldbewusst. „Ich war ganz bestimmt kein Engel damals. Gefallen ja. Aber kein Engel."

Ich sage nichts. Nein, das war nicht engelhaft. Überhaupt nicht. Aber Corinna hat das anders gemeint. Sie vermisst den unbekümmerten, strahlenden Sascha, den ich nie kennengelernt habe. Das neue Leuchten, das ich kenne und liebe, das kann sie gar nicht sehen. Weil sie die Wunden sieht, viel mehr als ich. Bloß, seit wir in Gannermühle waren, nehme auch ich sie wahr, viel stärker als davor. Auf einmal spielen Dinge wie der klobige Treppenlift im durchgestylten Flur von Saschas Eltern oder schwierige oder wegen einschießender Spasmen abgebrochene Transfers eine viel größere Rolle. Und die Bilder von Sascha in der zugemüllten Wohnung und die ungesagten Was-wäre-gewesen-wenn-Möglichkeiten.

Sascha stützt sich auf den Händen hoch, wendet sich mir ein paar Grad mehr zu und setzt sich wieder. „Das war eine schwere Zeit, Fredi. Für mich und für alle, die mit mir da durchmussten. Die gerne mit mir da durchgegangen wären und es nicht durften. Aber das ist vorbei. Warum lässt du dich von einem kurzen Gespräch mit Corinna so sehr beeinflussen? Du bildest dir doch sonst auch eine eigene Meinung. Du *kennst* mich doch, Fredi. Du *wusstest*, dass ich damals alle weggeschickt habe. Bloß weil Corinna das in bildhafte Worte gekleidet hat, hast du auf einmal ein Problem damit?"

„Ich wünschte, es wäre anders, Sascha. Ich habe dich nie als gefallenen Engel gesehen, und ich will das auch nicht. Aber ich

356

glaube ... in dem Moment sind Corinnas Worte ... auf ziemlich fruchtbaren Boden gefallen. All die Eindrücke in Gannermühle ... Ich wusste schon vorher, dass der Unfall für dich ein Super-GAU war. Dass es schlimm für dich ist, querschnittgelähmt zu sein. Ich wusste auch, dass du vorher Berge bestiegen hast, megasportlich warst, Partys gefeiert hast. Aber für mich, verstehst du, für mich selbst, gehörte deine Behinderung immer zu dir. Ich kannte dich nicht anders. Ich hab das akzeptiert, dass sie für dich schlimm ist, dass du Schwierigkeiten hast, dein neues Leben anzunehmen, aber ich selbst, ich fand sie nie ... schlimm. Aber seit wir in Gannermühle waren, bei deinen Eltern, in deinem alten Leben, wo ich das alles gesehen und erfahren habe ... Es fing an bei so Sachen wie der Rampe vor eurem Haus und dem Treppenlift, die wie Fremdkörper oder Mahnmale dastehen und rufen: Schau mal, was jetzt nötig ist! Es ging weiter mit der gestörten Interaktion zwischen deinen Eltern und dir, die für alle extrem belastend ist, sogar für mich, die eigentlich gar nichts damit zu tun hat. Es war der Spießrutenlauf, und es war, so schön ich es auch fand, das Leichtathletik-Sommerfest, das mir gezeigt hat, wie dein altes Leben war, wie dein Lebensgefühl, dein Körpergefühl gewesen sein muss. Und dann auch noch die Party im Freibad, deine alten Freunde, wie sie getanzt haben, vor allem Markus, aber auch Noah mit Caro ... Ich wollte nicht, dass mich das traurig macht. Ich will deine Behinderung und was sie alles mit sich bringt, nicht *schlimm* finden. Ich fand sie eigentlich nie besonders ... wichtig. Sie war halt da, und sie machte manches etwas komplizierter, aber das warst halt du ..."

Ich merke, wie Tränen in mir aufsteigen. Ich sehe Sascha neben mir sitzen, abgeklärt und ruhig. Warum geht dieses verdammte Bild vom gefallenen Engel trotzdem nicht weg?

Sascha sieht mich noch immer an. „Und jetzt?"

„Ich weiß nicht ... Es war unheimlich spannend und auch schön, das alles in Gannermühle kennenzulernen. *Dich* besser kennenzulernen. Aber ich hab vorher nicht gedacht, ... ich hab das unterschätzt ... wie hart es ist zu erleben, was du ... alles ..." Meine Stimme versagt.

„... was ich alles verloren habe." Sascha vollendet meinen Satz offenbar ohne Schwierigkeiten.

Ich nicke und versuche, irgendwie das Zittern meines Kinns zu unterdrücken und die Tränen in meinen Augen zu behalten. Ich weiß nicht einmal, warum mir nach Weinen zumute ist. Ich weiß nur, dass ich mich schäme. Für meine Tränen und für all die Gründe, die mich weinen lassen wollen. Ich sitze leicht vornübergebeugt, die Hände rechts und links neben meinen Knien auf der vordersten Latte der Bank, die Arme durchgedrückt, und biete alles an Selbstbeherrschung auf, was mir möglich ist.

Sascha beugt sich auch vor, legt seine rechte Hand auf meine linke. „Könntest du bitte einfach weinen?"

Seine Worte, so schlicht und klar, berühren mich irgendwo so tief drinnen, dass ich es tue. Ich weine, leise, mit noch immer zitterndem Kinn. Sascha legt seinen Arm um mich, er zieht mich sanft zu sich hin, ich rücke an ihn heran, lege meinen Kopf an seine Schulter. Er hält mich, während ich mich fallenlasse und feststelle, dass das Kinnzittern in dem Moment aufhört, in dem ich nicht mehr versuche, das Weinen zu unterdrücken.

Sascha ist einfach da. Wie wir es einander vor fünf Wochen versprochen haben, bei mir auf meinem Bett, fängt er mich auf. Es ist unfassbar erleichternd und beruhigend, dass er es *kann*. Er lässt mich weinen und gibt mir seinen Halt und seine Wärme. Ruhig und geduldig, ohne Worte, so lange, wie ich es brauche.

Erst, als meine Tränen versiegt sind, richte ich mich wieder auf, und Sascha nimmt seinen Arm von mir und lehnt sich ebenfalls wieder zurück.

Ich versuche ein Lächeln. Es ist nur klein, aber es ist echt. „Danke."

Er sagt nicht Bitte. Oder Gern geschehen. Er lächelt nur zurück, genauso leicht nur und kurz, aber genauso echt.

„Fredi, das alles verloren zu haben, für immer behindert zu sein, das *ist* schlimm. Ich muss das seit drei Jahren aushalten und damit klarkommen. Du hast es eher scheibchenweise gekriegt. Da bin auch ich dran schuld, ich habe dir ja lange nichts erzählt. Den Schmerz selber verdrängt und ausgesperrt. Und jetzt hast du 'ne Riesenscheibe abgekriegt. Ist doch klar, dass du das erstmal verdauen musst. In der Psychologie nennen sie das Integration. Du musst das alles erst wieder in Einklang bringen mit deinem bisherigen Bild von mir. Das neue Bild wird ein Stück weit ein anderes sein als das alte. Das braucht Zeit. Ich spreche aus Erfahrung. Deine Gefühle sind normal. Hadern, die Zeit zurückdrehen wollen, es nicht wahrhaben wollen. Aber, verdammt, Fredi, so beschissen es auch ist, all das gehört zu mir. Das war meine Art, damit umzugehen. Ich habe mich lange dafür geschämt, so sehr, dass ich es vor mir selbst verleugnet habe. Ich habe viele, viele Sitzungen bei Dr. Schäfer gebraucht, bis ich das mir selbst gegenüber eingestanden habe. Also so richtig. Verstehst du? Nicht nur mal kurz drüber gesprochen mit Worten, die an der Oberfläche bleiben. Sondern mit solchen, die die Wahrheit benennen, in aller Deutlichkeit und schonungslos. Das war hart, Fredi. Es ist immer noch schwer für mich, das auszuhalten. Und eigentlich ist es mir immer noch unbegreiflich, dass ihr mir das verziehen habt. Corinna, Markus, du ... Ihr habt alle Wunden davongetragen, du vielleicht sogar die tiefsten."

„Weil wir dich lieben, Sascha. Oder dein Freund sind wie Markus. Weil wir wissen, dass du eine schwere Zeit durchgemacht hast. Wir haben hautnah mitbekommen, wie sehr du gelitten hast. Auch ich, eineinhalb Jahre nach deinem Unfall."

Er sagt nichts darauf. Sein Blick wirkt unsicher, aber er sieht mich weiterhin an. Er hat wirklich einen weiten Weg zurückgelegt. Jana hat recht. Er ist stark. Ich sollte darauf vertrauen, dass er das mit seinen Eltern auch hinkriegen wird.

„Es tut mir leid, dass ich dich mit Corinna alleingelassen habe", sagt Sascha. „In meinem Beisein hätte sie bestimmt nicht von Ruinen und gefallenen Engeln gesprochen."

„Vermutlich nicht. Ich glaube aber, sie hat es wirklich nicht böse gemeint."

„Ich weiß es nicht. Wie gesagt, sie ist auch verwundet. Und als Verwundeter macht man manchmal Dinge, die echt nicht gut sind."

Jetzt bin ich es, die nichts erwidert. Die das stehen und wirken lässt. Mir kommt wieder in den Sinn, was Sascha mir über Dr. Schäfer erzählt hat. Dass er nie was rät. Sondern nur zuhört. Manchmal Fragen stellt. Bis der Patient selber hinschaut. Dahin, wo es am meisten wehtut.

Sascha schweigt auch. Er stützt sich hoch, setzt sich etwas anders hin, weiter zurück und nicht mehr schräg zu mir gewandt. Beide schauen wir geradeaus, auf die schlafenden Enten auf der Grünfläche, auf den Teich, auf die leicht im Wind wogenden Baumkronen. Der Sommer geht zu Ende, eindeutig. Hoffentlich haben wir in den Alpen trockenes Wetter.

In den Alpen. Ich hatte die Exkursion tatsächlich vergessen, so sehr war ich, waren wir eingetaucht in die fünf Tage in Gannermühle und in all das, was sie an Verwerfungen mit sich gebracht haben.

Hat dieses Gespräch jetzt was gebracht? Kann ich befreiter aufbrechen? Die Exkursion genießen ohne Angst und Sorgen? Verstohlen sehe ich nach links, schaue Sascha aus dem Augenwinkel an und fühle in mich hinein. Ich liebe ihn. Ich will ihn. Auch wenn das mit den Ruinen und dem gefallenen Engel jetzt auch zu ihm gehört. Genauso wie der Treppenlift, sein gestörter Umgang mit seinen Eltern und die Was-wäre-gewesen-wenn-Frage. Oder zu meinem Bild von ihm. Wahrscheinlich hat er recht. Das alles muss ich integrieren. Das braucht Zeit. Aber unser Gespräch wird mir dabei helfen. Auch, weil *er* es war, der das Gespräch initiiert hat.

Sascha bemerkt meinen Blick, schaut mich ernst an. „Da ist noch was, oder?"

Ich hebe die Schultern. Vielleicht sollten wir es jetzt so lassen. Ich gebe ihm die Zeit, die er braucht, und *integriere* so lange. Ich glaube, ich hab bereits damit angefangen. Es fühlt sich schon weniger schlimm an.

„Bitte." Sascha lässt nicht locker. „Du fährst morgen weg, und ich will nicht zweieinhalb Wochen lang das Gefühl haben, dass da immer noch was Unausgesprochenes zwischen uns ist. Du sollst deine Exkursion genießen können, Fredi. Wir wollen wieder Flügel haben, erinnerst du dich?"

„Ich weiß nicht, was ich sagen soll", gebe ich zu.

„Die Wahrheit. Bitte."

„Die Wahrheit ist: Ich bin sehr froh, dass du den Mut hattest, dieses Gespräch anzufangen. Ich liebe dich und ich will dich. Du hast sicher recht damit, dass ich das alles erst einmal *integrieren* muss. Dass wir geredet haben, das, was du gesagt hast, das hilft mir. Ganz bestimmt."

„Aber?"

Wieso hört er da ein Aber raus? Wo ich mir doch nicht mal selber sicher bin, dass da eins ist?

„Da ist kein Aber."

„Das stimmt nicht." Er sagt es mir ins Gesicht. Ruhig und klar. Wahnsinn, was das mit mir macht. Wie Bewunderung und Liebe sich zu einer warmen, sehr mächtigen Welle vermischen. Sie wogt durch mich hindurch und versorgt mich mit dem nötigen Mut, den ich jetzt brauche, um das auszusprechen, was da noch immer in mir rumort.

Dennoch wummert mein Herz viel zu heftig, und das Atmen fällt mir schwer, noch bevor ich auch nur eine Silbe rausgebracht habe. „Okay. Du hast recht, da ist noch etwas. Aber ich weiß nicht, ob es richtig ist, es dir zu sagen. Es ist ... es könnte ... Du könntest dich gedrängt fühlen. Zu Recht."

„Ich will es trotzdem wissen. Auch wenn du mich drängst, es bleibt meine Entscheidung. Du hast es selber gesagt, damals bei mir auf dem Balkon."

Er ist erwachsen. Er ist stark. Er beweist es mir immer wieder. Warum kann ich es nicht einfach glauben?

Ich atme tief ein. „Es gibt eine Sache, die blendest du noch immer aus. Du hast gesagt, du hast noch nicht einmal mit Dr. Schäfer darüber geredet."

Er sieht weg, in Richtung seines Rollis, stützt sich auf der Bank hoch. Aber dann lässt er sich doch wieder auf sein Sitzkissen sinken und bleibt sitzen. Wahrscheinlich kann ich nur erahnen, wie viel Kraft es ihn kostet, jetzt nicht zu fliehen oder wenigstens in seinen Rolli überzusetzen, um mobil zu sein.

„Ich sagte doch, ich hab das überwunden." Er weiß sofort, wovon ich spreche. Er sieht mich an, unruhig, herausfordernd, vielleicht auch irgendwie schuldbewusst.

„Hast du nicht. Nicht komplett. Du hast gesagt, du bist deinen Eltern verflucht-scheiße-dankbar, erinnerst du dich? Wofür denn, Sascha? Wofür bist du ihnen dankbar?"

„Warum stellst du mir Fragen, von denen du die Antwort zu kennen glaubst?"

„Kennst *du* die Antwort denn, Sascha?"

Jetzt setzt er doch in den Rolli über. Es dauert lange und erfordert anscheinend seine volle Konzentration, weil der Rolli nur seitlich von der Bank vernünftig stehen kann, und wohl auch, weil die Sitzfläche der Bank nach hinten geneigt ist. Als er endlich im Rolli sitzt, muss er noch einige Sekunden abwarten, bis die Spastik in seinen Beinen nachlässt und er die Füße ordnungsgemäß auf der Fußstütze platzieren kann.

Schweigend schaue ich ihm zu, bin selber wie festgewachsen auf der Bank, während mein Brustkorb zu zerbersten droht. Jetzt habe ich es riskiert. War das zu viel? Habe ich ihn jetzt doch überfordert? Uns?

Endlich bleiben Saschas Füße auf der Fußraste. Sascha stemmt sich noch einmal auf den Seitenteilen des Rollis hoch, um seine Sitzposition zu optimieren. Danach löst er die Bremsen und rollt einen halben Meter zurück, bevor er mich ansieht.

In seinen Augen ist nicht die Spur eines Leuchtens zu sehen, auch nicht in seinem Gesicht und oder sonst irgendwo.

Er sagt nichts.

Ewigkeiten vergehen.

Ich habe keine Ahnung, was ich tun oder sagen soll.

Schließlich sagt er: „Ja. Ich kenne sie."

Noch immer sieht er mich an.

Und ich ihn. Lange.

Bis Sascha die Verbindung löst, die wir über unsere Blicke aufrechterhalten haben. Er wendet den Rolli und fährt auf den Weg zurück. „Ich muss mich bewegen. Kommst du … mit?"

„Natürlich." Ich stehe auf.

Stumm gehen wir nebeneinanderher und setzen unsere Umrundung des Maschteichs fort. Der Weg führt an einer großen offenen Rasenfläche vorbei und dann unter dicht stehenden Bäumen entlang. Hier ist es dunkel und fast zu kühl.

„Ich verstehe nicht, warum das wichtig für dich ist", sagt Sascha, als wir aus dem Dunkel unter den Bäumen langsam wieder herauskommen und nach links auf den Weg zwischen der großen

Terrasse vor dem Rathaus und der breiten Ufertreppe am Masch-teich abbiegen. „Das ist eine Sache zwischen mir und meinen Eltern. Und noch davor ist es etwas, das ich mit mir selbst ausmachen muss. Warum lässt du mich das nicht in meinem eigenen Tempo machen?"

„Du darfst es in deinem eigenen Tempo machen. Aber *du* hast gefragt. Ich habe nur geantwortet, auf deinen ausdrücklichen Wunsch hin."

„Okay. Ja. Aber *warum* ist es dir wichtig?"

„Weil meine Vorstellung davon, wie du in deiner verm- ... unaufgeräumten Wohnung sitzt oder liegst, beinahe erloschen, und die möglichen Antworten auf die Frage, was gewesen wäre, wenn deine Eltern nicht gekommen wären, für mich der Inbe-griff eines gefallenen Engels sind. Und weil du es ein Stück weit immer noch bist, solange du es nicht hinkriegst, das mit deinen Eltern in Ordnung zu bringen. Du –"

„Dann war ich halt ein gefallener Engel, wenn du das unbe-dingt so nennen willst." Hitzig sieht er mich von der Seite an. „Ja, das war wirklich ein dunkles Kapitel in meinem Leben. Da bin ich echt nicht stolz drauf. Vielleicht war es doch falsch, dir davon zu erzählen. Tut mir leid, wenn du Schwierigkeiten hast, damit klarzukommen. Aber ich bin da durch, Fredi. Das ist Vergangen-heit. Meine Vergangenheit."

„Ist es nicht. Wenn du in Gannermühle bist bei deinen Eltern, ist es Gegenwart. Ja, sogar jede Woche, wenn sie ihren besorgten Kontrollanruf machen, ist es jedes Mal wieder Gegenwart. Du tust so, als seist du das Opfer. Aber *du* hast es in der Hand, das Verhältnis zu deinen Eltern zu normalisieren. Nur du. Alles, was du dafür tun musst, ist hinzusehen, was damals wirklich mit dir los war. Und zu –"

Abrupt hält er an. „Alles, was ich dafür tun muss? Ist das dein Ernst, Fredi?"

Ich bleibe auch stehen, drehe mich zu ihm um. Wir stehen einander gegenüber, mitten auf dem Weg zwischen dem Rathaus und der Ufertreppe. Wieder fällt mir auf, dass Sascha zu mir hochschauen muss. Und erneut ist es mir unangenehm. Ich will mit ihm auf Augenhöhe reden.

„Ich würde mich gern auf die Bank da setzen." Ich deute auf die Bank schräg hinter Sascha.

„Bitte. Tu dir keinen Zwang an." Seine Augen sind schmal, und sein Ton ist feindselig.

Wild wummert mein Herz in meiner Brust. Vielleicht hätte ich doch sagen sollen, dass da kein Aber mehr ist. Jetzt ist es zu spät. Jetzt kommen wir da nicht mehr raus.

Ich überwinde die fünf, sechs Meter zu der Bank und setze mich. Die Zeit, die Sascha braucht, um sich dazu zu entschließen, mir zu folgen, ist definitiv eine Prüfung für mein Herz. Und für meine Lunge. Da ist echter, physischer Schmerz, in jedem Atemzug, in jedem einzelnen Herzschlag.

Sascha hält etwa eineinhalb Meter von mir entfernt an. Nicht ganz frontal, sondern ein bisschen schräg steht er vor mir, schaut mich an, immer noch aufgebracht. „Du tust so, als könnte ich das eben mal so machen. In meine dunkelsten Tage gucken und wirklich hinsehen. Hast du auch nur den leisesten Anflug einer Ahnung, was du da von mir verlangst?"

„Ich verlange nichts." Mit aller Macht zwinge ich mich dazu, ruhig zu bleiben. „Du hast es vorhin selber gesagt. Es bleibt deine Entscheidung, ob und wann du was machst. Ich beantworte hier nur deine Frage, die du übrigens mit sehr viel Nachdruck gestellt hast. Du wolltest wissen, was da noch für ein Aber ist."

„Und was soll ich deiner Meinung nach tun, wenn ich genau hingesehen habe?"

„Es *integrieren*, wie du es vorhin genannt hast. Nicht nur mit an der Oberfläche kratzenden Worten, sondern mit all dem, was da wirklich war. Und wenn du für dich erkannt hast, warum du deinen Eltern so verflucht-scheiße-dankbar bist, dann solltest du es ihnen sagen. Dich bei ihnen bedanken. Und ihnen erzählen, dass du danach eine Therapie angefangen hast. Dass das der Grundstein für dich war, dass es dir jetzt ernsthaft und wirklich besser geht. Und dauerhaft. Ich bin mir ziemlich sicher, dass sie es dir glauben werden. Und dass sie dann irgendwann auch diese schreckliche Watte wegpacken und die Samthandschuhe, die du so hasst, obwohl du sie gleichzeitig einforderst."

Er sieht mich nicht an. Schon als ich sein Verflucht-scheiße-dankbar zitiert habe, hat er den Blick gesenkt. Jetzt sitzt er vor mir, umklammert fest die Greifreifen seines Rollis. Wie ich vorhin versucht er, sich zu beherrschen, ich kann sehen, wie er hart schluckt und wie er blinzelt, obwohl er versucht, es vor mir zu verbergen. Irgendetwas in mir sagt mir, dass er mich abweisen würde, wenn ich jetzt aufstehen und ihn umarmen würde. Aber es tut weh, ihn so zu sehen und nichts zu tun. Es fühlt sich genauso falsch an.

„Wenn du willst, dass ich dich halte, sag Bescheid", sage ich schließlich.

Er schüttelt den Kopf, kaum merklich.

Sekunden vergehen, oder vielleicht sind es sogar Minuten. Ich muss all meine Kraft zusammennehmen, um das auszuhalten. Mein wummerndes Herz und diesen Schmerz, der mich zu zerreißen droht. Seinen Kampf um Selbstbeherrschung und die Entfernung zwischen uns, die ich nicht überbrücken kann. Nicht überbrücken darf.

Irgendwann hebt Sascha den Blick. Links neben seiner Nase verläuft eine dünne Tränenspur bis zur Lippe, aber gleichzeitig umspielt ein leichtes Lächeln seinen Mund. Das zu sehen, überrascht mich, und es berührt mich sehr.

„Es gibt sie ja doch noch, die alte Fredi, die die Wahrheiten einfach so ausspricht, auch wenn sie scheiße wehtun." Er schaut mich gerade an.

„Einfach so war das nicht."

„Okay. Ich korrigiere: Die die Wahrheiten ausspricht, auch wenn sie scheiße wehtun."

Wie kann er in dieser Situation so lächeln? Es ist ein Lächeln voller Schmerz, ja, aber es ist mehr als das. Es ist echt, es ist voller Liebe, und vielleicht steckt auch Erleichterung darin.

Oder bin ich bloß selber erleichtert?

Sind wir es beide?

Er lockert den Griff um die Greifreifen, rollt auf mich zu, bis unsere Knie sich beinahe berühren. Dann hält er mir seine Hand hin. Als ich sie ergreife, lächelt er noch mehr, und ich glaube, wir beide genießen diese einfache Berührung und das, was sie in uns auslöst.

„Gehen wir weiter?", fragt Sascha.

Ich nicke und erhebe mich, ohne ihn loszulassen.

Ein paar Schritte gehen wir Hand in Hand, bevor Sascha mich loslässt, um seinen Rolli wieder mit beiden Händen antreiben zu können. Wir biegen links ab und setzen unsere Maschteichumrundung fort, schweigend, aber mit einem ganz anderen Gefühl als vorhin. Leichter. Freier. Ich bin mir sicher, dass Sascha es auch so empfindet.

Manchmal sehen wir einander nämlich an.

Und dann lächeln wir.

Fast fühlt es sich an wie fliegen. Nur ein bisschen.

Aber es ist wunderbar.

Als wir wieder bei der Maschparkbrücke sind, ist es bereits viertel nach zwölf. Sascha schlägt vor, im Sprengelmuseum zu essen. Das Restaurant biete mittags sehr leckere günstige Gerichte an, italienische, sagt er, und er hat recht. Wir haben einen Tisch im Wintergarten am Fenster, mit Blick auf den Maschsee, essen Spaghetti – Sascha stilecht nur mit der Gabel, ich dagegen lasse mir wie immer ein Messer geben und schneide sie. Wie immer zieht Sascha mich damit auf und wie immer entgegne ich, dass ich das Mundgefühl so lieber mag und dass es mir herzlich egal ist, was andere dazu sagen. Es fühlt sich verdammt gut an, dieses „wie immer". Da ist eine neue Leichtigkeit zwischen uns, es ist noch nicht wie früher, aber es geht uns um Äonen besser als noch heute Morgen. Das Lächeln fühlt sich wieder nach Lächeln an, und wenn wir einander in die Augen sehen, dann tut es nicht mehr weh in meiner Brust, jedenfalls nicht mehr hauptsächlich.

Nach dem Essen streifen wir durch das Museum, schauen uns die Dauerausstellung und zwei der drei Sonderausstellungen an. Es ist schön, sehr schön, mit Sascha von Werk zu Werk zu gehen, mich mit ihm über seine Wirkung zu unterhalten, aber am schönsten ist es, die ganze Zeit in seiner Nähe zu sein und sie zu genießen. Ihn zu berühren, wie zufällig, von ihm berührt zu werden, ganz unzufällig, ja, sogar das Witzeln und Scherzen gelingt uns wieder. Es ist nicht so, dass ich gar nicht mehr an Ruinen und gefallene Engel denke. Aber die Vorstellung vom Integrieren, die hilft mir, genauso wie die Tatsache, dass es Sascha war, der unser Gespräch nicht nur initiiert, sondern sogar eingefordert hat.

Zum Schluss schauen wir uns die Videoinstallation der dritten Sonderausstellung an. Zwei Filme, parallel abgespielt und fast gleich, aber eben doch nicht ganz, zeigen Kunststudenten bei ihrer Arbeit. Ich sitze auf einem der Hocker, Sascha dicht neben mir, und außer uns ist gerade niemand in dem Ausstellungsraum. Beide finden wir nicht so recht einen Zugang zu der Installation, fragen uns, was der tiefere Sinn sein soll, und entdecken ihn nicht. Aber es macht Spaß, um die Wette nach den Unterschieden zwischen dem rechten und dem linken Film zu suchen. Mal ist Sascha schneller, mal ich, und es jagen jedes Mal wohligkribbelnde Stromstöße durch meinen Brustkorb, wenn unsere Blicke sich treffen und ich sehe und spüre, dass Sascha in diesem kleinen Wettstreit genauso aufgeht wie ich.

Die Wolken sind heller geworden und haben sich aufgelockert, als wir das Museum am Nachmittag wieder verlassen. Hier und da ist blauer Himmel zu sehen, und Schatten und Licht ziehen in schneller Folge über den Maschsee und die Stadt. Sascha und ich lassen uns den Wind um die Nase wehen, während wir am langen, schnurgeraden Rudolf-von-Bennigsen-Ufer entlang in Richtung Geibelstraße gehen. Es fühlt sich beinahe maritim an, findet auch Sascha.

An der Uferanlage Geibeltreff bleiben wir nebeneinander am Geländer stehen. Sascha legt einen Arm um meine Taille, und ich lege meinen um seine Schulter. Wir schauen auf den See und die Wasservögel, auf die Gebäude, Boote und Stege der Yachtclubs am gegenüberliegenden Ufer. Ich atme die frische Luft ein und spüre Sascha neben mir. Es ist immer noch so, dass ich morgen für zweieinhalb Wochen wegfahre. In weniger als vierundzwanzig Stunden schon. Aber der Gedanke daran fühlt sich nicht mehr bedrohlich an.

Ich wende mich Sascha zu. „Danke, dass du nicht lockergelassen hast vorhin. Das war gut, dass wir geredet haben. Über alles. Es geht mir schon viel besser."

„Mir auch." Sascha nimmt seinen Arm von mir, setzt ein paar

Zentimeter zurück und dreht seinen Rolli, sodass wir einander gegenüberstehen. „Ich werde das angehen, das mit dem Wirklich-Hinsehen. Und das mit meinen Eltern. Versprochen."

„Das ist gut." Meine Worte spiegeln nicht annähernd das wider, was ich empfinde. Aber er wird das Lächeln in meinem Gesicht sehen, das sich von innen riesig und wunderschön anfühlt.

„Ja." Auch er lächelt. Ein bisschen.

Er nimmt meine Hand und lädt mich auf seinen Schoß ein.

Wir bleiben noch lange da und kosten diesen besonderen Moment aus. Die Nähe. Das Vertrauen. Und dieses ganz spezielle Glück, das jetzt wieder in uns wohnt. Ich kann seins sehen und spüren, und ich weiß, dass er meins genauso sieht und spürt. Genau das ist es, was uns jetzt fliegen lässt, während wir einander küssen und streicheln und halten. Hier am Maschsee im Wind am Ende des Sommers.

Er und ich, mit allem, was wir sind und was wir waren.

Und mit allem, was wir sein werden.

4. Klar und blau.

Sascha begleitet mich zum Bahnhof. Wir haben vereinbart, dass er nicht mit auf den Bahnsteig kommt. Er meint, ich soll mich vor der Abfahrt voll und ganz auf die Vorfreude konzentrieren und das Zusammensein mit Anna und den anderen genießen können. Bestimmt hat er recht. Ich würde sonst am Zugfenster hängen, und es würde mich zerreißen, wenn der Zug losfährt und ich Sascha am Bahnsteig zurückbleiben sehe.

Also stehen wir unten zwischen den beiden Aufgängen zum Gleis, mitten im Trubel der Reisenden haben wir unsere kleine ruhige Insel neben dem Fahrstuhl. Meinen großen Wanderrucksack habe ich neben uns abgestellt, und ich sitze auf Saschas Schoß.

„Ich wünsche dir eine wunderbare Exkursion", sagt Sascha.

„Danke, die werde ich bestimmt haben. Ich werde dich trotzdem schrecklich vermissen."

„Und ich dich erst."

„Es ist schon fies. Zweieinhalb Wochen getrennt, ausgerechnet jetzt, wo uns gerade wieder Flügel wachsen."

Sascha grinst matt. „Timing war noch nie unsere Stärke."

„Das ist wohl wahr. Aber besser mit Flügeln als ohne. Auch und gerade, wenn wir uns so lange nicht sehen. Insofern war unser Timing diesmal zumindest keine Vollkatastrophe. Dank dir."

Er sagt nichts. Stattdessen legt er seine Lippen an meine. In unserem Kuss steckt all unser Abschiedsschmerz, aber er enthält auch unsere neue Zuversicht. Wir werden die zweieinhalb Wochen überstehen. Und unsere neu wachsenden Flügel werden es auch.

Schon unten vor der Rolltreppe treffe ich auf Anna, und wir gehen sofort in unserer Vorfreude auf die Exkursion auf. Als wir am Bahnsteig auf die anderen treffen, freuen sich alle über das Wiedersehen. Insgesamt sind wir achtzehn Studentinnen und Studenten, und wir, der Professor und die wissenschaftliche Mitarbeiterin kennen uns bereits aus dem Vorbereitungsseminar.

Die Zugfahrt dauert etwa sechs Stunden, und anschließend

geht es mit dem Bus weiter in unseren ersten Zielort am Walchensee. Die Jugendherberge steht etwas abseits von der kleinen Siedlung am Berghang, ein typisch oberbayerisches Haus, weiß verputzt mit flachem Satteldach und einem umlaufenden hölzernen Balkon, der mit üppigen Geranien geschmückt ist.

Die wenigen Stunden bis zum Abendessen und dem anschließenden Abendprogramm unseres Seminars haben wir Freizeit, und Anna, Lasse, Jayan und ich machen bei spätsommerlichwarmem und sonnigem Wetter eine Mini-Wanderung zu einem nahen Aussichtspunkt. Oben angekommen, bietet sich uns eine herrliche Aussicht auf den türkisblauen Walchensee und – im Hintergrund – auf das Karwendelgebirge.

Jayan schlägt vor, dass wir ein Gruppenfoto von uns vor dem Panorama machen. Er hat ein Smartphone und hält es am ausgestreckten Arm, während wir uns eng nebeneinander gruppieren und in die Kamera grinsen.

Wie praktisch! Das Handy hat eine Frontkamera, und wir können den Bildausschnitt direkt auf dem Display sehen. Sofort nach dem Auslösen können wir das Bild in voller Handydisplaygröße anschauen. Wir sehen fröhlich aus, und das Karwendelgebirge und der Walchensee sind gut im Hintergrund zu erkennen.

„Ist es okay, wenn ich das Bild meiner Freundin schicke?", fragt Jayan. „Ich leite es euch auch gerne weiter, wenn ihr wollt."

„O ja, gerne", sagt Anna. „Dann sende ich es meinem Freund."

„Ich hab auch nichts dagegen", meint Lasse. „Tina freut sich bestimmt auch über das Bild."

„Habt ihr echt alle Smartphones?", frage ich erstaunt.

„Du nicht?" Jayan scheint ernsthaft überrascht zu sein. „Ich habe mir meins extra vor der Exkursion gekauft. Sie machen ziemlich gute Fotos! Ganz abgesehen davon, dass du die gleich verschicken kannst, vorausgesetzt, es gibt dort Internet, wo du gerade bist."

„Ich habe mir meins auch extra für die Exkursion gekauft", sagt Anna, und Lasse nickt bestätigend.

„Tja, dann bin ich wohl die Einzige, die hier noch mit einer old-fashioned Digital-Kompaktkamera rumläuft, was?"

„Vermutlich ..." Anna guckt mich bedauernd an.

„Dafür hast du am Ende die besten Fotos", meint Jayan. „Deine

Kamera hat doch bestimmt 'nen ordentlichen optischen Zoom, oder?"

„Ja, klar."

„Ich hab 'ne Idee." Jayan grinst mich verschwörerisch an. „Du machst für mich hier und da ein Foto, wenn ich mal gern ein Motiv nah rangeholt hätte, und dafür schicke ich jeden Tag – zumindest wenn wir Netz haben – ein Foto deiner Wahl an deinen Freund. Deal?"

„Sascha hat auch kein Smartphone."

„Aber einen Mailaccount wird er doch haben, oder?"

„Ja, natürlich."

„Ich kann's ihm auch per Mail schicken."

„Dann Deal." Die Vorstellung, Sascha fast jeden Tag ein Foto senden zu können, gefällt mir.

Jayan hält mir die Hand hin, und ich schlage ein.

„Gleich dieses Bild?", fragt er.

„Sehr gern." Ich nenne ihm Saschas Mailadresse.

Während wir wenig später den kurzen Abstieg zur Jugendherberge beginnen, schreibe ich eine Nachricht an Sascha und erzähle ihm kurz von Jayans und meinem Deal.

Nur wenige Sekunden später kommt seine Antwort:

Cool! Da gehe ich gleich mal gucken!

   Hast du dein Handy heute nicht stummgeschaltet? ;-)

Nein. ^^

Grinsend schaue ich auf mein Handy. Erst, als Jayan mich von der Seite freundschaftlich in den Oberarm boxt, fällt mir auf, dass ich das vermutlich schon ziemlich lange mache.

„Na, da ist aber jemand frisch verliebt, was?"

„Eigentlich nicht", antworte ich. „Aber irgendwie auch doch."

Jayan wirft mir einen fragenden Blick zu, aber den ignoriere ich geflissentlich.

Zwanzig Minuten später sind wir wieder an der Jugendherberge. Unten am Seeufer entdecken wir andere Leute aus unserer Gruppe, und wir beschließen, uns zu ihnen zu gesellen. Am See angekommen, ziehen wir uns die Schuhe aus und waten durch das

Wasser. Mein Handy vibriert, und ich schaue mir die eingegangene Nachricht an. Sie ist von Sascha und enthält nur zwei Zeichen:

<3

Die Steine unter meinen Füßen sind spitz und das Wasser ist kalt. Aber in mir drin, da ist es wohlig warm.

– 15. September 2012 –

Nachdem wir gestern das Walchenseekraftwerk und das Isartal besichtigt und Lena und Linus uns jede Menge Wissenswertes darüber berichtet haben, brechen wir heute nach einem zeitigen Frühstück in unserer Unterkunft in Vorderriß zur ersten Etappe unserer Karwendeltour auf. Zuerst wandern wir am ausgetrockneten Rißbachflussbett entlang. Die schneeweißen Kiesflächen sind bis zu dreihundert Meter breit. Sonja erzählt uns, dass man vor ungefähr 60 Jahren am Unterlauf des Baches das Wasser umgeleitet hat, um mehr Wasser für das Walchenseekraftwerk zu bekommen. Seitdem führt der Rißbach hier unten nur noch in Ausnahmefällen Wasser. Umweltschutzverbände setzen sich schon seit Jahren für eine Renaturierung ein – erfolgreich, denn bald soll damit wohl begonnen werden.

Zu Mittag essen wir in der Oswaldhütte, die genau dort liegt, wo das Wehr den Rißbach abtrennt und das Wasser in einen unterirdischen Stollen leitet. Der zweite Teil unserer Wanderung, die auf Straßen, Forstwegen und einfach zu begehenden breiten Pfaden leicht bergauf führt, ist wesentlich schöner, da hier der Rißbach genauso blau und klar und schnell durch das weiße Flussbett mäandert wie gestern die Isar.

In der kleinen Siedlung Hinterriß endet unsere Tour. Wir richten uns in unserem Quartier ein. Manche müssen sich ausruhen, andere, wie Lasse, Jayan, Anna und ich, besuchen das Naturparkhaus. Die gut gemachte Ausstellung erinnert mich an Saschas und meinen Besuch im Nationalparkhaus in Torfhaus, und auf einmal vermisse ich Sascha so sehr, dass ich mich bei den anderen abmelde und nach draußen gehe. Ich setze mich auf die Bank neben der kleinen Kirche gegenüber und rufe ihn an.

Es klingelt lange. Was er wohl macht? Ob er allein ist? Oder ob er sich mit Freunden trifft? Vielleicht hat er das Handy stummgeschaltet und bemerkt meinen Anruf nicht. Auch auf dem Festnetz geht niemand ran. Nach drei erfolglosen Versuchen stecke ich mein Handy wieder weg. Er wird mich sicher zurückrufen, sobald er meine Anrufe sieht.

Auf die Ausstellung habe ich jetzt keine Lust mehr. Stattdessen gehe ich hinunter zum Rißbach, dort, wo der kleine Ort schon zu Ende ist. Ich ziehe meine Schuhe und Socken aus, wate mit hochgekrempelten Hosen durch das schnell fließende hellblau schimmernde Wasser und setze mich auf eine Kiesinsel.

Sascha würde es hier auch gefallen. Allerdings würden wir dann auf dem Weg bleiben müssen. Mit dem Rolli über den Kies und durch das Bachbett, das wäre wohl unmöglich. Oder wir bräuchten noch jemanden, der Sascha tragen könnte. Dann wiederum wären wir aber nicht allein hier.

Ich würde so gerne mit Sascha durchs Gebirge wandern. Mit ihm zusammen die Landschaft bestaunen und barfuß durch die Bäche rennen. Oder wenigstens mit ihm hier im Kies sitzen, inmitten dieses frisch dahinrauschenden Baches. Am Steinhuder Meer hat mir nichts gefehlt. Es war wunderschön, auch ohne Badeinselbesuch, einfach, weil wir zusammen da waren. Warum überfallen mich jetzt diese Gedanken? Warum sticht es mich ins Herz und macht mich traurig?

Fredi, für immer behindert zu sein, das ist *schlimm.* Ich habe Saschas Stimme genau im Ohr. Und ich sehe ihn vor mir, wie er mich angeschaut hat. Ernst, aber ruhig. Beinahe in sich ruhend. *Deine Gefühle sind normal.* Er sprach aus Erfahrung.

Lass es zu. Es ist okay, wirklich. Das habe ich zu Sascha gesagt. Vor fast zwei Jahren im Dezember in seinem Flur, als wir uns gegenseitig die Winterklamotten auszogen und ich seinen Schlupfsack öffnen wollte. Jetzt sage ich es zu mir. Ich sollte sie zulassen, die Trauer und den Schmerz. Sie sind okay. Es bringt nichts, sie wegzudrücken. Ich werde sie wohl aushalten müssen.

„Hier bist du!" Anna reißt sich Schuhe und Socken von den Füßen und rennt durch den Bach auf mich zu. Jayan und Lasse folgen ihr ebenso barfuß auf „meine" Insel.

„Hey", sagt Jayan. „Was für ein Zufall, dass du auch hier bist!"

„Wir lieben das halt alle", meint Lasse. „Diese Gebirgsbäche sind einfach zu schön! So klar und blau ..."

„So blau sind die nur hier in der Gegend", belehrt ihn Anna. „Haben wir doch gestern von Lena in ihrem Vortrag gehört."

„Weiß ich doch! Wer baut mit mir einen Staudamm?"

Wie Kinder rennen wir zu einem kleinen, flachen Seitenarm des Rißbachs zwischen zwei Inseln, und mit vereinten Kräften gelingt es uns, einen Damm aus größeren und kleineren Kieseln zu bauen und das Wasser umzuleiten. Teilweise natürlich nur, denn zwischen den einzelnen Steinen fließt es noch hindurch.

Es macht Spaß, und es ist lustig, weil wir uns dabei gegenseitig necken und nassspritzen. Wir sind so ausgelassen, wie ich es schon lange nicht mehr war. Anna, Jayan, Lasse, ich mag sie alle drei, das wird bestimmt eine wunderbare Zeit mit ihnen. Und während wir lachen und bauen und Steine tragen und hintereinanderher rennen, treffen sich manchmal Jayans und mein Blick. Seine Augen sind genauso dunkel wie die von Sascha, und seine kurzen Haare sind tiefschwarz. Ich mag seine dunkle Haut, sie ist noch viel dunkler als Saschas, und er hat ein echt schönes Lächeln.

Anna ist es, die uns daran erinnert, dass wir keine Erkältung riskieren und daher lieber nicht zu nass werden sollten. Wir beschließen, noch ein Foto von uns und unserem kleinen Bauwerk zu machen, dann begeben wir uns wieder zurück auf die andere Uferseite des Baches. Während wir unsere Füße trocknen lassen, schickt Jayan den anderen das Bild.

„Soll ich es deinem Sascha schicken?", fragt er. „Oder, vielleicht willst du es selber machen und noch ein paar Zeilen dazu schreiben?"

„Sehr gerne."

Dicht stehen wir nebeneinander, während Jayan mir zeigt, wie er das Foto in sein Mailprogramm lädt und die Adresse von Sascha eingibt. Dann reicht er mir das Smartphone.

„Aber nur deinen Text schreiben und danach hier auf Senden drücken, ja?" Er grinst.

„Klar. Ich geb's dir danach sofort zurück."

Jayan geht ein paar Schritte zur Seite, lässt mich meine Zeilen an Sascha tippen.

Fröhliche Grüße vom Rißbach! Wir haben einen
Staudamm gebaut. :-) Von links: Anna, Lasse, Jayan,
ich. Bis nachher am Telefon! Ich vermisse dich.
Fredi

Es ist sehr angenehm, für jeden Buchstaben nur einmal eine
Schaltfläche zu drücken, anstatt wie bei meinem Handy bis zu
viermal. Die Nachricht ist schnell getippt. Ich reiche Jayan sein
Handy. „Sehr praktisch, diese Touchscreen-Tastatur!"

„Auf jeden Fall. Ein komplett neues Schreiberlebnis!" Jayan
steckt das Handy in seine Hosentasche.

Wir ziehen uns unsere Socken und Schuhe an und gehen zügig zurück in unsere Unterkunft.

Sascha ruft an, als wir da sind. Während die anderen reingehen,
bleibe ich noch draußen und drücke auf die grüne Taste.

„Hi. Ich bin's." Es ist so schön, seine Stimme zu hören. Ich
werde das vermissen, wenn wir in den nächsten acht Tagen im
Hochgebirge nur selten Handyempfang haben.

„Hi." Ein einfaches Hi, mehr bringe ich gerade nicht zustande.

„Ich habe heute die Zusage bekommen", platzt Sascha unvermittelt heraus. „Meine Bachelorarbeit ist durch, ich hab' den
Studienplatz."

„Oh, wie schön!" Ich freue mich, auch wenn es eigentlich klar
war, dass das klappen würde. „Hast du auch schon deine Note
bekommen?"

„Nee, ist ja Wochenende. Ich hatte nur den Brief in der Post.
Ich werde Montag in die Uni gehen und mein Zeugnis abholen."

„Herzlichen Glückwunsch. Ich stehe hier mit einem sehr großen Lächeln. Schade, dass wir keine Smartphones haben, dann
könntest du es sehen."

„Ja. Aber ich kann es mir auch sehr gut vorstellen. Und ich
höre es an deiner Stimme."

Jetzt muss ich grinsen. Und gleichzeitig sehne ich mich danach, ihn nicht nur zu hören. Ich will ihn sehen, ihn spüren. Bei
ihm sein. „Ich vermisse dich."

„Die ganze Zeit? Ihr seht alle so fröhlich aus auf dem Bild, das du mir über Jayan geschickt hast."

„Es ist wahnsinnig toll. Die Berge, die Bäche, ... und auch die Leute. Jayan, Lasse, Anna und ich machen viel zu viert, und wir verstehen uns richtig gut. Natürlich denke ich nicht ununterbrochen an dich. Aber immer wieder. Vorhin waren wir in einem Naturparkhaus. Das hat mich an das Nationalparkhaus in Torfhaus erinnert. Und später habe ich auf einer Kiesinsel im Rißbach gesessen, ungefähr da, wo Jayan das Foto gemacht hat, und dann habe ich gedacht, wie gerne ich mit dir dort sitzen würde."

Am anderen Ende der Verbindung ist es still. Lange.

„Ich vermisse dich auch", sagt Sascha irgendwann, und es klingt irgendwie gepresst.

„Ist es okay, dass Jayan dir Bilder schickt? Oder tun sie mehr weh, als dass du dich freust?"

Wieder sagt er lange nichts.

„Soll er lieber keine mehr schicken?"

„Doch. Bitte." Das kam prompt. Dann entsteht wieder eine Pause. Schließlich sagt Sascha: „Deine Bilder anzuschauen, das hat schon eine gewisse Schmerz-Komponente. Du weißt schon. Verlust und so. Und Vermissen natürlich. Aber es ist auch schön, dass ich auf diese Weise ein bisschen teilhaben kann. Dass ich dich sehen kann. Dass ich weiß, dass es dir gut geht, und dass ich mich mit dir freuen kann. Verstehst du?"

„Ja." Dieses Telefonat hat auch eine gewisse Schmerz-Komponente. Und trotzdem will ich es nicht beenden. „Was hast du heute gemacht?"

„Nichts Besonderes. Einkaufen und so. Und den Briefkasten hab ich geleert." Jetzt kann ich hören, dass er grinst. „Heute Abend treffe ich mich mit Max und Philipp. Die haben auch heute ihren Brief bekommen. Wir gehen feiern im *Gretchen* und vielleicht im *Mephisto.*"

„Ich wünsche euch einen tollen Abend."

„Danke. Den wünsche ich dir auch."

„Danke. Wir gehen heute früh schlafen. Morgen ist die zweitlängste und vermutlich anstrengendste Etappe. Erst sechs Kilometer mit dem Bus und danach zehn Kilometer und fast tausend

Höhenmeter hoch zu Fuß bis zur Plumsjochhütte."

„Das wird bestimmt toll. Wir haben uns das ja auf der Karte angeguckt. Ihr geht richtig aufregende Pfade und werdet mega Aussichten haben. Das Wetter soll ja erstmal stabil bleiben."

„Ich freue mich auch. Aber ich glaube, für einige wird das echt hart. Die mussten sich sogar heute schon hinlegen, obwohl wir kaum Höhenmeter hatten und auf anspruchslosen Wegen unterwegs waren."

„Bestimmt. Aber ihr werdet das alle hinkriegen. Aussichten und spannende Wege setzen ungeahnte Kräfte frei."

Da kann ich ihm nur recht geben. Wir reden noch ein bisschen, dann muss ich auflegen. Es gibt gleich Abendbrot.

„Kann sein, dass du jetzt nur noch sporadisch von mir hörst oder liest", sage ich zum Abschied. „Wir sind ja ab morgen acht Tage im Hochgebirge, und da wird kaum irgendwo Netz sein. Vielleicht kann ich dich noch nicht einmal an deinem Geburtstag anrufen." Das wird besonders wehtun. Jetzt kann er bloß ganz allein das kleine Geschenk auspacken, das ich ihm vor meiner Abfahrt gegeben habe, und ich kann ihm noch nicht einmal dabei zusehen. Dass Markus und Noah dabei sind, genau einen Monat später in Gannermühle eine große Überraschungsparty für Sascha zu organisieren, ist im Moment nur ein schwacher Trost.

„Ich weiß", sagt Sascha. „Ich werde es aushalten."

„Ich auch. Muss ja."

„Bis bald."

„Ja."

Ein paar Sekunden schweigen wir zusammen. Schließlich sagen wir „Tschüs", und ich drücke auf das rote Hörersymbol.

Kurz bleibe ich noch draußen und atme die klare, inzwischen kühle Bergluft ein. Die Sonne ist längst hinter den Bergen verschwunden. Dann gehe ich ins Haus.

5. JAYAN.

– 16. bis 22. September 2012 –

Es *wird* toll. Acht Tage lang wandern wir durch das Hochgebirge, mal sind die Touren lang und anstrengend, mal sind sie kürzer, und wir haben nachmittags Zeit, auf den Hütten unsere Klamotten zu waschen, uns auszuruhen, Spaß miteinander zu haben.

Auf der Engalm im Großen Ahornboden bleiben wir drei Nächte. Der Almort ist wie ein kleines Dorf, das aber nur von Mai bis Oktober bewohnt ist. Dort gibt es zum Glück ein stabiles Mobilfunknetz, sodass ich Sascha am Morgen nach unserer ersten Nacht im Almdorf zum Geburtstag anrufen kann. Mit mir am Telefon packt er mein Geschenk aus – das Gesellschaftsspiel *7 Wonders* und natürlich eine Karte, die ich selbst gestaltet und geschrieben habe –, und auch wenn es mir wehtut, dass ich ausgerechnet an diesem Tag so weit weg bin, ist es wunderschön, durch das Telefon zu hören, wie sehr er sich freut. Und wie wichtig es ihm ist, dass ich am Telefon bleibe, während er das Geschenk von Markus auspackt. Es ist ein Fotobuch von Saschas und Markus' Wanderung auf den Brocken dieses Jahr an Himmelfahrt, und so, wie Sascha es mir beschreibt, muss es ganz besonders sein.

„Wenn du wieder hier bist, schauen wir es uns zusammen an", sagt er, und in meine brennende Sehnsucht nach ihm mischt sich aufgeregte Vorfreude. Es wird wunderbar sein, dicht neben Sascha auf dem Sofa zu sitzen, mit ihm Seite für Seite des dünnen Büchleins umzublättern und auf diese Weise nachträglich an dieser besonderen Gipfelbesteigung teilhaben zu können.

Lange können Sascha und ich nicht telefonieren, denn schon bald startet die Tagestour zur Lamsenjochhütte, die spektakulär unterhalb von schroffen Feldwänden gelegen ist. Es ist einmal mehr eine atemberaubende Route mit fantastischen Aussichten, und es macht mich glücklich, sie an der Seite von Jayan, Lasse und Anna und mit ganz viel Sascha im Herzen zu erleben.

Am nächsten Tag unternehmen wir eine Halbtageswanderung zur Binsalm, bevor es am Tag darauf zur Falkenhütte weitergeht und danach zum Karwendelhaus, wo wir zwei Nächte bleiben.

Unterwegs und auf den Hütten lernen wir viel Interessantes über die Geologie und den Naturraum im Karwendel, über touristische Nutzung, über Almwirtschaft heute und ihre Geschichte, manches durch Vorträge von uns Studierenden, manches auch von Experten vor Ort. Wir erfahren, wie das Karwendelgebirge entstanden ist und warum viele Berge ein „Kar" im Namen haben, und wir lernen, diese Kare, die durch Gletscher gebildet wurden, überall zu entdecken. Und wir sehen Tiere, nicht nur Kühe auf den Almwiesen, sondern auch Gämsen, Steinböcke, Murmeltiere und natürlich jede Menge Vögel. Die majestätisch am Himmel kreisenden Steinadler haben es mir besonders angetan.

Während der Wanderungen sind wir in wechselnden Teilgruppen zusammen, sodass wir uns als Gruppe immer besser kennenlernen. Abends auf den Hütten sitzen wir oft mit allen im Gastraum, erzählen und lachen, bevor wir todmüde in unsere Schlaflager fallen. Die mit Abstand meiste Zeit aber verbringe ich mit Jayan, Lasse und Anna, vor allem in den freien Zeiten nach kürzeren Tour-Abschnitten. Wir erkunden die Umgebung, lassen keine Gelegenheit aus, unserer gemeinsamen Schwäche für Gebirgsbäche nachzugeben, oder sitzen einfach zusammen und unterhalten uns. Mit jedem Tag lernen wir einander besser kennen, erzählen uns mehr Privates, wachsen wir zu echten Freunden zusammen. Ich genieße die Neckereien sehr, die immer wieder zwischen uns entstehen. In der Schule habe ich nie einen solchen lockeren, unkomplizierten Umgang mit Gleichaltrigen erlebt wie hier mit diesen dreien im Hochgebirge.

Jayan mag ich besonders gern. Seine Familie kommt aus Indien. Er selbst und seine Geschwister sind in Deutschland geboren und kennen die Heimat ihrer Eltern nur aus Urlauben. Er berichtet lebhaft und eindrücklich von seinen Besuchen dort, aber er meint, dass er sich in Indien fremd fühlt, obwohl er mit seinen Eltern Panjabi spricht und sie etwa jedes zweite Jahr die Familie besuchen. Er sagt, er fühle sich als Deutscher mit indischen Wurzeln.

An einem freien Nachmittag im Engtal, als wir wieder einmal zu viert am Bach sitzen und die warmen Sonnenstrahlen genießen, erzählen wir einander von unseren Partnern und Partnerinnen. Natürlich kommt irgendwann Saschas Behinderung zur Sprache. Von Lasse kommt darauf das typische „Oh", das ich so oder so ähnlich schon von vielen Menschen gehört habe, sobald der Rollstuhl zum ersten Mal erwähnt wird. Jayan sagt dagegen nichts dazu, und die Fragen, die er später stellt, sind ganz normale Fragen, die höchstens zweitrangig etwas mit Saschas Querschnittlähmung zu tun haben. Anna kennt Sascha ja zumindest vom Sehen, deshalb ist es Lasse, der die üblichen Dinge fragt, aber keine, die zu privat oder intim wären. Das finde ich sehr angenehm, und es verstärkt mein Gefühl der Sympathie für die drei.

Lasse ist schon seit der Schule mit seiner Freundin zusammen, Anna hat ihren Freund im Studium kennengelernt. Jayans Freundin heißt Julia, und er und sie sind seit zwei Jahren ein Paar. Jayans Augen leuchten, wenn er über sie spricht.

„Sie kommt am ersten Oktober nach Mittenwald, und dann bleiben wir zusammen noch drei Tage hier", erzählt er. „Wir wollen wandern. Ich hoffe sehr, dass ich sie für die Berge begeistern kann. Sie war bisher mehr der Strand-und-Meer-Typ."

„Oh, cool, da drücke ich dir die Daumen, dass sie Feuer fängt", sage ich. „Sascha war früher oft in den Bergen unterwegs, hat viele Hüttentouren gemacht. Ich würde ihm auch so gerne alles hier zeigen. Es mit ihm zusammen auskosten. Die Aussichten, die Bäche, einfach alles."

Niemand sagt etwas darauf. Was auch. Sie werden sich denken können, dass ich weder Mitleid noch unpassende Trostversuche will.

Während unserer achttägigen Tour ist das Wetter meistens sonnig und angenehm warm. Nur an zwei Tagen wandern wir durch Nieselregen und tief durchziehende Wolken. Es ist ungemütlich und kalt, und die vier Stunden zur Falkenhütte entwickeln sich zu einer echten Qual. Noch schlimmer ist es am nächsten Tag. Sechs Stunden brauchen wir zum Karwendelhaus, wir sehen kaum etwas vom angeblich atemberaubenden Panorama und sind vollkommen durchnässt, als wir endlich angekommen sind.

Wie wunderbar es ist, am nächsten Morgen im Karwendelhaus aufzuwachen und festzustellen, dass die Sonne von einem blauen Himmel lacht! Eine Halbtagestour mit leichtem Gepäck wartet auf uns, wir erklimmen das Hochalmkreuz und haben eine überwältigende Aussicht bis zur Zugspitze. Natürlich machen Jayan, Lasse, Anne und ich ein Foto von uns vor dem Gipfelkreuz, und natürlich zeigt Jayan es mir wenig später, als wir am Gipfel picknicken. Wie wir euphorisch-stolz in die Kamera grinsen, erinnert mich an das Foto von Sascha in Ulrikes Abizeitung. Die Aufnahme, die Ulrike mir im letzten Dezember gezeigt hat, das erste und noch immer einzige Foto, das ich von Sascha kenne, als er noch Fußgänger war. Er stand genauso wie wir neben einem Gipfelkreuz irgendwo in den Alpen, in Wanderklamotten, freudestrahlend und so unbekümmert, dass der Anblick des Bildes mich damals schwer aufgewühlt hat. Wehmut überfällt mich auch jetzt, mit Macht, und sie schiebt das Hochgefühl, das mich eben noch ausgefüllt hat, ein gutes Stück beiseite.

„Was ist?", fragt Jayan. „Gefällt dir das Bild nicht?"

„Doch. Es ist toll. Es erinnert mich bloß an ein Foto von Sascha von vor seinem Unfall."

„Ich verstehe. Willst du es ihm trotzdem schicken?"

Ich antworte nicht sofort. Wird die Schmerz-Komponente für Sascha noch okay sein? Oder zu groß? Soll ich es ihm lieber nicht schicken?

Doch. Bitte.

Er will teilhaben. Er will sich mit mir freuen. Vermutlich wäre er sauer, wenn ich einen der schönsten Momente aussparen würde. Er wird es aushalten.

Trotzdem ist da ein heftiges Ziehen in meinem Brustkorb, als ich Jayan ansehe und nicke. „Ja, bitte."

Jayan reicht mir sein Handy, und ich tippe die Nachricht.

> *Liebe Grüße vom Hochalmkreuz (2192m)! Wie du siehst, ist das Wetter nach zwei Regentagen wieder bestens. Alles Liebe von deiner Fredi*

Ich drücke auf Senden, auch wenn hier kein Netz ist. Jayan sagt, die Mail wird wohl erst verschickt, wenn wir in Scharnitz wieder mobile Daten haben. Der Handyempfangspunkt vor dem Karwendelhaus eignet sich nur zum Telefonieren. Heute Abend werde ich Sascha von dort aus anrufen. Darauf freue ich mich schon.

Es ist spät und schon lange dunkel, als ich vor dem Karwendelhaus stehe und versuche, Sascha zu erreichen. Ich möchte in Ruhe telefonieren. Vorhin waren hier immer wieder Leute, die irgendwen anriefen, und da die Verbindung anscheinend nicht die beste ist, sprachen sie nicht gerade leise.

Der Halbmond steht im Westen noch hoch genug, um die Almfläche unterhalb des Karwendelhauses in silbriges Licht zu tauchen. Gestern war es zu ungemütlich, und wir waren froh, uns in der Hütte aufwärmen zu können. Jetzt lausche ich erwartungsvoll dem Freizeichen. Aber am Festnetzanschluss geht nur der Anrufbeantworter ran. Ich spreche auf das Band, dass es mir gut geht und ihm hoffentlich auch und dass ich es auf dem Handy versuche. Hoffentlich hat er es nicht stummgestellt. Was allerdings zu vermuten ist, falls er unterwegs ist oder duscht.

Ich versuche es trotzdem. Schon nach drei Klingelzeichen nimmt er ab.

„Hallo, Fredi." Warm kommt seine Stimme aus dem Handy.

„Hi. Ich rufe vom Karwendelhaus an."

„Hab ich mir gedacht. Ich habe ja deinen Plan."

„Ja." Ich erzähle von unserer Wanderung auf das Hochalmkreuz. Aber die Verbindung ist zu schlecht, als dass man lange reden wollte. Wenn ich zu schnell spreche, fragt Sascha manchmal nach, weil er mich nicht verstanden hat. Daher fasse ich mich kurz und kündige das Foto an, das er vermutlich morgen erhält. Zusammen mit den anderen täglichen Fotos, die ich ihm seit unserem Aufbruch von der Engalm geschickt habe.

„Das klingt nach einem tollen Tag", sagt Sascha.

„Und wie war dein Tag?"

Er braucht merkwürdig lange zum Antworten.

„Ich bin in Gannermühle", sagt er schließlich.

„Oh. Seit wann?"

„Seit gestern."

„Was machst du da?"

„Längst überfällige Dinge angehen. Versprechungen einlösen."

Oh, wirklich?! Ich könnte es in das Telefon rufen, quietschend vor Freude. Gleichzeitig spüre ich einen Kloß im Hals, weil ich ahne, wie schwer es für ihn war, diesen Entschluss zu fassen.

„Das ist wunderschön", sage ich stattdessen.

„Mm-h", macht Sascha.

„Und?" Ich könnte tausend Fragen stellen. Aber jede einzelne könnte Druck ausüben. Ich weiß ja nicht einmal, ob er schon mit seinen Eltern geredet hat. Oder ob das Gespräch erst bevorsteht.

„Ich habe es ihnen gesagt."

Was? Und wie? Und wie haben sie reagiert?

Statt all dieser Fragen schwebt nur das leise knackende und rauschende Schweigen der schlechten Verbindung zwischen uns. Ich wäre so gerne bei ihm. Ich möchte ihn sehen. In seinem Gesicht lesen, wie es ihm geht. Spüren können, welche Fragen jetzt gut sind und welche nicht.

„Und du bist noch da", sage ich schließlich. Dann kann es ja nicht in einer Vollkatastrophe geendet haben.

„Ja."

Es ist so krass. Ich stehe hier fröstelnd auf dem Vorplatz vom Karwendelhaus im Mondlicht, die Luft ist klar und kalt und still, und er ist in Gannermühle, wahrscheinlich in seinem warmen Zimmer, und steckt mitten in einem Kampf mit sich selbst.

„Es war nicht leicht", fährt er schließlich fort. „Und das ist es noch immer nicht. Ich glaube, wir sortieren uns gerade neu."

„Ich wär so gerne bei dir."

„Ich auch bei dir. Aber vielleicht ... Vielleicht ist es nicht schlecht, dass ich das alleine durchstehe. Meine Eltern und ich haben genug miteinander zu tun. Ich glaube, Zuschauer, die unbeteiligt sind und irgendwie doch auch mittendrin, würden alles noch verkomplizieren."

„Da hast du bestimmt recht."

„Ja."

„Ich drücke dir die Daumen und wünsche dir weiterhin viel Kraft und gutes Gelingen."

„Danke."

Ich wüsste so gerne, wie er es gesagt hat. Was genau überhaupt. Und wie Andrea und Micha reagiert haben. Aber für ein solches Gespräch ist die Verbindung zu schlecht. Immer wieder fehlen einzelne Silben in der Übertragung, und die Tonqualität an sich lässt auch zu wünschen übrig.

„Morgen in Scharnitz haben wir sicher wieder besseres Netz."

„Dann erzähle ich dir mehr."

„Ja." Ich brenne darauf, mehr zu hören. Bestimmt werde ich morgen während der gesamten sechzehn Kilometer durch das Karwendeltal daran denken und mich fragen, wie es Sascha geht.

Eine Zeit lang sagt keiner von uns etwas.

Dann frage ich: „Geht es dir denn gut?"

„Halbwegs", antwortet er. Danach ist es ein paar Sekunden still. „Ist schon okay", fügt er schließlich hinzu.

„Gut."

„Versprichst du mir was?"

„Was denn?"

„Versuch bitte, den Tag morgen ganz normal zu genießen. Es ist euer letzter im Hochgebirge. Ich komm hier klar. Okay?"

Seine Fürsorge berührt mich so sehr, dass meine Stimme merkwürdig gepresst klingt, als ich antworte: „Okay. Ich versprech's."

„Weinst du?"

„Bloß vor Liebe. Weil du dich um mich sorgst, obwohl du gerade jede Menge mit dir selbst zu tun hast."

Jetzt lächelt er wahrscheinlich.

Ich vermisse ihn so.

„Ich wünsche dir morgen einen wundervollen Tag. Und davor eine gute Nacht. Ihr brecht doch bestimmt früh auf."

„Um halb neun. Ich wünsche dir auch eine gute Nacht. Und morgen viel Erfolg."

„Danke. Schlaf gut." Er macht ein Kussgeräusch.

„Du auch." Ich küsse zurück.

Wie meistens bleiben wir beide noch ein paar Sekunden still in der Leitung, bevor einer von uns auflegt. Heute ist es Sascha. Ich stecke das Handy in meine Hosentasche. Bevor ich zurück ins Haus gehe, wende ich mich nach links und stelle mich an die Mauer von der Terrasse, auf der am Tag Dutzende Wanderer rasten und essen und trinken. Von hier aus hat man einen grandiosen Blick über das gesamte obere Karwendeltal.

Jetzt kann man die Schönheit dieser Bergwelt nur erahnen. Dunkel und ohne Farbe säumen rechts und links die hohen, schroffen Bergketten das schmale Tal, das weitgehend im Mondlicht-Schatten liegt. Der Mond wird bald hinter den Bergen verschwinden. Nur dort, wo die breite Almwiese der Larchetalm liegt, leuchtet der weiße Kies des Karwendelbachbettes hell im gleißend silbrigen Mondlicht. Diese Stille, diese Ruhe, diese Großartigkeit, sie sind ein so extremer Kontrast zu dem, was Sascha gerade durchmacht, dass es mir eine Gänsehaut macht.

Auf einmal höre ich Schritte hinter mir. Ich drehe mich um.

Es ist Jayan. Er kommt auf mich zu und stellt sich neben mich.

„Hey", sagt er. „Wollte mal gucken, wo du bleibst."

„Hier", antworte ich.

Er grinst. „Alles okay?", fragt er dann.

Ich atme tief ein. „Ja. Ich genieße bloß die Stille hier. Die klare Luft und das Gefühl, mitten in den Bergen zu sein."

„Das ist eine gute Idee. Morgen haben wir 16 Kilometer lang Zeit, Abschied zu nehmen. Dann hat die Zivilisation uns wieder."

„Stimmt."

Eine Weile stehen wir nebeneinander, ohne etwas zu sagen. Ich beobachte den Mond. Seit er so nah über den Spitzen der Karwendelkette ist, fällt es richtig auf, wie zügig er sich bewegt.

„Gleich ist er weg", sage ich.

„Wer?", fragt Jayan.

Sascha würde sofort wissen, was ich meine. „Der Mond", antworte ich. „Wahnsinn, wie schnell er über den Himmel zieht, oder?"

„Ja. Schauen wir seinem Verschwinden zusammen zu?"

„Gern."

Es sieht unheimlich aus, wie die tiefschwarzen Schatten, die die riesigen Berge zuerst ins Tal und danach auf die gegenüberliegenden Berghänge werfen, sich immer mehr ausbreiten. Längst schon liegt auch das Bachbett des Karwendelbachs im Dunkeln. Gleich hat der Mond die zackige Kante der Berge erreicht.

Ein Schauer läuft mir über den Rücken. Mir ist kalt.

Jayan merkt es anscheinend. Er stellt sich so dicht neben mich, dass wir uns berühren, und legt einen Arm um mich.

Seine Wärme strahlt auf mich ab und breitet sich in und auf mir aus. Ich bleibe stehen, lasse es zu, auch wenn mein Herzschlag sich beschleunigt und ich nicht weiß, warum. Wir sind nur Freunde. Greta und Jana sind die einzigen Freundinnen, die jemals einen Arm um mich gelegt haben. Warum sollte nicht Jayan als dritter hinzukommen?

„Ich habe noch nie einem Monduntergang zugeschaut", sagt Jayan leise. Mittlerweile ist die untere Hälfte des Halbmondes hinter den Bergen verschwunden.

„Ich auch nicht. Es ist ganz anders als ein Sonnenuntergang. So kalt und noch viel stiller, findest du nicht?"

„Das hast du schön ausgedrückt." Jayan erhöht den Druck seiner Umarmung, nur marginal und nur für einen klitzekleinen Moment.

Ohne jedes Geräusch sinkt der Mond immer tiefer, während das Schwarz der Nacht sich immer weiter ausbreitet. Ich versuche, diese Minuten bewusst in mich aufzunehmen und nicht darüber nachzudenken, wie dicht und warm Jayan neben mir steht. Dann ist der Mond verschwunden. Erst ist sein Licht hinter den Bergen noch zu erahnen. Aber schon bald wird der Himmel auch dort, wo der Halbmond eben noch zu sehen war, stockdunkel. Über uns erstrahlen still die unzähligen Sterne der Milchstraße. Noch nie habe ich sie so klar gesehen.

Es ist majestätisch.

Auch Jayan schaut in den Himmel. Keiner von uns sagt etwas.

Langsam entferne ich mich von Jayan. Er hält mich nicht fest.

Wie in Zeitlupe drehe ich mich um mich selbst, den Kopf in den Nacken gelegt, und bewundere das komplette Band der Milchstraße.

Ein paar Minuten betrachten wir stumm den Himmel. Es ist ein großer, erhabener Moment. Diese Stille. Die Klarheit der Luft. Die Dunkelheit der Nacht und darin dieses sich über den gesamten Himmel ziehende Band aus unzählbar vielen Sternen, die kalt vor sich hin funkeln, obwohl sie in Wahrheit Millionen von Grad heiß sind.

Irgendwann wende ich mich zum Gehen.

Jayan folgt mir über die Terrasse und zur Haustür.

„Das war schön", sagt er.

„Das war es", bestätige ich.

Drinnen schlagen uns die warme Luft der Hütte und die fröhlichen Geräusche aus der Gaststube entgegen. Und das schummrige Licht, das für unsere noch geweiteten Pupillen jetzt genau das richtige ist. Zusammen gehen wir in die Gaststube, in der außer vielen von unserer Truppe auch andere Bergwanderer unter den gelben Lampenschirmen an den Holztischen sitzen und erzählen.

„Wo wart ihr denn so lange?", fragt Linus, der mit Lasse, Anna und ein paar anderen ein einem der Tische sitzt und so wirkt, als hätte er heute Abend nicht nur ein Bier getrunken. „Ein wenig im Mondschein turteln, ihr Täubchen?" Vielsagend hebt er eine Augenbraue.

„Mondschein ja, turteln nein", erklärt Jayan ruhig.

Dem ist nichts hinzuzufügen.

– 23. September 2012 –

Der Weg durch das Karwendeltal zurück in die Zivilisation namens Scharnitz ist ein wundervoller Abschluss unserer Hüttentour. Das Wetter verwöhnt uns mit blauem Himmel, Sonnenschein und angenehmen Temperaturen. Zunächst führt uns der Weg im Zickzack vierhundert Höhenmeter steil hinunter zur Larchetalm. Nachdem wir die große Almwiese durchquert haben, geht es die ganze Zeit sanft bergab auf breiten Wegen am Karwendelbach entlang, der ebenso blau und munter durch sein weißes Kiesbett strömt wie all die anderen Bäche, die wir bisher gesehen haben. Links und rechts ragen steil die Berge empor.

An der Brücke über einen seitlich in den Karwendelbach einmündenden kleineren Bach machen wir unsere Mittagspause. Ein wenig Wehmut schwingt schon mit, als Anna, Lasse, Jayan und ich uns in der Nähe des Baches auf den Kies setzen und unsere Brote verzehren. Unsere Exkursion wird noch neun Tage dauern, aber der aufregendste Teil geht jetzt zu Ende.

Es gelingt mir ganz gut, nicht ständig darüber nachzudenken, wie es Sascha bei seinen Eltern heute ergehen mag. Er kommt schon klar, hat er gesagt, und ich habe beschlossen, das zu glauben. Er war vielleicht ein gefallener Engel, aber er ist es nicht mehr. Er geht die Dinge an, so wie er mit mir am Maschteich das Gespräch gesucht hat. Das zu wissen, hilft mir – mehr, als ich es vor zwei, drei Wochen je zu hoffen gewagt hätte.

Auf den letzten Kilometern nach Scharnitz entfernt sich unser Weg vom Karwendelbach, dafür können wir an einer Stelle von oben in die Klamm hinunter sehen, die der Bach einst tief in den Fels geschnitten hat, bevor er bei Scharnitz in die Isar mündet.

„Sie hat uns wieder, die gute alte Isar!", ruft Lasse, als wir kurz vor Scharnitz einen ersten Blick auf den hier noch jungen, aber trotzdem schon sehr breiten Fluss erhaschen. An dieser Stelle hat sich ein ausgedehnter Kiesstrand ausgebildet, der sehr einladend aussieht.

Wenig später kommen wir an den ersten Häusern vorbei. Lasse, Anna, Jayan und viele andere zücken ihre Smartphones.

„O Mann!" Lena stöhnt. Sie gehört zu den wenigen, die wie ich ein stinknormales Handy haben. „Das ist also die Zukunft, ja? Kaum habt ihr Netz, checkt ihr als Erstes eure Nachrichten?!"

„Aber klar doch!", gibt Linus zurück.

Es ist ein Wunder, dass niemand stolpert, so wie die meisten auf ihr Smartphone starren, während sie dabei weitergehen.

„Für dich ist auch eine Nachricht da", sagt Jayan zu mir.

„Oh, wie schön!" Mein Herzschlag beschleunigt sich augenblicklich.

Jayan überlässt mir sein Handy. Das Mailprogramm ist schon geöffnet. Ich klicke die Nachricht an. Sie ist von letztem Donnerstag. *Hannes hat jetzt auch ein Smartphone*, steht im Betreff. Ansonsten enthält die Mail nur ein Foto. Ich öffne es.

Sascha und Hannes grinsen fröhlich in die Kamera. Beide tragen Sportklamotten, und beide sind verschwitzt. Man sieht nur, beinahe formatfüllend, ihre Gesichter und ihre Oberkörper. Im Hintergrund ist die Sporthalle zu erkennen, in der Saschas Mannschaft immer trainiert. Offensichtlich hat Hannes das Foto selbst geschossen – mit seinem nagelneuen Smartphone vermutlich.

Ich kann gar nicht anders, als vor mich hin zu lächeln, während ich das Bild betrachte. Zehn Tage habe ich Sascha jetzt nicht gesehen. Es ist nur ein Foto – aber es reicht vollkommen, um eine riesige Welle von Liebe und Sehnsucht durch mich hindurchzuschicken. Am liebsten würde ich es irgendwo ausdrucken lassen, damit ich es mir noch öfter anschauen kann.

„Vorsicht, Fredi!" Jayan fasst meinen linken Oberarm und hält mich fest. Abrupt bleibe ich stehen. Beinahe wäre ich gegen die Mauer gelaufen, die eine Einfahrt zu einem Grundstück abtrennt.

„Oh. Danke."

Jayan lässt mich los. Beide setzen wir unseren Weg etwas weiter links fort.

„Darf ich das Foto sehen, das dich so verzückt?", fragt Jayan.

„Klar." Ich halte ihm das Handy hin.

Er nimmt es und betrachtet das Foto. „Wer von den beiden ist Sascha?"

„Der rechte." Ich kann nicht verhindern zu lächeln. Sascha sieht auf dem Foto so zufrieden aus. Sportlich. Dynamisch.

„Schönes Bild", sagt Jayan. „Was macht er für einen Sport?"

„Rollstuhlbasketball."

„Ah, okay. Haben die dann niedriger hängende Körbe?"

Ich schüttele den Kopf. „Sie spielen auf einem normalen Feld mit den normalen Körben. Es ist ein sehr schöner und rasanter Sport. Wenn es dich interessiert, kannst du mal zu einem Punktspiel kommen. Die Spiele sind öffentlich."

„Julia spielt auch Basketball", sagt Jayan. Mir gefällt es, wie selbstverständlich er „auch" sagt. „Ich frag sie mal. Vielleicht kommen wir wirklich zu einem der nächsten Spiele."

Das wäre schön, wenn Jayans und meine Freundschaft über die Exkursion hinaus Bestand hätte. Ich mag ihn wirklich sehr.

– *24. bis 28. September 2012* –

Die zweite Hälfte unserer Exkursion ist nicht so spektakulär wie die erste. Wie bleiben zwei Nächte in Scharnitz, von wo aus wir mit geliehenen Mountainbikes eine Radtour zum Isar-Ursprung und zur Kastenalm unternehmen, zwei Nächte in Seefeld, wo wir alles Wissenswerte über den Skitourismus und seine Auswirkungen auf die Natur, aber auch auf die lokale Wirtschaft erfahren, und drei Nächte in Innsbruck. In der Großstadt direkt an der Südflanke des Karwendelgebirges sind wir zwei Tage lang an der Uni und arbeiten in Workshops an Themen wie Tourismus, Nachhaltigkeit, Risikomanagement, Klimawandel und Geoinformatik. Ich finde alles wahnsinnig interessant, und es macht mich glücklich, dies inmitten meiner Mitstudenten zu lernen, die fast alle diese Dinge ebenso spannend finden. In meiner Schulzeit habe ich eine solche gemeinsame Begeisterung nie erleben dürfen. Da macht es gar nichts, dass das Wetter zwei Tage lang bewölkt und regnerisch ist.

Jeden Abend telefoniere ich mit Sascha, der mittlerweile wieder in Hannover ist. Inzwischen hat er vom Besuch bei seinen Eltern erzählt, aber doch noch lange nicht alles. Er meint, dafür müssten wir uns ansehen können, und das kann ich gut nachvollziehen. Ich stelle fest, dass es für mich vollkommen okay ist, erstmal nicht mehr zu wissen – mehr noch, es wäre für mich sogar in Ordnung, wenn er mir auch später nicht viel erzählt. Es ist eine Sache zwischen ihm und seinen Eltern, und er soll selbst entscheiden, was davon er mit mir teilen will und was nicht.

Es ist schön, jetzt wieder täglich mit ihm zu reden, auch wenn es oft nur kurz ist. Unsere Telefongespräche stellen jeden Tag einen Höhepunkt für mich dar, und das, obwohl unser Programm auf der Exkursion und das Miteinander mit Jayan, Lasse und Anna selbst viele Höhepunkte beinhalten.

Spätnachmittags und abends haben wir Freizeit. In Innsbruck genießen wir ausgiebig das Stadtleben. Unseren vorletzten Abend dort verbringen wir in zwei verschiedenen Clubs. Außer uns vieren sind noch andere mitgekommen. Die Stimmung und die Musik sind genial, vor allem in der zweiten Location, in der ein DJ-Duo elektronische Musik auflegt, mit tiefen Bässen, mitreißenden Beats und großartigen Melodien. Die Lichtshow und sicher auch der Alkohol tragen dazu bei, dass wohl nicht nur ich vollkommen im Tanzen aufgehe.

Die meiste Zeit tanzen wir in der großen Gruppe, aber immer öfter ergibt es sich, dass Jayan und ich unseren Tanz besonders aufeinander abstimmen, und je weiter die Nacht fortschreitet, desto häufiger kommen wir uns dabei auch näher. Mir gefällt seine Art zu tanzen, ich mag es, wie wir unsere Bewegungen synchronisieren, und es ist aufregend, Blicke mit ihm auszutauschen, auf ihn zuzutanzen, ihn zu berühren und mich passend zur Musik wieder wegzubewegen ... Da ist etwas zwischen uns, eine Art Zauber, der über normale Freundschaft hinausgeht. Oder ist das die Musik, die so tief reinhaut und mich in diese rauschhafte Stimmung versetzt? Flirten wir gerade oder tanzen wir nur? Sind wir Kumpels oder ist das tiefe Sympathie oder ...? Jayan tanzt auf mich zu, grinst mich an, ich grinse zurück, die Bässe vibrieren durch meinen gesamten Körper und die Synthesizer-Melodien erfassen mich mit Haut und Haaren. Jayan nimmt meine Hand, zieht mich näher zu sich heran, und auf einmal sind wir mit unseren Gesichtern sehr nah beieinander.

Sekunden vergehen, während wir uns ansehen und unser Grinsen zu einem Lächeln wird.

Jetzt, da wir uns so nahe sind, weht Jayans Geruch in meine Nase. Er riecht gut – aber nicht unwiderstehlich wie Sascha. Ich mag Jayan sehr, doch da ist kein Drang in mir, ihn zu berühren oder zu küssen. Wir tanzen wieder auseinander, gleichzeitig, wie auf ein Signal. Aber ich bin sicher, da war keins.

Das Lied wird wilder, lauter. Jayan und ich setzen unseren Tanz fort, irgendwie noch immer zusammen, aber nicht mehr so nah. Er ist nicht Sascha und ich bin nicht Julia. Jayan und ich sind Freunde, und das wird auch so bleiben.

Wenig später verlassen Jayan und ich den Club. Mir war nicht mehr nach Tanzen, und Jayan wollte mich begleiten. Es regnet nicht, aber die Straßen sind nass und die Luft ist noch feucht. Durchs nächtliche Innsbruck gehen wir nebeneinander zu unserer kleinen Pension, schweigend.

Ich bin froh, dass nicht mehr passiert ist, als wir uns mit unseren Gesichtern beinahe berührt hätten. Sonst wäre es bestimmt wie mit Uwe gelaufen, der so gern mehr von mir gewollt hätte als nur Freundschaft. Als er das schließlich angesprochen hat und ich ihm sagte, dass ich Sascha liebe und nicht ihn – obwohl zu dem Zeitpunkt nicht einmal annähernd sicher war, dass Sascha und ich wieder zusammenkommen würden –, war alles vorbei. Wir haben uns nie wieder gesehen.

Längst haben Jayan und ich die Innbrücke überquert und gehen durch die ruhigeren Straßen des Stadtteils, in dem unsere Pension liegt.

„Erzähl mir von Sascha", durchbricht Jayan endlich unser Schweigen. Einen besseren Gesprächseinstieg hätte er sich wohl nicht ausdenken können. Es tut gut, ihm von Sascha zu erzählen und umgekehrt seinen Erzählungen von Julia zu lauschen. Weil das mit Worten unterstreicht, was das vorhin in der Disco bedeutet hat, ohne dass wir direkt darüber sprechen müssen.

Ich gestehe Jayan, wie sehr ich ihn darum beneide, dass Julia nach Mittenwald kommt und sie einen Kurzurlaub dranhängen.

„Frag Sascha doch, ob er auch kommt", meint er.

„Das ist nicht so einfach. Er braucht eine barrierefreie Unterkunft und müsste wahrscheinlich auch eine spezielle Matratzenauflage mitnehmen, weil er sonst Druckstellen bekommen könnte. Die wiederum kriegt er nicht zusätzlich zu seinem Gepäck im Zug transportiert. Und außerdem, was sollen wir hier im Gebirge machen? Bergwandern kommt ja nicht infrage."

„Stimmt, das klingt etwas komplizierter. Aber wenn er mit Julia zusammen fährt? Also, ich müsste sie natürlich erstmal fragen, ob ihr das recht wäre. Soll ich?"

„Schön wäre das schon ... Ich weiß nicht."

„Warum nicht? Was spricht dafür, was dagegen?" Er fragt es ganz nüchtern. Interessiert.

Die Straße steigt mittlerweile merklich an. Unsere Pension liegt am Hang, ist eines der letzten Häuser am Stadtrand. Sozusagen zu Füßen des Karwendelgebirges. Noch etwa zehn Minuten, dann dürften wir da sein.

„Dafür spricht, dass wir zusammen mit der Seilbahn auf die Westliche Karwendelspitze fahren könnten. Sascha und ich träumen davon, einmal zusammen auf einem Gipfel zu stehen. Eigentlich dachten wir an den Brocken. Aber das hier wäre eine ganz andere Liga. Außerdem würden wir uns ein paar Stunden früher sehen ... Am liebsten würde ich mit ihm auch zur Engalm fahren. Da fand ich's am schönsten. Und der Große Ahornboden an sich ist ja zumindest halbwegs rollstuhlgerecht."

„Das würde ich Julia auch gerne zeigen. Und von dort mit ihr zur Binsalm wandern. Das Wetter soll ja nächste Woche wieder traumhaft werden. Aber dafür müssten wir ein Auto haben."

„Bei der Binsalm wären wir raus."

„Ja, das ist wohl wahr."

„Und das ist, was dagegen spricht. Wir müssten die ganze Zeit aushalten, was alles *nicht* geht. Selbst oben auf der Karwendelspitze ist die Frage, inwieweit Sascha sich dort überhaupt bewegen kann. Wie viel Hilfe er überhaupt will. Und ob er sie bekäme. Ich weiß nicht, ob er hunderte Kilometer fahren will, egal ob Zug oder Auto, für ein Gipfelerlebnis, das sich vielleicht am Ende als riesengroße Enttäuschung entpuppt. Verstehst du?"

„Ja. Das verstehe ich. Wenn er es wollen würde, würdest du dich freuen?"

Allein die Vorstellung lässt mich lächeln. „Ja."

Jayan lächelt auch. Im Licht der Straßenlaternen kann ich es deutlich erkennen. „Frag ihn doch."

„Nicht mehr heute."

„Kannst es dir ja überlegen. Was das Thema Hilfe betrifft: Ich kenn mich nicht aus, aber wenn ihr mir erklärt, was ich machen soll, bin ich da. Ich fände es cool, ihn kennenzulernen. Und wenn du Julia kennenlernen würdest. Vielleicht verstehen wir uns auch zu viert gut."

„Das wäre schön." Er scheint genauso wie ich großes Interesse daran zu haben, unsere Freundschaft über diese Exkursion hinaus zu erhalten. Mir wird warm ums Herz bei diesem Gedanken. „Du kannst Julia ja mal unverbindlich fragen, was sie davon hielte. Aber bitte vergiss nicht zu erwähnen, dass sie dich dann zeitweise nicht exklusiv hätte. Es würde Situationen geben, in denen wir dich bräuchten. Unter Umständen wären das viele."

„Das mache ich."

Wir sind da. Jayan schließt die Haustür der Pension mit seinem Zimmerschlüssel auf. Zusammen gehen wir durch den Flur und die schmale Treppe nach oben.

„Bis morgen", sagt Jayan. „Um neun im Frühstücksraum?"

„Ja. Schlaf gut!"

„Du auch!"

Da ist sehr viel gegenseitige Sympathie zwischen uns, während wir einander ansehen und die Hände zu einem kleinen Winken heben. Dann biegt Jayan nach rechts ab, und ich nehme die Treppe ins zweite Obergeschoss zu meinem und Annas Zimmer.

Jayan, Julia, Sascha und ich oben auf der Karwendelspitze. Das wird wohl ein Traum bleiben. Aber ein schöner.

6. NAH.

– 29. September 2012 –

Laut Jayan findet Julia die Idee spannend, zusammen mit Sascha nach Mittenwald zu kommen. Nach dem Frühstück sitzen er und ich noch eine ganze Weile am Tisch und recherchieren mit Hilfe seines Smartphones, wie die Wege oben auf der Karwendelspitze sind. Die Seilbahn führt nicht bis zum Gipfel selbst, sondern endet etwa 150 Meter unterhalb an der sogenannten Karwendelgrube. Von dort aus führt ein Rundweg zu verschiedenen Aussichtspunkten in so ziemlich alle Himmelsrichtungen. Wir finden Fotos, die darauf schließen lassen, dass Sascha mit unserer Hilfe zumindest bis zu dem Aussichtspunkt gelangen könnte, von dem aus man in Richtung Karwendeltal gucken kann. In Richtung Mittenwald kann man sogar direkt von der Bergstation aus schauen.

„Das sieht doch vielversprechend aus", meint Jayan.

Ich hebe die Schultern. Ich bin immer noch hin- und hergerissen, ob das wirklich eine gute Idee ist. Ich habe keine Ahnung, wie Sascha es finden würde, dort oben fast die ganze Zeit auf Hilfe angewiesen zu sein. Er kennt Jayan nicht einmal.

Trotzdem suchen Jayan und ich auch nach rollstuhlgerechten Unterkünften in Mittenwald. Es gibt welche. Eines der Hotels wäre sogar bezahlbar. Jetzt müssten sie nur noch ein freies Zimmer haben. Aber das müsste Sascha erfragen. Wenn er denn will.

Um elf treffen Jayan, Lasse, Anna und ich uns vor unserer Pension, um zusammen in die Stadt zu gehen. Wir verbringen einen tollen Tag in der Altstadt von Innsbruck. Das Wetter wird immer besser, je weiter der Tag voranschreitet. Nachmittags reißt die Wolkendecke weit auf, und erstmals seit unserer Ankunft in Innsbruck sehen wir das komplette Bergpanorama der Stadt. Steil ragt die Südflanke des Karwendelgebirges am Ende der Häuserfluchten empor. Es sieht toll aus, wie die nun weißen Wolken an den Berghängen langsam emporschweben und sich schließlich auflösen.

Nachdem wir die Innenstadt und ihre Läden und Sehenswürdigkeiten gebührend erkundet und in der Burger-Bar zu Mittag gegessen haben, wollen Anna, Lasse und Jayan unbedingt die Hofburg anschauen. Ich gehe währenddessen in den nahen Hofgarten, spaziere an alten Bäumen und hübschen Blumenrabatten vorbei und rufe Sascha an.

Obwohl es erst halb vier ist, geht er sofort ran.

„Fredi!" Ich kann durchs Telefon hören, wie er dabei lächelt. Einfach an der Art, wie seine Stimme klingt.

„Ja, ich bin's. Ich sitze hier gerade im Hofgarten von Innsbruck. Was machst du gerade so?"

„Ehrlich gesagt ... so ziemlich nichts. Ich bin zu Hause und lese und mache dabei eine extra Runde Stehtraining. Ich vermisse dich, Fredi. Zweieinhalb Wochen sind echt lang, weißt du das?"

„Ich vermisse dich auch. Sehr."

Eine Weile schweigen wir beide. Ich höre Sascha ins Telefon atmen und fühle mich ihm nahe, obwohl er so weit weg ist. Ich sehe ihn vor mir im Stehtrainer, so gerne würde ich ihn jetzt küssen, seine weichen Lippen spüren, seine Finger in meinem Haar und seine Wärme fühlen, seinen Duft einatmen.

Ich komme an einer Bank vorbei, sie steht einzeln unter einem mächtigen Baum. Sie ist frei, und ich setze mich.

Und dann fange ich an: „Jayan und ich hatten eine Idee, die mir sehr gefallen würde." Mein Herz klopft auf einmal ziemlich heftig. „Es ist nur eine Idee, und ich weiß nicht, ob sie durchführbar ist und ob du sie überhaupt gut findest." Ich halte inne, weiß nicht so recht, wie ich es erklären soll.

„Jetzt sag schon, was es ist."

„Die Abreise ab Mittenwald ist ja individuell", fahre ich fort. „Die Exkursion endet offiziell am Dienstagmorgen nach dem Frühstück."

„Ich weiß. Willst du länger bleiben?"

„Nein. Oder ja. Also ... ja nur ... mit dir."

„Mit mir? Ich bin mindestens siebenhundert Kilometer weg."

„Julia, Jayans Freundin, kommt am Montagabend hierher. Die beiden wollen mit der Seilbahn auf die Karwendelspitze fahren und aus über zweitausend Metern Höhe auf all das herunterblicken, wo wir überall waren. Sie bleiben dann noch zwei weitere

Tage, und Jayan will sie vom Wandern begeistern."

„Klingt toll. Aber was hat das mit mir zu tun?"

„Jayan meinte, dass du auch kommen könntest. Und wir haben überlegt, dass wir dann zu viert auf die Karwendelspitze fahren. Und vielleicht am Tag darauf auch noch teilweise was zusammen machen. Jayan meint, er kennt sich nicht aus, aber wenn wir ihm sagen, wie er helfen kann, dann ist er da."

„Jayan meinte, Jayan meint ..." Sascha klingt skeptisch. „Warum äußert *er* so eine Idee?"

„Ich glaube, er mag mich. Und ich mag ihn. Wir sind sehr gute Freunde geworden hier. Und ich glaube, ... er wünscht sich genauso wie ich, dass wir diese Freundschaft auch nach der Exkursion weiterführen. Wir haben viel über dich geredet und über Julia natürlich auch. Vielleicht verstehen wir uns auch zu viert, hat er gesagt, und genau das fände ich auch sehr, sehr schön. Und vielleicht hat er auch gespürt, wie schön ich es fände, mit dir oben auf der Karwendelspitze zu stehen und dir alles zu zeigen."

„Fredi, du hast nicht zufällig vergessen, dass ich weder stehen noch irgendwelche Gebirgspfade besteigen kann?" Er sagt es erstaunlich ruhig.

„Nein, das habe ich nicht vergessen." Auch ich sage es ruhig.

Er schweigt.

Auf der Rasenfläche vor mir sucht eine Amsel nach Würmern. Weiter hinten leuchtet ein reich geschmücktes Blumenbeet in der Sonne. Ich selbst sitze im Schatten des Baumes, dessen Blätter über mir im leichten Wind rascheln. In Gedanken bin ich mit Sascha oben auf dem Berg. Ich sehe die Bilder, die Jayan mir auf seinem Handy gezeigt hat, genau vor mir.

„Du kannst es dir ja mal ansehen", sage ich schließlich. „Im Internet gibt es einige Bilder von der Bergstation der Karwendelbahn und von dem Rundwanderweg dort oben. Es ist nicht direkt am Gipfel. Für mich sieht es so aus, als könnte zumindest die eine Hälfte des Weges schaffbar sein. Ein bezahlbares barrierefreies Hotel gibt es auch. Ob die noch ein Zimmer frei haben, weiß ich allerdings nicht."

„Bliebe immer noch die Frage, wie ich nach Mittenwald käme."

„Julia hat Jayan gegenüber wohl gesagt, sie fände es spannend, mit dir zusammen zu fahren."

„Spannend? Weil sie dann mal einen Rollifahrer kennen-
lernt?" Ist da jetzt doch eine Spur Aggressivität in seiner Stimme?
Oder Misstrauen? Ich bin mir nicht sicher.

„Ehrlich gesagt, habe ich keine Ahnung. Für mich hörte es
sich eher an, als fände sie es spannend, uns kennenzulernen.
Oder die ganze Idee. Aber ausschließen kann ich es nicht. Ich
kenne sie nicht und habe auch nicht selbst mit ihr gesprochen."

„Fährt sie Zug oder Auto?"

„Zug, glaube ich. Ist ja alles nur eine Idee. Vielleicht ist das
bloß ein Traum. Oder Unsinn. Nicht durchführbar. Oder du
möchtest es nicht. Das wäre für mich vollkommen okay. Aber ich
wollte es dir zumindest vorschlagen."

„Hm. Es wäre schon *sehr* spontan."

„Ja. Aber noch haben wir Ferien. Und das Wetter soll die
nächsten Tage perfekt werden. Wenn ihr mit dem Auto kämt,
könnten wir vielleicht auch zum Großen Ahornboden fahren. Es
ist traumhaft da, selbst wenn man nur unten bleibt. Wir könnten
uns zwei richtig schöne Urlaubstage machen. Oder drei. Wir
haben noch nie zusammen Urlaub gemacht."

Ich würde ihn so gerne sehen. In seinem Blick und seiner
Körperhaltung lesen. Jetzt kann ich nur die Stille hören, die sich
zwischen uns ausbreitet, und ich weiß nicht, was sie bedeutet.

„Ich schaue es mir an", sagt er schließlich. „Mehr kann ich
nicht versprechen."

Das ist mehr, als ich erwartet habe. Ich versuche, mich nicht
schon zu sehr zu freuen.

„Gut." Möglicherweise hört er mein Lächeln, das ich nicht
verhindern kann. „Ruf an oder schreib mir, wenn du dich entschieden hast. Oder wenn du noch was besprechen willst, ja?"

„Ja." Sein Ja klingt nicht, als würde auch er lächeln. Es wirkt
eher beklommen.

„Wenn du zu dem Ergebnis kommst, dass du es nicht willst,
ist das okay." Ist es wirklich. Auch wenn ich, glaube ich, echt
traurig wäre. Weil es sich in meiner Vorstellung wunderbar anfühlt, einen Kurzurlaub mit Sascha anzuhängen und mit ihm auf
der Karwendelspitze zu stehen. Aber vielleicht wäre die Wirk-

lichkeit komplett anders.

„Ja", sagt er nochmal. „Ich melde mich, okay?"

„Okay. Bis dann."

„Bis dann."

Heute legt er schneller auf als sonst. Ich dagegen halte das Handy noch ein paar Sekunden länger ans Ohr, als könnte ich ihm auf diese Weise nahe sein. Aber wer weiß, vielleicht macht er das auch. Oder er beendet direkt sein Stehtraining und geht an den PC, um sich über die Gegebenheiten hier zu informieren. Wie gerne würde ich mich neben ihn setzen und zusammen mit ihm die Bilder anschauen!

Selbst wenn er nein sagt: Spätestens am Dienstagabend sehen wir uns wieder. Ich kann es kaum erwarten.

Mein Telefon ist den ganzen Nachmittag still. Jayan und die anderen bleiben anscheinend ewig in dieser Hofburg. Ich warte nicht nur auf Saschas Anruf, sondern auch auf den meiner Freunde. Den Park kenne ich bald auswendig. Schließlich setze ich mich auf eine der Bänke bei dem Riesenschach-Feld und schaue den beiden älteren Herren zu, die hier eine Partie spielen.

Um fünf Uhr rufe ich Jayan an, aber bei ihm ist besetzt. Ich probiere es bei Anna. Als sie endlich rangeht, meint sie, sie seien noch nicht fertig mit der Besichtigung. Wie kann man nur dermaßen viel Zeit in einem Schloss zubringen? Wir vereinbaren, dass ich mir die restliche Zeit in der Reiseführerabteilung der großen Buchhandlung in der Nähe der Tourist Info vertreibe.

Dort habe ich bald alle interessanten Bildbände über das Karwendel ausgiebig durchgeblättert und mir den schönsten von ihnen geleistet, als die anderen drei endlich kommen. Anna und Jayan finden die Idee, einen Bildband als Andenken zu kaufen, gut, und so dauert es, bis auch sie sich einen Überblick verschafft und sich schließlich für denselben wie ich entschieden haben.

Während wir an der Kasse stehen, vibriert es in meiner Hosentasche. Ich schaue auf mein Handy. Sascha hat geantwortet:

Dauert noch. Muss einige Dinge klären, bevor ich entscheiden kann.

Einige Dinge klären ... Das klingt so, als würde er es tatsächlich in Betracht ziehen zu kommen. Vielleicht sogar, als würde er es wirklich *wollen*.

„Gute Nachrichten?" Jayan grinst mich verschwörerisch an.

„Noch ist nichts entschieden", erwidere ich. „Aber eher gut, ja."

Er lächelt.

Ich auch.

„Ich mach's." Zwei Worte, hunderte Kilometer von mir entfernt von Sascha in sein Handy gesprochen, und ich könnte die ganze Welt umarmen.

„Oh, Sascha, ich freue mich so!" Beinahe hüpfe ich durch den Flur der Pension. Es ist kurz nach zehn, und eigentlich sitzen wir in größerer Runde zusammen in der Veranda und spielen Uno. Aber für eine solche Nachricht klinke ich mich gern aus dem Spiel aus.

„Ich mich auch." Es klingt nicht unbeschwert, aber doch echt.

„Wann kommst du und wie?" Ich steige die Treppen hoch.

„Julia hat ihr Bahnticket storniert, und du solltest deins auch stornieren. Wir fahren mit meinem Auto und planen, am Montagabend anzukommen."

„Habt ihr miteinander telefoniert?"

„Ja. Danach haben wir uns im *Pindopp* getroffen. Ich mag sie. Sie spielt Basketball, wusstest du das?"

„Ja, hat Jayan erzählt."

„Jedenfalls haben wir festgestellt, dass wir einander sympathisch sind und es wohl einen ganzen Tag im Auto miteinander aushalten werden. Wir werden uns abwechseln mit dem Fahren."

„Das ist toll."

„Ja. Es hat sich gut angefühlt, das alles so spontan zu organisieren. Fast wie ... früher."

Das kann ich mir gut vorstellen. Ich weiß ja inzwischen, dass Spontaneität zu den Dingen gehört, die sein Leben ausgemacht haben, bevor er den Unfall hatte, und wie sehr er das vermisst.

„Das mit dem Hotelzimmer hat also auch geklappt?"

„Ja. Es war tatsächlich noch ein rollstuhlgerechtes Zimmer in dem halbwegs günstigen Hotel zu bekommen. Ich habe drei

Nächte gebucht. Ist das okay?"

„Das ist nicht okay, das ist wunderbar, Sascha!" Dann haben wir zwei volle Tage!

„Aber, Fredi ..." Er hält inne.

„Ja?"

„Ich kann nicht garantieren, dass es so schön wird, wie du es dir vorstellst."

„Das weiß ich."

„Es wird vieles geben, das nicht geht. Wir werden das aushalten müssen. Wir beide."

„Ich weiß. Wir machen es uns trotzdem schön."

„Ja."

Eine ganze Weile schweigen wir. Ich bin inzwischen oben in Annas und meinem Zimmer angekommen. Jetzt ziehe ich mir meine Schuhe aus und setze mich aufs Bett.

„Wo bist du gerade?", will Sascha wissen.

„Ich bin aufs Zimmer gegangen. Als du angerufen hast, war ich gerade mit Anna, Jayan und ein paar anderen unten im Speisezimmer, und wir haben Uno gespielt. – Und du?"

„Ich bin auch gerade nach Hause gekommen und habe mich auf dem Sofa ausgestreckt."

„Ich mache mich jetzt auch lang. Bald können wir uns zusammen ausstrecken."

„Ja."

Lange lausche ich einfach nur Saschas leisen Atemgeräuschen. Ich freue mich so sehr darauf, ihn wiederzusehen. Jetzt mehrere hundert Kilometer voneinander entfernt auf dem Bett zu liegen, während er es sich auf seinem Sofa gemütlich gemacht hat, erfüllt mich sowohl mit einem Gefühl von Nähe und Wärme als auch mit schmerzhafter Sehnsucht.

„Mit *Plus*", ergänzt Sascha.

„Auf jeden Fall." Allein die Vorstellung erregt mich. Ich will ihm nahe sein, ihn umarmen, streicheln. Ihm ins Ohr hauchen und mit meinen Fingern durch die Haare im Nacken fahren. Seinen Körper zwischen meinen Beinen spüren, seine Finger zwischen meinen Haaren und seine Lippen auf meinen. Mit ihm schlafen. Und fliegen. Wir haben unsere Flügel wieder. Ich weiß es. Ganz sicher weiß ich es, obwohl er so weit weg ist.

Vielleicht denkt und fühlt er gerade dasselbe. Er schweigt genauso ins Telefon wie ich, und es fühlt sich nicht unangenehm an, sondern schön.

„Ich muss noch die Matratzenauflage holen", sagt Sascha irgendwann. „Meinst du, ich kann Ulrike anrufen, und sie macht sie für mich ab und bringt sie mir vor eure Haustür? Wärst du damit einverstanden, wenn sie in dein Zimmer und an dein Bett geht?"

Er klingt nicht einmal so, als hätte ihn diese Frage Überwindung gekostet. Das ist neu. Andere um Hilfe zu bitten für etwas, was er vor dem Unfall selbst gekonnt hat, war früher für ihn jedes Mal ein Riesending, und er hat es vermieden, wann immer es ging. Oft sogar dann, wenn es eigentlich *nicht* ging. Seit wir wieder zusammen sind, ist es schon deutlich besser geworden, aber nicht *so*. Nicht ohne jedes Zögern oder ein hörbares Unbehagen. Liebe und Glück durchfluten mich. Das Gefühl ist riesig, es passt gar nicht in mich hinein, und vielleicht kommen die Tränen, die sich auf einmal in meine Augen drängen, daher, dass es irgendwie aus mir rausmuss.

„Das macht sie bestimmt." Ich versuche, normal zu klingen. „Und natürlich bin ich damit einverstanden. Ich schicke dir gleich ihre Nummer."

„Danke. Ist alles okay bei dir?"

„Ja. Ich freue mich bloß so sehr." Auf ihn und über ihn.

„Ich freue mich auch." Diesmal klingt es unbeschwert. Ganz sicher.

Die nächsten Minuten liegen wir beide still da, das Handy am Ohr, und ich spüre unsere Verbindung so intensiv, als könnte ich Sascha sehen. Als wäre er schon hier.

Keiner von uns will Abschied nehmen und auflegen. Aber irgendwann tun wir es natürlich doch.

Ich bleibe noch auf dem Bett liegen. Sascha wird kommen. Er macht es wirklich. Vermutlich hat er den ganzen Nachmittag und Abend recherchiert, Telefongespräche geführt, Alternativen gegeneinander abgewogen und Entscheidungen getroffen. Er wird mit Jayan, den er gar nicht kennt, geschrieben oder gesprochen haben, er hat sich sogar mit Julia getroffen. Und er wird Ulrike fragen, ob sie ihm die Matratzenauflage nach unten vor die Haustür bringen kann. Er, der es immer hasste, andere um Hilfe bitten zu müssen, und der einem, wenn er es doch tun musste, dabei nicht einmal in die Augen sehen konnte, regelt das alles jetzt voller Tatendrang und souverän.

Er ist kein gefallener Engel. Vielleicht war er das, als er noch mit Corinna zusammen war. Möglicherweise war er es auch, während wir vor zwei Jahren zum ersten Mal ein Paar waren – auch wenn ich ihn damals nie so gesehen habe. Aber jetzt ist er es nicht mehr. Er ist stark. Er geht die Dinge an. Er hat Mut. Er hat sogar das mit seinen Eltern in Ordnung gebracht.

Erst jetzt fällt mir auf, dass ich während der letzten zwei Wochen so gut wie nie an Corinnas Formulierung gedacht habe. Ich hatte Sehnsucht nach Sascha, ich habe ihn vermisst, aber die Bilder von den Ruinen und dem gefallenen Engel waren weg. Niemand anderes als er selbst hat sie vertrieben. Weil er sich am Tag vor meiner Abreise dem Gespräch gestellt hat. Weil er eingefordert hat, dass ich ausspreche, was mich bedrückt. *Du sollst deine Exkursion genießen können, Fredi.* Es hat geklappt. Ich habe sie genossen, hunderte Kilometer von Sascha entfernt, und doch war ich mit ihm die ganze Zeit verbunden. In Liebe und Vertrauen, manchmal mit einem gewissen Schmerz-Faktor, vor allem aber in dem ganzen Glück, das er aus der Ferne sogar mit mir geteilt hat. Ich konnte hier fliegen, weil ich frei war und leicht, *be*-freit und *er*-leichtert, und bald werden wir zusammen fliegen. Darauf freue ich mich schon.

7. NACH FREUNDSCHAFT UND ABENTEUER.

– 30. September und 1. Oktober 2012 –

Die beiden letzten Exkursionstage fühlen sich an, als seien sie jeweils mindestens dreimal so lang wie die vorherigen. Am Sonntagmorgen fahren wir früh mit dem Zug nach Mittenwald. Dort beschäftigen wir uns zwei Tage lang mit der Geschichte des Tourismus im Wandel der Zeiten. Es ist nicht uninteressant zu erfahren, wie man sich immer neue Möglichkeiten erschlossen hat, ganzjährig Übernachtungs- und Tagesgäste in den Ort zu bekommen und gleichzeitig die Ursprünglichkeit der Natur möglichst zu bewahren. Die Landschaft hier ist sehr vielfältig. Im Osten ragt steil das Karwendel empor. Im Westen locken der deutlich niedrigere und lieblichere Kranzberg und zwei Bergseen. Die enge Klamm, die der Fluss Leutasch weiter südlich ins Gebirge geschnitten hat, ist beeindruckend. Die Buckelwiesen im Norden, inmitten derer die Jugendherberge liegt, haben ebenfalls nicht nur eine außergewöhnliche Optik, sondern auch eine interessante Entstehungs- und Nutzungsgeschichte. Trotzdem: Für mich bestehen diese beiden Tage vor allem aus Vorfreude auf Sascha, so sehr, dass ich irgendwie immer gleichzeitig mit meinen Gedanken auch bei ihm bin, ganz egal, was wir machen. Und es macht mir überhaupt nichts aus, dass Anna und Lasse angefangen haben, mich damit aufzuziehen.

– 1. Oktober 2012 –

Wir sitzen im Aufenthaltsraum und essen zu Abend, als Jayan und ich fast gleichzeitig unser Handy aus der Hosentasche ziehen. Vermutlich hat Jayans genauso vibriert wie meines gerade.

Wir sind da.

Ich lese die Nachricht und schaue zu Jayan rüber, der ebenso breit lächelt wie ich vermutlich. Unsere Blicke treffen sich. Er hält mir sein Smartphone hin.

Julia hat dieselben drei Worte für ihre Nachricht gewählt, aber zusätzlich hat sie noch ein Bild mitgeschickt, auf dem sie und Sascha vor dem Hotel, das Sascha gebucht hat, zu sehen sind. Auf dem Foto sehen die beiden aus, als würden sie sich schon deutlich länger kennen als drei Tage.

Während ich das Bild anschaue, ploppt eine neue Nachricht auf. Jayan liest sie zuerst und zeigt sie danach mir:

Wir richten jetzt erstmal Saschas Zimmer und
fahren dann zu unserer Pension. Danach gehen
wir was essen. Melden uns wieder. LG auch an
Fredi und auch von Sascha!

„Darf ich?", fragt Jayan, während er an mich heranrückt und seinen Arm ausstreckt, um einen Schnappschuss von uns beim Essen zu machen.

„Klar", antworte ich.

Jayan schickt das Bild seiner Freundin mit lieben Grüßen von uns beiden.

„O Mann!" Anna stöhnt theatralisch und wirft Lasse einen verschwörerischen Blick zu. „Die beiden sind echt nicht mehr auszuhalten, oder?"

„So was von rücksichtslos", beschwert sich Lasse augenzwinkernd. „Turtel hier, Nachricht da, verliebte Blicke in die Ferne dort ... und jetzt sogar Fotos am Esstisch. Alter, ihr nervt langsam."

„'Tschuldigung." Jayan gibt sich betont geknickt. „Tut mir echt leid, dass ihr eure Liebsten erst morgen Abend seht. Und dann auch noch zu Hause in der zertifiziert langweiligsten Großstadt Deutschlands ... Wir werden versuchen, unser Glück nicht mehr so sehr nach außen zu tragen."

„Wir bitten darum", sagt Anna streng. Aber ein ganz leichtes Grinsen kann sie sich anscheinend doch nicht verkneifen.

Ich versuche, ernst zu gucken, aber es gelingt mir nicht. Deshalb greife ich nach dem Stuhlkissen unter mir und halte es mir vor das Gesicht.

„Besser", lobt Lasse. „Und bitte sagt euren Liebsten, sie sollen sich heute Abend hier noch blicken lassen. Ich will wenigstens wissen, um wen ihr die ganze Zeit so ein Bohei macht."

„Die kommen auch ohne dein Bitten hierher, sobald sie können", wirft Anna ein. „Spürst du nicht auch schon diese Magnetschwingungen?"

Ich pruste los. „Magnetschwingungen?" Noch immer halte ich mir das Kissen vors Gesicht, luge nur mit meinen Augen darüber. „Was soll das denn sein?"

„Das sind messbare Anziehungskräfte zwischen Liebenden", doziert Anna. „Sie nehmen umgekehrt quadratisch in Abhängigkeit von der abnehmenden Entfernung zu und sind bei relativ großer räumlicher Nähe sogar für Außenstehende wahrnehmbar."

„Umgekehrt quadratisch!" Jayan lacht. „Lass das bloß nicht Sascha hören, der studiert Mathematik. Stimmt's, Fredi?"

„Ja. Aber er mag Absurdes." Ihm würde diese Unterhaltung sicher sehr gefallen. Und Annas Bemerkung besonders.

„Fredi!", ruft Anna plötzlich. „Lass das Kissen oben! Wenn du wüsstest, wie du gerade guckst …"

„Sorry. Aber ich fürchte, dieses Kissen übt einen letztlich kontraproduktiven Effekt auf meine Gesichtsmuskeln aus. Ich würde jetzt gerne unschuldig und ganz ernsthaft mein Brot weiteressen. Und dabei wieder weich sitzen."

„Na gut, wollen wir mal nicht so sein", sagt Lasse. „Guten Appetit."

Nach dem Abendessen treffen wir uns alle zusammen in unserem Aufenthaltsraum zu unserer Abschlussrunde. Die wissenschaftliche Mitarbeiterin leitet mit verschiedenen Moderationsmethoden Rückblicke, Zusammenfassungen und Feedbackrunden an. Alle achtzehn Studentinnen und Studenten ziehen eine sehr positive Bilanz. Die Exkursion war nicht nur für uns alle interessant, lehrreich und ein unvergessliches Erlebnis, sondern viele von uns haben auch schon Ideen für mögliche Bachelorarbeitsthemen oder Praktikumsstellen bekommen. Außerdem sind Jayan und ich offensichtlich nicht die Einzigen, die neue Freundschaften geschlossen haben. Abschließend lobt der Prof unsere Gruppe und die Zusammenarbeit, erinnert uns an den Abgabetermin für unsere Exkursionsberichte und beendet dann den offiziellen Teil des Abends und auch der Exkursion.

„Ab jetzt können Sie Ihren Besuch treffen oder auch hier empfangen", verkündet er. „Ich weiß ja, dass einige von Ihnen privat noch ein paar Tage in dieser schönen Gegend bleiben werden und manche davon sogar mit ihren eigens angereisten Partnerinnen oder Partnern. Und wenn Sie mögen, kommen Sie noch zum inoffiziellen Abschluss draußen am Lagerfeuerplatz. Ich habe den Platz samt Feuer ab einundzwanzig Uhr für uns reserviert."

Alle klatschen, und wenig später sitzen wir geschlossen am Lagerfeuerplatz, schauen in die lodernden Flammen und kosten die letzten gemeinsamen Stunden aus, bevor es morgen nach dem Frühstück nach Hause oder in eine andere Unterkunft geht. Außer Jayan und mir bleiben noch sieben weitere Mitstudenten für ein paar Tage hier, eine Vierer-Mädelstruppe und drei, die ebenfalls mit ihren Liebsten einen Kurzurlaub anhängen wollen.

Letztere haben wie Jayan und ich natürlich ihren Freunden oder Freundinnen längst Nachrichten geschrieben, und so dauert es nicht lange, bis unsere Runde sich nach und nach um die angereisten Partner erweitert. Mit jedem und jeder, der oder die sich zu uns gesellt, kribbelt die Vorfreude unaushaltbarer in mir.

Endlich kommt das erlösende Vibrieren meines Handys. Meine Hände zittern vor Aufregung, als ich die Nachricht öffne.

Sind am Parkplatz. Holt ihr uns ab?

Zusammen machen Jayan und ich uns auf den Weg durch das Dunkel der Nacht zum Parkplatz vorm Haus. Jetzt, da uns nicht mehr das Feuer wärmt, fällt mir auf, wie kalt es geworden ist.

Der Parkplatz wird nur spärlich erhellt von einer Lampe am Haus. Trotzdem kann ich erkennen, dass Sascha und Julia bereits ausgestiegen sind und uns entgegenkommen. Ungefähr auf Höhe des Basketballkorbs treffen wir aufeinander. Höflich begrüßt Julia zuerst mich, und Jayan reicht Sascha die Hand zu einem Sportlergruß. Ich stelle fest, dass Julia ein paar Zentimeter größer ist als ich. Sie umarmt mich kurz, und ich erwidere die Umarmung.

„Hi. Schön, dich kennenzulernen", sagt sie. „Ich habe schon viel von dir gehört – von Jayan und von Sascha."

„Ich freue mich auch", gebe ich zurück. „Ich habe auch schon einiges über dich erzählt bekommen."

Dann wende ich mich Sascha zu. Während Jayan und Julia in Richtung Jugendherbergsgarten gehen, schauen wir einander an und bewegen uns aufeinander zu. Selbst hier im Halbdunkel kann ich sehen, wie er strahlt. Er hält mir seine Hand entgegen, und ich ergreife sie. Wahnsinn, wie allein die Berührung unserer Finger mein Herz wild klopfen lässt und wie sehr mich dieses berauschende Gemisch von Liebe und Begehren erfasst! Ich setze mich auf seinen Schoß, schlinge meine Beine um seinen Körper und die Rückenlehne seines Rollis, spüre seine freie Hand an meinem Hinterkopf und lasse meine Finger sanft durch seine kurzen Haare gleiten. Dann legen wir unsere Lippen aneinander und öffnen sie, langsam, sinnlich, hingebungsvoll.

Wir brauchen keine Worte. Berührungen und Blicke, Küsse und das Spiel unserer Zungen, unser Atem und dieses riesige Lächeln, das keinem von uns aus dem Gesicht weicht, sie sind in diesen Minuten unsere Sprache, sie erzählen von Sehnsucht und Verlangen, von Wiedersehensfreude und Glück, von Zusammengehörigkeit und Liebe. Die Zeit bleibt stehen, keine Ahnung, wie lange, es fühlt sich unendlich an und zugleich nur wie ein Wimpernschlag.

Irgendwann lösen wir uns voneinander, sehen uns an, und es ist unaushaltbar schön, in Saschas leuchtenden Augen zu lesen und darin das Gleiche zu finden, was mich ausfüllt.

„Wie war eure Fahrt?", frage ich schließlich, denn all das andere in Worte zu fassen, ist weder möglich noch nötig.

„Gut. Und nett", sagt Sascha. „Lang und ein bisschen aufregend. Hatte was von Abenteuer, diese ganze Aktion."

„Das hört sich richtig gut an."

„Ja." Er sieht zufrieden aus. So, als wäre dieses Einlassen auf ein solches Abenteuer genau das, was ihm in seinem persönlichen Puzzle noch gefehlt hat.

Der Weg über den Rasen bis zum Lagerfeuerplatz ist für Sascha nur zu bewältigen, indem er die ganze Zeit auf den Hinterrädern balanciert. Ungefähr auf halber Strecke begegnen wir Jayan und Julia, die anscheinend auch gerade beschlossen haben, nun zu den anderen zu stoßen. Als wir bei den Bänken, die in einem

Kreis um das Feuer angeordnet sind, ankommen, werden Sascha und Julia wie schon zuvor die anderen drei Besucher sehr herzlich begrüßt, und alle rücken zusammen, damit wir uns setzen können. Einige wechseln sogar extra ihre Plätze, damit ich dort am Rand der einen Bank sitzen kann, neben der bis zur benachbarten Bank genügend Platz für Saschas Rolli ist.

Es wird ein langer, traumhafter Abend, bis das Feuer schließlich zu klein geworden ist, um uns noch genug zu wärmen. Nach und nach verabschieden sich immer mehr und wünschen den Verbleibenden eine gute Nacht. Jayan, Julia, Sascha und ich wechseln in den Aufenthaltsraum, um den morgigen Tag zu besprechen. Die Wetter-App auf Jayans Handy sagt für morgen leichte Bewölkung und für übermorgen einen wolkenlosen Himmel voraus. Deshalb beschließen wir, morgen zur Eng-Alm und übermorgen auf die Karwendelspitze zu fahren.

Die Verabschiedung scheint Jayan und Julia genauso schwerzufallen wie Sascha und mir. Kurz überlegen Jayan und ich, mit Sascha und Julia zu fahren und bei ihnen zu übernachten. Aber dann fällt uns ein, dass wir ja noch packen müssten und morgen früh spätestens um zehn Uhr aus den Zimmern raus sein müssen, und dass wir außerdem nur hier Bett und Frühstück für uns gebucht haben. Also bringen wir die beiden nur zum Auto zurück und gehen auf unsere Zimmer in der Jugendherberge.

– *2. Oktober 2012* –

Es ist vor zehn Uhr, als wir losfahren. Sascha und ich sitzen vorn, und Jayan und Julia teilen sich die Rückbank mit Saschas auseinandergebautem Rolli. Unsere großen Wanderrucksäcke befinden sich im Kofferraum. Die Sonne scheint, und es fühlt sich richtig gut an, jetzt zu viert durch die wunderschöne Gebirgslandschaft zu fahren. Nach Freundschaft und Abenteuer, nach guter Laune und Freiheit – und natürlich nach Liebe.

Sowohl Julia als auch Sascha folgen interessiert Jayans und meinen Ausführungen über die Isar, Vorderriß und den Rißbach, während wir durch das Isartal fahren, und sie beide bestaunen das ausgedehnte wasserlose weiße Flussbett des Rißbachs hinter Vorderriß. Auf der weiteren Fahrt geht es direkt am Rißbach entlang. In Hinterriß zeigen wir Julia und Sascha während der Fahrt das Naturparkhaus und wo wir übernachtet haben, später, kurz hinter der Garberlalm, den Aufstieg zum Grasbergsattel, von wo aus wir zur Plumsjochhütte gegangen sind, und dann, einige Kilometer weiter, wo wir zum Großen Ahornboden abgestiegen sind. Sascha scheint sich zu freuen, das, was er von der Landkarte her und aus meinen Erzählungen kennt, nun während der Fahrt zumindest von unten in echt sehen zu können, und Julia äußert immer wieder, wie atemberaubend sie das alles findet.

Wenige Minuten später öffnet sich vor uns das weite Tal des Ahornbodens. Absolut eben ist hier der grasbewachsene Boden, auf dem jahrhundertealte Ahornbäume wachsen. Sie sind schon deutlich stärker gelb verfärbt als noch vor zwei Wochen. Links und rechts des Talbodens ragen die schroffen Berge in den blauen Himmel, über den weiße Schönwetterwolken ziehen.

„Wow, ist das schön!", ruft Sascha aus.

Wir parken auf dem großen Parkplatz und gehen zu Fuß ins Almdorf. Außer uns sind noch hunderte andere Besucher im Tal, aber es verteilt sich einigermaßen. Zu viert schlendern wir durch das Dorf. Wir statten der Käserei einen Besuch ab und stöbern im Bauernladen, und schließlich kehren wir in der Rasthütte ein. Es macht mich glücklich, wie gut wir uns alle vier verstehen, besonders, weil Jayan *mein* Freund ist. Das ist ein ganz anderes Gefühl als mit Hannes und Sarah oder mit Max und Philipp. Wir kennen uns nicht lange, aber die gemeinsame Zeit auf der Exkursion war sehr intensiv, und dieser Freundschaftszauber ist noch immer da.

Nach dem Essen wandern Jayan und Julia zur Binsalm hoch, während Sascha und ich dem nur flach ansteigenden und zunächst asphaltierten und später fein geschotterten Weg in Richtung Enger Grund folgen. Wir wissen schon jetzt, dass wir niemals bis zum wildromantischen Talschluss gelangen werden, denn spätestens nach etwas mehr als einem Kilometer bei der Baumstammbrücke über den Rißbach, der hier Enger-Grund-Bach heißt, wird für uns Schluss sein. Trotzdem genießen wir es beide, teils in Sichtweite des Bachs, teils direkt am Ufer entlangzugehen und das Panorama auf uns wirken zu lassen. Wir erzählen uns gegenseitig von den letzten zweieinhalb Wochen, und es ist wunderschön, Saschas Ausführungen zu lauschen und umgekehrt sein Interesse an meinen Erzählungen zu spüren. Über alles Mögliche reden wir – außer über Saschas Besuch in Gannermühle. Ich frage Sascha auch nicht danach. Er wird wissen, dass mich das interessiert, und wenn er bereit ist, wird er es mir erzählen. Vielleicht will er aber auch bloß diese Wanderung mit mir genießen, ohne dabei über für ihn schwierige Themen zu sprechen.

Zu Beginn ist die Steigung gering, sodass Sascha allein gut vorankommt, aber je länger wir unterwegs sind, desto häufiger bittet Sascha mich, ihn zu unterstützen. Da sein Rolli keine Schiebegriffe hat und die Rückenlehne und damit der Querbügel ziemlich niedrig ist, ist das nicht sonderlich bequem. Der Spaziergang wird zu harter Arbeit für uns beide, aber wir kämpfen uns da durch und werden auf den letzten vielleicht zweihundert Metern mit einer deutlich sanfteren Steigung belohnt. Erst zum Schluss auf den letzten zwanzig, dreißig Metern braucht Sascha noch einmal meine Hilfe.

Die Baumstammbrücke ist wie erwartet viel zu schmal, als dass wir sie überqueren könnten. Aber das macht nichts. Wir haben unser Ziel erreicht. Die schon leicht verfärbten Bäume an den Hängen, die schroffen Felsen der Berge darüber und der Bach selbst sind von wilder Schönheit. Hellblau und frisch strömt das Wasser direkt neben dem Weg über große Felsblöcke, es gluckert und rauscht, und es ist traumhaft, hier mit Sascha zu sein. Wir drehen uns um und folgen mit unseren Blicken dem Verlauf des Baches ins Tal.

Ich stelle mich dicht neben Sascha und lege ihm meinen Arm um die Schultern. „Und, hat sich's auch für dich gelohnt?"

Er sieht mich an. „Ja. Ich hab immer gedacht, wie schade es ist, dass ich nie mit dir durch die Alpen wandern kann. Und jetzt sind wir hier. Es ist nicht das Lamsenjoch oder die Birkkarspitze, aber es ist mehr, als ich mir je erhofft hätte seit dem Unfall. Und es ist ... wirklich wunderschön hier."

„Das ist es." Meine Stimme klingt belegt.

Er legt einen Arm um meine Taille. „Weißt du, was ich jetzt gerne machen möchte?"

Ich schüttele den Kopf.

„Ich würde mich gern etwas weiter unten, da, wo die Wiese flach an das Bachbett heranreicht, mit dir an den Bach setzen oder legen und das alles hier einfach genießen, so lange, bis wir zurückgehen müssen. Einverstanden?"

Natürlich bin ich einverstanden, mehr als das.

Bergab kommen wir zügig voran. Es dauert nicht lange, bis wir dort sind, wo sich zwischen Weg und Bach nur ein schmaler Streifen Almwiese befindet. Bis wir allerdings wirklich eine Stelle gefunden haben, die es uns ermöglicht, bis ganz zum Bach zu gelangen, vergeht doch eine Menge Zeit. Aber schließlich sitzen wir nebeneinander im Gras, direkt am Kiesbett auf zwei dünnen Alumatten, die Sascha extra aus Hannover mitgebracht und in seinem Rucksack mit hierher genommen hat, Sascha zusätzlich auf seinem Sitzkissen. Lange schauen wir auf den Bach, und ich lausche dem Rauschen und Gluckern des Wassers, atme die klare Bergluft ein, spüre die wärmende Sonne auf meiner Haut und dieses aufregend-wunderschön prickelnde Gefühl, das Saschas Nähe in mir auslöst.

Irgendwann schiebt Sascha seine Finger zwischen meine, wir schauen einander in die Augen, und ich denke, wie unendlich schön es ist, dass wir uns jetzt wiederhaben. Er empfindet dasselbe, ich sehe es in seinen Augen und spüre es in seinen Berührungen, jetzt, wo wir zeitgleich anfangen, uns zu küssen und zu streicheln. Sascha legt sich auf den Rücken, und ich beuge mich mit meinem Oberkörper über ihn, er streicht mir durch die Haare, während er sanft mein Gesicht nah an seines führt und wir einander küssen, unter den Augen, am Hals, am Ohrläppchen ... Sein Atem und seine Lippen, seine Bewegungen und seine Blicke, sie lassen keinen Zweifel daran, dass auch für ihn gerade jede Menge *Plus* zwischen uns schwebt und sich in uns ausbreitet – und bleibt, auch als wir aufhören, uns nur noch ansehen und nebeneinander liegen, Hand in Hand.

Wir schauen den weißen Wölkchen zu, die über den azurblauen Himmel ziehen, und nachdem wir lange genug einfach nur still unser Glück ausgekostet haben, fangen wir an zu reden. Sascha erzählt ausführlich von seinem Telefonat mit Jayan, bei dem er anscheinend nicht nur die technischen Details mit ihm durchgesprochen hat, sondern ihn auch offen nach den Motiven für seine Initiative gefragt hat.

„Und? Was hat er geantwortet?", will ich wissen.

Er lächelt. „Weil ich deine Freundin mag, hat er gesagt. Und weil sie sich mega freuen würde, wenn du kommst. Seine Antwort kam so direkt und natürlich rüber, dass ich ihm das ohne Weiteres abgenommen habe."

Wärme breitet sich in mir aus, eine sehr angenehme und ruhige, sie macht mich auf eine besondere Art zufrieden und glücklich, tief innendrin. Und sie bleibt, während Sascha seine Erzählung wieder aufnimmt und seine akribischen Recherchen am PC beschreibt. Er berichtet von dem anschließenden Treffen mit Julia, bei dem sie genauestens über ihre Erwartungen und Vorstellungen gesprochen haben, und der gemeinsamen Autofahrt. Ich verleihe meiner Bewunderung Ausdruck, dass er das alles so gut durchgeplant und klar kommuniziert hat. Seine Antwort, dass es anders nicht gegangen wäre, klingt lapidar und abgeklärt. Erst als ich mit einem „Trotzdem" darauf beharre, lächelt er doch und meint, dass es sich verdammt gut angefühlt hat, diese Initiative zu ergreifen und das so selbstbewusst durchzuziehen.

Dann reden wir über Jayan, und ich erzähle Sascha, wie sehr ich Jayan mag und wie glücklich es mich macht, in ihm einen Freund gefunden zu haben, mit dem ich auf einer Welle der gegenseitigen Sympathie schwimme, die sogar einen gewissen Zauber versprüht. Und dass ich froh bin, dass ich auch Julia mag und dass wir uns zu viert gut verstehen. „Vielleicht wird das was Dauerhaftes, etwas über diese besondere Zeit im Karwendel hinaus", sage ich, „was meinst du, Sascha?" Und Sascha sieht mich an und nickt, und ich bin mir sicher, er freut sich für mich. „Ich mag sie auch, beide", sagt er, und ich glaube, es ist keine Einbildung, dass da auch bei ihm ein Mehr mitschwingt als bei ähnlichen Gesprächen, die wir über Greta oder Jana geführt haben.

Eine Weile schweigen wir zusammen, und es ist ein sehr schönes Schweigen. Ich drehe meinen Kopf ein wenig zur Seite und betrachte Sascha, der mit geschlossenen Augen vor sich hin döst und entspannt und zufrieden aussieht. Er scheint weder eifersüchtig auf Jayan zu sein noch Sorge zu haben, mich an ihn verlieren zu können – und ich glaube, es sind diese Selbstsicherheit und dieses Vertrauen in unsere Liebe, die er ganz offensichtlich hat, die auch mir in diesem Moment ein unendlich großes, sicheres Gefühl geben, dass wir nicht nur nicht ohneeinander sein können, sondern auch miteinander eine Zukunft haben.

Eine gute.

Als die Sonne sich langsam dem Kamm der hohen Felswände des Talschlusses nähert und es absehbar ist, dass es nicht mehr allzu lange dauern wird, bis unser Platz im Schatten liegt, stoßen Jayan und Julia zu uns. Sie waren wie geplant auf der Binsalm, und Julia erzählt begeistert von der Landschaft und den Aussichten. Jayan und ich wechseln einen Blick, und ich glaube, er denkt das Gleiche wie ich: Mission geglückt. Es wird nicht ihr letzter Urlaub in den Bergen sein.

Die dreißig, vierzig Minuten, bis die Sonne hinter den Bergen verschwindet, bleiben wir noch zu viert am Bach. Sascha lässt sich sogar von mir und Jayan ohne Rolli auf den Kies tragen, wo wir vorher mit den zwei Alumatten, dem Sitzkissen und Jayans Jacke einen ausreichend gepolsterten Sitzplatz für ihn vorbereitet haben. Er will wenigstens seine Finger in das kristallklare Wasser halten, hat er gesagt. Das tut er auch, und ich knie mich neben ihn und halte ebenfalls meine Hand ins Wasser – so lange, bis meine Finger die Kälte nicht mehr aushalten.

Julia und Jayan rennen derweil in einiger Entfernung ausgelassen durch das Kiesbett, springen über den Bach, balancieren auf Steinen durch das Bachbett und werfen Kiesel möglichst so ins Wasser, dass der jeweils andere ein paar Spritzer abbekommt. Stumm beobachten wir die beiden, und ich kann nicht verhindern, dass sich Trauer in mir breitmacht, weil ich genau dazu jetzt auch richtig Lust hätte. Mit Sascha.

„Hey", sagt Sascha leise, und er nimmt meine Hand. Obwohl er sie mindestens ebenso lange im Wasser hatte wie ich meine, fühlt sie sich warm an. Weiter sagt er nichts. Aber das muss er auch nicht. *Es wird vieles geben, das nicht geht. Wir werden das aushalten müssen. Wir beide.* Ich erinnere mich auch so an seine Worte. Und ich weiß, dass er recht hat.

8. GROSS.

Es ist aufregend, mit Sascha das Hotel zu betreten, an seiner Seite einzuchecken und anschließend mit ihm durch die Gänge zu unserem Zimmer zu gehen. Es ist unser erster Urlaub als Paar, und auch, wenn wir nur zwei Nächte zusammen hier sein werden, fühlt es sich nach etwas Großem an.

Unser Zimmer ist geräumig. Die Möbel sind in hellem Holz gehalten, und auf dem frisch gemachten Bett liegen außer den perfekt zusammengelegten weiß bezogenen Decken und den hübsch drapierten weißen Kopfkissen zwei kleinere rote Kissen und eine grau-rote Wolldecke als stylische Farbtupfer. Außer dem Bett mit den beiden Nachtschränken links und rechts gibt es noch einen großen Kleiderschrank und einen kleinen runden Tisch mit zwei Stühlen, auf dem eine Wasserflasche und zwei Gläser stehen. Auf dem Kofferständer befindet sich Saschas Sporttasche, und als ich meinen Rucksack an den Kofferständer lehne, erkenne ich darunter Saschas zusammengerollten Winter-Schlupfsack.

„Warum hast du denn deinen Schlupfsack mitgenommen?", frage ich erstaunt.

„Für morgen auf dem Berg." Sascha zieht seine Jacke aus und hängt sie an die Türklinke. „Ich habe die Wettervorhersage gecheckt. Da oben sind gerade mal sechs Grad angesagt, und es soll ziemlich windig sein."

„Du denkst echt an alles."

„Muss ich. Ich will mir die Zeit mit dir da oben nicht von zappelnden Beinen verderben lassen." Er wendet seinen Rolli. „Ich geh mal Händewaschen."

Ich weiß, dass Saschas Beine auf Kälte mit Spasmen reagieren, und ich weiß auch, dass es auf über zweitausendzweihundert Metern kalt sein kann – trotzdem hätte ich nicht schon in Hannover daran gedacht, den Fußsack mitzunehmen. Aber Sascha hat natürlich recht, im Gegensatz zu mir ist er es gewohnt, alles im Voraus zu durchdenken und zu planen.

Ich ziehe mir meine Wanderstiefel aus, hänge meine Jacke an

die Garderobe und folge Sascha.

Das Bad wirkt sehr modern mit den großformatigen weißen Fliesen an der Wand und dem Fliesenmosaik in unterschiedlichen Brauntönen am Boden. Die Dusche ist bodengleich und hat einen klappbaren Plastiksitz und mehrere Haltegriffe an der Wand, das Waschbecken ist unterfahrbar, und neben dem Klo sind auf beiden Seiten Haltebügel angebracht. Sascha macht mir Platz, damit ich mir auch die Hände waschen kann. Nachdem er sein Handtuch wieder an den Haken gehängt hat, bleibt er neben dem Waschbecken stehen und betrachtet mich.

„Du siehst glücklich aus", bemerkt er.

Ich spüre, wie ich unweigerlich lächele. „Das bin ich auch. Du und ich hier im Hotel ... Das fühlt sich erwachsen an. Irgendwie offiziell. Für uns als Paar. Verstehst du, was ich meine?"

„Ein bisschen wie eine neue Stufe, oder?" Er reicht mir das Handtuch.

„Ja."

„Stufen sind ja eigentlich nicht mehr so mein Ding." Ernst sieht er mich an.

Auf einmal fallen mir Janas Worte wieder ein. Die von letztem Sommer am Dugort Bay Beach: *Ja, vielleicht wäre es anders gekommen, wenn du nicht zu ihm gezogen wärst. Aber auch dann wäre eure Beziehung irgendwann fester, endgültiger geworden. Vielleicht wärt ihr irgendwann an demselben Punkt angekommen.*

Länger als nötig trockne ich mir die Hände ab. Damals haben Janas Worte eine wichtige Erkenntnis für mich gebracht. Eine, die mir geholfen hat, Frieden zu schließen mit all dem, was passiert ist. Aber jetzt machen sie mir Angst. Ist Sascha immer noch nicht bereit für ein echtes Für immer?

„Meinst du nur die physikalischen Stufen?" Ich muss das jetzt fragen, auch wenn mein Herz mein Blut auf einmal so heftig durch meine Adern treibt, dass mir für einen Moment schwindelig wird. „Oder auch die im übertragenen Sinne?"

„Hey." Er sagt es so leise wie vorhin am Bach. Langsam rollt er auf mich zu. Als wir uns beinahe berühren, hält er an und streckt die Hand zu mir aus, als wollte er mir das Handtuch abnehmen.

Ich gebe es ihm, und er legt es über den Waschbeckenrand.

Dann reicht er mir seine Hand. Ich ergreife sie und lasse mich von ihm auf seinen Schoß dirigieren.

Die gesamte Zeit über sieht er mir in die Augen, und auch, wenn sein Blick nicht unbeschwert wirkt, strahlt er doch Ruhe und Selbstsicherheit aus.

„Fredi." Er hält weiter meine Hand, legt die andere sanft um meine Taille. „Was ich vor drei Wochen am Maschteich gesagt habe, gilt. Ich hätte niemals wieder eine Beziehung mit dir angefangen, wenn ich nicht stabil genug wäre. Es tut mir so leid, dass ich es beim ersten Mal nicht war. Dass du immer noch Angst hast deswegen. Ich meinte tatsächlich beides. Ich habe einen Riesen-Respekt vor neuen Stufen, auch vor denen im übertragenen Sinne. Aber ich *will* sie gehen. Ich will *dich*, Fredi, ich will sie *mit dir* nehmen, jede einzelne. Und ich glaube, ich kriege langsam Übung darin, sie mit mehr Leichtigkeit anzugehen."

„So wie die, dass du hierhergekommen bist?"

Er nickt. „Es ist wunderschön, hier zu sein. Es war ein traumhafter Tag mit dir und Jayan und Julia in der Eng und am Abend im Gasthof – und besonders mit dir allein am Bach. Und es fühlt sich groß an, jetzt mit dir hier im Hotel zu sein."

„Sehr groß", bestätige ich.

Er lässt meine Hand los, umfasst zärtlich meinen Nacken und fährt sanft mit seinen Fingerkuppen durch meine Haare. Ich lege ihm ebenfalls meine Hand in den Nacken, streiche mit meinen Fingerspitzen durch die kurzen Haare an seinem Haaransatz. Ganz langsam drückt er meinen Kopf näher an seinen, bis wir uns mit Stirn und Nase berühren. Ich rieche seinen unwiderstehlichen Duft und spüre seinen Körper unter mir, fühle Erregung in mir aufsteigen, sie kommt mit Wucht und Macht und ganz viel Liebe und Verlangen.

„Und nah", flüstere ich.

„Ja." An der Art, wie er es haucht, erkenne ich, wie sehr auch er erregt ist. „Sehr nah."

Er neigt den Kopf etwas weiter nach hinten und zur Seite, führt seinen Mund an meinen, und allein die Berührung unserer Lippen lässt mich aufstöhnen. Zweieinhalb Wochen mussten wir auf diesen Moment warten – wir zwei wieder zusammen und ohne, dass irgendwer dabei ist oder vorbeikommen könnte –, und Sascha versteht es nur zu gut, diesen Augenblick gemeinsam mit mir auszukosten, auszudehnen, meine und seine Lust zu steigern. Zärtlich streicht er mit seinen Lippen über meine, hält eine ganz leichte Distanz, die wir nur millimeterweise verringern, während wir unsere Lippen langsam öffnen und schließlich ein sachtes Spiel mit unseren Zungen beginnen. Bis wir irgendwann doch unsere Münder aneinanderpressen und uns küssen, ungestüm und ungehemmt, mit so viel *Plus*, dass unsere Lust aufeinander sich entlädt, hier und jetzt direkt neben dem Waschbecken, in Wanderklamotten und grenzenloser Hingabe.

Lange sitze ich danach auf Saschas Schoß, und wir sehen uns an. Keiner von uns sagt etwas, vielleicht, weil es keine Worte gibt, die auch nur annähernd angemessen wären. Was in diesem Ratgeber eines Querschnittzentrums stand, den ich mir mal heruntergeladen hatte, am Anfang unserer Beziehung, stimmt: Verlangen, Lust, Orgasmus und Befriedigung finden nicht nur zwischen den Beinen statt. Ich habe es eben am eigenen Leib erlebt. Und es war himmlisch.

Irgendwann fangen wir an, uns gegenseitig auszuziehen, erst die Langarmshirts, dann die T-Shirts und die Wander-Unterhemden. Danach stehe ich von Saschas Schoß auf und knie mich vor ihm hin, um ihm die Schuhe aufzubinden. Wie vor knapp zwei Jahren nach unserem Weihnachtsmarktbesuch beugt er sich vor und streicht mir sanft durch die Haare. Ich schaue auf. Damals waren Schmerz und Anspannung in seinem Blick, gepaart mit Zuneigung und dem Willen, die Situation zu ertragen. Jetzt lächelt er, entspannt und vielleicht wissend. Möglicherweise denkt er auch gerade daran.

Ich frage es nicht. Wir kommunizieren nur mit Blicken, während wir einander nach und nach komplett ausziehen und dann zusammen in die Dusche gehen. Beim Transfer auf den Klappsitz katapultieren urplötzlich einschießende Streckspasmen Sascha beinahe aus dem Rolli, und als er endlich auf dem Sitz angekommen ist, muss er sich an den Haltegriffen festklammern, um nicht abzurutschen und auf die Fliesen zu stürzen.

Ich stehe daneben, hilflos und nutzlos. Gern würde ich irgendetwas tun, aber ich weiß nicht, was, und wahrscheinlich gibt es auch nichts, womit ich ihm helfen kann.

„Brauchst du den Rolli, oder soll ich ihn schon wegfahren?", frage ich schließlich.

„Fahr ihn ruhig schon weg." Saschas Stimme nach zu urteilen, bedeuten die Spasmen – oder das Sich-Festhalten – eine nicht unerhebliche Kraftanstrengung für ihn.

Ich bringe den Rolli auf die andere Seite der gläsernen Duschabtrennung und lege Saschas Duschhandtuch hinein, so, wie er es sonst immer macht. Als ich in die Dusche zurückkehre, haben die Spasmen endlich nachgelassen, und Sascha sitzt stabil auf dem Duschsitz.

„Vielleicht kannst du mir nachher bei ein paar krankengymnastischen Übungen helfen", sagt er leise. „Ich glaube, das wäre wichtig." Seine Ohren haben eine deutlich rote Färbung angenommen, aber er hebt den Blick und sieht mich an.

„Klar", antworte ich und versuche, mir nicht zu sehr anmerken zu lassen, wie sehr ich mich über diesen Vertrauensbeweis freue.

Sascha nimmt die Duschbrause aus der Halterung und richtet sie gegen die Wand. „Wasser marsch?"

„Wasser marsch."

Wir lassen uns Zeit und produzieren viel Schaum unter der Dusche, den wir großflächig und sehr liebevoll aufeinander verteilen, und ich genieße das *Plus*, das immer noch oder schon wieder zwischen uns schwebt und uns ausfüllt und mit sich reißt. Anschließend trocknen wir uns gegenseitig ab, ziehen uns Schlafklamotten an und wechseln ins Bett, wo ich Saschas Beine nach seinen Anweisungen eine halbe Stunde lang durchbewege. Es ist erstaunlich, wie sehr die Muskeln mit der Zeit lockerer und die Bewegungsradien der Gelenke größer werden.

„Du machst das sehr gut", sagt Sascha irgendwann.

„Danke", antworte ich. „Es scheint echt zu helfen."

„Sicher. Nicht umsonst gehe ich normalerweise zweimal die Woche zur Physiotherapie."

„Schon klar." Er geht üblicherweise montags und donnerstags, und da er den Termin von gestern absagen musste, liegt die letzte Physiotherapie schon fünf Tage zurück. Noch dazu trägt bestimmt das fehlende Stehtraining dazu bei, dass die Spastizität seiner Beine erhöht ist. „Aber ich hätte nicht gedacht, dass man es so sehr spürt."

„Ich hatte mir eigentlich mal geschworen, dass ich dich nie als Physiotherapeutin missbrauchen werde."

„Ich fühle mich nicht missbraucht." Eher geehrt. Aber das sage ich lieber nicht. „Und ich bin auch nicht deine Physiotherapeutin. Sondern bloß deine Freundin, die das im Urlaub gerne für dich macht und sich freut, dass es hilft."

Er lächelt. „Du hast echt Talent, die richtigen Dinge zu sagen, weißt du das eigentlich?"

Ich zucke mit den Schultern. Gerade weiß ich nämlich nicht, was ich antworten soll. Dieses Talent blitzt wohl nur manchmal auf. Und wenn ich es mir genau überlege, hat es sich auch erst entwickelt, seit ich Sascha kennengelernt habe.

Saschas Beine sind ruhig und entspannt, als wir schließlich im schummrigen Licht der Nachttischlampe Arm in Arm liegen und einfach nur die Nähe des anderen genießen.

Es ist so schön, mit dem Kopf auf Saschas Brustkorb zu liegen und seinen Herzschlag zu hören und seine Atembewegungen zu spüren. Zweieinhalb Wochen ist es her, dass wir zuletzt zusammen in seinem Bett lagen. Bilder und Erlebnisse aus den letzten achtzehn Tagen tauchen vor meinem inneren Auge auf: die fantastischen Ausblicke auf dem Weg zur Plumsjochhütte, der beschwerliche Aufstieg zur Falkenhütte, das Gipfelerlebnis auf dem Hochalmkreuz. Das Herumalbern mit Jayan und den anderen, das Telefonat mit Sascha vor dem Karwendelhaus und anschließend der Monduntergang und der überwältigende Blick auf die Milchstraße mit Jayan. Die Disconacht und der Nicht-Kuss, der Zauber dieser Freundschaft, die ganz klar niemals etwas anderes war und ist und sein wird. Wie anders wäre diese Zeit gewesen, wenn Sascha nicht am Vortag meiner Abreise das Gespräch initiiert hätte! Wenn mich das Bild von Ruinen und dem gefallenen Engel auch hier verfolgt hätte, wenn ich mir die ganze Zeit Sorgen gemacht hätte um Sascha und um unsere Beziehung und darum, was mit uns passiert, wenn wir so lange voneinander getrennt sind.

Niemals wäre ich so unbeschwert gewesen. Ich habe ihn in den letzten zweieinhalb Wochen vermisst – aber ich habe die Exkursion trotzdem in vollen Zügen genossen, und diese Zeit gehört auch im frischen Rückblick auf jeden Fall zu den glücklichsten und aufregendsten meines bisherigen Lebens.

Seit unserem Telefonat in der Pension in Innsbruck, als Sascha verkündet hat, dass er kommen wird, ist mir das klar, aber mir das noch einmal vor Augen zu führen, während ich wohlig und geborgen in Saschas Arm liege, das erfüllt mich mit tiefer Dankbarkeit und einem überwältigenden Glücksgefühl.

Ich umarme Sascha noch fester. „Weißt du eigentlich, wie froh ich bin, dass du vor zweieinhalb Wochen am Maschteich das Gespräch gesucht hast?"

„Und ich erst. Ich hatte eine schreckliche Angst davor, die ganze Zeit nach Gannermühle. Dass du auf meine Frage, ob du mich anders siehst, mit Ja antworten würdest. Dass ich es nicht aushalten würde, dieses Ja zu hören. Aber dann ... Als wir auf der Maschparkbrücke standen und diese dämlichen Liebesschlösser sahen ... Da wusste ich auf einmal, dass ich mich dieser Angst stellen muss. Und zwar, *bevor* du auf Exkursion fährst."

„Du hast es mir damit ermöglicht, dass ich die Zeit hier wirklich genießen konnte. Diese achtzehn Tage gehören zu den schönsten und unvergesslichsten meines Lebens. Und das konnten sie nur werden, weil wir wieder Flügel haben, Sascha. Ich konnte hier fliegen, weil wir uns trotz der vielen hundert Kilometer Entfernung nah waren. Weil nichts mehr zwischen uns stand. Danke, dass du diesen Mut aufgebracht hast. Ich hatte ihn nicht."

„Doch. Du hattest auch Mut. Sehr viel Mut. Ich habe deine Angst gesehen, als du mich gefragt hast, wofür ich verflucht-scheiße-dankbar bin. Du hast es trotzdem gefragt. Und es war richtig. Und sehr wichtig. Wer weiß, wie lange es sonst gedauert hätte, bis ich wirklich hingesehen hätte. Und bis ich das mit meinen Eltern in Ordnung gebracht hätte."

„Ist es wieder in Ordnung?"

Er antwortet nicht sofort. Stattdessen beschleunigt sich sein Herzschlag, und er liegt nicht mehr so entspannt da wie eben noch.

„Ich denke schon", sagt er schließlich. „Sie waren halt echt sauer und enttäuscht."

„Worüber?"

„Ich glaube, am schlimmsten fanden sie das mangelnde Vertrauen. Die Ungewissheit, in der ich sie gelassen habe. Du hattest recht, sie *haben* gespürt, dass ich nicht bloß krank war im August letztes Jahr. Sie sind vor Sorge vergangen, und natürlich waren sie sauer, dass ich ihnen das mit der Therapie verschwiegen habe. Es hätte sie beruhigt, haben sie gesagt."

„Warum hast du es ihnen verschwiegen?"

„Das haben sie auch gefragt. Immer wieder. Bis ich es ihnen gesagt habe. Die Antwort hat ihnen nicht gefallen."

Wie war denn die Antwort?, würde ich am liebsten fragen. Aber ich will ihn nicht drängen. Er soll selbst entscheiden, ob und wann er sie mit mir teilen will. Er scheint noch damit zu ringen. Ich kann die innere Unruhe, die ihn erfasst hat, spüren: in seinem Atem, in der Art, wie er neben mir liegt. Aber er bleibt da, er schiebt mich nicht weg, setzt nicht in seinen Rolli über.

„Du musst es mir nicht erzählen", sage ich ruhig. „Es interessiert mich, sehr sogar. Aber es ist okay für mich, wenn du das für dich behalten willst. Wirklich."

„Ich weiß. Danke." Mit seiner Hand sucht er unter der Bettdecke nach meiner Hand. Ich komme ihm entgegen, und wir verschränken unsere Finger miteinander. „Vielleicht will ich es dir aber erzählen", sagt Sascha. „Vielleicht ist es wichtig, damit du verstehst, was da zwischen meinen Eltern und mir los war. Und immer noch los ist."

Anstatt einer Antwort drücke ich ganz leicht seine Finger. Er erwidert den Druck. Es fühlt sich schön an. Vertraut und vertrauensvoll. Verbunden.

Lange bleiben wir so liegen.

„Wir waren immer was Besonderes in Gannermühle", fängt Sascha schließlich an. „Der Hof am Dorfplatz, er war einer der ersten im Dorf und lange der größte. Mein Vater ist seit Ewigkeiten Dorfvorsteher, und viele seiner Vorfahren waren es auch.

Meine Eltern haben sich, wie du ja weißt, immer sehr für die Dorfgemeinschaft engagiert. Meine Schwestern und ich wuchsen behütet auf und trotzdem frei, und wir fühlten uns auch so. Wir trieben Sport, wir hatten keine Probleme in der Schule, waren beliebt … Ich durfte früh mit Markus und mit den anderen alleine verreisen, und als ich es mir in den Kopf gesetzt hatte, unbedingt in den Bergen Zivildienst zu machen, haben meine Eltern sich auch nicht quergestellt. Obwohl sie es nicht so richtig gut fanden, weil es so weit weg war, war es klar, dass das meine Entscheidung ist. Unser Leben war unkompliziert, leicht, wir hatten das Glück gepachtet. Schwierigkeiten gab es nie, und wenn doch, packte man an und löste das Problem."

„Das klingt schön." Ich habe mich als Kind und Jugendliche nie frei gefühlt und auch nie leicht. Ich passte nirgendwo richtig dazu, nicht in meiner Familie, weil ich nicht das nette und adrette Mädchen mit Kleidchen und Zöpfen war, das meine Eltern gerne gehabt hätten, und nicht in der Schule, wo ich immer irgendwie anders war als die anderen. Ich kam zurecht, ich gab mich selbstbewusst und unabhängig und glaubte selber daran – aber wirklich glücklich war ich nie.

Sascha macht eine Pause. Zwanzig Sekunden lang, vielleicht dreißig, hält er die Luft an, bevor er sie wieder ausatmet. Er löst seine Finger aus meinen und rückt ein wenig von mir ab. Ich nehme meinen Kopf von seinem Brustkorb und setze mich auf, während er sich hochstützt, sein Kopfkissen an das Kopfteil des Bettes lehnt und dann zurückrutscht, um sich daran anzulehnen. Ich tue es ihm gleich und setze mich neben ihn. Beide ziehen wir uns unsere Decken bis zur Brust.

Es dauert, bis Sascha weiterspricht. Ich sehe ihn von der Seite an. Er scheint den Blick durch unser Hotelzimmer schweifen zu lassen, zur Garderobe, zu dem Kofferständer und dem Fenster mit seinen rotgrauen Vorhängen, zum Kleiderschrank, zu dem kleinen Tisch vor dem Vorhang des anderen Fensters und der Balkontür. Vielleicht braucht er das, sich das Jetzt und Hier bewusst zu machen, bevor er fortfahren kann.

„Ja", sagt er schließlich. „Es war schön. Bis zu dem Zeitpunkt, als mein Unfall alles aus den Angeln hob. Mein ganzes Leben, alles, was mich ausgemacht hat, das war auf einmal ausgelöscht. Und was haben meine Eltern gemacht? Sie packten an und lösten das Problem, so wie sie es immer machten, egal, ob es uns als Familie betraf oder irgendwelche Angelegenheiten im Dorf. Sie informierten sich über rollstuhlgerechte Bäder, setzten sich mit einer entsprechenden Firma zusammen und planten unser Kinderbad neu. Es war fertig, bevor ich das erste Mal übers Wochenende zu Hause war. Sie ließen einen Treppenlift montieren und vor dem Haus und auf dem Hof die Rampen bauen. Sie besorgten eine geeignete Matratze samt Lattenrost für mein Bett und den Stehtrainer, der jetzt in Hannover steht. Sogar den großen Badmülleimer vergaßen sie nicht. Sie besuchten mich regelmäßig in der Reha, erzählten mir von ihren Vorbereitungen und bestaunten meine Fortschritte. Und ich? Ich habe sie nicht enttäuscht. Ich habe wie besessen trainiert und war der Liebling der Pflegekräfte und Physio- und Ergotherapeuten. Solange es um meine körperlichen Fortschritte ging und ich mich in der Bewunderung des Klinikpersonals und der Mitpatienten sonnen konnte, bildete ich mir ein, dass es mir gut ging. Ich war witzig und wahrscheinlich auch charmant, der Vorzeigepatient halt."

Er schnaubt leise durch die Nase. Wir sitzen noch immer nebeneinander, den Blick ins Zimmer gerichtet. Aber jetzt dreht Sascha seinen Kopf, schaut mich an. Ich sehe es aus dem Augenwinkel und wende mich ihm zu.

Für einen Moment sieht mir Sascha gerade in die Augen. „Inzwischen bin ich davon überzeugt, dass diejenigen, die in den ersten Monaten rumgejammert und gehadert haben, letztlich besser dran waren. Ich habe alles, was eine Auseinandersetzung mit dem, was ich verloren habe, erzwungen hätte, von mir gestoßen. Corinna, Markus, meine Freunde. Sie passten nicht in mein neues Leben, weil ich den Schmerz, den sie mitbrachten, nicht ertragen konnte. Gespräche mit den Psychologen blockte ich ab. Brauch ich nicht, ich komm zurecht. Ich mache mir ein neues Leben, und seht, wie gut ich das hinbekomme! Das Ziel war, rechtzeitig zum Semesterbeginn mit der Reha fertig zu sein. Das Geographiestudium in Mainz oder Göttingen hatte ich mir abgeschminkt. Mathematik mit Studienrichtung Informatik in

Hannover, das war realistisch. Meine Eltern unterstützten mich, die Formalitäten zu erledigen, und ich konnte erst einmal zu Hause wohnen. Niemand wusste ja, wie selbstständig ich zu dem Zeitpunkt sein würde. Ich war fokussiert wie ein Hochspringer vor dem Anlauf. Ich war verdammt stolz auf mich, wie gut ich das hinkriegte. Und meine Eltern waren es auch."

„Auf dich oder auf sich?"

Er stößt ein kurzes, bitteres Lachen aus. „Du triffst den Nagel mal wieder voll auf den Kopf. Auf mich. Aber auf sich selbst mit Sicherheit auch. Weil sie die perfekten Eltern waren, die ihren Sohn in dieser schweren Situation unterstützen. Die anpacken und Probleme lösen."

Wirft er ihnen das vor, ihn so gut unterstützt zu haben? So richtig gelingt es mir nicht, darin ein Problem zu sehen. Aber Sascha ist ja auch nicht fertig mit Erzählen, und ich will auf keinen Fall wieder wirken, als wollte ich seine Eltern in Schutz nehmen. Wäre ja auch anmaßend, solange ich nicht die ganze Geschichte kenne.

„Die erste Stunde der Wahrheit war mein erstes Wochenende zu Hause. Es war Anfang September. Die Rampen vor dem Haus und auf dem Hof gab es noch nicht, aber der Treppenlift und meine Spezialmatratze waren schon da. Und das Bad oben war gerade fertig geworden. Ich kam in dem Glauben, das alles mit links zu wuppen. Na ja, vielleicht nicht mit links, aber halbwegs problemlos. Mit demselben Selbstbewusstsein, das ich mir in der Reha erarbeitet hatte. Als der, der diesen Schicksalsschlag bereits auf wundersame Weise bestens verkraftet hat und super in seinem neuen Leben zurechtkommt." Er schnaubt durch die Nase, es klingt verächtlich.

Ich glaube, er wartet darauf, dass ich etwas sage. Aber mir fällt nichts ein, das nicht platt klingen würde, also bleibe ich stumm. Sascha nestelt an seiner Decke herum, knetet nervös einen der Zipfel zwischen seinen Fingern.

„Na ja, du kannst es dir vermutlich denken", fährt er schließlich fort, „es kam anders. Es fing schon damit an, dass ich das große Heulen gekriegt habe, als meine Eltern und meine Schwestern mir voller Stolz den Treppenlift, das Bad und mein Zimmer gezeigt hatten. Tamara öffnete den Schrank, sie hatten sogar die Sachen umgeräumt, damit ich an alles gut rankomme, was ich täglich brauche. Alle vier standen sie erwartungsvoll vor mir, und anstatt mich zu freuen, fing ich an zu heulen. Ich konnte es nicht mehr aufhalten. Alles war auf einmal so endgültig. Ich *wollte* das alles nicht brauchen, nicht den Treppenlift, nicht den extra meinetwegen zusammengerollten Teppich im Flur, nicht den großen Mülleimer im Bad … Nicht diese übereifrige Fürsorge und diese hilflosen, mitleidigen Blicke meiner Eltern und meiner Schwestern. Und, verdammt nochmal, ich wollte nicht so einer sein, der in einem solchen Moment zu heulen anfängt." Ihm stehen auch jetzt die Tränen in den Augen. „Sie haben versucht, mich zu trösten. Aber kannst du dir vorstellen, wie unpassend ein *Alles gut!* in so einer Situation ist? Wie leer sich ein *Das Leben geht weiter, machen wir das Beste draus!* anfühlt, wenn *das Beste* niemals auch nur im Entferntesten gut sein kann? Und wie verdammt scheiße es sich anfühlt, sie zu enttäuschen, weil du dich über all ihre Vorbereitungen und Mühen nicht wenigstens ein bisschen freuen kannst? Ich konnte ihre Phrasen nicht ertragen, sie machten alles nur noch schlimmer. Da habe ich sie angeschrien und rausgeworfen, und ich wählte keine freundlichen Worte dafür."

Ich weiß nicht, was ich sagen soll. Alles, was Sascha erzählt, läuft wie ein Film in mir ab. Mein Hals ist wie von innen zugeschwollen, und bei jedem Einatmen fühle ich ein Stechen in der Brust. Vielleicht ist das Saschas Schmerz von damals, der jetzt hier in die Gegenwart gesprungen ist und sich auch in mir breitmacht. Ich rücke etwas näher an Sascha heran und lege meine Hand auf seine. Er hört auf, mit dem Zipfel herumzuspielen, lässt seine Hand unter meiner ruhen. Der Blick, mit dem er mich jetzt ansieht, ist voller Schmerz und Bitterkeit.

„Scheiße, Fredi, natürlich war es falsch, sie anzuschreien und wegzuschicken. Aber weißt du was? Anstatt mir hinterher den Kopf zu waschen, wie du es in ähnlichen Situationen immer gemacht hast, haben sie das einfach weggelächelt. Ich blieb in meinem Zimmer, bis Lorna wieder reinkam, eine halbe Stunde später oder so, und Bescheid sagte, dass es Essen gibt. Alleine die Fahrt runter mit dem Treppenlift … Früher bin ich die Treppen immer

mehr runtergesprungen als gegangen, und jetzt in diesem Schne-
ckentempo unterwegs zu sein, mit Lorna im Rücken, das war eine
Qual. Der fast schon festlich gedeckte Tisch und die aufgesetzt
gute Laune meiner Eltern waren noch schlimmer. Ich wurde
umsorgt, man füllte mir auf, meine Mutter wuschelte mir durch
die Haare, es wurde Smalltalk gemacht ... Du hast das ja erlebt,
wie es jetzt noch ist. Stell dir das in zehnmal schlimmer vor, und
es ist wahrscheinlich nicht ausreichend."

Okay, ich stelle es mir vor – und es *ist* schlimm. Dieses Weg-
lächeln, das scheint definitiv zu den Problemlösestrategien seiner
Eltern zu gehören. Entweder man packt an und schafft das Problem aus der Welt, oder, wenn das nicht geht, sieht man drüber
hinweg. Ich fand es befremdlich und nervig, aber für Sascha muss
es damals praktisch unaushaltbar gewesen sein.

„Ich glaube, in Wahrheit waren sie hilflos", überlege ich laut.
„Sind sie es immer noch in solchen Situationen."

„Ja, verdammt, natürlich waren sie das. Aber warum konnten
sie das nicht einfach mal zugeben? Dass sie enttäuscht waren und
hilflos, dass ich mich nicht einmal trösten lassen wollte und sie
stattdessen angeschrien habe? Und so war es immer, Fredi, *immer*. Egal, was ich gemacht habe, wie fies ich war, es kam nie mal
ein *Stopp*. Nie mal ein *So nicht, Sascha. Nicht mit uns!* Immer
waren sie verständnisvoll, lasen mir jeden Wunsch von den Augen ab, selbst die, die ich selber noch gar nicht bemerkt hatte. Ich
habe das vor zwei Wochen mit Dr. Schäfer durchgesprochen. Ich
war wieder das kleine Kind, das auf die Fürsorge seiner Eltern
angewiesen ist, und ich habe mich auch benommen wie eins.
Wie eines, das keine Grenzen findet und sie verzweifelt sucht,
mit allen Mitteln. Nur, um festzustellen, dass nie welche kommen. Kinder verunsichert das zutiefst, und ich fühlte mich nicht
für voll genommen. Und meine Eltern waren auch unsicher.
Hilflos, wie du richtig sagst. Das waren sie früher in unserer Er-
ziehung nie. Sie haben uns Grenzen gesetzt und Freiheiten gegeben. Sie haben drei wunderbare Kinder großgezogen. Und dann
landet eins davon im Rollstuhl, und sie kommen nicht mehr klar.
Was sie aber nicht zugeben können, nicht vor mir, nicht im Dorf,
nicht einmal vor sich selbst."

„Ja, das passt zu dem, wie ich es bei euch erlebt habe." Es passt wie die Faust aufs Auge. Und ich glaube Sascha sofort, dass das dazu geführt hat, dass er sich nicht für voll genommen gefühlt hat.

„Als ich ein paar Wochen später richtig wieder zu Hause einzog, ging das so weiter. Ich kam an einem Freitag, und für Samstag hatten meine Eltern ein paar Leute zum Kaffee auf unseren Hof eingeladen, Elfriede, die Eltern von Markus und Noah, die Nachbarn … Es sollte eine kleine Feier für mich sein, dass ich wieder da bin. Vielleicht wollten sie auch vorführen, wie toll sie alles managen und wie gut ich mein Schicksal meistere, keine Ahnung. Oder dass sich nichts ändert, was ihre Rolle in der Dorfgemeinschaft angeht. Im Rehazentrum hatten die anderen es mir in den schrecklichsten Farben ausgemalt, wie solche Begegnungen sein werden. Das Mitleid in den Augen, das Entsetzen, die Unsicherheit. Das Nicht-wissen-wohin-man-gucken-und-was-man-sagen-soll der anderen. Ich hab gedacht, so schlimm wird das schon nicht sein. Ich meine, sie *wussten* doch, dass ich den Unfall hatte. Alle wussten das. Aber es stand ihnen überdeutlich ins Gesicht geschrieben, jedem einzelnen von ihnen. Ich hatte nicht gedacht, dass es so wehtut, dem ausgesetzt zu sein."

„Wie hast du reagiert?" Es tut sogar mir weh. Dabei höre ich nur Saschas Erzählungen, und es ist drei Jahre her.

Er zuckt mit den Schultern. „Ich weiß es nicht mehr so genau. Oberflächlich habe ich mitgespielt. Vermutlich habe ich die eine oder andere Mine hochgehen lassen. Das Sonnenschein-Image werde ich wohl nachhaltig zerstört haben, der Äußerung von Elfriede im Hofladen nach zu urteilen. Ich weiß nur, dass ich mich dem Ganzen so bald wie möglich entzogen habe. Und dass ich dann in meinem Zimmer geheult habe. Und mich gleichzeitig unendlich dafür geschämt habe."

„Sind deine Eltern zum Trösten gekommen?" Sie werden doch bestimmt gemerkt haben, dass ihre tolle Idee aus Saschas Sicht eine Katastrophe gewesen war.

Er schüttelt den Kopf. „Sie hatten ja noch die Gäste da. Und außerdem … Wenn ich jetzt darüber nachdenke, ich glaube, nach dem fehlgeschlagenen Tröstversuch an meinem ersten Wochenende haben sie es nie wieder versucht. Und ich hab … ich hab mir auch ... abgewöhnt, vor ihnen ... zu heulen."

Der Schmerz, der jetzt in mich fährt, nimmt mir für einen Moment den Atem. Alles ergibt auf einmal Sinn. Saschas früherer unbedingter, ungesunder Wille zur Selbstbeherrschung, das Sich-im-Bad-einschließen, dieses Bloß-niemanden-sehen-lassen, wie dreckig es ihm ging. Seine Eltern haben alles für ihn getan, aber wirklich *da* für ihn waren sie nicht. Dabei waren sie die Einzigen, die es hätten sein können, denn Markus und Corinna und seine Kumpels hatte Sascha verjagt. Wie einsam sich Sascha gefühlt haben muss! Allein mit dem Schmerz und doch dazu verdammt zu kämpfen, zu funktionieren, ein Sonnenschein zu sein.

Ich habe keine Worte, die ich jetzt sagen könnte. Ich muss selber weinen, so sehr tut es *mir* weh, und als ich mich Sascha zuwende, weil ich ihn umarmen und halten will, da sehe ich, dass auch ihm still die Tränen über die Wangen laufen. Ich richte mich auf, wir schauen einander in die Augen, und ich weiß, dass ich nicht fragen muss. Ich knie mich rittlings auf seine Oberschenkel, die Bettdecke noch zwischen uns, und umarme ihn. Er vergräbt sein Gesicht in meiner Halsbeuge und legt seine Arme um mich, und wir beide weinen.

Es ist so krass, mit welcher Intensität Gefühle zuschlagen können. Wie sehr sie einen einnehmen, sogar mehrere gleichzeitig, und zu was für einem gewaltigen Sturm sie sich vermischen können. Ich fühle Saschas Schmerz und seine Scham, seine Hilflosigkeit und seine Wut von damals, seinen Schmerz von heute, und sogar die Sicherheit und Geborgenheit, die er wahrscheinlich in meinen Armen empfindet, so, wie er sich von mir halten lässt, während er seine Selbstbeherrschung aufgibt und loslässt. Ich fühle meinen eigenen Schmerz, das Entsetzen darüber, wie schlimm es zu Hause für ihn gewesen sein muss, und gleichzeitig auch eine Art Freude an der Erkenntnis, weil ich jetzt auf einmal verstehe. *Wirklich* verstehe. Und da ist auch Glück in mir, weil Sascha sich in meinen Armen fallen lässt. Weil ich ihm das geben kann, was er so dringend braucht.

Irgendwann lockert Sascha seine Umarmung, und ich löse mich langsam von ihm. Er schaut mich an, während ich mich aufrichte, und ich sehe das Danke in seinen Augen, auch wenn er es nicht mit Worten sagt.

Sekunden vergehen, in denen wir diese intensive Verbindung noch aufrechterhalten. Dann sagt Sascha: „Ich muss was trinken."

„Ich auch." Ich habe wirklich Durst. „Soll ich uns zwei Gläser Wasser holen?"

Langsam bewegt Sascha seinen Kopf hin und her, ohne den Blick von mir zu nehmen. „Ich muss eh nachher noch ins Bad."

Ich stehe von ihm auf, und er begibt sich zurück in seinen Rolli. Ich steige vom Bett, stelle den überflüssigen Stuhl zwischen meinen Nachttisch und die Wand, und dann treffen wir uns am Tisch und trinken Sprudelwasser.

„Das Apfelaroma fehlt", bemerkt Sascha. Ich könnte dahinschmelzen, weil er sein verschmitztes Grinsen aufblitzen lässt, mitten in dieser noch immer von Schmerz geprägten Situation.

Grinsend halte ich ihm die Flasche hin. „Dafür ist es original Mittenwalder Wasser. Die nehmen echtes Quellwasser aus einer Quelle am Lautersee." Das weiß ich von einer unserer Führungen hier in Mittenwald.

Er begutachtet das Etikett. „Na, dann will ich mal großzügig über den fehlenden Apfelgeschmack hinwegsehen. Zumal der Berg hier auf dem Etikett und das tiefblaue Wasser davor eine echte Augenweide sind."

Es tut gut, hier mit Sascha am Tisch zu sitzen und zu scherzen, auch wenn es nur für einen kleinen Augenblick ist. Ich denke plötzlich an das Stilmittel *Comic Relief*, das wir mal im Englisch-Leistungskurs durchgenommen haben. Diese eingeschobenen lustigen Szenen oder Figuren, die in ernsten oder sehr spannenden Theaterstücken, Büchern oder Filmen für einen kurzfristigen Spannungsabbau sorgen. Das funktioniert ganz offensichtlich auch im echten Leben – und Sascha ist ein Meister darin.

Nichtsdestotrotz hängen wir wohl beide weiter in unseren Gedanken noch in Gannermühle fest, denn die nächsten Minuten sitzen wir schweigend an dem kleinen Tisch, und als mir das auffällt und ich Sascha anschaue, sehe ich, dass sein Blick ins Leere geht.

„Hast du das alles angesprochen bei deinen Eltern?", frage ich ihn. „All das, was du mir erzählt hast?"

Er nickt. „So ziemlich, ja."

„Wow. Das war bestimmt schwierig."

Wieder nickt er. „Für uns alle drei."

Ich bewundere ihn. So sehr und aus tiefstem Herzen, dass ich dem nicht mit Worten Ausdruck verleihen könnte. Es wäre immer nur ein billiger und völlig unzureichender Abklatsch dessen, was ich empfinde.

Ich schenke Sascha und mir den Rest Wasser aus der Flasche ein und nippe anschließend an meinem Glas.

Auch Sascha nimmt einen Schluck. „Ich habe das vorher mit Dr. Schäfer durchgesprochen", sagt er dann. „Eigentlich hatte ich nur einen normalen Termin, neunzig Minuten, aber er hat mir noch einen Teil seiner Mittagspause geschenkt. Und am nächsten Tag hatte jemand abgesagt, den Termin hat er mir auch gegeben. Das hatte ich auch bitter nötig."

„Da hattest du ja Glück, dass dein Termin vor der Mittagspause war und dass gleich am nächsten Tag jemand abgesagt hatte."

„Und dass Dr. Schäfer diese Zeiten *mir* zur Verfügung gestellt hat", ergänzt Sascha. „Ich bin ja nicht sein einziger Patient."

„Vielleicht mag er dich."

Er lächelt. Und sagt nichts dazu.

„Er hat mir geholfen, klar zu sehen", erzählt er stattdessen weiter. „Überhaupt zu erkennen, was damals abgelaufen ist. Auch mal die Perspektive meiner Eltern einzunehmen. Das war schmerzhaft. Aber wichtig."

„Das kann ich mir vorstellen."

„Meine Eltern haben trotzdem jede Menge Vorwürfe rausgehört. Wir haben uns schlimm gestritten. So wie noch nie."

„Habt ihr überhaupt seit dem Unfall mal gestritten?"

Er schüttelt den Kopf. „Nie. Dr. Schäfer hat gesagt, es ist gut, wenn es zum Streit kommt. Wenn alles auf den Tisch kommt, anstatt dass es weiter weggelächelt wird. Es war trotzdem ... hart."

„Das glaube ich. Wie lange habt ihr gestritten?"

Er hebt die Schultern. „Schwer zu sagen. Immer wieder halt, drei Tage lang. Mit Pausen dazwischen, wo wir versucht haben, uns neu zu sortieren, aber es brach immer noch Neues hervor.

430

Am dritten Tag dachte ich morgens, jetzt wird es besser, aber dann ... Der Streit war am schlimmsten. Meine Mutter hat geheult, mein Vater geschrien und ich habe geheult *und* geschrien. Ich musste da raus, bin weg aus dem Wohnzimmer, hab mich im Gästebad eingeschlossen ... war drauf und dran abzureisen. Aber dann habe ich mich daran erinnert, was Dr. Schäfer gesagt hat. Dass Streiten gut ist. Und daran, was du gesagt hast. Dass *ich* es in der Hand habe, das Verhältnis zwischen ihnen und mir zu normalisieren, nur ich. Und dass ich gekommen war, um genau das zu tun. Irgendwann bin ich zu meiner Mutter in die Küche gegangen, habe ihr beim Kartoffelschälen geholfen, ich musste an dich denken, was du von dir und deiner Mutter erzählt hast. Wie ihr in der Küche zusammen Gemüse geschnitten und euch versöhnt habt."

Ich kann sehen, wie er auftaucht aus den Tiefen seiner Erzählung zu uns hier ins Hotelzimmer. Er schaut mich direkt an und lächelt ein winziges bisschen.

„Eine ganze Weile haben wir stumm gearbeitet. Normalerweise hätte sie gute Laune verbreitet, mir Smalltalk aufgezwungen, aber auch sie war still. Das war neu. Und ungefähr genauso unangenehm. Als die Kartoffeln fertig geschält und geschnitten waren und die Möhren und die Zwiebeln auch, gab es für mich nichts mehr zu tun. Normalerweise hätte ich schon mal den Tisch gedeckt oder die Messer abgewaschen, aber du kennst ja unsere Küche. Sie ist absolut nicht rollstuhlgeeignet."

Ja, ich kenne die Küche in Gannermühle, und ich kann mir alles, was Sascha erzählt, haargenau vorstellen. Und ich bin wahrscheinlich fast genauso tief in Saschas Erzählung versunken wie er selbst.

„Meine Mutter kochte die Kartoffeln und Möhren vor und briet die Zwiebeln an", fährt Sascha fort, den Blick längst wieder mehr nach innen gerichtet. „Sie bereitete die Soße für den Auflauf vor, gab das Gemüse in die Auflaufform und den Käse und die Soße darüber. Ich stand daneben und hielt es aus. Das Schweigen, die Untätigkeit, das Unbehagen. Zu Hause in Hannover koche ich mal für euch, hab ich irgendwann gesagt. Dürfen wir kommen?, fragte meine Mutter überrascht und vermutlich auch misstrauisch. Natürlich. Ich bitte darum, habe ich geantwortet. Wirklich?, hat sie nachgehakt. Ich habe es nochmal bekräftigt, und sie hat sich ehrlich gefreut. Ich glaube, sie hatte den Impuls, mir durch die Haare zu wuscheln, aber sie hat es gelassen. Stattdessen hat sie die Auflaufform in den Ofen geschoben und den Timer eingestellt. Danach standen wir einander plötzlich gegenüber und haben uns angesehen. Mama, wenn ich könnte, würde ich mich jetzt vor dich stellen und dich in den Arm nehmen, hab ich gesagt. Da hat sie angefangen zu weinen und sich gleich dafür entschuldigt, und ich habe ihr gesagt, sie darf weinen, und wenn sie möchte, darf sie sich auf den Hocker setzen, damit ich sie umarmen kann. Sie hat es gemacht, beides, weitergeweint und sich auf den Hocker gesetzt, und ich hab mich von vorne neben sie gestellt und habe sie umarmt und sie mich, und es fühlte sich an, als würde währenddessen alles anfangen, sich endlich *wirklich* neu zu sortieren zwischen uns."

Wahnsinn, wie er das hingekriegt hat. So, wie er es erzählt, war es ein bisschen wie zwischen mir und meiner Mutter – nur dass in seinem Fall *er* derjenige war, der auf seine Mutter zugegangen ist und nicht umgekehrt. Ich finde immer noch keine Worte, die meine Bewunderung angemessen ausdrücken könnten. Ich kann ihn nur ansehen und hoffen, dass er richtig in meinem Gesicht liest. Er erwidert meinen Blick – mit einem Anflug von Lächeln.

„Und dein Vater?", frage ich schließlich.

Sascha trinkt einen Schluck Mineralwasser. „Den hab ich nach dem Mittagessen gefragt, ob wir eine Runde spazieren gehen", sagt er dann. „Wir sind hinterm Museum auf den Feldwegen langgegangen, die sind asphaltiert, und man kann in nahezu jeder gewünschten Weglänge um die Felder laufen. Ähnlich wie meine Mutter und ich in der Küche haben wir lange gar nicht geredet. Irgendwann habe ich angefangen, ihm von meinem jetzigen Leben zu erzählen. Von dir und von der Uni, vom Basketball und von meinen Freunden, von der Physiotherapie und meinen Gesprächen mit Dr. Schäfer. Wie es mir geht und wie ich mich fühle. Ich habe ihm gesagt, vielleicht hab ich das gebraucht, einmal ganz unten aufzuschlagen, um zu lernen, endlich *wirklich* klarzukommen. Dass ich genau das jetzt tue, wirklich klarkommen, und wie froh und dankbar ich bin, dass er und meine Mutter damals im August genau im richtigen Moment genau das Richtige getan haben. Und dass es mir leidtut, dass ich ihm das nicht früher sagen konnte. Warum konntest du es nicht?, hat er gefragt. Weil das alles ein Prozess ist, hab ich geantwortet, harte Arbeit mit schmerzvollen Erkenntnissen, das geht nicht mal eben auf Knopfdruck. Hm, hat er gemacht, und wir sind weiter langgegangen zwischen den Feldern. Als wir schon fast wieder im Dorf angekommen waren, hab ich gesagt: Ich hab da so eine hässliche weiße Wand in meinem Zimmer. Ob er mir helfen würde, die Bilder wieder aufzuhängen. Du musst wissen, dass er es war, der sie damals für mich abnehmen musste, das war auch so eine unrühmliche Situation, wo ich rumgeschrien und rumkommandiert habe, das war echt zum Schämen. Alle?, hat er gefragt. Die meisten, hab ich geantwortet. Ich habe noch ein paar neuere auf dem Laptop dabei, ich würde gerne alte und neue mischen. Das klingt wunderbar, hat mein Vater gesagt und mir freundschaftlich auf die Schulter geklopft. Wenn du willst, können wir die neuen Fotos nachher zusammen ausdrucken und rahmen."

„Das heißt, wenn wir das nächste Mal in Gannermühle sind, hängen da die Fotos wieder an der Wand?"

Er nickt. „Und du darfst sie dir alle in Ruhe anschauen und alles fragen, was du wissen willst." Sein Lächeln strahlt Stolz und Zufriedenheit aus.

„Darauf freue ich mich schon sehr. Und du?"

„Ich mich auch."

„Das klingt wunderbar. Und? Hat das Aufhängen der Fotos dir und deinem Vater geholfen, das Eis zu brechen?"

„Ja. Es hat sich ein bisschen angefühlt wie früher, wenn wir zusammen was Handwerkliches gemacht haben. Das Parkett im Wohnzimmer abgeschliffen, ein Rankgerüst für die Kletterrosen gebaut, irgendwas repariert, so was halt. Und ich glaube, mein Vater fühlte sich wertgeschätzt, dass ich die Bilder mit *ihm* aufhängen wollte. Wir waren den ganzen Nachmittag beschäftigt, und das Zusammensein mit ihm hat sich zum ersten Mal seit dem Unfall gut angefühlt. Normal. Ich denke, da hat sich auch zwischen uns einiges neu sortiert. Wieder richtig hinsortiert, verstehst du?"

„Ich glaube schon."

„Das ist schön."

„Ja."

„Ich hab das vor allem dir zu verdanken, Fredi."

„Du selbst hast das hingekriegt, Sascha."

„Ja. Sicher. Aber ohne dich ... hätte ich es nie versucht."

„Jedenfalls nicht so bald", stelle ich klar.

Jetzt schleicht sich ein Grinsen in sein Gesicht. Ein sehr schönes. Er rollt ein Stück vom Tisch ab und dann auf mich zu, lädt mich ohne Worte auf seinen Schoß ein. Nur zu gerne stehe ich auf und setze mich auf seine Oberschenkel.

Sehr, sehr liebevoll umfasst er mit beiden Händen meinen Kopf und führt ihn zu sich heran, bis unsere Lippen sich fast berühren. „Wie machst du das nur?", fragt er leise.

„Was?", frage ich ebenso leise.

Jetzt berührt er ganz leicht meine Lippen mit seinen, gibt mir einen unendlich zärtlichen Kuss. „Mit vier Worten so viel auszudrücken", sagt er dann. „Einfach so, ohne zu überlegen."

Ich löse mich von ihm und sehe ihn an. „Keine Ahnung. Ich glaube, deine Gegenwart macht das irgendwie. Das passiert dann wie von selbst."

Diese Mischung von Grinsen und Lächeln, die sich jetzt in seinem Gesicht ausbreitet und seine Augen leuchten lässt, ist so hinreißend, dass ich nicht anders kann, als meine Hand in seinen Haaren zu vergraben, meine Lippen an seine zu legen und meine Beine um ihn zu schlingen. Auch er streicht mir mit seinen Fingern durch meine Haare, ich liebe das so sehr, auch, wie er jetzt die Lippen öffnet und sich unsere Zungen begegnen. Wir lassen das Feuerwerk zünden, ein zweites Mal an diesem Abend, diesmal nicht neben dem Waschbecken, sondern neben dem Tisch, und es ist bunt und groß und wunderschön.

9. OBEN.

Jayan und Julia sind zu Fuß zur Talstation der Karwendelbahn gegangen. Sie kommen uns schon entgegen, als wir noch mit dem Aussteigen aus dem Auto beschäftigt sind. Die Begrüßung ist sehr herzlich, die beiden scheinen sich ebenso auf das Beinahe-Gipfelerlebnis zu freuen wie wir. Oder darauf, mit uns was gemeinsam zu machen. Oder auf beides.

Wegen des Feiertags und des guten Wetters herrscht ein reger Andrang an der Seilbahn. Wir müssen über eine halbe Stunde warten, bis wir endlich einsteigen können. Schon nach der Abfahrt eröffnet sich für uns der Blick auf Mittenwald. Höher und höher steigt die Kabine. Jayan steht dicht hinter Julia, einen Arm um sie gelegt, und erklärt, was man alles sehen kann. Sascha und ich stehen neben den beiden, ich hinter Sascha, meine Hände auf seinen Schultern, und wir hören beide Jayan zu.

Oben in der Bergstation gibt es ein großes Restaurant mit einem riesigen Panorama-Fenster in Richtung Mittenwald. Um diese Uhrzeit ist hier kaum jemand, deshalb können wir ohne Probleme bis zu dem Fenster gehen und die Aussicht bestaunen. Man sieht alles: den gesamten Ort, den Lautersee, den Ferchensee, den Kranzberg ... Es ist fantastisch.

Heute Nachmittag werden wir zu viert die Straße zum Lautersee hochwandern und uns dann dort ein Boot mieten. Gestern im Gasthaus hat Jayan herausgefunden, dass das nur gut zwei Kilometer und hundert Höhenmeter sind und dass es bei dem Hotel am Lautersee einen Bootsverleih gibt, bei dem man sich auch Elektroboote ausleihen kann. Das wird bestimmt toll. Wir beschließen, vorher hier im Restaurant zusammen zu Mittag zu essen, und lassen uns einen Tisch direkt am Fenster reservieren.

Bevor wir nach draußen gehen, transferiert Sascha auf einen Stuhl, befreit den Fußsack, den er bisher auf seinem Schoß liegen hatte, von den Spanngurten und legt ihn in den Rolli. Anschließend öffnet er den Reißverschluss, klappt den Schlupfsack auf und setzt sich wieder zurück.

„Der sieht sehr warm aus", meint Julia.

„Das ist er auch", sagt Sascha. Er beugt sich vor und schließt den Reißverschluss bis zum Knie, danach richtet er sich wieder auf und schließt den Rest. Dann stemmt er sich hoch, optimiert seine Sitzposition und sieht uns an. „Von mir aus können wir los."

Von seiner Scham, im Winter auf einen dicken Fußsack angewiesen zu sein, ist entweder nichts mehr übrig, oder er kann sie inzwischen so beiseiteschieben, dass sie für andere nicht merkbar ist. Stattdessen habe *ich* auf einmal damit zu kämpfen, wie viel schwerwiegender seine Behinderung auf einmal wirkt. Während wir uns auf den Weg machen, drängen sich sogar Corinnas Worte wieder in mein Bewusstsein. *Ich sehe vor allem das, was nicht mehr ist.* Gleich wird Sascha, anstatt mit sicheren, leichtfüßigen Schritten auf dem Rundweg unterwegs zu sein und vielleicht mit mir den halbstündigen Aufstieg auf den Gipfel der Karwendelspitze zu unternehmen, nur noch mit Mühe vorankommen oder sogar komplett auf unsere Hilfe angewiesen sein.

Wir folgen Sascha ins Freie auf den breiten Schotterweg. Vor uns liegt die Karwendelgrube, eine Art riesige Mulde, vielleicht fünfzig, sechzig Meter tief und mit Magerrasen bewachsen. Um sie herum führt, erst ein kurzes Stück steil im Zickzack, danach hangparallel auf einer Ebene, der Passamani-Rundweg, über dem auf der gegenüberliegenden Seite der Gipfel der Karwendelspitze thront. Die zweite Hälfte des Rundwegs steigt wieder steiler an. Die Pfade sind deutlich schmaler und führen fast bis zum Gipfel der Nördlichen Linderspitze, bevor es in scharfen Serpentinen wieder hinab zur Bergstation geht. Überall auf den Wegen und Pfaden sind Leute unterwegs. Dennoch herrscht eine ruhige Berg-Atmosphäre. Der Wind weht hier oben kräftig und trägt die Geräusche der Menschen schnell weg.

Die Sonne wärmt, aber die Luft ist kühl und der Wind eisig, und so setzen wir uns bereits nach wenigen Metern unsere Mützen auf. Das erste Stück des Weges fährt Sascha ohne Hilfe auf den Hinterrädern balancierend. Der Weg ist breit, fein geschottert und sanft ansteigend. Doch schon bald wird es steiler. Sascha dreht seinen Rolli um hundertachtzig Grad, lässt ihn auf alle vier Räder zurückkippen und bleibt stehen.

„Hier endet meine Selbstständigkeit vorerst", verkündet er. „Sorry, aber jetzt müsst ihr ran."

„Kein Problem", sagt Jayan. „Hab ich dir ja schon am Telefon gesagt."

„Ich weiß. In Anbetracht der Steilheit und der Stufen vor der ersten Spitzkehre schlage ich vor, ihr transportiert mich rückwärts und leicht gekippt nur auf den Hinterrädern. Jayan, du übernimmst am besten hinten – also oben – am Querbügel, und Fredi vorne – also unten – am Rollstuhlrahmen."

„Und ich?", fragt Julia.

„Du löst Fredi oder Jayan ab, wenn sie nicht mehr können."

So machen wir es. Es ist sehr beschwerlich, weil sowohl Jayan als auch ich die ganze Zeit in gebückter Haltung bleiben müssen. Wir müssen alle paar Meter Pausen einlegen und wechseln zu dritt durch, sodass jeder zwischendurch auch mal ein paar Schritte aufrecht und mit gestrecktem Rücken zurücklegen kann.

Je länger wir brauchen, desto mehr zweifle ich daran, dass das hier wirklich eine gute Idee war. Auf den Fotos im Internet sah dieser Abschnitt nicht dermaßen steil aus. Natürlich hilft Sascha mit, indem er jeweils im richtigen Moment an den Rädern dreht, und dann geht es wieder zwanzig, dreißig Zentimeter weiter, aber dem Rollstuhl fehlen einfach Griffe, an denen man in halbwegs angenehmer Höhe anfassen kann.

Immer wieder überholen uns Leute. Zum Glück ist der Weg breit genug dafür, sonst würden wir mit der Zeit einen riesigen Stau verursachen. Niemand sagt etwas zu uns, aber viele der Gesichter sprechen Bände. Ich sehe Mitleid, Verwunderung, Skepsis ... Manche der Wanderer scheinen unser Vorhaben sogar zu verurteilen, so abschätzig wirken ihre Blicke.

Wir wechseln noch einmal, jetzt bin ich wieder unten am Rollirahmen dran. Saschas Miene wirkt verbissen, wie versteinert, er ist ganz still geworden und sieht mich nicht an. Nie habe ich seine Behinderung als so schwerwiegend und so wichtig empfunden wie jetzt gerade. In Hannover in seiner rollstuhlgerechten Wohnung, in seiner Basketballmannschaft, in unserem gemeinsamen Leben, das wir uns mittlerweile eingerichtet haben, ja, sogar gestern im Engtal, da war und ist sie einfach ein Teil von

Sascha, der manchmal eine Rolle spielt, meistens aber unwichtig ist. Jetzt aber dominiert sie alles. Und ich habe diese Situation auch noch heraufbeschworen. *Ich* wollte unbedingt mit Sascha hier auf den Berg. War ich zu naiv? Hatte ich bis jetzt die Augen davor verschlossen, wie einschränkend seine Behinderung ist?

Auf einmal habe ich die überlegen klingende Stimme meiner Mutter im Ohr. *Natürlich blendest du seine Behinderung noch aus in der ersten Phase der Verliebtheit und in deinem jugendlichen Leichtsinn. Aber diese Phase wird enden, und dann wird die Behinderung für dich eine viel größere Rolle spielen.* Bin ich jetzt an diesem Punkt angelangt? Habe ich in diesem Moment die rosarote Brille abgelegt, von der meine Mutter damals sprach?

„Seid ihr sicher, dass ihr das weiter durchziehen wollt?", fragt Sascha auf einmal. Er schaut erst mich an, dann hoch zu Jayan hinter ihm, dann zu Julia, die neben uns geht.

Wir stoppen, müssen Sascha aber weiter angekippt halten, damit er nicht den Berg hinunterrollt oder aus dem Rolli fällt.

„Ja, natürlich", sagt Jayan sofort.

„Klar", sagt Julia fast zur gleichen Zeit.

„Wenn du noch magst?" Ich will ihn nicht nötigen. Auf keinen Fall will ich das.

„Bis zum ersten Aussichtspunkt meinetwegen", meint Sascha. „Wenn ihr noch durchhaltet."

„Kommt, Leute!", feuert uns Jayan an. „Fünfzehn Meter noch, höchstens. Die schaffen wir."

„Ich löse dich mal ab, Fredi, ja?", schlägt Julia vor.

Ich überlasse Julia meinen Platz und gehe langsam hinter den dreien her, während sie die nächsten Meter in Angriff nehmen.

Jayan und Julia kennen Sascha gerade mal seit ein paar Tagen. Und trotzdem gehen sie beide hier an ihre Grenzen, um ihm, *meinem* Freund, die Aussicht zu ermöglichen. Anders als all die Leute hier um uns herum, die uns mitleidig oder kopfschüttelnd beäugen oder betreten wegsehen, sehen sie Sascha als den, der er ist. Seine Behinderung ist nur *ein* Teil von ihm. Ja, jetzt gerade ist es ein dominanter, beherrschender Teil. Aber in den allermeisten Situationen unseres Alltags ist das nicht so.

Ob eure Beziehung eine Zukunft hat, das kannst du doch gar

nicht beurteilen. Sascha ist querschnittgelähmt und wird es im-
mer bleiben. Er wird sein Leben lang mit den Folgen zu tun ha-
ben. Das wirst du irgendwann auch begreifen. Krass, welche
Macht die Worte meiner Mutter von damals noch immer haben,
dass sie mir derart genau im Gedächtnis sind! *Und du wirst intel-*
ligent genug sein, dich nicht für den Rest deines Lebens an einen
behinderten Mann binden zu wollen. O nein, Mama, du hattest
nicht recht. Ja, vielleicht habe ich tatsächlich durch unseren Besuch in Gannermühle, durch die Worte von Corinna und vielleicht auch hier am Berg erst *wirklich* begriffen, was Sascha verloren hat. Und ich hadere damit, wie schwer es mir fällt, das zu
integrieren. Aber ich bin bereit, das zu tun. Nicht nur Sascha
kann an sich arbeiten, auch ich kann das. Denn ich bin intelligent
genug, mich an den Mann binden zu wollen, den ich liebe.

Deine Gefühle sind normal, Fredi, hat Sascha gesagt. *Das*
braucht Zeit. Ich sollte sie mir geben. Ich werde lernen, das auszuhalten. Ich werde es auch jetzt aushalten. So wie er.

Endlich haben wir die Spitzkehre erreicht, von der aus es einen
vielleicht sechs, sieben Meter langen Stichweg zum ersten Aussichtspunkt gibt. Dieser Abstecher ist nicht steil, sondern fast
waagerecht, aber da er überall mit kleineren Felsen durchsetzt ist,
müssen wir Sascha weiterhin rückwärts ziehen. Wir wechseln
ein weiteres Mal durch, Jayan übernimmt den Rollirahmen vorne
und ich den Querbügel an der Rückenlehne.

Dann sind wir da. Hier am Ende des Weges gibt es eine kleine
ebene und felsenfreie Fläche, kaum doppelt so groß wie Saschas
Rolli. Jayan und ich lassen den Rolli los und richten uns auf.

„Da sind wir", sagt Jayan feierlich. „Kannst dich umdrehen,
Sascha. Aber pass auf, halt dich von der Graskante fern!"

Auch ich drehe mich um und stelle mich neben Sascha. Jayan
und Julia begeben sich zur Panoramatafel, die etwas oberhalb von
uns auf einem felsigen Plateau steht, und bestaunen die Aussicht
von dort, während Sascha seinen Rolli auf den Hinterrädern balancierend um hundertachtzig Grad dreht und ihn anschließend
auf allen vier Rädern aufsetzen lässt.

Dicht nebeneinander stehen wir nun am Ende des Weges. Nur

dreißig, vierzig Zentimeter Schotter und ein schmaler Grasstreifen trennen uns vom Abgrund. Hier geht es über tausend Meter fast senkrecht hinab. Weit öffnet sich der Blick nach Westen und Norden. Mittenwald, die Buckelwiesen, das Isartal, der Walchensee und dahinter sogar das Voralpenland – all das liegt traumhaft klar vor uns. Und einen Großteil davon haben wir auf unserer Exkursion in den ersten und letzten Tagen selbst durchfahren und durchwandert. Diesen majestätischen Blick mit Sascha teilen zu können, erfüllt mich mit einer tiefen Ehrfurcht.

Ich schaue zu ihm rüber. „Und? Was sagst du?"

Aber er sieht mich nicht an. Überhaupt scheint er nirgendwo hinzugucken außer vielleicht auf den Schotter direkt vor ihm. Trotz Schlupfsack und Jacke ist nicht zu übersehen, dass sein Atem schnell und heftig geht, und er hält die Greifreifen viel zu fest.

Ich lege ihm meine Hand auf die Schulter. Er zuckt zusammen, als wäre ihm die Berührung unangenehm. Ich lasse meine Hand trotzdem da. Er scheint es mehr zu ertragen als zu genießen.

„Hast du Höhenangst?", frage ich ihn leise.

Er schaut noch immer direkt vor sich, und er wirkt so verkrampft, als hinge sein Leben davon ab, dass er den kleinen Abschnitt Schotter vor uns mit seinem Blick festhält.

„Ich will hier weg", stößt er hervor. „Bitte."

„Okay. Einfach ein paar Meter zurück?"

„Ja."

Ich lasse Saschas Schulter los und trete hinter ihn. Gemeinsam kippen wir den Rolli an und manövrieren ihn etwa zwei Meter rückwärts, über die erste kleine unter dem Schotter hervorragende Felsengruppe hinweg.

„Besser?" Ich richte mich auf, und Sascha lässt den Rolli wieder auf alle vier Räder kippen.

„Halbwegs." Noch immer starrt er auf den Boden, atmet viel zu schnell und viel zu heftig, und mit den Händen umklammert er die Greifreifen, als hätte er Angst, der Rolli könnte sich von alleine auf den Abgrund zubewegen, wenn er lockerlässt.

Ich stelle mich dicht neben ihn und lege ihm meine Hand auf die Schulter. Wieder zuckt er zusammen, und wieder entscheide ich mich, meine Hand trotzdem dazulassen. Ich will ihm nahe sein, ihm zeigen, dass ich für ihn da bin.

„Tut mir leid", murmelt er.

„Ist okay. War dir der Abgrund zu nah?"

Er nickt langsam. „Ich bin schon einmal vom Berg gefallen."

Ein Unfall beim Bergsteigen während meiner Zivildienstzeit. Querschnittlähmung. Einmal nicht aufgepasst – bums – aus – vorbei. Das waren seine Worte, an dem Abend, als wir uns kennengelernt haben. Ich weiß bis heute nicht ein einziges Detail von dem Unfall. „Aber da ging's nicht senkrecht bergab, oder?"

Er schüttelt den Kopf und presst die Lippen zusammen, während er kurz zu mir hochschaut und den Blick dann wieder abwendet. Jetzt kann ich seine Panik sogar fühlen. Die heftigen Atembewegungen seines Brustkorbs setzen sich überdeutlich bis zu seiner Schulter fort, und er zittert.

„Sorry für die Frage." Wenn ich könnte, würde ich sie zurücknehmen.

Er atmet tief ein, hält die Luft an, für gefühlte Ewigkeiten. Ich verstärke den Druck meiner Hand, streiche ihm mit meinen Fingern langsam über die Schulter und hoffe, dass er nicht merkt, wie hilflos und überfordert ich mich gerade fühle.

Endlich atmet er aus. Nicht stoßweise wie sonst, wenn er nervös ist, sondern sehr langsam und anscheinend kontrolliert.

„Ich fühle mich hier so ausgeliefert", sagt er schließlich. „Dem Berg, der Situation, euch ... und den Erinnerungen an den Unfall. Es fühlt sich an, als würde der Abgrund alle Luft wegsaugen, dass nichts mehr zum Atmen bleibt, und ich sehe mich fallen ... tausend Meter tief ... Fredi, ich hab hier bloß 'nen stinknormalen Aktivrolli unterm Hintern, und der Wind kommt von hinten, und ... Mich hätte bloß jemand anschieben müssen, einen halben Meter, und dann würde ich da runterstürzen, einfach so ..."

Während er spricht, fängt er schon wieder an, viel zu schnell zu atmen, ich glaube, er sieht sich wirklich fallen. Und ich sehe ihn auch fallen, er würde zerschellen am Fels, und da ist gar keine Luft mehr, die man atmen könnte ...

Aber hier ist genug Luft, und wir sind hier sicher. Etwa zwei Meter und die kleinen Felsen im Schotter, fünfzehn, zwanzig Zentimeter hoch, trennen uns vom Abgrund.

„Wir sind hier sicher." Ich sage es nicht nur zu Sascha, sondern auch zu mir.

„Ja." Er hält die Luft an, atmet danach langsam aus. „Mein Kopf weiß das. Aber mein Herz rast, als wäre ich hier in akuter Lebensgefahr."

„Das tut mir leid." Ich fühle mich schuldig.

„Ist nicht deine Schuld." Er sieht mich an, und es ist, als könnte ich direkt in ihn hineinsehen, so intensiv ist sein Blick. Er ringt immer noch mit der Angst, aber er atmet jetzt ruhiger, und auch das Zittern hat nachgelassen. „Ich wäre nicht gekommen, wenn ich es nicht auch gewollt hätte."

„Das ist gut."

„Aber jetzt ... will ich eigentlich nur noch weg. Weg von hier und runter vom Berg." Seine Worte versetzen mir einen Stich, mitten ins Herz. Wir sind doch gekommen, um hier zusammen die Aussicht zu genießen. Wir beide zusammen auf einem Berg. Das war doch unser Traum. Ich habe mir vorgestellt, wie glücklich wir dann sind.

„Wir können zurückgehen, wenn du willst. Unten in Mittenwald essen und uns später wieder mit Jayan und Julia treffen." Ich meine das ernst, auch wenn Enttäuschung und Schmerz in mir brennen, so sehr, dass es wehtut.

„Ich sagte *eigentlich*." Er lächelt, ganz leicht nur, aber doch so, dass das Lächeln auch seine Augen erreicht. „Ich will das hier nicht umsonst gemacht haben. Bitte, erklär mir das Panorama."

Wahnsinn, wie sehr er zu kämpfen in der Lage ist. Wie er die Panik niederringt und bereit ist, hierzubleiben und mit mir das zu tun, weshalb wir hergekommen sind. Noch immer umklammert er die Greifreifen, und ich spüre seine Angst und sein Unbehagen, aber er wirkt entschlossen.

„Sehr gern." Meine Stimme klingt brüchig. Da sind schon wieder viel zu viele Gefühle in mir, und jedes einzelne wäre groß genug, um mich komplett auszufüllen.

Sascha löst eine Hand vom Greifreifen und legt sie auf meine, die immer noch auf seiner Schulter ruht. Ich stelle mich dicht an ihn heran. Mein Bein berührt das große Rollstuhlrad und meine Hüfte seinen Arm. Kurz stehen wir so da, ohne etwas zu sagen.

Der Wind weht eisig, aber die Sonnenstrahlen wärmen uns von hinten. Über uns leuchtet der blaue Himmel. Neben uns gehen immer mal wieder Leute vorbei, aber eigentlich sind da nur Sascha und ich und unsere Nähe und die Intensität unserer Verbindung.

Und dann fange ich an zu reden. Ich zeige Sascha den Verlauf der Isar und erkläre ihm, wo der Abzweig des Tunnels zum Walchensee ist. Der Stausee vor Krün ist klar zu erkennen, ebenso wie das rechts von ihm abgehende weiße Isar-Flussbett, durch das die wassermengenmäßig nun deutlich reduzierte Isar fließt. Auch den Walchensee selbst können wir sehen, wenngleich er im Dunst und hinter den Bergen mehr zu erahnen ist, als dass man ihn richtig sieht. Weiter links und weiter vorn erstrecken sich die Buckelwiesen, in deren Mitte wir die Jugendherberge ausmachen können. Sascha hört mir zu und stellt Fragen, und es tut gut zu sehen, wie er dabei immer ruhiger wird.

Fast stört es, dass Jayan und Julia irgendwann zu uns stoßen und fragen, ob wir weitergehen möchten. Wir wollen, auch wenn das bedeutet, dass wir noch einmal zwanzig, dreißig Meter steile Wegstrecke überwinden müssen, bevor der Weg endlich flach verläuft. Rückwärts helfen wir Sascha zuerst über den mit Felsen durchsetzten Wegabschnitt. Als wir bei der Spitzkehre angekommen sind, fragt Jayan: „Sag mal, Sascha, wäre es nicht viel einfacher, wenn ich dich huckepack nähme?"

„Ich weiß nicht." Sascha wirkt unsicher.

„Warum nicht?"

„Ich könnte Streckspasmen in den Beinen bekommen."

„Was bedeutet das?"

„Dass meine Beine sich plötzlich strecken. Ohne Vorwarnung und mit viel Kraft. Oder sie fangen an zu zittern. Du musst mich dann trotzdem halten."

„Kann man das, dich trotzdem halten?"

„Wenn du nicht vor Schreck loslässt, dann schon."

„Okay. Ich denke, das schaffe ich."

Sascha schweigt und sieht Jayan lange an. Dann lässt er seinen Blick über das Gelände schweifen. Der Weg ist breit und ungefährlich. Nirgendwo geht es plötzlich steil hinunter.

Ich mag es, wie Jayan einfach abwartet. Er startet keine Überredungsversuche und drängt Sascha nicht zu einer Entscheidung.

„Gut", sagt Sascha schließlich. „Versuchen wir's. Aber wenn ich abbrechen will, brechen wir sofort ab."

„Natürlich."

Sascha öffnet den Schlupfsack, schlägt ihn auf und rutscht im Rolli weiter vor. Jayan hockt sich vor ihn, und Sascha legt ihm seine Arme um den Hals, während Jayan mit seinen Armen unter Saschas Kniekehlen greift und sich dann mit Sascha auf dem Rücken langsam aufrichtet.

„Puh, leicht ist das nicht ..." Jayan ächzt, aber als er erst einmal steht, scheint es schon besser zu gehen. Mit schweren Schritten, aber zügig schreitet er den breiten Schotterweg hoch. Julia nimmt den Schlupfsack und das Sitzkissen, und ich schiebe den leeren Rolli. Wir sind deutlich schneller als mit der anderen Methode und kommen daher am Ende der Steigung an, bevor Saschas Beine Probleme machen. Dennoch wirkt Sascha mehr als erleichtert, als er wieder im Rolli sitzt.

Die vielleicht zweihundert, dreihundert Meter bis zum Aussichtspunkt in Richtung Süden verläuft der Weg nahezu eben. Sascha und ich können nebeneinander gehen, und nur an einigen Stellen benötigt Sascha Hilfe. Julia und Jayan sind schon vorausgegangen, warten aber zwischendurch immer wieder, sodass sie in Rufweite bleiben, für den Fall, dass Sascha und ich mal nicht alleine zurechtkommen sollten.

Wir schaffen es jedoch ohne größere Schwierigkeiten. Für Sascha ist es offensichtlich sehr anstrengend, den Rollstuhl die ganze Zeit angekippt über den Schotter zu manövrieren, aber die Herausforderung scheint ihm zu gefallen. Der Weg führt die gesamte Zeit hangparallel an dem teilweise mit Gras bewachsenen, teilweise aus Geröll bestehenden Abhang der Karwendelgrube entlang. Rechts von uns befindet sich die Grube, und links erhebt sich schroff und zerklüftet der Gipfel der Westlichen Karwendelspitze. Oben am Gipfelkreuz sind Menschen zu erkennen.

Auch Sascha schaut hinauf. „Normalerweise hätten wir den Gipfel auch noch mitgenommen", sagt er leise.

Wenn das „normalerweise" ist, würden wir uns normalerweise gar nicht kennen. Verdammt, dieser Gedanke tut weh.

Normalerweise würde Sascha in Göttingen oder Mainz studieren und mit Corinna zusammen sein. Er würde mit Markus Gipfel erklimmen, nicht mit mir.

Ich unterdrücke den Impuls, ihm das an den Kopf zu werfen und meine Verletztheit zum Ausdruck zu bringen. Was würde Sascha sagen, wenn er vor die Alternative gestellt werden würde, welcher Lebensentwurf ihm lieber wäre? Was, wenn ... Nein, das sollte ich besser gar nicht zu Ende denken.

„Der Aufstieg soll sehr ausgesetzt und an vielen Stellen mit Drahtseilen gesichert sein", sage ich stattdessen. So etwas Anspruchsvolles bin ich noch nie gegangen.

„Ich weiß. Ich hab's mir im Internet angesehen. In Gedanken war ich oben. Mit dir."

Mit mir. Nicht allein, nicht in einem früheren Leben mit Markus oder Corinna. Meine Sorgen von eben waren wohl unbegründet. So scheint er gar nicht zu denken.

Ich würde jetzt gern seine Hand nehmen. Um ihn wenigstens irgendwie zu berühren, streife ich seinen Oberarm beim Gehen und verweile ein bisschen mit meiner Hand an seiner Jacke. Er merkt es und sieht mich an. „Gleich sind wir da. Auf *unserem* Gipfel. Du und ich und ganz viel Aussicht. Und diesmal habe ich mir wenigstens einen Teil der Strecke selbst erarbeitet."

Kurz bevor wir am Aussichtspunkt angelangt sind, wird es noch einmal etwas steiler. Aber es erscheint machbar, und es ist uns beiden wichtig, es diesmal ohne Hilfe von Jayan oder Julia zu schaffen. Als wir den Scheitelpunkt erreicht haben, öffnet sich der Blick nach Süden und Südosten auf die unzähligen Gipfel des Karwendelgebirges und die tief eingeschnittenen Täler des Karwendelbachs und der jungen Isar. Hier geht es nicht so steil bergab wie auf der Nordseite, und vor allem befinden sich direkt vor uns einige Meter halbwegs ebene Fläche. Wenige Meter von uns entfernt stehen zwei Schilder, eines mit dem bayerischen Wappen, das andere mit dem Wappen von Tirol, darunter das Hinweisschild „Achtung Staatsgrenze". Entspannt und ruhig atmend stehen wir nebeneinander, Hand in Hand.

„Schau mal, da hinten ist das Karwendelhaus." Ich deute mit

meinem Finger in Richtung des trotz der Entfernung eindeutig erkennbaren Gebäudes, das sich am Rande der Hochfläche an den Hang zu kauern scheint. „Da oben habe ich gestanden, als wir telefoniert haben."

„Oh, ja, ich sehe es."

„Und rechts davon ist das Hochalmkreuz. Da waren wir drauf."

„Und dahinter ist das Tal, durch das ihr von der Falkenhütte her gekommen seid, oder?"

„Ja. Und der Große Ahornboden ist wahrscheinlich ungefähr da." Ich zeige in die Richtung, wo ich ihn vermute. Natürlich ist er ebenso wenig zu sehen wie das Tal, von dem Sascha eben gesprochen hat. Dafür sind zu viele massive Bergketten davor. Aber es ist trotzdem toll, sich vorzustellen, dass wir vor zwei Wochen da überall langgewandert sind. Und es ist wunderbar, Saschas Interesse und seine Freude an der Aussicht zu spüren.

„Hey, ihr zwei!" Jayan kommt von rechts angelaufen. „Von ganz oben kann man noch weiter ins Karwendeltal reinschauen. Und man sieht sogar Seefeld und alles!"

„Na toll. Da genießen wir hier, was wir haben, und dann kommst du und erzählst uns von was noch Tollerem!" Ich lasse es wie einen Scherz klingen, aber in Wahrheit meine ich es nicht nur scherzhaft.

„Ich bin gekommen, um euch zu sagen, dass ich Sascha da hochbringe, wenn ihr wollt." Jayan antwortet ernst, aber nicht so, als würde er sich angegriffen fühlen. „Der Weg bleibt bis zu den Serpentinen breit und einfach. Danach wird er schmal und steil, aber nicht anspruchsvoll. Ich würde dich nochmal huckepack nehmen, Sascha, wenn du magst."

Ich lasse meinen Blick den Weg entlang schweifen. Es stimmt, zunächst ist er breit, wenn auch teilweise zu steil und felsig, als dass Sascha und ich alleine bis zum Anfang der Serpentinen, die bis fast zum Gipfel der Nördlichen Linderspitze zu führen scheinen, gelangen könnten. Aber die Serpentinen sehen von hier richtig steil aus und schmal, und es sind bestimmt fünfzig Höhenmeter zu überwinden. Wie soll das gehen mit Sascha auf dem Rücken, dessen Beine nach einigen Minuten wegen der Kälte unkontrolliert zu zucken beginnen würden? Auch, wenn man von dort aus nicht nach links vom Berg fallen kann – nach rechts in die Karwendelgrube geht es steil hinab.

„Danke für das Angebot“, sagt Sascha. Auch er hat die Strecke gemustert. „Aber die Serpentinen hoch mach ich nicht.“

„Wie du meinst.“ Jayan wirkt enttäuscht.

„Aber wenn du willst“, fährt Sascha fort, „dann bring mich auf dem breiten Weg bis zu einer Stelle, wo mein Rolli gut neben einer der Bänke stehen kann. Irgendwo da auf diesem kleinen Zwischengipfel. Ich schätze, von da aus kann man auch gut sehen.“

„Besser als hier, ja. Aber Seefeld und so sieht man nur von ganz oben.“

Sascha hebt die Schultern. „Ist halt Pech.“

Man sieht es Jayan an: Er würde Sascha gerne die Rundumsicht ermöglichen. Aber er versucht nicht, ihn zu überreden.

„Also, dann zu einer Bank, ja?“, fragt er stattdessen. „Jetzt gleich?“

Der kleine Zwischengipfel ist so zerklüftet, dass neben keiner der Bänke ein geeigneter Platz für Saschas Rollstuhl ist. Und auf einer Bank will Sascha nicht sitzen. Er sagt, er hat Angst, der Rolli könnte den Berg runterfallen. Wenige Meter hinter dem kleinen Zwischengipfel gibt es jedoch eine weitere Panoramatafel mit Bänken daneben, und eine davon ist wie für unser Vorhaben gemacht. Sie steht parallel zum Weg, neben ihr ist der Bereich geschottert und eben, und da der Weg hier von Wind und Wetter ziemlich ausgewaschen ist, gibt es in Richtung Abhang eine gut zwanzig Zentimeter hohe Kante, bevor der felsendurchsetzte Magerrasenhang für etwa einen Meter erst sanft und dann ungefähr in einem Fünfundvierzig-Grad-Winkel steil abfällt.

Die ältere Dame, die auf der Bank saß, während wir uns ihr näherten, springt mit ihren zwei Wanderstöcken geradezu von der Bank auf, als wir kommen.

„Sie können sich hierher setzen. Ich wollte sowieso gerade weiter.“ Unverhohlen schaut sie aus zwei, drei Metern Entfernung zu, wie Jayan Sascha wieder in seinen Rolli hinabbässt, wie Sascha sich richtig hinsetzt und wie er beim Schließen des Schlupfsacks zweimal unterbrechen und seine Füße wieder richtig platzieren muss, weil jetzt doch Spasmen einschießen.

„Ich wünsche Ihnen noch einen schönen Tag", sagt Sascha freundlich und gleichzeitig sehr deutlich, als er endlich wieder richtig im Schlupfsack sitzt. „Und danke für die Bank!"

„Gerne, gerne! Ihnen auch einen schönen Tag hier oben!"

Die Frau setzt ihren Weg in Richtung Linderspitze fort, nicht ohne sich zwischendurch mehrfach nach uns umzudrehen. Egal. Immerhin haben wir jetzt die Bank. Sascha rollt dicht daneben und stellt die Bremsen fest, und ich setze mich neben ihn.

Von hier aus kann man wirklich etwas mehr sehen, aber das untere Tal bleibt nichtsdestotrotz hinter dem felsigen Hang der Westlichen Karwendelspitze verborgen. Dennoch kann man erkennen, wie es verläuft. Wahnsinn, dass wir die ganze Strecke vom Karwendelhaus bis Scharnitz an einem Tag gewandert sind! Von hier oben sieht es unglaublich weit aus.

„Und? Was sagt ihr?" Jayan steht vor uns wie ein kleines Kind, das für sein gemaltes Bild gelobt werden will.

„Fantastisch", antworte ich. „Danke, Jayan." Die Aussicht ist gegenüber vorhin nicht wesentlich verändert, aber hier können Sascha und ich sie nebeneinandersitzend genießen.

„Ja. Wirklich. Danke", sagt Sascha.

„Keine Ursache. Hab ich gern gemacht." Es klingt absolut ehrlich und unaufgeregt.

„Warum eigentlich?", fragt Sascha.

„Warum nicht?" Jayan hebt lässig die Schultern. Und bevor Sascha in Verlegenheit kommen könnte, darauf eine Antwort zu suchen, sagt Jayan: „Ich mache ein paar Fotos von euch, ja? Und danach gehe ich zurück zu Julia. Wir machen den Rundweg zu Ende und holen euch dann hier wieder ab, einverstanden?"

Natürlich sind wir einverstanden. Ich gebe ihm meine Kamera, damit er uns auch heranzoomen kann. Leichtfüßig springt Jayan den Hang hinab, bis er wenige Meter unterhalb von uns auf dem kleinen Trampelpfad steht und uns mit seinem Handy und meiner Kamera ein paarmal fotografiert. Dann bringt er uns meinen Fotoapparat zurück und verabschiedet sich.

Ich halte meine Kamera zwischen Sascha und mich, und wir beide beugen uns über das kleine Display, um die Fotos anzuschauen. Sie gefallen mir sehr. Durch den Felsenbuckel direkt vor uns sieht es von unten aus, als seien wir auf einem Gipfel. Das helle Grau der Felsen und das Grün des Rasens strahlen in der Sonne, ebenso wie wir in unseren bunten Funktionsjacken, und über uns leuchtet der wolkenlose blaue Himmel. Jayan hat uns ein paarmal beinahe formatfüllend aufgenommen, sodass man auch unsere fröhlichen Gesichter sieht, und auf anderen Fotos wirken wir winzig inmitten der alpinen Bergwelt.

Nachdem wir alle Fotos ausgiebig angeschaut haben, verstaue ich die Kamera wieder in meiner Jackentasche. Eine Weile sitzen Sascha und ich einfach nur nebeneinander und schauen auf die Landschaft vor uns. Der Wind kommt von vorn und hat etwas nachgelassen, und die Sonne wärmt stärker. Es dürfte etwa Mittagszeit sein. Obwohl man hier und da die Stimmen der anderen Wanderer hört, ist dies doch ein ruhiger und erhabener Moment.

Sascha nimmt meine Hand, und ich genieße die Berührung, auch dieses Mal, obwohl es im Wesentlichen das Kunstleder seines Halbfinger-Handschuhs ist, das ich fühle. Und seine Fingerspitzen, mit denen er mich sanft streichelt. „Wir beide auf einem Berg", sagt er rau. „Nicht ganz oben und nicht aus eigener Kraft, aber trotzdem wunderschön."

„Das ist es." Auch meine Stimme ist belegt. „Die Herausforderungen heute waren halt andere als tausend Höhenmeter bergauf zu gehen."

„Das ist wohl wahr." Saschas Blick geht irgendwo ins Unbestimmte, so, als würde er den Weg bis hierher noch einmal vor seinem geistigen Auge Revue passieren lassen. Lange schweigt er, in sich versunken, aber er wirkt zufrieden, und ein leichtes Lächeln umspielt seine Mundwinkel.

„Bist du glücklich?", frage ich ihn, und während ich das ausspreche, fühle ich, wie das Glück von mir Besitz ergreift. Es ist groß und mächtig und breitet sich in jede einzelne Körperzelle aus, und es wächst mit jeder Sekunde weiter an, die ich neben Sascha sitze, hier oben auf dem Berg in mehr als zweitausend Metern Höhe.

Sascha guckt mich an, und er sieht dabei aus, als ginge es ihm genauso wie mir. Sein Lächeln ist riesig und wunderschön, und seine Augen leuchten und sind voller Liebe.

„Ja. So unglaublich es klingen mag: Ich stehe mit meinem Rolli auf über zweitausend Metern Höhe, wo ich nur mit viel Hilfe überhaupt hingekommen bin und wo ich allein auch nicht wieder wegkomme. Vor mir ist ein Hang, der dem, den ich vor dreieinhalb Jahren hinuntergestürzt bin, erschreckend ähnlich ist. Auf dem Weg hierher musste ich eine irre Panik niederringen und Situationen ertragen, von denen ich bis vor Kurzem noch dachte, dass ich mich ihnen niemals freiwillig aussetzen werde. Aber jetzt bin ich hier oben, mit dir, und ...“ Er unterbricht sich, kämpft auf einmal mit den Tränen. „... und es ist so überwältigend schön, dass ... dass ich fast weinen muss.“ Er hat wirklich Tränen in den Augen, aber er strahlt dabei. „Ja, Fredi, ich bin glücklich.“

„Das bin ich auch, Sascha.“ Auch in meinen Augen sammeln sich Tränen. „Überwältigt und glücklich.“

Ich stehe auf und beuge mich vor. Er kommt mir mit seinem Gesicht entgegen, legt mir eine Hand in den Nacken und die andere an die Hüfte, und während unsere Lippen sich einander annähern, dirigiert er mich sanft auf seinen Schoß. Ich setze mich, umfasse seinen Kopf, streichele ihn am Haaransatz und arbeite mich mit meinen Fingerspitzen unter seine Mütze vor. Ganz langsam lassen wir unsere Lippen einander immer mehr berühren, öffnen sie, beginnen mit dem Spiel unserer Zungen. Das Glück schmeckt nach Salz und riecht nach Sascha, es wärmt wie die Strahlen der Sonne und leuchtet wie der blaue Himmel über uns. Es besteht aus Liebe und Erregung, aus Hingabe und Zärtlichkeit, aus Sascha und mir und aus all dem, was uns ausmacht.

Es ist unendlich.

TEIL V

1. Welcome back.

Melodisch und stimmgewaltig füllt Kate Bush mit den Songs aus ihrem *The Whole Story*-Album den Innenraum von Saschas Golf. *Hounds Of Love, Cloudbusting, Running Up That Hill.* Gleißend hell leuchten die Schneeflocken im Scheinwerferlicht, sodass die Fahrbahn vor uns kaum zu erkennen ist. Wir hatten gehofft, noch vor dem für den Abend angekündigten Schneefall in Gannermühle anzukommen, aber schon beim Autobahnkreuz Kirchhorst fielen die ersten Flocken, und wenige Minuten später setzte dichtes Schneetreiben ein. Die Autobahn ist spiegelglatt, und wir kriechen mit maximal Tempo 20 die A37 entlang.

„Vielleicht hätte ich die Physiotherapie doch absagen sollen", meint Sascha, während *Running Up That Hill* langsam verklingt.

„Nicht so schlimm", antworte ich. „Kate Bush unterhält uns doch ganz gut. Ich mag ihre Stimme und die Atmosphäre der Songs."

„Ich auch. Wusstest du, dass es in *Wuthering Heights* einen ziemlich lustigen Verhörer gibt?"

„Nein. Welchen?"

„Sie singt *Ich steh im Café und hab Hunger.* Mach mal an!"

Die CD befindet sich im Shuffle-Modus. Ich drücke auf *Skip*, bis das Lied kommt. Die A37 wird zur B3, und das Intro von *Wuthering Heights* beginnt. Kate Bush fängt an zu singen, hell und voll, und nicht nur das Auto, sondern auch ich werde erfüllt von ihrem Gesang und der Musik. Und dann kommt sie tatsächlich, die Stelle, von der Sascha gesprochen hat. Sie wird mehrfach wiederholt – und es klingt wirklich so, als sänge Kate Bush die deutschen Worte. Noch schöner aber ist Saschas Grinsen, während er einen Seitenblick zu mir wagt, bevor er wieder auf die Straße guckt.

Wuthering Heights ist kein Weihnachtssong, aber mit diesen dezenten Glöckchen, die darin immer wieder erklingen, und den traumhaften Harmonien versetzt es mich in eine ganz besondere weihnachtliche Stimmung. Oder sind es die unaufhörlich auf die Windschutzscheibe zurasenden Schneeflocken? Ist es Saschas Grinsen? Sein konzentrierter Blick? Die Tatsache, dass wir auf dem Weg zu unserem ersten gemeinsamen Weihnachten sind?

Es war ein sehr romantischer Moment, als wir vor vier Wochen beschlossen haben, dieses Weihnachten zusammen zu verbringen. Sascha und ich waren auf dem Finnischen Weihnachtsmarkt auf dem Ballhofplatz, nur wir zwei, und saßen am Lagerfeuer, ich auf Saschas Schoß, mit Beerenglühweinbechern in der Hand und ganz viel Vorweihnachtsstimmung im Herzen. Es herrschte eisiger Frost, und feine Schneeflocken rieselten vom dunklen Himmel herab.

Feiern wir Weihnachten zusammen?, habe ich gefragt. Einfach so, ohne, dass ich da vorher lange drüber nachgedacht hätte.

Saschas Lächeln war breit und zum Dahinschmelzen. Auf jeden Fall, hat er gemeint. Heiligabend bei uns und am sechsundzwanzigsten bei euch? Und jetzt sitzen wir hier zusammen im Auto, hören Kate Bush und fahren nach Gannermühle, um unser erstes gemeinsames Weihnachten Wirklichkeit werden zu lassen! Selbst wenn wir noch fünf Stunden brauchen würden, könnte das das Glück, das gerade in mir wohnt, nicht schmälern.

Gannermühle ist tief verschneit. Auf der Straße und den Bürgersteigen, auf den Zäunen und den Bäumen, überall liegt eine knapp zehn Zentimeter hohe Schneeschicht. In Zeitlupe fahren wir über das Kopfsteinpflaster am Dorfplatz. Vorhin habe ich bei Sascha zu Hause angerufen, dass wir gleich da sein werden. Micha ist schon dabei, den Weg zwischen der Haustür und dem Auto zu räumen. Ich steige aus und stapfe ihm entgegen.

„Das ist ja ein Wetter!", ruft er. „Schön, dass ihr da seid."

„Hallo, Micha." Wir umarmen einander kurz. Es ist erst mein vierter Besuch hier, aber die Begrüßung fühlt sich ganz natürlich an. Sascha hat im September gute Arbeit geleistet. Schon als wir im Oktober für die Überraschungsparty zu Saschas Geburtstagsnachfeier hier waren, und auch bei unserem dritten Besuch im November war der Umgang zwischen seinen Eltern und ihm und damit auch zwischen mir und seinen Eltern deutlich entspannter als beim ersten Mal. „Ich freue mich auch, hier zu sein. Gibt es einen zweiten Schneeschieber, damit ich dir helfen kann?"

„Nein", sagt Micha. „Wir haben hier nicht so oft Schnee, und schon gar nicht in solchen Mengen. Aber ich hab's gleich."

Micha befreit den Bereich vor der Fahrertür und ums Auto herum bis zum Kofferraum vom Schnee. Ich öffne den Kofferraum und ziehe mir meine Winterjacke über. Dann schultere ich meinen Rucksack und nehme Saschas zweiten Rolli, den ich angesichts des Wetters lieber zum Haus trage, anstatt ihn zu rollen.

Während Sascha seinen Rolli zusammenbaut und Micha neben der Fahrertür darauf wartet, seinen Sohn richtig begrüßen zu können, gehe ich schon zum Haus.

Im Flur empfängt mich Andrea mit einer sehr herzlichen Umarmung. „Hallo, Fredi. Schön, dass du da bist."

„Hallo, Andrea. Ich freue mich auch sehr." Ich schiebe den Rolli, den ich eben nur kurz abgestellt hatte, neben den Blumenständer und lehne meinen Rucksack gegen die Treppe. Fast fühle ich mich schon zu Hause in diesem warmen, stylischen Flur, der jetzt dezent weihnachtlich dekoriert ist mit Sternen am Fenster und einem geschmückten Tannenstrauch in einer großen Bodenvase.

Dann kommen auch Sascha und Micha, der Saschas Sporttasche und die Tasche mit unseren Geschenken reinbringt und gleich danach wieder rausgeht, vermutlich, um Saschas Schlupfsack von der Rückbank zu holen. Und den klappbaren Stehbarren, den Sascha seit ein paar Wochen hat, um ihn auf Reisen für das Stehtraining nutzen zu können. Eigentlich heißen diese Geräte *Walker*, aber laufen kann Sascha damit nicht. Doch er hat hart dafür trainiert, sich damit in den Stand zu hieven und mehrere Minuten auf seiner Spastik zu stehen, sodass wir für das Stehtraining nicht mehr zum Spielplatz gehen müssen. Das Stehen mit dem *Walker* ist anstrengend für Sascha und es hilft auch nicht so gut gegen die Spasmen wie sein Stehtraining zu Hause im Stehtrainer, aber es ist doch deutlich besser als nichts – und es eröffnet uns die Möglichkeit, unkomplizierter zu verreisen. So wie am zweiten Adventswochenende, das wir bei meinem Bruder Thomas und seiner Freundin Lena in Kiel verbracht haben.

Andrea umarmt Sascha, diesmal, wenn ich es richtig gesehen habe, ohne das kurze Zögern, das ich bei unseren letzten Besuchen jedes Mal beobachtet habe. „Hallo, mein Schatz. Ich freue mich sehr, dass ihr beide hier seid. Und sogar fünf Tage lang!"

„Hallo, Mama." Sascha löst sich aus der Umarmung. „Tut mir leid, dass wir so spät sind. Aber ich hatte noch Physio, und dann sind wir ins Schneetreiben gekommen ..."

Andrea richtet sich wieder auf. „Das macht doch nichts. Hauptsache, ihr seid heil angekommen."

„Jedenfalls so heil, wie wir es bei der Abfahrt waren." Sascha grinst, aber Andrea scheint seine Bemerkung überhaupt nicht witzig zu finden. Die Leichtigkeit, die sie eben noch ausgestrahlt hat, hat sich vollkommen in Luft aufgelöst.

„Der Tisch ist gedeckt", sagt sie steif. „Ich stelle jetzt die Sachen aus dem Kühlschrank hin, dann können wir essen." Sie dreht sich um und verschwindet in der Küche.

„Verdammt." Wie versteinert blickt Sascha auf die geschlossene Küchentür, sekundenlang, bevor er sich sichtlich einen Ruck gibt und zu seinem Wohnungsrollstuhl fährt.

Nachdem ich unser Gepäck in Saschas Zimmer abgestellt und mir im Bad oben die Hände gewaschen habe, treffen Sascha und ich ungefähr gleichzeitig im Esszimmer ein. Die Schiebetür zum Wohnzimmer ist geöffnet, und die kleinen Lampen an den Wänden setzen warme, ästhetische Licht-Akzente. Strohsterne und selbstgebastelte Sterne aus Goldpapier schmücken die Fenster aller Räume, und ein Lichterbogen aus Holz mit einer Krippendarstellung steht auf der Kommode im Esszimmer.

Andrea und Micha haben den Tisch reichhaltig gedeckt. Es gibt verschiedene Brotsorten, Wurst, Schinken, Käse und Salate.

„Wow, das sieht aber alles lecker aus", lobe ich.

„Danke." Andrea hat ihr Lächeln wiedergefunden. „Nehmt Platz und lasst es euch schmecken."

Wir setzen uns. Micha schenkt allen Rotwein ein.

„Für mich bitte nur ein halbes Glas", sagt Sascha.

Dann heben wir unsere Gläser.

„Auf euch", sagt Micha feierlich. „Wir freuen uns sehr, dass du Weihnachten mit uns feierst, Fredi."

„Auf euch", sagt auch Andrea.

„Auf uns alle", sagt Sascha. „Und sorry wegen eben, Mama."

„Schon vergessen", entgegnet Andrea. „Was war da nochmal?"

So wie jetzt gerade habe ich sie noch nie grinsen sehen. Es ist ein bisschen schelmisch wie bei Sascha. Ob sie vor Saschas Unfall wohl öfter so gegrinst hat?

Sascha lächelt, und für einen Moment scheint eine neue – oder wahrscheinlich eher alte – Unbeschwertheit zwischen den beiden aufzublitzen, die ich noch nie habe kennenlernen dürfen.

Während wir mit dem Essen anfangen, erkundige ich mich nach Saschas Schwestern und erfahre, dass Lorna plant, morgen anzureisen, und dass Tamara und ihr Freund übermorgen kommen wollen. Ich bin schon sehr gespannt auf die drei.

Anschließend erzählen wir einander von unseren jeweiligen familiären Weihnachtsbräuchen, und es fühlt sich wunderbar an, mir auf einmal alles ganz konkret und bildlich vorzustellen: mit Sascha und seiner Familie im Gottesdienst zu sitzen und *O du fröhliche!* zu singen, hier am Esstisch mit allen zusammen Fondue zu essen oder im Wohnzimmer beim Tannenbaum Bescherung zu feiern. Das Puzzleteil „Zusammen Weihnachten feiern" wird wirklich wahr, nicht in ferner Zukunft, sondern in drei Tagen, und wahrscheinlich dazu noch weitgehend minenfrei. Wer hätte das vor wenigen Monaten gedacht?

So gern würde ich jetzt Saschas Hand nehmen, um mein Glücksgefühl mit ihm zu teilen. Aber er bestreicht gerade sein Weißbrot mit diesem unglaublich leckeren Geflügelsalat. Ersatzweise stelle ich mein Bein zu ihm rüber, berühre mit meiner Wade den Rollirahmen und bin ihm wenigstens auf diese Weise nahe.

In Saschas Zimmer zu kommen und links die Fotowand zu sehen, erfüllt mich noch immer mit einer Mischung aus Ehrfurcht und Glück und vielleicht auch so was wie Demut. Eine gewisse Schmerz-Komponente ist auch dabei, natürlich, aber die anderen Emotionen überwiegen. Ich weiß noch genau, wie Sascha und ich vor zwei Monaten zum ersten Mal zusammen vor den Fotos standen – und wie überwältigt ich war, alle diese Bilder von früher an der Wand zu sehen, die ich zuvor nie hatte anschauen dürfen und deren Anblick Sascha jahrelang nicht hatte ertragen können. Zu jedem einzelnen Bild hat er mir etwas erzählt, und es war so schön, dicht neben ihm zu stehen und zu sehen und zu hören und zu spüren, wie er jetzt über früher reden kann, mich teilhaben lassen kann, ohne dabei vom Schmerz verschlungen zu werden. Ich habe all das in mich aufgesogen, jedes einzelne Detail seiner Erzählungen und jedes seiner Worte, jeden seiner Blicke und jede Sekunde dieser intensiven Zweisamkeit mit ihm, und ich werde diesen besonderen Moment niemals vergessen.

Heute haben wir bis halb elf zusammen mit seinen Eltern im Wohnzimmer gesessen, es war ein entspannter Abend. Jetzt ist Sascha ins Bad gegangen, und ich schließe die Zimmertür hinter mir und stelle mich vor die Fotowand. Die Bilder hängen durchmischt nebeneinander, ältere und neuere, wie zufällig angeordnet. Jedes einzelne Foto schaue ich mir an, und ich versuche, dabei in etwa die chronologische Reihenfolge einzuhalten: Sascha mit ungefähr vier als stolzer Trettraktorfahrer, der achtjährige Sascha zusammen mit Noah und Markus im Sandkasten vom Spielplatz, Sascha bei Markus' Eltern auf dem Heuboden beim Sprung in einen Heuhaufen, Sascha mit seiner ersten Medaille bei einem Leichtathletikwettkampf. Sascha mit Lorna und Tamara auf einer der Feiern im Hof, alle drei mit riesigen Melonenstücken vor dem Mund und viel zu viel Melonensaft im Gesicht, Sascha, Noah und Markus als etwa Zehnjährige hoch oben auf einem Kletterbaum … Auf allen diesen Kinderfotos grinst Sascha so fröhlich in die Kamera, dass ich unweigerlich selbst breit lächeln muss, jedes Mal wieder, wenn ich mir diese Bilder ansehe.

Nach den Kinderbildern wende ich mich den Fotos aus Saschas Jugend zu und betrachte auch sie, eines nach dem anderen. Die meisten davon haben wohl seine Freunde geschossen. Sie zeigen Sascha auf Gipfeln, beim Sport und auf Partys, meistens mit Markus, manchmal auch mit anderen. Besonders witzig finde ich das Bild, auf dem er mit Markus und anderen Freunden nachts auf der Reling eines Kinderkarussells steht und sie einander festhalten, während in der Mitte einer das Karussell antreibt. Der Bewegungsunschärfe trotz Blitzlicht und Saschas Erzählungen nach muss sich das Karussell sehr schnell gedreht haben.

Ich lasse auch das Foto von Sascha und Corinna nicht aus, auf dem die beiden im Gras liegen, Kopf an Kopf. Sascha hat gesagt, dass früher mehr Bilder von Corinna und ihm an der Fotowand hingen, aber er hat alle anderen durch neuere Fotos ersetzt. Er hat mich sogar gefragt, ob das okay für mich ist, dass er eines an der Wand gelassen hat. Ich habe Ja gesagt und es auch so gemeint, auch wenn ich nicht leugnen kann, dass es mir ins Herz sticht, wie verliebt und glücklich die beiden auf dem Bild aussehen.

Zum Schluss verweile ich mit meinem Blick auf den neueren Fotos. Zuerst schaue ich das Bild an, das die Passantin vor über zwei Jahren von mir und Sascha im Berggarten gemacht hat. Damals habe ich gedacht, dass wir fröhlich aussehen, und das tun wir auch. Aber jetzt, da ich dieses Bild mit den Fotos von früher vergleichen kann, sehe ich den Unterschied zu damals in Saschas Blick. Ich kann gar nicht genau sagen, *was* anders ist, aber die Ausstrahlung ist eine andere. So, als wäre unter der Fröhlichkeit noch etwas anderes, eine tiefe Traurigkeit, ein permanenter Schmerz, und es tut mir tatsächlich weh, das zu erkennen.

Als Nächstes betrachte ich das Bild von Sascha und Markus auf dem Brocken. Die Aufnahme zeigt außer den beiden den kompletten Gipfelstein, deshalb sind die Gesichter zu klein, als dass man in ihnen lesen könnte. Aber bei dem Bild, das Sascha mir von sich und Hannes beim Basketballtraining geschickt hat, und auch bei dem, das Jayan von mir und Sascha auf dem Rundweg um die Karwendelgrube gemacht hat, da kann ich das Leuchten in seinen Augen sehen. Und auch auf dem Foto von unserem Bootsausflug auf dem Lautersee, das Jayan mit seinem Handy von uns vieren gemacht hat, sieht man einfach nur ausgelassene Freude in Saschas Gesicht. Es ist vielleicht ein anderes Leuchten als das von früher, aber es ist echt und warm und kraftvoll, und es lässt mich lächeln und macht mich glücklich.

Ich freue mich schon darauf, wenn Sascha an Heiligabend sein Geschenk von mir auspackt. Bei seinem letzten Punktspiel hatte ich meine Spiegelreflexkamera samt Teleobjektiv dabei, und es ist mir gelungen, auf einigen der Fotos genau das einzufangen, was Saschas Präsenz in diesem Sport für mich ausmacht. Das, was ich für die Fotowand ausgesucht und gerahmt habe, zeigt ihn bei einem Dribbling-Manöver, den Weg zum Korb hochkonzentriert im Blick. Die gegnerische Defense hat er hinter sich gelassen, er lehnt sich zur Seite, bremst den Rolli mit der linken Hand, um genau die

Drehung zu machen, die er für den richtigen Winkel zum Korbwurf braucht. Das ärmellose Basketballshirt sitzt locker über seinem schlanken, athletischen Oberkörper, und unter der dunklen Haut seiner Arme zeichnet sich dezent seine Armmuskulatur ab. Keine drei Sekunden später war der Ball im Korb, hatten sich die Hannoveraner ihre Führung zurückgeholt, und ich bekomme jetzt noch Gänsehaut bei dem Gedanken an die Stimmung in der Halle. Das laute, rhythmische Wummern der Trommeln, der Jubel der Zuschauer, die Freude der Spieler. Es war ein enges Match, spannend bis zum Schluss, mit dem besseren Ende für Saschas Mannschaft. Das Bild wird Sascha gefallen, da bin ich mir sicher. Es wird sich wunderbar in diese Fotowand einfügen.

„Das Bad ist frei." Sascha ist ins Zimmer gekommen. Er trägt bereits seinen Schlafanzug und die dicken Socken, die er im Winter zum Schlafen anzieht. Nachdem er die Zimmertür geschlossen hat, kommt er auf mich zu. „Guckst du dir die Bilder an?"

„Ja. Jedes einzelne. Es ist für mich immer noch etwas Besonderes, sie mir anzuschauen."

„Lass dich nicht stören."

„Du störst nicht."

Er lächelt, während er sich dicht neben mich stellt und einen Arm um meine Taille legt. „Welches Foto siehst du dir gerade an?"

Mit meinem Blick suche ich das zeitlich nächste Bild aus der Sammlung heraus. „Das von der Überraschungsparty."

Es ist das Gruppenfoto von allen Gästen, das Noah und Markus mit ordentlich Vorlauf geplant und organisiert hatten. Jeder Gast, den sie zur Nachfeier von Saschas vierundzwanzigstem Geburtstag heimlich nach Gannermühle eingeladen hatten, musste einen bestimmten Buchstaben auf ein DIN-A-4-Blatt malen und mitbringen, ohne zu wissen, wofür. Auch ich, die dafür verantwortlich gewesen war, Hannes und Sarah, Max und Philipp sowie Jayan und Julia einzuladen, hatte nicht gewusst, wofür diese Buchstaben gebraucht wurden. Am Tag der Party „musste" ich mit Sascha eine Radtour nach Adigsen, Dedenhagen und zu ein paar anderen Orten in der Umgebung unternehmen, während Markus, Noah, Caro, Holger, Matthias, Jan und Jans Freundin den Hof für die Party vorbereiteten. Als wir gegen sechs Uhr zurückkehrten und die Räder in die Scheune bringen wollten, war nicht nur der Hof perfekt partymäßig dekoriert, sondern es waren auch alle Gäste da – und alle begaben sich, von Markus und Noah bereits eingewiesen, sofort in Position. Markus drückte mir meinen Buchstaben in die Hand, und während ich zu den anderen lief, um mich wie besprochen einzureihen, erkannte ich den Spruch, den die hochgehaltenen Buchstaben ergaben: „Welcome back, Sascha!"

Es war so, so schön, zu beobachten, wie gerührt Sascha war! Dann kam Micha, der Sascha aufforderte, sich in unsere Mitte zu stellen, damit er uns fotografieren konnte. Und so kam Sascha zwischen mich und Markus, und man sieht auf dem Foto, wie er überwältigt die Arme um uns beide gelegt hat und uns an sich drückt, während wir uns gleichzeitig bemühen, unsere Buchstaben für die Aufnahme in Richtung der Kamera zu halten.

Auch jetzt zieht Sascha mich an sich heran. „Welcome back", sagt er andächtig. „Auch wenn ich längst wusste, dass ich wieder zurück bin, es war ein wahnsinnig schönes Gefühl, das zu lesen und zu sehen, dass alle, wirklich alle da waren und jeder einen der Buchstaben dieser Botschaft hielt. Das war wie ein Balsam aus Freundschaft und Verständnis und Freude, und ich habe richtig gespürt, wie das meine Scham darüber, dass ich so lange fürs Zurückkommen gebraucht habe, ein weiteres Stück heilen konnte."

Es hat ihn sogar so weit geheilt, dass er später, als die Party schon einige Stunden alt war, den Anfeuerungsrufen seiner Freunde nachgab und zusammen mit Markus Songs wie *What I've Done*, *Never let Me Down Again*, *Hamma!* und – als Höhepunkt – *Ich bin Schnappi, das kleine Krokodil* zum Besten gegeben hat. Es war eine richtige Show, beinahe eine halbe Stunde lang. Wie auf ein unsichtbares Kommando hatten seine Freunde aus seiner Schulzeit die Stühle und den Tisch beiseite gestellt und die Terrasse dadurch in eine Bühne verwandelt. Saschas Kumpel Thomas, der immer den DJ auf den Partys der Clique macht, drehte die Musik auf, und dann haben Sascha und Markus die Lieder performt – in perfektem Zusammenspiel von Musik und Text, von Rhythmus und Bewegung, von Choreographie, Tanz und Schauspiel. Ich hatte es ja schon früher bemerkt, dass Sascha viele Songtexte auswendig kann, zum Beispiel auf unserer ersten

Autofahrt nach Gannermühle, aber seit der Party weiß ich, dass er und Markus wandelnde Songtext-Lexika sind und dass Einlagen wie diese früher regelmäßig zu den Höhepunkten vieler Partys zählten. Jan war es, der mir davon erzählt hat, kurz nachdem das letzte „Schnappi, schnappi, schnapp" verklungen war und Sascha und Markus sich auf der Bühne unter dem Applaus und Gejohle der Partygäste verbeugten. Und erst in dem Moment fiel mir auf, dass ich während der Darbietungen nicht ein einziges Mal darüber nachgedacht hatte, wie diese Performances wohl früher ausgesehen haben, als Sascha noch Fußgänger war.

„Es war wirklich eine tolle Party", sage ich. „Euren Auftritt werde ich nie vergessen."

„Ich werde nichts davon vergessen", erwidert Sascha. „Auch nicht, wie wir danach auf der Terrasse getanzt haben, du und ich."

„Ich auch nicht. Nichts, was ich mit dir erlebt habe, werde ich jemals vergessen."

Diese Sascha-typische Mischung aus Lächeln und Grinsen braucht keine weiteren Worte. Ich weiß es auch so: Er stimmt mir zu und denkt das Gleiche. Lange sehen wir einander an, als könnte keiner von uns den Blick vom anderen nehmen, und am liebsten würde ich ihn küssen. Aber ich möchte auch das letzte Foto noch gebührend anschauen, bloß der Vollständigkeit halber, und ich weiß genau, wenn ich meinem Verlangen jetzt nachgebe, dann können wir nicht mehr aufhören.

Das intensive Prickeln, das durch meinen gesamten Körper geht, während ich die Verbindung, die wir mit unseren Blicken gehalten haben, auflöse, ist die Hölle und zugleich himmlisch schön. Noch immer Arm in Arm nebeneinanderstehend, wenden wir uns beide wieder den Bildern zu.

Die letzte Aufnahme an der Fotowand ist die von Sascha und mir auf dem Brocken. Am letzten Oktoberwochenende, kurz bevor die Brockenbahn keine Rollifahrer mehr mitnimmt, waren wir tatsächlich noch dort oben. Das Foto hat Sascha mit seinem neuen Smartphone gemacht, und es zeigt uns beide Wange an Wange vor der Aussicht in Richtung der Norddeutschen Tiefebene. Wenn man es denn genau sehen könnte – was uns aber nicht gelungen ist, auch nicht später beim Zoomen am Computer –

dann könnte man wohl die Anhöhe bei Lemmie auf dem Bild im Hintergrund ausmachen. Zumindest hat Sascha den auf dem Bild zu sehenden Ausschnitt hinter uns extra so gewählt.

Von unserem Alltag nach dem Ende der Semesterferien hängen hier keine Fotos. Dabei hatten wir auch in den letzten zweieinhalb Monaten viele kleine schöne Erlebnisse. Wir haben nicht mehr jede Nacht miteinander verbracht, und auch die Tage waren oft sehr ausgefüllt mit Seminaren, Vorlesungen und häuslichen Arbeiten für das Studium. Saschas Physiotherapietermine, Handball- und Basketballtraining sowie seine gelegentlichen Besuche bei Dr. Schäfer führten dazu, dass es auch Tage gab, an denen wir uns gar nicht gesehen haben. Nichtsdestotrotz haben wir viel Zeit miteinander verbracht, zu zweit und auch mit Freunden. Wann immer möglich, haben wir einander zu unseren Punktspielen begleitet, waren bei gutem Wetter oft draußen unterwegs, in der Stadt, auf Radtouren, am Maschsee, und als der Winter kam, haben wir ein paarmal zusammen gezeichnet, so wie früher. Oder wir lagen zusammen auf dem Sofa und haben uns gegenseitig abgefragt, Hauptstädte, Länder, Bevölkerungszahlen, haben Songtitel anhand von winzigen Ausschnitten erraten oder das Erscheinungsjahr von Songs geschätzt. Ich liebe das noch immer so sehr – und es macht mich glücklich, dass Sascha daran genauso viel Freude hat wie ich.

Wir haben uns mit Hannes und Sarah getroffen, mit Max und Philipp Doppelkopf gespielt, mit Ulrike und den anderen gepokert, und Jayan und Julia sind im November zu einem Heimspiel von Sascha gekommen. Zwei Wochen danach haben wir bei einem Basketballspiel von Julia zugeschaut, und auch darüber hinaus haben wir uns zweimal mit den beiden getroffen.

Ein paarmal waren wir auch bei meinen Eltern zum Essen eingeladen. Inzwischen haben sie Sascha das Du angeboten, und Anfang Dezember haben wir zusammen mit ihnen eine szenische Aufführung von Johann Sebastian Bachs Weihnachtsoratorium in der Herrenhäuser Kirche gesehen. Einfach so haben meine Eltern uns die Karten geschenkt, und wir hatten einen wundervollen, sehr weihnachtlichen Abend zu viert. Ich habe mich noch immer nicht getraut, meine Mutter oder meinen Vater direkt zu fragen, ob sie verstehen, dass ich Sascha liebe. Ob sie unsere Beziehung endlich vorbehaltlos in Ordnung finden. Aber vielleicht werde ich das auch nie tun. Vielleicht reicht es mir zu spüren, wie ihr Umgang mit Sascha und mit uns beiden immer natürlicher wird.

„Woran denkst du gerade?", fragt Sascha unvermittelt.

„An all die Momente und Erlebnisse der letzten beiden Monate, die nicht auf dieser Fotowand sind, aber trotzdem unvergessen bleiben. Und daran, wie wunderschön es ist, dass wir in unserem Alltag trotz Studienstress und sonstiger Termine noch so viel Zeit für uns hatten."

„Ja, das stimmt. Man braucht ja auch nicht von allem Fotos."

„Trotzdem ist deine Fotowand toll. Ich finde es eine schöne Vorstellung, aus den vielen Erlebnissen, die man so hat, die ganz besonderen Highlights rauszusuchen und hier zu verewigen."

Ernst sieht er mich an. „Wollen wir in unserer gemeinsamen Wohnung auch eine Fotowand machen? Mit ein paar alten Bildern von dir und mir und dann immer jedes Jahr ein paar mehr von uns?"

„In unserer gemeinsamen Wohnung?" Hat er das wirklich gerade gesagt? Wir haben noch nie über ein mögliches Zusammenziehen gesprochen. Natürlich würde ich das gerne, am liebsten sofort, aber niemals hätte ich das von mir aus angesprochen. Zu groß war meine Angst, ich könnte ihn überrumpeln oder drängen.

„Ja. Möchtest du denn gerne mit mir zusammenziehen?" Er schaut mich an, ernsthaft und doch ein bisschen verschmitzt. Wahrscheinlich, weil er meine Antwort schon weiß, und weil er sich denken kann, dass ich weiß, dass er sie kennt.

„Und ob ich das möchte!", antworte ich trotzdem. „Wenn du es auch willst?" Im Gegensatz zu ihm bin ich nicht zu hundert Prozent sicher, wie seine Antwort lauten wird. Vielleicht will er grundsätzlich zusammenziehen, aber noch nicht so bald?

Er lächelt. „Ja, das will ich. Was hältst du davon, wenn wir gleich im neuen Jahr anfangen mit der Wohnungssuche? Wer weiß, wie lange es dauert, bis wir was Passendes gefunden haben."

„Sehr viel halte ich davon, Sascha. Sehr, sehr viel." Ich kriege das Lächeln nicht mehr aus dem Gesicht, nicht einmal, während ich mich auf seinen Schoß setze und wir uns küssen.

Und er auch nicht.

2. Hell.

– 22. Dezember 2012 –

„Wahnsinn. Von hier sehe ich es erst richtig!" Sascha wirkt direkt ergriffen. „Es ist ewig her, dass wir hier so viel Schnee hatten!"

Staunend stehen Sascha und ich vor der Haustür. Der Dorfplatz ist von einer mindestens fünfzehn Zentimeter dicken Schneedecke bedeckt. Jetzt, da es hell ist, sieht alles noch viel schöner aus als gestern Abend. Heute früh haben wir schon von drinnen durch die Fenster das Winter Wonderland bestaunt, aber jetzt ohne Fensterscheibe dazwischen ist es noch zauberhafter – und Sascha konnte ohnehin vom Fenster aus nicht alles sehen.

Wir beschließen, einen Spaziergang zu machen.

Es ist ein kleines Abenteuer. Niemand ist auf den Straßen und Bürgersteigen unterwegs, und ein Räumfahrzeug hat sich auch noch nicht ins Dorf verirrt, dabei ist es schon viertel nach zehn. Nur dort, wo die Gehwege zu einem Grundstück gehören, haben die Anwohner heute Morgen Schnee geschippt und Sand oder Splitt ausgebracht.

Wir gehen einmal halb um den Dorfplatz und biegen dann in die Straße ein, die zu Noahs Haus, zum Hofladen und später zum Wäldchen führt. Dort, wo die Wege noch nicht vom Schnee befreit sind, bleiben die kleinen Rollstuhlräder immer wieder stecken, weshalb Sascha auf den Hinterrädern balancieren muss, um überhaupt vorwärtszukommen. Es scheint viel schwieriger zu sein, im Schnee das Gleichgewicht zu halten als auf freier Strecke. Immer wieder muss Sascha absetzen und danach den Rolli neu ankippen. Doch anders als vor zwei Jahren sieht er es offensichtlich als sportliche Herausforderung, der er sich ambitioniert, aber nicht verbissen stellt. Es tut so gut, das zu sehen. Im Sommer habe ich noch gedacht, ich bin froh, wenn wir den Winter überstehen, ohne dass es zu schlimm wird. Jetzt sieht es aus, als könnten wir ihn sogar zusammen genießen.

Eigentlich hatten wir gedacht, dass wir uns bis zum Wäldchen durchschlagen, doch das Vorankommen gestaltet sich zu beschwerlich. Als wir auf dem Bürgersteig vor der Durchfahrt von

Noahs Haus sind, dringt Amelies helle Kinderstimme vom Hof her zu uns, und wir biegen ab, um dort vorbeizuschauen.

Der Innenhof des Hauses von Noahs Eltern ist ähnlich wie der von Markus' Eltern ungefähr rechteckig. Allerdings ist das Gebäudeensemble nicht rundum geschlossen wie bei Helmuts Hof, sondern es gibt ähnlich wie bei Saschas Eltern eine zweite Zufahrt weiter hinten, die im Sommer von einer hohen Eiche beschattet wird. Jetzt ist der Baum natürlich kahl und genauso wie der gesamte Hof mit Schnee bedeckt. Außer Amelie ist auch Caro im Hof, sie baut mit ihrer Tochter zusammen einen Schneemann. Die unterste Kugel ist schon fertig, und gerade rollen die beiden die zweite Kugel.

Amelie entdeckt uns als Erste. „Guck mal, Mama! Sascha und Fredi sind da!"

Caro richtet sich auf. „Oh, hi, was für eine schöne Überraschung!" Sie kommt auf uns zu und umarmt mich.

„Hi, Caro!", erwidere ich. „Wir haben eure Stimmen gehört."

„Hallo, Caro", sagt Sascha. „Und hallo, Amelie!"

„Hi, Sascha." Caro beugt sich zu Sascha vor für eine kurze Umarmung.

„Wollt ihr auch einen Schneemann bauen?" Amelie steht vor Sascha und mir und sieht uns erwartungsvoll an. „Dann könnten wir eine ganze Schneemannfamilie machen!"

„Ich fürchte, das mit dem Schneekugelrollen kann ich nicht", sagt Sascha. „Aber ich gucke euch sehr gerne zu."

„Ja, bitte, guck uns zu! Du kannst die Mohrrüben anbauen und die Knöpfe, wenn alles fertig ist. Und die Besen und die Eimer als Hüte!"

„Habt ihr das alles? Möhren und Steine und mehrere Besen und Eimer?", fragt Sascha erstaunt.

„Ja, natürlich!" Amelies Brustton der Überzeugung ist wundervoll. „Oma hat sogar einen Kinderbesen für mich! Und Papa ist gerade bei Helmut und kauft Mohrrüben."

„Das klingt perfekt", lobt Sascha. „Ich bin dabei."

„Juhuu! Rollst du auch eine Kugel, Fredi?" Amelie scheint uns richtig ins Herz geschlossen zu haben. Unser Kirschkuchenessen auf dem Spielplatz ist ihr wohl nachhaltig in Erinnerung geblieben.

„Na klar."

Die nächste halbe Stunde rollen wir erst zu dritt, dann, als Noah wieder da ist, zu viert fleißig Schneekugeln und setzen sie zu vier unterschiedlich großen Schneemännern zusammen. Sascha findet doch noch einen Weg, mitzubauen, indem er den Schnee auf dem Tisch zu zwei kleinen Kugeln rollt, sie auf seinem Schoß zu dem größeren Schneekind transportiert und diesem als Arme anbaut. Dabei lässt er sich von Amelie helfen. Fleißig bringt sie vom Boden immer wieder neuen Schnee und klopft ihn unter Saschas Anleitung so zwischen Rumpfkugel und dem jeweiligen Arm fest, dass die Arme schließlich beide stabil halten.

Danach verzieren wir die Schneefamilie mit viel Liebe zum Detail mit kleinen Steinchen als Mantelknöpfe und Augen, mit Mohrrübennasen sowie mit Eimerhüten und Besen. Amelie ist dabei sehr darauf bedacht, alles mit mir oder Sascha zu machen, so, als würde sie denken, mit Mama und Papa ist sie ja sowieso jeden Tag zusammen. Aus dem Augenwinkel sehe ich, wie Noah Caro etwas zuflüstert und die beiden sich anschließend von den Schneemännern und uns entfernen und uns zusehen. Caro zückt sogar ihr Smartphone und macht Fotos. Sascha und Amelie scheinen das gar nicht zu bemerken, so vertieft sind sie darin, dem kleinen Schneekind ein lustiges Gesicht zu machen und ihm anschließend einen blauen Sandkasteneimer als Hut aufzusetzen.

Es ist so süß, wie die beiden zusammenarbeiten! Amelie ist voller Vertrauen und Zuneigung, und Sascha geht so wunderbar auf sie ein, dass mir das Herz überläuft. Irgendwann werden Sascha und ich vielleicht auch mal Kinder haben. Gerade kann ich mir das richtig gut vorstellen.

Als Noahs Mutter zum Essen ruft, verabschieden wir uns von den dreien. Wir beschließen, unser ursprüngliches Vorhaben mit dem Wäldchen aufzugeben und stattdessen zum Dorfplatz und danach zurück nach Hause zu gehen.

Am Dorfplatz angekommen, machen wir einen Abstecher auf den kleinen Steg am Dorfteich und schauen auf die unberührte Schneefläche auf dem zugefrorenen Teich.

„Ein richtiges Winter Wonderland", sagt Sascha andächtig.

„Ja. Schön, oder?"

Er nickt. „Weißt du noch, wie wir auf dem zugefrorenen Maschsee waren?"

„Natürlich."

„Das war damals einer der wenigen Momente, wo ich wirklich unbeschwert war. Vielleicht sogar glücklich."

„Aber auf meine Frage, ob du glücklich bist, hast du an dem Tag nicht geantwortet." Damals habe ich gedacht, ich bräuchte keine Antwort. Ich dachte, ich würde *sehen*, dass er glücklich ist.

Er schaut mich an, sehr gerade und sehr intensiv. „Ich *war* glücklich. Aber das Glücklichsein fühlte sich falsch an. So, als ob das nur ein Trugbild sein könnte. Weil ... die Behinderung bleibt ja. Mein Leben wird nie mehr so sein wie früher. *Ich* werde nie mehr so sein. Und der Schmerz darüber, er wird vermutlich auch nie ganz weg sein. Deswegen konnte ich nicht mit Ja antworten. Es hätte sich wie eine Lüge angefühlt. Verstehst du?"

„Ja, das verstehe ich." Anders als vor zwei Jahren verstehe ich ihn sogar sehr gut. „Und wenn du jetzt solche Glücksmomente hast, fühlen sie sich dann immer noch falsch an?"

Langsam schüttelt er den Kopf, ohne die Verbindung unserer Blicke dabei zu lösen. „Nein. Inzwischen habe ich gelernt, dass Schmerz und das Empfinden von Glück nebeneinander bestehen können. Sie schließen sich nicht gegenseitig aus, und sie berauben einander auch nicht der Intensität. Im Gegenteil. Erinnerst du dich noch, wie ich gesagt habe: Ich hab starke Gefühle? Seit dem Unfall ist das so. Verzweiflung, Schmerz, Trauer, Wut, Scham, Hilflosigkeit ... Ich hab früher gar nicht gewusst, wie sehr sie einen verschlingen können. Aber dafür fühlt sich auch das Glück viel intensiver an. Es ist manchmal so groß, dass ich das Gefühl habe, dass es nicht in mich hineinpassen würde."

„Weißt du, dass ich das auch schon oft empfunden habe? Haargenau so?" Seit ich ihn kenne, ist das so. Und dass er das auch fühlt und so klar in Worte kleidet, das macht mich so glücklich, dass ich platzen könnte. „Es ist, als ob das Glück viel heller strahlt, wenn man aus dem Dunkeln kommt, findest du nicht?"

Er nickt. Und strahlt. Ungefähr so wie das personifizierte Glück.

3. UNTERWEGS AUF DER MILCHSTRAßE.

– 23. Dezember 2012 –

Eine Party am dreiundzwanzigsten Dezember, auf der sich die jungen Leute aller umliegenden Dörfer zum Tanzen und Karaoke-Singen treffen, kommt mir seltsam vor. Bei uns zu Hause gehörte dieser Abend der Familie. Zu viert haben wir den Weihnachtsbaum geschmückt, und danach sind Thomas und ich immer in unsere Zimmer verschwunden, um die Weihnachtsgeschenke einzupacken und sie anschließend unter den Baum zu legen. Niemals wäre ich auf die Idee gekommen, an diesem Tag auf eine Party zu gehen. Hier in Gannermühle und Umgebung aber ist das anscheinend schon seit Ewigkeiten eine feste Tradition, und wenn ich Sascha, Tamara und Lorna glauben darf, geht da so ziemlich jeder hin, der sich nicht zu alt dafür fühlt.

Ich bin noch richtig beseelt von dem schönen Tag heute, während Sascha und ich im Auto sitzen und die knapp zwanzig Minuten nach Wiedenhorst fahren. Im Radio spielen sie *Hijo de la Luna*. Ich mag das Lied, auch wenn ich den spanischen Text weder verstehen noch mitsingen kann. Die Straßen sind inzwischen geräumt und gestreut, und es hat auch nicht neu geschneit, aber es ist weiterhin knapp unter null Grad, und so hatten wir heute perfektes Winterwetter. Morgens waren Sascha und ich im Dorf spazieren, und mittags haben wir in großer Runde mit Saschas Eltern, Lorna, Tamara und ihrem Freund Rouladen mit Rotkohl und Kartoffelbrei gegessen.

Ich mag Lorna und Tamara, sie haben viel Ähnlichkeit mit Sascha, nicht nur äußerlich mit ihrem dunklen Teint und dem wachen Blick aus dunklen Augen, sondern sie haben auch beide einen kleinen Schalk im Nacken. Tamara ist dabei die Ernstere, die die albernen Bemerkungen nur hin und wieder einstreut, dafür aber sind die dann herrlich trocken und absolut auf den Punkt. Lorna, die nur eineinhalb Jahre älter ist als Sascha, hat eine blühende Fantasie, und sie setzt sie gern ein, um witzige oder groteske Kommentare zu machen, die uns alle zum Schmunzeln oder Lachen bringen. Doch man kann sich auch ernsthaft mit ihr unterhalten. Tamaras Freund ist eher ruhig, aber auch er ist mir sympathisch. Nach dem Mittagessen haben wir noch lange am Tisch gesessen und uns unterhalten, und die Lebendigkeit und Fröhlichkeit in der Runde ließ mich erahnen, wie es wohl früher hier zugegangen ist, bevor Saschas Unfall die Familie aus dem Gleichgewicht gebracht hat.

Nachmittags haben wir „Kinder" eine ausgedehnte Runde Monopoly gespielt, und später haben Sascha und ich uns auf seinem Bett ausgeruht, weil Sascha vor der Party unbedingt nochmal aus dem Rolli wollte. Es war sehr schön, mit ihm Arm in Arm zu liegen und dabei über seine Schwestern und über seine Kindheit zu reden. Ich liebe es noch immer, unserer Gegenwart Stück für Stück mehr Vergangenheit hinzuzufügen und zu spüren, wie es Sascha immer leichter fällt, von früher zu erzählen.

Vielleicht kann er irgendwann auch über den Unfall selbst reden und über die Zeit direkt danach. Ich schaue ihn von der Seite an, während er das Auto durch die Nacht steuert und mit seinem Oberkörper ganz leicht mit der Musik mitgeht. Gleich werden wir Teil dieser Dorfparty sein, und ich werde wieder ein neues Puzzlestück von Saschas altem Leben kennenlernen – an der Seite des neuen Sascha, der ganz unten war und jetzt wieder zurück ist und sein altes und sein neues Leben zusammenbringt. Wärme durchströmt mich, kribbelnd füllt sie mich komplett aus, und ich würde ihn am liebsten küssen.

„Was ist?", fragt Sascha plötzlich. Anscheinend hat er gemerkt, dass ich ihn ansehe.

„Nichts. Ich freue mich bloß."

„Auf die Party?"

„Unter anderem."

„Hm." Kurz sieht er zu mir rüber. *Hijo de la Luna* klingt aus, und für einen Moment ist nicht klar, was als Nächstes kommt.

„Freust du dich nicht auf die Party?", will ich wissen.

Er hebt die Schultern. „Ja und nein."

Ich kann mir schon denken, warum. Er wird auch hier kein Unbekannter sein, und viele werden ihn heute zum ersten Mal im Rolli sehen. Diesmal ist es nicht der geschützte Kreis seiner Freunde, in den er zurückkehrt – auch wenn die größtenteils ebenfalls da sein werden. Diese Party ist *der* Treffpunkt hier in der Gegend, hat Lorna gemeint, noch viel mehr als die *End-of-Summer-Night* im Freibad. Der Abend könnte Spießrutenlauf-Formen annehmen. Wir fahren extra allein mit Saschas Auto, damit wir nicht abhängig von anderen sind, wenn einer von uns gehen will.

Das nächste Lied hat angefangen, *Moves Like Jagger*, ausgerechnet. Sascha verdreht die Augen.

Ich lege ihm meine Hand auf die Schulter. „Ist nur Statistik. Eine Frage der Wahrnehmung."

Er grinst gequält und vielleicht auch ertappt. So genau kann ich das nicht erkennen im Licht des entgegenkommenden Autos.

Wiedenhorst ist kaum größer als Gannermühle, und heute ist es hoffnungslos zugeparkt. Hätte Sascha nicht den kleinen blauen Behinderten-Parkausweis in der Windschutzscheibe, müssten wir das Auto wohl am Ortsrand abstellen. Sascha hält auf dem Behindertenparkplatz direkt vor der *Wiedenhorster Deele* und stellt den Motor ab. *Moves Like Jagger* erstirbt mitten im Refrain.

Ich steige aus und sehe mich um. Wenn man mal von den vielen parkenden Autos absieht, die den Anblick verunstalten, sieht auch Wiedenhorst aus wie ein Winterdorf aus einem Märchenfilm. Aus den Fenstern der Häuser und des Gasthofs scheint warm das Licht. Der Schnee auf der Straße, den Hausdächern und den Bäumen glitzert im Mondlicht, und still funkeln die Sterne am wolkenlosen Himmel.

Ich schließe die Beifahrertür und gehe ums Auto herum. Sascha hat seinen Rolli schon zusammengebaut.

„Ich hab die Moves wie Jagger", sagt er ironisch, während er sich in seinen Rolli hievt. Aber anders als früher klingt es nicht zynisch.

„Ich schau dir in die Augen und gehöre dir", spiele ich auf eine andere Stelle aus dem Song an. Weil es passt. Genauso wie dass er genial tanzen kann. Nur eben im Rolli.

Meine Bemerkung zaubert ihm ein breites Grinsen ins Gesicht. „Ich liebe es, wie du Dinge ausdrückst, ohne sie direkt zu sagen." Er schließt die Autotür und aktiviert die Zentralverriegelung.

„Und ich liebe es, dass du sie verstehst."

Wir schauen einander in die Augen, und die klirrende Kälte kommt mir in diesem Moment überhaupt nicht kalt vor.

Eine Gruppe von jungen Leuten öffnet die Tür zum Gasthof, und sofort dringt *I Kissed A Girl* zu uns nach draußen – bis die Tür sich wieder schließt und nur noch dumpf die Bässe erahnbar bleiben.

Wir setzen uns in Bewegung, gehen auf den Eingang zu.

„Du gehörst mir nicht", sagt Sascha, jetzt ernst.

„So wörtlich hab ich das auch nicht gemeint. Ich gehöre nicht dir und du nicht mir. Aber wir gehören zusammen. Und wenn wir uns in die Augen sehen, dann spüre ich das besonders."

Er sieht mich immer noch an. „Geht mir auch so."

Wir sind an den drei Stufen vor dem überdachten Eingangsbereich der *Wiedenhorster Deele* angekommen. Sascha fährt rückwärts an die unterste Stufe heran.

„Wir gehören zusammen", sagt er. „Weißt du, dass es sich verdammt gut anfühlt, das zu sagen?"

Ein Lächeln breitet sich in meinem Gesicht aus, es fühlt sich sehr groß und sehr warm an. „Und es zu hören", ergänze ich.

„Sowieso." Sein Lächeln ist mindestens ebenso groß und warm.

„Oh, wow!", erklingt auf einmal eine Stimme irgendwo von weiter hinten bei den Autos am Straßenrand. „Ein Rollstuhlfahrer beim Weihnachtstanzen, das gab's ja noch nie!"

Auch Sascha hat es gehört. Alles an ihm wirkt wie ausgewechselt. Angespannt. Wachsam. Bereit zu was auch immer. Wie eingefroren stehen wir vor der untersten Stufe.

„Bestimmt nur ein Falschparker", höre ich einen anderen aus der Gruppe sagen. „Manche Leute sind zu faul zum Laufen."

Ich drehe mich in Richtung der Stimmen um. Es sind drei Typen und drei Mädels, sie kommen von links und haben jetzt Saschas Auto erreicht.

„Nee, guck mal da vorne", flüstert eines der Mädels viel zu laut. Die Gruppe biegt zum Eingang des Gasthofs ab.

„Oh, 'tschuldigung." Der Stimme nach war das der, der das mit dem Falschparker gesagt hat. „Kein Falschparker. Ähm ... äh ... Hi. Können wir euch irgendwie helfen?"

„Danke, das kriegen wir allein hin", antwortet Sascha. „Geht ihr ruhig schon rein."

„Sag mal ... du kommst mir irgendwie bekannt vor." Der dritte Typ bleibt vor Sascha stehen. Er ist vermutlich etwas älter als Sascha, recht groß und schlaksig, mit kurzen Haaren und einem verkehrt herum getragenen Baseball-Cap auf dem Kopf. „Bist du nicht ... Hast du nicht früher zusammen mit so einem Blonden diese fancy Tanzeinlagen beim Karaoke gemacht?" Die anderen aus der Gruppe fangen an, miteinander zu tuscheln. Sie reden über Sascha, sie erinnern sich auch, das sehe ich ihnen an, auch wenn ich nicht verstehe, was sie sagen. „Depeche Mode, Peter Fox und so?", fügt der mit dem Cap hinzu.

Dass Sascha die Situation unangenehm ist, ist an der rötlichen Färbung seines Gesichts und seiner Ohren mehr als deutlich zu erkennen. Aber jetzt stiehlt sich doch ein Lächeln auf sein Gesicht. „Depeche Mode und Peter Fox. Das weißt du noch so genau?"

„Klar doch. Hab eure Acts sogar vermisst die letzten Jahre. Was ist passiert?"

„Ein Unfall in den Bergen. Querschnittlähmung."

„Oh. Scheiße, Mann. Und da kann man nichts machen?"

„Doch. Siehst du ja. Bloß im Rolli halt."

Der Typ guckt erst verwirrt, dann überrascht, und dann grinst er. Natürlich hat er die Frage anders gemeint. Aber Saschas Antwort scheint ihm zu gefallen. „Geil, Alter, immer noch cool drauf. Ich wünsch dir viel Spaß heute Abend. Und deiner Freundin auch. Wird bestimmt wieder 'ne geile Fete."

„Ich wünsche euch auch viel Spaß", erwidert Sascha.

„Danke. Ciao, ciao."

Die sechs setzen sich wieder in Bewegung. Sascha und ich überwinden die Stufen, während weitere Jungs und Mädels an uns vorbeigehen. Die ersten sind deutlich jünger als wir und werfen nur die üblichen verstohlenen Seitenblicke auf uns, die danach sind eher in Saschas Alter. Ihre Mienen verraten, dass ihnen Sascha bekannt vorkommt, und einer sieht aus, als wollte er etwas sagen, aber dann guckt er weg und geht wortlos an uns vorbei. Das kann ja heiter werden, wenn wir erst drinnen sind.

Als wir die Eingangstür passiert haben, kommen uns die Rhythmen und Melodien von *Pumped Up Kicks* entgegen. Irgendwie hilft es, dass ausgerechnet dieses Lied uns empfängt, das ich immer mit diesem Gefühl der sich auflösenden Beklemmung auf unserer ersten Fahrt nach Gannermühle verbinden werde.

Im Eingangsbereich müssen wir unseren Personalausweis zeigen und fünf Euro zahlen, dann bekommen wir einen blauen Stempel auf den Handrücken. Es gibt auch rote Stempel, sagt Sascha, die sind für die Sechzehn- und Siebzehnjährigen, die die Party um Mitternacht verlassen müssen. Anschließend schlagen wir uns zum Saal durch. Er ist *wirklich* riesig. Es sind bestimmt weit über zweihundert Leute da, aber der Raum bietet noch Platz für mindestens hundert weitere Gäste. Gleich in der Nähe des Eingangs befindet sich ein Tresen, an dem Bier, Schnaps und Cocktails ausgeschenkt werden, und hinten am anderen Ende des Raumes ist eine große Bühne, an deren rechtem Rand der DJ seine Anlage aufgebaut hat. Es ist nicht Todd Dede, sondern ein normaler Typ, der die Lieder im Original abspielt. Aber er scheint den Geschmack des Publikums zu treffen, denn als sich jetzt die charakteristischen schnellen Celloklänge von *Alles neu* unter den verklingenden Schlussakkord von *Pumped Up Kick*s mischen, grölen und johlen die vielen Tanzenden in der Mitte des Saals begeistert.

Rechts und links an den beiden langen Seiten des Saals sind Tische und Stühle aufgebaut, auf der linken Seite Sechser- und rechts Vierertische. Lange nicht alle Plätze sind belegt, die meisten Leute befinden sich auf der Tanzfläche oder an der Bar.

Ich halte Ausschau nach Markus oder Noah und Caro, wir haben uns für halb neun verabredet. Wie besprochen sind sie bei den Sechsertischen, ziemlich weit vorn bei der Bühne. Wir gehen zu ihnen, und weil *Alles neu* von Peter Fox ist und weder Markus noch Sascha dazu stillstehen können, mischen wir uns nach einer kurzen Begrüßung unter die Tanzenden, bevor Peter Fox zum zweiten Mal den Refrain singt.

Die Mischung, die der DJ auflegt, ist genial. Er weiß genau, was sein Publikum will, wechselt locker zwischen aktuellen und älteren Songs, zwischen deutschen und englischen Titeln, und alle haben eins gemeinsam: einen schnellen Rhythmus und Beats, zu denen man einfach tanzen muss. Mit der Zeit gesellen sich immer mehr Freunde und Bekannte von Sascha, Markus und Noah zu uns, Jan mit Freundin und Holger, Thomas, Lilly, zwei Kumpels von Noah, und gegen halb zehn kommt auch Corinna. Sie umarmt mich, als wäre ich eine alte Bekannte wie die anderen, während sie Sascha nur unsicher die Hand reicht. Später hält sie sich an Lilly und eher auf Abstand zu Sascha und mir. Mir soll es recht sein.

Im Laufe des Abends kommen immer wieder Leute auf uns zu, manche, die ich vom Leichtathletik-Sommerfest kenne wie Ben und Tim, aber auch jede Menge andere, die Sascha und die anderen begrüßen. Die Musik ist so laut, dass ich meistens nicht verstehen kann, was sie sagen. Den Mienen nach zu urteilen, wussten die meisten von ihnen, dass Sascha jetzt im Rolli sitzt, und sie scheinen sich zu freuen, ihn wiederzusehen. Nachdem sie gegangen sind, bleiben viele von ihnen noch eine Zeit lang in Sichtweite und beobachten, wie Sascha tanzt. Wie vor einem halben Jahr am Maschsee beeindruckt er mit Rhythmusgefühl und Körperbeherrschung, und die Lichtshow des DJs unterstreicht Saschas gekonnte Choreographie und die athletische Eleganz seiner Bewegungen zusätzlich.

Den meisten Zuschauern stehen Bewunderung und Erstaunen ins Gesicht geschrieben. Aber manche scheinen auch vor Mitleid zu vergehen und sich lieber schnell in andere Ecken des Saals zu verkrümeln, bis genug andere Tanzende zwischen ihnen und uns sind, dass weder wir sie noch sie uns sehen können.

Und dann sind da die vielen, die bloß gucken. Die Sascha erkennen, aber wahrscheinlich nicht persönlich kennen, und die meist unübersehbar schockiert sind, ihn jetzt im Rollstuhl zu sehen. Viele von ihnen flüstern ihren Begleitern was ins Ohr, manche gehen schnell weiter, andere bleiben in der Nähe und schauen Sascha beim Tanzen zu, mit einer Mischung aus Erschütterung und Faszination im Gesicht, die ich schwer zu ertragen finde.

Es sind vielleicht fünf oder sechs Lieder vergangen, als der DJ David Guettas *Memories* auflegt. Auf dem Maschseefest haben Sascha und ich dazu ausgelassen getanzt, aber hier gelingt es mir nicht, einfach nur im Moment zu sein. Zu sehr lenken mich die Reaktionen der anderen ab. Auch Sascha hört jetzt auf zu tanzen und kommt auf mich zu. Ich beuge mich zu ihm.

„Hey", sagt er mir ins Ohr. „Gehen wir mal raus?"

Ich hebe die Schultern, aber er rollt in Richtung Ausgang und sieht mich auffordernd an.

„Alles klar?", höre ich Markus rufen.

„Jaja", ruft Sascha zurück. „Wir kommen wieder!"

Sascha und ich kämpfen uns durch den mittlerweile deutlich volleren Saal und den Vorraum bis nach draußen. Ich folge ihm nach rechts und an der Raucherecke vorbei bis zur Straßenlaterne an der Einfahrt vom hauseigenen Parkplatz. Wir haben keine Jacken an, geschweige denn Sascha seinen Schlupfsack, aber noch sind wir so aufgewärmt, dass wir nicht frieren.

„Was ist?", frage ich Sascha, als er endlich stehen bleibt.

Ernst guckt er mich an. „Mach dir nicht so viele Gedanken über die Leute. Es ist ganz normal, wie sie sich verhalten. Keiner von ihnen meint das böse. Schau einfach nicht hin, okay?"

Ich hebe die Schultern. „Ich kann da nicht *nicht* hinschauen."

„Siehst du? Und genauso wenig können die nicht *nicht* reagieren. Sie erkennen mich, sie sind schockiert, sie sind unsicher, wie sie sich verhalten sollen. Das kann man ihnen nicht zum Vorwurf machen."

„Mach ich ja auch nicht."

„Aber dich verunsichert es."

Nochmal zucke ich mit den Achseln. „Vielleicht ..."

Er nimmt meine Hand und zieht daran. Ich folge der unausgesprochenen Einladung und setze mich auf seinen Schoß.

„Das ist auch normal", sagt er. „Sei nicht zu streng mit dir."

Ich schnaube durch die Nase. Er nimmt auch meine zweite Hand und hält sie. Ruhig und zuversichtlich.

„Wie kannst du so abgeklärt sein?", frage ich.

„Dreieinhalb Jahre Zeit, eineinhalb Jahre Therapie ... und nicht zu vergessen: Es gibt da so eine, die mir überhaupt gezeigt hat, dass es sich lohnt, zurückzukommen. Zurück ins Leben, aber auch zurück hierhin. Ich spiele ein Puzzle mit ihr, weißt du? Und je kompletter das Puzzle wird, desto mehr will ich selbst neue Teile hinzufügen."

„Das Puzzle wird nie fertig sein", sage ich leise.

Er lächelt. „Nee. Es ist eins von denen, bei denen einem jedes

Teil, das man findet, wieder neue Level eröffnet. Das ist ja gerade das Schöne daran. Das ist das Leben, Fredi. Mein Leben. Dein Leben. Unser Leben."

Selbst hier im fahlen Licht der Straßenlaterne kann ich sehen, wie warm und liebevoll er mich ansieht.

„Unser Leben", wiederhole ich, während mein Herz auf einmal sehr viel Glück durch meine Adern pumpt. Und Liebe.

Ganz langsam nähere ich mich mit meinen Lippen seinen. Sehr zärtlich ist unser Kuss. Sehr deutlich verrät unser Atem, was diese einfache Lippenberührung in uns auslöst. Und wie die leichte Berührung unserer Zungen das noch intensiviert.

Aber er löst sich von mir. In seinen Augen brennt das Verlangen nach mehr so sehr wie in meiner Brust. „Ich habe mir das gut überlegt mit der Party hier. Ich will dieses Stück Leben zurück. Ich will dieses Puzzleteil ergänzen, ich will es dir zeigen, und ich will es mit dir erleben. Dass die Leute gucken, dass sie unsicher sind, dass manche vor Mitleid und andere vor Bewunderung vergehen, das gehört leider dazu. Für sie ist es auch nicht leicht, mir zu begegnen. Aber es kann trotzdem eine tolle Nacht werden. Willst du sie mit mir erleben?"

Ich vergehe auch gerade vor Bewunderung. Aber auf eine gute Weise. Auf eine, die mich sehr glücklich macht. „Ja, das will ich", flüstere ich.

Er lächelt.

Nicht erleichtert, nicht überrascht.

Er wusste, dass ich es will.

Sascha lässt meine Hände los und legt sie unterhalb meiner Knie an die Greifreifen. „Dann komm."

Die Toten Hosen singen vom *Alten Fieber*, das immer dann hochkommt, wenn die alten Lieder vergangene Zeiten heraufbeschwören, und gefühlt bebt der ganze Saal von den wahrscheinlich bald dreihundert tanzenden und hüpfenden Partygästen. Laut singen alle mit, als wäre dieses Lied ihre Hymne, dabei ist es doch erst dieses Jahr rausgekommen. In gewisser Weise beschreiben die Toten Hosen das Spektakel dieser Party perfekt, auch wenn all die Leute hier zwanzig, dreißig Jahre jünger sind als Campino und seine Bandmitglieder. Fasziniert bleiben Sascha und ich stehen und lassen die Stimmung auf uns wirken, bevor auch wir uns mitreißen lassen und uns singend und tanzend an den Leuten vorbeidrängeln, um zu Markus und den anderen zurückzukehren.

Es folgen *Denkmal*, *Enjoy The Silence 2004*, *Numb*, *Rhythm Is A Dancer* und weitere Lieder aus den letzten fünf bis fünfzehn Jahren. Die Tanzfläche wird immer voller, und entweder haben die meisten Sascha inzwischen entdeckt und sind mittlerweile in ihr eigenes Tanzen versunken, sodass sie ihn nicht mehr beäugen, oder es gelingt mir wirklich, nicht mehr darauf zu achten. Mit jedem Lied gehe ich mehr in meinem, in *unserem* Tanz auf, lasse ich die Beats durch meinen Körper wummern, singe zusammen mit Sascha und den anderen mit und verschmelze mit den Rhythmen, mit den Melodien, mit dieser unglaublichen Stimmung.

Die Lichtanlage im Saal tut ihr Übriges dazu, die grünen und pinken und blauen und roten Lichtstrahlen pulsieren und tanzen im Rhythmus der Songs. Wenn die Musik am intensivsten ist, setzt der DJ das Stroboskop ein, und es ist mehr als berauschend, Saschas Bewegungen in diesem perfekt auf die Musik abgestimmten Blitzlicht zu sehen, auf ihn zuzutanzen, ihn und mich aufleuchten zu sehen, mal rot, mal grün, mal pink, mal blau, magisch-abgehackt und doch fließend, wir tanzen umeinander, wir drehen Pirouetten, mal er, mal ich, wir heben die Arme, wir nehmen einander an die Hand und lassen einander los, wir sehen einander an und entfernen uns voneinander. Der Rhythmus umhüllt uns, er durchdringt uns, und wir sind ein Teil davon, ein Teil dieser Party, ein Teil dieser Nacht.

Dann, irgendwann, schweben Orgelklänge durch die Luft. Ich erkenne den Song sofort: Es ist O.M.D.s *Walking On The Milky Way*. Schon auf Saschas Überraschungsparty haben wir dazu getanzt und gesungen, wir beide lieben dieses Lied, seinen Beat und seine strahlenden Melodien – und wir haben festgestellt, wie sehr der Text zu uns passt. *Ihr hättet uns sehen sollen*, singen O.M.D., *auf dem Weg zur Venus, wie wir auf der Milchstraße spazieren gingen*. Als Sascha und ich zusammenkamen, da gab es nur uns zwei, und nichts anderes war wichtig. Wir dachten, wir seien stark genug, und doch waren wir es nicht. So wie in dem

Lied: Als die Zeit verging, zerstörte die Realität unsere Hoffnung und irgendwie auch unsere Würde, und es blieb nichts mehr von uns übrig als Schatten auf der Wand.

Heute Nacht hier im Saal ist der Sound lauter und klarer als vor zwei Monaten im Hof von Saschas Eltern, und so gehen der Beat und die Melodien noch viel tiefer rein, erfassen mich mit Haut und Haaren. Sascha streckt seine Hand nach mir aus, und sanft schiebe ich meine Finger zwischen seine. Während wir einander ansehen und aufeinander zutanzen, fließt so viel Wissen um das, was war, und um all das, was wir darüber schon gesprochen haben, und gleichzeitig so viel Wärme und Liebe zwischen uns hin und her, dass ich all meine Willenskraft aufbringen muss, um nicht über ihn herzufallen. Der immer lauter und wuchtiger werdende Beat, das Crescendo in der Melodie und dieses prickelnde Gefühl von Saschas warmen Fingern zwischen meinen intensivieren den Moment und die Emotionen so sehr, dass ich das Gefühl habe, gleich zu platzen.

Beide können wir den Text auswendig, und es gibt nichts Schöneres, als diesen Song mit Sascha zu singen und zu tanzen. Ich bin komplett erfüllt von der Musik und davon, wie der Text zu uns passt und wie wunderbar unser Tanz und unsere Stimmen harmonieren. Die Bässe wummern durch meinen Körper, die Rhythmen erfassen mich, die Melodien schweben durch die Luft.

Dann kommt der Instrumentalteil, diese Stelle liebe ich besonders, sie macht alles in mir so weit und so groß und so glücklich, dass mir die Tränen kommen. Ich schaue Sascha in die Augen, auch in seinen stehen Tränen, und gleichzeitig strahlt er, so schön, so echt, so vollkommen. Für uns ist es besser ausgegangen als im Lied. Wir haben die dunkle Zeit überstanden. Auch wenn nichts uns die alte Unbeschwertheit oder die Unerschütterlichkeit zurückbringt, so wie O.M.D. es über die verlorene Jugend singen, da ist was Neues gewachsen in Sascha und in mir, eine neue Tiefe und Reife und Stärke und irgendwie auch eine neue Leichtigkeit, eine, die mehr Substanz hat und Widerstandskraft als die von früher. O.M.D. singen in der Vergangenheitsform, aber für uns ist es Gegenwart: Mann, du solltest uns sehen, wie wir zur Venus fliegen, wie wir über die Milchstraße spazieren!

Wir singen, wir tanzen, mal schnell und die Welt umarmend, mal nah zusammen und einander liebkosend, wir küssen uns, und ich setze mich auf Saschas Schoß, da sind nur die Musik und wir zwei und sonst niemand und nichts.

Erst, als die letzten Töne des Stücks verklingen, bemerke ich, dass Markus, Noah, Caro, Lilly und ein paar andere aufgehört haben zu tanzen, sie stehen um uns herum und schauen uns an mit einem Lächeln im Gesicht, sogar Corinna. Beinahe könnte es unangenehm sein, aber dann mischen sich die Klänge des nächsten Songs in die letzten Orgeltöne, *Haus am See* von Peter Fox. Da kann niemand stehenbleiben, und so fangen wir alle wieder an, uns zu bewegen und den Text mitzusprechen, wir tanzen in der Gruppe, Sascha, Markus, Noah, Caro und ich. Nur Corinna geht weg, in Richtung Bar oder vielleicht auch nach draußen, und Lilly folgt ihr.

Ein paar Songs später haben Sascha und ich Durst, und ich staune, als Sascha sich genau wie ich einen *Planter's Punch* bestellt. „Karaoke ohne Alkohol ist uncool", sagt er achselzuckend, und obwohl mir wahrscheinlich mehrere Fragezeichen ins Gesicht geschrieben sind, belässt er es bei dieser Antwort. Ob er meint, dass er die Karaoke-Show sonst nicht ertragen kann?

Für mich ist das schon der dritte alkoholische Cocktail des Abends, und er steigt mir etwas zu Kopf, während wir uns an einem der Tische in Sichtweite der Bühne ausruhen und schweigend das Treiben der anderen Tanzenden beobachten. Nach einer Weile gesellen sich Noah und Caro zu uns, und noch ein Lied später kommen auch Markus, Lilly und Corinna an unseren Tisch.

„Gleich geht's los!", ruft Noah mir zu. „Warst du schon mal auf einer Karaoke-Party?"

Ich schaue auf meine Armbanduhr. Es ist kurz vor elf. „Nein, noch nie", antworte ich.

„Das ist der Höhepunkt des Jahres", fährt Noah fort. „Wer hier auftritt, hat dafür extra lange geübt. Schließlich will sich keiner vor der gesamten Jugend der Gegend blamieren!"

„Das kann ich mir vorstellen. Bist du auch schon mal aufgetreten?"

„Nee." Abwehrend hebt er die Hände. „Das ist nichts für mich!"

Der aktuelle Song verklingt, und der DJ ergreift das Mikro und das Wort. Routiniert und zugleich mit spürbarer Leidenschaft kündigt er die Karaoke-Show an, erklärt die Regeln, weist darauf hin, dass, wer im Duett singt, entweder zweistimmig oder im Wechsel singen muss und dass Textsicherheit Grundvoraussetzung ist, weil niemand am Monitor kleben soll, und ermuntert die Zuschauer zum Mitsingen, zum Applaudieren und vor allem zum Weitertanzen. Für das alles braucht er keine fünf Minuten. Dann spielt er mit *Time To Wonder* von Fury In The Slaughterhouse das erste der drei angekündigten Lieder, die, wie mir Noah verrät, schon immer dieselben sind.

Am Mischpult bildet sich eine kleine Traube von Leuten, die dem DJ ihre Liedwünsche mitteilen. Manche der Teilnehmer haben im Publikum wohl eine größere Fangruppe, denn immer mal wieder ist johlender Applaus zu hören, wenn einzelne Typen oder Mädels auf der Bühne von der Treppe bis zum DJ-Pult entlanggehen. Mit manchen redet der DJ kurz, er scheint bestimmte Vorhaben oder vielleicht auch nur die Songauswahl abzulehnen, und es wirkt, als könnte er sich mit den meisten einigen, während andere offenbar ihren Teilnahmewunsch zurückziehen und von der Bühne gehen. Was immer da am Pult auch passiert, es scheint schon immer so gehandhabt zu werden, denn niemand protestiert oder fängt eine Diskussion an.

Als zweites wird *Major Tom – Völlig losgelöst* gespielt, und die Tanzenden auf dem Parkett feiern auch dieses Lied ausgelassen, obwohl es doch schon uralt ist.

„Sag mal, seit wie vielen Jahren gibt es diese Karaoke-Tradition hier schon?", frage ich Sascha.

Er hebt nur die Schultern, und mir fällt auf, dass er auf einmal sehr angespannt wirkt.

„Alles okay?", frage ich ihn.

Er sieht mehr durch mich hindurch als mich an, während er langsam nickt.

Der Pulk am Mischpult hat sich inzwischen aufgelöst. Nur zwei Leute haben ihre Wünsche noch nicht mitgeteilt. Die bereits angenommenen Auftrittswilligen stehen links auf der Bühne, es sind vierzehn Jungs und Mädels. Manche von ihnen sehen aus, als seien sie gerade mal sechzehn, andere sehen aus wie Ende zwanzig, die meisten sind irgendwo dazwischen. So, wie sie einander begrüßt haben und miteinander reden, scheinen die meisten einander zu kennen. Wahrscheinlich treten in jedem Jahr so ziemlich dieselben Leute hier auf.

Das dritte Lied fängt an, es ist Alphavilles *Forever Young*. Ich sehe, wie Sascha Markus mit dem Ellenbogen anstupst. Die beiden kommunizieren ohne Worte, und Markus erhebt sich. Er klopft Sascha auf die Schulter, und Sascha leert seinen *Planter's Punch* auf Ex. Anscheinend wollen sie auftreten! Eine Mischung aus Vorfreude und Nervosität erfasst mich, während ich die beiden in Richtung Bühne gehen sehe.

Noah steht ebenfalls auf und folgt ihnen. Offensichtlich kommt er mit, um Sascha und Markus die sechs Stufen zur Bühne hochzuhelfen, denn als die beiden oben sind, geht er wieder runter und wartet links neben der Bühne im Stehen.

Auf einmal brandet Applaus auf, immer mehr Leute auf der Tanzfläche und an den Tischen haben Sascha und Markus gesehen und erkannt. „Sascha! Markus! Sascha! Markus!", skandieren einige, und immer mehr stimmen ein. Gänsehaut überzieht meinen gesamten Körper, die Kulisse hier ist der Wahnsinn, und es sind Sascha und Markus, *mein* Sascha und sein bester Freund, denen sie da alle zujubeln.

Jetzt sind die beiden beim DJ an der Reihe. Auch er scheint sie zu erkennen und sich zu freuen, dass sie auftreten wollen. Kurz wird diskutiert, vielleicht über die Songauswahl, dann reihen sich beide in die Gruppe der Teilnehmer ein. Viele der anderen schlagen mit Sascha und Markus ein.

Noah kommt zurück, und der DJ verkündet, dass es zwölf Acts geben wird, davon vier Duette und ein Quartett. Er lege jetzt die Reihenfolge fest, und währenddessen wünsche er sich wie jedes Jahr einen Riesenapplaus vorab und einen lauten *Final Countdown*.

Das Publikum kreischt, als stünden echte Megastars auf der Bühne, das Intro von *The Final Countdown* dreht auf, und als der Gesang einsetzt, singt und tanzt der ganze Saal mit einer solchen Inbrunst mit, dass es mir Glückstränen in die Augen treibt. Die achtzehn Teilnehmer auf der Bühne performen das Lied ebenfalls spontan als Gruppe, oder vielleicht ist es auch gar nicht so spontan, wenn dieses Lied jedes Jahr zum Ritual gehört.

Und dann geht es los. Der DJ kündigt den ersten Act an, zwei etwa dreißigjährige Männer mit *Lemon Tree*. Unter großem Beifall treten die beiden auf der Bühne vor, bekommen vom DJ ihre Mikros, und schon beim Intro bewegen sie sich gekonnt zur Musik und nehmen gleichzeitig Kontakt zum Publikum auf. Ihre Performance beeindruckt mich. Beide singen jeweils immer ungefähr zwei Zeilen im Wechsel, sie begleiten ihre Texte mit passenden Gesten, sie treffen den Ton und auch den Takt. Danach kommt ein vermutlich nicht viel jüngerer Typ mit umgedrehtem Käppi und weiten Klamotten nach vorn, er performt *Gangsta's Paradise* ebenso textsicher wie cool. Auch die nächsten Darbietungen sind ein echtes Erlebnis. Jeder Auftritt wird vom Publikum vorher und hinterher begeistert beklatscht, und während der Songs tanzen und singen die Leute mit wie bei einem Popkonzert. Auch wir sitzen nicht mehr an unserem Tisch, sondern stehen unweit der Bühne und gehen mit der Musik mit.

Am beeindruckendsten finde ich dieses Mädchen, vermutlich keine achtzehn Jahre alt, das Adeles *Someone Like You* singt, und zwar mit einer Stimme, einer Intonation und einer Bühnenpräsenz, die der von Adele mehr als nur nahe kommen. Das Publikum ist ebenso fasziniert wie ich. Alle stehen auf einmal still da und hören zu. Nur Corinna singt mit, ganz leise, aber ich, die neben ihr steht, höre sie. Sie kennt nicht den kompletten Text, aber den Refrain und ein paar weitere Stellen, und als ich meinen Blick von dem Mädchen auf der Bühne löse und Corinna angucke, sehe ich, dass sie dabei nicht zu der Sängerin, sondern nach weiter links schaut, dorthin, wo Sascha im Hintergrund steht, und dass ihre Augen randvoll mit Tränen sind.

Ich verspüre den Impuls, sie zu umarmen, aber ich bin diejenige, die jetzt an Saschas Seite ist. Die, der sie vielleicht wie Adele in dem Song dennoch nur das Beste wünscht, während sie darauf hofft, irgendwann einmal wieder jemanden wie ihn zu finden. Sie, Corinna, ist diejenige, die sich zu uns gesellt hat, ohne zu fragen, vielleicht, weil sie zur Clique gehört, vielleicht, weil sie immer zu dieser Party geht wie fast jeder hier. Vielleicht aber auch, weil sie wie Adele in dem Lied nicht loslassen kann, weil das mit Sascha für sie noch nicht vorbei ist. Sie ist mit Sascha aufgewachsen, es war die Zeit ihres Lebens, bis der Unfall alles überschattet und sie entzweit hat. Wieder einmal ist es unglaublich, wie sehr Songs passen können. Ja, es ist Statistik. *Lemon Tree* und *Gangsta's Paradise* und all die anderen Songs davor passten kein bisschen zu irgendwas in meinem oder ihrem Leben. Trotzdem. Dieser Song tut sogar mir weh, stellvertretend für sie.

Als er zu Ende ist und das Publikum kreischt und klatscht und die junge Sängerin sich verbeugt, stehe ich immer noch neben Corinna und weiß nicht, was ich tun oder sagen soll. Ich habe noch nicht einmal ein Taschentuch, das ich ihr anbieten könnte. Aber Lilly hat eins, sie reicht es ihr und legt den Arm um sie. Doch Corinna windet sich heraus.

„Geht schon", sagt sie, und sie guckt dabei mehr zu mir als zu Lilly. „Ich wünsch euch echt nur das Beste, ehrlich."

„Danke." Jetzt folge ich doch meinem Impuls und umarme Corinna. Sie lässt es zu, ein paar Sekunden lang, bevor sie sich von mir löst.

„Ich habe euch vorhin zugeguckt, wie ihr zusammen getanzt habt", sagt sie ernst. „*Walking On The Milky Way*... Du und Sascha, ihr seid wirklich auf der Milchstraße unterwegs. Ihr leuchtet wie all ihre Sterne zusammen, sogar, wenn ihr weint. Es tut immer noch weh, dass wir es nicht geschafft haben, er und ich. Aber es ist schön, ihn wieder leuchten zu sehen."

„Ja, das ist es", bestätige ich.

Ihr Blick spiegelt ihren inneren Zwiespalt mehr als deutlich wider. In ihren Augen stehen noch immer die Tränen, und gleichzeitig ist da auch der Anflug eines Lächelns zu erkennen. „Es ... geht ihm wieder richtig gut, oder?"

Ich muss schlucken. Corinnas Bemühen um Fassung und Fairness berührt mich. Und ihre Worte tun es auch.

„Ja", bringe ich nur hervor. Ja, es geht ihm gut, und ich bin mir ziemlich sicher, dass er selbst diese Frage auch so beantworten würde.

Unbeholfen lächeln wir einander an, Corinna und ich, bevor wir uns wieder der Bühne zuwenden. Eine Weile stehen wir noch nebeneinander und beobachten, wie der nächste Karaoke-Sänger seinen Song beginnt. Noch bevor er beim ersten Refrain angekommen ist, verabschiedet sich Corinna mit einem kurzen Winken. Ich folge ihr mit meinem Blick, bis sie irgendwo in der Menge der Partygäste verschwunden ist.

Die nächsten beiden Acts sind eher schwach. Danach folgen zwei Typen, die vermutlich ungefähr in Noahs Alter sind und bühnenreif *Somewhere I Belong* von Linkin Park performen. Nahezu perfekt beherrschen sie das Wechselspiel der Rap-Einlagen von Mike Shinoda und dem Gesang von Chester Bennington. Dieses Lied wird mich immer daran erinnern, wie Sascha und ich zum ersten Mal in seinem Wohnzimmer Musik gehört haben, Hand in Hand.

Erst jetzt achte ich im Detail auf den Text und merke, wie sehr das Lied damals zu Sascha und seiner Situation gepasst hat. Er wollte den Schmerz loswerden, er wollte heilen, er wollte zu sich selbst finden. Er war leer und alleine und verzweifelt, und ich habe es viel zu spät bemerkt. *Somewhere I Belong*, er wollte einen Ort finden, an den er gehört. Inzwischen hat er ihn gefunden. Er hat *sich* gefunden. Er konnte heilen. Er ist zurück, er ist hier, und er ist endlich auch wirklich bei mir. Wir gehören zusammen, hat er gesagt. Wir sind füreinander der Ort, an den wir gehören. Und in zwei Wochen schon werden wir anfangen, nach einer gemeinsamen Wohnung zu suchen.

Die beiden Jungs bekommen stürmischen Beifall vom Publikum, mit dem sie während ihres Auftritts so gekonnt kommuniziert haben, dass ich mir sicher bin, dass auch sie nicht zum ersten Mal hier auf dieser Bühne stehen.

Die junge Frau danach kann nicht annähernd an die Leistung ihrer Vorgänger anknüpfen. Mit *Geile Zeit* von Juli trifft sie zwar den Geschmack des Publikums, das fleißig mitsingt, aber sie hat nur wenig Ausstrahlung, und sie klebt als Einzige der bisherigen Sänger am Monitor, als wäre sie doch nicht so textsicher, wie sie es dem DJ gegenüber behauptet hat. Aber vielleicht ist sie auch nur viel nervöser, als sie es sich vorgestellt hat. Die Leute auf der Tanzfläche versuchen sie so gut wie möglich durch den Song zu tragen, und auch ihr wird ein freundlicher Applaus gegönnt.

Dann ist es so weit. Der DJ hat Sascha und Markus den letzten Act zugeordnet, und er kündigt sie an, als wären sie der Höhepunkt des Abends. Ähnlich wie damals Achim auf dem Sportfest erinnert der DJ an ihre früheren Auftritte und nennt den Grund für die Pause. „Viele von euch werden sie schon längst erkannt haben: Freut euch auf Sascha und Markus mit *Never Let Me Down Again* von Depeche Mode!"

Sascha und Markus kommen vor auf die Bühne, und das Intro des Liedes geht unter in dem frenetischen Applaus der Partygäste. Der Jubel ebbt erst ab, als der Textteil beginnt.

Anders als auf Saschas Geburtstagsnachfeier singen Markus und Sascha im Wechsel, während der jeweils andere die Dance Moves dazu performt. Klar, so lautet die Regel, und Sascha kann auch schlecht ins Mikro singen und dabei gleichzeitig tanzen. Die langen Instrumentalteile zwischen den Textabschnitten tanzen sie jedoch zusammen, und ihre Performance ist so genial aufeinander abgestimmt und rhythmisch, dass es eine rauschhafte Freude ist, ihnen zuzusehen. Der Gesang der beiden ist gut, sie treffen die Töne und den Takt, aber das, was das Publikum – und mich – begeistert, ist ihre Show. Präzise nehmen sie mit ihren Körpern den Rhythmus auf, bewegen sich absolut synchron zum Beat und zueinander, und ihr Tanz ist dynamisch und wild und doch auf den Punkt, wie niemand sonst das hinbekommt. Und weil der DJ die riesige Lichtanlage so bedient, dass die Lichteffekte die Genialität von Markus' und Saschas Performance noch unterstreichen, und weil das Publikum mit seinen Reaktionen meine Emotionen noch um ein Vielfaches verstärkt, zieht mich der Auftritt vollkommen in seinen Bann.

Die vier Minuten, die der Song dauert, sind für die Ewigkeit und doch viel zu kurz. Das Fade Out wird überlagert durch den Applaus der bestimmt dreihundert Partygäste, und die zunächst unkoordinierten Sascha! Markus!- und Zugabe!-Rufe werden wie von selbst zu einem einheitlichen Chor. Sascha und Markus verbeugen sich und stehen danach einfach da, schauen ins Publikum, und ich glaube, sie genießen das alles, still und vielleicht andächtig. Und ich genieße es auch, die Stimmung hier im Saal und dieses unendlich warme und große Glücksgefühl in mir, diese Mischung aus Bewunderung und Stolz und Ergriffenheit und Liebe.

Schließlich legt Markus den Arm um Sascha und Sascha seinen um Markus' Hüfte, Markus reckt das Mikro in die Höhe und Sascha nimmt seins vor den Mund.

„Danke, Leute", sagt er, hörbar gerührt. „Danke."

Nochmal schwillt der Applaus an, aber dann richten sich die Scheinwerfer auf den DJ, und er übernimmt das Wort. Während sich Sascha und Markus wieder zurück in den Hintergrund der Bühne begeben, bedankt er sich bei allen Teilnehmenden und beim Publikum, lobt die hohe Qualität der Acts und die Stimmung im Saal und leitet anschließend zum normalen Partytanzen über. *We Are The People* schallt aus den Boxen, die Lichter zucken durch den Raum, und die meisten der Partygäste nehmen sofort den Rhythmus auf und tanzen. Aber ich nicht, ich gehe vor zur Bühne, ich möchte zu Sascha, der noch oben steht und dort mit Markus wartet, bis alle anderen die Bühne verlassen haben. Einer nach dem anderen gehen die Teilnehmer an mir vorbei, es sind ganz normale junge Leute wie ich, und doch fühlt es sich für einen Moment an, als gingen da echte Stars die Treppe hinunter. Kleine lokale Berühmtheiten sind sie ja wirklich – zumindest an diesem einen Abend im Jahr.

Als alle anderen unten sind, rollt Sascha an die Treppe heran. Die sechs Stufen sind steil, deshalb fasse ich von unten am Rollstuhlrahmen mit an, als Markus Sascha die Treppe hinunter hilft.

„Ihr wart echt genial", sage ich, als wir alle unten sind und Sascha wieder auf allen vier Rädern steht. Er sieht gerade besonders hinreißend aus mit seinen am Ansatz feuchten Haaren und diesen leuchtenden Augen.

„Danke", erwidert Markus. „Ist einfach immer eine Riesenstimmung hier."

Sascha nickt bestätigend.

Bescheiden. Sie sind beide auf eine unaufgeregte, natürliche Art selbstbewusst. So, wie Ulrike Sascha beschrieben hat und wie es über ihn in der Abizeitung stand, die sie mir gezeigt hat, damals im Dezember, als ich dachte, das mit Sascha und mir sei für immer vorbei. Und jetzt steht er hier vor mir, mit einem ungetrübten Strahlen im Gesicht, in seiner Heimat, und er hat vor über dreihundert Leuten im Rolli auf der Bühne einen Song performt. Er, der sich früher so gefürchtet hat vor Begegnungen mit Menschen, die ihn von vor dem Unfall kennen, – und vor den Erinnerungen an sein altes Leben.

„Ich geh mal was zu trinken holen." Markus sieht mit einem übertrieben wissenden Grinsen im Gesicht zwischen Sascha und mir hin und her. „Soll ich euch was mitbringen?"

„Ja, sehr gern", sagt Sascha. „Einen *Planter's Wonder*, bitte. Und für Fredi einen *Caipi*, oder?" Er guckt mich an, und tausend Stromstöße gehen durch jede einzelne Faser meines Körpers hindurch. Aufregende. Warme. Unendlich wunderschön prickelnde.

„Lieber eine normale Cola", antworte ich. Ich möchte meine Sinne jetzt nicht mit noch mehr Alkohol benebeln.

„Wird gemacht", sagt Markus. „Sie stehen gleich für euch auf unserem Tisch."

Und weg ist er.

Sascha und ich bleiben in der Nähe der Treppe zurück.

„Warum hast du mir nie erzählt, dass ihr lokale Berühmtheiten seid?", will ich wissen.

Er hebt die Schultern. „Ist doch jeder, der hier auftritt."

Sanft zieht er an meiner Hand. Ganz langsam setze ich mich auf seinen Schoß. Ich mag es so sehr, ihn so nah zu spüren, meine Beine um seine Taille und die Rückenlehne seines Rollis zu legen und meine Füße hinter seinem Rücken zu verschränken. Zärtlich streiche ich ihm durch die Haare in seinem Nacken und hinter seinen Ohren, da, wo ich weiß, dass bei ihm das *Plus* beginnt.

Behutsam führen wir unsere Lippen zueinander, lassen sie einander berühren. Wir öffnen unsere Münder und tasten uns mit unseren Zungen vor. Mit seinen Händen an meinem Hinterkopf hält er mich und streichelt mich, er weiß genau, wie sehr ich das mag, und ich spüre seine Liebe genauso intensiv wie meine.

Hier im Saal feiern hunderte Leute die Musik, die Stimmung, diese Nacht. Sie feiern einander und sich selbst. Draußen liegt Schnee, und morgen ist Weihnachten.

Und in Sascha und mir glitzert das Glück, mächtig und hell.

Wir leuchten.

Zusammen.

NACHWORT

Wie im Impressum erwähnt, gibt es alle Orte, an denen meine Bücher spielen, wirklich. Die Handlungsorte sind in meinen Geschichten immer eine Art dritte Hauptfigur. Die Gegebenheiten, die dort vorzufinden sind, leisten nicht selten einen entscheidenden Beitrag zum Fortgang der Handlung. Alles entspricht genau der Wirklichkeit vor Ort (im Jahr 2012), sogar Dinge wie die Anzahl von Stufen oder die Beschaffenheit bestimmter Wege. Das ist mir wichtig, denn ich möchte mit meinen Geschichten die Illusion erwecken, dass das alles Wirklichkeit sein könnte. Ich möchte erreichen, dass du vielleicht sogar vergisst, dass es nur eine fiktive Geschichte ist, die du gerade liest.

In diesem Buch habe ich jedoch eine Ausnahme gemacht, und die betrifft Saschas Heimatort Gannermühle sowie die Orte in dessen Umgebung. Gannermühle und auch die anderen Dörfer und Gemeinden sind zu klein, als dass ich sie als reale Schauplätze hätte auswählen mögen. Zu leicht hätten sich Bewohner oder Vereine der Orte sich falsch dargestellt oder sogar angegriffen fühlen können, denn nicht alle Menschen in Saschas Heimat verhalten sich in jeder Situation vorbildlich. Deshalb habe ich Saschas Heimatdorf erfunden und überdies auch nicht konkret beschrieben, wo genau in der Nähe von Celle es sich befindet. Nichtsdestotrotz gibt es für alle Orte und Gegebenheiten reale Vorbilder in der Gegend, und wer sich dort gut auskennt, wird bestimmt das eine oder andere Detail wiedererkennen.

Gannermühle, Dedenhagen, Adigsen und Wiedenhorst wirst du also nicht auf der Landkarte finden. Aber Orte wie diese, mit den entsprechenden Vereinen, Stadien, Freibädern, Hofläden, Heimatmuseen, Partys und allem anderen, wovon „Weil wir zusammen leuchten" erzählt, die gibt es wirklich im Umkreis von Celle. Und sollte es dich einmal in die Gegend verschlagen, dann halte die Augen offen. Wer weiß? Vielleicht begegnen dir dort ja Sascha und Fredi!

DANK

Zuallererst gilt mein Dank dir, liebe*r Leser*in! Ich freue mich sehr, dass du Fredi und Sascha ein Stück auf ihrem gemeinsamen Weg begleitet hast. Ich hoffe, die Geschichte konnte dich gefangen nehmen und berühren und Sascha, Fredi und all die anderen in dir lebendig werden lassen. Denn dafür habe ich sie geschrieben.

Danken möchte ich an dieser Stelle auch allen Leser*innen und Blogger*innen, die mein Debüt „Weil du es bist" und/oder alle folgenden Werke von mir gelesen und ihr Leseerlebnis mit anderen geteilt haben. Eure Unterstützung, eure Begeisterung für die Geschichte und ihre Protagonisten, eure Rezensionen, Nachrichten und Kommentare waren und sind überwältigend und haben dazu beigetragen, dass mit „Weil wir zusammen leuchten" nun tatsächlich die Fortsetzung von „Weil du es bist" das Licht der großen weiten Buchwelt erblickt hat.

Ganz herzlich danke ich auch meinen Testleserinnen Mirjam, Silke und Emma für ihre zahlreichen Gedanken, Fragen und Hinweise, die entscheidend mitgeholfen haben, aus dem Rohdiamanten des Manuskripts diesen fein geschliffenen und leuchtenden Edelstein werden zu lassen, der Sascha und Fredi und ihre Geschichte in ihrem ganz speziellen, vielschichtig-tiefen Glanz erstrahlen lässt.

Jona, dir danke ich ganz besonders, nicht nur fürs zweifache Testlesen, sondern auch für dein tiefes Einfühlen in die Geschichte, für die vielen hilfreichen Anmerkungen, deine Liebe zu meinen Figuren ... Ach, und ich danke dir außerdem dafür, dass es dich gibt und dass wir einander getroffen haben! Den Austausch mit dir – nicht nur über unsere Bücher – und unsere Freundschaft möchte ich nicht mehr missen!

Zum Schluss möchte ich auch meinem Mann und meinen Kindern danken, einfach dafür, dass es euch gibt und dass ihr Teil meines Lebens seid!

LIEBE*R LESER*IN, …

hat dir die Geschichte von Fredi und Sascha gefallen? Ich würde mich sehr freuen, wenn du mich (und andere) an deinem Leseerlebnis teilhaben lassen würdest, zum Beispiel in Form einer kurzen Rezension, dort, wo du das Buch gekauft hast, oder/und auf LovelyBooks oder in anderen Shops oder Portalen. Das hilft nicht nur anderen, diese Geschichte zu finden, sondern ist auch für mich als Autorin ein wertvolles Feedback.

Zusätzlich hilfst du mit einer Rezension oder einer Sternebewertung bei Amazon sehr, dieses Buch sichtbarer zu machen, sodass es noch mehr Leser*innen finden kann. Auch jede Empfehlung, sei es im Freundes-, Familien- oder Bekanntenkreis oder in den sozialen Medien, trägt dazu bei, die Geschichte von Sascha und Fredi noch bekannter zu machen.

Ich freue mich darüber hinaus natürlich auch über Mails an info@s-ng.de oder über Kommentare auf meiner Homepage www.s-ng.de, auf Instagram bei @sabine.nagel.autorin oder auf meiner Autorenseite bei Facebook https://www.facebook.com/AutorinSabineNagel.

Der Dialog mit meinen Leser*innen ist für mich ein großes, glitzerndes Geschenk – denn es fühlt sich einfach toll an, erfahren zu dürfen, wie meine Protagonisten in die Leserherzen anderer einziehen und dort vielleicht sogar bleiben.

In diesem Sinne: Bis vielleicht ganz bald!

Herzliche Grüße, Sabine Nagel

SOUNDTRACK

Wie in fast allen meinen Büchern spielt auch in „Weil wir zusammen leuchten" die Musik eine nicht unwesentliche Rolle. Hier habe ich die wichtigsten Lieder aus dem Roman sowie drei Songs, die mich beim Schreiben begleitet haben, zusammengestellt. Diese Liste ist also gewissermaßen mein persönlicher Soundtrack zu „Weil wir zusammen leuchten". Wenn du die Songs noch einmal nachhören möchtest, folge gerne diesem Link – oder scanne den QR-Code:

https://open.spotify.com/playlist/0sDI0b0GlNk6oWkJ3TagQS

Songs, die im Roman eine Rolle spielen:

Bei der Open-Air-Disco auf dem Maschseefest (Auswahl):
-   ABBA: Gimme! Gimme! Gimme! (A Man After Midnight)
-   Eurythmics: Sweet Dreams
-   David Guetta feat. Kid Cudi: Memories
-   Linkin Park: Numb
-   Ace of Base: Happy Nation
-   Peter Fox: Haus am See
-   Linkin Park: BURN IT DOWN

In Saschas Wohnung:
-   Paul Kalkbrenner: Sky and Sand
-   Herbert Grönemeyer: Der Weg

Auf der Fahrt nach Gannermühle (Auswahl):
-   Foster The People: Pumped Up Kicks
-   Stromae: Alors On Danse
-   Peter Fox: Schwarz zu Blau

Beim Leichtathletik-Sommerfest
-   Depeche Mode: Everything Counts
-   Queen: We Are The Champions

Auf der End-Of-Summer-Night (Auswahl):

- Alphaville: A Victory Of Love
- Safri Duo: Played-A-Life
- Paul Kalkbrenner: Sky and Sand
- Linkin Park: BURN IT DOWN

Zurück in Hannover:

- Adele: Skyfall
  (Das Lied kommt nicht im Buch vor, und „Skyfall" ist eigentlich nur der Name von James Bonds Elternhaus. Aber „Skyfall" bedeutet auch „Himmelssturz" und steht für mich daher als Sinnbild für Corinnas Vorstellung vom gefallenen Engel. Außerdem finde ich einige Textstellen sowie die Atmosphäre des Liedes sehr passend für das, was Fredi in dieser Zeit durchmacht.)

- MGMT: Little Dark Age

- Milky Chance: Scarlet Paintings
  („Scarlet Paintings" und „Little Dark Age" kommen ebenfalls nicht im Roman vor, da sie nach 2012 erschienen sind. Sie haben mich aber während des Schreibens begleitet und sehr berührt. Sie könnten fast Titelsongs zu „Weil wir zusammen leuchten" sein.)

Weihnachten in Gannermühle (Auswahl):

- Kate Bush: Wuthering Heights
- Loona: Hijo De La Luna
- Maroon Five: Moves Like Jagger
- Peter Fox: Alles Neu
- Die Toten Hosen: Altes Fieber
- Snap!: Rhythm Is A Dancer
- O.M.D.: Walking On The Milky Way
- Fury In The Slaughterhouse: Time To Wonder
- Peter Schilling: Major Tom (Völlig losgelöst)
- Alphaville: Forever Young
- Europe: The Final Countdown
- Adele: Someone Like You
- Linkin Park: Somewhere I Belong
- Depeche Mode: Never Let Me Down Again

WEITERE WERKE DER AUTORIN

Wenn dir „Weil wir zusammen leuchten" gefallen hat und du noch mehr über Sascha und Fredi erfahren willst, so seien dir diese Werke ans Herz gelegt, die in inhaltlichem Zusammenhang mit dieser Geschichte stehen. Alle sechs Bücher können unabhängig voneinander gelesen werden.

Die chronologische Reihenfolge ist:

1. Weil du es bist – Roman
2. Über den Berg – Kurzgeschichte
3. Zurück. – Kurzgeschichte
4. Gipfelstürmer – Kurzgeschichte
5. Weil wir zusammen leuchten – Roman
6. Einunddreißig Tage in einer einzigen Nacht – Characters-of-October-Special

Außerdem gibt es noch einen weiteren Roman von mir, den Coming-of-Age-Roman „Irgendwie dazwischen oder: Das mit Percy".

Mehr Informationen zu den einzelnen Werken findest du auf den folgenden Seiten.

„Weil du es bist" – Roman

<u>Kurztext:</u>

Eine Liebe, so groß wie ein ganzer blauer Sommerhimmel. Zwei junge Menschen, wie füreinander bestimmt. Doch für einen von ihnen ist es zu früh.

Eigentlich ist es ein Anfang, der keiner sein sollte. Denn für Sascha ist eineinhalb Jahre nach seinem folgenschweren Unfall nichts mehr so wie es war. Aber als Fredi ihm begegnet, gibt es vom ersten Moment an kein Zurück. Da ist dieser Zauber. Diese unmittelbare Verbindung. Dieses Glück. Das zwischen ihnen, das ist Liebe.

Und so lassen sie sich aufeinander ein, ohne Wenn und Aber, trotz allem. Zusammen fliegen sie wie Schmetterlinge durch den Himmel und zugleich sind sie auf einer wundervollen Entdeckungsreise zueinander. Es scheint, als könnte es ihnen gelingen, die dunklen Momente zu überwinden und das Glück festzuhalten.

Doch dann trifft Fredi eine Entscheidung, deren Tragweite sie völlig unterschätzt ...

Eine atmosphärische und dichte Geschichte über eine große Liebe, von überwältigendem Glück und stillem Schmerz, ein Roman über Verlust und Trauer – und einen vorsichtigen Neuanfang.

396 Seiten.
ISBN Taschenbuch: 978-3-7504-1779-3 (überall im Buchhandel)
auch als E-Book erhältlich (exklusiv bei Amazon)

Leseprobe und weitere Informationen: www.s-ng.de/?page_id=1061

„Über den Berg" – Kurzgeschichte

<u>Kurztext:</u>

Die E-Mail eines verloren geglaubten Freundes aus seinem alten Leben beschert Sascha einen ganz besonderen Tag, wie er es so nie für möglich gehalten hätte.

Aus einem tiefen Tal heraus gesehen wirkt ein Berg umso unüberwindbarer. Man mag ihn gar nicht erst in Angriff nehmen. Sascha hat schon ein Stück Wegstrecke im Tal zurückgelegt, aber noch kaum an Höhe gewonnen. Am Ende des Tages, dessen Zeuge du hier wirst, ist Sascha noch lange nicht über den Berg. Aber er hat einen Freund und endlich genug Kraft, sich der Herausforderung zu stellen. Oben leuchtet der blaue Himmel. Ein bisschen davon kann Sascha schon sehen.

24 Seiten.
ISBN Heft: 978-3-7504-1936-0 (überall im Buchhandel)
auch als E-Short erhältlich (exklusiv bei Amazon)

Leseprobe und weitere Informationen: www.s-ng.de/?page_id=41

„Zurück." – Kurzgeschichte

<u>Kurztext:</u>

„Zurück." ist die Geschichte von einem, der lange weg war und langsam wieder zurück ins Leben findet.

Nach einem schweren Unfall, der sein Leben grundlegend veränderte, hat sich Sascha lange von seinen Freunden zurückgezogen. Auf einer Party stellt er sich erstmals der erneuten Begegnung. Die Musik weckt Erinnerungen und neue Kräfte ...

24 Seiten.
ISBN Heft: 978-3-7504-2285-8 (überall im Buchhandel)
Auch als E-Short erhältlich (exklusiv bei Amazon)

Leseprobe und weitere Informationen: www.s-ng.de/?page_id=290

„Gipfelstürmer" – Kurzgeschichte Authorschallenge

Kurztext:

Schon früh brechen Sascha und Markus an diesem Himmelfahrtsmorgen 2012 auf, um auf der Brockenstraße Norddeutschlands höchsten Berg zu besteigen. Es ist ihre erste gemeinsame Bergtour seit Saschas Unfall – und zugleich ihre schwierigste.

„Gipfelstürmer" erzählt von Schweiß und Tränen, von einer Liebe, die nicht einfach aufhört, nur weil man nicht mehr zusammen ist, von einer bedingungslosen Freundschaft – und von dieser einen Art Glück, die einen mit Haut und Haaren erfasst und eigentlich viel zu groß ist, als dass man es aushalten kann.

62 Seiten.
ISBN Heft: 978-3-7543-7897-7 (überall im Buchhandel)
Auch als E-Book erhältlich (exklusiv bei Amazon)

Leseprobe und weitere Informationen: www.s-ng.de/?page_id=2014

„Einunddreißig Tage in einer einzigen Nacht" – #CharactersOfOctober-Special

Kurztext:

Einunddreißig Tage in einer einzigen Nacht. Ein unvergesslicher Abend, den es so niemals wieder geben wird.

Sascha und Fredi haben sich mit Saschas Freunden aus seinem Heimatdorf zur End-of-Summer-Night im örtlichen Freibad verabredet. Was als ganz normaler Abend mit Cocktails, Musik und Tanz beginnt, entpuppt sich bald als unendliche Nacht, in der es hinter der Realität, die sie kennen, noch eine zweite zu geben scheint ...

Eine Fortsetzungsgeschichte irgendwo zwischen Realität und Fiktion, mit einem Augenzwinkern erzählt. Tiefgründig und berührend, manchmal witzig, manchmal schmerzhaft, teilweise philosophisch und immer voller Liebe.

152 Seiten.
ISBN Heft: 978-3-7583-1675-3 (überall im Buchhandel)
Auch als E-Book erhältlich (exklusiv bei Amazon)

Leseprobe und weitere Informationen: www.s-ng.de/?page_id=2551

Außerdem:

„Irgendwie dazwischen oder: Das mit Percy" – Coming-of-Age-Roman für Jugendliche ab 14 und Erwachsene.

<u>Kurztext:</u>

Drei Wochen im Herbst 2009. Für Manu und Percy geht es in diesen Tagen um alles, was sie sind und was sie waren. Aber sie haben einander, vielleicht jedenfalls. Wenn man sich doch nur sicher sein könnte ...

Manus Welt ist eigentlich ganz in Ordnung. Zwar ist Manus Mutter entweder völlig überdreht oder liegt leidend im Bett, doch Manu kommt damit klar, nicht zuletzt wegen der Freundschaft zu Phil, Tom und den anderen. Aber dann begegnet Manu Percy, und nichts ist mehr, wie es war. Warum ist Percy so schweigsam? Wieso wird er plötzlich so wichtig für Manu? Und warum, verdammt nochmal, bringt er alles durcheinander, was Manu bisher über sich selbst dachte? Plötzlich stellt sich die Frage: Gibt es nur Mädchen oder Junge? Oder kann man auch irgendwie dazwischen sein? Und: Kann Percy unter diesen Umständen jemals etwas anderes für Manu empfinden als eine Ahnung von Freundschaft?

Ein bewegender und dichter Roman, in dem das Schweigen manchmal ganz laut werden kann. Wo die Worte oft knapp sind und dennoch reiche Bilder zaubern - eine Geschichte über Verzweiflung, Mut und die Wucht des Glücks.

274 Seiten
ISBN Taschenbuch: 978-3-7543-7350-7 (überall im Buchhandel)
auch als E-Book erhältlich (exklusiv bei Amazon)

Leseprobe und weitere Informationen:
www.s-ng.de/?page_id=1016